Orlando Syrg Taschenbuch 32018

OR
SY
TA

AF236493

RAT ACBO

Reihe

Alte Tradition

Azurcelesteblueoscuro

herausgegeben

von

Joerg K. Sommermeyer & Orlando Syrg

Exemplarische Werke der Weltliteratur

herausgegeben von

Joerg K. Sommermeyer

Über dieses Buch

Diese Taschenbuchausgabe vereinigt alle Erzählungen, Anekdoten, Fabeln sowie die wichtigsten Essays des anfangs des 19. Jahrhunderts weitgehend verkannten Heinrich von Kleist, dieses ruhelos nach Glück strebenden Außenseiters im literarischen Leben, dessen Nachruhm freilich ungebrochen ist, und dessen Schaffen bis in die jüngste Gegenwart wirksam scheint. Sein Werk beeinflusst seit langem schon Literatur, Musik, Film und Fernsehen. Das unbedingte Gerechtigkeitsstreben des Michael Kohlhaas, die Schwangerschaft der Marquise von O…, der Mord Gustavs an seiner ihn vermeintlich verratenden, in Wirklichkeit aber ihn rettenden Geliebten in St. Domingo und vieles mehr sind notorisch. Kleists Geschichten gehören zum Kanon. Seine Prosa lebt!

Der Autor

Heinrich von Kleist wurde am 18. Oktober 1777 in Frankfurt (Oder) geboren. Er entstammte einer Adelsfamilie von Generälen, Feldmarschällen, Gutsbesitzern, aber auch Gelehrten, Diplomaten und Beamten. Als Offizier machte er keine Karriere, auch eine akademische Laufbahn gab er rasch auf. Sein Versuch, Beamter zu werden, misslang. Publizistische Unternehmungen scheiterten. Seine Zeitgenossen versagten ihm die Anerkennung. Nicht alle seine Theaterstücke wurden zu Lebzeiten gedruckt, viele nicht aufgeführt, andere fielen durch, wurden abgelehnt. Im Umgang schwierig, benahm er sich in Gesellschaft nicht selten so, als wäre er allein. Ständig reiste er. Eine Frau fürs Leben fand er nicht, nur eine für den gemeinsamen Freitod am 21. November 1811 am Kleinen Wannsee bei Berlin. [siehe auch Joerg K. Sommermeyer, *Biographischer Abriss Heinrich von Kleists*, unten S. 230 f.]

Der Herausgeber

Joerg K. Sommermeyer (JS), * 14.10.1947 in Brackenheim, Sohn des Physikers Prof. Dr. Kurt Hans Sommermeyer. Kindheit in Freiburg. Studierte Jura, Philosophie, Germanistik, Geschichte und Musikwissenschaft. Klassische Gitarre bei Viktor v. Hasselmann und Anton Stingl. Unterrichtete in den späten Sechzigern Gitarre am Kindergärtnerinnen-/Jugendleiterinnenseminar und in den Achtzigern Rechtsanwaltsgehilfinnen in spe an der Max-Weber-Schule in Freiburg. 1976 bis 2004 Rechtsanwalt in Freiburg. Setzte sich für eine Verstärkung des Rechtsschutzes bei Grundrechtseingriffen ein (Unterbringungsrecht, Untersuchungshaft, Durchsuchungsrecht). Zahlreiche Veröffentlichungen in juristischen Fachzeitschriften sowie Artikel in Musikblättern. Gründer und Vorsitzender der Internationalen Gitarristischen Vereinigung, Organisator und Künstlerischer Leiter der Freiburger Gitarren- und Lautentage, Herausgeber und Redakteur der Zeitschrift *Nova Giulianiad: Saitenblätter für die Gitarre und Laute*. Juror beim Schlesischen Gitarrenherbst in Tychy und Internationalen Gitarrenkongress Freiburg/Basel/Straßburg. Songs, Liedtexte, Arrangements, Instrumentalmusik. 7 CDs, u. a.: *Total Overdrive, Those Rocks & Lieders, Nel Cuore Romanzo Rock, Ergo, 7 Celebrities*. Herausgabe des Lyrikbandes *Leben Will Ich* von Josefa Gerhäuser, 2002. *Anton Unbekannt, Pathoaphysischer Antiroman, Tragigroteskenfragment*, 2008/2009. Edition *Nikunthas, König der Miami* von Franz Treller in der Bearbeitung durch Georg J. Feurig-Sorgenfrei, 2009/2010. Edition *Balleinrubin: Ball, Einstein, Rubiner*, 2017. *Vernimm mein Schreien*, 2017. Edition *Lieblingsmärchen*, 2017/2018. Edition *Franz Kafkas Romane*, 2017. Edition *Franz Kafkas Erzählungen*, 2018.

Orlando Syrg, Berlin, 22. März 2018

Joerg K. Sommermeyer (Hg.)

Heinrich von Kleists

Erzählungen, Anekdoten und Essays

Durchgesehen, revidiert und mit einem biographischen Abriss
herausgegeben

von

Joerg K. Sommermeyer

Orlando Syrg

MMXVIII

1. Auflage 2018

Orlando Syrg, Berlin (vormals Freiburg i. Brsg.)

Orlando Syrg Taschenbuch

ORSYTA 32018

Reihe Alte Tradition Azurcelesteblueoscuro

RAT ACBO 3

Revision, Herausgabe und biographischer Abriss:
Joerg K. Sommermeyer

Umschlaggestaltung (unter Verwendung eines Gemäldes von Adolph von Menzel, *"Falke auf eine Taube stoßend"*, 1844, auf der Vorderseite): JS

Lektorat, Satz und Layout: Georg Metsch, JS, Thomas Olik-Springer, Ton Unbe, Kurt Marie, Jakob Bauer, Hans Ohnson, Lars Penath

Herstellung, Verlag BoD - Books on Demand, Norderstedt

Made in Germany

ISBN 9783752811858

Inhalt

Erzählungen

Erzählungen, Erstdruck (2 Bde.), Reimer, Berlin 1810/11.

Michael Kohlhaas, entstanden 1805-1810, Teildruck, in: Phöbus, 1. Jg., Dresden 1808, 6. Stück; Erstdruck in den »Erzählungen«.

Die Marquise von O..., entstanden um 1807, Erstdruck in: Phöbus, 1. Jg., Dresden 1808, 2. Stück.

Das Erdbeben in Chili, entstanden 1805/06, Teildruck in: Morgenblatt für gebildete Stände, Stuttgart 1807; Erstdruck in den »Erzählungen«.

Die Verlobung in St. Domingo, entstanden 1807-1811, Erstdruck unter dem Titel »Die Verlobung« in: Der Freimütige, Berlin, 1811.

Das Bettelweib von Locarno, entstanden 1809/10, Erstdruck in: Berliner Abendblätter, 1. Jg., Berlin 1810.

Der Findling, entstanden wahrscheinlich 1811, Erstdruck in den »Erzählungen«.

Die heilige Cäcilie, entstanden 1810, Erstdruck in: Berliner Abendblätter, 1. Jg., Berlin 1810.

Der Zweikampf, entstanden 1810/11, Erstdruck in den »Erzählungen«.

Michael Kohlhaas

Aus einer alten Chronik

An den Ufern der Havel lebte, um die Mitte des sechzehnten Jahrhunderts, ein Rosshändler, namens Michael Kohlhaas, Sohn eines Schulmeisters, einer der rechtschaffensten zugleich und entsetzlichsten Menschen seiner Zeit. – Dieser außerordentliche Mann würde, bis in sein dreißigstes Jahr, für das Muster eines guten Staatsbürgers haben gelten können. Er besaß in einem Dorfe, das noch von ihm den Namen führt, einen Meierhof, auf welchem er sich durch sein Gewerbe ruhig ernährte; die Kinder, die ihm sein Weib schenkte, erzog er, in der Furcht Gottes, zur Arbeitsamkeit und Treue; nicht einer war unter seinen Nachbarn, der sich nicht seiner Wohltätigkeit, oder seiner Gerechtigkeit erfreut hätte; kurz, die Welt würde sein Andenken haben segnen müssen, wenn er in einer Tugend nicht ausgeschweift hätte. Das Rechtgefühl aber machte ihn zum Räuber und Mörder.

Er ritt einst, mit einer Koppel junger Pferde, wohlgenährt alle und glänzend, ins Ausland, und überschlug eben, wie er den Gewinst, den er auf den Märkten damit zu machen hoffte, anlegen wolle: teils, nach Art guter Wirte, auf neuen Gewinst, teils aber auch auf den Genuss der Gegenwart: als er an die Elbe kam, und bei einer stattlichen Ritterburg, auf sächsischem Gebiete, einen Schlagbaum traf, den er sonst auf diesem Wege nicht gefunden hatte. Er hielt, in einem Augenblick, da eben der Regen heftig stürmte, mit den Pferden still, und rief den Schlagwärter, der auch bald darauf, mit einem grämlichen Gesicht, aus dem Fenster sah. Der Rosshändler sagte, dass er ihm öffnen solle. Was gibt's hier Neues? fragte er, da der Zöllner, nach einer geraumen Zeit, aus dem Hause trat. Landesherrliches Privilegium, antwortete dieser, indem er aufschloss: dem Junker Wenzel von Tronka verliehen. – So, sagte Kohlhaas. Wenzel heißt der Junker? und sah sich das Schloss an, das mit glänzenden Zinnen über das Feld blickte. Ist der alte Herr tot? – Am Schlagfluss gestorben, erwiderte der Zöllner, indem er den Baum in die Höhe ließ. – Hm! Schade! versetzte Kohlhaas. Ein würdiger alter Herr, der seine Freude am Verkehr der Menschen hatte, Handel und Wandel, wo er nur vermochte, forthalf, und einen Steindamm einst bauen ließ, weil mir eine Stute, draußen, wo der Weg ins Dorf geht, das Bein gebrochen. Nun! Was bin ich schuldig? – fragte er; und holte die Groschen, die der Zollwärter verlangte, mühselig unter dem im Winde flatternden Mantel hervor. »Ja, Alter«, setzte er noch hinzu, da dieser: hurtig! hurtig! murmelte, und über die Witterung fluchte: »wenn der Baum im Walde stehen geblieben wäre, wär's besser gewesen, für mich und Euch«; und damit gab er ihm das Geld und wollte reiten. Er war aber noch kaum unter den Schlagbaum gekommen, als eine neue Stimme schon: halt dort, der Rosskamm! hinter ihm vom Turm erscholl, und er den Burgvogt ein Fenster zuwerfen und zu ihm herabeilen sah. Nun, was gibt's Neues? fragte Kohlhaas bei sich selbst, und hielt mit den Pferden an. Der Burgvogt, indem er sich noch eine Weste über seinen weitläufigen Leib zuknöpfte, kam, und fragte, schief gegen die Witterung gestellt, nach dem Passschein. – Kohlhaas fragte: der Passschein? Er sagte, ein wenig betreten, dass er, soviel er wisse, keinen habe; dass man ihm aber nur beschreiben möchte, was dies für ein Ding des Herrn sei: so werde er vielleicht zufälligerweise damit versehen sein. Der Schlossvogt, indem er ihn von der Seite ansah, versetzte, dass ohne einen landesherrlichen Erlaubnisschein, kein Rosskamm mit Pferden über die Grenze gelassen würde. Der Rosskamm versicherte, dass er siebzehn Mal in seinem Leben, ohne einen solchen Schein, über die Grenze gezogen sei; dass er alle landesherrlichen Verfügungen, die sein Gewerbe angingen, genau kennte; dass dies wohl nur ein Irrtum sein würde, wegen dessen er sich zu bedenken bitte, und dass man ihn, da seine Tagereise lang sei, nicht länger unnützerweise hier aufhalten möge. Doch der Vogt erwiderte, dass er das achtzehnte Mal nicht durchschlüpfen würde, dass die Verordnung deshalb erst neuerlich erschienen wäre, und dass er entweder den Passschein noch hier lösen, oder zurückkehren müsse, wo er hergekommen sei. Der Rosshändler, den diese ungesetzlichen Erpressungen zu erbittern anfingen, stieg, nach einer kurzen Besinnung, vom Pferde, gab es einem Knecht, und sagte, dass er den Junker von Tronka selbst darüber sprechen würde. Er ging auch auf die Burg; der Vogt folgte ihm, indem er von filzigen Geldraffern und nützlichen Aderlässen derselben murmelte; und beide traten, mit ihren Blicken einander messend, in den Saal. Es traf sich, dass der Junker eben, mit einigen muntern Freunden, beim Becher saß, und, um eines Schwanks willen, ein unendliches Gelächter unter ihnen erscholl, als Kohlhaas, um seine Beschwerde anzubringen, sich ihm näherte. Der Junker fragte, was er wolle; die Ritter, als sie den fremden Mann erblickten, wurden still; doch kaum hatte dieser sein Gesuch, die Pferde betreffend, angefangen, als der ganze Tross schon: Pferde? Wo sind sie? ausrief, und an die Fenster eilte, um sie zu betrachten. Sie flogen, da sie die glänzende Koppel sahen, auf den Vorschlag des Junkers, in den Hof hinab; der Regen hatte aufgehört; Schlossvogt und Verwalter und Knechte versammelten sich um sie, und alle musterten die Tiere. Der eine lobte den Schweißfuchs mit der Blesse, dem andern gefiel der Kastanienbraune, der dritte streichelte den Schecken mit schwarzgelben Flecken; und alle meinten, dass die Pferde wie Hirsche wären, und im Lande keine bessern gezogen würden. Kohlhaas erwiderte munter, dass die Pferde nicht besser wären, als die Ritter, die sie reiten sollten; und forderte sie auf, zu kaufen. Der Junker, den der mächtige Schweißhengst sehr reizte, befragte ihn auch um den Preis; der Verwalter lag ihm an, ein Paar Rappen zu kaufen, die er, wegen Pferdemangels, in der Wirtschaft gebrauchen zu können glaubte; doch als der Rosskamm sich erklärt hatte, fanden die Ritter ihn zu teuer, und der Junker sagte, dass er nach der Tafelrunde reiten und den König Arthur aufsuchen müsse, wenn er die Pferde so anschlage. Kohlhaas, der den Schlossvogt und den Verwalter, indem sie sprechende Blicke auf die Rappen warfen, miteinander flüstern sah, ließ es, aus einer dunkeln Vorahnung, an nichts fehlen, die Pferde an sie loszuwerden. Er sagte zum Junker: »Herr, die Rappen habe ich vor sechs Monaten für 25 Goldgulden gekauft; gebt mir 30, so sollt Ihr sie haben.« Zwei Ritter, die neben dem Junker standen, äußerten nicht undeutlich, dass die Pferde wohl so viel wert wären; doch der Junker meinte, dass er für den Schweißfuchs wohl, aber nicht eben für die Rappen, Geld ausgeben möchte, und machte Anstalten, aufzubrechen; worauf Kohlhaas sagte, er würde vielleicht das nächste Mal, wenn er wieder mit seinen Gäulen durchzöge, einen Handel mit ihm machen; sich dem Junker empfahl, und die Zügel seines Pferdes ergriff, um abzureiten. In diesem Augenblick trat der Schlossvogt aus dem Haufen vor, und sagte, er höre, dass er ohne einen Passschein nicht reisen dürfe. Kohlhaas wandte sich und fragte den Junker, ob es denn mit diesem Umstand, der sein ganzes Gewerbe zerstöre, in der Tat seine Richtigkeit habe? Der Junker antwortete, mit einem verlegnen Gesicht, indem er abging: ja, Kohlhaas, den Pass musst du lösen. Sprich mit dem Schlossvogt, und zieh deiner Wege. Kohlhaas versicherte ihm, dass es gar nicht seine Absicht sei, die Verordnungen, die wegen Ausführung der Pferde bestehen möchten, zu umgehen; versprach, bei seinem Durchzug durch Dresden, den Pass in der Geheimschreiberei zu lösen, und bat, ihn nur diesmal, da er von dieser Forderung durchaus nichts gewusst, ziehen zu lassen. Nun! sprach der Junker, da eben das Wetter wieder zu stürmen anfing, und seine dürren Glieder durchsauste: lasst den Schlucker laufen. Kommt! sagte er zu den Rittern, kehrte sich um, und wollte nach dem Schlosse gehen. Der Schlossvogt sagte, zum Junker gewandt, dass er wenigstens ein Pfand, zur Sicherheit, dass er den Schein lösen würde, zurücklassen müsse. Der Junker blieb wieder unter dem Schlosstor stehen. Kohlhaas fragte, welchen Wert er denn, an Geld oder an Sachen, zum Pfande, wegen der Rappen, zurücklassen solle? Der Verwalter meinte, in den Bart murmelnd, er könne ja die Rappen selbst zurücklassen. Allerdings, sagte der Schlossvogt, das ist das zweckmäßigste; ist der Pass gelöst, so kann er sie zu jeder Zeit wieder abholen. Kohlhaas, über eine so unverschämte Forderung betreten, sagte dem Junker, der sich die Wamsschöße frierend vor den Leib hielt, dass er die Rappen ja verkaufen wolle; doch dieser, da in demselben Augenblick ein Windstoß eine ganze Last von Regen und Hagel durchs Tor jagte, rief, um der Sache ein Ende zu machen: wenn er die Pferde nicht loslassen will, so schmeißt ihn wieder über den Schlagbaum zurück; und ging ab. Der Rosskamm, der wohl sah, dass er hier der Gewalt weichen musste, entschloss sich, die Forderung, weil doch nichts anders übrigblieb, zu erfüllen; spannte die Rappen aus, und führte sie in einen Stall, den ihm der Schlossvogt anwies. Er ließ einen Knecht bei ihnen zurück, versah ihn mit Geld, ermahnte ihn, die Pferde, bis zu seiner Zurückkunft, wohl in acht zu nehmen, und setzte seine Reise, mit dem Rest der Koppel, halb und halb ungewiss, ob nicht doch wohl, wegen aufkeimender Pferdezucht, ein solches Gebot, im Sächsischen, erschienen sein könne, nach Leipzig, wo er auf die Messe wollte, fort.

In Dresden, wo er, in einer der Vorstädte der Stadt, ein Haus mit einigen Ställen besaß, weil er von hier aus seinen Handel auf den kleineren Märkten des Landes zu bestreiten pflegte, begab er sich, gleich nach seiner Ankunft, auf die Geheimschreiberei, wo er von den Räten, deren er einige kannte, erfuhr, was ihm allerdings sein erster Glaube schon gesagt hatte, dass die Geschichte von dem Passschein ein Märchen sei. Kohlhaas, dem die missvergnügten Räte, auf sein Ansuchen, einen schriftlichen Schein über den Ungrund derselben gaben, lächelte über den Witz des dürren Junkers, obschon er noch nicht recht einsah, was er damit bezwecken mochte; und die Koppel der Pferde, die er bei sich führte, einige Wochen darauf, zu seiner Zufriedenheit, verkauft, kehrte er, ohne irgend weiter ein bitteres Gefühl, als das der allgemeinen Not der Welt, zur Tronkenburg zurück. Der Schlossvogt, dem er den

Schein zeigte, ließ sich nicht weiter darüber aus, und sagte, auf die Frage des Ross-kamms, ob er die Pferde jetzt wiederbekommen könne: er möchte nur hinunter-gehen und sie holen. Kohlhaas hatte aber schon, da er über den Hof ging, den un-angenehmen Auftritt, zu erfahren, dass sein Knecht, ungebührlichen Betragens halber, wie es hieß, wenige Tage nach dessen Zurücklassung in der Tronkenburg, verprügelt und weggejagt worden sei. Er fragte den Jungen, der ihm diese Nachricht gab, was denn derselbe getan? und wer währenddessen die Pferde besorgt hätte? worauf dieser aber erwiderte, er wisse es nicht, und darauf dem Rosskamm, dem das Herz schon von Ahnungen schwoll, den Stall, in welchem sie standen, öffnete. Wie groß war aber sein Erstaunen, als er, statt seiner zwei glatten und wohlgenähr-ten Rappen, ein Paar dürre, abgehärmte Mähren erblickte; Knochen, denen man, wie Riegeln, hätte Sachen aufhängen können; Mähnen und Haare, ohne Wartung und Pflege, zusammengeknetet: das wahre Bild des Elends im Tierreiche! Kohl-haas, den die Pferde, mit einer schwachen Bewegung, anwieherten, war auf das äu-ßerste entrüstet, und fragte, was seinen Gäulen widerfahren wäre? Der Junge, der bei ihm stand, antwortete, dass ihnen weiter kein Unglück zugestoßen wäre, dass sie auch das gehörige Futter bekommen hätten, dass sie aber, da gerade Ernte gewe-sen sei, wegen Mangels an Zugvieh, ein wenig auf den Feldern gebraucht worden wären. Kohlhaas fluchte über diese schändliche und abgekartete Gewalttätigkeit, verbiss jedoch, im Gefühl seiner Ohnmacht, seinen Ingrimm, und machte schon, da doch nichts anders übrigblieb, Anstalten, das Raubnest mit den Pferden nur wieder zu verlassen, als der Schlossvogt, von dem Wortwechsel herbeigerufen, erschien, und fragte, was es hier gäbe? Was es gibt? antwortete Kohlhaas. Wer hat dem Jun-ker von Tronka und dessen Leuten die Erlaubnis gegeben, sich meiner bei ihm zu-rückgelassenen Rappen zur Feldarbeit zu bedienen? Er setzte hinzu, ob das wohl menschlich wäre? versuchte, die erschöpften Gaule durch einen Gertenstreich zu erregen, und zeigte ihm, dass sie sich nicht rührten. Der Schlossvogt, nachdem er ihn eine Weile trotzig angesehen hatte, versetzte: seht den Grobian! Ob der Flegel nicht Gott danken sollte, dass die Mähren überhaupt noch leben? Er fragte, wer sie, da der Knecht weggelaufen, hätte pflegen sollen? Ob es nicht billig gewesen wäre, dass die Pferde das Futter, das man ihnen gereicht habe, auf den Feldern abverdient hätten? Er schloss, dass er hier keine Flausen machen möchte, oder dass er die Hun-de rufen, und sich durch sie Ruhe im Hofe zu verschaffen wissen würde. – Dem Rosshändler schlug das Herz gegen den Wams. Es drängte ihn, den nichtswürdigen Dickwanst in den Kot zu werfen, und den Fuß auf sein kupfernes Antlitz zu setzen. Doch sein Rechtgefühl, das einer Goldwaage glich, wankte noch; er war, vor der Schranke seiner eigenen Brust, noch nicht gewiss, ob eine Schuld seinen Gegner drücke; und während er, die Schimpfreden niederschluckend, zu den Pferden trat, und ihnen, in stiller Erwägung der Umstände, die Mähnen zurechtlegte, fragte er mit gesenkter Stimme: um welchen Versehens halber der Knecht denn aus der Burg entfernt worden sei? Der Schlossvogt erwiderte: weil der Schlingel trotzig im Hofe gewesen ist! Weil er sich gegen einen notwendigen Stallwechsel gesträubt, und ver-langt hat, dass die Pferde zweier Jungherren, die auf die Tronkenburg kamen, um seiner Mähren willen, auf der freien Straße übernachten sollten! – Kohlhaas hätte den Wert der Pferde darum gegeben, wenn er den Knecht zur Hand gehabt, und dessen Aussage mit der Aussage dieses dickmäuligen Burgvogts hätte vergleichen können. Er stand noch, und streifte den Rappen die Zoddeln aus, und sann, was in seiner Lage zu tun sei, als sich die Szene plötzlich änderte, und der Junker Wenzel von Tronka, mit einem Schwarm von Rittern, Knechten und Hunden, von der Hasenhetze kommend, in den Schlossplatz sprengte. Der Schlossvogt, als er fragte, was vorgefallen sei, nahm sogleich das Wort, und während die Hunde, beim Anblick des Fremden, von der einen Seite, ein Mordgeheul gegen ihn anstimmten, und die Ritter ihnen, von der andern, zu schweigen geboten, zeigte er ihm, unter der gehässigsten Entstellung der Sache, an, was dieser Rosskamm, weil seine Rappen ein wenig gebraucht worden wären, für eine Rebellion verführe. Er sagte, mit Hohngelächter, dass er sich weigere, die Pferde als die seinigen anzuerkennen. Kohlhaas rief:»das sind nicht meine Pferde, gestrenger Herr! Das sind die Pferde nicht, die dreißig Goldgülden wert waren! Ich will meine wohlgenährten und gesunden Pferde wiederhaben!« – Der Junker, indem ihm eine flüchtige Blässe ins Gesicht trat, stieg vom Pferde, und sagte: wenn der H... A... die Pferde nicht wiedernehmen will, so mag er es bleiben lassen. Komm, Günther! rief er – Hans! Kommt! indem er sich den Staub mit der Hand von den Beinkleidern schüttelte; und: schafft Wein! rief er noch, da er mit den Rittern unter der Tür war; und ging ins Haus. Kohlhaas sagte, dass er eher den Abdecker rufen, und die Pferde auf den Schindanger schmeißen lassen, als sie so, wie sie wären, in seinen Stall zu Kohlhaasenbrück führen wolle. Er ließ die Gaule, ohne sich um sie zu bekümmern, auf dem Platz stehen, schwang sich, indem er versicherte, dass er sich Recht zu verschaffen wissen würde, auf seinen Braunen, und ritt davon.

Spornstreichs auf dem Wege nach Dresden war er schon, als er, bei dem Gedanken an den Knecht, und an die Klage, die man auf der Burg gegen ihn führte, schrittweis zu reiten anfing, sein Pferd, ehe er noch tausend Schritte gemacht hatte, wieder wandte, und zur vorgängigen Vernehmung des Knechts, wie es ihm klug und gerecht schien, nach Kohlhaasenbrück einbog. Denn ein richtiges, mit der gebrechlichen Einrichtung der Welt schon bekanntes Gefühl machte ihn, trotz der erlittenen Beleidigungen, geneigt, falls nur wirklich dem Knecht, wie der Schlossvogt behauptete, eine Art von Schuld beizumessen sei, den Verlust der Pferde, als eine gerechte Folge davon, zu verschmerzen. Dagegen sagte ihm ein ebenso vortreffliches Gefühl, und dies Gefühl fasste tiefere und tiefere Wurzeln, in dem Maße, als er weiterritt, und überall, wo er einkehrte, von den Ungerechtigkeiten hörte, die täglich auf der Tronkenburg gegen die Reisenden verübt wurden: dass wenn der ganze Vorfall, wie es allen Anschein habe, bloß abgekartet sein sollte, er mit seinen Kräften der Welt in der Pflicht verfallen sei, sich Genugtuung für die erlittene Kränkung, und Sicherheit für zukünftige seinen Mitbürgern zu verschaffen.

Sobald er, bei seiner Ankunft in Kohlhaasenbrück, Lisbeth, sein treues Weib, umarmt, und seine Kinder, die um seine Knie frohlockten, geküsst hatte, fragte er gleich nach Herse, dem Großknecht: und ob man nichts von ihm gehört habe? Lisbeth sagte: ja liebster Michael, dieser Herse! Denke dir, dass dieser unselige Mensch, vor etwa vierzehn Tagen, auf das jämmerlichste zerschlagen, hier eintrifft;

nein, so zerschlagen, dass er auch nicht frei atmen kann. Wir bringen ihn zu Bett, wo er heftig Blut speit, und vernehmen, auf unsre wiederholten Fragen, eine Geschichte, die keiner versteht. Wie er von dir mit Pferden, denen man den Durchgang nicht verstattet, auf der Tronkenburg zurückgelassen worden sei, wie man ihn, durch die schändlichsten Misshandlungen, gezwungen habe, die Burg zu verlassen, und wie es ihm unmöglich gewesen wäre, die Pferde mitzunehmen. So? sagte Kohlhaas, indem er den Mantel ablegte. Ist er denn schon wiederhergestellt? – Bis auf das Blutspeien, antwortete sie, halb und halb. Ich wollte sogleich einen Knecht nach der Tronkenburg schicken, um die Pflege der Rosse, bis zu deiner Ankunft daselbst, besorgen zu lassen. Denn da sich der Herse immer wahrhaftig gezeigt hat, und so getreu uns, in der Tat wie kein anderer, so kam es mir nicht zu, in seine Aussage, von so viel Merkmalen unterstützt, einen Zweifel zu setzen, und etwa zu glauben, dass er der Pferde auf eine andere Art verlustig gegangen wäre. Doch er beschwört mich, niemandem zuzumuten, sich in diesem Raubneste zu zeigen, und die Tiere aufzugeben, wenn ich keinen Menschen dafür aufopfern wolle. – Liegt er denn noch im Bette? fragte Kohlhaas, indem er sich von der Halsbinde befreite. – Er geht, erwiderte sie, seit einigen Tagen schon wieder im Hofe umher. Kurz, du wirst sehen, fuhr sie fort, dass alles seine Richtigkeit hat, und dass diese Begebenheit einer von den Freveln ist, die man sich seit kurzem auf der Tronkenburg gegen die Fremden erlaubt. – Das muss ich doch erst untersuchen, erwiderte Kohlhaas. Ruf ihn mir, Lisbeth, wenn er auf ist, doch her! Mit diesen Worten setzte er sich in den Lehnstuhl; und die Hausfrau, die sich über seine Gelassenheit sehr freute, ging, und holte den Knecht.

Was hast du in der Tronkenburg gemacht? fragte Kohlhaas, da Lisbeth mit ihm in das Zimmer trat. Ich bin nicht eben wohl mit dir zufrieden. – Der Knecht, auf dessen blassem Gesicht sich, bei diesen Worten, eine Röte fleckig zeigte, schwieg eine Weile; und: da habt Ihr recht, Herr! antwortete er; denn einen Schwefelfaden, den ich durch Gottes Fügung bei mir trug, um das Raubnest, aus dem ich verjagt worden war, in Brand zu stecken, warf ich, als ich ein Kind darin jammern hörte, in das Elbwasser, und dachte: mag es Gottes Blitz einäschern; ich will's nicht! – Kohlhaas sagte betroffen: wodurch aber hast du dir die Verjagung aus der Tronkenburg zugezogen? Drauf Herse: durch einen schlechten Streich, Herr; und trocknete sich den Schweiß von der Stirn: Geschehenes ist aber nicht zu ändern. Ich wollte die Pferde nicht auf der Feldarbeit zugrunde richten lassen, und sagte, dass sie noch jung wären und nicht gezogen hätten. – Kohlhaas erwiderte, indem er seine Verwirrung zu verbergen suchte, dass er hierin nicht ganz die Wahrheit gesagt, indem die Pferde schon zu Anfange des verflossenen Frühjahrs ein wenig im Geschirr gewesen wären. Du hättest dich auf der Burg, fuhr er fort, wo du doch eine Art von Gast warest, schon ein oder etliche Mal, wenn gerade, wegen schleuniger Einführung der Ernte Not war, gefällig zeigen können. – Das habe ich auch getan, Herr, sprach Herse. Ich dachte, da sie mir grämliche Gesichter machten, es wird doch die Rappen just nicht kosten. Am dritten Vormittag spannt ich sie vor, und drei Fuhren Getreide führt ich ein. Kohlhaas, dem das Herz emporquoll, schlug die Augen zu Boden, und versetzte: davon hat man mir nichts gesagt, Herse! – Herse versicherte ihn, dass es so sei.

15

Meine Ungefälligkeit, sprach er, bestand darin, dass ich die Pferde, als sie zu Mittag kaum ausgefressen hatten, nicht wieder ins Joch spannen wollte; und dass ich dem Schlossvogt und dem Verwalter, als sie mir vorschlugen frei Futter dafür anzunehmen, und das Geld, das Ihr mir für Futterkosten zurückgelassen hattet, in den Sack zu stecken, antwortete – ich würde ihnen sonst was tun; mich umkehrte und wegging. – Um dieser Ungefälligkeit aber, sagte Kohlhaas, bist du von der Tronkenburg nicht weggejagt worden. – Behüte Gott, rief der Knecht, um eine gottvergessene Missetat! Denn auf den Abend wurden die Pferde zweier Ritter, welche auf die Tronkenburg kamen, in den Stall geführt, und meine an die Stalltüre angebunden. Und da ich dem Schlossvogt, der sie daselbst einquartierte, die Rappen aus der Hand nahm, und fragte, wo die Tiere jetzo bleiben sollten, so zeigte er mir einen Schweinekoben an, der von Latten und Brettern an der Schlossmauer aufgebaut war. – Du meinst, unterbrach ihn Kohlhaas, es war ein so schlechtes Behältnis für Pferde, dass es einem Schweinekoben ähnlicher war, als einem Stall. – Es war ein Schweinekoben, Herr, antwortete Herse; wirklich und wahrhaftig ein Schweinekoben, in welchem die Schweine aus- und einliefen, und ich nicht aufrecht stehen konnte. – Vielleicht war sonst kein Unterkommen für die Rappen aufzufinden, versetzte Kohlhaas; die Pferde der Ritter gingen, auf eine gewisse Art, vor. – Der Platz, erwiderte der Knecht, indem er die Stimme fallen ließ, war eng. Es hauseten jetzt in allem sieben Ritter auf der Burg. Wenn Ihr es gewesen wäret, Ihr hättet die Pferde ein wenig zusammenrücken lassen. Ich sagte, ich wolle mir im Dorf einen Stall zu mieten suchen; doch der Schlossvogt versetzte, dass er die Pferde unter seinen Augen behalten müsse, und dass ich mich nicht unterstehen solle, sie vom Hofe wegzuführen. – Hm! sagte Kohlhaas. Was gabst du darauf an? – Weil der Verwalter sprach, die beiden Gäste würden bloß übernachten, und am andern Morgen weiterreiten, so führte ich die Pferde in den Schweinekoben hinein. Aber der folgende Tag verfloss, ohne dass es geschah; und als der dritte anbrach, hieß es, die Herren würden noch einige Wochen auf der Burg verweilen. – Am Ende war's nicht so schlimm, Herse, im Schweinekoben, sagte Kohlhaas, als es dir, da du zuerst die Nase hineinstecktest, vorkam. – 's ist wahr, erwiderte jener. Da ich den Ort ein bissel ausfegte, ging's an. Ich gab der Magd einen Groschen, dass sie die Schweine woanders einstecke. Und den Tag über bewerkstelligte ich auch, dass die Pferde aufrecht stehen konnten, indem ich die Bretter oben, wenn der Morgen dämmerte, von den Latten abnahm, und abends wieder auflegte. Sie guckten nun, wie Gänse, aus dem Dach vor, und sahen sich nach Kohlhaasenbrück, oder sonst, wo es besser ist, um. – Nun denn, fragte Kohlhaas, warum also, in aller Welt, jagte man dich fort? – Herr, ich sag's Euch, versetzte der Knecht, weil man meiner los sein wollte. Weil sie die Pferde, solange ich dabei war, nicht zugrunde richten konnten. Überall schnitten sie mir, im Hofe und in der Gesindestube, widerwärtige Gesichter; und weil ich dachte, zieht ihr die Mäuler, dass sie verrenken, so brachen sie die Gelegenheit vom Zaune, und warfen mich vom Hofe herunter. – Aber die Veranlassung! rief Kohlhaas. Sie werden doch irgendeine Veranlassung gehabt haben! – O allerdings, antwortete Herse, und die allergerechteste. Ich nahm, am Abend des zweiten Tages, den ich im Schweinekoben zugebracht, die Pferde, die sich darin doch zugesudelt hatten, und wollte sie zur Schwemme reiten. Und da ich eben unter dem Schlosstore bin und mich wenden will, hör ich den Vogt und den Verwalter, mit Knechten, Hunden und Prügeln, aus der Gesindestube, hinter mir herstürzen, und: halt, den Spitzbuben! rufen: halt, den Galgenstrick! als ob sie besessen wären. Der Torwächter tritt mir in den Weg; und da ich ihn und den rasenden Haufen, der auf mich zuläuft, frage: was gibt's? was es gibt? antwortet der Schlossvogt; und greift meinen beiden Rappen in den Zügel. Wo will Er hin mit den Pferden? fragt er, und packt mich an der Brust. Ich sage, wo ich hin will? Himmeldonner! Zur Schwemme will ich reiten. Denkt Er, dass ich –? Zur Schwemme? ruft der Schlossvogt. Ich will dich, Gauner, auf der Heerstraße, nach Kohlhaasenbrück schwimmen lehren! und schmeißt mich, mit einem hämischen Mordzug, er und der Verwalter, der mir das Bein gefasst hat, vom Pferd herunter, dass ich, lang wie ich bin, in den Kot stürze. Mord! Hagel! ruf ich, Sielzeug und Decken liegen, und ein Bündel Wäsche von mir, im Stall; doch er und die Knechte, indessen der Verwalter die Pferde wegführt, mit Füßen und Peitschen und Prügeln über mich her, dass ich halbtot hinter dem Schlosstor niedersinke. Und da ich sage: die Raubhunde! Wo führen sie mir die Pferde hin? und mich erhebe: heraus aus dem Schlosshof! schreit der Vogt, und: hetz, Kaiser! hetz, Jäger! erschallt es, und: hetz, Spitz! und eine Koppel von mehr als zwölf Hunden fällt über mich her. Drauf brech ich, war es eine Latte, ich weiß nicht was, vom Zaune, und drei Hunde tot streck ich neben mir nieder; doch da ich, von jämmerlichen Zerfleischungen gequält, weichen muss: Flüt! gellt eine Pfeife; die Hunde in den Hof, die Torflügel zusammen, der Riegel vor: und auf der Straße ohnmächtig sink ich nieder. – Kohlhaas sagte, bleich im Gesicht, mit erzwungener Schelmerei: hast du auch nicht entweichen wollen, Herse? Und da dieser, mit dunkler Röte, vor sich niedersah: gesteh mir's, sagte er; es gefiel dir im Schweinekoben nicht; du dachtest, im Stall zu Kohlhaasenbrück ist's doch besser. – Himmelschlag! rief Herse: Sielzeug und Decken ließ ich ja und ein Bündel Wäsche im Schweinekoben zurück. Würd ich drei Reichsgulden nicht zu mir gesteckt haben, die ich, im rotseidnen Halstuch, hinter der Krippe versteckt hatte? Blitz, Höll und Teufel! Wenn Ihr so sprecht, so möcht ich nur gleich den Schwefelfaden, den ich wegwarf, wieder anzünden! Nun, nun! sagte der Rosshändler; es war eben nicht böse gemeint! Was du gesagt hast, schau, Wort für Wort, ich glaub es dir; und das Abendmahl, wenn es zur Sprache kommt, will ich selbst nun darauf nehmen. Es tut mir leid, dass es dir in meinen Diensten nicht besser ergangen ist; geh, Herse, geh zu Bett, lass dir eine Flasche Wein geben, und tröste dich: dir soll Gerechtigkeit widerfahren! Und damit stand er auf, fertigte ein Verzeichnis der Sachen an, die der Großknecht im Schweinekoben zurückgelassen; spezifizierte den Wert derselben, fragte ihn auch, wie hoch er die Kurkosten veranschlage; und ließ ihn, nachdem er ihm noch einmal die Hand gereicht, abtreten.

Hierauf erzählte er Lisbeth, seiner Frau, den ganzen Verlauf und inneren Zusammenhang der Geschichte, erklärte ihr, wie er entschlossen sei, die öffentliche Gerechtigkeit für sich aufzufordern, und hatte die Freude, zu sehen, dass sie ihn, in diesem Vorsatz, aus voller Seele bestärkte. Denn sie sagte, dass noch mancher andre Reisende, vielleicht minder duldsam, als er, über jene Burg ziehen würde; dass es ein Werk Gottes wäre, Unordnungen, gleich diesen, Einhalt zu tun; und dass sie die Kosten, die ihm die Führung des Prozesses verursachen würde, schon beitreiben wolle. Kohlhaas nannte sie sein wackeres Weib, erfreute sich diesen und den folgenden Tag in ihrer und seiner Kinder Mitte, und brach, sobald es seine Geschäfte irgend zuließen, nach Dresden auf, um seine Klage vor Gericht zu bringen.

Hier verfasste er, mit Hilfe eines Rechtsgelehrten, den er kannte, eine Beschwerde, in welcher er, nach einer umständlichen Schilderung des Frevels, den der Junker Wenzel von Tronka, an ihm sowohl, als an seinem Knecht Herse, verübt hatte, auf gesetzmäßige Bestrafung desselben, Wiederherstellung der Pferde in den vorigen Zustand, und auf Ersatz des Schadens antrug, den er sowohl, als sein Knecht, dadurch erlitten hatten. Die Rechtssache war in der Tat klar. Der Umstand, dass die Pferde gesetzwidrigerweise festgehalten worden waren, warf ein entscheidendes Licht auf alles übrige; und selbst wenn man hätte annehmen wollen, dass die Pferde durch einen bloßen Zufall erkrankt wären, so würde die Forderung des Rosskamms, sie ihm gesund wieder zuzustellen, noch gerecht gewesen sein. Es fehlte Kohlhaas auch, während er sich in der Residenz umsah, keineswegs an Freunden, die seine Sache lebhaft zu unterstützen versprachen; der ausgebreitete Handel, den er mit Pferden trieb, hatte ihm die Bekanntschaft, und die Redlichkeit, mit welcher er dabei zu Werke ging, ihm das Wohlwollen der bedeutendsten Männer des Landes verschafft. Er speisete bei seinem Advokaten, der selbst ein ansehnlicher Mann war, mehrere Male heiter zu Tisch, legte eine Summe Geldes, zur Bestreitung der Prozesskosten, bei ihm nieder und kehrte, nach Verlauf einiger Wochen, völlig von demselben über den Ausgang seiner Rechtssache beruhigt, zu Lisbeth, seinem Weibe, nach Kohlhaasenbrück zurück. Gleichwohl vergingen Monate, und das Jahr war daran, abzuschließen, bevor er, von Sachsen aus, auch nur eine Erklärung über die Klage, die er daselbst anhängig gemacht hatte, geschweige denn die Resolution selbst, erhielt. Er fragte, nachdem er mehrere Male von neuem bei dem Tribunal eingekommen war, seinen Rechtsgehilfen, in einem vertrauten Briefe, was eine so übergroße Verzögerung verursache; und erfuhr, dass die Klage, auf eine höhere Insinuation, bei dem Dresdner Gerichtshofe, gänzlich niedergeschlagen worden sei. – Auf die befremdete Rückschrift des Rosskamms, worin dies seinen Grund habe, meldete ihm jener: dass der Junker Wenzel von Tronka mit zwei Jungherren, Hinz und Kunz von Tronka, verwandt sei, deren einer, bei der Person des Herrn, Mundschenk, der andre gar Kämmerer sei. – Er riet ihm noch, er möchte, ohne weitere Bemühungen bei der Rechtsinstanz, seiner, auf der Tronkenburg befindlichen, Pferde wieder habhaft zu werden suchen; gab ihm zu verstehen, dass der Junker, der sich jetzt in der Hauptstadt aufhalte, seine Leute angewiesen zu haben scheine, sie ihm auszuliefern; und schloss mit dem Gesuch, ihn wenigstens, falls er sich hiermit nicht beruhigen wolle, mit ferneren Aufträgen in dieser Sache zu verschonen.

Kohlhaas befand sich um diese Zeit gerade in Brandenburg, wo der Stadthauptmann, Heinrich von Geusau, zu dessen Regierungsbezirk Kohlhaasenbrück gehörte, eben beschäftigt war, aus einem beträchtlichen Fonds, der der Stadt zugefallen war, mehrere wohltätige Anstalten, für Kranke und Arme, einzurichten. Besonders war er bemüht, einen mineralischen Quell, der auf einem Dorf in der Gegend entsprang, und von dessen Heilkräften man sich mehr, als die Zukunft nachher bewährte, versprach, für den Gebrauch der Kranken einzurichten; und da Kohlhaas ihm, wegen manchen Verkehrs, in dem er, zur Zeit seines Aufenthalts am Hofe, mit demselben gestanden hatte, bekannt war, so erlaubte er Hersen, dem Großknecht, dem ein Schmerz beim Atemholen über der Brust, seit jenem schlimmen Tage auf der Tronkenburg, zurückgeblieben war, die Wirkung der kleinen, mit Dach und Einfassung versehenen, Heilquelle zu versuchen. Es traf sich, dass der Stadthauptmann eben, am Rande des Kessels, in welchen Kohlhaas den Herse gelegt hatte, gegenwärtig war, um einige Anordnungen zu treffen, als jener, durch einen Boten, den ihm seine Frau nachschickte, den niederschlagenden Brief seines Rechtsgehilfen aus Dresden empfing. Der Stadthauptmann, der, während er mit dem Arzte sprach, bemerkte, dass Kohlhaas eine Träne auf den Brief, den er bekommen und eröffnet hatte, fallen ließ, näherte sich ihm, auf eine freundliche und herzliche Wiese, und fragte ihn, was für ein Unfall ihn betroffen; und da der Rosshändler ihm, ohne ihm zu antworten, den Brief überreichte: so klopfte ihm dieser würdige Mann, dem die abscheuliche Ungerechtigkeit, die man auf der Tronkenburg an ihm verübt hatte, und an deren Folgen Herse eben, vielleicht auf die Lebenszeit, krank daniederlag, bekannt war, auf die Schulter, und sagte ihm: er solle nicht mutlos sein; er werde ihm zu seiner Genugtuung verhelfen! Am Abend, da sich der Rosskamm, seinem Befehl gemäß, zu ihm aufs Schloss begeben hatte, sagte er ihm, dass er nur eine Supplik, mit einer kurzen Darstellung des Vorfalls, an den Kurfürsten von Brandenburg aufsetzen, den Brief des Advokaten beilegen, und wegen der Gewalttätigkeit, die man sich, auf sächsischem Gebiet, gegen ihn erlaubt, den landesherrlichen Schutz aufrufen möchte. Er versprach ihm, die Bittschrift, unter einem anderen Paket, das schon bereit liege, in die Hände des Kurfürsten zu bringen, der seinethalb unfehlbar, wenn es die Verhältnisse zuließen, bei dem Kurfürsten von Sachsen einkommen würde; und mehr als eines solchen Schrittes bedürfe es nicht, um ihm bei dem Tribunal in Dresden, den Künsten des Junkers und seines Anhanges zum Trotz, Gerechtigkeit zu verschaffen. Kohlhaas, lebhaft erfreut, dankte dem Stadthauptmann, für diesen neuen Beweis seiner Gewogenheit, aufs herzlichste; sagte, es tue ihm nur leid, dass er nicht, ohne irgendwelche Schritte in Dresden zu tun, seine Sache gleich in Berlin anhängig gemacht habe; und nachdem er, in der Schreiberei des Stadtgerichts, die Beschwerde, ganz den Forderungen gemäß, verfasst und dem Stadthauptmann übergeben hatte, kehrte er, beruhigter über den Ausgang seiner Geschichte, als je, nach Kohlhaasenbrück zurück. Er hatte aber schon, in wenigen Wochen, den Kummer, durch einen Gerichtsherrn, der in Geschäften des Stadthauptmanns nach Potsdam ging, zu erfahren, dass der Kurfürst die Supplik seinem Kanzler, dem Grafen Kallheim, übergeben habe, und dass dieser nicht unmittelbar, wie es zweckmäßig schien, bei dem Hofe zu Dresden, um Untersuchung und Bestrafung der Gewalttat, sondern um vorläufige, nähere Information bei dem Junker von Tronka eingekommen sei. Der Gerichtsherr, der, vor Kohlhaasens Wohnung, im Wagen haltend, den Auftrag zu haben schien, dem Rosshändler diese Eröffnung zu machen, konnte ihm auf die entsprechende Frage: warum man also verfahren? keine befriedigende Auskunft geben. Er fügte nur noch hinzu: der Stadthauptmann ließe ihm sagen, er möchte sich in Geduld fassen; schien bedrängt, seine Reise fortzusetzen; und erst am Schluss der kurzen Unterredung erriet Kohlhaas, aus einigen hingeworfenen Worten, dass der Graf Kallheim mit dem Hause derer von Tronka verschwägert sei. – Kohlhaas, der keine Freude mehr, weder an seiner Pferdezucht, noch an Haus und Hof, kaum an Weib und Kind hatte, durchharrte, in trüber Ahndung der Zukunft, den nächsten Mond; und ganz seiner Erwartung gemäß kam, nach Verlauf dieser Zeit, Herse, dem das Bad einige Linderung verschafft hatte, von Brandenburg zurück, mit einem, ein größeres Reskript begleitenden, Schreiben des Stadthauptmanns, des Inhalts: es tue ihm leid, dass er nichts in seiner Sache tun könne; er schicke ihm eine, an ihn ergangene, Resolution der Staatskanzlei, und rate ihm, die Pferde, die er in der Tronkenburg zurückgelassen, wieder abzuführen, und die Sache im übrigen ruhen zu lassen. – Die Resolution lautete: »er sei, nach dem Bericht des Tribunals in Dresden, ein unnützer Querulant; der Junker, bei dem er die Pferde zurückgelassen, halte ihm dieselben, auf keine Weise, zurück; er möchte nach der Burg schicken, und sie holen, oder dem Junker wenigstens wissen lassen, wohin er sie ihm senden solle; die Staatskanzlei aber, auf jeden Fall, mit solchen Plackereien und Stänkereien verschonen.« Kohlhaas, dem es nicht um die Pferde zu tun war – er hätte gleichen Schmerz empfunden, wenn es ein Paar Hunde gegolten hätte – Kohlhaas schäumte vor Wut, als er diesen Brief empfing. Er sah, sooft sich ein Geräusch im Hofe hören ließ, mit der widerwärtigsten Erwartung, die seine Brust jemals bewegt hatte, nach dem Torwege, ob die Leute des Jungherren erscheinen, und ihm, vielleicht gar mit einer Entschuldigung, die Pferde, abgehungert und abgehärmt, wieder zustellen würden; der einzige Fall, in welchem seine von der Welt wohlerzogene Seele, auf nichts das ihrem Gefühl völlig entsprach gefasst war. Er hörte aber in kurzer Zeit schon, durch einen Bekannten, der die Straße gereiset war, dass die Gäule auf der Tronkenburg, nach wie vor, den übrigen Pferden des Landjunkers gleich, auf dem Felde gebraucht würden; und mitten durch den Schmerz, die Welt in einer so ungeheuren Unordnung zu erblicken, zuckte die innerliche Zufriedenheit empor, seine eigne Brust nunmehr in Ordnung zu sehen. Er lud einen Amtmann, seinen Nachbar, zu sich, der längst mit dem Plan umgegangen war, seine Besitzungen durch den Ankauf der, ihre Grenze berührenden, Grundstücke zu vergrößern, und fragte ihn, nachdem sich derselbe bei ihm niedergelassen, was er für seine Besitzungen, im Brandenburgischen und im Sächsischen, Haus und Hof, in Bausch und Bogen, es sei nagelfest oder nicht, geben wolle? Lisbeth, sein Weib, erblasste bei diesen Worten. Sie wandte sich, und hob ihr Jüngstes auf, das hinter ihr auf dem Boden spielte, Blicke, in welchen sich der Tod malte, an den roten Wangen des Knaben vorbei, der mit ihren Halsbändern spielte, auf den Rosskamm, und ein Papier werfend, das er in der Hand hielt. Der Amtmann fragte, indem er ihn befremdet ansah, was ihn plötzlich auf so sonderbare Gedanken bringe; worauf jener, mit soviel Heiterkeit, als er erzwingen konnte, erwiderte: der Gedanke, seinen Meierhof, an den Ufern der Havel, zu verkaufen, sei nicht allzuneu; sie hätten beide schon oft über diesen Gegenstand verhandelt; sein Haus in der Vorstadt in Dresden sei, in Vergleich damit, ein bloßer Anhang, der nicht in Erwägung komme; und kurz, wenn er ihm seinen Willen tun, und beide Grundstücke überneh-

20

men wolle, so sei er bereit, den Kontrakt darüber mit ihm abzuschließen. Er setzte, mit einem etwas erzwungenen Scherz hinzu, Kohlhaasenbrück sei ja nicht die Welt; es könne Zwecke geben, in Vergleich mit welchen, seinem Hauswesen, als ein ordentlicher Vater, vorzustehen, untergeordnet und nichtswürdig sei; und kurz, seine Seele, müsse er ihm sagen, sei auf große Dinge gestellt, von welchen er vielleicht bald hören werde. Der Amtmann, durch diese Worte beruhigt, sagte, auf eine lustige Art, zur Frau, die das Kind einmal über das andere küsste: er werde doch nicht gleich Bezahlung verlangen? legte Hut und Stock, die er zwischen den Knien gehalten hatte, auf den Tisch, und nahm das Blatt, das der Rosskamm in der Hand hielt, um es zu durchlesen. Kohlhaas, indem er demselben näher rückte, erklärte ihm, dass es ein von ihm aufgesetzter eventueller in vier Wochen verfallener Kauf kontrakt sei; zeigte ihm, dass darin nichts fehle, als die Unterschriften, und die Einrückung der Summen, sowohl was den Kaufpreis selbst, als auch den Reukauf, d.h. die Leistung betreffe, zu der er sich, falls er binnen vier Wochen zurückträte, verstehen wolle; und forderte ihn noch einmal munter auf, ein Gebot zu tun, indem er ihm versicherte, dass er billig sein, und keine großen Umstände machen würde. Die Frau ging in der Stube auf und ab, ihre Brust flog, dass das Tuch, an welchem der Knabe gezupft hatte, ihr völlig von der Schulter herabzufallen drohte. Der Amtmann sagte, dass er ja den Wert der Besitzung in Dresden keineswegs beurteilen könne; worauf ihm Kohlhaas, Briefe, die bei ihrem Ankauf gewechselt worden waren, hinschiebend, antwortete: dass er sie zu 100 Goldgülden veranschlage, obschon daraus hervorging, dass sie ihm fast um die Hälfte mehr gekostet hatte. Der Amtmann, der den Kaufkontrakt noch einmal überlas, und darin auch von seiner Seite, auf eine sonderbare Art, die Freiheit stipuliert fand, zurückzutreten, sagte, schon halb entschlossen: dass er ja die Gestütpferde, die in seinen Ställen wären, nicht brauchen könne; doch da Kohlhaas erwiderte, dass er die Pferde auch gar nicht loszuschlagen willens sei, und dass er auch einige Waffen, die in der Rüstkammer hingen, für sich behalten wolle, so – zögerte jener noch und zögerte, und wiederholte endlich ein Gebot, das er ihm vor kurzem schon einmal, halb im Scherz, halb im Ernst, nichtswürdig gegen den Wert der Besitzung, auf einem Spaziergange gemacht hatte. Kohlhaas schob ihm Tinte und Feder hin, um zu schreiben; und da der Amtmann, der seinen Sinnen nicht traute, ihn noch einmal gefragt hatte, ob es sein Ernst sei? und der Rosskamm ihm ein wenig empfindlich geantwortet hatte: ob er glaube, dass er bloß seinen Scherz mit ihm treibe? so nahm jener zwar, mit einem bedenklichen Gesicht, die Feder, und schrieb; dagegen durchstrich er den Punkt, in welchem von der Leistung, falls dem Verkäufer der Handel gereuen sollte, die Rede war; verpflichtete sich, zu einem Darlehn von 100 Goldgulden, auf die Hypothek des Dresdenschen Grundstücks, das er auf keine Weise käuflich an sich bringen wollte; und ließ ihm, binnen zwei Monaten völlige Freiheit, von dem Handel wieder zurückzutreten. Der Rosskamm, von diesem Verfahren gerührt, schüttelte ihm mit großer Herzlichkeit die Hand, und nachdem sie noch, welches eine Hauptbedingung war, übereingekommen waren, dass des Kaufpreises vierter Teil unfehlbar gleich bar, und der Rest, in drei Monaten, in der Hamburger Bank, gezahlt werden sollte, rief jener nach Wein, um sich eines so glücklich abgemachten Geschäfts zu erfreuen. Er sagte einer Magd, die mit den Flaschen hereintrat, Sternbald, der Knecht, solle ihm den Fuchs satteln; er müsse, gab er an, nach der Hauptstadt reiten, wo er Verrichtungen habe; und gab zu verstehen, dass er in kurzem, wenn er zurückkehre, sich offenherziger über das, was er jetzt noch für sich behalten müsse, auslassen würde. Hierauf, indem er die Gläser einschenkte, fragte er nach dem Polen und Türken, die gerade damals miteinander im Streit lagen, verwickelte den Amtmann in mancherlei politische Konjekturen darüber; trank ihm schließlich hierauf noch einmal auf das Gedeihen ihres Geschäfts zu, und entließ ihn. – Als der Amtmann das Zimmer verlassen hatte, fiel Lisbeth auf Knien vor ihm nieder. Wenn du mich irgend, rief sie, mich und die Kinder, die ich dir geboren habe, in deinem Herzen trägst, wenn wir nicht im voraus schon, um welcher Ursach willen, weiß ich nicht, verstoßen sind: so sage mir, was diese entsetzlichen Anstalten zu bedeuten haben! Kohlhaas sagte: liebstes Weib, nichts, das dich noch, so wie die Sachen stehn, beunruhigen dürfte. Ich habe eine Resolution erhalten, in welcher man mir sagt, dass meine Klage gegen den Junker Wenzel von Tronka eine nichtsnutzige Stänkerei sei. Und weil hier ein Missverständnis obwalten muss: so habe ich mich entschlossen, meine Klage noch einmal, persönlich bei dem Landesherrn selbst, einzureichen. – Warum willst du dein Haus verkaufen? rief sie, indem sie mit einer verstörten Gebärde, aufstand. Der Rosskamm, indem er sie sanft an seine Brust drückte, erwiderte: weil ich in einem Lande, liebste Lisbeth, in welchem man mich, in meinen Rechten, nicht schützen will, nicht bleiben mag. Lieber ein Hund sein, wenn ich von Füßen getreten werden soll, als ein Mensch! Ich bin gewiss, dass meine Frau hierin so denkt, als ich. – Woher weißt du, fragte jene wild, dass man dich in deinen Rechten nicht schützen wird? Wenn du dem Herrn bescheiden, wie es dir zukommt, mit deiner Bittschrift nahst: woher weißt du, dass sie beiseite geworfen, oder mit Verweigerung, dich zu hören, beantwortet werden wird? – Wohlan, antwortete Kohlhaas, wenn meine Furcht hierin ungegründet ist, so ist auch mein Haus noch nicht verkauft. Der Herr selbst, weiß ich, ist gerecht; und wenn es mir nur gelingt, durch die, die ihn umringen, bis zu seiner Person zu kommen, so zweifle ich nicht, ich verschaffe mir Recht, und kehre fröhlich, noch ehe die Woche verstreicht, zu dir und meinen alten Geschäften zurück. Möcht ich alsdann noch, setzt' er hinzu, indem er sie küsste, bis an das Ende meines Lebens bei dir verharren! – Doch ratsam ist es, fuhr er fort, dass ich mich auf jeden Fall gefasst mache; und daher wünschte ich, dass du dich, auf einige Zeit, wenn es sein kann, entferntest, und mit den Kindern zu deiner Muhme nach Schwerin gingst, die du überdies längst hast besuchen wollen. – Wie? rief die Hausfrau. Ich soll nach Schwerin gehen? Über die Grenze mit den Kindern, zu meiner Muhme nach Schwerin? Und das Entsetzen erstickte ihr die Sprache. – Allerdings, antwortete Kohlhaas, und das, wenn es sein kann, gleich, damit ich in den Schritten, die ich für meine Sache tun will, durch keine Rücksichten gestört werde. – »Oh! ich verstehe dich!« rief sie. »Du brauchst jetzt nichts mehr, als Waffen und Pferde; alles andere kann nehmen, wer will!« Und damit wandte sie sich, warf sich auf einen Sessel nieder, und weinte. – Kohlhaas sagte betroffen: liebste Lisbeth, was machst du? Gott hat mich mit Weib und Kindern und Gütern gesegnet; soll ich heute zum ersten Mal wünschen, dass es anders wäre? – – – Er setzte sich zu ihr, die ihm, bei diesen Worten, errötend um den Hals gefallen war, freundlich nieder. – Sag mir, sprach er, indem er ihr die Locken von der Stirne strich: was soll ich tun? Soll ich meine Sache aufgeben? Soll ich zur Tronkenburg gehen, und den Ritter bitten, dass er mir die Pferde wiedergebe, mich aufschwingen, und sie dir herreiten? – Lisbeth wagte nicht: ja! ja! ja! zu sagen – sie schüttelte weinend mit dem Kopf, sie drückte ihn heftig an sich, und überdeckte mit heißen Küssen seine Brust »Nun also!« rief Kohlhaas. »Wenn du fühlst, dass mir, falls ich mein Gewerbe forttreiben soll, Recht werden muss: so gönne mir auch die Freiheit, die mir nötig ist, es mir zu verschaffen!« Und damit stand er auf, und sagte dem Knecht, der ihm meldete, dass der Fuchs gesattelt stünde: morgen müssten auch die Braunen eingeschirrt werden, um seine Frau nach Schwerin zu führen. Lisbeth sagte: sie habe einen Einfall! Sie erhob sich, wischte sich die Tränen aus den Augen, und fragte ihn, der sich an einem Pult niedergesetzt hatte: ob er ihr die Bittschrift geben, und sie, statt seiner, nach Berlin gehen lassen wolle, um sie dem Landesherrn zu überreichen. Kohlhaas, von dieser Wendung, um mehr als einer Ursach willen, gerührt, zog sie auf seinen Schoß nieder, und sprach: liebste Frau, das ist nicht wohl möglich! Der Landesherr ist vielfach umringt, mancherlei Verdrießlichkeiten ist der ausgesetzt, der ihm naht. Lisbeth versetzte, dass es in tausend Fällen einer Frau leichter sei, als einem Mann, ihm zu nahen. Gib mir die Bittschrift, wiederholte sie; und wenn du weiter nichts willst, als sie in seinen Händen wissen, so verbürge ich mich dafür: er soll sie bekommen! Kohlhaas, der von ihrem Mut sowohl, als ihrer Klugheit, mancherlei Proben hatte, fragte, wie sie es denn anzustellen denke, worauf sie, indem sie verschämt vor sich niedersah, erwiderte: dass der Kastellan des kurfürstlichen Schlosses, in früheren Zeiten, da er zu Schwerin in Diensten gestanden, um sie geworben habe; dass derselbe zwar jetzt verheiratet sei, und mehrere Kinder habe; dass sie aber immer noch nicht ganz vergessen wäre; – und kurz, dass er es ihr nur überlassen möchte, aus diesem und manchem andern Umstand, der zu beschreiben zu weitläufig wäre, Vorteil zu ziehen. Kohlhaas küsste sie mit großer Freude, sagte, dass er ihren Vorschlag annähme, belehrte sie, dass es weiter nichts bedürfe, als einer Wohnung bei der Frau desselben, um den Landesherrn, im Schlosse selbst, anzutreffen, gab ihr die Bittschrift, ließ die Braunen anspannen, und schickte sie mit Sternbald, seinem treuen Knecht, wohleingepackt ab.

Diese Reise war aber von allen erfolglosen Schritten, die er in seiner Sache getan hatte, der allerunglücklichste. Denn schon nach wenigen Tagen zog Sternbald in den Hof wieder ein, Schritt vor Schritt den Wagen führend, in welchem die Frau, mit einer gefährlichen Quetschung an der Brust, ausgestreckt darnieder lag. Kohlhaas, der bleich an das Fuhrwerk trat, konnte nichts Zusammenhängendes über das, was dieses Unglück verursacht hatte, erfahren. Der Kastellan war, wie der Knecht sagte, nicht zu Hause gewesen; man war also genötigt worden, in einem Wirtshause, das in der Nähe des Schlosses lag, abzusteigen; dies Wirtshaus hatte Lisbeth am andern Morgen verlassen, und dem Knecht befohlen, bei den Pferden zurückzubleiben; und eher nicht, als am Abend, sei sie, in diesem Zustand, zurückgekommen. Es schien, sie hatte sich zu dreist an die Person des Landesherrn vorgedrängt, und, ohne Verschulden desselben, von dem bloßen rohen Eifer einer Wache, die ihn umringte, einen Stoß, mit dem Schaft einer Lanze, vor die Brust erhalten. Wenigstens berichteten die Leute so, die sie, in bewusstlosem Zustand, gegen Abend in den Gasthof brachten; denn sie selbst konnte, von aus dem Mund vorquellendem Blute gehindert, wenig sprechen. Die Bittschrift war ihr nachher durch einen Ritter abgenommen worden. Sternbald sagte, dass es sein Wille gewesen sei, sich gleich auf ein Pferd zu setzen, und ihm von diesem unglücklichen Vorfall Nachricht zu geben; doch sie habe, trotz der Vorstellungen des herbeigerufenen Wundarztes, darauf bestanden, ohne alle vorgängige Benachrichtigungen, zu ihrem Manne nach Kohlhaasenbrück abgeführt zu werden. Kohlhaas brachte sie, die von der Reise völlig zugrunde gerichtet worden war, in ein Bett, wo sie, unter schmerzhaften Bemühungen, Atem zu holen, noch einige Tage lebte. Man versuchte vergebens, ihr das Bewusstsein wiederzugeben, um über das, was vorgefallen war, einige Aufschlüsse zu erhalten; sie lag, mit starrem, schon gebrochenen Auge, da, und antwortete nicht. Nur kurz vor ihrem Tode kehrte ihr noch einmal die Besinnung wieder. Denn da ein Geistlicher lutherischer Religion (zu welchem eben damals aufkeimenden Glauben sie sich, nach dem Beispiel ihres Mannes, bekannt hatte) neben ihrem Bette stand, und ihr mit lauter und empfindlich- feierlicher Stimme, ein Kapitel aus der Bibel vorlas: so sah sie ihn plötzlich, mit einem finstern Ausdruck, an, nahm ihm, als ob ihr daraus nichts vorzulesen wäre, die Bibel aus der Hand, blätterte und blätterte, und schien etwas darin zu suchen; und zeigte dem Kohlhaas, der an ihrem Bette saß, mit dem Zeigefinger, den Vers: »Vergib deinen Feinden; tue wohl auch denen, die dich hassen.« – Sie drückte ihm dabei mit einem überaus seelenvollen Blick die Hand, und starb. – Kohlhaas dachte: »so möge mir Gott nie vergeben, wie ich dem Junker vergebe!« küsste sie, indem ihm häufig die Tränen flossen, drückte ihr die Augen zu, und verließ das Gemach. Er nahm die hundert Goldgulden, die ihm der Amtmann schon, für die Ställe in Dresden, ausgehändigt hatte, und bestellte ein Leichenbegängnis, das weniger für sie, als für eine Fürstin, angeordnet schien: ein eichener Sarg, stark mit Metall beschlagen, Kissen von Seide, mit goldnen und silbernen Troddeln, und ein Grab von acht Ellen Tiefe, mit Feldsteinen gefüttert und Kalk. Er stand selbst, sein Jüngstes auf dem Arm, bei der Gruft, und sah der Arbeit zu. Als der Begräbnistag kam, ward die Leiche, weiß wie Schnee, in einen Saal aufgestellt, den er mit schwarzem Tuch hatte beschlagen lassen. Der Geistliche hatte eben eine rührende Rede an ihrer Bahre vollendet, als ihm die landesherrliche Resolution auf die Bittschrift zugestellt ward, welche die Abgeschiedene übergeben hatte, des Inhalts: er solle die Pferde von der Tronkenburg abholen, und bei Strafe, in das Gefängnis geworfen zu werden, nicht weiter in dieser Sache einkommen. Kohlhaas steckte den Brief ein, und ließ den Sarg auf den Wagen bringen. Sobald der Hügel geworfen, das Kreuz darauf gepflanzt, und die Gäste, die die Leiche bestattet hatten, entlassen waren, warf er sich noch einmal vor ihrem, nun verödeten Bette nieder, und übernahm sodann das Geschäft der Rache. Er setzte sich nieder und verfasste einen Rechtsschluss, in welchem er den Junker Wenzel von Tronka, kraft der ihm angeborenen Macht, verdammte, die Rappen, die er ihm abgenommen, und auf den Feldern zugrunde gerichtet, binnen drei Tagen nach Sicht, nach Kohlhaasenbrück zu führen, und in Person in seinen Ställen dick zu füttern. Diesen Schluss sandte er durch einen reitenden Boten an ihn ab, und instruierte denselben, flugs nach Übergabe des Papiers, wieder bei ihm in Kohlhaasenbrück zu sein. Da die drei Tage, ohne Überlieferung der Pferde, verflossen, so rief er Hersen; eröffnete ihm, was er dem Jungherrn, die Dickfütterung derselben anbetreffend, aufgegeben; fragte ihn zweierlei, ob er mit ihm nach der Tronkenburg reiten und den Jungherrn holen; auch, ob er über den Hergeholten, wenn er bei Erfüllung des Rechtsschlusses, in den Ställen von Kohlhaasenbrück, faul sei, die Peitsche führen wolle? und da Herse, sowie er ihn nur verstanden hatte: »Herr, heute noch!« aufjauchzte, und, indem er die Mütze in die Höhe warf, versicherte: einen Riemen, mit zehn Knoten, um ihm das Striegeln zu lehren, lasse er sich flechten! so verkaufte Kohlhaas das Haus, schickte die Kinder, in einen Wagen gepackt, über die Grenze; rief, bei Anbruch der Nacht, auch die übrigen Knechte zusammen, sieben an der Zahl, treu ihm jedweder, wie Gold, bewaffnete sie, gab ihnenGäule und brach nach der Tronkenburg auf.

Er fiel auch, mit diesem kleinen Haufen, schon, beim Einbruch der dritten Nacht, den Zollwärter und Torwächter, die im Gespräch unter dem Tor standen, niederreitend, in die Burg, und während, unter plötzlicher Aufprasselung aller Baracken im Schlossraum, die sie mit Feuer bewarfen, Herse, über die Windeltreppe, in den Turm der Vogtei eilte, und den Schlossvogt und Verwalter, die, halb entkleidet, beim Spiel saßen, mit Hieben und Stichen überfiel, stürzte Kohlhaas zum Junker Wenzel ins Schloss. Der Engel des Gerichts fährt also vom Himmel herab; und der Junker, der eben, unter vielem Gelächter, dem Tross junger Freunde, der bei ihm war, den Rechtsschluss, den ihm der Rosskamm übermacht hatte, vorlas, hatte nicht sobald dessen Stimme im Schlosshof vernommen, als er den Herren schon, plötzlich leichenbleich: Brüder, rettet euch! zurief, und verschwand. Kohlhaas, der, beim Eintritt in den Saal, einen Junker Hans von Tronka, der ihm entgegen kam, bei der Brust fasste, und in den Winkel des Saals schleuderte, dass er sein Hirn an den Steinen verspritzte, fragte, während die Knechte die anderen Ritter, die zu den Waffen gegriffen hatten, überwältigten, und zerstreuten: wo der Junker Wenzel von Tronka sei? Und da er, bei der Unwissenheit der betäubten Männer, die Türen zweier Gemächer, die in die Seitenflügel des Schlosses führten, mit einem Fußtritt sprengte, und in allen Richtungen, in denen er das weitläufige Gebäude durchkreuzte, niemanden fand, so stieg er fluchend in den Schlosshof hinab, um die Ausgänge besetzen zu lassen. Inzwischen war, vom Feuer der Baracken ergriffen, nun schon das Schloss, mit allen Seitengebäuden, starken Rauch gen Himmel qualmend, angegangen, und während Sternbald, mit drei geschäftigen Knechten, alles, was nicht niet- und nagelfest war, zusammenschleppten, und zwischen den Pferden, als gute Beute, umstürzten, flogen, unter dem Jubel Hersens, aus den offenen Fenstern der Vogtei, die Leichen des Schlossvogts und Verwalters, mit Weib und Kindern, herab. Kohlhaas, dem sich, als er die Treppe vom Schloss niederstieg, die alte, von der Gicht geplagte Haushälterin, die dem Junker die Wirtschaft führte, zu Füßen warf, fragte sie, indem er auf der Stufe stehenblieb: wo der Junker Wenzel von Tronka sei? und da sie ihm, mit schwacher, zitternder Stimme, zur Antwort gab: sie glaube, er habe sich in die Kapelle geflüchtet; so rief er zwei Knechte mit Fackeln, ließ, in Ermangelung der Schlüssel, den Eingang mit Brechstangen und Beilen eröffnen, kehrte

Altäre und Bänke um, und fand gleichwohl, zu seinem grimmigen Schmerz, den Junker nicht. Es traf sich, dass ein junger, zum Gesinde der Tronkenburg gehöriger Knecht, in dem Augenblick, da Kohlhaas aus der Kapelle zurückkam, herbeieilte, um aus einem weitläufigen, steinernen Stall, den die Flamme bedrohte, die Streithengste des Junkers herauszuziehen. Kohlhaas, der, in eben diesem Augenblick, in einem kleinen, mit Stroh bedeckten Schuppen, seine beiden Rappen erblickte, fragte den Knecht: warum er die Rappen nicht rette? und da dieser, indem er den Schlüssel in die Stalltür steckte, antwortete: der Schuppen stehe ja schon in Flammen, so warf Kohlhaas den Schlüssel, nachdem er ihn mit Heftigkeit aus der Stalltüre gerissen, über die Mauer, trieb den Knecht, mit hageldichten, flachen Hieben der Klinge, in den brennenden Schuppen hinein, und zwang ihn, unter entsetzlichem Gelächter der Umstehenden, die Rappen zu retten. Gleichwohl, als der Knecht schreckenblass, wenige Momente nachdem der Schuppen hinter ihm zusammenstürzte, mit den Pferden, die er an der Hand hielt, daraus hervortrat, fand er den Kohlhaas nicht mehr; und da er sich zu den Knechten auf den Schlossplatz begab, und den Rosshändler, der ihm mehrere Male den Rücken zukehrte, fragte: was er mit den Tieren nun anfangen solle? – hob dieser plötzlich, mit einer fürchterlichen Gebärde, den Fuß, dass der Tritt, wenn er ihn getan hätte, sein Tod gewesen wäre: bestieg, ohne ihm zu antworten, seinen Braunen, setzte sich unter das Tor der Burg, und erharrte, inzwischen die Knechte ihr Wesen forttrieben, schweigend den Tag.

Als der Morgen anbrach, war das ganze Schloss, bis auf die Mauern, niedergebrannt, und niemand befand sich mehr darin, als Kohlhaas und seine sieben Knechte. Er stieg vom Pferde, und untersuchte noch einmal, beim hellen Schein der Sonne, den ganzen, in allen seinen Winkeln jetzt von ihr erleuchteten Platz, und da er sich, so schwer es ihm auch ward, überzeugen musste, dass die Unternehmung auf die Burg fehlgeschlagen war, so schickte er, die Brust voll Schmerz und Jammer, Hersen mit einigen Knechten aus, um über die Richtung, die der Junker auf seiner Flucht genommen, Nachricht einzuziehen. Besonders beunruhigte ihn ein reiches Fräuleinstift, namens Erlabrunn, das an den Ufern der Mulde lag, und dessen Äbtissin, Antonia von Tronka, als eine fromme, wohltätige und heilige Frau, in der Gegend bekannt war; denn es schien dem unglücklichen Kohlhaas nur zu wahrscheinlich, dass der Junker sich entblößt von aller Notdurft, wie er war, in dieses Stift geflüchtet hatte, indem die Äbtissin seine leibliche Tante und die Erzieherin seiner ersten Kindheit war. Kohlhaas, nachdem er sich von diesem Umstand unterrichtet hatte, bestieg den Turm der Vogtei, in dessen Innerem sich noch ein Zimmer, zur Bewohnung brauchbar, darbot, und verfasste ein sogenanntes »Kohlhaasisches Mandat«, worin er das Land aufforderte, dem Junker Wenzel von Tronka, mit dem er in einem gerechten Krieg liege, keinen Vorschub zu tun, vielmehr jeden Bewohner, seine Verwandten und Freunde nicht ausgenommen, verpflichtete, denselben bei Strafe Leibes und des Lebens, und unvermeidlicher Einäscherung alles dessen, was ein Besitztum heißen mag, an ihn auszuliefern. Diese Erklärung streute er, durch Reisende und Fremde, in der Gegend aus; ja, er gab Waldmann, dem Knecht, eine Abschrift davon, mit dem bestimmten Auftrage, sie in die Hände der Dame Antonia nach Erlabrunn zu bringen. Hierauf beredete er einige Tronkenburgische

Knechte, die mit dem Junker unzufrieden waren, und von der Aussicht auf Beute gereizt, in seine Dienste zu treten wünschten; bewaffnete sie, nach Art des Fußvolks, mit Armbrüsten und Dolchen, und lehrte sie, hinter den berittenen Knechten aufsitzen; und nachdem er alles, was der Tross zusammengeschleppt hatte, zu Geld gemacht und das Geld unter denselben verteilt hatte, ruhte er einige Stunden, unter dem Burgtor, von seinen jämmerlichen Geschäften aus.

Gegen Mittag kam Herse und bestätigte ihm, was ihm sein Herz, immer auf die trübsten Ahnungen gestellt, schon gesagt hatte: nämlich, dass der Junker in dem Stift zu Erlabrunn, bei der alten Dame Antonia von Tronka, seiner Tante, befindlich sei. Es schien, er hatte sich, durch eine Tür, die, an der hinteren Wand des Schlosses, ins Freie hinausging, über eine schmale, steinerne Treppe gerettet, die, unter einem kleinen Dach, zu einigen Kähnen in die Elbe hinablief. Wenigstens berichtete Herse, dass er, in einem Elbdorf, zum Befremden der Leute, die wegen des Brandes in der Tronkenburg versammelt gewesen, um Mitternacht, in einem Nachen, ohne Steuer und Ruder, angekommen, und mit einem Dorffuhrwerk nach Erlabrunn weitergereiset sei. – – – Kohlhaas seufzte bei dieser Nachricht tief auf; er fragte, ob die Pferde gefressen hätten? und da man ihm antwortete: ja, so ließ er den Haufen aufsitzen, und stand schon drei Stunden später vor Erlabrunn. Eben, unter dem Gemurmel eines entfernten Gewitters am Horizont, mit Fackeln, die er vor dem Ort angesteckt, zog er mit seiner Schar in den Klosterhof ein, und Waldmann, der Knecht, der ihm entgegentrat, meldete ihm, dass das Mandat richtig abgegeben sei, als er die Äbtissin und den Stiftsvogt, in einem verstörten Wortwechsel, unter das Portal des Klosters treten sah; und während jener, der Stiftsvogt, ein kleiner, alter, schneeweißer Mann, grimmige Blicke auf Kohlhaas schießend, sich den Harnisch anlegen ließ, und den Knechten, die ihn umringten, mit dreister Stimme zurief, die Sturmglocke zu ziehn: trat jene, die Stiftsfrau, das silberne Bildnis des Gekreuzigten in der Hand, bleich, wie Linnenzeug, von der Rampe herab und warf sich mit allen ihren Jungfrauen vor Kohlhaasens Pferd nieder. Kohlhaas, während Herse und Sternbald den Stiftsvogt, der kein Schwert in der Hand hatte, überwältigten, und als Gefangenen zwischen die Pferde führten, fragte sie: wo der Junker Wenzel von Tronka sei? und da sie, einen großen Ring mit Schlüsseln von ihrem Gurt loslösend: in Wittenberg, Kohlhaas, würdiger Mann! antwortete, und, mit bebender Stimme, hinzusetzte: fürchte Gott und tue kein Unrecht! – so wandte Kohlhaas, in die Hölle unbefriedigter Rache zurückgeschleudert, das Pferd, und war im Begriff: steckt an! zu rufen, als ein ungeheurer Wetterschlag, dicht neben ihm, zur Erde niederfiel. Kohlhaas, indem er sein Pferd zu ihr zurückwandte, fragte sie: ob sie sein Mandat erhalten? und da die Dame mit schwacher, kaum hörbarer Stimme, antwortete: eben jetzt! – »Wann?« – Zwei Stunden, so wahr mir Gott helfe, nach des Junkers, meines Vetters, bereits vollzogener Abreise! – – – und Waldmann, der Knecht, zu dem Kohlhaas sich, unter finstern Blicken, umkehrte, stotternd diesen Umstand bestätigte, indem er sagte, dass die Gewässer der Mulde, vom Regen geschwellt, ihn verhindert hätten, früher, als eben jetzt, einzutreffen: so sammelte sich Kohlhaas; ein plötzlich furchtbarer Regenguss, der die Fackeln verlöschend, auf das Pflaster des Platzes niederrauschte, löste den Schmerz in seiner unglücklichen Brust; er wandte, indem er kurz den Hut vor der Dame rückte, sein Pferd, drückte ihm, mit den Worten: folgt mir meine Brüder; der Junker ist in Wittenberg! die Sporen ein, und verließ das Stift.

Er kehrte, da die Nacht einbrach, in einem Wirtshause auf der Landstraße ein, wo er, wegen großer Ermüdung der Pferde, einen Tag ausruhen musste, und da er wohl einsah, dass er mit einem Haufen von zehn Mann (denn so stark war er jetzt), einem Platz wie Wittenberg war, nicht trotzen konnte, so verfasste er ein zweites Mandat, worin er, nach einer kurzen Erzählung dessen, was ihm im Lande begegnet, »jeden guten Christen«, wie er sich ausdrückte, »unter Angelobung eines Handgelds und anderer kriegerischen Vorteile«, aufforderte »seine Sache gegen den Junker von Tronka, als dem allgemeinen Feind aller Christen, zu ergreifen«. In einem anderen Mandat, das bald darauf erschien, nannte er sich: »einen Reichs- und Weltfreien, Gott allein unterworfenen Herrn«; eine Schwärmerei krankhafter und missgeschaffener Art, die ihm gleichwohl, bei dem Klang seines Geldes und der Aussicht auf Beute, unter dem Gesindel, das der Friede mit Polen außer Brot gesetzt hatte, Zulauf in Menge verschaffte: dergestalt, dass er in der Tat dreißig und etliche Köpfe zählte, als er sich, zur Einäscherung von Wittenberg, auf die rechte Seite der Elbe zurückbegab. Er lagerte sich, mit Pferden und Knechten, unter dem Dache einer alten verfallenen Ziegelscheune, in der Einsamkeit eines finstern Waldes, der damals diesen Platz umschloss, und hatte nicht sobald durch Sternbald, den er, mit dem Mandat, verkleidet in die Stadt schickte, erfahren, dass das Mandat daselbst schon bekannt sei, als er auch mit seinen Haufen schon, am heiligen Abend vor Pfingsten, aufbrach, und den Platz, während die Bewohner im tiefsten Schlaf lagen, an mehreren Ecken zugleich, in Brand steckte. Dabei klebte er, während die Knechte in der Vorstadt plünderten, ein Blatt an den Türpfeiler einer Kirche an, des Inhalts: »er, Kohlhaas, habe die Stadt in Brand gesteckt, und werde sie, wenn man ihm den Junker nicht ausliefere, dergestalt einäschern, dass er«, wie er sich ausdrückte, »hinter keiner Wand werde zu sehen brauchen, um ihn zu finden«. – Das Entsetzen der Einwohner, über diesen unerhörten Frevel, war unbeschreiblich; und die Flamme, die bei einer zum Glück ziemlich ruhigen Sommernacht, zwar nicht mehr als neunzehn Häuser, worunter gleichwohl eine Kirche war, in den Grund gelegt hatte, war nicht sobald, gegen Anbruch des Tages, einigermaßen gelöscht worden, als der alte Landvogt, Otto von Gorgas, bereits ein Fähnlein von fünfzig Mann aussandte, um den entsetzlichen Wüterich auszuheben. Der Hauptmann aber, der es führte, namens Gerstenberg, benahm sich so schlecht dabei, dass die ganze Expedition Kohlhaasen, statt ihn zu stürzen, vielmehr zu einem höchst gefährlichen kriegerischen Ruhm verhalf; denn da dieser Kriegsmann sich in mehrere Abteilungen auflösete, um ihn, wie er meinte, zu umzingeln und zu erdrücken, ward er von Kohlhaas, der seinen Haufen zusammenhielt, auf vereinzelten Punkten, angegriffen und geschlagen, dergestalt, dass schon, am Abend des nächstfolgenden Tages, kein Mann mehr von dem ganzen Haufen, auf den die Hoffnung des Landes gerichtet war, gegen ihn im Felde stand. Kohlhaas, der durch diese Gefechte einige Leute eingebüßt hatte, steckte die Stadt, am Morgen des nächsten Tages, von neuem in Brand, und seine mörderischen Anstalten waren so gut, dass wiederum eine Menge Häuser, und fast alle Scheunen der Vorstadt, in Asche gelegt wurden. Dabei plackte er das bewusste Mandat wieder, und zwar an die Ecken des Rathauses selbst, an, und fügte eine Nachricht über das Schicksal des, vom Landvogt abgeschickten und von ihm zugrunde gerichteten, Hauptmanns von Gerstenberg bei. Der Landvogt, von diesem Trotz aufs äußerste verärgert, setzte sich selbst, mit mehreren Rittern, an die Spitze eines Haufens von hundertundfünfzig Mann. Er gab dem Junker Wenzel von Tronka, auf seine schriftliche Bitte, eine Wache, die ihn vor der Gewalttätigkeit des Volks, das ihn platterdings aus der Stadt entfernt wissen wollte, schützte; und nachdem er, auf allen Dörfern in der Gegend, Wachen ausgestellt, auch die Ringmauer der Stadt, um sie vor einem Überfall zu decken, mit Posten besetzt hatte, zog er, am Tage des heiligen Gervasius, selbst aus, um den Drachen, der das Land verwüstete, zu fangen. Diesen Haufen war der Rosskamm klug genug, zu vermeiden; und nachdem er den Landvogt, durch geschickte Märsche, fünf Meilen von der Stadt hinweggelockt, und vermittelst mehrerer Anstalten, die er traf, zu dem Wahn verleitet hatte, dass er sich, von der Übermacht gedrängt, ins Brandenburgische werfen würde: wandte er sich plötzlich, beim Einbruch der dritten Nacht, kehrte, in einem Gewaltritt, nach Wittenberg zurück, und steckte die Stadt zum drittenmal in Brand. Herse, der sich verkleidet in die Stadt schlich, führte dieses entsetzliche Kunststück aus; und die Feuersbrunst war, wegen eines scharf wehenden Nordwindes, so verderblich und um sich fressend, dass, in weniger als drei Stunden, zweiundvierzig Häuser, zwei Kirchen, mehrere Klöster und Schulen, und das Gebäude der kurfürstlichen Landvogtei selbst, in Schutt und Asche lagen. Der Landvogt, der seinen Gegner, beim Anbruch des Tages, im Brandenburgischen glaubte, fand, als er von dem, was vorgefallen, benachrichtigt, in bestürzten Märschen zurückkehrte, die Stadt in allgemeinem Aufruhr; das Volk hatte sich zu Tausenden vor dem, mit Balken und Pfählen verrammelten, Hause des Junkers gelagert, und forderte, mit rasendem Geschrei, seine Abführung aus der Stadt. Zwei Bürgermeister, namens Jenkens und Otto, die in Amtskleidern an der Spitze des ganzen Magistrats gegenwärtig waren, bewiesen vergebens, dass man platterdings die Rückkehr eines Eilboten abwarten müsse, den man wegen Erlaubnis den Junker nach Dresden bringen zu dürfen, wohin er selbst aus mancherlei Gründen abzugehen wünsche, an den Präsidenten der Staatskanzlei geschickt habe. Der unvernünftige, mit Spießen und Stangen bewaffnete Haufen gab auf diese Worte nichts, und eben war man, unter Misshandlung einiger zu kräftigen Maßregeln auffordernden Räte, im Begriff das Haus worin der Junker war zu stürmen und der Erde gleich zu machen, als der Landvogt, Otto von Gorgas, an der Spitze seines Reiterhaufens, in der Stadt erschien. Diesem würdigen Herrn, der schon durch seine bloße Gegenwart dem Volk Ehrfurcht und Gehorsam einzuflößen gewohnt war, war es, gleichsam zum Ersatz für die fehlgeschlagene Unternehmung, von welcher er zurückkam, gelungen, dicht vor den Toren der Stadt drei zersprengte Knechte von der Bande des Mordbrenners einzufangen, und da er, inzwischen die Kerle vor dem Angesicht des Volks mit Ketten gefesselt wurden, den Magistrat mit einer klugen Rede versicherte, den Kohlhaas selbst denke er in kurzem, indem er ihm auf der Spur sei, gefesselt einzubringen: so glückte es ihm, durch die Kraft aller dieser beschwichtigenden Umstände, die Angst des versam-

melten Volks zu ernüchtern, und über die Anwesenheit des Junkers, bis zur Zurückkunft des Eilboten aus Dresden, einigermaßen zu beruhigen. Er stieg, in Begleitung
einiger Ritter, vom Pferde, und verfügte sich, nach Wegräumung der Palisaden und
Pfähle, in das Haus, wo er den Junker, der aus einer Ohnmacht in die andere fiel,
unter den Händen zweier Ärzte fand, die ihn mit Essenzen und Irritanzen wieder ins
Leben zurückzubringen suchten; und da Herr Otto von Gorgas wohl fühlte, dass
dies der Augenblick nicht war, wegen der Aufführung, die er sich zuschulden kommen lasse, Worte mit ihm zu wechseln: so sagte er ihm bloß, mit einem Blick stiller
Verachtung, dass er sich ankleiden, und ihm, zu seiner eigenen Sicherheit, in die
Gemächer der Ritterhaft folgen möchte. Als man dem Junker ein Wams angelegt,
und einen Helm aufgesetzt hatte, und er, die Brust, wegen Mangels an Luft, noch
halb offen, am Arm des Landvogts und seines Schwagers, des Grafen von Ger-
schau, auf der Straße erschien, stiegen gotteslästerliche und entsetzliche Verwünschungen gegen ihn zum Himmel auf. Das Volk, von den Landsknechten nur mühsam zurückgehalten, nannte ihn einen Blutegel, einen elenden Landplager und Men-
schenquäler, den Fluch der Stadt Wittenberg und das Verderben von Sachsen; und
nach einem jämmerlichen Zuge durch die in Trümmern liegende Stadt, während
welchem er mehrere Male, ohne es zu bemerken, den Helm verlor, den ihm ein Ritter von hinten wieder aufsetzte, erreichte man endlich das Gefängnis, wo er in einem Turm, unter dem Schutz einer starken Wache, verschwand. Mittlerweile setzte
die Rückkehr des Eilboten, mit der kurfürstlichen Resolution, die Stadt in neue Besorgnis. Denn die Landesregierung, bei welcher die Bürgerschaft von Dresden, in
einer dringenden Supplik, unmittelbar eingekommen war, wollte, vor Überwältigung des Mordbrenners, von dem Aufenthalt des Junkers in der Residenz nichts
wissen; vielmehr verpflichtete sie den Landvogt, denselben da, wo er sei, weil er
irgendwo sein müsse, mit der Macht, die ihm zu Gebote stehe, zu beschirmen: wogegen sie der guten Stadt Wittenberg, zu ihrer Beruhigung, meldete, dass bereits ein
Heerhaufen von fünfhundert Mann, unter Anführung des Prinzen Friedrich von
Meißen im Anzuge sei, um sie vor den ferneren Belästigungen desselben zu beschützen. Der Landvogt, der wohl einsah, dass eine Resolution dieser Art, das Volk
keinesweges beruhigen konnte: denn nicht nur, dass mehrere kleine Vorteile, die
der Rosshändler, an verschiedenen Punkten, vor der Stadt erfochten, über die Stärke, zu der er herangewachsen, äußerst unangenehme Gerüchte verbreiteten; der
Krieg, den er, in der Finsternis der Nacht, durch verkleidetes Gesindel, mit Pech,
Stroh und Schwefel führte, hätte, unerhört und beispiellos, wie er war, selbst einen
größeren Schutz, als mit welchem der Prinz von Meißen heranrückte, unwirksam
machen können: der Landvogt, nach einer kurzen Überlegung, entschloss sich, die
Resolution, die er empfangen, ganz und gar zu unterdrücken. Er plackte bloß einen
Brief, in welchem ihm der Prinz von Meißen seine Ankunft meldete, an die Ecken
der Stadt an; ein verdeckter Wagen, der, beim Anbruch des Tages, aus dem Hofe
des Herrenzwingers kam, fuhr, von vier schwerbewaffneten Reitern begleitet, auf
die Straße nach Leipzig hinaus, wobei die Reiter, auf eine unbestimmte Art verlauten ließen, dass es nach der Pleißenburg gehe; und da das Volk über den heillosen
Junker, an dessen Dasein Feuer und Schwert gebunden, dergestalt beschwichtigt

war, brach er selbst, mit einem Haufen von dreihundert Mann, auf, um sich mit dem Prinzen Friedrich von Meißen zu vereinigen. Inzwischen war Kohlhaas in der Tat, durch die sonderbare Stellung, die er in der Welt einnahm, auf hundertundneun Köpfe herangewachsen; und da er auch in Jassen einen Vorrat an Waffen aufgetrieben, und seine Schar auf das vollständigste damit ausgerüstet hatte: so fasste er, von dem doppelten Unwetter, das auf ihn heranzog, benachrichtigt, den Entschluss, demselben, mit der Schnelligkeit des Sturmwinds, ehe es über ihm zusammenschlüge, zu begegnen. Demnach griff er schon, Tags darauf, den Prinzen von Meißen, in einem nächtlichen Überfall, bei Mühlberg an; bei welchem Gefecht er zwar, zu seinem großen Leidwesen, den Herse einbüßte, der gleich durch die ersten Schüsse an seiner Seite zusammenstürzte: durch diesen Verlust erbittert aber, in einem drei Stunden langen Kampf, den Prinzen, unfähig sich in dem Flecken zu sammeln, so zurichtete, dass er beim Anbruch des Tages, mehrerer schweren Wunden und einer gänzlichen Unordnung seines Haufens wegen, genötigt war, den Rückzug nach Dresden einzuschlagen. Durch diesen Vorteil tollkühn gemacht, wandte er sich, ehe derselbe noch davon unterrichtet sein konnte, zum Landvogt zurück, fiel ihn bei dem Dorfe Damerow, am hellen Mittag, auf freiem Felde an, und schlug sich, unter mörderischem Verlust zwar, aber mit gleichen Vorteilen, bis in die sinkende Nacht mit ihm herum. Ja, er würde den Landvogt, der sich in den Kirchhof zu Damerow geworfen hatte, am andern Morgen unfehlbar mit dem Rest seines Haufens wieder angegriffen haben, wenn derselbe nicht durch Kundschafter von der Niederlage, die der Prinz bei Mühlberg erlitten, benachrichtigt worden wäre, und somit für ratsamer gehalten hätte, gleichfalls, bis auf einen besseren Zeitpunkt, nach Wittenberg zurückzukehren. Fünf Tage, nach Zersprengung dieser beiden Haufen, stand er vor Leipzig und steckte die Stadt an drei Seiten in Brand. – Er nannte sich in dem Mandat, das er, bei dieser Gelegenheit, ausstreute, »einen Statthalter Michaels, des Erzengels, der gekommen sei, an allen, die in dieser Streitsache des Junkers Partei ergreifen würden, mit Feuer und Schwert, die Arglist, in welcher die ganze Welt versunken sei, zu bestrafen«. Dabei rief er, von dem Lützner Schloss aus, das er überrumpelt, und worin er sich festgesetzt hatte, das Volk auf, sich, zur Errichtung einer besseren Ordnung der Dinge, ihm anzuschließen; und das Mandat war, mit einer Art von Verrückung, unterzeichnet: »Gegeben auf dem Sitz unserer provisorischen Weltregierung, dem Erzschlosse zu Lützen.« Das Glück der Einwohner von Leipzig wollte, dass das Feuer, wegen eines anhaltenden Regens der vom Himmel fiel, nicht um sich griff, dergestalt, dass bei der Schnelligkeit der bestehenden Löschanstalten, nur einige Kramläden, die um die Pleißenburg lagen, in Flammen auflohderten. Gleichwohl war die Bestürzung in der Stadt, über das Dasein des rasenden Mordbrenners, und den Wahn, in welchem derselbe stand, dass der Junker in Leipzig sei, unaussprechlich; und da ein Haufen von hundertundachtzig Reisigen, den man gegen ihn ausschickte, zersprengt in die Stadt zurückkam: so blieb dem Magistrat, der den Reichtum der Stadt nicht aussetzen wollte, nichts anderes übrig, als die Tore gänzlich zu sperren, und die Bürgerschaft Tag und Nacht, außerhalb der Mauern, wachen zu lassen. Vergebens ließ der Magistrat, auf den Dörfern der umliegenden Gegend, Deklarationen anheften, mit der bestimmten Versicherung, dass der Junker nicht in der Pleißenburg sei; der Rosskamm, in ähnlichen Blättern, bestand darauf, dass er in der Pleißenburg sei, und erklärte, dass, wenn derselbe nicht darin befindlich wäre, er mindestens verfahren würde, als ob er darin wäre, bis man ihm den Ort, mit Namen genannt, werde angezeigt haben, worin er befindlich sei. Der Kurfürst, durch einen Eilboten, von der Not, in welcher sich die Stadt Leipzig befand, benachrichtigt, erklärte, dass er bereits einen Heerhaufen von zweitausend Mann zusammenzöge, und sich selbst an dessen Spitze setzen würde, um den Kohlhaas zu fangen. Er erteilte dem Herrn Otto von Gorgas einen schweren Verweis, wegen der zweideutigen und unüberlegten List, die er angewendet, um des Mordbrenners aus der Gegend von Wittenberg loszuwerden; und niemand beschreibt die Verwirrung, die ganz Sachsen und insbesondere die Residenz ergriff, als man daselbst erfuhr, dass, auf den Dörfern bei Leipzig, man wusste nicht von wem, eine Deklaration an den Kohlhaas angeschlagen worden sei, des Inhalts: »Wenzel, der Junker, befinde sich bei seinen Vettern Hinz und Kunz, in Dresden.«

Unter diesen Umständen übernahm der Doktor Martin Luther das Geschäft, den Kohlhaas, durch die Kraft beschwichtigender Worte, von dem Ansehn, das ihm seine Stellung in der Welt gab, unterstützt, in den Damm der menschlichen Ordnung zurückzudrücken, und auf ein tüchtiges Element in der Brust des Mordbrenners bauend, erließ er ein Plakat folgenden Inhalts an ihn, das in allen Städten und Flecken des Kurfürstentums angeschlagen ward:

»Kohlhaas, der du dich gesandt zu sein vorgibst, das Schwert der Gerechtigkeit zu handhaben, was unterfängst du dich, Vermessener, im Wahnsinn stockblinder Leidenschaft, du, den Ungerechtigkeit selbst, vom Wirbel bis zur Sohle erfüllt? Weil der Landesherr dir, dem du untertan bist, dein Recht verweigert hat, dein Recht in dem Streit um ein nichtiges Gut, erhebst du dich, Heilloser, mit Feuer und Schwert, und brichst, wie der Wolf der Wüste, in die friedliche Gemeine, die er beschirmt. Du, der die Menschen mit dieser Angabe, voll Unwahrhaftigkeit und Arglist, verführt: meinst du, Sünder, vor Gott dereinst, an dem Tage, der in die Falten aller Herzen scheinen wird, damit auszukommen? Wie kannst du sagen, dass dir dein Recht verweigert worden ist, du, dessen grimmige Brust, vom Kitzel schnöder Selbstrache gereizt, nach den ersten, leichtfertigen Versuchen, die dir gescheitert, die Bemühung gänzlich aufgegeben hat, es dir zu verschaffen? Ist eine Bank voll Gerichtsdienern und Schergen, die einen Brief, der gebracht wird, unterschlagen, oder ein Erkenntnis, das sie abliefern sollen, zurückhalten, deine Obrigkeit? Und muss ich dir sagen, Gottvergessener, dass deine Obrigkeit von deiner Sache nichts weiß – was sag ich? dass der Landesherr, gegen den du dich auflehnst, auch deinen Namen nicht kennt, dergestalt, dass wenn dereinst du vor Gottes Thron trittst, in der Meinung, ihn anzuklagen, er, heiteren Antlitzes, wird sprechen können: diesem Mann, Herr, tat ich kein Unrecht, denn sein Dasein ist meiner Seele fremd? Das Schwert, wisse, das du führst, ist das Schwert des Raubes und der Mordlust, ein Rebell bist du und kein Krieger des gerechten Gottes, und dein Ziel auf Erden ist Rad und Galgen, und jenseits die Verdammnis, die über die Missetat und die Gottlosigkeit verhängt ist. *Wittenberg, usw., Martin Luther*«

Kohlhaas wälzte eben, auf dem Schlosse zu Lützen, einen neuen Plan, Leipzig einzuäschern, in seiner zerrissenen Brust herum; – denn auf die, in den Dörfern angeschlagene Nachricht, dass der Junker Wenzel in Dresden sei, gab er nichts, weil sie von niemand, geschweige denn vom Magistrat, wie er verlangt hatte, unterschrieben war, – als Sternbald und Waldmann das Plakat, das, zur Nachtzeit, an den Torweg des Schlosses, angeschlagen worden war, zu ihrer großen Bestürzung, bemerkten. Vergebens hofften sie, durch mehrere Tage, dass Kohlhaas, den sie nicht gern deshalb antreffen wollten, es erblicken würde: finster und in sich gekehrt, in der Abendstunde erschien er zwar, aber bloß, um seine kurzen Befehle zu geben, und sah nichts: dergestalt, dass sie an einem Morgen, da er ein paar Knechte, die in der Gegend, wider seinen Willen, geplündert hatten, aufknüpfen lassen wollte, den Entschluss fassten, ihn darauf aufmerksam zu machen. Eben kam er, während das Volk von beiden Seiten schüchtern auswich, in dem Aufzug, der ihm, seit seinem letzten Mandat, gewöhnlich war, von dem Richtplatz zurück: ein großes Cherubsschwert, auf einem rotledernen Kissen, mit Quasten von Gold verziert, ward ihm vorangetragen, und zwölf Knechte, mit brennenden Fackeln folgten ihm: da traten die beiden Männer, ihre Schwerter unter dem Arm, so, dass es ihn befremden musste, um den Pfeiler, an welchen das Plakat angeheftet war, herum. Kohlhaas, als er, mit auf dem Rücken zusammengelegten Händen, in Gedanken vertieft, unter das Portal kam, schlug die Augen auf und stutzte; und da die Knechte, bei seinem Anblick, ehrerbietig auswichen: so trat er, indem er sie zerstreut ansah, mit einigen raschen Schritten, an den Pfeiler heran. Aber wer beschreibt, was in seiner Seele vorging, als er das Blatt, dessen Inhalt ihn der Ungerechtigkeit zieh, daran erblickte: unterzeichnet von dem teuersten und verehrungswürdigsten Namen, den er kannte, von dem Namen Martin Luthers! Eine dunkle Röte stieg in sein Antlitz empor; er durchlas es, indem er den Helm abnahm, zweimal von Anfang bis zu Ende; wandte sich, mit ungewissen Blicken, mitten unter die Knechte zurück, als ob er etwas sagen wollte, und sagte nichts; löste das Blatt von der Wand los, durchlas es noch einmal; und rief: Waldmann! lass mir mein Pferd satteln! sodann: Sternbald! folge mir ins Schloss! und verschwand. Mehr als dieser wenigen Worte bedurfte es nicht, um ihn, in der ganzen Verderblichkeit, in der er dastand, plötzlich zu entwaffnen. Er warf sich in die Verkleidung eines thüringischen Landpächters; sagte Sternbald, dass ein Geschäft, von bedeutender Wichtigkeit, ihn nach Wittenberg zu reisen nötige; übergab ihm, in Gegenwart einiger der vorzüglichsten Knechte, die Führung des in Lützen zurückbleibenden Haufens, und zog, unter der Versicherung, dass er in drei Tagen, binnen welcher Zeit kein Angriff zu fürchten sei, wieder zurück sein werde, nach Wittenberg ab.

Er kehrte, unter einem fremden Namen, in ein Wirtshaus ein, wo er, sobald die Nacht angebrochen war, in seinem Mantel, und mit einem Paar Pistolen versehen, die er in der Tronkenburg erbeutet hatte, zu Luthern ins Zimmer trat. Luther, der unter Schriften und Büchern an seinem Pulte saß, und den fremden, besonderen Mann die Tür öffnen und hinter sich verriegeln sah, fragte ihn: wer er sei? und was er wolle? und der Mann, der seinen Hut ehrerbietig in der Hand hielt, hatte nicht sobald, mit dem schüchternen Vorgefühl des Schreckens, den er verursachen würde, erwidert: dass er Michael Kohlhaas, der Rosshändler sei; als Luther schon: weiche fern hinweg! ausrief, und indem er, vom Pult aufstehend, zu einer Klingel eilte, hinzusetzte: dein Odem ist Pest und deine Nähe Verderben! Kohlhaas, indem er, ohne sich vom Platz zu regen, seine Pistole zog, sagte: Hochwürdiger Herr, diese Pistole, wenn Ihr die Klingel berührt, streckt mich leblos zu Euren Füßen nieder! Setzt Euch und hört mich an, unter den Engeln, deren Psalmen Ihr aufschreibt, seid Ihr nicht sicherer, als bei mir. Luther, indem er sich niedersetzte, fragte: was willst du? Kohlhaas erwiderte: Eure Meinung von mir, dass ich ein ungerechter Mann sei, widerlegen! Ihr habt mir in Eurem Plakat gesagt, dass meine Obrigkeit von meiner Sache nichts weiß: wohlan, verschafft mir freies Geleit, so gehe ich nach Dresden, und lege sie ihr vor. »Heilloser und entsetzlicher Mann!« rief Luther, durch diese Worte verwirrt zugleich und beruhigt:»wer gab dir das Recht, den Junker von Tronka, in Verfolg eigenmächtiger Rechtsschlüsse, zu überfallen, und da du ihn auf seiner Burg nicht fandst mit Feuer und Schwert die ganze Gemeinde heimzusuchen, die ihn beschirmt?« Kohlhaas erwiderte: hochwürdiger Herr, niemand, fortan! Eine Nachricht, die ich aus Dresden erhielt, hat mich getäuscht, mich verführt! Der Krieg, den ich mit der Gemeinschaft der Menschen führe, ist eine Missetat, sobald ich aus ihr nicht, wie Ihr mir die Versicherung gegeben habt, verstoßen war! Verstoßen! rief Luther, indem er ihn ansah. Welch eine Raserei der Gedanken ergriff dich? Wer hätte dich aus der Gemeinschaft des Staats, in welchem du lebtest, verstoßen? Ja, wo ist, solange Staaten bestehen, ein Fall, dass jemand, wer es auch sei, daraus verstoßen worden wäre? – Verstoßen, antwortete Kohlhaas, indem er die Hand zusammendrückte, nenne ich den, dem der Schutz der Gesetze versagt ist! Denn dieses Schutzes, zum Gedeihen meines friedlichen Gewerbes, bedarf ich; ja, er ist es, dessenhalb ich mich, mit dem Kreis dessen, was ich erworben, in diese Gemeinschaft flüchte; und wer mir ihn versagt, der stößt mich zu den Wilden der Einöde hinaus; er gibt mir, wie wollt Ihr das leugnen, die Keule, die mich selbst schützt, in die Hand. – Wer hat dir den Schutz der Gesetze versagt? rief Luther. Schrieb ich dir nicht, dass die Klage, die du eingereicht, dem Landesherrn, dem du sie eingereicht, fremd ist? Wenn Staatsdiener hinter seinem Rücken Prozesse unterschlagen, oder sonst seines geheiligten Namens, in seiner Unwissenheit, spotten; wer anders als Gott darf ihn wegen der Wahl solcher Diener zur Rechenschaft ziehen, und bist du, gottverdammter und entsetzlicher Mensch, befugt, ihn deshalb zu richten? – Wohlan, versetzte Kohlhaas, wenn mich der Landesherr nicht verstößt, so kehre ich auch wieder in die Gemeinschaft, die er beschirmt, zurück. Verschafft mir, ich wiederhol es, freies Geleit nach Dresden: so lasse ich den Haufen, den ich im Schloss zu Lützen versammelt, auseinandergehen, und bringe die Klage, mit der ich abgewiesen worden bin, noch einmal bei dem Tribunal des Landes vor. – Luther, mit einem verdrießlichen Gesicht, warf die Papiere, die auf seinem Tisch lagen, übereinander, und schwieg. Die trotzige Stellung, die dieser seltsame Mensch im Staat einnahm, verdross ihn; und den Rechtsschluss, den er, von Kohlhaasenbrück aus, an den Junker erlassen, erwägend, fragte er: was er denn von dem Tribunal zu Dresden verlange? Kohlhaas antwortete: Bestrafung des Junkers, den Gesetzen gemäß; Wiederherstellung der Pferde in den vorigen Stand; und Ersatz des

Schadens, den ich sowohl, als mein bei Mühlberg gefallener Knecht Herse, durch die Gewalttat, die man an uns verübte, erlitten. – Luther rief: Ersatz des Schadens! Summen zu Tausenden, bei Juden und Christen, auf Wechseln und Pfändern, hast du, zur Bestreitung deiner wilden Selbstrache, aufgenommen. Wirst du den Wert auch, auf der Rechnung, wenn es zur Nachfrage kommt, ansetzen? – Gott behüte! Erwiderte Kohlhaas. Haus und Hof, und den Wohlstand, den ich besessen, fordere ich nicht zurück, so wenig wie die Kosten des Begräbnisses meiner Frau! Hersens alte Mutter wird eine Berechnung der Heilkosten, und eine Spezifikation dessen, was ihr Sohn in der Tronkenburg eingebüßt, beibringen, und den Schaden, den ich wegen Nichtverkaufs der Rappen erlitten, mag die Regierung durch einen Sachverständigen abschätzen lassen. – Luther sagte: rasender, unbegreiflicher und entsetzlicher Mensch! und sah ihn an. Nachdem dein Schwert an dem Junker Rache, die grimmigste, genommen, die sich erdenken lässt: was treibt dich, auf ein Erkenntnis gegen ihn zu bestehen, dessen Schärfe, wenn es zuletzt fällt, ihn mit einem Gewicht von so geringer Erheblichkeit nur trifft? – Kohlhaas erwiderte, indem ihm eine Träne über die Wangen rollte: hochwürdiger Herr! es hat mich meine Frau gekostet; Kohlhaas will der Welt zeigen, dass sie in keinem ungerechten Handel umgekommen ist. Fügt Euch in diesen Stücken meinem Willen, und lasst den Gerichtshof sprechen; in allem anderen, was sonst noch streitig sein mag, füge ich mich Euch. – Luther sagte: schau her, was du forderst, wenn anders die Umstände so sind, wie die öffentliche Stimme hören lässt, ist gerecht; und hättest du den Streit, bevor du eigenmächtig zur Selbstrache geschritten, zu des Landesherrn Entscheidung zu bringen gewusst, so wäre dir deine Forderung, zweifle ich nicht, Punkt vor Punkt bewilligt worden. Doch hättest du nicht, alles wohl erwogen, besser getan, du hättest, um deines Erlösers willen, dem Junker vergeben, die Rappen, dürre und abgehärmt, wie sie waren, bei der Hand genommen, dich aufgesetzt, und zur Dickfütterung in deinen Stall nach Kohlhaasenbrück heimgeritten? – Kohlhaas antwortete: kann sein! indem er ans Fenster trat: kann sein, auch nicht! Hätte ich gewusst, dass ich sie mit Blut aus dem Herzen meiner lieben Frau würde auf die Beine bringen müssen: kann sein, ich hätte getan, wie Ihr gesagt, hochwürdiger Herr, und einen Scheffel Hafer nicht gescheut! Doch, weil sie mir einmal so teuer zu stehen gekommen sind, so habe es denn, meine ich, seinen Lauf: lasst das Erkenntnis, wie es mir zukömmt, sprechen, und den Junker mir die Rappen auffüttern. – – Luther sagte, indem er, unter mancherlei Gedanken, wieder zu seinen Papieren griff: er wolle mit dem Kurfürsten seinethalben in Unterhandlung treten. Inzwischen möchte er sich, auf dem Schlosse zu Lützen, still halten; wenn der Herr ihm freies Geleit bewillige, so werde man es ihm auf dem Wege öffentlicher Anplackung bekanntmachen. – Zwar, fuhr er fort, da Kohlhaas sich herabbog, um seine Hand zu küssen: ob der Kurfürst Gnade für Recht ergehen lassen wird, weiß ich nicht; denn einen Heerhaufen, vernehm ich, zog er zusammen, und steht im Begriff, dich im Schlosse zu Lützen auszuheben: inzwischen, wie ich dir schon gesagt habe, an meinem Bemühen soll es nicht liegen. Und damit stand er auf, und machte Anstalt, ihn zu entlassen. Kohlhaas meinte, dass seine Fürsprache ihn über diesen Punkt völlig beruhige; worauf Luther ihn mit der Hand grüßte, jener aber plötzlich ein Knie vor ihm senkte und sprach: er habe noch eine Bitte auf seinem Herzen. Zu Pfingsten nämlich, wo er an den Tisch des Herrn zu gehen pflege, habe er die Kirche, dieser seiner kriegerischen Unternehmung wegen, versäumt; ob er die Gewogenheit haben wolle, ohne weitere Vorbereitung, seine Beichte zu empfangen, und ihm, zur Auswechslung dagegen, die Wohltat des heiligen Sakraments zu erteilen? Luther, nach einer kurzen Besinnung, indem er ihn scharf ansah, sagte: ja, Kohlhaas, das will ich tun! Der Herr aber, dessen Leib du begehrst, vergab seinem Feind. – Willst du, setzte er, da jener ihn betreten ansah, hinzu, dem Junker, der dich beleidigt hat, gleichfalls vergeben: nach der Tronkenburg gehen, dich auf deine Rappen setzen, und sie zur Dickfütterung nach Kohlhaasenbrück heimreiten? – »Hochwürdiger Herr«, sagte Kohlhaas errötend, indem er seine Hand ergriff, – nun? – »der Herr auch vergab allen seinen Feinden nicht. Lasst mich den Kurfürsten, meinen beiden Herren, dem Schlossvogt und Verwalter, den Herren Hinz und Kunz, und wer mich sonst in dieser Sache gekränkt haben mag, vergeben: den Junker aber, wenn es sein kann, nötigen, dass er mir die Rappen wieder dick füttere.« – Bei diesen Worten kehrte ihm Luther, mit einem missvergnügten Blick, den Rücken zu, und zog die Klingel. Kohlhaas, während, dadurch herbeigerufen, ein Famulus sich mit Licht in dem Vorsaal meldete, stand betreten, indem er sich die Augen trocknete, vom Boden auf; und da der Famulus vergebens, weil der Riegel vorgeschoben war, an der Türe wirkte, Luther aber sich wieder zu seinen Papieren niedergesetzt hatte: so machte Kohlhaas dem Mann die Türe auf. Luther, mit einem kurzen, auf den fremden Mann gerichteten Seitenblick, sagte dem Famulus: leuchte! worauf dieser, über den Besuch, den er erblickte, ein wenig befremdet, den Hausschlüssel von der Wand nahm, und sich, auf die Entfernung desselben wartend, unter die halboffene Tür des Zimmers zurückbegab. – Kohlhaas sprach, indem er seinen Hut bewegt zwischen beide Hände nahm: und so kann ich, hochwürdigster Herr, der Wohltat versöhnt zu werden, die ich mir von Euch erbat, nicht teilhaftig werden? Luther antwortete kurz: deinem Heiland, nein; dem Landesherrn, – das bleibt einem Versuch, wie ich dir versprach, vorbehalten! Und damit winkte er dem Famulus, das Geschäft, das er ihm aufgetragen, ohne weiteren Aufschub, abzumachen. Kohlhaas legte, mit dem Ausdruck schmerzlicher Empfindung, seine beiden Hände auf die Brust; folgte dem Mann, der ihm die Treppe hinunter leuchtete, und verschwand.

Am anderen Morgen erließ Luther ein Sendschreiben an den Kurfürsten von Sachsen, worin er, nach einem bitteren Seitenblick auf die seine Person umgebenden Herren Hinz und Kunz, Kämmerer und Mundschenk von Tronka, welche die Klage, wie allgemein bekannt war, unterschlagen hatten, dem Herrn, mit der Freimütigkeit, die ihm eigen war, eröffnete, dass bei so ärgerlichen Umständen, nichts anderes zu tun übrig sei, als den Vorschlag des Rosshändlers anzunehmen, und ihm des Vorgefallenen wegen, zur Erneuerung seines Prozesses, Amnestie zu erteilen. Die öffentliche Meinung, bemerkte er, sei auf eine höchst gefährliche Weise, auf dieses Mannes Seite, dergestalt, dass selbst in dem dreimal von ihm eingeäscherten Wittenberg, eine Stimme zu seinem Vorteil spreche; und da er sein Anerbieten, falls er damit abgewiesen werden sollte, unfehlbar, unter gehässigen Bemerkungen, zur Wissenschaft des Volks bringen würde, so könne dasselbe leicht in dem Grade verführt werden, dass mit der Staatsgewalt gar nichts mehr gegen ihn auszurichten sei. Er schloss, dass man, in diesem außerordentlichen Fall, über die Bedenklichkeit, mit einem Staatsbürger, der die Waffen ergriffen, in Unterhandlung zu treten, hinweggehen müsse; dass derselbe in der Tat durch das Verfahren, das man gegen ihn beobachtet, auf gewisse Weise außer der Staatsverbindung gesetzt worden sei; und kurz, dass man ihn, um aus dem Handel zu kommen, mehr als eine fremde, in das Land gefallene Macht, wozu er sich auch, da er ein Ausländer sei, gewissermaßen qualifiziere, als einen Rebellen, der sich gegen den Thron auflehne, betrachten müsse. – Der Kurfürst erhielt diesen Brief eben, als der Prinz Christiern von Meißen, Generalissimus des Reichs, Oheim des bei Mühlberg geschlagenen und an seinen Wunden noch danieder liegenden Prinzen Friedrich von Meißen; der Großkanzler des Tribunals, Graf Wrede; Graf Kallheim, Präsident der Staatskanzlei; und die beiden Herren Hinz und Kunz von Tronka, dieser Kämmerer, jener Mundschenk, die Jugendfreunde und Vertrauten des Herrn, in dem Schlosse gegenwärtig waren. Der Kämmerer, Herr Kunz, der, in der Qualität eines Geheimenrats, des Herrn geheime Korrespondenz, mit der Befugnis, sich seines Namens und Wappens zu bedienen, besorgte, nahm zuerst das Wort, und nachdem er noch einmal weitläufig auseinandergelegt hatte, dass er die Klage, die der Rosshändler gegen den Junker, seinen Vetter, bei dem Tribunal eingereicht, nimmermehr durch eine eigenmächtige Verfügung niedergeschlagen haben würde, wenn er sie nicht, durch falsche Angaben verführt, für eine völlig grundlose und nichtsnutzige Plackerei gehalten hätte, kam er auf die gegenwärtige Lage der Dinge. Er bemerkte, dass, weder nach göttlichen noch menschlichen Gesetzen, der Rosskamm, um dieses Missgriffs willen, befugt gewesen wäre, eine so ungeheure Selbstrache, als er sich erlaubt, auszuüben; schilderte den Glanz, der durch eine Verhandlung mit demselben, als einer rechtlichen Kriegsgewalt, auf sein gottverdammtes Haupt falle; und die Schmach, die dadurch auf die geheiligte Person des Kurfürsten zurückspringe, schien ihm so unerträglich, dass er, im Feuer der Beredsamkeit, lieber das Äußerste erleben, den Rechtsschluss des rasenden Rebellen erfüllt, und den Junker, seinen Vetter, zur Dickfütterung der Rappen nach Kohlhaasenbrück abgeführt sehen, als den Vorschlag, den der Doktor Luther gemacht, angenommen wissen wollte. Der Großkanzler des Tribunals, Graf Wrede, äußerte, halb zu ihm gewandt, sein Bedauern, dass eine so zarte Sorgfalt, als er, bei der Auflösung dieser allerdings misslichen Sache, für den Ruhm des Herrn zeige, ihn nicht, bei der ersten Veranlassung derselben, erfüllt hätte. Er stellte dem Kurfürsten sein Bedenken vor, die Staatsgewalt, zur Durchsetzung einer offenbar unrechtlichen Maßregel, in Anspruch zu nehmen; bemerkte, mit einem bedeutenden Blick auf den Zulauf, den der Rosshändler fortdauernd im Lande fand, dass der Faden der Freveltaten sich auf diese Weise ins Unendliche fortzuspinnen drohe, und erklärte, dass nur ein schlichtes Rechttun, indem man unmittelbar und rücksichtslos den Fehltritt, den man sich zuschulden kommen lassen, wiedergutmachte, ihn abreißen und die Regierung glücklich aus diesem hässlichen Handel herausziehen könne. Der Prinz Christiern von Meißen, auf die Frage des Herrn, was er davon halte? Äußerte, mit Verehrung gegen den Großkanzler gewandt: die Denkungsart, die er an den Tag lege, erfülle ihn zwar mit dem größten Respekt; indem er aber dem Kohlhaas zu seinem Recht verhelfen wolle, bedenke er nicht, dass er Wittenberg und Leipzig, und das ganze durch ihn misshandelte Land, in seinem gerechten Anspruch auf Schadenersatz, oder wenigstens Bestrafung, beeinträchtige. Die Ordnung des Staats sei, in Beziehung auf diesen Mann, so verrückt, dass man sie schwerlich durch einen Grundsatz, aus der Wissenschaft des Rechts entlehnt, werde einrenken können. Daher stimme er, nach der Meinung des Kämmerers, dafür, das Mittel, das für solche Fälle eingesetzt sei, ins Spiel zu ziehen: einen Kriegshaufen, von hinreichender Größe zusammenzuraffen, und den Rosshändler, der in Lützen aufgepflanzt sei, damit auszuheben oder zu erdrücken. Der Kämmerer, indem er für ihn und den Kurfürsten Stühle von der Wand nahm, und auf eine verbindliche Weise ins Zimmer setzte, sagte: er freue sich, dass ein Mann von seiner Rechtschaffenheit und Einsicht mit ihm in dem Mittel, diese Sache zweideutiger Art beizulegen, übereinstimme. Der Prinz, indem er den Stuhl, ohne sich zu setzen, in der Hand hielt, und ihn ansah, versicherte ihm: dass er gar nicht Ursache hätte sich deshalb zu freuen, indem die damit verbundene Maßregel notwendig die wäre, einen Verhaftsbefehl vorher gegen ihn zu erlassen, und wegen Missbrauchs des landesherrlichen Namens den Prozess zu machen. Denn wenn Notwendigkeit erfordere, den Schleier vor dem Thron der Gerechtigkeit niederzulassen, über eine Reihe von Freveltaten, die unabsehbar wie sie sich forterzeugt, vor den Schranken desselben zu erscheinen, nicht mehr Raum fänden, so gelte das nicht von der ersten, die sie veranlasst; und allererst seine Anklage auf Leben und Tod könne den Staat zur Zermalmung des Rosshändlers bevollmächtigen, dessen Sache, wie bekannt, sehr gerecht sei, und dem man das Schwert, das er führe, selbst in die Hand gegeben. Der Kurfürst, den der Junker bei diesen Worten betroffen ansah, wandte sich, indem er über das ganze Gesicht rot ward, und trat ans Fenster. Der Graf Kallheim, nach einer verlegenen Pause von allen Seiten, sagte, dass man auf diese Weise aus dem Zauberkreise, in dem man befangen, nicht herauskäme. Mit demselben Rechte könne seinem Neffen, dem Prinzen Friedrich, der Prozess gemacht werden; denn auch er hätte, auf dem Streifzug sonderbarer Art, den er gegen den Kohlhaas unternommen, seine Instruktion auf mancherlei Weise überschritten: dergestalt, dass wenn man nach der weitläufigen Schar derjenigen frage, die die Verlegenheit, in welcher man sich befinde, veranlasst, er gleichfalls unter die Zahl derselben würde benannt, und von dem Landesherrn wegen dessen was bei Mühlberg vorgefallen, zur Rechenschaft gezogen werden müssen. Der Mundschenk, Herr Hinz von Tronka, während der Kurfürst mit ungewissen Blicken an seinen Tisch trat, nahm das Wort und sagte: er begriffe nicht, wie der Staatsbeschluss, der zu fassen sei, Männern von solcher Weisheit, als hier versammelt wären, entgehen könne. Der Rosshändler habe, seines Wissens, gegen bloß freies Geleit nach Dresden, und erneuerte Untersuchung seiner Sache, versprochen, den Haufen, mit dem er in das Land gefallen, auseinandergehen zu lassen. Daraus aber folge nicht, dass man ihm, wegen dieser frevelhaften Selbstrache, Amnestie erteilen müsse: zwei Rechtsbegriffe, die der Doktor Luther sowohl, als auch der Staatsrat zu verwechseln scheine. Wenn, fuhr er fort, indem er den Finger an die Nase legte, bei dem Tribunal zu Dresden, gleichviel wie, das Erkenntnis der Rappen wegen gefallen ist; so hindert nichts, den Kohlhaas auf Grund seiner Mordbrennereien und Räubereien gefangenzusetzen: eine staatskluge Wendung, die die Vorteile der Ansichten beider Staatsmänner vereinigt, und des Beifalls der Welt und Nachwelt gewiss ist. – Der Kurfürst, da der Prinz sowohl als der Großkanzler dem Mundschenk, Herrn Hinz, auf diese Rede mit einem bloßen Blick antworteten, und die Verhandlung mithin geschlossen schien, sagte: dass er die verschiedenen Meinungen, die sie ihm vorgetragen, bis zur nächsten Sitzung des Staatsrats überlegen würde. – Es schien, die Präliminar-Maßregel, deren der Prinz gedacht, hatte seinem für Freundschaft sehr empfänglichen Herzen die Lust benommen, den Heereszug gegen den Kohlhaas, zu welchem schon alles vorbereitet war, auszuführen. Wenigstens behielt er den Großkanzler, Grafen Wrede, dessen Meinung ihm die zweckmäßigste schien, bei sich zurück, und da dieser ihm Briefe vorzeigte, aus welchen hervorging, dass der Rosshändler in der Tat schon zu einer Stärke von vierhundert Mann herangewachsen sei, ja, bei der allgemeinen Unzufriedenheit, die wegen der Unziemlichkeiten des Kämmerers im Lande herrschte, in kurzem auf eine doppelte und dreifache Stärke rechnen könne: so entschloss sich der Kurfürst, ohne weiteren Anstand, den Rat, den ihm der Doktor Luther erteilt, anzunehmen. Demgemäß übergab er dem Grafen Wrede die ganze Leitung der Kohlhaasischen Sache; und schon nach wenigen Tagen erschien ein Plakat, das wir, dem Hauptinhalt nach, folgendermaßen mitteilen:

»Wir etc. etc. Kurfürst von Sachsen, erteilen, in besonders gnädiger Rücksicht auf die an Uns ergangene Fürsprache des Doktors Martin Luther, dem Michael Kohlhaas, Rosshändler aus dem Brandenburgischen, unter der Bedingung, binnen drei Tagen nach Sicht die Waffen, die er ergriffen, niederzulegen, behufs einer erneuerten Untersuchung seiner Sache, freies Geleit nach Dresden; dergestalt zwar, dass, wenn derselbe, wie nicht zu erwarten, bei dem Tribunal zu Dresden mit seiner Klage, der Rappen wegen, abgewiesen werden sollte, gegen ihn, seines eigenmächtigen Unternehmens wegen, sich selbst Recht zu verschaffen, mit der ganzen Strenge des Gesetzes verfahren werden solle; im entgegengesetzten Fall aber, ihm mit seinem ganzen Haufen, Gnade für Recht bewilligt, und völlige Amnestie, seiner in Sachsen ausgeübten Gewalttätigkeiten wegen, zugestanden sein solle.«

Kohlhaas hatte nicht sobald, durch den Doktor Luther, ein Exemplar dieses in allen Plätzen des Landes angeschlagenen Plakats erhalten, als er, so bedingungsweise auch die darin geführte Sprache war, seinen ganzen Haufen schon, mit Geschenken, Danksagungen und zweckmäßigen Ermahnungen auseinandergehen ließ. Er legte alles, was er an Geld, Waffen und Gerätschaften erbeutet haben mochte, bei den Gerichten zu Lützen, als kurfürstliches Eigentum, nieder; und nachdem er den Waldmann mit Briefen, wegen Wiederkaufs seiner Meierei, wenn es möglich sei, an den Amtmann nach Kohlhaasenbrück, und den Sternbald zur Abholung seiner Kinder, die er wieder bei sich zu haben wünschte, nach Schwerin geschickt hatte, verließ er das Schloss zu Lützen, und ging, unerkannt, mit dem Rest seines kleinen Vermögens, das er in Papieren bei sich trug, nach Dresden.

Der Tag brach eben an, und die ganze Stadt schlief noch, als er an die Tür der kleinen, in der Pirnaischen Vorstadt gelegenen Besitzung, die ihm durch die Rechtschaffenheit des Amtmanns übriggeblieben war, anklopfte, und Thomas, dem alten, die Wirtschaft führenden Hausmann, der ihm mit Erstaunen und Bestürzung aufmachte, sagte: er möchte dem Prinzen von Meißen auf dem Gubernium melden, dass er, Kohlhaas der Rosshändler, da wäre. Der Prinz von Meißen, der es auf diese Meldung für zweckmäßig hielt, augenblicklich sich selbst von dem Verhältnis, in welchem man mit diesem Mann stand, zu unterrichten, fand, als er mit einem Gefolge von Rittern und Trossknechten bald darauf erschien, in den Straßen, die zu Kohlhaasens Wohnung führten, schon eine unermessliche Menschenmenge versammelt. Die Nachricht, dass der Würgengel da sei, der die Volksbedrücker mit Feuer und Schwert verfolge, hatte ganz Dresden, Stadt und Vorstadt, auf die Beine gebracht; man musste die Haustür vor dem Andrang des neugierigen Haufens verriegeln, und die Jungen kletterten an den Fenstern heran, um den Mordbrenner, der darin frühstückte, in Augenschein zu nehmen. Sobald der Prinz, mit Hilfe der ihm Platz machenden Wache, ins Haus gedrungen, und in Kohlhaasens Zimmer getreten war, fragte er diesen, welcher halb entkleidet an einem Tische stand: ob, er Kohlhaas, der Rosshändler, wäre? worauf Kohlhaas, indem er eine Brieftasche mit mehreren über seine Verhältnisse lautenden Papieren aus seinem Gurt nahm, und ihm ehrerbietig überreichte, antwortete: ja! und hinzusetzte: er finde sich nach Auflösung seines Kriegshaufens, der ihm erteilten landesherrlichen Freiheit gemäß, in Dresden ein, um seine Klage, der Rappen wegen, gegen den Junker Wenzel von Tronka vor Gericht zu bringen. Der Prinz, nach einem flüchtigen Blick, womit er ihn von Kopf zu Fuß überschaute, durchlief die in der Brieftasche befindlichen Papiere, ließ sich von ihm erklären, was es mit einem von dem Gericht zu Lützen ausgestellten Schein, den er darin fand, über die zugunsten des kurfürstlichen Schatzes gemachte Deposition für eine Bewandtnis habe; und nachdem er die Art des Mannes noch, durch Fragen mancherlei Gattung, nach seinen Kindern, seinem Vermögen und der Lebensart die er künftig zu führen denke, geprüft, und überall so, dass man wohl seinetwegen ruhig sein konnte, befunden hatte, gab er ihm die Briefschaften wieder, und sagte: dass seinem Prozess nichts im Wege stünde, und dass er sich nur unmittelbar, um ihn einzuleiten, an den Großkanzler des Tribunals, Grafen Wrede, selbst wenden möchte. Inzwischen, sagte der Prinz, nach einer Pause, indem er ans Fenster trat, und mit großen Augen das Volk, das vor dem Hause versammelt war, überschaute: du wirst auf die ersten Tage eine Wache annehmen müssen, die dich, in deinem Hause sowohl, als wenn du ausgehst, schütze! – – Kohlhaas sah betroffen vor sich nieder, und schwieg. Der Prinz sagte: »gleichviel!« indem er das Fenster wieder verließ. »Was daraus entsteht, du hast es dir selbst beizumessen«; und damit wandte er sich wieder nach der Tür, in der Absicht, das Haus zu verlassen. Kohlhaas, der sich besonnen hatte, sprach: Gnädigster Herr! tut, was Ihr wollt! Gebt mir Euer Wort, die Wache, sobald ich es wünsche, wieder aufzuheben: so habe ich gegen diese Maßregel nichts einzuwenden! Der Prinz erwiderte: das bedürfe der Rede nicht; und nachdem er drei Landsknechte, die man ihm zu diesem Zweck vorstellte, bedeutet hatte: dass der Mann, in dessen Hause sie zurückblieben, frei wäre, und dass sie ihm bloß zu seinem Schutz, wenn er ausginge, folgen sollten, grüßte er den Rosshändler mit einer herablassenden Bewegung der Hand, und entfernte sich.

Gegen Mittag begab sich Kohlhaas, von seinen drei Landsknechten begleitet, unter dem Gefolge einer unabsehbaren Menge, die ihm aber auf keine Weise, weil sie durch die Polizei gewarnt war, etwas zuleide tat, zu dem Großkanzler des Tribunals, Grafen Wrede. Der Großkanzler, der ihn mit Milde und Freundlichkeit in seinem Vorgemach empfing, unterhielt sich während zwei ganzer Stunden mit ihm, und nachdem er sich den ganzen Verlauf der Sache, von Anfang bis zu Ende, hatte erzählen lassen, wies er ihn, zur unmittelbaren Abfassung und Einreichung der Klage, an einen, bei dem Gericht angestellten, berühmten Advokaten der Stadt. Kohlhaas, ohne weiteren Verzug, verfügte sich in dessen Wohnung; und nachdem die Klage, ganz der ersten niedergeschlagenen gemäß, auf Bestrafung des Junkers nach den Gesetzen, Wiederherstellung der Pferde in den vorigen Stand, und Ersatz seines Schadens sowohl, als auch dessen, den sein bei Mühlberg gefallener Knecht Herse erlitten hatte, zugunsten der alten Mutter desselben, aufgesetzt war, begab er sich wieder, unter Begleitung des ihn immer noch angaffenden Volks, nach Hause zurück, wohl entschlossen, es anders nicht, als nur wenn notwendige Geschäfte ihn riefen, zu verlassen.

Inzwischen war auch der Junker seiner Haft in Wittenberg entlassen, und nach Wiederherstellung von einer gefährlichen Rose, die seinen Fuß entzündet hatte, vom Landesgericht unter peremtorischen Bedingungen aufgefordert worden, sich zur Verantwortung auf die von dem Rosshändler Kohlhaas gegen ihn eingereichte Klage, wegen widerrechtlich abgenommener und zugrunde gerichteter Rappen, in Dresden zu stellen. Die Gebrüder Kämmerer und Mundschenk von Tronka, Lehnsvettern des Junkers, in deren Haus er kam, empfingen ihn mit der größten Erbitterung und Verachtung; sie nannten ihn einen Elenden und Nichtswürdigen, der Schande und Schmach über die ganze Familie bringe, kündigten ihm an, dass er seinen Prozess nunmehr unfehlbar verlieren würde, und forderten ihn auf, nur gleich zur Herbeischaffung der Rappen, zu deren Dickfütterung er, zum Hohngelächter der Welt, verdammt werden werde, Anstalt zu machen. Der Junker sagte, mit schwacher, zitternder Stimme: er sei der bejammernswürdigste Mensch von der Welt. Er verschwor sich, dass er von dem ganzen verwünschten Handel, der ihn ins Unglück stürze, nur wenig gewusst, und dass der Schlossvogt und der Verwalter an allem schuld wären, indem sie die Pferde, ohne sein entferntestes Wissen und Wollen, bei der Ernte gebraucht, und durch unmäßige Anstrengungen, zum Teil auf ihren eigenen Feldern, zugrunde gerichtet hätten. Er setzte sich, indem er dies sagte, und bat ihn nicht durch Kränkungen und Beleidigungen in das Übel, von dem er nur soeben erst erstanden sei, mutwillig zurückzustürzen. Am andern Tage schrieben die Herren Hinz und Kunz, die in der Gegend der eingeäscherten Tronkenburg Güter besaßen, auf Ansuchen des Junkers, ihres Vetters, weil doch nichts anders übrigblieb, an ihre dort befindlichen Verwalter und Pächter, um Nachricht über die an jenem unglücklichen Tage abhanden gekommenen und seitdem gänzlich verschollenen Rappen einzuziehn. Aber alles, was sie bei der gänzlichen Verwüstung des Platzes, und der Niedermetzelung fast aller Einwohner, erfahren konnten, war, dass ein Knecht sie, von den flachen Hieben des Mordbrenners getrieben, aus dem brennenden Schuppen, in welchem sie standen, gerettet, nachher aber auf die Frage, wo er sie hinführen, und was er damit anfangen solle, von dem grimmigen Wüterich einen Fußtritt zur Antwort erhalten habe. Die alte, von der Gicht geplagte Haushälterin des Junkers, die sich nach Meißen geflüchtet hatte, versicherte demselben, auf eine schriftliche Anfrage, dass der Knecht sich, am Morgen jener entsetzlichen Nacht, mit den Pferden nach der brandenburgischen Grenze gewandt habe; doch alle Nachfragen, die man daselbst anstellte, waren vergeblich, und es schien dieser Nachricht ein Irrtum zum Grunde zu liegen, indem der Junker keinen Knecht hatte, der im Brandenburgischen, oder auch nur auf der Straße dorthin, zu Hause war. Männer aus Dresden, die wenige Tage nach dem Brande der Tronkenburg in Wilsdruf gewesen waren, sagten aus, dass um die benannte Zeit ein Knecht mit zwei an der Halfter gehenden Pferden dort angekommen, und die Tiere, weil sie sehr elend gewesen wären, und nicht weiter fort gekonnt hätten, im Kuhstall eines Schäfers, der sie wieder hätte aufbringen wollen, stehengelassen hätte. Es schien mancherlei Gründe wegen sehr wahrscheinlich, dass dies die in Untersuchung stehenden Rappen waren; aber der Schäfer aus Wilsdruf hatte sie, wie Leute, die dorther kamen, versicherten, schon wieder, man wusste nicht an wen, verhandelt; und ein drittes Gerücht, dessen Urheber unentdeckt blieb, sagte gar aus, dass die Pferde bereits in Gott verschieden, und in der Knochengrube zu Wilsdruf begraben wären. Die Herren Hinz und Kunz, denen diese Wendung der Dinge, wie man leicht begreift, die erwünschteste war, indem sie dadurch, bei des Junkers ihres Vetters Ermangelung eigener Ställe, der Notwendigkeit, die Rappen in den ihrigen aufzufüttern, enthoben waren, wünschten gleichwohl, völliger Sicherheit wegen, diesen Umstand zu bewahrheiten. Herr Wenzel von Tronka erließ demnach, als Erb-, Lehns- und Gerichtsherr, ein Schreiben an die Gerichte zu Wilsdruf, worin er dieselben, nach einer weitläufigen Beschreibung der Rappen, die, wie er sagte, ihm anvertraut und durch einen Unfall abhanden gekommen wären, dienstfreundlichst ersuchte, den dermaligen Aufenthalt derselben zu erforschen, und den Eigner, wer er auch sei, aufzufordern und anzuhalten, sie, gegen reichliche Wiedererstattung aller Kosten, in den Ställen des Kämmerers, Herrn Kunz, zu Dresden abzuliefern. Demgemäß erschien auch wirklich, wenige Tage darauf, der Mann an den sie der Schäfer aus Wilsdruf verhandelt hatte, und führte sie, dürr und wankend, an die Runge seines Karrens gebunden, auf den Markt der Stadt; das Unglück aber Herrn Wenzels, und noch mehr des ehrlichen Kohlhaas wollte, dass es der Abdecker aus Döbbeln war.

Sobald Herr Wenzel, in Gegenwart des Kämmerers, seines Vetters, durch ein unbestimmtes Gerücht vernommen hatte, dass ein Mann mit zwei schwarzen aus dem Brande der Tronkenburg entkommenen Pferden in der Stadt angelangt sei, begaben sich beide, in Begleitung einiger aus dem Hause zusammengerafften Knechte, auf den Schlossplatz, wo er stand, um sie demselben, falls es die dem Kohlhaas zugehörigen wären, gegen Erstattung der Kosten abzunehmen, und nach Hause zu führen. Aber wie betreten waren die Ritter, als sie bereits einen, von Augenblick zu Augenblick sich vergrößernden Haufen von Menschen, den das Schauspiel herbeigezogen, um den zweirädrigen Karren, an dem die Tiere befestigt waren, erblickten; unter unendlichem Gelächter einander zurufend, dass die Pferde schon, um derenthalben der Staat wanke, an den Schinder gekommen wären! Der Junker, der um den Karren herumgegangen war, und die jämmerlichen Tiere, die alle Augenblicke sterben zu wollen schienen, betrachtet hatte, sagte verlegen: das wären die Pferde nicht, die er dem Kohlhaas abgenommen; doch Herr Kunz, der Kämmerer, einen Blick sprachlosen Grimms voll auf ihn werfend, der, wenn er von Eisen gewesen wäre, ihn zerschmettert hätte, trat, indem er seinen Mantel, Orden und Kette entblößend, zurückschlug, zu dem Abdecker heran, und fragte ihn: ob das die Rappen wären, die der Schäfer von Wilsdruf an sich gebracht, und der Junker Wenzel von Tronka, dem sie gehörten, bei den Gerichten daselbst requiriert hätte? Der Abdecker, der, einen Eimer Wasser in der Hand, beschäftigt war, einen dicken, wohlbeleibten Gaul, der seinen Karren zog, zu tränken, sagte: »die schwarzen?« – Er streifte dem Gaul, nachdem er den Eimer niedergesetzt, das Gebiss aus dem Maul, und sagte: »die Rappen, die an die Runge gebunden wären, hätte ihm der Schweinehirte von Hainichen verkauft. Wo der sie herhätte, und ob sie von dem Wilsdrufer Schäfer kämen, das wisse er nicht. Ihm hätte«, sprach er, während er den Eimer wieder aufnahm, und zwischen Deichsel und Knie anstemmte: »ihm hätte der Gerichtsbote aus Wilsdruf gesagt, dass er sie nach Dresden in das Haus derer von Tronka bringen solle; aber der Junker, an den er gewiesen sei, heiße Kunz.« Bei diesen Worten wandte er sich mit dem Rest des Wassers, den der Gaul im Eimer übriggelassen hatte, und schüttete ihn auf das Pflaster der Straße aus. Der Kämmerer, der, von den Blicken der hohnlachenden Menge umstellt, den Kerl, der mit empfindungslosem Eifer seine Geschäfte betrieb, nicht bewegen konnte, dass er ihn ansah, sagte: dass er der Kämmerer, Kunz von Tronka, wäre; die Rappen aber, die er an sich bringen solle, müssten dem Junker, seinem Vetter, gehören; von einem Knecht, der bei Gelegenheit des Brandes aus der Tronkenburg entwichen, an den Schäfer zu Wilsdruf gekommen, und ursprünglich zwei dem Rosshändler Kohlhaas zugehörige Pferde sein! Er fragte den Kerl, der mit gespreizten Beinen dastand, und sich die Hosen in die Höhe zog: ob er davon nichts wisse? Und ob sie der Schweinehirte von Hainichen nicht vielleicht, auf welchen Umstand alles ankomme, von dem Wilsdrufer Schäfer, oder von einem Dritten, der sie seinerseits von demselben gekauft, erstanden hätte? – Der Abdecker, der sich an den Wagen gestellt und sein Wasser abgeschlagen hatte, sagte: »er wäre mit den Rappen nach Dresden bestellt, um in dem Hause derer von Tronka sein Geld dafür zu empfangen. Was er da vorbrächte, verstände er nicht; und ob sie, vor dem Schweinehirten aus Hainichen, Peter oder Paul besessen hätte, oder der Schäfer aus Wilsdruf, gelte ihm, da sie nicht gestohlen wären, gleich.« Und damit ging er, die Peitsche quer über seinen breiten Rücken, nach einer Kneipe, die auf dem Platze lag, in der Absicht, hungrig wie er war, ein Frühstück einzunehmen. Der Kämmerer, der auf der Welt Gottes nicht wusste, was er mit Pferden, die der Schweinehirte von Hainichen an den Schinder in Döbbeln verkauft, machen solle, falls es nicht diejenigen wären, auf welchen der Teufel durch Sachsen ritt, forderte den Junker auf, ein Wort zu sprechen; doch da dieser mit bleichen, bebenden Lippen erwiderte: das Ratsamste wäre, dass man die Rappen kaufe, sie möchten dem Kohlhaas gehören oder nicht: so trat der Kämmerer, Vater und Mutter, die ihn geboren, verfluchend, indem er den Mantel zurückschlug, gänzlich unwissend, was er zu tun oder zu lassen habe, aus dem Haufen des Volks zurück. Er rief den Freiherrn von Wenk, einen Bekannten, der über die Straße ritt, zu sich heran, und trotzig, den Platz nicht zu verlassen, eben weil das Gesindel höhnisch auf ihn einblickte, und, mit vor dem Mund zusammengedrückten Schnupftüchern, nur auf seine Entfernung zu warten schien, um loszuplatzen, bat er ihn, bei dem Großkanzler, Grafen Wrede, abzusteigen, und durch dessen Vermittelung den Kohlhaas zur Besichtigung der Rappen herbeizuschaffen. Es traf sich, dass Kohlhaas eben, durch einen Gerichtsboten herbeigerufen, in dem Gemach des Großkanzlers, gewisser, die Deposition in Lützen betreffenden Erläuterungen wegen, die man von ihm bedurfte, gegenwärtig war, als der Freiherr, in der eben erwähnten Absicht, zu ihm ins Zimmer trat; und während der Großkanzler sich mit einem verdrießlichen Gesicht vom Sessel erhob, und den Rosshändler, dessen Person jenem unbekannt war, mit den Papieren, die er in der Hand hielt, abseits stehen ließ, stellte der Freiherr ihm die Verlegenheit, in welcher sich die Herren von Tronka befanden, vor. Der Abdecker von Döbbeln sei, auf mangelhafte Requisition der Wilsdrufer Gerichte, mit Pferden erschienen, deren Zustand so heillos beschaffen wäre, dass der Junker Wenzel anstehen müsse, sie für die dem Kohlhaas gehörigen anzuerkennen; dergestalt, dass, falls man sie gleichwohl dem Abdecker abnehmen solle, um in den Ställen der Ritter, zu ihrer Wiederherstellung, einen Versuch zu machen, vorher eine Okular-Inspektion des Kohlhaas, um den besagten Umstand außer Zweifel zu setzen, notwendig sei. »Habt demnach die Güte«, schloss er, »den Rosshändler durch eine Wache aus seinem Hause abholen und auf den Markt, wo die Pferde stehen, hinführen zu lassen.« Der Großkanzler, indem er sich eine Brille von der Nase nahm, sagte: dass er in einem doppelten Irrtum stünde; einmal, wenn er glaube, dass der in Rede stehende Umstand anders nicht, als durch eine Okular-Inspektion des Kohlhaas auszumitteln sei; und dann, wenn er sich einbilde, er, der Kanzler, sei befugt, den Kohlhaas durch eine Wache, wohin es dem Junker beliebe, abführen zu lassen. Dabei stellte er ihm den Rosshändler, der hinter ihm stand, vor, und bat ihn, indem er sich niederließ und seine Brille wieder aufsetzte, sich in dieser Sache an ihn selbst zu wenden. – Kohlhaas, der mit keiner Miene, was in seiner Seele vorging, zu erkennen gab, sagte, dass er bereit wäre, ihm zur Besichtigung der Rappen, die der Abdecker in die Stadt gebracht, auf den Markt zu folgen. Er trat, während der Freiherr sich betroffen zu ihm umkehrte, wieder an den Tisch des Großkanzlers heran, und nachdem er demselben noch, aus den Papieren seiner Brieftasche, mehrere, die Deposition in Lützen betreffende Nachrichten gegeben hatte, beurlaubte er sich von ihm; der Freiherr, der, über das ganze Gesicht rot, ans Fenster getreten war, empfahl sich ihm gleichfalls; und beide gingen, begleitet von den drei durch den Prinzen von Meißen eingesetzten Landsknechten, unter dem Tross einer Menge von Menschen, zum Schlossplatz hin. Der Kämmerer, Herr Kunz, der inzwischen den Vorstellungen mehrerer Freunde, die sich um ihn eingefunden hatten, zum Trotz, seinen Platz, dem Abdecker von Döbbeln gegenüber, unter dem Volke behauptet hatte, trat, sobald der Freiherr mit dem Rosshändler erschien, an den letzteren heran, und fragte ihn, indem er sein Schwert, mit Stolz und Ansehen, unter dem Arm hielt: ob die Pferde, die hinter dem Wagen stünden, die seinigen wären? Der Rosshändler, nachdem er, mit einer bescheidenen Wendung gegen den die Frage an ihn richtenden Herrn, den er nicht kannte, den Hut gerückt hatte, trat, ohne ihm zu antworten, im Gefolge sämtlicher Ritter, an den Schinderkarren heran; und die Tiere, die, auf wankenden Beinen, die Häupter zur Erde gebeugt, dastanden, und von dem Heu, das ihnen der Abdecker vorgelegt hatte, nicht fraßen, flüchtig, aus einer Ferne von zwölf Schritt, in welcher er stehenblieb, betrachtet: gnädigster Herr! wandte er sich wieder zu dem Kämmerer zurück, der Abdecker hat ganz recht; die Pferde, die an seinen Karren gebunden sind, gehören mir! Und damit, indem er sich in dem ganzen Kreise der Herren umsah, rückte er den Hut noch einmal, und begab sich, von seiner Wache begleitet, wieder von dem Platz hinweg. Bei diesen Worten trat der Kämmerer, mit einem raschen, seinen Helmbusch erschütternden Schritt zu dem Abdecker heran, und warf ihm einen Beutel mit Geld zu; und während dieser sich, den Beutel in der Hand, mit einem bleiernen Kamm die Haare über die Stirn zurückkämmte, und das Geld betrachtete, befahl er einem Knecht, die Pferde loszumachen und nach Hause zu führen! Der Knecht, der auf den Ruf des Herrn, einen Kreis von Freunden und Verwandten, die er unter dem Volke besaß, verlassen hatte, trat auch, in der Tat, ein wenig rot im Gesicht, über eine große Mistpfütze, die sich zu ihren Füßen gebildet hatte, zu den Pferden heran; doch kaum hatte er ihre Halftern erfasst, um sie loszubinden, als ihn Meister Himboldt, sein Vetter, schon beim Arm ergriff, und mit den Worten: du rührst die Schindmähren nicht an! von dem Karren hinwegschleuderte. Er setzte, indem er sich mit ungewissen Schritten über die Mistpfütze wieder zu dem Kämmerer, der über diesen Vorfall sprachlos dastand, zurückwandte, hinzu: dass er sich einen Schinderknecht anschaffen müsse um ihm einen solchen Dienst zu leisten! Der Kämmerer, der, vor Wut schäumend, den Meister auf einen Augenblick betrachtet hatte, kehrte sich um, und rief über die Häupter der Ritter, die ihn umringten, hinweg, nach der Wache; und sobald, auf die Bestellung des Freiherrn von Wenk, ein Offizier mit einigen kurfürstlichen Trabanten, aus dem Schloss erschienen war, forderte er denselben unter einer kurzen Darstellung der schändlichen Aufhetzerei, die sich die Bürger der Stadt erlaubten, auf, den Rädelsführer, Meister Himboldt, in Haft zu nehmen. Er verklagte den Meister, indem er ihn bei der Brust fasste: dass er seinen, die Rappen auf seinen Befehl losbindenden Knecht von dem Karren hinweggeschleudert und misshandelt hätte. Der Meister, indem er den Kämmerer mit einer geschickten Wendung, die ihn befreite, zurückwies, sagte: gnädigster Herr! einem Burschen von zwanzig Jahren bedeuten, was er zu tun hat, heißt nicht, ihn verhetzen! Befragt ihn, ob er sich gegen Herkommen und Schicklichkeit mit den Pferden, die an die Karre gebunden sind, befassen will; will er es, nach dem, was ich gesagt, tun: sei's! Meinethalb mag er sie jetzt abludern und häuten! Bei diesen Worten wandte sich der Kämmerer zu dem Knecht herum, und fragte ihn: ob er irgend Anstand nähme, seinen Befehl zu erfüllen, und die Pferde, die dem Kohlhaas gehörten, loszubinden, und nach Hause zu führen? und da dieser schüchtern, indem er sich unter die Bürger mischte, erwiderte: die Pferde müssten erst ehrlich gemacht werden, bevor man ihm das zumute; so folgte ihm der Kämmerer von hinten, riss ihm den Hut ab, der mit seinem Hauszeichen geschmückt war, zog, nachdem er den Hut mit Füßen getreten, von Leder, und jagte den Knecht mit wütenden Hieben der Klinge augenblicklich vom Platz weg und aus seinen Diensten. Meister Himboldt rief: schmeißt den Mordwüterich doch gleich zu Boden! und während die Bürger, von diesem Auftritt empört, zusammentraten, und die Wache hinwegdrängten, warf er den Kämmerer von hinten nieder, riss ihm Mantel, Kragen und Helm ab, wand ihm das Schwert aus der Hand, und schleuderte es, in einem grimmigen Wurf, weit über den Platz hinweg. Vergebens rief der Junker Wenzel, indem er sich aus dem Tumult rettete, den Rittern zu, seinem Vetter beizuspringen; ehe sie noch einen Schritt dazu getan hatten, waren sie schon von dem Andrang des Volks zerstreut, dergestalt, dass der Kämmerer, der sich den Kopf beim Fallen verletzt hatte, der ganzen Wut der Menge preisgegeben war. Nichts, als die Erscheinung eines Trupps berittener Landsknechte, die zufällig über den Platz zogen, und die der Offizier der kurfürstlichen Trabanten zu seiner Unterstützung herbeirief, konnte den Kämmerer retten. Der Offizier, nachdem er den Haufen verjagt, ergriff den wütenden Meister, und während derselbe durch einige Reiter nach dem Gefängnis gebracht ward, hoben zwei Freunde den unglücklichen mit Blut bedeckten Kämmerer vom Boden auf, und führten ihn nach Hause. Einen so heillosen Ausgang nahm der wohlgemeinte und redliche Versuch, dem Rosshändler wegen des Unrechts, das man ihm zugefügt, Genugtuung zu verschaffen. Der Abdecker von Döbbeln, dessen Geschäft abgemacht war, und der sich nicht länger aufhalten wollte, band, da sich das Volk zu zerstreuen anfing, die Pferde an einen Laternenpfahl, wo sie, den ganzen Tag über, ohne dass sich jemand um sie kümmerte, ein Spott der Straßenjungen und Tagediebe, stehen blieben; dergestalt, dass in Ermangelung aller Pflege und Wartung die Polizei sich ihrer annehmen musste, und gegen Einbruch der Nacht den Abdecker von Dresden herbeirief, um sie, bis auf weitere Verfügung, auf der Schinderei vor der Stadt zu besorgen.

Dieser Vorfall, sowenig der Rosshändler ihn in der Tat verschuldet hatte, erweckte gleichwohl, auch bei den Gemäßigtern und Besseren, eine, dem Ausgang seiner Streitsache höchst gefährliche Stimmung im Lande. Man fand das Verhältnis desselben zum Staat ganz unerträglich, und in Privathäusern und auf öffentlichen Plätzen, erhob sich die Meinung, dass es besser sei, ein offenbares Unrecht an ihm zu verüben, und die ganze Sache von neuem niederzuschlagen, als ihm Gerechtigkeit, durch Gewalttaten ertrotzt, in einer so nichtigen Sache, zur bloßen Befriedigung seines rasenden Starrsinns, zukommen zu lassen. Zum völligen Verderben des armen Kohlhaas musste der Großkanzler selbst, aus übergroßer Rechtlichkeit, und einem davon herrührenden Hass gegen die Familie von Tronka, beitragen, diese Stimmung zu befestigen und zu verbreiten. Es war höchst unwahrscheinlich, dass die Pferde, die der Abdecker von Dresden jetzt besorgte, jemals wieder in den Stand, wie sie aus dem Stall zu Kohlhaasenbrück gekommen waren, hergestellt werden würden; doch gesetzt, dass es durch Kunst und anhaltende Pflege möglich gewesen wäre: die Schmach, die zufolge der bestehenden Umstände, dadurch auf die Familie des Junkers fiel, war so groß, dass bei dem staatsbürgerlichen Gewicht, den sie, als eine der ersten und edelsten, im Lande hatte, nichts billiger und zweckmäßiger schien, als eine Vergütung der Pferde in Geld einzuleiten. Gleichwohl, auf einen Brief, in welchem der Präsident, Graf Kallheim, im Namen des Kämmerers, den seine Krankheit abhielt, dem Großkanzler, einige Tage darauf, diesen Vorschlag machte, erließ derselbe zwar ein Schreiben an den Kohlhaas, worin er ihn ermahnte, einen solchen Antrag, wenn er an ihn ergehen sollte, nicht von der Hand zu weisen; den Präsidenten selbst aber bat er, in einer kurzen, wenig verbindlichen Antwort, ihn mit Privataufträgen in dieser Sache zu verschonen, und forderte den Kämmerer auf, sich an den Rosshändler selbst zu wenden, den er ihm als einen sehr billigen und bescheidenen Mann schilderte. Der Rosshändler, dessen Wille, durch den Vorfall, der sich auf dem Markt zugetragen, in der Tat gebrochen war, wartete auch nur, dem Rat des Großkanzlers gemäß, auf eine Eröffnung von Seiten des Junkers, oder seiner Angehörigen, um ihnen mit völliger Bereitwilligkeit und Vergebung alles Geschehenen, entgegenzukommen; doch eben diese Eröffnung war den stolzen Rittern zu tun empfindlich; und schwer erbittert über die Antwort, die sie von dem Großkanzler empfangen hatten, zeigten sie dieselbe dem Kurfürsten, der, am Morgen des nächstfolgenden Tages, den Kämmerer krank, wie er an seinen Wunden danieder lag, in seinem Zimmer besucht hatte. Der Kämmerer, mit einer, durch seinen Zustand, schwachen und rührenden Stimme, fragte ihn, ob er, nachdem er sein Leben daran gesetzt, um diese Sache, seinen Wünschen gemäß, beizulegen, auch noch seine Ehre dem Tadel der Welt aussetzen, und mit einer Bitte um Vergleich und Nachgiebigkeit, vor einem Manne erscheinen solle, der alle nur erdenkliche Schmach und Schande über ihn und seine Familie gebracht habe. Der Kurfürst, nachdem er den Brief gelesen hatte, fragte den Grafen Kallheim verlegen: ob das Tribunal nicht befugt sei, ohne weitere Rücksprache mit dem Kohlhaas, auf den Umstand, dass die Pferde nicht wiederherzustellen wären, zu fußen, und demgemäß das Urteil, gleich, als ob sie tot wären, auf bloße Vergütung derselben in Geld abzufassen? Der Graf antwortete: »gnädigster Herr, sie sind tot: sind in staatsrechtlicher Bedeutung tot, weil sie keinen Wert haben, und werden es physisch sein, bevor man sie, aus der Abdeckerei, in die Ställe der Ritter gebracht hat«; worauf der Kurfürst, indem er den Brief einsteckte, sagte, dass er mit dem Großkanzler selbst darüber sprechen wolle, den Kämmerer, der sich halb aufrichtete und seine Hand dankbar ergriff, beruhigte, und nachdem er ihm noch empfohlen hatte, für seine Gesundheit Sorge zu tragen, mit vieler Huld sich von seinem Sessel erhob, und das Zimmer verließ.

So standen die Sachen in Dresden, als sich über den armen Kohlhaas, noch ein anderes, bedeutenderes Gewitter, von Lützen her, zusammenzog, dessen Strahl die arglistigen Ritter geschickt genug waren, auf das unglückliche Haupt desselben herabzuleiten. Johann Nagelschmidt nämlich, einer von den durch den Rosshändler zusammengebrachten, und nach Erscheinung der kurfürstlichen Amnestie wieder abgedankten Knechten, hatte für gut befunden, wenige Wochen nachher, an der böhmischen Grenze, einen Teil dieses zu allen Schandtaten aufgelegten Gesindels von neuem zusammenzuraffen, und das Gewerbe, auf dessen Spur ihn Kohlhaas geführt hatte, auf eigene Faust fortzusetzen. Dieser nichtsnutzige Kerl nannte sich, teils um den Häschern von denen er verfolgt ward, Furcht einzuflößen, teils um das Landvolk, auf die gewohnte Weise, zur Teilnahme an seinen Spitzbübereien zu verleiten, einen Statthalter des Kohlhaas; sprengte mit einer seinem Herrn abgelernten Klugheit aus, dass die Amnestie an mehreren, in ihre Heimat ruhig zurückgekehrten Knechten nicht gehalten, ja der Kohlhaas selbst, mit himmelschreiender Wortbrüchigkeit, bei seiner Ankunft in Dresden eingesteckt, und einer Wache übergeben worden sei; dergestalt, dass in Plakaten, die den Kohlhaasischen ganz ähnlich waren, sein Mordbrennerhaufen als ein zur bloßen Ehre Gottes aufgestandener Kriegshaufen erschien, bestimmt, über die Befolgung der ihnen von dem Kurfürsten angelobten Amnestie zu wachen; alles, wie schon gesagt, keineswegs zur Ehre Gottes, noch aus Anhänglichkeit an den Kohlhaas, dessen Schicksal ihnen völlig gleichgültig war, sondern um unter dem Schutz solcher Vorspiegelungen desto ungestrafter und bequemer zu sengen und zu plündern. Die Ritter, sobald die ersten Nachrichten davon nach Dresden kamen, konnten ihre Freude über diesen, dem ganzen Handel eine andere Gestalt gebenden Vorfall nicht unterdrücken. Sie erinnerten mit weisen und missvergnügten Seitenblicken an den Missgriff, den man begangen, indem man dem Kohlhaas, ihren dringenden und wiederholten Warnungen zum Trotz, Amnestie erteilt, gleichsam als hätte man die Absicht gehabt Bösewichtern aller Art dadurch, zur Nachfolge auf seinem Wege, das Signal zu geben; und nicht zufrieden, dem Vorgeben des Nagelschmidt, zur bloßen Aufrechterhaltung und Sicherheit seines unterdrückten Herrn die Waffen ergriffen zu haben, Glauben zu schenken, äußerten sie sogar die bestimmte Meinung, dass die ganze Erscheinung desselben nichts, als ein von dem Kohlhaas angezetteltes Unternehmen sei, um die Regierung in Furcht zu setzen, und den Fall des Rechtsspruchs, Punkt für Punkt, seinem rasenden Eigensinn gemäß, durchzusetzen und zu beschleunigen. Ja, der Mundschenk, Herr Hinz, ging so weit, einigen Jagdjunkern und Hofherren, die sich nach der Tafel im Vorzimmer des Kurfürsten um ihn versammelt hatten, die Auflösung des Räuberhaufens in Lützen als eine verwünschte Spiegelfechterei darzustellen; und indem er sich über die Gerechtigkeitsliebe des Großkanzlers sehr lustig machte, erwies er aus mehreren witzig zusammengestellten Umständen, dass der Haufen, nach wie vor, noch in den Wäldern des Kurfürstentums vorhanden sei, und nur auf den Wink des Rosshändlers warte, um daraus von neuem mit Feuer und Schwert hervorzubrechen. Der Prinz Christiern von Meißen, über diese Wendung der Dinge, die seines Herrn Ruhm auf die empfindlichste Weise zu beflecken drohte, sehr missvergnügt, begab sich sogleich zu demselben aufs Schloss; und das Interesse der Ritter, den Kohlhaas, wenn es möglich wäre, auf den Grund neuer Vergehungen zu stürzen, wohl durchschauend, bat er sich von demselben die Erlaubnis aus, unverzüglich ein Verhör über den Rosshändler anstellen zu dürfen. Der Rosshändler, nicht ohne Befremden, durch einen Häscher in das Gubernium abgeführt, erschien, den Heinrich und Leopold, seine beiden kleinen Knaben auf dem Arm; denn Sternbald, der Knecht, war tags zuvor mit seinen fünf Kindern aus dem Mecklenburgischen, wo sie sich aufgehalten hatten, bei ihm angekommen, und Gedanken mancherlei Art, die zu entwickeln zu weitläufig sind, bestimmten ihn, die Jungen, die ihn bei seiner Entfernung unter dem Erguss kindischer Tränen darum baten, aufzuheben, und in das Verhör mitzunehmen. Der Prinz, nachdem er die Kinder, die Kohlhaas neben sich niedergesetzt hatte, wohlgefällig betrachtet und auf eine freundliche Weise nach ihrem Alter und Namen gefragt hatte, eröffnete ihm, was der Nagelschmidt, sein ehemaliger Knecht, sich in den Tälern des Erzgebirges für Freiheiten herausnehme; und indem er ihm die sogenannten Mandate desselben überreichte, forderte er ihn auf, dagegen vorzubringen, was er zu seiner Rechtfertigung vorzubringen wüsste. Der Rosshändler, so schwer er auch in der Tat über diese schändlichen und verräterischen Papiere erschrak, hatte gleichwohl, einem so rechtschaffenen Manne, als der Prinz war, gegenüber, wenig Mühe, die Grundlosigkeit der gegen ihn auf die Bahn gebrachten Beschuldigungen, befriedigend auseinanderzulegen. Nicht nur, dass zufolge seiner Bemerkung er, so wie die Sachen standen, überhaupt noch zur Entscheidung seines, im besten Fortgang begriffenen Rechtsstreits, keiner Hilfe von Seiten eines Dritten bedürfte: aus einigen Briefschaften, die er bei sich trug, und die er dem Prinzen vorzeigte, ging sogar eine Unwahrscheinlichkeit ganz eigner Art hervor, dass das Herz des Nagelschmidts gestimmt sein sollte, ihm dergleichen Hilfe zu leisten, indem er den Kerl, wegen auf dem platten Lande verübter Notzucht und anderer Schelmereien, kurz vor Auflösung des Haufens in Lützen hatte hängen lassen wollen; dergestalt, dass nur die Erscheinung der kurfürstlichen Amnestie, indem sie das ganze Verhältnis aufhob, ihn gerettet hatte, und beide tags darauf, als Todfeinde auseinander gegangen waren. Kohlhaas, auf seinen von dem Prinzen angenommenen Vorschlag, setzte sich nieder, und erließ ein Sendschreiben an den Nagelschmidt, worin er das Vorgeben desselben, zur Aufrechterhaltung der an ihm und seinen Haufen gebrochenen Amnestie aufgestanden zu sein, für eine schändliche und ruchlose Erfindung erklärte; ihm sagte, dass er bei seiner Ankunft in Dresden weder eingesteckt, noch einer Wache übergeben, auch seine Rechtssache ganz so, wie er es wünsche, im Fortgange sei; und ihn wegen der, nach Publikation der Amnestie im Erzgebirge ausgeübten Mordbrennereien, zur Warnung des um ihn versammelten Gesindels, der ganzen Rache der Gesetze preisgab. Dabei wurden einige Fragmente der Kriminalverhandlung, die der Rosshändler auf dem Schlosse zu Lützen, in Bezug auf die oben erwähnten Schändlichkeiten, über ihn hatte anstellen lassen, zur Belehrung des Volks über diesen nichtsnutzigen, schon damals dem Galgen bestimmten, und, wie schon erwähnt, nur durch das Patent das der Kurfürst erließ, geretteten Kerl, angehängt. Demgemäß beruhigte der Prinz den Kohlhaas über den Verdacht, den man ihm, durch die Umstände notgedrungen, in diesem Verhör habe äußern müssen; versicherte ihn, dass solange er in Dresden wäre, die ihm erteilte Amnestie auf keine Weise gebrochen werden solle; reichte den Knaben noch einmal, indem er sie mit Obst, das auf seinem Tische stand, beschenkte, die Hand, grüßte den Kohlhaas und entließ ihn. Der Großkanzler, der gleichwohl die Gefahr, die über dem Rosshändler schwebte, erkannte, tat sein Äußerstes, um die Sache desselben, bevor sie durch neue Ereignisse verwickelt und verworren würde, zu Ende zu bringen; das aber wünschten und bezweckten die staatsklugen Ritter eben, und statt, wie zuvor, mit stillschweigendem Eingeständnis der Schuld, ihren Widerstand auf ein bloß gemildertes Rechtserkenntnis einzuschränken, fingen sie jetzt an, in Wendungen arglistiger und rabulistischer Art, diese Schuld selbst gänzlich zu leugnen. Bald gaben sie vor, dass die Rappen des Kohlhaas, infolge eines bloß eigenmächtigen Verfahrens des Schlossvogts und Verwalters, von welchem der Junker nichts oder nur Unvollständiges gewusst, auf der Tronkenburg zurückgehalten worden seien; bald versicherten sie, dass die Tiere schon, bei ihrer Ankunft daselbst, an einem heftigen und gefährlichen Husten krank gewesen wären, und beriefen sich deshalb auf Zeugen, die sie herbeizuschaffen sich anheischig machten; und als sie mit diesen Argumenten, nach weitläufigen Untersuchungen und Auseinandersetzungen, aus dem Felde geschlagen waren, brachten sie gar ein kurfürstliches Edikt bei, worin, vor einem Zeitraum von zwölf Jahren, einer Viehseuche wegen, die Einführung der Pferde aus dem Brandenburgischen ins Sächsische, in der Tat verboten worden war: zum sonnenklaren Beleg nicht nur der Befugnis, sondern sogar der Verpflichtung des Junkers, die von dem Kohlhaas über die Grenze gebrachten Pferde anzuhalten. – Kohlhaas, der inzwischen von dem wackern Amtmann zu Kohlhaasenbrück seine Meierei, gegen eine geringe Vergütung des dabei gehabten Schadens, käuflich wiedererlangt hatte, wünschte, wie es scheint wegen gerichtlicher Abmachung dieses Geschäfts, Dresden auf einige Tage zu verlassen, und in diese seine Heimat zu reisen; ein Entschluss, an welchem gleichwohl, wie wir nicht zweifeln, weniger das besagte Geschäft, so dringend es auch in der Tat, wegen Bestellung der Wintersaat, sein mochte, als die Absicht unter so sonderbaren und bedenklichen Umständen seine Lage zu prüfen, Anteil hatte: zu welchem vielleicht auch noch Gründe anderer Art mitwirkten, die wir jedem, der in seiner Brust Bescheid weiß, zu erraten überlassen wollen. Demnach verfügte er sich, mit Zurücklassung der Wache, die ihm zugeordnet war, zum Großkanzler, und eröffnete ihm, die Briefe des Amtmanns in der Hand: dass er willens sei, falls man seiner, wie es den Anschein habe, bei dem Gericht nicht notwendig bedürfe, die Stadt zu verlassen, und auf einen Zeitraum von acht oder zwölf Tagen, binnen welcher Zeit er wieder zurück zu sein versprach, nach dem Brandenburgischen zu reisen. Der Großkanzler, indem er mit einem missvergnügten und bedenklichen Gesichte zur Erde sah, versetzte: er müsse gestehen, dass seine Anwesenheit grade jetzt notwendiger sei als jemals, indem das Gericht wegen arglistiger und winkelziehender Einwendungen der Gegenpart, seiner Aussagen und Erörterungen, in tausenderlei nicht vorherzusehenden Fällen, bedürfe; doch da Kohlhaas ihn auf seinen, von dem Rechtsfall wohlunterrichteten Advokaten verwies, und mit bescheidener Zudringlichkeit, indem er sich auf acht Tage einzuschränken versprach, auf seine Bitte beharrte, so sagte der Großkanzler nach einer Pause kurz, indem er ihn entließ: »er hoffe, dass er sich deshalb Pässe, bei dem Prinzen Christiern von Meißen, ausbitten würde.« – – Kohlhaas, der sich auf das Gesicht des Großkanzlers gar wohl verstand, setzte sich, in seinem Entschluss nur bestärkt, auf der Stelle nieder, und bat, ohne irgendeinen Grund anzugeben, den Prinzen von Meißen, als Chef des Guberniums, um Pässe auf acht Tage nach Kohlhaasenbrück, und zurück. Auf dieses Schreiben erhielt er eine, von dem Schlosshauptmann, Freiherrn Siegfried von Wenk, unterzeichnete Gubernial-Resolution, des Inhalts: »sein Gesuch um Pässe nach Kohlhaasenbrück werde des Kurfürsten Durchlaucht vorgelegt werden, auf dessen höchster Bewilligung, sobald sie einginge, ihm die Pässe zugeschickt werden würden.« Auf die Erkundigung Kohlhaasens bei seinem Advokaten, wie es zugehe, dass die Gubernial-Resolution von einem Freiherrn Siegfried von Wenk, und nicht von dem

Prinzen Christiern von Meißen, an den er sich gewendet, unterschrieben sei, erhielt er zur Antwort: dass der Prinz vor drei Tagen auf seine Güter gereist, und die Gubernialgeschäfte während seiner Abwesenheit dem Schlosshauptmann Freiherrn Siegfried von Wenk, einem Vetter des oben erwähnten Herren gleiches Namens, übergeben worden wären. – Kohlhaas, dem das Herz unter allen diesen Umständen unruhig zu klopfen anfing, harrte durch mehrere Tage auf die Entscheidung seiner, der Person des Landesherrn mit befremdender Weitläufigkeit vorgelegten Bitte; doch es verging eine Woche, und es verging mehr, ohne dass weder diese Entscheidung einlief, noch auch das Rechtserkenntnis, so bestimmt man es ihm auch verkündigt hatte, bei dem Tribunal gefällt ward: dergestalt, dass er am zwölften Tage, fest entschlossen, die Gesinnung der Regierung gegen ihn, sie möge sein, welche man wolle, zur Sprache zu bringen, sich niedersetzte, und das Gubernium von neuem in einer dringenden Vorstellung um die erforderten Pässe bat. Aber wie betreten war er, als er am Abend des folgenden, gleichfalls ohne die erwartete Antwort verstrichenen Tages, mit einem Schritt, den er gedankenvoll, in Erwägung seiner Lage, und besonders der ihm von dem Doktor Luther ausgewirkten Amnestie, an das Fenster seines Hinterstübchens tat, in dem kleinen, auf dem Hofe befindlichen Nebengebäude, das er ihr zum Aufenthalte angewiesen hatte, die Wache nicht erblickte, die ihm bei seiner Ankunft der Prinz von Meißen eingesetzt hatte. Thomas, der alte Hausmann, den er herbeirief und fragte: was dies zu bedeuten habe? antwortete ihm seufzend: Herr! es ist nicht alles wie es sein soll; die Landsknechte, deren heute mehr sind wie gewöhnlich, haben sich bei Einbruch der Nacht um das ganze Haus verteilt; zwei stehen, mit Schild und Spieß, an der vordern Tür auf der Straße; zwei an der hintern im Garten: und noch zwei andere liegen im Vorsaal auf ein Bund Stroh, und sagen, dass sie daselbst schlafen würden. Kohlhaas, der seine Farbe verlor, wandte sich und versetzte:»es wäre gleichviel, wenn sie nur da wären; und er möchte den Landsknechten, sobald er auf den Flur käme, Licht hin setzen, damit sie sehen könnten.« Nachdem er noch, unter dem Vorwande, ein Geschirr auszugießen, den vordern Fensterladen eröffnet, und sich von der Wahrheit des Umstands, den ihm der Alte entdeckt, überzeugt hatte: denn eben ward sogar in geräuschloser Ablösung die Wache erneuert, an welche Maßregel bisher, solange die Einrichtung bestand, noch niemand gedacht hatte: so legte er sich, wenig schlaflustig allerdings, zu Bette, und sein Entschluss war für den kommenden Tag sogleich gefasst. Denn nichts missgönnte er der Regierung, mit der er zu tun hatte, mehr, als den Schein der Gerechtigkeit, während sie in der Tat die Amnestie, die sie ihm angelobt hatte, an ihm brach; und falls er wirklich ein Gefangener sein sollte, wie es keinem Zweifel mehr unterworfen war, wollte er derselben auch die bestimmte und unumwundene Erklärung, dass es so sei, abnötigen. Demnach ließ er, sobald der Morgen des nächsten Tages anbrach, durch Sternbald, seinen Knecht, den Wagen anspannen und vorführen, um wie er vorgab, zu dem Verwalter nach Lockewitz zu fahren, der ihn, als ein alter Bekannter, einige Tage zuvor in Dresden gesprochen und eingeladen hatte, ihn einmal mit seinen Kindern zu besuchen. Die Landsknechte, welche mit zusammengesteckten Köpfen, die dadurch veranlassten Bewegungen im Hause wahrnahmen, schickten einen aus ihrer Mitte heimlich in die Stadt, worauf binnen wenigen Minuten ein Gubernial-Offiziant an der Spitze mehrerer Häscher erschien, und sich, als ob er daselbst ein Geschäft hätte, in das gegenüberliegende Haus begab. Kohlhaas, der mit der Ankleidung seiner Knaben beschäftigt, diese Bewegungen gleichfalls bemerkte, und den Wagen absichtlich länger, als eben nötig gewesen wäre, vor dem Hause halten ließ, trat, sobald er die Anstalten der Polizei vollendet sah, mit seinen Kindern, ohne darauf Rücksicht zu nehmen, vor das Haus hinaus; und während er dem Tross der Landsknechte, die unter der Tür standen, im Vorübergehen sagte, dass sie nicht nötig hätten, ihm zu folgen, hob er die Jungen in den Wagen und küsste und tröstete die kleinen weinenden Mädchen, die, seiner Anordnung gemäß, bei der Tochter des alten Hausmanns zurückbleiben sollten. Kaum hatte er selbst den Wagen bestiegen, als der Gubernial-Offiziant mit seinem Gefolge von Häschern, aus dem gegenüberliegenden Hause, zu ihm herantrat, und ihn fragte: wohin er wolle? Auf die Antwort Kohlhaasens: »dass er zu seinem Freund, dem Amtmann nach Lockewitz fahren wolle, der ihn vor einigen Tagen mit seinen beiden Knaben zu sich aufs Land geladen«, antwortete der Gubernial-Offiziant: dass er in diesem Fall einige Augenblicke warten müsse, indem einige berittene Landsknechte, dem Befehl des Prinzen von Meißen gemäß, ihn begleiten würden. Kohlhaas fragte lächelnd von dem Wagen herab: »ob er glaube, dass seine Person in dem Hause eines Freundes, der sich erboten, ihn auf einen Tag an seiner Tafel zu bewirten, nicht sicher sei?« Der Offiziant erwiderte auf eine heitere und angenehme Art: dass die Gefahr allerdings nicht groß sei; wobei er hinzusetzte: dass ihm die Knechte auch auf keine Weise zur Last fallen sollten. Kohlhaas versetzte ernsthaft: »dass ihm der Prinz von Meißen, bei seiner Ankunft in Dresden, freigestellt, ob er sich der Wache bedienen wolle oder nicht«; und da der Offiziant sich über diesen Umstand wunderte, und sich mit vorsichtigen Wendungen auf den Gebrauch, während der ganzen Zeit seiner Anwesenheit, berief: so erzählte der Rosshändler ihm den Vorfall, der die Einsetzung der Wache in seinem Hause veranlasst hatte. Der Offiziant versicherte ihn, dass die Befehle des Schlosshauptmanns, Freiherrn von Wenk, der in diesem Augenblick Chef der Polizei sei, ihm die unausgesetzte Beschützung seiner Person zur Pflicht mache; und bat ihn, falls er sich die Begleitung nicht gefallen lassen wolle selbst auf das Gubernium zu gehen, um den Irrtum, der dabei obwalten müsse, zu berichtigen. Kohlhaas, mit einem sprechenden Blick, den er auf den Offizianten warf, sagte, entschlossen die Sache zu beugen oder zu brechen: »dass er dies tun wolle«; stieg mit klopfendem Herzen von dem Wagen, ließ die Kinder durch den Hausmann in den Flur tragen, und verfügte sich, während der Knecht mit dem Fuhrwerk vor dem Hause halten blieb, mit dem Offizianten und seiner Wache in das Gubernium. Es traf sich, dass der Schlosshauptmann, Freiherr Wenk eben mit der Besichtigung einer Bande, am Abend zuvor eingebrachter Nagelschmidtscher Knechte, die man in der Gegend von Leipzig aufgefangen hatte, beschäftigt war, und die Kerle über manche Dinge, die man gern von ihnen gehört hätte, von den Rittern, die bei ihm waren, befragt wurden, als der Rosshändler mit seiner Begleitung zu ihm in den Saal trat. Der Freiherr, sobald er den Rosshändler erblickte, ging, während die Ritter plötzlich still wurden, und mit dem Verhör der Knechte einhielten, auf ihn zu, und fragte ihn: was er wolle? und da der Rosskamm ihm auf ehrerbietige Weise sein Vorhaben, bei dem Verwalter in Lockewitz zu Mittag zu speisen, und den Wunsch, die Landsknechte deren er dabei nicht bedürfe zurücklassen zu dürfen, vorgetragen hatte, antwortete der Freiherr, die Farbe im Gesicht wechselnd, indem er eine andere Rede zu verschlucken schien: »er würde wohl tun, wenn er sich still in seinem Hause hielte, und den Schmaus bei dem Lockewitzer Amtmann vor der Hand noch aussetzte.« – Dabei wandte er sich, das ganze Gespräch zerschneidend, dem Offizianten zu, und sagte ihm: »dass es mit dem Befehl, den er ihm, in Bezug auf den Mann gegeben, sein Bewenden hätte, und dass derselbe anders nicht, als in Begleitung sechs berittener Landsknechte die Stadt verlassen dürfe.« – Kohlhaas fragte: ob er ein Gefangener wäre, und ob er glauben solle, dass die ihm feierlich, vor den Augen der ganzen Welt angelobte Amnestie gebrochen sei? worauf der Freiherr sich plötzlich glutrot im Gesichte zu ihm wandte, und, indem er dicht vor ihn trat, und ihm in das Auge sah, antwortete: ja! ja! ja! – ihm den Rücken zukehrte, ihn stehenließ, und wieder zu den Nagelschmidtschen Knechten ging. Hierauf verließ Kohlhaas den Saal, und ob er schon einsah, dass er sich das einzige Rettungsmittel, das ihm übrigblieb, die Flucht, durch die Schritte die er getan, sehr erschwert hatte, so lobte er sein Verfahren gleichwohl, weil er sich nunmehr auch seinerseits von der Verbindlichkeit den Artikeln der Amnestie nachzukommen, befreit sah. Er ließ, da er zu Hause kam, die Pferde ausspannen, und begab sich, in Begleitung des Gubernial-Offizianten, sehr traurig und erschüttert in sein Zimmer; und während dieser Mann auf eine dem Rosshändler Ekel erregende Weise, versicherte, dass alles nur auf einem Missverständnis beruhen müsse, das sich in kurzem lösen würde, verriegelten die Häscher, auf seinen Wink, alle Ausgänge der Wohnung die auf den Hof führten; wobei der Offiziant ihm versicherte, dass ihm der vordere Haupteingang nach wie vor, zu seinem beliebigen Gebrauch offenstehe.

Inzwischen war der Nagelschmidt in den Wäldern des Erzgebirges, durch Häscher und Landsknechte von allen Seiten so gedrängt worden, dass er bei dem gänzlichen Mangel an Hilfsmitteln, eine Rolle der Art, wie er sie übernommen, durchzuführen, auf den Gedanken verfiel, den Kohlhaas in der Tat ins Interesse zu ziehen; und da er von der Lage seines Rechtsstreits in Dresden durch einen Reisenden, der die Straße zog, mit ziemlicher Genauigkeit unterrichtet war: so glaubte er, der offenbaren Feindschaft, die unter ihnen bestand, zum Trotz, den Rosshändler bewegen zu können, eine neue Verbindung mit ihm einzugehen. Demnach schickte er einen Knecht, mit einem, in kaum leserlichem Deutsch abgefassten Schreiben an ihn ab, des Inhalts: »Wenn er nach dem Altenburgischen kommen, und die Anführung des Haufens, der sich daselbst, aus Resten des aufgelösten zusammengefunden, wieder übernehmen wolle, so sei er erbötig, ihm zur Flucht aus seiner Haft in Dresden mit Pferden, Leuten und Geld an die Hand zu gehen; wobei er ihm versprach, künftig gehorsamer und überhaupt ordentlicher und besser zu sein, als vorher, und sich zum Beweis seiner Treue und Anhänglichkeit anheischig machte, selbst in die Gegend von Dresden zu kommen, um seine Befreiung aus seinem Kerker zu bewirken.« Nun hatte der, mit diesem Brief beauftragte Kerl das Unglück, in einem Dorf dicht vor Dresden, in Krämpfen hässlicher Art, denen er von Jugend auf unterworfen war, niederzusinken; bei welcher Gelegenheit der Brief, den er im Brustlatz trug, von Leuten, die ihm zu Hilfe kamen, gefunden, er selbst aber, sobald er sich erholt, arretiert, und durch eine Wache unter Begleitung vielen Volks, auf das Gubernium transportiert ward. Sobald der Schlosshauptmann von Wenk diesen Brief gelesen hatte, verfügte er sich unverzüglich zum Kurfürsten aufs Schloss, wo er die Herren Kunz und Hinz, welcher ersterer von seinen Wunden wiederhergestellt war, und den Präsidenten der Staatskanzlei, Grafen Kallheim, gegenwärtig fand. Die Herren waren der Meinung, dass der Kohlhaas ohne weiteres arretiert, und ihm, auf den Grund geheimer Einverständnisse mit dem Nagelschmidt, der Prozess gemacht werden müsse; indem sie bewiesen, dass ein solcher Brief nicht, ohne dass frühere auch von Seiten des Rosshändlers vorangegangen, und ohne dass überhaupt eine frevelhafte und verbrecherische Verbindung, zur Schmiedung neuer Gräuel, unter ihnen stattfinden sollte, geschrieben sein könne. Der Kurfürst weigerte sich standhaft, auf den Grund bloß dieses Briefes, dem Kohlhaas das freie Geleit, das er ihm angelobt, zu brechen; er war vielmehr der Meinung, dass eine Art von Wahrscheinlichkeit aus dem Briefe des Nagelschmidt hervorgehe, dass keine frühere Verbindung zwischen ihnen stattgefunden habe; und alles, wozu er sich, um hierüber ins Reine zu kommen, auf den Vorschlag des Präsidenten, obschon nach großer Zögerung entschloss, war, den Brief durch den von dem Nagelschmidt abgeschickten Knecht, gleichsam als ob derselbe nach wie vor frei sei, an ihn abgeben zu lassen, und zu prüfen, ob er ihn beantworten würde. Demgemäß ward der Knecht, den man in ein Gefängnis gesteckt hatte, am andern Morgen auf das Gubernium geführt, wo der Schlosshauptmann ihm den Brief wieder zustellte, und ihn unter dem Versprechen, dass er frei sein, und die Strafe, die er verwirkt, ihm erlassen sein solle, aufforderte, das Schreiben, als sei nichts vorgefallen, dem Rosshändler zu übergeben; zu welcher List schlechter Art sich dieser Kerl auch ohne weiteres gebrauchen ließ, und auf scheinbar geheimnisvolle Weise, unter dem Vorwand, dass er Krebse zu verkaufen habe, womit ihn der Gubernial-Offiziant, auf dem Markte, versorgt hatte, zu Kohlhaas ins Zimmer trat. Kohlhaas, der den Brief, während die Kinder mit den Krebsen spielten, las, würde den Gauner gewiss unter andern Umständen beim Kragen genommen, und den Landsknechten, die vor seiner Tür standen, überliefert haben; doch da bei der Stimmung der Gemüter auch selbst dieser Schritt noch einer gleichgültigen Auslegung fähig war, und er sich vollkommen überzeugt hatte, dass nichts auf der Welt ihn aus dem Handel, in dem er verwickelt war, retten konnte: so sah er dem Kerl, mit einem traurigen Blick, in sein ihm wohlbekanntes Gesicht, fragte ihn, wo er wohnte, und beschied ihn, in einigen Stunden, wieder zu sich, wo er ihm, in Bezug auf seinen Herrn, seinen Beschluss eröffnen wolle. Er hieß dem Sternbald, der zufällig in die Tür trat, dem Mann, der im Zimmer war, etliche Krebse abkaufen; und nachdem dies Geschäft abgemacht war, und beide sich ohne einander zu kennen, entfernt hatten, setzte er sich nieder und schrieb einen Brief folgenden Inhalts an den Nagelschmidt: »Zuvörderst dass er seinen Vorschlag, die Oberanführung seines Haufens im Altenburgischen betreffend, annähme; dass er demgemäß, zur Befreiung aus der vorläufigen Haft, in

54

welcher er, mit seinen fünf Kindern gehalten werde, ihm einen Wagen mit zwei Pferden nach der Neustadt bei Dresden schicken solle; dass er auch, rascheren Fortkommens wegen, noch eines Gespannes von zwei Pferden auf der Straße nach Wittenberg bedürfe, auf welchem Umweg er allein, aus Gründen, die anzugeben zu weitläufig wären, zu ihm kommen könne; dass er die Landsknechte, die ihn bewachten, zwar durch Bestechung gewinnen zu können glaube, für den Fall aber dass Gewalt nötig sei, ein paar beherzte, gescheite und wohlbewaffnete Knechte, in der Neustadt bei Dresden gegenwärtig wissen wolle; dass er ihm zur Bestreitung der mit allen diesen Anstalten verbundenen Kosten, eine Rolle von zwanzig Goldkronen durch den Knecht zuschicke, über deren Verwendung er sich, nach abgemachter Sache, mit ihm berechnen wolle; dass er sich übrigens, weil sie unnötig sei, seine eigne Anwesenheit bei seiner Befreiung in Dresden verbitte, ja ihm vielmehr den bestimmten Befehl erteile, zur einstweiligen Anführung der Bande, die nicht ohne Oberhaupt sein könne, im Altenburgischen zurückzubleiben.« – Diesen Brief, als der Knecht gegen Abend kam, überlieferte er ihm; beschenkte ihn selbst reichlich, und schärfte ihm ein, denselben wohl in acht zu nehmen. – Seine Absicht war mit seinen fünf Kindern nach Hamburg zu gehen, und sich von dort nach der Levante oder nach Ostindien, oder so weit der Himmel über andere Menschen, als die er kannte, blau war, einzuschiffen: denn die Dickfütterung der Rappen hatte seine, von Gram sehr gebeugte Seele auch unabhängig von dem Widerwillen, mit dem Nagelschmidt deshalb gemeinschaftliche Sache zu machen, aufgegeben. – Kaum hatte der Kerl diese Antwort dem Schlosshauptmann überbracht, als der Großkanzler abgesetzt, der Präsident, Graf Kallheim, an dessen Stelle, zum Chef des Tribunals ernannt, und Kohlhaas, durch einen Kabinettsbefehl des Kurfürsten arretiert, und schwer mit Ketten beladen in die Stadttürme gebracht ward. Man machte ihm auf den Grund dieses Briefes, der an alle Ecken der Stadt angeschlagen ward, den Prozess; und da er vor den Schranken des Tribunals auf die Frage, ob er die Handschrift anerkenne, dem Rat, der sie ihm vorhielt, antwortete: »ja!« zur Antwort aber auf die Frage, ob er zu seiner Verteidigung etwas vorzubringen wisse, indem er den Blick zur Erde schlug, erwiderte, »nein!« so ward er verurteilt, mit glühenden Zangen von Schinderknechten gekniffen, gevierteilt, und sein Körper, zwischen Rad und Galgen, verbrannt zu werden.

So standen die Sachen für den armen Kohlhaas in Dresden, als der Kurfürst von Brandenburg zu seiner Rettung aus den Händen der Übermacht und Willkür auftrat, und ihn, in einer bei der kurfürstlichen Staatskanzlei daselbst eingereichten Note, als brandenburgischen Untertan reklamierte. Denn der wackere Stadthauptmann, Herr Heinrich von Geusau, hatte ihn, auf einem Spaziergange an den Ufern der Spree, von der Geschichte dieses sonderbaren und nicht verwerflichen Mannes unterrichtet, bei welcher Gelegenheit er von den Fragen des erstaunten Herrn gedrängt, nicht umhin konnte, der Schuld zu erwähnen, die durch die Unziemlichkeiten seines Erzkanzlers, des Grafen Siegfried von Kallheim, seine eigene Person drückte: worüber der Kurfürst schwer entrüstet, den Erzkanzler, nachdem er ihn zur Rede gestellt und befunden, dass die Verwandtschaft desselben mit dem Hause derer von Tronka an allem schuld sei, ohne weiteres, mit mehreren Zeichen seiner Ungnade entsetzte, und den Herrn Heinrich von Geusau zum Erzkanzler ernannte.

Es traf sich aber, dass die Krone Polen grade damals, indem sie mit dem Hause Sachsen, um welchen Gegenstandes willen wissen wir nicht, im Streit lag, den Kurfürsten von Brandenburg, in wiederholten und dringenden Vorstellungen anging, sich mit ihr in gemeinschaftlicher Sache gegen das Haus Sachsen zu verbinden; dergestalt, dass der Erzkanzler, Herr Geusau, der in solchen Dingen nicht ungeschickt war, wohl hoffen durfte, den Wunsch seines Herrn, dem Kohlhaas, es koste was es wolle, Gerechtigkeit zu verschaffen, zu erfüllen, ohne die Ruhe des Ganzen auf eine misslichere Art, als die Rücksicht auf einen einzelnen erlaubt, aufs Spiel zu setzen. Demnach forderte der Erzkanzler nicht nur wegen gänzlich willkürlichen, Gott und Menschen missgefälligen Verfahrens, die unbedingte und ungesäumte Auslieferung des Kohlhaas, um denselben, falls ihn eine Schuld drücke, nach brandenburgischen Gesetzen, auf Klageartikel, die der Dresdner Hof deshalb durch einen Anwalt in Berlin anhängig machen könne, zu richten; sondern er begehrte sogar selbst Pässe für einen Anwalt, den der Kurfürst nach Dresden zu schicken willens sei, um dem Kohlhaas, wegen der ihm auf sächsischem Grund und Boden abgenommenen Rappen und anderer himmelschreienden Misshandlungen und Gewalttaten halber, gegen den Junker Wenzel von Tronka, Recht zu verschaffen. Der Kämmerer, Herr Kunz, der bei der Veränderung der Staatsämter in Sachsen zum Präsidenten der Staatskanzlei ernannt worden war, und der aus mancherlei Gründen den Berliner Hof, in der Bedrängnis in der er sich befand, nicht verletzen wollte, antwortete im Namen seines über die eingegangene Note sehr niedergeschlagenen Herrn: »dass man sich über die Unfreundschaftlichkeit und Unbilligkeit wundere, mit welcher man dem Hofe zu Dresden das Recht abspräche, den Kohlhaas wegen Verbrechen, die er im Lande begangen, den Gesetzen gemäß zu richten, da doch weltbekannt sei, dass derselbe ein beträchtliches Grundstück in der Hauptstadt besitze, und sich selbst in der Qualität als sächsischen Bürger gar nicht verleugne.« Doch da die Krone Polen bereits zur Ausfechtung ihrer Ansprüche einen Heerhaufen von fünftausend Mann an der Grenze von Sachsen zusammenzog, und der Erzkanzler, Herr Heinrich von Geusau, erklärte: »dass Kohlhaasenbrück, der Ort, nach welchem der Rosshändler heiße, im Brandenburgischen liege, und dass man die Vollstreckung des über ihn ausgesprochenen Todesurteils für eine Verletzung des Völkerrechts halten würde«: so rief der Kurfürst, auf den Rat des Kämmerers, Herrn Kunz selbst, der sich aus diesem Handel zurückzuziehen wünschte, den Prinzen Christiern von Meißen von seinen Gütern herbei, und entschloss sich, auf wenige Worte dieses verständigen Herrn, den Kohlhaas, der Forderung gemäß, an den Berliner Hof auszuliefern. Der Prinz, der obschon mit den Unziemlichkeiten die vorgefallen waren, wenig zufrieden, die Leitung der Kohlhaasischen Sache auf den Wunsch seines bedrängten Herrn, übernehmen musste, fragte ihn, auf welchen Grund er nunmehr den Rosshändler bei dem Kammergericht zu Berlin verklagt wissen wolle; und da man sich auf den leidigen Brief desselben an den Nagelschmidt, wegen der zweideutigen und unklaren Umstände, unter welchen er geschrieben war, nicht berufen konnte, der früheren Plünderungen und Einäscherungen aber, wegen des Plakats, worin sie

56

ihm vergeben worden waren, nicht erwähnen durfte: so beschloss der Kurfürst, der Majestät des Kaisers zu Wien einen Bericht über den bewaffneten Einfall des Kohlhaas in Sachsen vorzulegen, sich über den Bruch des von ihm eingesetzten öffentlichen Landfriedens zu beschweren, und sie, die allerdings durch keine Amnestie gebunden war, anzuliegen, den Kohlhaas bei dem Hofgericht zu Berlin deshalb durch einen Reichsankläger zur Rechenschaft zu ziehen. Acht Tage darauf ward der Rosskamm durch den Ritter Friedrich von Malzahn, den der Kurfürst von Brandenburg mit sechs Reitern nach Dresden geschickt hatte, geschlossen wie er war, auf einen Wagen geladen, und mit seinen fünf Kindern, die man auf seine Bitte aus Findel- und Waisenhäusern wieder zusammengesucht hatte, nach Berlin transportiert. Es traf sich dass der Kurfürst von Sachsen auf die Einladung des Landdrosts, Grafen Aloysius von Kallheim, der damals an der Grenze von Sachsen beträchtliche Besitzungen hatte, in Gesellschaft des Kämmerers, Herrn Kunz, und seiner Gemahlin, der Dame Heloise, Tochter des Landdrosts und Schwester des Präsidenten, andrer glänzenden Herren und Damen, Jagdjunker und Hofherren, die dabei waren, nicht zu erwähnen, zu einer großen Hirschjagd, die man, um ihn zu erheitern, veranstaltet hatte, nach Dahme gereist war, dergestalt, dass unter dem Dach bewimpelter Zelte, die quer über die Straße auf einem Hügel erbaut waren, die ganze Gesellschaft vom Staub der Jagd noch bedeckt unter dem Schall einer heitern vom Stamm einer Eiche herschallenden Musik, von Pagen bedient und Edelknaben, an der Tafel saß, als der Rosshändler langsam mit seiner Reiterbedeckung die Straße von Dresden dahergezogen kam. Denn die Erkrankung eines der kleinen, zarten Kinder des Kohlhaas, hatte den Ritter von Malzahn, der ihn begleitete, genötigt, drei Tage lang in Herzberg zurückzubleiben; von welcher Maßregel er, dem Fürsten dem er diente deshalb allein verantwortlich, nicht nötig befunden hatte, der Regierung zu Dresden weitere Kenntnis zu geben. Der Kurfürst, der mit halboffener Brust, den Federhut, nach Art der Jäger, mit Tannenzweigen geschmückt, neben der Dame Heloise saß, die, in Zeiten früherer Jugend, seine erste Liebe gewesen war, sagte von der Anmut des Festes, das ihn umgaukelte, heiter gestimmt: »Lasset uns hingehen, und dem Unglücklichen, wer es auch sei, diesen Becher mit Wein reichen!« Die Dame Heloise, mit einem herzlichen Blick auf ihn, stand sogleich auf, und füllte, die ganze Tafel plündernd, ein silbernes Geschirr, das ihr ein Page reichte, mit Früchten, Kuchen und Brot, an; und schon hatte, mit Erquickungen jeglicher Art, die ganze Gesellschaft wimmelnd das Zelt verlassen, als der Landdrost ihnen mit einem verlegenen Gesicht entgegenkam, und sie bat zurückzubleiben. Auf die betretene Frage des Kurfürsten was vorgefallen wäre, dass er so bestürzt sei? antwortete der Landdrost stotternd gegen den Kämmerer gewandt, dass der Kohlhaas im Wagen sei; auf welche jedermann unbegreifliche Nachricht, indem weltbekannt war, dass derselbe bereits vor sechs Tagen abgereist war, der Kämmerer, Herr Kunz, seinen Becher mit Wein nahm, und ihn, mit einer Rückwendung gegen das Zelt, in den Sand schüttete. Der Kurfürst setzte, über und über rot, den seinigen auf einen Teller, den ihm ein Edelknabe auf den Wink des Kämmerers zu diesem Zweck vorhielt; und während der Ritter Friedrich von Malzahn, unter ehrfurchtsvoller Begrüßung der Gesellschaft, die er nicht kannte, langsam durch die Zeltleinen, die über die Straße liefen, nach Dahme weiterzog, begaben sich die Herrschaften, auf die Einladung des Landdrosts, ohne weiter davon Notiz zu nehmen, ins Zelt zurück. Der Landdrost, sobald sich der Kurfürst niedergelassen hatte, schickte unter der Hand nach Dahme, um bei dem Magistrat daselbst die unmittelbare Weiterschaffung des Rosshändlers bewirken zu lassen; doch da der Ritter, wegen bereits zu weit vorgerückter Tageszeit, bestimmt in dem Ort übernachten zu wollen erklärte, so musste man sich begnügen, ihn in einer dem Magistrat zugehörigen Meierei, die, in Gebüschen versteckt, auf der Seite lag, geräuschlos unterzubringen. Nun begab es sich, dass gegen Abend, da die Herrschaften vom Wein und dem Genuss eines üppigen Nachtisches zerstreut, den ganzen Vorfall wieder vergessen hatten, der Landdrost den Gedanken auf die Bahn brachte, sich noch einmal, eines Rudels Hirsche wegen, das sich hatte blicken lassen, auf den Anstand zu stellen; welchen Vorschlag die ganze Gesellschaft mit Freuden ergriff, und paarweise nachdem sie sich mit Büchsen versorgt, über Gräben und Hecken in den nahen Forst eilte: dergestalt, dass der Kurfürst und die Dame Heloise, die sich, um dem Schauspiel beizuwohnen, an seinen Arm hing, von einem Boten, den man ihnen zugeordnet hatte, unmittelbar, zu ihrem Erstaunen, durch den Hof des Hauses geführt wurden, in welchem Kohlhaas mit den brandenburgischen Reitern befindlich war. Die Dame als sie dies hörte, sagte: »kommt, gnädigster Herr, kommt!« und versteckte die Kette, die ihm vom Halse herabhing, schäkernd in seinen seidenen Brustlatz: »lasst uns ehe der Tross nachkömmt in die Meierei schleichen, und den wunderlichen Mann, der darin übernachtet, betrachten!« Der Kurfürst, indem er errötend ihre Hand ergriff, sagte: Heloise! was fällt Euch ein? Doch da sie, indem sie ihn betreten ansah, versetzte: »dass ihn ja in der Jägertracht, die ihn decke, kein Mensch erkenne!« und ihn fortzog; und in ebendiesem Augenblick ein paar Jagdjunker, die ihre Neugierde schon befriedigt hatten, aus dem Hause heraustraten, versichernd, dass in der Tat, vermöge einer Veranstaltung, die der Landdrost getroffen, weder der Ritter noch der Rosshändler wisse, welche Gesellschaft in der Gegend von Dahme versammelt sei; so drückte der Kurfürst sich den Hut lächelnd in die Augen, und sagte: »Torheit, du regierst die Welt, und dein Sitz ist ein schöner weiblicher Mund!« – Es traf sich dass Kohlhaas eben mit dem Rücken gegen die Wand auf einem Bund Stroh saß, und sein, ihm in Herzberg erkranktes Kind mit Semmel und Milch fütterte, als die Herrschaften, um ihn zu besuchen, in die Meierei traten; und da die Dame ihn, um ein Gespräch einzuleiten, fragte: wer er sei? und was dem Kinde fehle? auch was er verbrochen und wohin man ihn unter solcher Bedeckung abführe? so rückte er seine lederne Mütze vor ihr, und gab ihr auf alle diese Fragen, indem er sein Geschäft fortsetzte, unreichliche aber befriedigende Antwort. Der Kurfürst, der hinter den Jagdjunkern stand, und eine kleine bleierne Kapsel, die ihm an einem seidenen Faden vom Hals herabhing, bemerkte, fragte ihn, da sich grade nichts Besseres zur Unterhaltung darbot: was diese zu bedeuten hätte und was darin befindlich wäre? Kohlhaas erwiderte: »ja, gestrenger Herr, diese Kapsel!« – und damit streifte er sie vom Nacken ab, öffnete sie und nahm einen kleinen mit Mundlack versiegelten Zettel heraus – »mit dieser Kapsel hat es eine wunderliche Bewandtnis! Sieben Monden mögen es etwa sein, genau am Tage nach dem Begräbnis meiner Frau; und von Kohlhaasenbrück, wie Euch vielleicht bekannt sein wird, war ich aufgebrochen, um des Junkers von Tronka, der mir viel Unrecht zugefügt, habhaft zu werden, als um einer Verhandlung willen, die mir unbekannt ist, der Kurfürst von Sachsen und der Kurfürst von Brandenburg in Jüterbog, einem Marktflecken, durch den der Streifzug mich führte, eine Zusammenkunft hielten; und da sie sich gegen Abend ihren Wünschen gemäß vereinigt hatten, so gingen sie, in freundschaftlichem Gespräch, durch die Straßen der Stadt, um den Jahrmarkt, der eben darin fröhlich abgehalten ward, in Augenschein zu nehmen. Da trafen sie auf eine Zigeunerin, die, auf einem Schemel sitzend, dem Volk, das sie umringte, aus dem Kalender wahrsagte, und fragten sie scherzhafter Weise: ob sie ihnen nicht auch etwas, das ihnen lieb wäre, zu eröffnen hätte? Ich, der mit meinem Haufen eben in einem Wirtshause abgestiegen, und auf dem Platz, wo dieser Vorfall sich zutrug, gegenwärtig war, konnte hinter allem Volk, am Eingang einer Kirche, wo ich stand, nicht vernehmen, was die wunderliche Frau den Herren sagte; dergestalt, dass, da die Leute lachend einander zuflüsterten, sie teile nicht jedermann ihre Wissenschaft mit, und sie des Schauspiels wegen das sie bereitete, sehr bedrängten, ich, weniger neugierig, in der Tat, als um den Neugierigen Platz zu machen, auf eine Bank stieg, die hinter mir im Kircheneingang ausgehauen war. Kaum hatte ich von diesem Standpunkt aus, mit völliger Freiheit der Aussicht, die Herrschaften und das Weib, das auf dem Schemel vor ihnen saß und etwas aufzukritzeln schien, erblickt: da steht sie plötzlich auf ihre Krücken gelehnt, indem sie sich im Volk umsieht, auf; fasst mich, der nie ein Wort mit ihr wechselte, noch ihrer Wissenschaft Zeit seines Lebens begehrte, ins Auge; drängt sich durch den ganzen dichten Auflauf der Menschen zu mir heran und spricht: ›da! wenn es der Herr wissen will, so mag er dich danach fragen!‹ Und damit, gestrenger Herr, reichte sie mir mit ihren dürren knöchernen Händen diesen Zettel dar. Und da ich betreten, während sich alles Volk zu mir umwendet, spreche: Mütterchen, was auch verehrst du mir da? antwortet sie, nach vielem unvernehmlichen Zeug, worunter ich jedoch zu meinem großen Befremden meinen Namen höre: ›ein Amulett, Kohlhaas, der Rosshändler; verwahr es wohl, es wird dir dereinst das Leben retten!‹ und verschwindet. – Nun!« fuhr Kohlhaas gutmütig fort: »die Wahrheit zu gestehen, hat's mir in Dresden, so scharf es herging, das Leben nicht gekostet; und wie es mir in Berlin gehen wird, und ob ich auch dort damit bestehen werde, soll die Zukunft lehren.« – Bei diesen Worten setzte sich der Kurfürst auf eine Bank; und ob er schon auf die betretne Frage der Dame: was ihm fehle? antwortete: nichts, gar nichts! so fiel er doch schon ohnmächtig auf den Boden nieder, ehe sie noch Zeit hatte ihm beizuspringen, und in ihre Arme aufzunehmen. Der Ritter von Malzahn, der in ebendiesem Augenblick, eines Geschäfts halber, ins Zimmer trat, sprach: heiliger Gott! was fehlt dem Herrn? Die Dame rief: schafft Wasser her! Die Jagdjunker hoben ihn auf und trugen ihn auf ein im Nebenzimmer befindliches Bett; und die Bestürzung erreichte ihren Gipfel, als der Kämmerer, den ein Page herbeirief, nach mehreren vergeblichen Bemühungen, ihn ins Leben zurückzubringen, erklärte: er gebe alle Zeichen von sich, als ob ihn der Schlag gerührt! Der Landdrost, während der Mundschenk einen reitenden Boten nach Luckau schickte, um einen Arzt herbeizuholen, ließ ihn, da er die Augen aufschlug, in einen Wagen bringen, und Schritt für Schritt zu seinem in der Gegend befindlichen Jagdschloss führen; aber diese Reise zog ihm, nach seiner Ankunft daselbst, zwei neue Ohnmachten zu: dergestalt, dass er sich erst spät am andern Morgen, bei der Ankunft des Arztes aus Luckau, unter gleichwohl entscheidenden Symptomen eines herannahenden Nervenfiebers, einigermaßen erholte. Sobald er seiner Sinne mächtig geworden war, richtete er sich halb im Bette auf, und seine erste Frage war gleich: wo der Kohlhaas sei? Der Kämmerer, der seine Frage missverstand, sagte, indem er seine Hand ergriff: dass er sich dieses entsetzlichen Menschen wegen beruhigen möchte, indem derselbe, seiner Bestimmung gemäß, nach jenem sonderbaren und unbegreiflichen Vorfall, in der Meierei zu Dahme, unter brandenburgischer Bedeckung, zurückgeblieben wäre. Er fragte ihn, unter der Versicherung seiner lebhaftesten Teilnahme und der Beteuerung, dass er seiner Frau, wegen des unverantwortlichen Leichtsinns, ihn mit diesem Mann zusammenzubringen, die bittersten Vorwürfe gemacht hätte: was ihn denn so wunderbar und ungeheuer in der Unterredung mit demselben ergriffen hätte? Der Kurfürst sagte: er müsse ihm nur gestehen, dass der Anblick eines nichtigen Zettels, den der Mann in einer bleiernen Kapsel mit sich führe, schuld an dem ganzen unangenehmen Zufall sei, der ihm zugestoßen. Er setzte noch mancherlei zur Erklärung dieses Umstands, das der Kämmerer nicht verstand, hinzu; versicherte ihn plötzlich, indem er seine Hand zwischen die seinigen drückte, dass ihm der Besitz dieses Zettels von der äußersten Wichtigkeit sei; und bat ihn, unverzüglich aufzusitzen, nach Dahme zu reiten, und ihm den Zettel, um welchen Preis es immer sei, von demselben zu erhandeln. Der Kämmerer, der Mühe hatte, seine Verlegenheit zu verbergen, versicherte ihn: dass, falls dieser Zettel einigen Wert für ihn hätte, nichts auf der Welt notwendiger wäre, als dem Kohlhaas diesen Umstand zu verschweigen; indem, sobald derselbe durch eine unvorsichtige Äußerung Kenntnis davon nähme, alle Reichtümer, die er besäße, nicht hinreichen würden, ihn aus den Händen dieses grimmigen, in seiner Rachsucht unersättlichen Kerls zu erkaufen. Er fügte, um ihn zu beruhigen, hinzu, dass man auf ein anderes Mittel denken müsse, und dass es vielleicht durch List, vermöge eines Dritten ganz Unbefangenen, indem der Bösewicht wahrscheinlich, an und für sich, nicht sehr daran hänge, möglich sein würde, sich den Besitz des Zettels, an dem ihm so viel gelegen sei, zu verschaffen. Der Kurfürst, indem er sich den Schweiß abtrocknete, fragte: ob man nicht unmittelbar zu diesem Zweck nach Dahme schicken, und den weiteren Transport des Rosshändlers, vorläufig, bis man des Blattes, auf welche Weise es sei, habhaft geworden, einstellen könne? Der Kämmerer, der seinen Sinnen nicht traute, versetzte: dass leider allen wahrscheinlichen Berechnungen zufolge, der Rosshändler Dahme bereits verlassen haben, und sich jenseits der Grenze, auf brandenburgischem Grund und Boden befinden müsse, wo das Unternehmen, die Fortschaffung desselben zu hemmen, oder wohl gar rückgängig zu machen, die unangenehmsten und weitläufigsten, ja solche Schwierigkeiten, die vielleicht gar nicht zu beseitigen wären, veranlassen würde. Er fragte ihn, da der Kurfürst sich schweigend, mit der Gebärde eines ganz Hoffnungslosen, auf das Kissen zurücklegte: was denn der Zettel enthalte? und durch welchen Zufall befremdlicher und unerklärlicher Art ihm, dass der Inhalt ihn betreffe, bekannt sei? Hierauf aber, unter zweideutigen Blicken auf den Kämmerer, dessen Willfährigkeit er in diesem Falle misstraute, antwortete der Kurfürst nicht: starr, mit unruhig klopfendem Herzen lag er da, und sah auf die Spitze des Schnupftuchs nieder, das er gedankenvoll zwischen den Händen hielt, und bat ihn plötzlich, den Jagdjunker vom Stein, einen jungen, rüstigen und gewandten Herrn, dessen er sich öfter schon zu geheimen Geschäften bedient hatte, unter dem Vorwand, dass er ein anderweitiges Geschäft mit ihm abzumachen habe, ins Zimmer zu rufen. Den Jagdjunker, nachdem er ihm die Sache auseinandergesetzt, und von der Wichtigkeit des Zettels, in dessen Besitz der Kohlhaas war, unterrichtet hatte, fragte er, ob er sich ein ewiges Recht auf seine Freundschaft erwerben, und ihm den Zettel, noch ehe derselbe Berlin erreicht, verschaffen wolle? und da der Junker, sobald er das Verhältnis nur, sonderbar wie es war, einigermaßen überschaute, versicherte, dass er ihm mit allen seinen Kräften zu Diensten stehe: so trug ihm der Kurfürst auf, dem Kohlhaas nachzureiten, und ihm, da demselben mit Geld wahrscheinlich nicht beizukommen sei, in einer mit Klugheit angeordneten Unterredung, Freiheit und Leben dafür anzubieten, ja ihm, wenn er darauf bestehe, unmittelbar, obschon mit Vorsicht, zur Flucht aus den Händen der brandenburgischen Reiter, die ihn transportierten, mit Pferden, Leuten und Geld an die Hand zu gehen. Der Jagdjunker, nachdem er sich ein Blatt von der Hand des Kurfürsten zur Beglaubigung ausgebeten, brach auch sogleich mit einigen Knechten auf, und hatte, da er den Odem der Pferde nicht sparte, das Glück, den Kohlhaas in einem Grenzdorf zu treffen, wo derselbe mit dem Ritter von Malzahn und seinen fünf Kindern ein Mittagsmahl, das im Freien vor der Tür eines Hauses angerichtet war, zu sich nahm. Der Ritter von Malzahn, dem der Junker sich als einen Fremden, der bei seiner Durchreise den seltsamen Mann, den er mit sich führe, in Augenschein zu nehmen wünsche, vorstellte, nötigte ihn sogleich auf zuvorkommende Art, indem er ihn mit dem Kohlhaas bekannt machte, an der Tafel nieder; und da der Ritter in Geschäften der Abreise ab- und zuging, die Reiter aber an einem, auf des Hauses anderer Seite befindlichen Tisch, ihre Mahlzeit hielten: so ergab sich die Gelegenheit bald, wo der Junker dem Rosshändler eröffnen konnte, wer er sei, und in welchen besonderen Aufträgen er zu ihm komme. Der Rosshändler, der bereits Rang und Namen dessen, der beim Anblick der in Rede stehenden Kapsel, in der Meierei zu Dahme in Ohnmacht gefallen war, kannte, und der zur Krönung des Taumels, in welchen ihn diese Entdeckung versetzt hatte, nichts bedurfte, als Einsicht in die Geheimnisse des Zettels, den er, um mancherlei Gründe willen, entschlossen war, aus bloßer Neugierde nicht zu eröffnen: der Rosshändler sagte, eingedenk der unedelmütigen und unfürstlichen Behandlung, die er in Dresden, bei seiner gänzlichen Bereitwilligkeit, alle nur möglichen Opfer zu bringen, hatte erfahren müssen: »dass er den Zettel behalten wolle.« Auf die Frage des Jagdjunkers: was ihn zu dieser sonderbaren Weigerung, da man ihm doch nichts Minderes, als Freiheit und Leben dafür anbiete, veranlasse? antwortete Kohlhaas: »Edler Herr! Wenn Euer Landesherr käme, und spräche, ich will mich, mit dem ganzen Tross derer, die mir das Zepter führen helfen, vernichten – vernichten, versteht Ihr, welches allerdings der größeste Wunsch ist, den meine Seele hegt: so würde ich ihm doch den Zettel noch, der ihm mehr wert ist, als das Dasein, verweigern und sprechen: du kannst mich auf das Schafott bringen, ich aber kann dir weh tun, und

ich will's!« Und damit, im Antlitz den Tod, rief er einen Reiter herbei, unter der
Aufforderung, ein gutes Stück Essen, das in der Schüssel übriggeblieben war, zu
sich zu nehmen; und für den ganzen Rest der Stunde, die er im Flecken zubrachte,
für den Junker, der an der Tafel saß, wie nicht vorhanden, wandte er sich erst wieder, als er den Wagen bestieg, mit einem Blick, der ihn abschiedlich grüßte, zu ihm
zurück. – Der Zustand des Kurfürsten, als er diese Nachricht bekam, verschlimmer-
te sich in dem Grade, dass der Arzt, während drei verhängnisvoller Tage, seines Lebens wegen, das zu gleicher Zeit, von so vielen Seiten angegriffen ward, in der größesten Besorgnis war. Gleichwohl stellte er sich, durch die Kraft seiner natürlichen
Gesundheit, nach dem Krankenlager einiger peinlich zugebrachten Wochen wieder
her; dergestalt wenigstens, dass man ihn in einen Wagen bringen, und mit Kissen
und Decken wohl versehen, nach Dresden zu seinen Regierungsgeschäften wieder
zurückführen konnte. Sobald er in dieser Stadt angekommen war, ließ er den Prinzen Christiern von Meißen rufen, und fragte denselben: wie es mit der Abfertigung
des Gerichtsrats Eibenmayer stünde, den man, als Anwalt in der Sache des Kohlhaas, nach Wien zu schicken gesonnen gewesen wäre, um kaiserlicher Majestät daselbst die Beschwerde wegen gebrochenen, kaiserlichen Landfriedens, vorzulegen?
Der Prinz antwortete ihm: dass derselbe, dem, bei seiner Abreise nach Dahme hin-
terlassenen Befehl gemäß, gleich nach Ankunft des Rechtsgelehrten Zäuner, den
der Kurfürst von Brandenburg als Anwalt nach Dresden geschickt hätte, um die
Klage desselben, gegen den Junker Wenzel von Tronka, der Rappen wegen, vor Gericht zu bringen, nach Wien abgegangen wäre. Der Kurfürst, indem er errötend an
seinen Arbeitstisch trat, wunderte sich über diese Eilfertigkeit, indem er seines Wissens erklärt hätte, die definitive Abreise des Eibenmayer, wegen vorher notwendiger Rücksprache mit dem Doktor Luther, der dem Kohlhaas die Amnestie ausgewirkt, einem näheren und bestimmteren Befehl vorbehalten zu wollen. Dabei warf
er einige Briefschaften und Akten, die auf dem Tisch lagen, mit dem Ausdruck
zurückgehaltenen Unwillens, übereinander. Der Prinz, nach einer Pause, in welcher
er ihn mit großen Augen ansah, versetzte, dass es ihm leid täte, wenn er seine Zufriedenheit in dieser Sache verfehlt habe; inzwischen könne er ihm den Beschluss
des Staatsrats vorzeigen, worin ihm die Abschickung des Rechtsanwalts, zu dem
besagten Zeitpunkt, zur Pflicht gemacht worden wäre. Er setzte hinzu, dass im
Staatsrat von einer Rücksprache mit dem Doktor Luther, auf keine Weise die Rede
gewesen wäre; dass es früherhin vielleicht zweckmäßig gewesen sein möchte, diesen geistlichen Herrn, wegen der Verwendung, die er dem Kohlhaas angedeihen
lassen, zu berücksichtigen, nicht aber jetzt mehr, nachdem man demselben die Amnestie vor den Augen der ganzen Welt gebrochen, ihn arretiert, und zur Verurteilung und Hinrichtung an die brandenburgischen Gerichte ausgeliefert hätte. Der
Kurfürst sagte: das Versehen, den Eibenmayer abgeschickt zu haben, wäre auch in
der Tat nicht groß; inzwischen wünsche er, dass derselbe vorläufig, bis auf weiterer
Befehl, in seiner Eigenschaft als Ankläger zu Wien nicht aufträte, und bat den Prinzen, deshalb das Erforderliche unverzüglich durch einen Expressen, an ihn zu erlassen. Der Prinz antwortete: dass dieser Befehl leider um einen Tag zu spät käme, indem der Eibenmayer bereits nach einem Berichte, der eben heute eingelaufen, in

seiner Qualität als Anwalt aufgetreten, und mit Einreichung der Klage bei der Wiener Staatskanzlei vorgegangen wäre. Er setzte auf die betroffene Frage des Kurfürsten: wie dies überall in so kurzer Zeit möglich sei? hinzu: dass bereits, seit der Abreise dieses Mannes drei Wochen verstrichen wären, und dass die Instruktion, die er erhalten, ihm eine ungesäumte Abmachung dieses Geschäfts, gleich nach seiner Ankunft in Wien zur Pflicht gemacht hätte. Eine Verzögerung, bemerkte der Prinz, würde in diesem Fall um so unschicklicher gewesen sein, da der brandenburgische Anwalt Zäuner, gegen den Junker Wenzel von Tronka mit dem trotzigsten Nachdruck verfahre, und bereits auf eine vorläufige Zurückziehung der Rappen, aus den Händen des Abdeckers, behufs ihrer künftigen Wiederherstellung bei dem Gerichtshof angetragen, und auch aller Einwendungen der Gegenpartei ungeachtet, auch durchgesetzt habe. Der Kurfürst, indem er die Klingel zog, sagte: »gleichviel! es hätte nichts zu bedeuten!« und nachdem er sich mit gleichgültigen Fragen: »wie es sonst in Dresden stehe? und was in seiner Abwesenheit vorgefallen sei?« zu dem Prinzen zurückgewandt hatte: grüßte er ihn, unfähig seinen innersten Zustand zu verbergen, mit der Hand, und entließ ihn. Er forderte ihm noch an demselben Tage schriftlich, unter dem Vorwande, dass er die Sache, ihrer politischen Wichtigkeit wegen, selbst bearbeiten wolle, die sämtlichen Kohlhaasischen Akten ab; und da ihm der Gedanke, denjenigen zu verderben, von dem er allein über die Geheimnisse des Zettels Auskunft erhalten konnte, unerträglich war: so verfasste er einen eigenhändigen Brief an den Kaiser, worin er ihn auf herzliche und dringende Weise bat, aus wichtigen Gründen, die er ihm vielleicht in kurzer Zeit bestimmter auseinanderlegen würde, die Klage, die der Eibenmayer gegen den Kohlhaas eingereicht, vorläufig bis auf einen weiteren Beschluss, zurücknehmen zu dürfen. Der Kaiser, in einer durch die Staatskanzlei ausgefertigten Note, antwortete ihm: »dass der Wechsel, der plötzlich in seiner Brust vorgegangen zu sein scheine, ihn aufs äußerste befremde; dass der sächsischerseits an ihn erlassene Bericht, die Sache des Kohlhaas zu einer Angelegenheit des gesamten Heiligen Römischen Reichs gemacht hätte; dass demgemäß er, der Kaiser, als Oberhaupt desselben, sich verpflichtet gesehen hätte, als Ankläger in dieser Sache bei dem Hause Brandenburg aufzutreten; dergestalt, dass da bereits der Hof-Assessor Franz Müller, in der Eigenschaft als Anwalt nach Berlin gegangen wäre, um den Kohlhaas daselbst, wegen Verletzung des öffentlichen Landfriedens, zur Rechenschaft zu ziehen, die Beschwerde nunmehr auf keine Weise zurückgenommen werden könne, und die Sache den Gesetzen gemäß, ihren weiteren Fortgang nehmen müsse.« Dieser Brief schlug den Kurfürsten völlig nieder; und da, zu seiner äußersten Betrübnis, in einiger Zeit Privatschreiben aus Berlin einliefen, in welchen die Einleitung des Prozesses bei dem Kammergericht gemeldet, und bemerkt ward, dass der Kohlhaas wahrscheinlich, allen Bemühungen des ihm zugeordneten Advokaten ungeachtet, auf dem Schafott enden werde: so beschloss dieser unglückliche Herr noch einen Versuch zu machen, und bat den Kurfürsten von Brandenburg, in einer eigenhändigen Zuschrift, um des Rosshändlers Leben. Er schützte vor, dass die Amnestie, die man diesem Manne angelobt, die Vollstreckung eines Todesurteils an demselben, füglicher Weise, nicht zulasse; versicherte ihn, dass es, trotz der scheinbaren Strenge, mit welcher man gegen ihn verfahren, nie seine Absicht gewesen wäre, ihn sterben zu lassen; und beschrieb ihm, wie trostlos er sein würde, wenn der Schutz, den man vorgegeben hätte, ihm von Berlin aus angedeihen lassen zu wollen, zuletzt, in einer unerwarteten Wendung, zu seinem größeren Nachteile ausschlüge, als wenn er in Dresden geblieben, und seine Sache nach sächsischen Gesetzen entschieden worden wäre. Der Kurfürst von Brandenburg, dem in dieser Angabe mancherlei zweideutig und unklar schien, antwortete ihm: »dass der Nachdruck, mit welchem der Anwalt kaiserlicher Majestät verführe, platterdings nicht erlaube, dem Wunsch, den er ihm geäußert, gemäß, von der strengen Vorschrift der Gesetze abzuweichen. Er bemerkte, dass die ihm vorgelegte Besorgnis in der Tat zu weit ginge, indem die Beschwerde, wegen der dem Kohlhaas in der Amnestie verziehenen Verbrechen ja nicht von ihm, der demselben die Amnestie erteilt, sondern von dem Reichsoberhaupt, das daran auf keine Weise gebunden sei, bei dem Kammergericht zu Berlin anhängig gemacht worden wäre. Dabei stellte er ihm vor, wie notwendig bei den fortdauernden Gewalttätigkeiten des Nagelschmidt, die sich sogar schon, mit unerhörter Dreistigkeit, bis aufs brandenburgische Gebiet erstreckten, die Statuierung eines abschreckenden Beispiels wäre, und bat ihn, falls er dies alles nicht berücksichtigen wolle, sich an des Kaisers Majestät selbst zu wenden, indem, wenn dem Kohlhaas zu Gunsten ein Machtspruch fallen sollte, dies allein auf eine Erklärung von dieser Seite her geschehen könne.« Der Kurfürst, aus Gram und Ärger über alle diese missglückten Versuche, verfiel in eine neue Krankheit; und da der Kämmerer ihn an einem Morgen besuchte, zeigte er ihm die Briefe, die er, um dem Kohlhaas das Leben zu fristen, und somit wenigstens Zeit zu gewinnen, des Zettels, den er besäße, habhaft zu werden, an den Wiener und Berliner Hof erlassen. Der Kämmerer warf sich auf Knien vor ihm nieder, und bat ihn, um alles was ihm heilig und teuer sei, ihm zu sagen, was dieser Zettel enthalte? Der Kurfürst sprach, er möchte das Zimmer verriegeln, und sich auf das Bett niedersetzen, und nachdem er seine Hand ergriffen, und mit einem Seufzer an sein Herz gedrückt hatte, begann er folgendergestalt: »Deine Frau hat dir, wie ich höre, schon erzählt, dass der Kurfürst von Brandenburg und ich, am dritten Tage der Zusammenkunft, die wir in Jüterbog hielten, auf eine Zigeunerin trafen; und da der Kurfürst, aufgeweckt wie er von Natur ist, beschloss, den Ruf dieser abenteuerlichen Frau, von deren Kunst, eben bei der Tafel, auf ungebührliche Weise die Rede gewesen war, durch einen Scherz im Angesicht allen Volks zunichte zu machen: so trat er mit verschränkten Armen vor ihren Tisch, und forderte, der Weissagung wegen, die sie ihm machen sollte, ein Zeichen von ihr, das sich noch heute erproben ließe, vorschützend, dass er sonst nicht, und wäre sie auch die Römische Sibylle selbst, an ihre Worte glauben könne. Die Frau, indem sie uns flüchtig von Kopf zu Fuß maß, sagte: das Zeichen würde sein, dass uns der große, gehörnte Rehbock, den der Sohn des Gärtners im Park erzog, auf dem Markt, worauf wir uns befanden, bevor wir ihn noch verlassen, entgegenkommen würde. Nun musst du wissen, dass dieser, für die Dresdner Küche bestimmte Rehbock, in einem mit Latten hoch verzäunten Verschlag, den die Eichen des Parks beschatteten, hinter Schloss und Riegel aufbewahrt ward, dergestalt, dass, da überdies anderen kleineren Wildes und Geflügels wegen, der Park überhaupt und obenein der Garten, der zu ihm führte,

64

unter sorgfältigem Verschluss gehalten ward, schlechterdings nicht abzusehen war, wie uns das Tier, diesem sonderbaren Vorgeben gemäß, bis auf dem Platz, wo wir standen, entgegenkommen würde; gleichwohl schickte der Kurfürst aus Besorgnis vor einer dahinter steckenden Schelmerei, nach einer kurzen Abrede mit mir, entschlossen, auf unabänderliche Weise, alles was sie noch vorbringen würde, des Spaßes wegen, zuschanden zu machen, ins Schloss, und befahl, dass der Rehbock augenblicklich getötet, und für die Tafel, an einem der nächsten Tage, zubereitet werden solle. Hierauf wandte er sich zu der Frau, vor welcher diese Sache laut verhandelt worden war, zurück, und sagte: nun, wohlan! was hast du mir für die Zukunft zu entdecken? Die Frau, indem sie in seine Hand sah, sprach: Heil meinem Kurfürsten und Herrn! Deine Gnaden wird lange regieren, das Haus, aus dem du stammst, lange bestehen, und deine Nachkommen groß und herrlich werden und zur Macht gelangen, vor allen Fürsten und Herren der Welt! Der Kurfürst, nach einer Pause, in welcher er die Frau gedankenvoll ansah, sagte halblaut, mit einem Schritte, den er zu mir tat, dass es ihm jetzo fast leid täte, einen Boten abgeschickt zu haben, um die Weissagung zunichte zu machen; und während das Geld aus den Händen der Ritter, die ihm folgten, der Frau haufenweis, unter vielem Jubel, in den Schoß regnete, fragte er sie, indem er selbst in die Tasche griff, und ein Goldstück dazulegte: ob der Gruß, den sie mir zu eröffnen hätte, auch von so silbernem Klang wäre, als der seinige? Die Frau, nachdem sie einen Kasten, der ihr zur Seite stand, aufgemacht, und das Geld, nach Sorte und Menge, weitläufig und umständlich darin geordnet, und den Kasten wieder verschlossen hatte, schützte ihre Hand vor die Sonne, gleichsam als ob sie ihr lästig wäre, und sah mich an; und da ich die Frage an sie wiederholte, und, auf scherzhafte Weise, während sie meine Hand prüfte, zum Kurfürsten sagte: mir scheint es, hat sie nichts, das eben angenehm wäre, zu verkünigen: so ergriff sie ihre Krücken, hob sich langsam daran vom Schemel empor, und indem sie sich, mit geheimnisvoll vorgehaltenen Händen, dicht zu mir herandrängte, flüsterte sie mir vernehmlich ins Ohr: nein! – So! sagt ich verwirrt, und trat einen Schritt vor der Gestalt zurück, die sich, mit einem Blick, kalt und leblos, wie aus marmornen Augen, auf den Schemel, der hinter ihr stand, zurücksetzte: von welcher Seite her droht meinem Hause Gefahr? Die Frau, indem sie eine Kohle und ein Papier zur Hand nahm und ihre Knie kreuzte, fragte: ob sie es mir aufschreiben solle? und da ich, verlegen in der Tat, bloß weil mir, unter den bestehenden Umständen, nichts anders übrigblieb, antworte: ja! das tu! so versetzte sie: ›wohlan! dreierlei schreib ich dir auf: den Namen des letzten Regenten deines Hauses, die Jahrszahl, da er sein Reich verlieren, und den Namen dessen, der es, durch die Gewalt der Waffen, an sich reißen wird.‹ Dies, vor den Augen allen Volks abgemacht, erhebt sie sich, verklebt den Zettel mit Lack, den sie in ihrem welken Munde befeuchtet, und drückt einen bleiernen, an ihrem Mittelfinger befindlichen Siegelring darauf. Und da ich den Zettel, neugierig, wie du leicht begreifst, mehr als Worte sagen können, erfassen will, spricht sie: ›mitnichten, Hoheit!‹ und wendet sich und hebt ihrer Krücken eine empor: ›von jenem Mann dort, der, mit dem Federhut, auf der Bank steht, hinter allem Volk, am Kircheneingang, lösest du, wenn es dir beliebt, den Zettel ein!‹ Und damit, ehe ich noch recht begriffen, was sie sagt, auf dem Platz, vor Erstaunen sprachlos, lässt sie mich stehen; und während sie den Kasten, der hinter ihr stand, zusammenschlug, und über den Rücken warf, mischt sie sich, ohne dass ich weiter bemerken konnte, was sie tut, unter den Haufen des uns umringenden Volks. Nun trat, zu meinem in der Tat herzlichen Trost, in ebendiesem Augenblick der Ritter auf, den der Kurfürst ins Schloss geschickt hatte, und meldete ihm, mit lachendem Munde, dass der Rehbock getötet, und durch zwei Jäger, vor seinen Augen, in die Küche geschleppt worden sei. Der Kurfürst, indem er seinen Arm munter in den meinigen legte, in der Absicht, mich von dem Platz hinwegzuführen, sagte: nun, wohlan! so war die Prophezeiung eine alltägliche Gaunerei, und Zeit und Gold, die sie uns gekostet nicht wert! Aber wie groß war unser Erstaunen, da sich, noch während dieser Worte, ein Geschrei rings auf dem Platze erhob, und aller Augen sich einem großen, vom Schlosshof herantrabenden Schlächterhund zuwandten, der in der Küche den Rehbock als gute Beute beim Nacken erfasst, und das Tier drei Schritte von uns, verfolgt von Knechten und Mägden, auf den Boden fallen ließ: dergestalt, dass in der Tat die Prophezeiung des Weibes, zum Unterpfand alles dessen, was sie vorgebracht, erfüllt, und der Rehbock uns bis auf den Markt, obschon allerdings tot, entgegengekommen war. Der Blitz, der an einem Wintertag vom Himmel fällt, kann nicht vernichtender treffen, als mich dieser Anblick, und meine erste Bemühung, sobald ich der Gesellschaft in der ich mich befand, überhoben, war gleich, den Mann mit dem Federhut, den mir das Weib bezeichnet hatte, auszumitteln; doch keiner meiner Leute, unausgesetzt während drei Tage auf Kundschaft geschickt, war imstande mir auch nur auf die entfernteste Weise Nachricht davon zu geben: und jetzt, Freund Kunz, vor wenig Wochen, in der Meierei zu Dahme, habe ich den Mann mit meinen eigenen Augen gesehn.« – Und damit ließ er die Hand des Kämmerers fahren; und während er sich den Schweiß abtrocknete, sank er wieder auf das Lager zurück. Der Kämmerer, der es für vergebliche Mühe hielt, mit seiner Ansicht von diesem Vorfall die Ansicht, die der Kurfürst davon hatte, zu durchkreuzen und zu berichtigen, bat ihn, doch irgendein Mittel zu versuchen, des Zettels habhaft zu werden, und den Kerl nachher seinem Schicksal zu überlassen; doch der Kurfürst antwortete, dass er platterdings kein Mittel dazu sähe, obschon der Gedanke, ihn entbehren zu müssen, oder wohl gar die Wissenschaft davon mit diesem Menschen untergehen zu sehen, ihn dem Jammer und der Verzweiflung nahe brächte. Auf die Frage des Freundes: ob er denn Versuche gemacht, die Person der Zigeunerin selbst auszuforschen? erwiderte der Kurfürst, dass das Gubernium, auf einen Befehl, den er unter einem falschen Vorwand an dasselbe erlassen, diesem Weibe vergebens, bis auf den heutigen Tag, in allen Plätzen des Kurfürstentums nachspüre: wobei er, aus Gründen, die er jedoch näher zu entwickeln sich weigerte, überhaupt zweifelte, dass sie in Sachsen auszumitteln sei. Nun traf es sich, dass der Kämmerer, mehrerer beträchtlichen Güter wegen, die seiner Frau aus der Hinterlassenschaft des abgesetzten und bald darauf verstorbenen Erzkanzlers, Grafen Kallheim, in der Neumark zugefallen waren, nach Berlin reisen wollte; dergestalt, dass, da er den Kurfürsten in der Tat liebte, er ihn nach einer kurzen Überlegung fragte: ob er ihm in dieser Sache freie Hand lassen wolle? und da dieser, indem er seine Hand herzlich an seine Brust drückte, antwortete: »denke, du seist ich, und schaff mir den Zettel!« so beschleunigte der Kämmerer, nachdem er seine Geschäfte abgegeben, um einige Tage seine Abreise, und fuhr, unter Zurücklassung seiner Frau, bloß von einigen Bediensteten begleitet, nach Berlin ab.

Kohlhaas, der inzwischen, wie schon gesagt, in Berlin angekommen, und, auf einen Spezialbefehl des Kurfürsten, in ein ritterliches Gefängnis gebracht worden war, das ihn mit seinen fünf Kindern, so bequem als es sich tun ließ, empfing, war gleich nach Erscheinen des kaiserlichen Anwalts aus Wien, wegen Verletzung des öffentlichen, kaiserlichen Landfriedens, vor den Schranken des Kammergerichts zur Rechenschaft gezogen worden; und ob er schon zu seiner Verteidigung einwandte, dass er wegen seines bewaffneten Einfalls in Sachsen, und der dabei verübten Gewalttätigkeiten, kraft des mit dem Kurfürsten von Sachsen zu Lützen abgeschlossenen Vergleichs, nicht belangt werden könne: so erfuhr er doch, zu seiner Belehrung, dass des Kaisers Majestät, deren Anwalt hier die Beschwerde führe, darauf keine Rücksicht nehmen könne: ließ sich auch sehr bald, da man ihm die Sache auseinandersetzte und erklärte, wie ihm dagegen von Dresden her, in seiner Sache gegen den Junker Wenzel von Tronka, völlige Genugtuung widerfahren werde, die Sache gefallen. Demnach traf es sich, dass grade am Tage der Ankunft des Kämmerers, das Gesetz über ihn sprach, und er verurteilt ward mit dem Schwerte vom Leben zum Tode gebracht zu werden; ein Urteil, an dessen Vollstreckung gleichwohl, bei der verwickelten Lage der Dinge, seiner Milde ungeachtet, niemand glaubte, ja, das die ganze Stadt, bei dem Wohlwollen das der Kurfürst für den Kohlhaas trug, unfehlbar durch ein Machtwort desselben, in eine bloße, vielleicht beschwerliche und langwierige Gefängnisstrafe verwandelt zu sehen hoffte. Der Kämmerer, der gleichwohl einsah, dass keine Zeit zu verlieren sein möchte, falls der Auftrag, den ihm sein Herr gegeben, in Erfüllung gehen sollte, fing sein Geschäft damit an, sich dem Kohlhaas, am Morgen eines Tages, da derselbe in harmloser Betrachtung der Vorübergehenden, am Fenster seines Gefängnisses stand, in seiner gewöhnlichen Hoftracht, genau und umständlich zu zeigen; und da er, aus einer plötzlichen Bewegung seines Kopfes, schloss, dass der Rosshändler ihn bemerkt hatte, und besonders, mit großem Vergnügen, einen unwillkürlichen Griff desselben mit der Hand auf die Gegend der Brust, wo die Kapsel lag, wahrnahm: so hielt er das, was in der Seele desselben in diesem Augenblick vorgegangen war, für eine hinlängliche Vorbereitung, um in dem Versuch, des Zettels habhaft zu werden, einen Schritt weiter vorzurücken. Er bestellte ein altes, auf Krücken herumwandelndes Trödelweib zu sich, das er in den Straßen von Berlin, unter einem Tross andern, mit Lumpen handelnden Gesindels bemerkt hatte, und das ihm, dem Alter und der Tracht nach, ziemlich mit dem, das ihm der Kurfürst beschrieben hatte, übereinzustimmen schien; und in der Voraussetzung, der Kohlhaas werde sich die Züge derjenigen, die ihm in einer flüchtigen Erscheinung den Zettel überreicht hatte, nicht eben tief eingeprägt haben, beschloss er, das gedachte Weib statt ihrer unterzuschieben, und bei Kohlhaas, wenn es sich tun ließe, die Rolle, als ob sie die Zigeunerin wäre, spielen zu lassen. Demgemäß, um sie dazu in Stand zu setzen, unterrichtete er sie umständlich von allem, was zwischen dem Kurfürsten und der gedachten Zigeunerin in Jüterbog vorgefallen war, wobei er, weil er nicht wusste, wie weit das Weib in ihren Eröffnungen gegen den Kohlhaas gegangen war, nicht vergaß, ihr besonders die drei geheimnisvollen, in dem Zettel enthaltenen Artikel einzuschärfen; und nachdem er ihr auseinandergesetzt hatte, was sie, auf abgerissene und unverständliche Weise, fallen lassen müsse, gewisser Anstalten wegen, die man getroffen, sei es durch List oder durch Gewalt, des Zettels, der dem sächsischen Hofe von der äußersten Wichtigkeit sei, habhaft zu werden, trug er ihr auf, dem Kohlhaas den Zettel, unter dem Vorwand, dass derselbe bei ihm nicht mehr sicher sei, zur Aufbewahrung während einiger verhängnisvollen Tage, abzufordern. Das Trödelweib übernahm auch sogleich gegen die Verheißung einer beträchtlichen Belohnung, wovon der Kämmerer ihr auf ihre Forderung einen Teil im voraus bezahlen musste, die Ausführung des besagten Geschäfts; und da die Mutter des bei Mühlberg gefallenen Knechts Herse den Kohlhaas, mit Erlaubnis der Regierung, zuweilen besuchte, diese Frau ihr aber seit einigen Monden her, bekannt war: so gelang es ihr, an einem der nächsten Tage, vermittelst einer kleinen Gabe an den Kerkermeister, sich bei dem Rosskamm Eingang zu verschaffen. – Kohlhaas aber, als diese Frau zu ihm eintrat, meinte, an einem Siegelring, den sie an der Hand trug, und einer ihr vom Hals herabhangenden Korallenkette, die bekannte alte Zigeunerin selbst wiederzuerkennen, die ihm in Jüterbog den Zettel überreicht hatte; und wie denn die Wahrscheinlichkeit nicht immer auf Seiten der Wahrheit ist, so traf es sich, dass hier etwas geschehen war, das wir zwar berichten: die Freiheit aber, daran zu zweifeln, demjenigen, dem es wohlgefällt, zugestehen müssen: der Kämmerer hatte den ungeheuersten Missgriff begangen, und in dem alten Trödelweib, das er in den Straßen von Berlin aufgriff, um die Zigeunerin nachzuahmen, die geheimnisreiche Zigeunerin selbst getroffen, die er nachgeahmt wissen wollte. Wenigstens berichtete das Weib, indem sie, auf ihre Krücken gestützt, die Wangen der Kinder streichelte, die sich, betroffen von ihrem wunderlichen Anblick, an den Vater lehnten: dass sie schon seit geraumer Zeit aus dem Sächsischen ins Brandenburgische zurückgekehrt sei, und sich, auf eine, in den Straßen von Berlin unvorsichtig gewagte Frage des Kämmerers, nach der Zigeunerin, die im Frühjahr des verflossenen Jahres, in Jüterbog gewesen, sogleich an ihn gedrängt, und, unter einem falschen Namen, zu dem Geschäfte, das er besorgt wissen wollte, angetragen habe. Der Rosshändler, der eine sonderbare Ähnlichkeit zwischen ihr und seinem verstorbenen Weibe Lisbeth bemerkte, dergestalt, dass er sie hätte fragen können, ob sie ihre Großmutter sei: denn nicht nur, dass die Züge ihres Gesichts, ihre Hände, auch in ihrem knöchernen Bau noch schön, und besonders der Gebrauch, den sie davon im Reden machte, ihn aufs lebhafteste an sie erinnerten: auch ein Mal, womit seiner Frauen Hals bezeichnet war; bemerkte er an dem ihrigen. Der Rosshändler nötigte sie, unter Gedanken, die sich seltsam in ihm kreuzten, auf einen Stuhl nieder, und fragte, was sie in aller Welt in Geschäften des Kämmerers zu ihm führe? Die Frau, während der alte Hund des Kohlhaas ihre Knie umschnüffelte, und von ihrer Hand gekrault, mit dem Schwanz wedelte, antwortete: »der Auftrag, den ihr der Kämmerer gegeben, wäre, ihm zu eröffnen, auf welche drei dem sächsischen Hofe wichtigen Fragen der Zettel geheimnisvolle Antwort enthalte; ihn vor einem Abgesandten, der sich in Berlin befinde, um seiner habhaft zu werden, zu warnen: und ihm den Zettel, unter dem Vorwande, dass er an seiner Brust, wo er ihn trage, nicht mehr sicher sei, abzufordern. Die Absicht aber, in der sie komme, sei, ihm zu sagen, dass die Drohung ihn durch Arglist oder Gewalttätigkeit um den Zettel zu bringen, abgeschmackt, und ein leeres Trugbild sei; dass er unter dem Schutz des Kurfürsten von Brandenburg, in dessen Verwahrsam er sich befinde, nicht das mindeste für denselben zu befürchten habe; ja, dass das Blatt bei ihm weit sicherer sei, als bei ihr, und dass er sich wohl hüten möchte, sich durch Ablieferung desselben, an wen und unter welchem Vorwand es auch sei, darum bringen zu lassen. – Gleichwohl schloss sie, dass sie es für klug hielte, von dem Zettel den Gebrauch zu machen, zu welchem sie ihm denselben auf dem Jahrmarkt zu Jüterbog eingehändigt, dem Antrag, den man ihm auf der Grenze durch den Junker vom Stein gemacht, Gehör zu geben, und den Zettel, der ihm selbst weiter nichts nutzen könne, für Freiheit und Leben an den Kurfürsten von Sachsen auszuliefern.« Kohlhaas, der über die Macht jauchzte, die ihm gegeben war, seines Feindes Ferse, in dem Augenblick, da sie ihn in den Staub trat, tödlich zu verwunden, antwortete: nicht um die Welt, Mütterchen, nicht um die Welt! und drückte der Alten Hand, und wollte nur wissen, was für Antworten auf die ungeheuren Fragen im Zettel enthalten wären? Die Frau, inzwischen sie das Jüngste, das sich zu ihren Füßen niedergekauert hatte, auf den Schoß nahm, sprach: »nicht um die Welt, Kohlhaas, der Rosshändler; aber um diesen hübschen, kleinen, blonden Jungen!« und damit lachte sie ihn an, herzte und küsste ihn, der sie mit großen Augen ansah, und reichte ihm, mit ihren dürren Händen, einen Apfel, den sie in ihrer Tasche trug, dar. Kohlhaas sagte verwirrt: dass die Kinder selbst, wenn sie groß wären, ihn, um seines Verfahrens loben würden, und dass er, für sie und ihre Enkel nichts Heilsameres tun könne, als den Zettel behalten. Zudem fragte er, wer ihn, nach der Erfahrung, die er gemacht, vor einem neuen Betrug sicherstelle, und ob er nicht zuletzt, unnützer Weise, den Zettel, wie jüngst den Kriegshaufen, den er in Lützen zusammengebracht, an den Kurfürsten aufopfern würde? »Wer mir sein Wort einmal gebrochen«, sprach er, »mit dem wechsle ich keins mehr; und nur deine Forderung, bestimmt und unzweideutig, trennt mich, gutes Mütterchen, von dem Blatt, durch welches mir für alles, was ich erlitten, auf so wunderbare Weise Genugtuung geworden ist.« Die Frau, indem sie das Kind auf den Boden setzte, sagte: dass er in mancherlei Hinsicht recht hätte, und dass er tun und lassen könnte, was er wollte! Und damit nahm sie ihre Krücken wieder zur Hand, und wollte gehn. Kohlhaas wiederholte seine Frage, den Inhalt des wunderbaren Zettels betreffend; er wünschte, da sie flüchtig antwortete: »dass er ihn ja eröffnen könne, obschon es eine bloße Neugierde wäre«, noch über tausend andere Dinge, bevor sie ihn verließe, Aufschluss zu erhalten; wer sie eigentlich sei, woher sie zu der Wissenschaft, die ihr inwohne, komme, warum sie dem Kurfürsten, für den er doch geschrieben, den Zettel verweigert, und grade ihm, unter so vielen tausend Menschen, der ihrer Wissenschaft nie begehrt, das Wunderblatt überreicht habe? – Nun traf es sich, dass in ebendiesem Augenblick ein Geräusch hörbar ward, das einige Polizei-Offizianten, die die Treppe heraufstiegen, verursachten; dergestalt, dass das Weib, von plötzlicher Besorgnis, in diesen Gemächern von ihnen betroffen zu werden, ergriffen, antwortete: »auf Wiedersehen Kohlhaas, auf Wiedersehn! Es soll dir, wenn wir uns wiedertreffen, an Kenntnis über dies alles nicht fehlen!« Und damit, indem sie sich gegen die Tür wandte, rief sie: »lebt wohl, Kinderchen, lebt wohl!« küsste das kleine Geschlecht nach der Reihe, und ging ab.

Inzwischen hatte der Kurfürst von Sachsen, seinen jammervollen Gedanken preisgegeben, zwei Astrologen, namens Oldenholm und Olearius, welche damals in Sachsen in großem Ansehen standen, herbeigerufen, und wegen des Inhalts des geheimnisvollen, ihm und dem ganzen Geschlecht seiner Nachkommen so wichtigen Zettels zu Rate gezogen; und da die Männer, nach einer, mehrere Tage lang im Schlossturm zu Dresden fortgesetzten, tiefsinnigen Untersuchung, nicht einig werden konnten, ob die Prophezeiung sich auf späte Jahrhunderte oder aber auf die jetzige Zeit beziehe, und vielleicht die Krone Polen, mit welcher die Verhältnisse immer noch sehr kriegerisch waren, damit gemeint sei: so wurde durch solchen gelehrten Streit, statt sie zu zerstreuen, die Unruhe, um nicht zu sagen, Verzweiflung, in welcher sich dieser unglückliche Herr befand, nur geschärft, und zuletzt bis auf einen Grad, der seiner Seele ganz unerträglich war, vermehrt. Dazu kam, dass der Kämmerer um diese Zeit seiner Frau, die im Begriff stand, ihm nach Berlin zu folgen, auftrug, dem Kurfürsten, bevor sie abreiste, auf eine geschickte Art beizubringen, wie misslich es nach einem verunglückten Versuch, den er mit einem Weibe gemacht, das sich seitdem nicht wieder habe blicken lassen, mit der Hoffnung aussehe, des Zettels in dessen Besitz der Kohlhaas sei, habhaft zu werden, indem das über ihn gefällte Todesurteil, nunmehr, nach einer umständlichen Prüfung der Akten, von dem Kurfürsten von Brandenburg unterzeichnet, und der Hinrichtungstag bereits auf den Montag nach Palmarum festgesetzt sei; auf welche Nachricht der Kurfürst sich, das Herz von Kummer und Reue zerrissen, gleich einem ganz Verlorenen, in seinem Zimmer verschloss, während zwei Tage, des Lebens satt, keine Spei-se zu sich nahm, und am dritten plötzlich, unter der kurzen Anzeige an das Gubernium, dass er zu dem Fürsten von Dessau auf die Jagd reise, aus Dresden verschwand. Wohin er eigentlich ging, und ob er sich nach Dessau wandte, lassen wir dahingestellt sein, indem die Chroniken, aus deren Vergleichung wir Bericht erstatten, an dieser Stelle, auf befremdliche Weise, einander widersprechen und aufheben. Gewiss ist, dass der Fürst von Dessau, unfähig zu jagen, um diese Zeit krank in Braunschweig, bei seinem Oheim, dem Herzog Heinrich, lag, und dass die Dame Heloise, am Abend des folgenden Tages, in Gesellschaft eines Grafen von Königstein, den sie für ihren Vetter ausgab, bei dem Kämmerer Herrn Kunz, ihrem Gemahl, in Berlin eintraf. – Inzwischen war dem Kohlhaas, auf Befehl des Kurfürsten, das Todesurteil vorgelesen, die Ketten abgenommen, und die über sein Vermögen lautenden Papiere, die ihm in Dresden abgesprochen worden waren, wieder zugestellt worden; und da die Räte, die das Gericht an ihn abgeordnet hatte, ihn fragten, wie er es mit dem, was er besitze, nach seinem Tode gehalten wissen wolle: so verfertigte er, mit Hilfe eines Notars, zu seiner Kinder Gunsten ein Testament, und setzte den Amtmann zu Kohlhaasenbrück, seinen wackern Freund, zum Vormund derselben ein. Demnach glich nichts der Ruhe und Zufriedenheit seiner letzten Tage; denn auf eine sonderbare Spezial-Verordnung des Kurfürsten war bald darauf auch noch der Zwinger, in welchem er sich befand, eröffnet, und allen seinen Freunden, deren er sehr viele in der Stadt besaß, bei Tag und Nacht freier Zutritt zu ihm verstattet worden. Ja, er hatte noch die Genugtuung, den Theologen Jakob Freising, als einen Abgesandten Doktor Luthers, mit einem eigenhändigen, ohne Zweifel sehr merkwürdigen Brief, der aber verlorengegangen ist, in sein Gefängnis treten zu sehen, und von diesem geistlichen Herrn in Gegenwart zweier brandenburgischen Dechanten, die ihm zur Hand gingen, die Wohltat der heiligen Kommunion zu empfangen. Hierauf erschien nun, unter einer allgemeinen Bewegung der Stadt, die sich immer noch nicht entwöhnen konnte, auf ein Machtwort, das ihn rettete, zu hoffen, der verhängnisvolle Montag nach Palmarum, an welchem er die Welt, wegen des allzu raschen Versuchs, sich selbst in ihr Recht verschaffen zu wollen, versöhnen sollte. Eben trat er, in Begleitung einer starken Wache, seine beiden Knaben auf dem Arm (denn diese Vergünstigung hatte er sich ausdrücklich vor den Schranken des Gerichts auserbeten), von dem Theologen Jakob Freising geführt, aus dem Tor seines Gefängnisses, als unter einem wehmütigen Gewimmel von Bekannten, die ihm die Hände drückten, und von ihm Abschied nahmen, der Kastellan des kurfürstlichen Schlosses, verstört im Gesicht, zu ihm herantrat, und ihm ein Blatt gab, das ihm, wie er sagte, ein altes Weib für ihn eingehändigt. Kohlhaas, während er den Mann der ihm nur wenig bekannt war, befremdet ansah, öffnete das Blatt, dessen Siegelring ihn, im Mundlack ausgedrückt, sogleich an die bekannte Zigeunerin erinnerte. Aber wer beschreibt das Erstaunen, das ihn ergriff, als er folgende Nachricht darin fand: »Kohlhaas, der Kurfürst von Sachsen ist in Berlin; auf den Richtplatz schon ist er vorangegangen, und wird, wenn dir daran liegt, an einem Hut, mit blauen und weißen Federbüschen kenntlich sein. Die Absicht, in der er kömmt, brauche ich dir nicht zu sagen; er will die Kapsel, sobald du verscharrt bist, ausgraben, und den Zettel, der darin befindlich ist, eröffnen lassen. – Deine Elisabeth.« – Kohlhaas, indem er sich auf das äußerste bestürzt zu dem Kastellan umwandte, fragte ihn: ob er das wunderbare Weib, das ihm den Zettel übergeben, kenne? Doch da der Kastellan antwortete: »Kohlhaas, das Weib« – – und inmitten der Rede auf sonderbare Weise stockte, so konnte er, von dem Zuge, der in diesem Augenblick wieder antrat, fortgerissen, nicht vernehmen, was der Mann, der an allen Gliedern zu zittern schien, vorbrachte. – Als er auf dem Richtplatz ankam, fand er den Kurfürsten von Brandenburg mit seinem Gefolge, worunter sich auch der Erzkanzler, Herr Heinrich von Geusau befand, unter einer unermesslichen Menschenmenge, daselbst zu Pferde halten: ihm zur Rechten der kaiserliche Anwalt Franz Müller, eine Abschrift des Todesurteils in der Hand; ihm zur Linken, mit dem Konklusum des Dresdner Hofgerichts, sein eigener Anwalt, der Rechtsgelehrte Anton Zäuner; ein Herold in der Mitte des halboffenen Kreises, den das Volk schloss, mit einem Bündel Sachen, und den beiden, von Wohlsein glänzenden, die Erde mit ihren Hufen stampfenden Rappen. Denn der Erzkanzler, Herr Heinrich, hatte die Klage, die er, im Namen seines Herrn, in Dresden anhängig gemacht, Punkt für Punkt, und ohne die mindeste Einschränkung gegen den Junker Wenzel von Tronka, durchgesetzt; dergestalt, dass die Pferde, nachdem man sie durch Schwingung einer Fahne über ihre Häupter, ehrlich gemacht, und aus den Händen des Abdeckers, der sie ernährte, zurückgezogen hatte, von den Leuten des Junkers dick gefüttert, und in Gegenwart einer eigens dazu niedergesetzten Kommission, dem Anwalt, auf dem Markt zu Dresden, übergeben worden waren. Demnach sprach der Kurfürst, als Kohlhaas von der Wache begleitet, auf den Hügel zu ihm heranschritt: Nun, Kohlhaas, heut ist der Tag, an dem dir dein Recht geschieht! Schau her, hier liefere ich dir alles, was du auf der Tronkenburg gewaltsamer Weise eingebüßt, und was ich, als dein Landesherr, dir wieder zu verschaffen, schuldig war, zurück: Rappen, Halstuch, Reichsgulden, Wäsche, bis auf die Kurkosten sogar für deinen bei Mühlberg gefallenen Knecht Herse. Bist du mit mir zufrieden? – Kohlhaas, während er das, ihm auf den Wink des Erzkanzlers eingehändigte Konklusum, mit großen, funkelnden Augen überlas, setzte die beiden Kinder, die er auf dem Arm trug, neben sich auf den Boden nieder; und da er auch einen Artikel darin fand, in welchem der Junker Wenzel zu zweijähriger Gefängnisstrafe verurteilt ward: so ließ er sich, aus der Ferne, ganz überwältigt von Gefühlen, mit kreuzweis auf die Brust gelegten Händen, vor dem Kurfürsten nieder. Er versicherte freudig dem Erzkanzler, indem er aufstand, und die Hand auf seinen Schoß legte, dass sein höchster Wunsch auf Erden erfüllt sei; trat an die Pferde heran, musterte sie, und klopfte ihren feisten Hals; und erklärte dem Kanzler, indem er wieder zu ihm zurückkam, heiter: »dass er sie seinen beiden Söhnen Heinrich und Leopold schenke!« Der Kanzler, Herr Heinrich von Geusau, vom Pferde herab mild zu ihm gewandt, versprach ihm, in des Kurfürsten Namen, dass sein letzter Wille heilig gehalten werden solle: und forderte ihn auf, auch über die übrigen im Bündel befindlichen Sachen, nach seinem Gutdünken zu schalten. Hierauf rief Kohlhaas die alte Mutter Hersens, die er auf dem Platz wahrgenommen hatte, aus dem Haufen des Volks hervor, und indem er ihr die Sachen übergab, sprach er: »da, Mütterchen; das gehört dir!« – die Summe, die, als Schadenersatz für ihn, bei dem im Bündel liegenden Gelde befindlich war, als ein Geschenk noch, zur Pflege und Erquickung ihrer alten Tage, hinzufügend. – – Der Kurfürst rief: »nun, Kohlhaas, Rosshändler, du, dem solchergestalt Genugtuung geworden, mache dich bereit, kaiserlicher Majestät, deren Anwalt hier steht, wegen des Bruchs ihres Landfriedens, deinerseits Genugtuung zu geben!« Kohlhaas, indem er seinen Hut abnahm, und auf die Erde warf, sagte: dass er bereit dazu wäre! übergab die Kinder, nachdem er sie noch einmal vom Boden erhoben, und an seine Brust gedrückt hatte, dem Amtmann von Kohlhaasenbrück, und trat, während dieser sie unter stillen Tränen, vom Platz hinwegführte, an den Block. Eben knüpfte er sich das Tuch vom Hals ab und öffnete seinen Brustlatz: als er, mit einem flüchtigen Blick auf den Kreis, den das Volk bildete, in geringer Entfernung von sich, zwischen zwei Rittern, die ihn mit ihren Leibern halb deckten, den wohlbekannten Mann mit blauen und weißen Federbüschen wahrnahm. Kohlhaas löste sich, indem er mit einem plötzlichen, die Wache, die ihn umringte, befremdenden Schritt, dicht vor ihn trat, die Kapsel von der Brust; er nahm den Zettel heraus, entsiegelte ihn, und überlas ihn: und das Auge unverwandt auf den Mann mit blauen und weißen Federbüschen gerichtet, der bereits süßen Hoffnungen Raum zu geben anfing, steckte er ihn in den Mund und verschlang ihn. Der Mann mit blauen und weißen Federbüschen sank, bei diesem Anblick, ohnmächtig, in Krämpfen nieder. Kohlhaas aber, während die bestürzten Begleiter desselben sich herabbeugten, und ihn vom Boden aufhoben, wandte sich zu dem Schafott, wo sein Haupt unter dem Beil des Scharfrichters fiel. Hier endigt die Geschichte vom Kohlhaas. Man legte die Leiche unter einer allgemeinen Klage des Volks in einen Sarg; und während die Träger sie aufhoben, um sie anständig auf den Kirchhof der Vorstadt zu begraben, rief der Kurfürst die Söhne des Abgeschiedenen herbei und schlug sie, mit der Erklärung an den Erzkanzler, dass sie in seiner Pagenschule erzogen werden sollten, zu Rittern. Der Kurfürst von Sachsen kam bald darauf, zerrissen an Leib und Seele, nach Dresden zurück, wo man das Weitere in der Geschichte nachlesen muss. Vom Kohlhaas aber haben noch im vergangenen Jahrhundert, im Mecklenburgischen, einige frohe und rüstige Nachkommen gelebt.

Die Marquise von O...

In M..., einer bedeutenden Stadt im oberen Italien, ließ die verwitwete Marquise von O..., eine Dame von vortrefflichem Ruf, und Mutter von mehreren wohlerzogenen Kindern, durch die Zeitungen bekanntmachen: dass sie, ohne ihr Wissen, in andre Umstände gekommen sei, dass der Vater zu dem Kinde, das sie gebären würde, sich melden solle; und dass sie, aus Familienrücksichten, entschlossen wäre, ihn zu heiraten. Die Dame, die einen so sonderbaren, den Spott der Welt reizenden Schritt, beim Drang unabänderlicher Umstände, mit solcher Sicherheit tat, war die Tochter des Herrn von G..., Kommandant der Zitadelle bei M... Sie hatte, vor ungefähr drei Jahren, ihren Gemahl, den Marquis von O..., dem sie auf das innigste und zärtlichste zugetan war, auf einer Reise verloren, die er, in Geschäften der Familie, nach Paris gemacht hatte. Auf Frau von G...s, ihrer würdigen Mutter, Wunsch, hatte sie, nach seinem Tode, den Landsitz verlassen, den sie bisher bei V... bewohnt hatte, und war, mit ihren beiden Kindern, in das Kommandantenhaus, zu ihrem Vater, zurückgekehrt. Hier hatte sie die nächsten Jahre mit Kunst, Lektüre, mit Erziehung, und ihrer Eltern Pflege beschäftigt, in der größten Zurückgezogenheit zugebracht: bis der ... Krieg plötzlich die Gegend umher mit den Truppen fast aller Mächte und auch mit russischen erfüllte. Der Obrist von G..., welcher den Platz zu verteidigen Ordre hatte, forderte seine Gemahlin und seine Tochter auf, sich auf das Landgut, entweder der letzteren, oder seines Sohnes, das bei V... lag, zurückzuziehen. Doch ehe sich die Abschätzung noch, hier der Bedrängnisse, denen man in der Festung, dort der Gräuel, denen man auf dem platten Lande ausgesetzt sein konnte, auf der Waage der weiblichen Überlegung entschieden hatte: war die Zitadelle von den russischen Truppen schon berannt, und aufgefordert, sich zu ergeben. Der Obrist erklärte gegen seine Familie, dass er sich nunmehr verhalten würde, als ob sie nicht vorhanden wäre; und antwortete mit Kugeln und Granaten. Der Feind, seinerseits, bombardierte die Zitadelle. Er steckte die Magazine in Brand, eroberte ein Außenwerk, und als der Kommandant, nach einer nochmaligen Aufforderung, mit der Übergabe zauderte, so ordnete er einen nächtlichen Überfall an, und eroberte die Festung im Sturm.

Eben als die russischen Truppen, unter einem heftigen Haubitzenspiel, von außen eindrangen, fing der linke Flügel des Kommandantenhauses Feuer und nötigte die Frauen, ihn zu verlassen. Die Obristin, indem sie der Tochter, die mit den Kindern die Treppe hinabfloh, nacheilte, rief, dass man zusammenbleiben, und sich in die unteren Gewölbe flüchten möchte; doch eine Granate, die, eben in diesem Augenblicke, in dem Hause zerplatzte, vollendete die gänzliche Verwirrung in demselben. Die Marquise kam, mit ihren beiden Kindern, auf den Vorplatz des Schlosses, wo die Schüsse schon, im heftigsten Kampf, durch die Nacht blitzten, und sie, besinnungslos, wohin sie sich wenden solle, wieder in das brennende Gebäude zurückjagten. Hier, unglücklicherweise, begegnete ihr, da sie eben durch die Hintertür entschlüpfen wollte, ein Trupp feindlicher Scharfschützen, der, bei ihrem Anblick, plötzlich still ward, die Gewehre über die Schultern hing, und sie, unter abscheulichen Gebärden, mit sich fortführte. Vergebens rief die Marquise, von der entsetzlichen, sich untereinander selbst bekämpfenden, Rotte bald hier-, bald dorthin gezerrt, ihre zitternden, durch die Pforte zurückfliehenden Frauen, zu Hilfe. Man schleppte sie in den hinteren Schlosshof, wo sie eben, unter den schändlichsten Misshandlungen, zu Boden sinken wollte, als, von dem Zetergeschrei der Dame herbeigerufen, ein russischer Offizier erschien, und die Hunde, die nach solchem Raub lüstern waren, mit wütenden Hieben zerstreute. Der Marquise schien er ein Engel des Himmels zu sein. Er stieß noch dem letzten viehischen Mordknecht, der ihren schlanken Leib umfasst hielt, mit dem Griff des Degens ins Gesicht, dass er, mit aus dem Mund vorquellendem Blut, zurücktaumelte; bot dann der Dame, unter einer verbindlichen, französischen Anrede den Arm, und führte sie, die von allen solchen Auftritten sprachlos war, in den anderen, von der Flamme noch nicht ergriffenen, Flügel des Palastes, wo sie auch völlig bewusstlos niedersank. Hier – traf er, da bald darauf ihre erschrockenen Frauen erschienen, Anstalten, einen Arzt zu rufen; versicherte, indem er sich den Hut aufsetzte, dass sie sich bald erholen würde; und kehrte in den Kampf zurück.

Der Platz war in kurzer Zeit völlig erobert, und der Kommandant, der sich nur noch wehrte, weil man ihm keinen Pardon geben wollte, zog sich eben mit sinkenden Kräften nach dem Portal des Hauses zurück, als der russische Offizier, sehr erhitzt im Gesicht, aus demselben hervortrat, und ihm zurief, sich zu ergeben. Der Kommandant antwortete, dass er auf diese Aufforderung nur gewartet habe, reichte ihm seinen Degen dar, und bat sich die Erlaubnis aus, sich ins Schloss zu begeben, und nach seiner Familie umsehen zu dürfen. Der russische Offizier, der, nach der Rolle zu urteilen, die er spielte, einer der Anführer des Sturms zu sein schien, gab ihm, unter Begleitung einer Wache, diese Freiheit; setzte sich, mit einiger Eilfertigkeit, an die Spitze eines Detachements, entschied, wo er noch zweifelhaft sein mochte, den Kampf, und bemannte schleunigst die festen Punkte des Forts. Bald darauf kehrte er auf den Waffenplatz zurück, gab Befehl, der Flamme, welche wütend um sich zu greifen anfing, Einhalt zu tun, und leistete selbst hierbei Wunder der Anstrengung, als man seine Befehle nicht mit dem gehörigen Eifer befolgte. Bald kletterte er, den Schlauch in der Hand, mitten unter brennenden Giebeln umher, und regierte den Wasserstrahl, bald steckte er, die Naturen der Asiaten mit

74

Schaudern erfüllend, in den Arsenälen, und wälzte Pulverfässer und gefüllte Bomben heraus. Der Kommandant, der inzwischen in das Haus getreten war, geriet auf die Nachricht von dem Vorfall, der die Marquise betroffen hatte, in die äußerste Bestürzung. Die Marquise, die sich schon völlig, ohne Beihilfe des Arztes, wie der russische Offizier vorhergesagt hatte, aus ihrer Ohnmacht wieder erholt hatte, und bei der Freude, alle die Ihrigen gesund und wohl zu sehen, nur noch, um die übermäßige Sorge derselben zu beschwichtigen, das Bett hütete, versicherte ihn, dass sie keinen andern Wunsch habe, als aufstehen zu dürfen, um ihrem Retter ihre Dankbarkeit zu bezeugen. Sie wusste schon, dass er der Graf F..., Obristlieutenant vom t...n Jägercorps, und Ritter eines Verdienst- und mehrerer anderer Orden war. Sie bat ihren Vater, ihn inständigst zu ersuchen, dass er die Zitadelle nicht verlasse, ohne sich einen Augenblick im Schloss gezeigt zu haben. Der Kommandant, der das Gefühl seiner Tochter ehrte, kehrte auch ungesäumt in das Fort zurück, und trug ihm, da er unter unaufhörlichen Kriegsanordnungen umherschweifte, und keine bessere Gelegenheit zu finden war, auf den Wällen, wo er eben die zerschossenen Rotten revidierte, den Wunsch seiner gerührten Tochter vor. Der Graf versicherte ihn, dass er nur auf den Augenblick warte, den er seinen Geschäften würde abmüßigen können, um ihr seine Ehrerbietigkeit zu bezeugen. Er wollte noch hören, wie sich die Frau Marquise befinde? als ihn die Rapporte mehrer Offiziere schon wieder in das Gewühl des Krieges zurückrissen. Als der Tag anbrach, erschien der Befehlshaber der russischen Truppen, und besichtigte das Fort. Er bezeugte dem Kommandanten seine Hochachtung, bedauerte, dass das Glück seinen Mut nicht besser unterstützt habe, und gab ihm, auf sein Ehrenwort, die Freiheit, sich hinzubegeben, wohin er wolle. Der Kommandant versicherte ihn seiner Dankbarkeit, und äußerte, wie viel er, an diesem Tage, den Russen überhaupt, und besonders dem jungen Grafen F..., Obristlieutenant vom t...n Jägercorps, schuldig geworden sei. Der General fragte, was vorgefallen sei; und als man ihn von dem frevelhaften Anschlag auf die Tochter desselben unterrichtete, zeigte er sich auf das äußerste entrüstet. Er rief den Grafen F... bei Namen vor. Nachdem er ihm zuvörderst wegen seines eignen edelmütigen Verhaltens eine kurze Lobrede gehalten hatte: wobei der Graf über das ganze Gesicht rot ward; schloss er, dass er die Schandkerle, die den Namen des Kaisers brandmarkten, niederschießen lassen wolle; und befahl ihm, zu sagen, wer sie seien? Der Graf F... antwortete, in einer verwirrten Rede, dass er nicht imstande sei, ihre Namen anzugeben, indem es ihm, bei dem schwachen Schimmer der Reverberen im Schlosshof, unmöglich gewesen wäre, ihre Gesichter zu erkennen. Der General, welcher gehört hatte, dass damals schon das Schloss in Flammen stand, wunderte sich darüber; er bemerkte, wie man wohlbekannte Leute in der Nacht an ihren Stimmen erkennen könnte; und gab ihm, da er mit einem verlegenen Gesicht die Achseln zuckte, auf, der Sache auf das allereifrigste und strengste nachzuspüren. In diesem Augenblick berichtete jemand, der sich aus dem hintern Kreise hervordrängte, dass einer von den, durch den Grafen F... verwundeten, Frevlern, da er in dem Korridor niedergesunken, von den Leuten des Kommandanten in ein Behältnis geschleppt worden, und darin noch befindlich sei. Der General ließ diesen hierauf durch eine Wache herbeiführen, ein kurzes Verhör über ihn halten; und die ganze Rotte, nachdem jener sie genannt hatte, fünf an der Zahl zusammen, erschießen. Dies abgemacht, gab der General, nach Zurücklassung einer kleinen Besatzung, Befehl zum allgemeinen Aufbruch der übrigen Truppen; die Offiziere zerstreuten sich eiligst zu ihren Corps; der Graf trat, durch die Verwirrung der Auseinandereilenden, zum Kommandanten, und bedauerte, dass er sich der Frau Marquise, unter diesen Umständen, gehorsamst empfehlen müsse: und in weniger, als einer Stunde, war das ganze Fort von Russen wieder leer.

Die Familie dachte nun darauf, wie sie in der Zukunft eine Gelegenheit finden würde, dem Grafen irgendeine Äußerung ihrer Dankbarkeit zu geben; doch wie groß war ihr Schrecken, als sie erfuhr, dass derselbe noch am Tage seines Aufbruchs aus dem Fort, in einem Gefecht mit den feindlichen Truppen, seinen Tod gefunden habe. Der Kurier, der diese Nachricht nach M... brachte, hatte ihn mit eignen Augen, tödlich durch die Brust geschossen, nach P... tragen sehen, wo er, wie man sichere Nachricht hatte, in dem Augenblick, da ihn die Träger von den Schultern nehmen wollten, verblichen war. Der Kommandant, der sich selbst auf das Posthaus verfügte, und sich nach den näheren Umständen dieses Vorfalls erkundigte, erfuhr noch, dass er auf dem Schlachtfeld, in dem Moment, da ihn der Schuss traf, gerufen habe: »Julietta! Diese Kugel rächt dich!« und nachher seine Lippen auf immer geschlossen hätte. Die Marquise war untröstlich, dass sie die Gelegenheit hatte vorbeigehen lassen, sich zu seinen Füßen zu werfen. Sie machte sich die lebhaftesten Vorwürfe, dass sie ihn, bei seiner, vielleicht aus Bescheidenheit, wie sie meinte, herrührenden Weigerung, im Schlosse zu erscheinen, nicht selbst aufgesucht habe; bedauerte die Unglückliche, ihre Namensschwester, an die er noch im Tode gedacht hatte; bemühte sich vergebens, ihren Aufenthalt zu erforschen, um sie von diesem unglücklichen und rührenden Vorfall zu unterrichten; und mehrere Monde vergingen, ehe sie selbst ihn vergessen konnte.

Die Familie musste nun das Kommandantenhaus räumen, um dem russischen Befehlshaber darin Platz zu machen. Man überlegte anfangs, ob man sich nicht auf die Güter des Kommandanten begeben sollte, wozu die Marquise einen großen Hang verspürte; doch da der Obrist das Landleben nicht liebte, so bezog die Familie ein Haus in der Stadt, und richtete sich dasselbe zu einer immerwährenden Wohnung ein. Alles kehrte nun in die alte Ordnung der Dinge zurück. Die Marquise knüpfte den lange unterbrochenen Unterricht ihrer Kinder wieder an, und suchte, für die Feierstunden, ihre Staffelei und Bücher hervor: als sie sich, sonst die Göttin der Gesundheit selbst, von wiederholten Unpässlichkeiten befallen fühlte, die sie ganze Wochen lang, für die Gesellschaft untauglich machten. Sie litt an Übelkeiten, Schwindeln und Ohnmachten, und wusste nicht, was sie aus diesem sonderbaren Zustand machen solle. Eines Morgens, da die Familie beim Tee saß, und der Vater sich, auf einen Augenblick, aus dem Zimmer entfernt hatte, sagte die Marquise, aus einer langen Gedankenlosigkeit erwachend, zu ihrer Mutter: wenn mir eine Frau sagte, dass sie ein Gefühl hätte, ebenso, wie ich jetzt, da ich die Tasse ergriff, so würde ich bei mir denken, dass sie in gesegneten Leibesumständen wäre. Frau von G... sagte, sie verstände sie nicht. Die Marquise erklärte sich noch einmal, dass sie eben jetzt eine Sensation gehabt hätte, wie damals, als sie mit ihrer zweiten Tochter schwanger war. Frau von G... sagte, sie würde vielleicht den Phantasus gebären, und lachte. Morpheus wenigstens, versetzte die Marquise, oder einer der Träume aus seinem Gefolge, würde sein Vater sein; und scherzte gleichfalls. Doch der Obrist kam, das Gespräch ward abgebrochen, und der ganze Gegenstand, da die Marquise sich in einigen Tagen wieder erholte, vergessen.

Bald darauf ward der Familie, eben zu einer Zeit, da sich auch der Forstmeister von G..., des Kommandanten Sohn, in dem Hause eingefunden hatte, der sonderbare Schrecken, durch einen Kammerdiener, der ins Zimmer trat, den Grafen F... anmelden zu hören. Der Graf F...! sagte der Vater und die Tochter zugleich; und das Erstaunen machte alle sprachlos. Der Kammerdiener versicherte, dass er recht gesehen und gehört habe, und dass der Graf schon im Vorzimmer stehe, und warte. Der Kommandant sprang sogleich selbst auf, ihm zu öffnen, worauf er, schön, wie ein junger Gott, ein wenig bleich im Gesicht, eintrat. Nachdem die Szene unbegreiflicher Verwunderung vorüber war, und der Graf, auf die Anschuldigung der Eltern, dass er ja tot sei, versichert hatte, dass er lebe; wandte er sich, mit vieler Rührung im Gesicht, zur Tochter, und seine erste Frage war gleich, wie sie sich befinde? Die Marquise versicherte, sehr wohl, und wollte nur wissen, wie er ins Leben erstanden sei? Doch er, auf seinem Gegenstand beharrend, erwiderte: dass sie ihm nicht die Wahrheit sage; auf ihrem Antlitz drücke sich eine seltsame Mattigkeit aus; ihn müsse alles trügen, oder sie sei unpässlich, und leide. Die Marquise, durch die Herzlichkeit, womit er dies vorbrachte, gut gestimmt, versetzte: nun ja; diese Mattigkeit, wenn er wolle, könne für die Spur einer Kränklichkeit gelten, an welcher sie vor einigen Wochen gelitten hätte; sie fürchte inzwischen nicht, dass diese weiter von Folgen sein würde. Worauf er, mit einer aufflammenden Freude, erwiderte: er auch nicht! und hinzusetzte, ob sie ihn heiraten wolle? Die Marquise wusste nicht, was sie von dieser Aufführung denken solle. Sie sah, über und über rot, ihre Mutter, und diese, mit Verlegenheit, den Sohn und den Vater an; während der Graf vor die Marquise trat, und indem er ihre Hand nahm, als ob er sie küssen wollte, wiederholte: ob sie ihn verstanden hätte? Der Kommandant sagte: ob er nicht Platz nehmen wolle; und setzte ihm, auf eine verbindliche, obschon etwas ernsthafte, Art einen Stuhl hin. Die Obristin sprach: in der Tat, wir werden glauben, dass Sie ein Geist sind, bis Sie uns werden eröffnet haben, wie Sie aus dem Grabe, in welches man Sie zu P... gelegt hatte, erstanden sind. Der Graf setzte sich, indem er die Hand der Dame fahrenließ, nieder, und sagte, dass er, durch die Umstände gezwungen, sich sehr kurz fassen müsse; dass er, tödlich durch die Brust geschossen, nach P... gebracht worden, dass er mehrere Monate daselbst an seinem Leben verzweifelt wäre; dass währenddessen die Frau Marquise sein einziger Gedanke gewesen wäre; dass er die Lust und den Schmerz nicht beschreiben könnte, die sich in dieser Vorstellung umarmt hätten; dass er endlich, nach seiner Wiederherstellung, wieder zur Armee gegangen wäre; dass er daselbst die lebhafteste Unruhe empfunden hätte; dass er mehrere Male die Feder ergriffen, um in einem Briefe, an den Herrn Obristen und die Frau Marquise, seinem Herzen Luft zu machen; dass er plötzlich mit Depeschen nach Neapel geschickt worden wäre; dass er nicht wisse, ob er nicht von dort weiter nach Konstantinopel werde abgeordert werden; dass er vielleicht gar nach St. Petersburg werde gehen müssen, dass es ihm inzwischen unmöglich wäre, länger zu leben, ohne über eine notwendige Forderung seiner Seele ins Reine zu sein; dass er dem Drang bei seiner Durchreise durch M..., einige Schritte zu diesem Zweck zu tun, nicht habe widerstehen können; kurz, dass er den Wunsch hege, mit der Hand der Frau Marquise beglückt zu werden, und dass er auf das ehrfurchtsvollste, inständigste und dringendste bitte, sich ihm hierüber gütig zu erklären. – Der Kommandant, nach einer langen Pause, erwiderte: dass ihm dieser Antrag zwar, wenn er, wie er nicht zweifle, ernsthaft gemeint sei, sehr schmeichelhaft wäre. Bei dem Tode ihres Gemahls, des Marquis von O..., hätte sich seine Tochter aber entschlossen, keine zweite Vermählung einzugehen. Da ihr jedoch kürzlich von ihm eine so große Verbindlichkeit auferlegt worden sei: so wäre es nicht unmöglich, dass ihr Entschluss dadurch, seinen Wünschen gemäß, eine Abänderung erleide; er bitte sich inzwischen die Erlaubnis für sie aus, darüber im Stillen während einiger Zeit nachdenken zu dürfen. Der Graf versicherte, dass diese gütige Erklärung zwar alle seine Hoffnungen befriedige; dass sie ihn, unter anderen Umständen, auch völlig beglücken würde; dass er die ganze Unschicklichkeit fühle, sich mit derselben nicht zu beruhigen: dass dringende Verhältnisse jedoch, über welche er sich näher auszulassen nicht imstande sei, ihm eine bestimmtere Erklärung äußerst wünschenswert machten, dass die Pferde, die ihn nach Neapel tragen sollten, vor seinem Wagen stünden, und dass er inständigst bitte, wenn irgend etwas in diesem Hause günstig für ihn spreche, – wobei er die Marquise ansah – ihn nicht, ohne eine gütige Äußerung darüber, abreisen zu lassen. Der Obrist, durch diese Aufführung ein wenig betreten, antwortete, dass die Dankbarkeit, die die Marquise für ihn empfände, ihn zwar zu großen Voraussetzungen berechtige: doch nicht zu so großen; sie werde bei einem Schritte, bei welchem es das Glück ihres Lebens gelte, nicht ohne die gehörige Klugheit verfahren. Es wäre unerlässlich, dass seiner Tochter, bevor sie sich erkläre, das Glück seiner näheren Bekanntschaft würde. Er lade ihn ein, nach Vollendung seiner Geschäftsreise, nach M... zurückzukehren, und auf einige Zeit der Gast seines Hauses zu sein. Wenn alsdann die Frau Marquise hoffen könne, durch ihn glücklich zu werden, so werde auch er, eher aber nicht, mit Freuden vernehmen, dass sie ihm eine bestimmte Antwort gegeben habe. Der Graf äußerte, indem ihm eine Röte ins Gesicht stieg, dass er seinen ungeduldigen Wünschen, während seiner ganzen Reise, dies Schicksal vorausgesagt habe; dass er sich inzwischen dadurch in die äußerste Bekümmernis gestürzt sehe; dass ihm, bei der ungünstigen Rolle, die er eben jetzt zu spielen gezwungen sei, eine nähere Bekanntschaft nicht anders als vorteilhaft sein könne; dass er für seinen Ruf, wenn anders diese zweideutigste aller Eigenschaften in Erwägung gezogen werden solle, einstehen zu dürfen glaube; dass die einzige nichtswürdige Handlung, die er in seinem Leben begangen hätte, der Welt unbekannt, und er schon im Begriff sei, sie wiedergutzumachen; dass er, mit einem Wort, ein ehrlicher Mann sei, und die Versicherung anzunehmen bitte, dass diese Versicherung wahrhaftig sei. – Der Kommandant erwiderte, indem er ein wenig, obschon ohne Ironie, lächelte, dass er alle diese Äußerungen unterschreibe. Noch hätte er keines jungen Mannes Bekanntschaft gemacht, der, in so kurzer Zeit, so viele vortreffliche Eigenschaften des Charakters entwickelt hätte. Er glaube fast, dass eine kurze Bedenkzeit die Unschlüssigkeit, die noch obwalte, heben würde; bevor er jedoch Rücksprache genommen hätte, mit seiner sowohl, als des Herrn Grafen Familie, könne keine andere Erklärung, als die gegebene, erfolgen. Hierauf äußerte der Graf, dass er ohne Eltern und frei sei. Sein Onkel sei der General K..., für dessen Einwilligung er stehe. Er setzte hinzu, dass er Herr eines ansehnlichen Vermögens wäre, und sich würde entschließen können, Italien zu seinem Vaterlande zu machen. – Der Kommandant machte ihm eine verbindliche Verbeugung, erklärte seinen Willen noch einmal; und bat ihn, bis nach vollendeter Reise, von dieser Sache abzulassen. Der Graf, nach einer kurzen Pause, in welcher er alle Merkmale der größten Unruhe gegeben hatte, sagte, indem er sich zur Mutter wandte, dass er sein Äußerstes getan hätte, um dieser Geschäftsreise auszuweichen; dass die Schritte, die er deshalb beim General en Chef, und dem General K..., seinem Onkel, gewagt hätte, die entscheidendsten gewesen wären, die sich hätten tun lassen; dass man aber geglaubt hätte, ihn dadurch aus einer Schwermut aufzurütteln, die ihm von seiner Krankheit noch zurückgeblieben wäre; und dass er sich jetzt völlig dadurch ins Elend gestürzt sehe. – Die Familie wusste nicht, was sie zu dieser Äußerung sagen sollte. Der Graf fuhr fort, indem er sich die Stirn rieb, dass wenn irgend Hoffnung wäre, dem Ziele seiner Wünsche dadurch näher zu kommen, er seine Reise auf einen Tag, auch wohl noch etwas darüber, aussetzen würde, um es zu versuchen. – Hierbei sah er, nach der Reihe, den Kommandanten, die Marquise und die Mutter an. Der Kommandant blickte missvergnügt vor sich nieder, und antwortete ihm nicht. Die Obristin sagte: gehn Sie, gehn Sie, Herr Graf; reisen Sie nach Neapel; schenken Sie uns, wenn Sie wiederkehren, auf einige Zeit das Glück Ihrer Gegenwart; so wird sich das übrige finden. – Der Graf saß einen Augenblick, und schien zu suchen, was er zu tun habe. Drauf, indem er sich erhob, und seinen Stuhl wegsetzte: da er die Hoffnungen, sprach er, mit denen er in dies Haus getreten sei, als übereilt erkennen müsse, und die Familie, wie er nicht missbillige, auf eine nähere Bekanntschaft bestehe: so werde er seine Depeschen, zu einer anderweitigen Expedition, nach Z..., in das Hauptquartier, zurückschicken, und das gütige Anerbieten, der Gast dieses Hauses zu sein, auf einige Wochen annehmen. Worauf er noch, den Stuhl in der Hand, an der Wand stehend, einen Augenblick verharrte, und den Kommandanten ansah. Der Kommandant versetzte, dass es ihm äußerst leid tun würde, wenn die Leidenschaft, die er zu seiner Tochter gefasst zu haben scheine, ihm Unannehmlichkeiten von der ernsthaftesten Art zuzöge: dass er indessen wissen müsse, was er zu tun und zu lassen habe, die Depeschen abschicken, und die für ihn bestimmten Zimmer beziehen möchte. Man sah ihn bei diesen Worten sich entfärben, der Mutter ehrerbietig die Hand küssen, sich gegen die Übrigen verneigen und sich entfernen.

Als er das Zimmer verlassen hatte, wusste die Familie nicht, was sie aus dieser Erscheinung machen solle. Die Mutter sagte, es wäre wohl nicht möglich, dass er Depeschen, mit denen er nach Neapel ginge, nach Z... zurückschicken wolle, bloß, weil es ihm nicht gelungen wäre, auf seiner Durchreise durch M..., in einer fünf Minuten langen Unterredung, von einer ihm ganz unbekannten Dame ein Jawort zu erhalten. Der Forstmeister äußerte, dass eine so leichtsinnige Tat ja mit nichts Geringerem, als Festungsarrest, bestraft werden würde! Und Kassation obenein, setzte der Kommandant hinzu. Es habe aber damit keine Gefahr, fuhr er fort. Es sei ein bloßer Schreckschuss beim Sturm; er werde sich wohl noch, ehe er die Depeschen abgeschickt, wieder besinnen. Die Mutter, als sie von dieser Gefahr unterrichtet ward, äußerte die lebhafteste Besorgnis, dass er sie abschicken werde. Sein heftiger, auf einen Punkt hintreibender Wille, meinte sie, scheine ihr grade einer solchen Tat fähig. Sie bat den Forstmeister auf das dringendste, ihm sogleich nachzugehen, und ihn von einer so unglückdrohenden Handlung abzuhalten. Der Forstmeister erwiderte, dass ein solcher Schritt gerade das Gegenteil bewirken, und ihn nur in der Hoffnung, durch seine Kriegslist zu siegen, bestärken würde. Die Marquise war derselben Meinung, obschon sie versicherte, dass ohne ihn die Absendung der Depeschen unfehlbar erfolgen würde, indem er lieber werde unglücklich werden, als sich eine Blöße geben zu wollen. Alle kamen darin überein, dass sein Betragen sehr sonderbar sei, und dass er Damenherzen durch Anlauf, wie Festungen, zu erobern gewohnt scheine. In diesem Augenblick bemerkte der Kommandant den angespannten Wagen des Grafen vor seiner Tür. Er rief die Familie ans Fenster, und fragte einen eben eintretenden Bedienten, erstaunt, ob der Graf noch im Hause sei? Der Bediente antwortete, dass er unten, in der Domestikenstube, in Gesellschaft eines Adjutanten, Briefe schreibe und Pakete versiegle. Der Kommandant, der seine Bestürzung unterdrückte, eilte mit dem Forstmeister hinunter, und fragte den Grafen, da er ihn auf dazu nicht schicklichen Tischen seine Geschäfte betreiben sah, ob er nicht in seine Zimmer treten wolle? Und ob er sonst irgend etwas befehle? Der Graf erwiderte, indem er mit Eilfertigkeit fortschrieb, dass er untertänigst danke, und dass sein Geschäft abgemacht sei, fragte noch, indem er den Brief zusiegelte, nach der Uhr und wünschte dem Adjutanten, nachdem er ihm das ganze Portefeuille übergeben hatte, eine glückliche Reise. Der Kommandant, der seinen Augen nicht traute, sagte, indem der Adjutant zum Hause hinausging: Herr Graf, wenn Sie nicht sehr wichtige Gründe haben – Entscheidende! fiel ihm der Graf ins Wort; begleitete den Adjutanten zum Wagen, und öffnete ihm die Tür. In diesem Fall würde ich wenigstens, fuhr der Kommandant fort, die Depeschen – Es ist nicht möglich, antwortete der Graf, indem er den Adjutanten in den Sitz hob. Die Depeschen gelten nichts in Neapel ohne mich. Ich habe auch daran gedacht. Fahr zu! – Und die Briefe Ihres Herrn Onkels? rief der Adjutant, sich aus der Tür hervorbeugend. Treffen mich, erwiderte der Graf, in M... Fahr zu, sagte der Adjutant, und rollte mit dem Wagen dahin.

Hierauf fragte der Graf F..., indem er sich zum Kommandanten wandte, ob er ihm gefälligst sein Zimmer anweisen lassen wolle? Er würde gleich selbst die Ehre haben, antwortete der verwirrte Obrist, rief seinen und des Grafen Leuten, das Gepäck desselben aufzunehmen, und führte ihn in die für fremden Besuch bestimmten Gemächer des Hauses, wo er sich ihm mit einem trocknen Gesicht empfahl. Der Graf kleidete sich um, verließ das Haus, um sich bei dem Gouverneur des Platzes zu melden, und für den ganzen weiteren Rest des Tages im Hause unsichtbar, kehrte er erst kurz vor der Abendtafel dahin zurück.

Inzwischen war die Familie in der lebhaftesten Unruhe. Der Forstmeister erzählte, wie bestimmt, auf einige Vorstellungen des Kommandanten, des Grafen Antworten ausgefallen wären; meinte, dass sein Verhalten einem völlig überlegten Schritt ähnlich sehe, und fragte, in aller Welt, nach den Ursachen einer so auf Kurierpferden gehenden Bewerbung. Der Kommandant sagte, dass er von der Sache nichts verstehe, und forderte die Familie auf, davon weiter nicht in seiner Gegenwart zu sprechen. Die Mutter sah alle Augenblicke aus dem Fenster, ob er nicht kommen, seine leichtsinnige Tat bereuen, und wiedergutmachen werde. Endlich, da es finster ward, setzte sie sich zur Marquise nieder, welche, mit vieler Emsigkeit, an einem Tisch arbeitete, und das Gespräch zu vermeiden schien. Sie fragte sie halblaut, während der Vater auf und nieder ging, ob sie begreife, was aus dieser Sache werden solle? Die Marquise antwortete, mit einem schüchtern nach dem Kommandanten gewandten Blick: wenn der Vater bewirkt hätte, dass er nach Neapel gereist wäre, so wäre alles gut. Nach Neapel! rief der Kommandant, der dies gehört hatte. Sollt ich den Priester holen lassen? Oder hätt ich ihn schließen lassen und arretieren und mit Bewachung nach Neapel schicken sollen? – Nein, antwortete die Marquise, aber lebhafte und eindringliche Vorstellungen tun ihre Wirkung, und sah, ein wenig unwillig, wieder auf ihre Arbeit nieder. – Endlich gegen Nacht erschien der Graf. Man erwartete nur, nach den ersten Höflichkeitsbezeugungen, dass dieser Gegenstand zur Sprache kommen würde, um ihn mit vereinter Kraft zu bestürmen, den Schritt, den er gewagt hatte, wenn es noch möglich sei, wieder zurückzunehmen. Doch vergebens, während der ganzen Abendtafel, erharrte man diesen Augenblick. Geflissentlich alles, was darauf hinführen konnte, vermeidend, unterhielt er den Kommandanten vom Kriege und den Forstmeister von der Jagd. Als er des Gefechts bei P..., in welchem er verwundet worden war, erwähnte, verwickelte ihn die Mutter bei der Geschichte seiner Krankheit, fragte ihn, wie es ihm an diesem kleinen Orte ergangen sei, und ob er die gehörigen Bequemlichkeiten gefunden hätte. Hierauf erzählte er mehrere, durch seine Leidenschaft zur Marquise interessanten, Züge: wie sie beständig, während seiner Krankheit, an seinem Bette gesessen hätte, wie er die Vorstellung von ihr, in der Hitze des Wundfiebers, immer mit der Vorstellung eines Schwans verwechselt hätte, den er, als Knabe, auf seines Onkels Gütern gesehen, dass ihm besonders eine Erinnerung rührend gewesen wäre, da er diesen Schwan einst mit Kot beworfen, worauf dieser still untergetaucht, und rein aus der Flut wieder emporgekommen sei, dass sie immer auf feurigen Fluten umhergeschwommen wäre, und er Thinka gerufen hätte, welches der Name jenes Schwans gewesen, dass er aber nicht imstande gewesen wäre, sie an sich zu locken, indem sie ihre Freude gehabt hätte, bloß am Rudern und In-die-Brust-sich-werfen; versicherte plötzlich, blutrot im Gesicht, dass er sie außerordentlich liebe: sah wieder auf seinen Teller nieder, und schwieg. Man musste endlich von der Tafel aufstehen, und da der Graf, nach einem kurzen Gespräch mit der Mutter, sich sogleich gegen die Gesellschaft verneigte und wieder in sein Zimmer zurückzog, so standen die Mitglieder derselben wieder und wussten nicht, was sie denken sollten. Der Kommandant meinte: man müsse der Sache ihren Lauf lassen. Er rechne wahrscheinlich auf seine Verwandten bei diesem Schritte. Infame Kassation stünde sonst darauf. Frau von G... fragte ihre Tochter, was sie denn von ihm halte? Und ob sie sich wohl zu irgendeiner Äußerung, die ein Unglück vermiede, würde verstehen können? Die Marquise antwortete: Liebste Mutter! Das ist nicht möglich. Es tut mir leid, dass meine Dankbarkeit auf eine so harte Probe gestellt wird. Doch es war mein Entschluss, mich nicht wieder zu vermählen; ich mag mein Glück nicht, und nicht so unüberlegt, auf ein zweites Spiel setzen. Der Forstmeister bemerkte, dass wenn dies ihr fester Wille wäre, auch diese Erklärung ihm Nutzen schaffen könne, und dass es fast notwendig scheine, ihm irgendeine bestimmte zu geben. Die Obristin versetzte, dass da dieser junge Mann, den so viele außerordentliche Eigenschaften empföhlen, seinen Aufenthalt in Italien nehmen zu wollen, erklärt habe, sein Antrag, nach ihrer Meinung, einige Rücksicht, und der Entschluss der Marquise Prüfung verdiene. Der Forstmeister, indem er sich bei ihr niederließ, fragte, wie er ihr denn, was seine Person anbetreffe, gefalle? Die Marquise antwortete, mit einiger Verlegenheit: er gefällt und missfällt mir; und berief sich auf das Gefühl der anderen. Die Obristin sagte: wenn er von Neapel zurückkehrt, und die Erkundigungen, die wir inzwischen über ihn einziehen könnten, dem Gesamteindruck, den du von ihm empfangen hast, nicht widersprächen: wie würdest du dich, falls er alsdann seinen Antrag wiederholte, erklären? In diesem Fall, versetzte die Marquise, würd ich – da in der Tat seine Wünsche so lebhaft scheinen, diese Wünsche – sie stockte, und ihre Augen glänzten, indem sie dies sagte – um der Verbindlichkeit willen, die ich ihm schuldig bin, erfüllen. Die Mutter, die eine zweite Vermählung ihrer Tochter immer gewünscht hatte, hatte Mühe, ihre Freude über diese Erklärung zu verbergen, und sann, was sich wohl daraus machen ließe. Der Forstmeister sagte, indem er unruhig vom Sitz wieder aufstand, dass wenn die Marquise irgend an die Möglichkeit denke, ihn einst mit ihrer Hand zu erfreuen, jetzt gleich notwendig ein Schritt dazu geschehen müsse, um den Folgen seiner rasenden Tat vorzubeugen. Die Mutter war derselben Meinung und behauptete, dass zuletzt das Wagestück nicht allzu groß wäre, indem bei so vielen vortrefflichen Eigenschaften, die er in jener Nacht, da das Fort von den Russen erstürmt ward, entwickelte, kaum zu fürchten sei, dass sein übriger Lebenswandel ihnen nicht entsprechen sollte. Die Marquise sah, mit dem Ausdruck der lebhaftesten Unruhe, vor sich nieder. Man könnte ihm ja, fuhr die Mutter fort, indem sie ihre Hand ergriff, etwa eine Erklärung, dass du, bis zu seiner Rückkehr von Neapel, in keine andere Verbindung eingehen wollest, zukommen lassen. Die Marquise sagte: diese Erklärung, liebste Mutter, kann ich ihm geben; ich fürchte nur, dass sie ihn nicht beruhigen, und uns verwickeln wird. Das sei meine Sorge! erwiderte die Mutter, mit lebhafter Freude, und sah sich nach dem Kommandanten um. Lorenzo! fragte sie, was meinst du? und machte Anstalten, sich vom Sitz zu erheben. Der Kommandant, der alles gehört hatte, stand am Fenster, sah auf die Straße hinaus, und sagte nichts. Der Forstmeister versicherte, dass er, mit dieser unschädlichen Erklärung, den Grafen aus dem Hause zu schaffen, sich anheischig mache. Nun so macht! macht! macht! rief der Vater, indem er sich umdrehte: ich muss mich diesem Russen schon zum zweiten Mal ergeben! – Hierauf sprang die Mutter auf, küsste ihn und die Tochter, und fragte, indem der Vater über ihre Geschäftigkeit lächelte, wie man dem Grafen jetzt diese Erklärung augenblicklich hinterbringen solle? Man beschloss, auf den Vorschlag des Forstmeisters, ihn bitten zu lassen, sich, falls er noch nicht entkleidet sei, gefälligst auf einen Augenblick zur Familie zu verfügen. Er werde gleich die Ehre haben zu erscheinen! ließ der Graf antworten, und kaum war der Kammerdiener mit dieser Meldung zurück, als er schon selbst, mit Schritten, die die Freude beflügelte, ins Zimmer trat, und zu den Füßen der Marquise, in der allerlebhaftesten Rührung niedersank. Der Kommandant wollte etwas sagen, doch er, indem er aufstand, versetzte, er wisse genug! küsste ihm und der Mutter die Hand, umarmte den Bruder und bat nur um die Gefälligkeit, ihm sogleich zu einem Reisewagen zu verhelfen. Die Marquise, obschon von diesem Auftritt bewegt, sagte doch: ich fürchte nicht, Herr Graf, dass Ihre rasche Hoffnung Sie zu weit – Nichts! Nichts! versetzte der Graf; es ist nichts geschehen, wenn die Erkundigungen, die Sie über mich einziehen mögen, dem Gefühl widersprechen, das mich zu Ihnen in dies Zimmer zurückrief. Hierauf umarmte der Kommandant ihn auf das herzlichste, der Forstmeister bot ihm sogleich seinen eigenen Reisewagen an, ein Jäger flog auf die Post, Kurierpferde auf Prämien zu bestellen, und Freude war bei dieser Abreise, wie noch niemals bei einem Empfang. Er hoffe, sagte der Graf, die Depeschen in B... einzuholen, von wo er jetzt einen näheren Weg nach Neapel, als über M... einschlagen würde; in Neapel würde er sein Möglichstes tun, die fernere Geschäftsreise nach Konstantinopel abzulehnen, und da er, auf den äußersten Fall, entschlossen wäre, sich krank zu melden, so versicherte er, dass wenn nicht unvermeidliche Hindernisse ihn abhielten, er in der Zeit von vier bis sechs Wochen unfehlbar wieder in M... sein würde. Hierauf meldete sein Jäger, dass der Wagen angespannt, und alles zur Abreise bereit sei. Der Graf nahm seinen Hut, trat vor die Marquise und ergriff ihre Hand. Nun denn, sprach er, Julietta, so bin ich einigermaßen beruhigt, und legte seine Hand in die ihrige, obschon es mein sehnlichster Wunsch war, mich noch vor meiner Abreise mit Ihnen zu vermählen. Vermählen! riefen alle Mitglieder der Familie aus. Vermählen, wiederholte der Graf, küsste der Marquise die Hand und versicherte, da diese fragte, ob er von Sinnen sei: es würde ein Tag kommen, wo sie ihn verstehen würde! Die Familie wollte auf ihn böse werden, doch er nahm gleich auf das wärmste von allen Abschied, bat sie, über diese Äußerung nicht weiter nachzudenken, und reiste ab.

Mehrere Wochen, in welchen die Familie, mit sehr verschiedenen Empfindungen, auf den Ausgang dieser sonderbaren Sache gespannt war, verstrichen. Der Kommandant empfing vom General K..., dem Onkel des Grafen, eine höfliche Zuschrift; der Graf selbst schrieb aus Neapel; die Erkundigungen, die man über ihn einzog, sprachen ziemlich zu seinem Vorteil; kurz, man hielt die Verlobung schon für so gut, wie abgemacht, als sich die Kränklichkeiten der Marquise, mit größerer Lebhaftigkeit, als jemals, wieder einstellten. Sie bemerkte eine unbegreifliche Veränderung ihrer Gestalt. Sie entdeckte sich mit völliger Freimütigkeit ihrer Mutter, und sagte, sie wisse nicht, was sie von ihrem Zustand denken solle. Die Mutter, welche so sonderbare Zufälle für die Gesundheit ihrer Tochter äußerst besorgt machten, verlangte, dass sie einen Arzt zu Rate ziehe. Die Marquise, die durch ihre Natur zu siegen hoffte, sträubte sich dagegen; sie brachte mehrere Tage noch, ohne dem Rat der Mutter zu folgen, unter den empfindlichsten Leiden zu: bis Gefühle, immer wiederkehrend und von so wunderbarer Art, sie in die lebhafteste Unruhe stürzten. Sie ließ einen Arzt rufen, der das Vertrauen ihres Vaters besaß, nötigte ihn, da gerade die Mutter abwesend war, auf den Diwan nieder, und eröffnete ihm, nach einer kurzen Einleitung, scherzend, was sie von sich glaube. Der Arzt warf einen forschenden Blick auf sie, schwieg noch, nachdem er eine genaue Untersuchung vollendet hatte, eine Zeitlang, und antwortete dann mit einer sehr ernsthaften Miene, dass die Frau Marquise ganz richtig urteile. Nachdem er sich auf die Frage der Dame, wie er dies verstehe, ganz deutlich erklärt, und mit einem Lächeln, das er nicht unterdrücken konnte, gesagt hatte, dass sie ganz gesund sei, und keinen Arzt brauche, zog die Marquise, und sah ihn sehr streng von der Seite an, die Klingel, und bat ihn, sich zu entfernen. Sie äußerte halblaut, als ob er der Rede nicht wert wäre, vor sich nieder murmelnd, dass sie nicht Lust hätte, mit ihm über Gegenstände dieser Art zu scherzen. Der Doktor erwiderte empfindlich: er müsse wünschen, dass sie immer zum Scherz so wenig aufgelegt gewesen wäre, wie jetzt; nahm Stock und Hut, und machte Anstalten, sich sogleich zu empfehlen. Die Marquise versicherte, dass sie von diesen Beleidigungen ihren Vater unterrichten würde. Der Arzt antwortete, dass er seine Aussage vor Gericht beschwören könne, öffnete die Tür, verneigte sich und wollte das Zimmer verlassen. Die Marquise fragte, da er noch einen Handschuh, den er hatte fallen lassen, von der Erde aufnahm: und die Möglichkeit davon, Herr Doktor? Der Doktor erwiderte, dass er ihr die letzten Gründe der Dinge nicht werde zu erklären brauchen, verneigte sich noch einmal und ging ab.

Die Marquise stand, wie vom Donner gerührt. Sie raffte sich auf, und wollte zu ihrem Vater eilen, doch der sonderbare Ernst des Mannes, von dem sie sich beleidigt sah, lähmte alle ihre Glieder. Sie warf sich in der größten Bewegung auf den Diwan nieder. Sie durchlief, gegen sich selbst misstrauisch, alle Momente des verflossenen Jahres und hielt sich für verrückt, wenn sie an den letzten dachte. Endlich erschien die Mutter, und auf die bestürzte Frage, warum sie so unruhig sei? erzählte ihr die Tochter, was ihr der Arzt soeben eröffnet hatte. Frau von G... nannte ihn einen Unverschämten und Nichtswürdigen, und bestärkte die Tochter in dem Entschluss, diese Beleidigung dem Vater zu entdecken. Die Marquise versicherte, dass es sein völliger Ernst gewesen sei, und dass er entschlossen scheine, dem Vater ins Gesicht seine rasende Behauptung zu wiederholen. Frau von G... fragte, nicht wenig erschrocken, ob sie denn an die Möglichkeit eines solchen Zustandes glaube? Eher, antwortete die Marquise, dass die Gräber befruchtet werden, und sich dem Schoße der Leichen eine Geburt entwickeln wird! Nun, du liebes wunderliches Weib, sagte die Obristin, indem sie sie fest an sich drückte: was beunruhigt dich denn? Wenn dein Bewusstsein dich rein spricht, wie kann dich ein Urteil, und wäre es das einer ganzen Consulta von Ärzten, nur kümmern? Ob das seinige aus Irrtum, ob es aus Bosheit entsprang, gilt es dir nicht völlig gleichviel? Doch schicklich ist es, dass wir es dem Vater entdecken. – O Gott! sagte die Marquise, mit einer konvulsivischen Bewegung: wie kann ich mich beruhigen. Hab ich nicht mein eignes, innerliches, mir nur allzu wohlbekanntes Gefühl gegen mich? Würd ich nicht, wenn ich in einer andern meine Empfindung wüsste, von ihr selbst urteilen, dass es damit seine

84

Richtigkeit habe? Es ist entsetzlich, versetzte die Obristin. Bosheit! Irrtum! fuhr die Marquise fort. Was kann dieser Mann, der uns bis auf den heutigen Tag schätzenswürdig erschien, für Gründe haben, mich auf eine so mutwillige und niederträchtige Art zu kränken? Mich, die ihn nie beleidigt hatte? Die ihn mit Vertrauen, und dem Vorgefühl zukünftiger Dankbarkeit, empfing? Bei der er, wie seine ersten Worte zeugten, mit dem reinen und unverfälschten Willen erschien, zu helfen, nicht Schmerzen, grimmigere, als ich empfand, erst zu erregen? Und wenn ich in der Notwendigkeit der Wahl, fuhr sie fort, während die Mutter sie unverwandt ansah, an einen Irrtum glauben wollte, ist es wohl möglich, dass ein Arzt, auch nur von mittelmäßiger Geschicklichkeit, in solchem Falle irre? – Die Obristin sagte ein wenig spitz: und gleichwohl muss es doch notwendig eins oder das andere gewesen sein. Ja! versetzte die Marquise, meine teuerste Mutter, indem sie ihr, mit dem Ausdruck der gekränkten Würde, hochrot im Gesicht glühend, die Hand küsste: das muss es! Obschon die Umstände so außerordentlich sind, dass es mir erlaubt ist, daran zu zweifeln. Ich schwöre, weil es doch einer Versicherung bedarf, dass mein Bewusstsein, gleich dem meiner Kinder ist, nicht reiner, Verehrungswürdigste, kann das Ihrige sein. Gleichwohl bitte ich Sie, mir eine Hebamme rufen zu lassen, damit ich mich von dem, was ist, überzeuge, und gleichviel alsdann, was es sei, beruhige. Eine Hebamme! rief Frau von G... mit Entwürdigung. Ein reines Bewusstsein, und eine Hebamme! Und die Sprache ging ihr aus. Eine Hebamme, meine teuerste Mutter, wiederholte die Marquise, indem sie sich auf Knien vor ihr niederließ, und das augenblicklich, wenn ich nicht wahnsinnig werden soll. O sehr gern, versetzte die Obristin, nur bitte ich, das Wochenlager nicht in meinem Hause zu halten. Und damit stand sie auf und wollte das Zimmer verlassen. Die Marquise, ihr mit ausgebreiteten Armen folgend, fiel ganz auf das Gesicht nieder und umfasste ihre Knie. Wenn irgendein unsträfliches Leben, rief sie, mit der Beredsamkeit des Schmerzes, ein Leben, nach Ihrem Muster geführt, mir ein Recht auf Ihre Achtung gibt, wenn irgendein mütterliches Gefühl auch nur, solange meine Schuld nicht sonnenklar entschieden ist, in Ihrem Busen für mich spricht, so verlassen Sie mich in diesen entsetzlichen Augenblicken nicht. – Was ist es, das dich beunruhigt? fragte die Mutter. Ist es weiter nichts, als der Ausspruch des Arztes? Weiter nichts, als dein innerliches Gefühl? Nichts weiter, meine Mutter, versetzte die Marquise, und legte ihre Hand auf die Brust. Nichts, Julietta? fuhr die Mutter fort. Besinne dich. Ein Fehltritt, so unsäglich er mich schmerzen würde, er ließe sich, und ich müsste ihn zuletzt verzeihn, doch wenn du, um einem mütterlichen Verweis auszuweichen, ein Märchen von der Umwälzung der Weltordnung ersinnen und gotteslästerliche Schwüre häufen könntest, um es meinem, dir nur allzu gutgläubigen, Herzen aufzubürden, so wäre das schändlich. Ich würde dir niemals wieder gut werden. – Möge das Reich der Erlösung einst so offen vor mir liegen, wie meine Seele vor Ihnen, rief die Marquise. Ich verschwieg Ihnen nichts, meine Mutter. – Diese Äußerung, voll Pathos getan, erschütterte die Mutter. O Himmel! rief sie: mein liebenswürdiges Kind! Wie rührst du mich! Und hob sie auf, und küsste sie, und drückte sie an ihre Brust. Was denn, in aller Welt, fürchtest du? Komm, du bist sehr krank. Sie wollte sie in ein Bett führen. Doch die Marquise, welcher die Tränen häufig flossen, versicherte, dass sie sehr gesund wäre, und dass ihr gar nichts fehle, außer jenem sonderbaren und unbegreiflichen Zustand. – Zustand! rief die Mutter wieder, welch ein Zustand? Wenn dein Gedächtnis über die Vergangenheit so sicher ist, welch ein Wahnsinn der Furcht ergriff dich? Kann ein innerliches Gefühl denn, das doch nur dunkel sich regt, nicht trügen? Nein! Nein! sagte die Marquise, es trügt mich nicht! Und wenn Sie die Hebamme rufen lassen wollen, so werden Sie hören, dass das Entsetzliche, mich Vernichtende, wahr ist. – Komm, meine liebste Tochter, sagte Frau von G..., die für ihren Verstand zu fürchten anfing. Komm, folge mir, und lege dich zu Bett. Was meintest du, dass dir der Arzt gesagt hat? Wie dein Gesicht glüht! Wie du an allen Gliedern so zitterst! Was war es schon, das dir der Arzt gesagt hat? Und damit zog sie die Marquise, ungläubig nunmehr an den ganzen Auftritt, den sie ihr erzählt hatte, mit sich fort. – Die Marquise sagte: Liebe! Vortreffliche! indem sie mit weinenden Augen lächelte. Ich bin meiner Sinne mächtig. Der Arzt hat mir gesagt, dass ich in gesegneten Leibesumständen bin. Lassen Sie die Hebamme rufen, und sobald sie sagt, dass es nicht wahr ist, bin ich wieder ruhig. Gut, gut! erwiderte die Obristin, die ihre Angst unterdrückte. Sie soll gleich kommen; sie soll gleich, wenn du dich von ihr willst auslachen lassen, erscheinen, und dir sagen, dass du eine Träumerin und nicht recht klug bist. Und damit zog sie die Klingel, und schickte augenblicklich einen ihrer Leute, der die Hebamme rufe.

Die Marquise lag noch, mit unruhig sich hebender Brust, in den Armen ihrer Mutter, als diese Frau erschien, und die Obristin ihr, an welcher seltsamen Vorstellung ihre Tochter krank liege, eröffnete. Die Frau Marquise schwöre, dass sie sich tugendhaft verhalten habe, und gleichwohl halte sie, von einer unbegreiflichen Empfindung getäuscht, für nötig, dass eine sachverständige Frau ihren Zustand untersuche. Die Hebamme, während sie sich von demselben unterrichtete, sprach von jungem Blut und der Arglist der Welt, äußerte, als sie ihr Geschäft vollendet hatte, dergleichen Fälle wären ihr schon vorgekommen, die jungen Witwen, die in ihre Lage kämen, meinten alle auf wüsten Inseln gelebt zu haben, beruhigte inzwischen die Frau Marquise und versicherte ihr, dass sich der muntere Korsar, der zur Nachtzeit gelandet, schon finden würde. Bei diesen Worten fiel die Marquise in Ohnmacht. Die Obristin, die ihr mütterliches Gefühl nicht überwältigen konnte, brachte sie zwar, mit Hilfe der Hebamme, wieder ins Leben zurück. Doch die Entrüstung siegte, da sie erwacht war. Julietta! rief die Mutter mit dem lebhaftesten Schmerz. Willst du dich mir entdecken, willst du den Vater mir nennen? Und schien noch zur Versöhnung geneigt. Doch als die Marquise sagte, dass sie wahnsinnig werden würde, sprach die Mutter, indem sie sich vom Diwan erhob: geh! geh! du bist nichtswürdig! Verflucht sei die Stunde, da ich dich gebar! und verließ das Zimmer.

Die Marquise, der das Tageslicht von neuem schwinden wollte, zog die Geburtshelferin vor sich nieder und legte ihr Haupt heftig zitternd an ihre Brust. Sie fragte, mit gebrochener Stimme, wie denn die Natur auf ihren Wegen walte? Und ob die Möglichkeit einer unwissentlichen Empfängnis sei? – Die Hebamme lächelte, machte ihr das Tuch los und sagte, das würde ja doch der Frau Marquise Fall nicht sein. Nein, nein, antwortete die Marquise, sie habe wissentlich empfangen, sie wolle nur im allgemeinen wissen, ob diese Erscheinung im Reiche der Natur sei? Die

Hebamme versetzte, dass dies, außer der heiligen Jungfrau, noch keinem Weibe auf Erden zugestoßen wäre. Die Marquise zitterte immer heftiger. Sie glaubte, dass sie augenblicklich niederkommen würde, und bat die Geburtshelferin, indem sie sich mit krampfhafter Beängstigung an sie schloss, sie nicht zu verlassen. Die Hebamme beruhigte sie. Sie versicherte, dass das Wochenbett noch beträchtlich entfernt wäre, gab ihr auch die Mittel an, wie man, in solchen Fällen, dem Leumund der Welt ausweichen könne, und meinte, es würde noch alles gut werden. Doch da diese Trostgründe der unglücklichen Dame völlig wie Messerstiche durch die Brust fuhren, so sammelte sie sich, sagte, sie befände sich besser, und bat ihre Gesellschafterin sich zu entfernen.

Kaum war die Hebamme aus dem Zimmer, als ihr ein Schreiben von der Mutter gebracht ward, in welchem diese sich so ausließ: »Herr von G... wünsche, unter den obwaltenden Umständen, dass sie sein Haus verlasse. Er sende ihr hierbei die über ihr Vermögen lautenden Papiere und hoffe, dass ihm Gott den Jammer ersparen werde, sie wiederzusehen.« – Der Brief war inzwischen von Tränen benetzt, und in einem Winkel stand ein verwischtes Wort: diktiert. – Der Marquise stürzte der Schmerz aus den Augen. Sie ging, heftig über den Irrtum ihrer Eltern weinend, und über die Ungerechtigkeit, zu welcher diese vortrefflichen Menschen verführt wurden, zu den Gemächern ihrer Mutter. Es hieß, sie sei bei ihrem Vater, sie wankte zu den Gemächern ihres Vaters. Sie sank, als sie die Tür verschlossen fand, mit jammernder Stimme, alle Heiligen zu Zeugen ihrer Unschuld anrufend, vor derselben nieder. Sie mochte wohl schon einige Minuten hier gelegen haben, als der Forstmeister daraus hervortrat, und zu ihr mit flammendem Gesicht sagte: sie höre, dass der Kommandant sie nicht sehen wolle. Die Marquise rief: mein liebster Bruder! unter vielem Schluchzen, drängte sich ins Zimmer und rief: mein teuerster Vater! und streckte die Arme nach ihm aus. Der Kommandant wandte ihr, bei ihrem Anblick, den Rücken zu und eilte in sein Schlafgemach. Er rief, als sie ihn dahin verfolgte, hinweg! und wollte die Türe zuwerfen, doch da sie, unter Jammern und Flehen, dass er sie schließe, verhinderte, so gab er plötzlich nach und eilte, während die Marquise zu ihm hineintrat, zur hinteren Wand. Sie warf sich ihm, der ihr den Rücken zugekehrt hatte, eben zu Füßen, und umfasste zitternd seine Knie, als eine Pistole, die er ergriffen hatte, in dem Augenblick, da er sie von der Wand herabriss, losging, und der Schuss schmetternd in die Decke fuhr. Herr meines Lebens! rief die Marquise, erhob sich leichenblass von ihren Knien, und eilte aus seinen Gemächern hinweg. Man soll sogleich anspannen, sagte sie, als sie in die ihrigen trat, setzte sich, matt bis in den Tod, auf einen Sessel nieder, zog ihre Kinder eilfertig an und ließ die Sachen einpacken. Sie hatte eben ihr Kleinstes zwischen den Knien und schlug ihm noch ein Tuch um, um nunmehr, da alles zur Abreise bereit war, in den Wagen zu steigen, als der Forstmeister eintrat und auf Befehl des Kommandanten die Zurücklassung und Überlieferung der Kinder von ihr forderte. Dieser Kinder? fragte sie und stand auf. Sag deinem unmenschlichen Vater, dass er kommen und mich niederschießen, nicht aber mir meine Kinder entreißen könne! Und hob, mit dem ganzen Stolz der Unschuld gerüstet, ihre Kinder auf, trug sie, ohne dass der Bruder gewagt hätte, sie anzuhalten, in den Wagen und fuhr ab.

Durch diese schöne Anstrengung mit sich selbst bekannt gemacht, hob sie sich plötzlich, wie an ihrer eigenen Hand, aus der ganzen Tiefe, in welche das Schicksal sie herabgestürzt hatte, empor. Der Aufruhr, der ihre Brust zerriss, legte sich, als sie im Freien war, sie küsste häufig die Kinder, diese ihre liebe Beute, und mit großer Selbstzufriedenheit gedachte sie, welch einen Sieg sie, durch die Kraft ihres schuldfreien Bewusstseins, über ihren Bruder davongetragen hatte. Ihr Verstand, stark genug, in ihrer sonderbaren Lage nicht zu reißen, gab sich ganz unter der großen, heiligen und unerklärlichen Einrichtung der Welt gefangen. Sie sah die Unmöglichkeit ein, ihre Familie von ihrer Unschuld zu überzeugen, begriff, dass sie sich darüber trösten müsse, falls sie nicht untergehen wolle, und wenige Tage nur waren nach ihrer Ankunft in V... verflossen, als der Schmerz ganz und gar dem heldenmütigen Vorsatz Platz machte, sich mit Stolz gegen die Anfälle der Welt zu rüsten. Sie beschloss, sich ganz in ihr Innerstes zurückzuziehen, sich, mit ausschließendem Eifer, der Erziehung ihrer beiden Kinder zu widmen, und des Geschenks, das ihr Gott mit dem dritten gemacht hatte, mit voller mütterlichen Liebe zu pflegen. Sie machte Anstalten, in wenigen Wochen, sobald sie ihre Niederkunft überstanden haben würde, ihren schönen, aber durch die lange Abwesenheit ein wenig verfallenen Landsitz wiederherzustellen, saß in der Gartenlaube, und dachte, während sie kleine Mützen, und Strümpfe für kleine Beine strickte, wie sie die Zimmer bequem verteilen würde, auch, welches sie mit Büchern füllen und in welchem die Staffelei am schicklichsten stehen würde. Und so war der Zeitpunkt, da der Graf F... von Neapel wiederkehren sollte, noch nicht abgelaufen, als sie schon völlig mit dem Schicksal, in ewig klösterlicher Zurückgezogenheit zu leben, vertraut war. Der Türsteher erhielt Befehl, keinen Menschen im Hause vorzulassen. Nur der Gedanke war ihr unerträglich, dass dem jungen Wesen, das sie in der größten Unschuld und Reinheit empfangen hatte, und dessen Ursprung, eben weil er geheimnisvoller war, auch göttlicher zu sein schien, als der anderer Menschen, ein Schandfleck in der bürgerlichen Gesellschaft ankleben sollte. Ein sonderbares Mittel war ihr eingefallen, den Vater zu entdecken, ein Mittel, bei dem sie, als sie es zuerst dachte, das Strickzeug selbst vor Schrecken aus der Hand fallen ließ. Durch ganze Nächte, in unruhiger Schlaflosigkeit durchwacht, ward es gedreht und gewendet, um sich an seine ihr innerste Gefühl verletzende Natur zu gewöhnen. Immer noch sträubte sie sich, mit dem Menschen, der sie so hintergangen hatte, in irgendein Verhältnis zu treten, indem sie sehr richtig schloss, dass derselbe doch, ohne alle Rettung, zum Auswurf seiner Gattung gehören müsse, und, auf welchem Platz der Welt man ihn auch denken wolle, nur aus dem zertretensten und unflätigsten Schlamm derselben, hervorgegangen sein könne. Doch da das Gefühl ihrer Selbständigkeit immer lebhafter in ihr ward, und sie bedachte, dass der Stein seinen Wert behält, er mag auch eingefasst sein, wie man wolle, so griff sie eines Morgens, da sich das junge Leben wieder in ihr regte, ein Herz, und ließ jene sonderbare Aufforderung in die Intelligenzblätter von M... rücken, die man am Eingang dieser Erzählung gelesen hat.

Der Graf F..., den unvermeidliche Geschäfte in Neapel aufhielten, hatte inzwischen zum zweiten Mal an die Marquise geschrieben, und sie aufgefordert, es möchten fremde Umstände eintreten, welche da wollten, ihrer, ihm gegebenen, stillschweigenden Erklärung treu zu bleiben. Sobald es ihm geglückt war, seine fernere Geschäftsreise nach Konstantinopel abzulehnen, und es seine übrigen Verhältnisse gestatteten, ging er augenblicklich von Neapel ab und kam auch richtig, nur wenige Tage nach der von ihm bestimmten Frist, in M... an. Der Kommandant empfing ihn mit einem verlegenen Gesicht, sagte, dass ein notwendiges Geschäft ihn aus dem Hause nötige, und forderte den Forstmeister auf, ihn inzwischen zu unterhalten. Der Forstmeister zog ihn auf sein Zimmer und fragte ihn, nach einer kurzen Begrüßung, ob er schon wisse, was sich während seiner Abwesenheit in dem Hause des Kommandanten zugetragen habe. Der Graf antwortete, mit einer flüchtigen Blässe: nein. Hierauf unterrichtete ihn der Forstmeister von der Schande, die die Marquise über die Familie gebracht hatte, und gab ihm die Geschichtserzählung dessen, was unsre Leser soeben erfahren haben. Der Graf schlug sich mit der Hand vor die Stirn. Warum legte man mir so viele Hindernisse in den Weg! rief er in der Vergessenheit seiner. Wenn die Vermählung erfolgt wäre, so wäre alle Schmach und jedes Unglück uns erspart! Der Forstmeister fragte, indem er ihn anglotzte, ob er rasend genug wäre, zu wünschen, mit dieser Nichtswürdigen vermählt zu sein? Der Graf erwiderte, dass sie mehr wert wäre, als die ganze Welt, die sie verachtete, dass ihre Erklärung über ihre Unschuld vollkommnen Glauben bei ihm fände, und dass er noch heute nach V... gehen und seinen Antrag bei ihr wiederholen würde. Er ergriff auch sogleich seinen Hut, empfahl sich dem Forstmeister, der ihn für seiner Sinne völlig beraubt hielt, und ging ab. Er bestieg ein Pferd und sprengte nach V... hinaus. Als er am Tor abgestiegen war und in den Vorplatz treten wollte, sagte ihm der Türsteher, dass die Frau Marquise keinen Menschen spräche. Der Graf fragte, ob diese, für Fremde getroffene, Maßregel auch einem Freund des Hauses gälte, worauf jener antwortete, dass er von keiner Ausnahme wisse und bald darauf, auf eine zweideutige Art hinzusetzte, ob er vielleicht der Graf F... wäre? Der Graf erwiderte, nach einem forschenden Blick, nein, und äußerte, zu seinem Bedienten gewandt, doch so, dass jener es hören konnte, er werde, unter solchen Umständen, in einem Gasthofe absteigen und sich bei der Frau Marquise schriftlich anmelden. Sobald er inzwischen dem Türsteher aus den Augen war, bog er um eine Ecke und umschlich die Mauer eines weitläufigen Gartens, der sich hinter dem Hause ausbreitete. Er trat durch eine Pforte, die er offen fand, in den Garten, durchstrich die Gänge desselben und wollte eben die hintere Rampe hinaufsteigen, als er, in einer Laube, die zur Seite lag, die Marquise, in ihrer lieblichen und geheimnisvollen Gestalt, an einem kleinen Tischchen emsig arbeiten sah. Er näherte sich ihr so, dass sie ihn nicht früher erblicken konnte, als bis er am Eingang der Laube, drei kleine Schritte vor ihren Füßen, stand. Der Graf F...! sagte die Marquise, als sie die Augen aufschlug, und die Röte der Überraschung überflog ihr Gesicht. Der Graf lächelte, blieb noch eine Zeitlang, ohne sich im Eingang zu rühren, stehen, setzte sich dann, mit so bescheidener Zudringlichkeit, als sie nicht zu erschrecken nötig war, neben ihr nieder und schlug, ehe sie noch, in ihrer sonderbaren Lage, einen Entschluss gefasst hatte, seinen Arm sanft um ihren lieben Leib. Von wo, Herr Graf, ist es möglich, fragte die Marquise – und sah schüchtern vor sich auf die Erde nieder. Der Graf sagte: von M..., und drückte sie ganz leise an sich; durch eine hintere Pforte, die ich offen fand. Ich glaubte, auf Ihre Verzeihung rechnen zu dürfen, und trat ein. Hat man Ihnen denn in M... nicht gesagt –? – fragte sie und rührte noch kein Glied in seinen Armen. Alles, geliebte Frau, versetzte der Graf, doch von Ihrer Unschuld völlig überzeugt – Wie! rief die Marquise, indem sie aufstand, und sich loswickelte, und Sie kommen gleichwohl? – Der Welt zum Trotz, fuhr er fort, indem er sie festhielt, und Ihrer Familie zum Trotz und dieser lieblichen Erscheinung sogar zum Trotz, wobei er einen glühenden Kuss auf ihre Brust drückte. – Hinweg! rief die Marquise – So überzeugt, sagte er, Julietta, als ob ich allwissend wäre, als ob meine Seele in deiner Brust wohnte – Die Marquise rief: Lassen Sie mich! Ich komme, schloss er – und ließ sie nicht – meinen Antrag zu wiederholen, und das Los der Seligen, wenn Sie mich erhören wollen, von Ihrer Hand zu empfangen. Lassen Sie mich augenblicklich! rief die Marquise, ich befehl's Ihnen! riss sich gewaltsam aus seinen Armen, und entfloh. Geliebte! Vortreffliche! flüsterte er, indem er wieder aufstand, und ihr folgte. – Sie hören! rief die Marquise und wandte sich und wich ihm aus. Ein einziges, heimliches geflüstertes –! sagte der Graf und griff hastig nach ihrem glatten, ihm entschlüpfenden Arm. – Ich will nichts wissen, versetzte die Marquise, stieß ihn heftig vor die Brust, eilte auf die Rampe, und verschwand.

Er war schon halb auf die Rampe gekommen, um sich, es koste, was es wolle, bei ihr Gehör zu verschaffen, als die Tür vor ihm zuflog, und der Riegel heftig, mit verstörter Beeiferung, vor seinen Schritten zurasselte. Unschlüssig, einen Augenblick, was unter solchen Umständen zu tun sei, stand er und überlegte, ob er durch ein, zur Seite offenstehendes Fenster einsteigen, und seinen Zweck, bis er ihn erreicht, verfolgen solle; doch so schwer es ihm auch in jedem Sinne war, umzukehren, diesmal schien es die Notwendigkeit zu erfordern, und grimmig erbittert über sich, dass er sie aus seinen Armen gelassen hatte, schlich er die Rampe hinab und verließ den Garten, um seine Pferde aufzusuchen. Er fühlte, dass der Versuch, sich an ihrem Busen zu erklären, für immer fehlgeschlagen sei, und ritt schrittweis, indem er einen Brief überlegte, den er jetzt zu schreiben verdammt war, nach M... zurück. Abends, da er sich, in der übelsten Laune von der Welt, bei einer öffentlichen Tafel eingefunden hatte, traf er den Forstmeister an, der ihn auch sogleich befragte, ob er seinen Antrag in V... glücklich angebracht habe? Der Graf antwortete kurz: nein! und war sehr gestimmt, ihn mit einer bitteren Wendung abzufertigen, doch um der Höflichkeit ein Genüge zu tun, setzte er nach einer Weile hinzu: er habe sich entschlossen, sich schriftlich an sie zu wenden, und werde damit in kurzem im Reinen sein. Der Forstmeister sagte: er sehe mit Bedauern, dass seine Leidenschaft für die Marquise ihn seiner Sinne beraube. Er müsse ihm inzwischen versichern, dass sie bereits auf dem Wege sei, eine andere Wahl zu treffen, klingelte nach den neuesten Zeitungen, und gab ihm das Blatt, in welchem die Aufforderung derselben an den Vater ihres Kindes eingerückt war. Der Graf überflog, indem ihm das Blut ins Gesicht schoss, die Schrift. Ein Wechsel von Gefühlen durchkreuzte ihn. Der Forstmeister fragte, ob er nicht glaube, dass die Person, die die Frau Marquise suche, sich finden werde? – Unzweifelhaft! versetzte der Graf, indessen er mit ganzer Seele über dem Papier lag und den Sinn desselben gierig verschlang. Nachdem er einen Augenblick, während er das Blatt zusammenlegte, an das Fenster getreten war, sagte er: nun ist es gut! nun weiß ich, was ich zu tun habe! drehte sich sodann um und fragte den Forstmeister noch, auf eine verbindliche Art, ob man ihn bald wiedersehen werde, empfahl sich ihm und ging, völlig ausgesöhnt mit seinem Schicksal, fort. –

Inzwischen waren in dem Hause des Kommandanten die lebhaftesten Auftritte vorgefallen. Die Obristin war über die zerstörende Heftigkeit ihres Gatten und über die Schwäche, mit welcher sie sich, bei der tyrannischen Verstoßung der Tochter, von ihm hatte unterjochen lassen, äußerst erbittert. Sie war, als der Schuss in des Kommandanten Schlafgemach fiel, und die Tochter aus demselben hervorstürzte, in eine Ohnmacht gesunken, aus der sie sich zwar bald wieder erholte; doch der Kommandant hatte, in dem Augenblick ihres Erwachens, weiter nichts gesagt, als, es täte ihm leid, dass sie diesen Schrecken umsonst gehabt, und die abgeschossene Pistole auf einen Tisch geworfen. Nachher, da von der Abforderung der Kinder die Rede war, wagte sie schüchtern, zu erklären, dass man zu einem solchen Schritt kein Recht habe; sie bat mit einer, durch die gehabte Anwandlung, schwachen und rührenden Stimme, heftige Auftritte im Hause zu vermeiden; doch der Kommandant erwiderte weiter nichts, als, indem er sich zum Forstmeister wandte, vor Wut schäumend: geh! und schaff sie mir! Als der zweite Brief des Grafen F... ankam, hatte der Kommandant befohlen, dass er nach V... zur Marquise herausgeschickt werden solle, welche ihn, wie man nachher durch den Boten erfuhr, beiseite gelegt, und gesagt hatte, es wäre gut. Die Obristin, der in der ganzen Begebenheit so vieles, und besonders die Geneigtheit der Marquise, eine neue, ihr ganz gleichgültige Vermählung einzugehen, dunkel war, suchte vergebens, diesen Umstand zur Sprache zu bringen. Der Kommandant bat immer, auf eine Art, die einem Befehl gleichsah, zu schweigen, versicherte, indem er einst, bei einer solchen Gelegenheit, ein Porträt herabnahm, das noch von ihr an der Wand hing, dass er sein Gedächtnis ihrer ganz zu vertilgen wünsche, und meinte, er hätte keine Tochter mehr. Drauf erschien der sonderbare Aufruf der Marquise in den Zeitungen. Die Obristin, die auf das lebhafteste darüber betroffen war, ging mit dem Zeitungsblatt, das sie von dem Kommandanten erhalten hatte, in sein Zimmer, wo sie ihn an einem Tisch arbeitend fand, und fragte ihn, was er in aller Welt davon halte? Der Kommandant sagte, indem er fortschrieb: oh! sie ist unschuldig. Wie! rief Frau von G..., mit dem alleräußersten Erstaunen: unschuldig? Sie hat es im Schlaf getan, sagte der Kommandant, ohne aufzusehen. Im Schlafe! versetzte Frau von G... Und ein so ungeheurer Vorfall wäre –? Die Närrin! rief der Kommandant, schob die Papiere übereinander, und ging weg.

Am nächsten Zeitungstage las die Obristin, als beide beim Frühstück saßen, in einem Intelligenzblatt, das eben ganz frisch von der Presse kam, folgende Antwort: »Wenn die Frau Marquise von O... sich, am 3ten ... 11 Uhr morgens, im Hause des Herrn von G..., ihres Vaters, einfinden will: so wird sich derjenige, den sie sucht, ihr daselbst zu Füßen werfen.« –
Der Obristin verging, ehe sie noch zur Hälfte dieses unerhörten Artikels gekommen war, die Sprache, sie überflog das Ende und reichte das Blatt dem Kommandanten. Der Obrist las das Blatt dreimal, als ob er seinen eignen Augen nicht traute. Nun sa-

ge mir, um des Himmels willen, Lorenzo, rief die Obristin, was hältst du davon? O die Schändliche! versetzte der Kommandant, und stand auf, o die verschmitzte Heuchlerin! Zehnmal die Schamlosigkeit einer Hündin, mit zehnfacher List des Fuchses gepaart, reichen noch an die ihrige nicht! Solch eine Miene! Zwei solche Augen! Ein Cherub hat sie nicht treuer! – und jammerte und konnte sich nicht beruhigen. Aber was in aller Welt, fragte die Obristin, wenn es eine List ist, kann sie damit bezwecken? – Was sie damit bezweckt? Ihre nichtswürdige Betrügerei, mit Gewalt will sie sie durchsetzen, erwiderte der Obrist. Auswendig gelernt ist sie schon, die Fabel, die sie uns beide, sie und er, am Dritten 11 Uhr morgens hier aufbürden wollen. Mein liebes Töchterchen, soll ich sagen, das wusste ich nicht, wer konnte das denken, vergib mir, nimm meinen Segen, und sei wieder gut Aber die Kugel dem, der am Dritten morgens über meine Schwelle tritt! Es müsste denn schicklicher sein, ihn mir durch Bediente aus dem Hause zu schaffen. – Frau von G... sagte, nach einer nochmaligen Überlesung des Zeitungsblattes, dass wenn sie, von zwei unbegreiflichen Dingen, einem, Glauben beimessen solle, sie lieber an ein unerhörtes Spiel des Schicksals, als an diese Niederträchtigkeit ihrer sonst so vortrefflichen Tochter glauben wolle. Doch ehe sie noch vollendet hatte, rief der Kommandant schon: tu mir den Gefallen und schweig! und verließ das Zimmer. Es ist mir verhasst, wenn ich nur davon höre.

Wenige Tage nachher erhielt der Kommandant, in Beziehung auf diesen Zeitungsartikel, einen Brief von der Marquise, in welchem sie ihn, da ihr die Gnade versagt wäre, in seinem Hause erscheinen zu dürfen, auf eine ehrfurchtsvolle und rührende Art bat, denjenigen, der sich am Dritten morgens bei ihm zeigen würde, gefälligst zu ihr nach V... hinauszuschicken. Die Obristin war gerade gegenwärtig, als der Kommandant diesen Brief empfing, und da sie auf seinem Gesicht deutlich bemerkte, dass er in seiner Empfindung irre geworden war, denn welch ein Motiv jetzt, falls es eine Betrügerei war, sollte er ihr unterlegen, da sie auf seine Verzeihung gar keine Ansprüche zu machen schien? so rückte sie, dadurch dreist gemacht, mit einem Plan hervor, den sie schon lange, in ihrer von Zweifeln bewegten Brust, mit sich herumgetragen hatte. Sie sagte, während der Obrist noch, mit einer nichtssagenden Miene, in das Papier hineinsah: sie habe einen Einfall. Ob er ihr erlauben wolle, auf einen oder zwei Tage, nach V... hinauszufahren? Sie werde die Marquise, falls sie wirklich denjenigen, der ihr durch die Zeitungen, als ein Unbekannter, geantwortet, schon kenne, in eine Lage zu versetzen wissen, in welcher sich ihre Seele verraten müsste, und wenn sie die abgefeimteste Verräterin wäre. Der Kommandant erwiderte, indem er, mit einer plötzlich heftigen Bewegung, den Brief zerriss: sie wisse, dass er mit ihr nichts zu schaffen haben wolle, und er verbiete ihr, in irgendeine Gemeinschaft mit ihr zu treten. Er siegelte die zerrissenen Stücke ein, schrieb eine Adresse an die Marquise, und gab sie dem Boten, als Antwort, zurück. Die Obristin, durch diesen hartnäckigen Eigensinn, der alle Möglichkeit der Aufklärung vernichtete, heimlich erbittert, beschloss ihren Plan jetzt, gegen seinen Willen, auszuführen. Sie nahm einen von den Jägern des Kommandanten, und fuhr am nächstfolgenden Morgen, da ihr Gemahl noch im Bette lag, mit demselben nach V... hinaus. Als sie am Tor des Landsitzes angekommen war, sagte ihr der Türsteher, dass niemand bei der Frau Marquise vorgelassen würde. Frau von G... antwortete, dass sie von dieser Maßregel unterrichtet wäre, dass er aber gleichwohl nur gehen und die Obristin von G... bei ihr anmelden möchte. Worauf dieser versetzte, dass dies nichts helfen würde, weil die Frau Marquise keinen Menschen auf der Welt spräche. Frau von G... antwortete, dass sie mit ihr sprechen werden würde, weil sie ihre Mutter wäre, und dass er nur nicht länger säumen und sein Geschäft verrichten möchte. Kaum aber war noch der Türsteher zu diesem, wie er meinte, gleichwohl vergeblichen Versuch ins Haus gegangen, als man schon die Marquise daraus hervortreten, nach dem Tor eilen, und sich auf Knien vor dem Wagen der Obristin niederstürzen sah. Frau von G... stieg, von ihrem Jäger unterstützt, aus, und hob die Marquise, nicht ohne einige Bewegung, vom Boden auf. Die Marquise drückte sich, von Gefühlen überwältigt, tief auf ihre Hand hinab, und führte sie, indem ihr die Tränen häufig flossen, ehrfurchtsvoll in die Zimmer ihres Hauses. Meine teuerste Mutter! rief sie, nachdem sie ihr den Diwan angewiesen hatte, und noch vor ihr stehen blieb und sich die Augen trocknete: welch ein glücklicher Zufall ist es, dem ich Ihre, mir unschätzbare Erscheinung verdanke? Frau von G... sagte, indem sie ihre Tochter vertraulich fasste, sie müsse ihr nur sagen, dass sie komme, sie wegen der Härte, mit welcher sie aus dem väterlichen Hause verstoßen worden sei, um Verzeihung zu bitten. Verzeihung! fiel ihr die Marquise ins Wort, und wollte ihre Hände küssen. Doch diese, indem sie den Handkuss vermied, fuhr fort: denn nicht nur, dass die, in den letzten öffentlichen Blättern eingerückte, Antwort auf die bewusste Bekanntmachung, mir sowohl als dem Vater, die Überzeugung von deiner Unschuld gegeben hat, so muss ich dir auch eröffnen, dass er sich selbst schon, zu unserm großen und freudigen Erstaunen, gestern im Hause gezeigt hat. Wer hat sich – ? fragte die Marquise und setzte sich bei ihrer Mutter nieder; – welcher er selbst hat sich gezeigt –? und Erwartung spannte jede ihrer Mienen. Er, erwiderte Frau von G..., der Verfasser jener Antwort, er persönlich selbst, an welchen dein Aufruf gerichtet war. – Nun denn, sagte die Marquise, mit unruhig arbeitender Brust: wer ist es? Und noch einmal: wer ist es? – Das, erwiderte Frau von G..., möchte ich dich erraten lassen. Denn denke, dass sich gestern, da wir beim Tee sitzen, und eben das sonderbare Zeitungsblatt lesen, ein Mensch, von unsrer genauesten Bekanntschaft, mit Gebärden der Verzweiflung ins Zimmer stürzt, und deinem Vater, und bald darauf auch mir, zu Füßen fällt. Wir, unwissend, was wir davon denken sollen, fordern ihn auf, zu reden. Darauf spricht er: sein Gewissen lasse ihm keine Ruhe; er sei der Schändliche, der die Frau Marquise betrogen, er müsse wissen, wie man sein Verbrechen beurteile, und wenn Rache über ihn verhängt werden solle, so komme er, sich ihr selbst darzubieten. Aber wer? wer? wer? versetzte die Marquise. Wie gesagt, fuhr Frau von G... fort, ein junger, sonst wohlerzogener Mensch, dem wir eine solche Nichtswürdigkeit niemals zugetraut hätten. Doch erschrecken wirst du nicht, meine Tochter, wenn du erfährst, dass er von niedrigem Stande, und von allen Forderungen, die man sonst an deinen Gemahl machen dürfte, entblößt ist. Gleichviel, meine vortreffliche Mutter, sagte die Marquise, er kann nicht ganz unwürdig sein, da er sich Ihnen früher als mir, zu Füßen geworfen hat. Aber, wer? wer? Sagen Sie mir nur: wer? Nun denn, versetzte die Mutter, es ist Leopardo, der Jäger, den sich der Vater jüngst aus Tirol verschrieb, und den ich, wenn du ihn wahrnahmst, schon mitgebracht habe, um ihn dir als Bräutigam vorzustellen. Leopardo, der Jäger! rief die Marquise, und drückte ihre Hand, mit dem Ausdruck der Verzweiflung, vor die Stirn. Was erschreckt dich? fragte die Obristin. Hast du Gründe, daran zu zweifeln? – Wie? Wo? Wann? fragte die Marquise verwirrt. Das, antwortete jene, will er nur dir anvertrauen. Scham und Liebe, meinte er, machten es ihm unmöglich, sich einer andern hierüber zu erklären, als dir. Doch wenn du willst, so öffnen wir das Vorzimmer, wo er, mit klopfendem Herzen, auf den Ausgang wartet; und du magst sehen, ob du ihm sein Geheimnis, indessen ich abtrete, entlockst. – Gott, mein Vater! rief die Marquise, ich war einst in der Mittagshitze eingeschlummert, und sah ihn von meinem Diwan gehen, als ich erwachte! – Und damit legte sie ihre kleinen Hände vor ihr in Scham erglühendes Gesicht. Bei diesen Worten sank die Mutter auf Knien vor ihr nieder. O meine Tochter! rief sie, o du Vortreffliche! und schlug die Arme um sie. Und o ich Nichtswürdige! und verbarg das Antlitz in ihrem Schoß. Die Marquise fragte bestürzt: was ist Ihnen, meine Mutter? So begreife, fuhr diese fort, o du Reinere als Engel sind, dass von allem, was ich dir sagte, nichts wahr ist, dass meine verderbte Seele an solche Unschuld nicht, als von der du umstrahlt bist, glauben konnte, und dass ich dieser schändlichen List erst bedurfte, um mich davon zu überzeugen. Meine teuerste Mutter, rief die Marquise, und neigte sich voll froher Rührung zu ihr herab und wollte sie aufheben. Jene versetzte darauf: nein, eher nicht von deinen Füßen weich ich, bis du mir sagst, ob du mir die Niedrigkeit meines Verhaltens, du Herrliche, Überirdische, verzeihen kannst. Ich Ihnen verzeihen, meine Mutter! Stehen Sie auf, rief die Marquise, ich beschwöre Sie – Du hörst, sagte Frau von G..., ich will wissen, ob du mich noch lieben, und so aufrichtig verehren kannst, als sonst? Meine angebetete Mutter! rief die Marquise, und legte sich gleichfalls auf Knien vor ihr nieder; Ehrfurcht und Liebe sind nie aus meinem Herzen gewichen. Wer konnte mir, unter so unerhörten Umständen, Vertrauen schenken? Wie glücklich bin ich, dass Sie von meiner Unsträflichkeit überzeugt sind! Nun denn, versetzte Frau von G..., indem sie, von ihrer Tochter unterstützt, aufstand: so will ich dich auf Händen tragen, mein liebstes Kind. Du sollst bei mir dein Wochenlager halten, und wären die Verhältnisse so, dass ich einen jungen Fürsten von dir erwartete, mit größerer Zärtlichkeit nicht und Würdigkeit könnt ich dich pflegen. Die Tage meines Lebens nicht mehr von deiner Seite weich ich. Ich biete der ganzen Welt Trotz; ich will keine andre Ehre mehr, als deine Schande, wenn du mir nur wieder gut wirst und der Härte nicht, mit welcher ich dich verstieß, mehr gedenkst. Die Marquise suchte sie mit Liebkosungen und Beschwörungen ohne Ende zu trösten; doch der Abend kam heran, und Mitternacht schlug, ehe es ihr gelang. Am folgenden Tag, da sich der Affekt der alten Dame, der ihr während der Nacht eine Fieberhitze zugezogen hatte, ein wenig gelegt hatte, fuhren Mutter und Tochter und Enkel, wie im Triumph, wieder nach M... zurück. Sie waren äußerst vergnügt auf der Reise, scherzten über Leopardo, den Jäger, der vorn auf dem Bock saß, und die Mutter sagte zur Marquise, sie bemerke, dass sie rot würde, sooft sie seinen breiten Rücken ansähe. Die Marquise antwortete, mit einer Regung, die halb ein Seufzer, halb ein Lächeln war: wer weiß, wer zuletzt noch am

Dritten 11 Uhr morgens bei uns erscheint! – Drauf, je mehr man sich M... näherte, je ernsthafter stimmten sich wieder die Gemüter, in der Vorahnung entscheidender Auftritte, die ihnen noch bevorstanden. Frau von G..., die sich von ihren Plänen nichts merken ließ, führte ihre Tochter, da sie vor dem Hause ausgestiegen waren, wieder in ihre alten Zimmer ein, sagte, sie möchte es sich nur bequem machen, sie würde gleich wieder bei ihr sein, und schlüpfte ab. Nach einer Stunde kam sie mit einem ganz erhitzten Gesicht wieder. Nein, solch ein Thomas! sprach sie mit heimlich vergnügter Seele, solch ein ungläubiger Thomas! Hab ich nicht eine Seigerstunde gebraucht, ihn zu überzeugen. Aber nun sitzt er und weint. Wer? fragte die Marquise. Er, antwortete die Mutter. Wer sonst, als wer die größte Ursache dazu hat. Der Vater doch nicht? rief die Marquise. Wie ein Kind, erwiderte die Mutter, dass ich, wenn ich mir nicht selbst hätte die Tränen aus den Augen wischen müssen, gelacht hätte, sowie ich nur aus der Tür heraus war. Und das wegen mir? fragte die Marquise, und stand auf; und ich sollte hier –? Nicht von der Stelle! sagte Frau von G... Warum diktierte er mir den Brief. Hier sucht er dich auf, wenn er mich, solange ich lebe, wiederfinden will. Meine teuerste Mutter, flehte die Marquise – Unerbittlich! fiel ihr die Obristin ins Wort. Warum griff er nach der Pistole. – Aber ich beschwöre Sie – Du sollst nicht, versetzte Frau von G..., indem sie die Tochter wieder auf ihren Sessel niederdrückte. Und wenn er nicht heut vor Abend noch kommt, zieh ich morgen mit dir weiter. Die Marquise nannte dies Verfahren hart und ungerecht. Doch die Mutter erwiderte: Beruhige dich – denn eben hörte sie jemand von weitem heranschluchzen: er kömmt schon! Wo? fragte die Marquise, und horchte. Ist wer hier draußen vor der Tür, dies heftige –? Allerdings, versetzte Frau von G... Er will, dass wir ihm die Türe öffnen. Lassen Sie mich! rief die Marquise, und riss sich vom Stuhl empor. Doch: wenn du mir gut bist, Julietta, versetzte die Obristin, so bleib; und in dem Augenblick trat auch der Kommandant schon, das Tuch vor das Gesicht haltend, ein. Die Mutter stellte sich breit vor ihre Tochter und kehrte ihm den Rücken zu. Mein teuerster Vater! rief die Marquise und streckte ihre Arme nach ihm aus. Nicht von der Stelle, sagte Frau von G..., du hörst! Der Kommandant stand in der Stube und weinte. Er soll dir abbitten, fuhr Frau von G... fort. Warum ist er so heftig! Und warum ist er so hartnäckig! Ich liebe ihn, aber dich auch, ich ehre ihn, aber dich auch. Und muss ich eine Wahl treffen, so bist du vortrefflicher, als er, und ich bleibe bei dir. Der Kommandant beugte sich ganz krumm, und heulte, dass die Wände erschallten. Aber mein Gott! rief die Marquise, gab der Mutter plötzlich nach, und nahm ihr Tuch, ihre eigenen Tränen fließen zu lassen. Frau von G... sagte: – er kann nur nicht sprechen! und wich ein wenig zur Seite aus. Hierauf erhob sich die Marquise, umarmte den Kommandanten, und bat ihn, sich zu beruhigen. Sie weinte selbst heftig. Sie fragte ihn, ob er sich nicht setzen wolle? sie wollte ihn auf einen Sessel niederziehen, sie schob ihm einen Sessel hin, damit er sich darauf setze, doch er antwortete nicht, er war nicht von der Stelle zu bringen, er setzte sich auch nicht und stand bloß, das Gesicht tief zur Erde gebeugt, und weinte. Die Marquise sagte, indem sie ihn aufrecht hielt, halb zur Mutter gewandt: er werde krank werden; die Mutter selbst schien, da er sich ganz konvulsivisch gebärdete, ihre Standhaftigkeit verlieren zu wollen. Doch da der Kommandant sich endlich, auf die wiederholten Aufforderungen der Tochter, niedergesetzt hatte, und diese ihm, mit unendlichen Liebkosungen, zu Füßen gesunken war, so ergriff sie wieder das Wort, sagte, es geschehe ihm ganz recht, er werde nun wohl zur Vernunft kommen, entfernte sich aus dem Zimmer und ließ sie allein.

Sobald sie draußen war, wischte sie sich selbst die Tränen ab, dachte, ob ihm die heftige Erschütterung, in welche sie ihn versetzt hatte, nicht doch gefährlich sein könnte, und ob es wohl ratsam sei, einen Arzt rufen zu lassen? Sie kochte ihm für den Abend alles, was sie nur Stärkendes und Beruhigendes aufzutreiben wusste, in der Küche zusammen, bereitete und wärmte ihm das Bett, um ihn sogleich hineinzulegen, sobald er nur, an der Hand der Tochter, erscheinen würde, und schlich, da er immer noch nicht kam, und schon die Abendtafel gedeckt war, dem Zimmer der Marquise zu, um doch zu hören, was sich zutrage? Sie vernahm, da sie mit sanft an die Tür gelegtem Ohr horchte, ein leises, eben verhallendes Gelispel, das, wie es ihr schien, von der Marquise kam, und, wie sie durchs Schlüsselloch bemerkte, saß sie auch auf des Kommandanten Schoß, was er sonst in seinem Leben nicht zugegeben hatte. Drauf endlich öffnete sie die Tür und sah nun – und das Herz quoll ihr vor Freuden über: die Tochter still, mit zurückgebeugtem Nacken, die Augen fest geschlossen, in des Vaters Armen liegen, indessen dieser, auf dem Lehnstuhl sitzend, lange, heiße und lechzende Küsse, das große Auge voll glänzender Tränen, auf ihren Mund drückte: gerade wie ein Verliebter! Die Tochter sprach nicht, er sprach nicht; mit über sie gebeugtem Antlitz saß er, wie über das Mädchen seiner ersten Liebe, und legte ihr den Mund zurecht und küsste sie. Die Mutter fühlte sich, wie eine Selige; ungesehen, wie sie hinter seinem Stuhle stand, säumte sie, die Lust der himmelfrohen Versöhnung, die ihrem Hause wieder geworden war, zu stören. Sie nahte sich dem Vater endlich und sah ihn, da er eben wieder mit Fingern und Lippen in unsäglicher Lust über den Mund seiner Tochter beschäftigt war, sich um den Stuhl herumbeugend, von der Seite an. Der Kommandant schlug, bei ihrem Anblick, das Gesicht schon wieder ganz kraus nieder, und wollte etwas sagen, doch sie rief: o was für ein Gesicht ist das! küsste es jetzt auch ihrerseits in Ordnung und machte der Rührung durch Scherzen ein Ende. Sie lud und führte beide, die wie Brautleute gingen, zur Abendtafel, an welcher der Kommandant zwar sehr heiter war, aber noch von Zeit zu Zeit schluchzte, wenig aß und sprach, auf den Teller niedersah, und mit der Hand seiner Tochter spielte.

Nun galt es, beim Anbruch des nächsten Tages, der Frage: wer nur, in aller Welt, morgen um 11 Uhr sich zeigen würde, denn morgen war der gefürchtete Dritte. Vater und Mutter und auch der Bruder, der sich mit seiner Versöhnung eingefunden hatte, stimmten unbedingt, falls die Person nur von einiger Erträglichkeit sein würde, für Vermählung; alles, was nur immer möglich war, sollte geschehen, um die Lage der Marquise glücklich zu machen. Sollten die Verhältnisse derselben jedoch so beschaffen sein, dass sie selbst dann, wenn man ihnen durch Begünstigungen zu Hilfe käme, zu weit hinter den Verhältnissen der Marquise zurückblieben, so widersetzten sich die Eltern der Heirat; sie beschlossen, die Marquise nach wie vor bei sich zu behalten, und das Kind zu adoptieren. Die Marquise hingegen schien willens, in jedem Falle, wenn die Person nur nicht ruchlos wäre, ihr gegebenes Wort in

Erfüllung zu bringen, und dem Kinde, es koste, was es wolle, einen Vater zu verschaffen. Am Abend fragte die Mutter, wie es denn mit dem Empfang der Person gehalten werden solle? Der Kommandant meinte, dass es am schicklichsten sein würde, wenn man die Marquise um 11 Uhr allein ließe. Die Marquise hingegen bestand darauf, dass beide Eltern und auch der Bruder gegenwärtig sein möchten, indem sie keine Art des Geheimnisses mit dieser Person zu teilen haben wolle. Auch meinte sie, dass dieser Wunsch sogar in der Antwort derselben, dadurch, dass sie das Haus des Kommandanten zur Zusammenkunft vorgeschlagen, ausgedrückt scheine, ein Umstand, um dessentwillen ihr gerade diese Antwort, wie sie frei gestehen müsse, sehr gefallen habe. Die Mutter bemerkte die Unschicklichkeit der Rollen, die der Vater und der Bruder dabei zu spielen haben würden, bat die Tochter, die Entfernung der Männer zuzulassen, wogegen sie in ihren Wunsch willigen und bei dem Empfang der Person gegenwärtig sein wolle. Nach einer kurzen Besinnung der Tochter ward dieser letzte Vorschlag endlich angenommen. Drauf nun erschien, nach einer, unter den gespanntesten Erwartungen zugebrachten, Nacht der Morgen des gefürchteten Dritten. Als die Glocke elf Uhr schlug, saßen beide Frauen, festlich, wie zur Verlobung angekleidet, im Besuchzimmer; das Herz klopfte ihnen, dass man es gehört haben würde, wenn das Geräusch des Tages geschwiegen hätte. Der elfte Glockenschlag summte noch, als Leopardo, der Jäger, eintrat, den der Vater aus Tirol verschrieben hatte. Die Weiber erblassten bei diesem Anblick. Der Graf F..., sprach er, ist vorgefahren, und lässt sich anmelden. Der Graf F...! riefen beide zugleich, von einer Art der Bestürzung in die andre geworfen. Die Marquise rief: Verschließt die Türen! Wir sind für ihn nicht zu Hause, stand auf, das Zimmer gleich selbst zu verriegeln, und wollte eben den Jäger, der ihr im Wege stand, hinausdrängen, als der Graf schon, in genau demselben Kriegsrock, mit Orden und Waffen, wie er sie bei der Eroberung des Forts getragen hatte, zu ihr eintrat. Die Marquise glaubte vor Verwirrung in die Erde zu sinken; sie griff nach einem Tuch, das sie auf dem Stuhl hatte liegenlassen, und wollte eben in ein Seitenzimmer entfliehn, doch Frau von G..., indem sie die Hand derselben ergriff, rief: Julietta –! und wie erstickt von Gedanken, ging ihr die Sprache aus. Sie heftete die Augen fest auf den Grafen und wiederholte: ich bitte dich, Julietta! indem sie sie nach sich zog: wen erwarten wir denn –? Die Marquise rief, indem sie sich plötzlich wandte: nun? doch ihn nicht –? und schlug mit einem Blick funkelnd, wie ein Wetterstrahl, auf ihn ein, indessen Blässe des Todes ihr Antlitz überflog. Der Graf hatte ein Knie vor ihr gesenkt, die rechte Hand lag auf seinem Herzen, das Haupt sanft auf seine Brust gebeugt, lag er und blickte hochglühend vor sich nieder und schwieg. Wen sonst, rief die Obristin mit beklemmter Stimme, wen sonst, wir Sinnberaubten, als ihn –? Die Marquise stand starr über ihm und sagte: ich werde wahnsinnig werden, meine Mutter! Du Törin, erwiderte die Mutter, zog sie zu sich und flüsterte ihr etwas in das Ohr. Die Marquise wandte sich und stürzte, beide Hände vor dem Gesicht, auf das Sofa nieder. Die Mutter rief: Unglückliche! Was fehlt dir? Was ist geschehn, worauf du nicht vorbereitet warst? – Der Graf wich nicht von der Seite der Obristin, er fasste, immer noch auf seinen Knien liegend, den äußersten Saum ihres Kleides, und küsste ihn. Liebe! Gnädige! Verehrungswürdigste! flüsterte er: eine Träne rollte ihm die Wangen herab. Die Obristin sagte: stehn Sie auf, Herr Graf stehn Sie auf! Trösten Sie jene, so sind wir alle versöhnt, so ist alles vergeben und vergessen. Der Graf erhob sich weinend. Er ließ sich von neuem vor der Marquise nieder, er fasste leise ihre Hand, als ob sie von Gold wäre, und der Duft der seinigen sie trüben könnte. Doch diese –: gehn Sie! gehn Sie! gehn Sie! rief sie, indem sie aufstand; auf einen Lasterhaften war ich gefasst, aber auf keinen – – – Teufel! öffnete, indem sie ihm dabei, gleich einem Pestvergifteten, auswich, die Tür des Zimmers, und sagte: ruft den Obristen! Julietta! rief die Obristin mit Erstaunen. Die Marquise blickte, mit tötender Wildheit, bald auf den Grafen, bald auf die Mutter, ihre Brust flog, ihr Antlitz loderte: eine Furie blickt nicht schrecklicher. Der Obrist und der Forstmeister kamen. Diesem Mann, Vater, sprach sie, als jene noch unter dem Eingang waren, kann ich mich nicht vermählen! griff in ein Gefäß mit Weihwasser, das an der hinteren Tür befestigt war, besprengte, in einem großen Wurf, Vater und Mutter und Bruder damit, und verschwand.

Der Kommandant, von dieser seltsamen Erscheinung betroffen, fragte, was vorgefallen sei, und erblasste, da er, in diesem entscheidenden Augenblick, den Grafen F... im Zimmer erblickte. Die Mutter nahm den Grafen bei der Hand und sagte: frage nicht, dieser junge Mann bereut von Herzen alles, was geschehen ist, gib deinen Segen, gib, gib: so wird alles noch glücklich enden. Der Graf stand wie vernichtet. Der Kommandant legte seine Hand auf ihn, seine Augenwimpern zuckten, seine Lippen waren weiß, wie Kreide. Möge der Fluch des Himmels von diesen Scheiteln weichen! rief er: wann gedenken Sie zu heiraten? – Morgen, antwortete die Mutter für ihn, denn er konnte kein Wort hervorbringen, morgen oder heute, wie du willst; dem Herrn Grafen, der so viel schöne Beeiferung gezeigt hat, sein Vergehen wiedergutzumachen, wird immer die nächste Stunde die liebste sein. – So habe ich das Vergnügen, Sie morgen um 11 Uhr in der Augustinerkirche zu finden! sagte der Kommandant, verneigte sich gegen ihn, rief Frau und Sohn ab, um sich in das Zimmer der Marquise zu verfügen, und ließ ihn stehen.

Man bemühte sich vergebens, von der Marquise den Grund ihres sonderbaren Betragens zu erfahren; sie lag im heftigsten Fieber, wollte durchaus von Vermählung nichts wissen und bat, sie allein zu lassen. Auf die Frage: warum sie denn ihren Entschluss plötzlich geändert habe? und was ihr den Grafen verhasster mache, als einen andern? sah sie den Vater mit großen Augen zerstreut an, und antwortete nichts. Die Obristin sprach: ob sie vergessen habe, dass sie Mutter sei? worauf sie erwiderte, dass sie, in diesem Falle, mehr an sich, als ihr Kind, denken müsse, und nochmals, indem sie alle Engel und Heiligen zu Zeugen anrief, versicherte, dass sie nicht heiraten würde. Der Vater, der sie offenbar in einem überreizten Gemütszustande sah, erklärte, dass sie ihr Wort halten müsse, verließ sie, und ordnete alles, nach gehöriger schriftlicher Rücksprache mit dem Grafen, zur Vermählung an. Er legte demselben einen Heiratskontrakt vor, in welchem dieser auf alle Rechte eines Gemahls Verzicht tat, dagegen sich zu allen Pflichten, die man von ihm fordern würde, verstehen sollte. Der Graf sandte das Blatt, ganz von Tränen durchfeuchtet, mit seiner Unterschrift zurück. Als der Kommandant am andern Morgen der Marquise dieses Papier überreichte, hatten sich ihre Geister ein wenig beruhigt. Sie durchlas es, noch im Bette sitzend, mehrere Male, legte es sinnend zusammen, öffnete es, und las es wieder und erklärte hierauf, dass sie sich um 11 Uhr in der Augustinerkirche einfinden würde. Sie stand auf, zog sich, ohne ein Wort zu sprechen, an, stieg, als die Glocke schlug, mit allen Ihrigen in den Wagen, und fuhr dahin ab.

Erst am Portal der Kirche war es dem Grafen erlaubt, sich der Familie anzuschließen. Die Marquise sah, während der Feierlichkeit, starr auf das Altarbild; nicht ein flüchtiger Blick ward dem Manne zuteil, mit welchem sie die Ringe wechselte. Der Graf bot ihr, als die Trauung vorüber war, den Arm; doch sobald sie wieder aus der Kirche heraus waren, verneigte sich die Gräfin vor ihm. Der Kommandant fragte, ob er die Ehre haben würde, ihn zuweilen in den Gemächern seiner Tochter zu sehen, worauf der Graf etwas stammelte, das niemand verstand, den Hut vor der Gesellschaft abnahm, und verschwand. Er bezog eine Wohnung in M..., in welcher er mehrere Monate zubrachte, ohne auch nur den Fuß in des Kommandanten Haus zu setzen, bei welchem die Gräfin zurückgeblieben war. Nur seinem zarten, würdigen und völlig musterhaften Betragen überall, wo er mit der Familie in irgendeine Berührung kam, hatte er es zu verdanken, dass er, nach der nunmehr erfolgten Entbindung der Gräfin von einem jungen Sohne, zur Taufe desselben eingeladen ward. Die Gräfin, die, mit Teppichen bedeckt, auf dem Wochenbette saß, sah ihn nur auf einen Augenblick, da er unter die Tür trat, und sie von weitem ehrfurchtsvoll grüßte. Er warf unter den Geschenken, womit die Gäste den Neugebornen bewillkommten, zwei Papiere auf die Wiege desselben, deren eines, wie sich nach seiner Entfernung auswies, eine Schenkung von 20 000 Rubel an den Knaben, und das andere ein Testament war, in dem er die Mutter, falls er stürbe, zur Erbin seines ganzen Vermögens einsetzte. Von diesem Tag an ward er, auf Veranstaltung der Frau von G..., öfter eingeladen; das Haus stand seinem Zutritt offen, es verging bald kein Abend, da er sich nicht darin gezeigt hätte. Er fing, da sein Gefühl ihm sagte, dass ihm von allen Seiten, um der gebrechlichen Einrichtung der Welt willen, verziehen sei, seine Bewerbung um die Gräfin, seine Gemahlin, von neuem an, erhielt, nach Verlauf eines Jahres, ein zweites Jawort von ihr, und auch eine zweite Hochzeit ward gefeiert, froher, als die erste, nach deren Abschluss die ganze Familie nach V... hinauszog. Eine ganze Reihe von jungen Russen folgte jetzt noch dem ersten, und da der Graf, in einer glücklichen Stunde, seine Frau einst fragte, warum sie, an jenem fürchterlichen Dritten, da sie auf jeden Lasterhaften gefasst schien, vor ihm, gleich einem Teufel, geflohen wäre, antwortete sie, indem sie ihm um den Hals fiel: er würde ihr damals nicht wie ein Teufel erschienen sein, wenn er ihr nicht, bei seiner ersten Erscheinung, wie ein Engel vorgekommen wäre.

Das Erdbeben in Chili

In St. Jago, der Hauptstadt des Königreichs Chili, stand gerade in dem Augenblicke der großen Erderschütterung des Jahres 1647, bei welcher viele tausend Menschen ihren Untergang fanden, ein junger, wegen eines Verbrechens angeklagter Spanier, namens Jeronimo Rugera, an einem Pfeiler des Gefängnisses, in welches man ihn eingesperrt hatte, und wollte sich erhängen.

Don Henrico Asteron, einer der reichsten Edelleute der Stadt, hatte ihn ungefähr ein Jahr zuvor aus seinem Hause, wo er als Lehrer angestellt war, entfernt, weil er sich mit Donna Josepha, seiner einzigen Tochter, in einem zärtlichen Einverständnis befunden hatte. Eine geheime Bestellung, die dem alten Don, nachdem er die Tochter nachdrücklich gewarnt hatte, durch die hämische Aufmerksamkeit seines stolzen Sohnes verraten worden war, entrüstete ihn dergestalt, dass er sie in dem Karmeliterkloster unsrer lieben Frauen vom Berge daselbst unterbrachte. Durch einen glücklichen Zufall hatte Jeronimo hier die Verbindung von neuem anzuknüpfen vermocht und in einer verschwiegenen Nacht den Klostergarten zum Schauplatz seines vollen Glückes gemacht. Es war am Fronleichnamsfest, und die feierliche Prozession der Nonnen, welchen die Novizen folgten, nahm eben ihren Anfang, als die unglückliche Josepha, bei dem Klang der Glocken, in Mutterwehen auf den Stufen der Kathedrale niedersank. Dieser Vorfall machte außerordentliches Aufsehn. Man brachte die junge Sünderin, ohne Rücksicht auf ihren Zustand, sogleich in ein Gefängnis, und kaum war sie aus den Wochen erstanden, als ihr schon, auf Befehl des Erzbischofs, der schärfste Prozess gemacht ward. Man sprach in der Stadt mit einer so großen Erbitterung von diesem Skandal, und die Zungen fielen so scharf über das ganze Kloster her, in welchem er sich zugetragen hatte, dass weder die Fürbitte der Familie Asteron, noch auch sogar der Wunsch der Äbtissin selbst, welche das junge Mädchen wegen ihres sonst untadeligen Betragens liebgewonnen hatte, die Strenge, mit welcher das klösterliche Gesetz sie bedrohte, mildern konnte. Alles, was geschehen konnte, war, dass der Feuertod, zu dem sie verurteilt wurde, zur großen Entrüstung der Matronen und Jungfrauen von St. Jago, durch einen Machtspruch des Vizekönigs, in eine Enthauptung verwandelt ward. Man vermietete in den Straßen, durch welche der Hinrichtungszug gehen sollte, die Fenster, man trug die Dächer der Häuser ab, und die frommen Töchter der Stadt luden ihre Freundinnen ein, um dem Schauspiel, das der göttlichen Rache gegeben wurde, an ihrer schwesterlichen Seite beizuwohnen. Jeronimo, der inzwischen auch in ein Gefängnis gesetzt worden war, wollte die Besinnung verlieren, als er diese ungeheure Wendung der Dinge erfuhr. Vergebens sann er auf Rettung: überall, wohin ihn auch der Fittich der vermessensten Gedanken trug, stieß er auf Riegel und Mauern, und ein Versuch, die Gitterfenster zu durchfeilen, zog ihm, da er entdeckt ward, eine nur noch festere Einsperrung zu. Er warf sich vor dem Bildnis der heiligen Mutter Gottes nieder und betete mit unendlicher Inbrunst zu ihr, als der einzigen, von der ihm jetzt noch Rettung kommen könnte. Doch der gefürchtete Tag erschien, und mit ihm in seiner Brust die Überzeugung von der völligen Hoffnungslosigkeit seiner Lage. Die Glocken, welche Josephen zum Richtplatz begleiteten, ertönten, und Verzweiflung bemächtigte sich seiner Seele. Das Leben schien ihm verhasst, und er beschloss, sich durch einen Strick, den ihm der Zufall gelassen hatte, den Tod zu geben. Eben stand er, wie schon gesagt, an einem Wandpfeiler, und befestigte den Strick, der ihn dieser jammervollen Welt entreißen sollte, an eine Eisenklammer, die an dem Gesims derselben eingefügt war; als plötzlich der größte Teil der Stadt, mit einem Gekrache, als ob das Firmament einstürzte, versank, und alles, was Leben atmete, unter seinen Trümmern begrub. Jeronimo Rugera war starr vor Entsetzen; und gleich als ob sein ganzes Bewusstsein zerschmettert worden wäre, hielt er sich jetzt an dem Pfeiler, an welchem er hatte sterben wollen, um nicht umzufallen. Der Boden wankte unter seinen Füßen, alle Wände des Gefängnisses rissen, der ganze Bau neigte sich, nach der Straße zu einzustürzen, und nur der, seinem langsamen Fall begegnende, Fall des gegenüberstehenden Gebäudes verhinderte, durch eine zufällige Wölbung, die gänzliche Zubodenstreckung desselben. Zitternd, mit gesträubten Haaren, und Knien, die unter ihm brechen wollten, glitt Jeronimo über den schiefgesenkten Fußboden hinweg, der Öffnung zu, die der Zusammenschlag beider Häuser in die vordere Wand des Gefängnisses eingerissen hatte. Kaum befand er sich im Freien, als die ganze, schon erschütterte Straße auf eine zweite Bewegung der Erde völlig zusammenfiel. Besinnungslos, wie er sich aus diesem allgemeinen Verderben retten könnte, eilte er, über Schutt und Gebälk hinweg, indessen der Tod von allen Seiten Angriffe auf ihn machte, zu einem der nächsten Tore der Stadt. Hier stürzte noch ein Haus zusammen und jagte ihn, die Trümmer weit umherschleudernd, in eine Nebenstraße; hier leckte die Flamme schon, in Dampfwolken blitzend, aus allen Giebeln, und trieb ihn schreckensvoll in eine andere; hier wälzte sich, aus seinem Gestade gehoben, der Mapochofluss zu ihm heran und riss ihn brüllend in eine dritte. Hier lag ein Haufen Erschlagener, hier ächzte noch eine Stimme unter dem Schutt, hier schrien Leute von brennenden Dächern herab, hier kämpften Menschen und Tiere mit den Wellen, hier war ein mutiger Retter bemüht, zu helfen, hier stand ein anderer, bleich wie der Tod, und streckte sprachlos zitternde Hände zum Himmel. Als Jeronimo das Tor erreicht und einen Hügel jenseits desselben bestiegen hatte, sank er ohnmächtig auf demselben nieder. Er mochte wohl eine Viertelstunde in der tiefsten Bewusstlosigkeit gelegen haben, als er endlich wieder erwachte, und sich, mit zur Stadt gekehrtem Rücken, halb auf dem Erdboden erhob. Er befühlte Stirn und Brust, nicht wissend, was er aus seinem Zustande machen sollte, und ein unsägliches Wonnegefühl ergriff ihn, als ein Westwind, vom Meer her, sein wiederkehrendes Leben anwehte, und sein Auge sich nach allen Richtungen über die blühende Gegend von St. Jago hinwandte. Nur die verstörten Menschenhaufen, die sich überall blicken ließen, bekümmerten sein Herz; er begriff nicht, was ihn und sie hierhergeführt haben konnte, und erst, da er sich umkehrte, und die Stadt hinter sich versunken sah, erinnerte er sich des schrecklichen Augenblicks, den er erlebt hatte. Er senkte sich so tief, dass seine Stirn den Boden berührte, Gott für seine wunderbare Errettung zu danken; und gleich, als ob der eine entsetzliche Eindruck, der sich seinem Gemüt eingeprägt hatte, alle früheren daraus verdrängt hätte, weinte er vor Lust, dass sich des lieblichen Lebens, voll bunter Erscheinungen, noch erfreue. Drauf, als er eines Ringes an seiner Hand gewahrte, erinnerte er sich plötzlich auch Josephens; und mit ihr seines Gefängnisses, der Glocken, die er dort gehört hatte, und des Augenblicks, der dem Einsturz desselben vorangegangen war. Tiefe Schwermut erfüllte wieder seine Brust, sein Gebet fing ihn zu reuen an und fürchterlich schien ihm das Wesen, das über den Wolken waltet. Er mischte sich unter das Volk, das überall, mit Rettung des Eigentums beschäftigt, aus den Toren stürzte, und wagte schüchtern nach der Tochter Asterons, und ob die Hinrichtung an ihr vollzogen worden sei, zu fragen; doch niemand war, der ihm umständliche Auskunft gab. Eine Frau, die auf einem fast zur Erde gedrückten Nacken eine ungeheure Last von Gerätschaften und zwei Kinder, an der Brust hängend, trug, sagte im Vorbeigehen, als ob sie es selbst angesehen hätte: dass sie enthauptet worden sei. Jeronimo kehrte um, und da er, wenn er die Zeit berechnete, selbst an ihrer Vollendung nicht zweifeln konnte, so setzte er sich in einem einsamen Walde nieder und überließ sich seinem vollen Schmerz. Er wünschte, dass die zerstörende Gewalt der Natur von neuem über ihn hereinbrechen möchte. Er begriff nicht, warum er dem Tod, den seine jammervolle Seele suchte, in jenen Augenblicken, da er ihm freiwillig von allen Seiten rettend erschien, entflohen sei. Er nahm sich fest vor, nicht zu wanken, wenn auch jetzt die Eichen entwurzelt würden, und ihre Wipfel über ihm zusammenstürzen sollten. Darauf nun, da er sich ausgeweint hatte, und ihm, mitten unter den heißesten Tränen, die Hoffnung wieder aufgekeimt war, erhob er sich und durchstreifte nach allen Richtungen das Feld. Jeden Berggipfel, auf dem sich die Menschen versammelt hatten, besuchte er, auf allen Wegen, wo sich der Strom der Flucht noch bewegte, begegnete er ihnen, wo nur irgend ein weibliches Gewand im Winde flatterte, da trug ihn sein zitternder Fuß hin: doch keines deckte die geliebte Tochter Asterons. Die Sonne neigte sich, und mit ihr seine Hoffnung schon wieder zum Untergange, als er den Rand eines Felsens betrat, und sich ihm die Aussicht in ein weites, nur von wenig Menschen besuchtes Tal eröffnete. Er durchlief, unschlüssig, was er tun sollte, die einzelnen Gruppen derselben und wollte sich schon wieder wenden, als er plötzlich an einer Quelle, die die Schlucht bewässerte, ein junges Weib erblickte, beschäftigt, ein Kind in seinen Fluten zu reinigen. Und das Herz hüpfte ihm bei diesem Anblick: er sprang voll Ahnung über das Gestein herab und rief: O Mutter Gottes, du Heilige! und erkannte Josephen, als sie sich bei dem Geräusch schüchtern umsah. Mit welcher Seligkeit umarmten sie sich, die Unglücklichen, die ein Wunder des Himmels gerettet hatte! Josepha war, auf ihrem Gang zum Tode, dem Richtplatz schon ganz nahe gewesen, als durch den krachenden Einsturz der Gebäude plötzlich der ganze Hinrichtungszug auseinandergesprengt ward. Ihre ersten entsetzensvollen Schritte trugen sie hierauf dem nächsten Tore zu, doch die Besinnung kehrte ihr bald wieder, und sie wandte sich, um zum Kloster zu eilen, wo ihr kleiner, hilfloser Knabe zurückgeblieben war. Sie fand das ganze Kloster schon in Flammen, und die Äbtissin, die ihr in jenen Augenblicken, die ihre letzten sein sollten, Sorge für den Säugling angelobt hatte, schrie eben, vor den Pforten stehend, nach Hilfe, um ihn zu retten. Josepha stürzte sich, unerschrocken durch den Dampf, der ihr entgegenqualmte, in das von allen Seiten schon zusammenfallende Gebäude, und gleich, als ob alle Engel des Himmels sie beschützten, trat sie mit ihm unverletzt wieder aus dem Portal hervor.

Sie wollte der Äbtissin, welche die Hände über ihrem Haupt zusammenschlug, eben in die Arme sinken, als diese, mit fast allen ihren Klosterfrauen, von einem herabfallenden Giebel des Hauses, auf eine schmähliche Art erschlagen ward. Josepha bebte bei diesem entsetzlichen Anblick zurück; sie drückte der Äbtissin flüchtig die Augen zu und floh, ganz von Schrecken erfüllt, den teuern Knaben, den ihr der Himmel wiedergeschenkt hatte, dem Verderben zu entreißen. Sie hatte noch wenig Schritte getan, als ihr auch schon die Leiche des Erzbischofs begegnete, die man soeben zerschmettert aus dem Schutt der Kathedrale hervorgezogen hatte. Der Palast des Vizekönigs war versunken, der Gerichtshof, in welchem ihr das Urteil gesprochen worden war, stand in Flammen, und an die Stelle, wo sich ihr väterliches Haus befunden hatte, war ein See getreten und kochte rötliche Dämpfe aus. Josepha raffte alle ihre Kräfte zusammen, sich zu halten. Sie schritt, den Jammer aus ihrer Brust entfernend, mutig mit ihrer Beute von Straße zu Straße, und war schon dem Tor nahe, als sie auch das Gefängnis, in welchem Jeronimo geseufzt hatte, in Trümmern sah. Bei diesem Anblicke wankte sie und wollte besinnungslos an einer Ecke niedersinken, doch in demselben Augenblick jagte sie der Sturz eines Gebäudes hinter ihr, das die Erschütterungen schon ganz aufgelöst hatten, vom Entsetzen getrieben, wieder auf, küsste das Kind, drückte sich die Tränen aus den Augen und erreichte, nicht mehr auf die Gräuel, die sie umringten, achtend, das Tor. Als sie sich im Freien sah, schloss sie bald, dass nicht jeder, der ein zertrümmertes Gebäude bewohnt hatte, unter ihm notwendig müsse zerschmettert worden sein. An dem nächsten Scheidewege stand sie still und harrte, ob nicht einer, der ihr, nach dem kleinen Philipp, der liebste auf der Welt war, noch erscheinen würde. Sie ging, weil niemand kam, und das Gewühl der Menschen anwuchs, weiter und kehrte wieder um und harrte wieder und schlich, viele Tränen vergießend, in ein dunkles, von Pinien beschattetes Tal, um seiner Seele, die sie entflohen glaubte, nachzubeten, und fand ihn hier, diesen Geliebten, im Tale, und Seligkeit, als ob es das Tal von Eden gewesen wäre. Dies alles erzählte sie jetzt voll Rührung dem Jeronimo, und reichte ihm, da sie geendigt hatte, den Knaben zum Küssen dar. – Jeronimo nahm ihn und hätschelte ihn in unsäglicher Vaterfreude und verschloss ihm, da er das fremde Antlitz anweinte, mit Liebkosungen ohne Ende den Mund. Indessen war die schönste Nacht herabgestiegen, voll wundermilden Duftes, so silberglänzend und still, wie nur ein Dichter davon träumen mag. Überall, längs der Talquelle, hatten sich, im Schimmer des Mondscheins, Menschen niedergelassen und bereiteten sich sanfte Lager mit Moos und Laub, um von einem so qualvollen Tage auszuruhen. Und weil die Armen immer noch jammerten; dieser, dass er sein Haus, jener, dass er Weib und Kind und der dritte, dass er alles verloren habe, so schlichen Jeronimo und Josepha in ein dichteres Gebüsch, um durch das heimliche Gejauchz ihrer Seelen niemand zu betrüben. Sie fanden einen prachtvollen Granatapfelbaum, der seine Zweige, voll duftender Früchte, weit ausbreitete, und die Nachtigall flötete im Wipfel ihr wollüstiges Lied. Hier ließ sich Jeronimo am Stamm nieder, und Josepha in seinem, Philipp in Josephens Schoß, saßen sie, von seinem Mantel bedeckt, und ruhten. Der Baumschatten zog, mit seinen verstreuten Lichtern, über sie hinweg, und der Mond erblasste schon wieder vor der Morgenröte, ehe sie einschliefen.

Denn Unendliches hatten sie zu schwatzen vom Klostergarten und den Gefängnissen, und was sie umeinander gelitten hätten, und waren sehr gerührt, wenn sie dachten, wie viel Elend über die Welt kommen musste, damit sie glücklich würden! Sie beschlossen, sobald die Erderschütterungen aufgehört hätten, nach La Concepción zu gehen, wo Josepha eine vertraute Freundin hatte, sich mit einem kleinen Vorschuss, den sie von ihr zu erhalten hoffte, von dort nach Spanien einzuschiffen, wo Jeronimos mütterliche Verwandten wohnten, und daselbst ihr glückliches Leben zu beschließen. Hierauf, unter vielen Küssen, schliefen sie ein.

Als sie erwachten, stand die Sonne schon hoch am Himmel, und sie bemerkten in ihrer Nähe mehrere Familien, beschäftigt, sich am Feuer ein kleines Morgenbrot zu bereiten. Jeronimo dachte eben auch, wie er Nahrung für die Seinigen herbeischaffen sollte, als ein junger wohlgekleideter Mann, mit einem Kind auf dem Arm, zu Josephen trat, und sie mit Bescheidenheit fragte: ob sie diesem armen Wurme, dessen Mutter dort unter den Bäumen verletzt liege, nicht auf kurze Zeit ihre Brust reichen wolle? Josepha war ein wenig verwirrt, als sie in ihm einen Bekannten erblickte; doch da er, indem er ihre Verwirrung falsch deutete, fortfuhr: es ist nur für wenige Augenblicke, Donna Josepha, und dieses Kind hat, seit jener Stunde, die uns alle unglücklich gemacht hat, nichts genossen, so sagte sie: »ich schwieg – aus einem andern Grunde, Don Fernando, in diesen schrecklichen Zeiten weigert sich niemand, von dem, was er besitzen mag, abzugeben«: und nahm den kleinen Fremdling, indem sie ihr eigenes Kind dem Vater gab, und legte ihn an ihre Brust. Don Fernando war sehr dankbar für diese Güte und fragte: ob sie sich nicht mit ihm zu jener Gesellschaft verfügen wollten, wo eben jetzt beim Feuer ein kleines Frühstück bereitet werde? Josepha antwortete, dass sie dies Anerbieten mit Vergnügen annehmen würde, und folgte ihm, da auch Jeronimo nichts einzuwenden hatte, zu seiner Familie, wo sie auf das innigste und zärtlichste von Don Fernandos beiden Schwägerinnen, die sie als sehr würdige junge Damen kannte, empfangen ward. Donna Elvire, Don Fernandos Gemahlin, welche schwer an den Füßen verwundet auf der Erde lag, zog Josephen, da sie ihren abgehärmten Knaben an der Brust derselben sah, mit vieler Freundlichkeit zu sich nieder. Auch Don Pedro, sein Schwiegervater, der an der Schulter verwundet war, nickte ihr liebreich zu. – In Jeronimos und Josephens Brust regten sich Gedanken von seltsamer Art. Wenn sie sich mit so vieler Vertraulichkeit und Güte behandelt sahen, so wussten sie nicht, was sie von der Vergangenheit denken sollten, vom Richtplatz, vom Gefängnis und der Glocke, und ob sie bloß davon geträumt hätten? Es war, als ob die Gemüter, seit dem fürchterlichen Schlage, der sie durchdröhnt hatte, alle versöhnt wären. Sie konnten in der Erinnerung gar nicht weiter, als bis auf ihn, zurückgehen. Nur Donna Elisabeth, welche bei einer Freundin, zum Schauspiel des gestrigen Morgens, eingeladen worden war, die Einladung aber nicht angenommen hatte, ruhte zuweilen mit träumerischem Blick auf Josephen, doch der Bericht, der über irgendein neues grässliches Unglück erstattet ward, riss ihre, der Gegenwart kaum entflohene Seele schon wieder in dieselbe zurück. Man erzählte, wie die Stadt gleich nach der ersten Haupterschütterung von Weibern ganz voll gewesen, die vor den Augen aller Männer niedergekommen seien, wie die Mönche darin, mit dem Kruzifix in der Hand, umhergelaufen wären und geschrien hätten, das Ende der Welt sei da! wie man einer Wache, die auf Befehl des Vizekönigs verlangte, eine Kirche zu räumen, geantwortet hätte, es gäbe keinen Vizekönig von Chili mehr! wie der Vizekönig in den schrecklichsten Augenblicken hätte müssen Galgen aufrichten lassen, um der Dieberei Einhalt zu tun, und wie ein Unschuldiger, der sich von hinten durch ein brennendes Haus gerettet, von dem Besitzer aus Übereilung ergriffen, und sogleich auch aufgeknüpft worden wäre. Donna Elvira, mit deren Verletzungen Josepha sehr beschäftigt war, hatte in einem Augenblick, da gerade die Erzählungen sich am lebhaftesten kreuzten, Gelegenheit genommen, sie zu fragen: wie es denn ihr an diesem fürchterlichen Tag ergangen sei? Und da Josepha ihr, mit beklemmtem Herzen, einige Hauptzüge davon angab, so ward ihr die Wollust, Tränen in die Augen dieser Dame treten zu sehen. Donna Elvira ergriff ihre Hand und drückte sie und winkte ihr, zu schweigen. Josepha dünkte sich unter den Seligen. Ein Gefühl, das sie nicht unterdrücken konnte, nannte den verflossnen Tag, soviel Elend er auch über die Welt gebracht hatte, eine Wohltat, wie der Himmel noch keine über sie verhängt hatte. Und in der Tat schien, mitten in diesen grässlichen Augenblicken, in welchen alle irdischen Güter der Menschen zugrunde gingen, und die ganze Natur verschüttet zu werden drohte, der menschliche Geist selbst, wie eine schöne Blume, aufzugehn. Auf den Feldern, so weit das Auge reichte, sah man Menschen aller Stände durcheinander liegen, Fürsten und Bettler, Matronen und Bäuerinnen, Staatsbeamte und Tagelöhner, Klosterherren und Klosterfrauen: einander bemitleiden, sich wechselseitig Hilfe reichen, von dem, was sie zur Erhaltung ihres Lebens gerettet haben mochten, freudig zu geben, als ob das allgemeine Unglück alles, was ihm entronnen war, zu einer Familie gemacht hätte. Statt der nichtssagenden Unterhaltungen, zu welchen sonst die Welt an den Teetischen den Stoff hergegeben hatte, erzählte man jetzt Beispiele ungeheurer Taten: Menschen, die man sonst in der Gesellschaft kaum geachtet hatte, hatten Römergröße gezeigt; Beispiele zu Haufen von Unerschrockenheit, von freudiger Verachtung der Gefahr, von Selbstverleugnung und göttlicher Aufopferung, von ungesäumter Wegwerfung des Lebens, als ob es, dem nichtswürdigsten Gute gleich, auf dem nächsten Schritte schon wiedergefunden würde. Ja, da nicht einer war, für den nicht an diesem Tage etwas Rührendes geschehen wäre, oder der nicht selbst etwas Großmütiges getan hätte, so war der Schmerz in jeder Menschenbrust mit so viel süßer Lust vermischt, dass sich, wie sie meinte, gar nicht angeben ließ, ob die Summe des allgemeinen Wohlseins nicht von der einen Seite um ebensoviel gewachsen war, als sie von der anderen abgenommen hatte. Jeronimo nahm Josephen, nachdem sich beide in diesen Betrachtungen stillschweigend erschöpft hatten, beim Arm, und führte sie mit unaussprechlicher Heiterkeit unter den schattigen Lauben des Granatwaldes hin und her. Er sagte ihr, dass er, bei dieser Stimmung der Gemüter und dem Umsturz aller Verhältnisse, seinen Entschluss, sich nach Europa einzuschiffen, aufgebe, dass er vor dem Vizekönig, der sich seiner Sache immer günstig gezeigt, falls er noch am Leben sei, einen Fußfall wagen würde, und dass er Hoffnung habe (wobei er ihr einen Kuss aufdrückte), mit ihr in Chili zu bleiben. Josepha antwortete, dass ähnliche Gedanken in ihr aufgestiegen wären, dass auch sie nicht mehr, falls ihr Vater nur noch am Leben sei, ihn zu versöhnen zweifle, dass sie aber statt des Fußfalles lieber nach La Concepción zu gehen, und von dort aus schriftlich das Versöhnungsgeschäft mit dem Vizekönig zu betreiben rate, wo man auf jeden Fall in der Nähe des Hafens wäre, und für den besten, wenn das Geschäft die erwünschte Wendung nähme, ja leicht wieder nach St. Jago zurückkehren könnte. Nach einer kurzen Überlegung gab Jeronimo der Klugheit dieser Maßregel seinen Beifall, führte sie noch ein wenig, die heitern Momente der Zukunft überfliegend, in den Gängen umher, und kehrte dann mit ihr zur Gesellschaft zurück.

Inzwischen war der Nachmittag herangekommen, und die Gemüter der herumschwärmenden Flüchtlinge hatten sich, da die Erdstöße nachließen, nur kaum wieder ein wenig beruhigt, als sich schon die Nachricht verbreitete, dass in der Dominikanerkirche, der einzigen, welche das Erdbeben verschont hatte, eine feierliche Messe von dem Prälaten des Klosters selbst gelesen werden würde, den Himmel um Verhütung ferneren Unglücks anzuflehen. Das Volk brach schon aus allen Gegenden auf und eilte in Strömen zur Stadt. In Don Fernandos Gesellschaft ward die Frage aufgeworfen, ob man nicht auch an dieser Feierlichkeit teilnehmen und sich dem allgemeinen Zuge anschließen solle? Donna Elisabeth erinnerte, mit einiger Beklemmung, was für ein Unheil gestern in der Kirche vorgefallen sei, dass solche Dankfeste ja wiederholt werden würden, und dass man sich der Empfindung alsdann, weil die Gefahr schon mehr vorüber wäre, mit desto größerer Heiterkeit und Ruhe überlassen könnte. Josepha äußerte, indem sie mit einiger Begeisterung sogleich aufstand, dass sie den Drang, ihr Antlitz vor dem Schöpfer in den Staub zu legen, niemals lebhafter empfunden habe, als eben jetzt, wo er seine unbegreifliche und erhabene Macht so entwickle. Donna Elvira erklärte sich mit Lebhaftigkeit für Josephens Meinung. Sie bestand darauf, dass man die Messe hören sollte, und rief Don Fernando auf, die Gesellschaft zu führen, worauf sich alles, Donna Elisabeth auch, von den Sitzen erhob. Da man jedoch letztere, mit heftig arbeitender Brust, die kleinen Anstalten zum Aufbruch zaudernd betreiben sah, und sie, auf die Frage: was ihr fehle? antwortete: sie wisse nicht, welch eine unglückliche Ahnung in ihr sei? so beruhigte sie Donna Elvira und forderte sie auf, bei ihr und ihrem kranken Vater zurückzubleiben. Josepha sagte: so werden Sie mir wohl, Donna Elisabeth, diesen kleinen Liebling abnehmen, der sich schon wieder, wie Sie sehen, bei mir eingefunden hat. Sehr gern, antwortete Donna Elisabeth, und machte Anstalten ihn zu ergreifen; doch da dieser über das Unrecht, das ihm geschah, kläglich schrie und auf keine Art darein willigte, so sagte Josepha lächelnd, dass sie ihn nur behalten wolle, und küsste ihn wieder still. Hierauf bot Don Fernando, dem die ganze Würdigkeit und Anmut ihres Betragens sehr gefiel, ihr den Arm; Jeronimo, welcher den kleinen Philipp trug, führte Donna Constanzen, die übrigen Mitglieder, die sich bei der Gesellschaft eingefunden hatten, folgten, und in dieser Ordnung ging der Zug zur Stadt. Sie waren kaum fünfzig Schritte gegangen, als man Donna Elisabeth welche inzwischen heftig und heimlich mit Donna Elvira gesprochen hatte: Don Fernando! rufen hörte und dem Zuge mit unruhigen Tritten nacheilen sah. Don Fernando hielt und drehte sich um, harrte ihrer, ohne Josephen loszulassen, und fragte, da sie, gleich als ob sie auf sein Entgegenkommen wartete, in einiger Ferne stehenblieb: was sie wolle? Donna Elisabeth näherte sich ihm hierauf, obschon, wie es schien, mit Widerwillen, und raunte ihm, doch so, dass Josepha es nicht hören konnte, einige Worte ins Ohr. Nun? fragte Don Fernando: und das Unglück, das daraus entstehen kann? Donna Elisabeth fuhr fort, ihm mit verstörtem Gesicht ins Ohr zu zischeln. Don Fernando stieg eine Röte des Unwillens ins Gesicht, er antwortete: es wäre gut! Donna Elvira möchte sich beruhigen, und führte seine Dame weiter. – Als sie in der Kirche der Dominikaner ankamen, ließ sich die Orgel schon mit musikalischer Pracht hören, und eine unermessliche Menschenmenge wogte darin. Das Gedränge erstreckte sich bis weit vor den Portalen auf den Vorplatz der Kirche hinaus, und an den Wänden hoch, in den Rahmen der Gemälde, hingen Knaben und hielten mit erwartungsvollen Blicken ihre Mützen in der Hand. Von allen Kronleuchtern strahlte es herab, die Pfeiler warfen, bei der einbrechenden Dämmerung, geheimnisvolle Schatten, die große von gefärbtem Glas gearbeitete Rose in der Kirche äußerstem Hintergrunde glühte, wie die Abendsonne selbst, die sie erleuchtete, und Stille herrschte, da die Orgel jetzt schwieg, in der ganzen Versammlung, als hätte keiner einen Laut in der Brust. Niemals schlug aus einem christlichen Dom eine solche Flamme der Inbrunst gen Himmel, wie heute aus dem Dominikanerdom zu St. Jago, und keine menschliche Brust gab wärmere Glut dazu her, als Jeronimos und Josephens! Die Feierlichkeit fing mit einer Predigt an, die der ältesten Chorherren einer, mit dem Festschmuck angetan, von der Kanzel hielt. Er begann gleich mit Lob, Preis und Dank, seine zitternden, vom Chorhemde weit umflossenen Hände hoch gen Himmel erhebend, dass noch Menschen seien, auf diesem, in Trümmer zerfallenden Teile der Welt, fähig, zu Gott empor zu stammeln. Er schilderte, was auf den Wink des Allmächtigen geschehen war; das Weltgericht kann nicht entsetzlicher sein; und als er das gestrige Erdbeben gleichwohl, auf einen Riss, den der Dom erhalten hatte, hinzeigend, einen bloßen Vorboten davon nannte, lief ein Schauder über die ganze Versammlung. Hierauf kam er, im Flusse priesterlicher Beredsamkeit, auf das Sittenverderbnis der Stadt; Gräuel, wie Sodom und Gomorrha sie nicht sahen, straft' er an ihr; und nur der unendlichen Langmut Gottes schrieb er es zu, dass sie noch nicht gänzlich vom Erdboden vertilgt worden sei. Aber wie dem Dolche gleich fuhr es durch die von dieser Predigt schon ganz zerrissenen Herzen unserer beiden Unglücklichen, als der Chorherr bei dieser Gelegenheit umständlich des Frevels erwähnte, der in dem Klostergarten der Karmeliterinnen verübt worden war, die Schonung, die er bei der Welt gefunden hatte, gottlos nannte, und in einer von Verwünschungen erfüllten Seitenwendung, die Seelen der Täter, wörtlich genannt, allen Fürsten der Hölle übergab! Donna Constanze rief, indem sie an Jeronimos Arm zuckte: Don Fernando! Doch dieser antwortete so nachdrücklich und doch so heimlich, wie sich beides verbinden ließ: »Sie schweigen, Donna, Sie rühren auch den Augapfel nicht, und tun, als ob Sie in eine Ohnmacht versänken, worauf wir die Kirche verlassen.« Doch, ehe Donna Constanze diese sinnreiche zur Rettung erfundene Maßregel noch ausgeführt hatte, rief schon eine Stimme, des Chorherrn Predigt laut unterbrechend, aus: Weichet fern hinweg, ihr Bürger von St. Jago, hier stehen diese gottlosen Menschen! Und als eine andere Stimme schreckenvoll, indessen sich ein weiter Kreis des Entsetzens um sie bildete, fragte: wo? hier! versetzte ein Dritter, und zog, heiliger Ruchlosigkeit voll, Josephen bei den Haaren nieder, dass sie mit Don Fernandos Sohne zu Boden getaumelt wäre, wenn dieser sie nicht gehalten hätte. Seid ihr wahnsinnig? rief der Jüngling und schlug den Arm um Josephen: »ich bin Don Fernando Ormez, Sohn des Kommandanten der Stadt, den ihr alle kennt.« Don Fernando Ormez? rief, dicht vor ihn hingestellt, ein Schuhflicker, der für Josephen gearbeitet hatte, und diese wenigstens so genau kannte, als ihre kleinen Füße. Wer ist der Vater dieses Kindes? wandte er sich mit frechem Trotz zur Tochter Asterons. Don Fernando erblasste bei dieser Frage. Er sah bald den Jeronimo schüchtern an, bald überflog er die Versammlung, ob nicht einer sei, der ihn kenne? Josepha rief, von entsetzlichen Verhältnissen gedrängt: dies ist nicht mein Kind, Meister Pedrillo, wie Er glaubt, indem sie, in unendlicher Angst der Seele, auf Don Fernando blickte: dieser junge Herr ist Don Fernando Ormez, Sohn des Kommandanten der Stadt, den ihr alle kennt! Der Schuster fragte: wer von euch, ihr Bürger, kennt diesen jungen Mann? Und mehrere der Umstehenden wiederholten: wer kennt den Jeronimo Rugera? Der trete vor! Nun traf es sich, dass in demselben Augenblick der kleine Juan, durch den Tumult erschreckt, von Josephens Brust weg Don Fernando in die Arme strebte. Hierauf: Er ist der Vater! schrie eine Stimme; und: er ist Jeronimo Rugera! eine andere; und: sie sind die gotteslästerlichen Menschen! eine dritte; und: steinigt sie! steinigt sie! die ganze im Tempel Jesu versammelte Christenheit! Drauf jetzt Jeronimo: Halt! Ihr Unmenschlichen! Wenn ihr den Jeronimo Rugera sucht: hier ist er! Befreit jenen Mann, welcher unschuldig ist! – Der wütende Haufen, durch die Äußerung Jeronimos verwirrt, stutzte; mehrere Hände ließen Don Fernando los; und da in demselben Augenblick ein Marineoffizier von bedeutendem Rang herbeieilte und, indem er sich durch den Tumult drängte, fragte: Don Fernando Ormez! Was ist Euch widerfahren? so antwortete dieser, nun völlig befreit, mit wahrer heldenmütiger Besonnenheit: »Ja, sehen Sie, Don Alonzo, die Mordknechte! Ich wäre verloren gewesen, wenn dieser würdige Mann sich nicht, die rasende Menge zu beruhigen, für Jeronimo Rugera ausgegeben hätte. Verhaften Sie ihn, wenn Sie die Güte haben wollen, nebst dieser jungen Dame, zu ihrer beiderseitigen Sicherheit, und diesen Nichtswürdigen«, indem er Meister Pedrillo ergriff, »der den ganzen Aufruhr angezettelt hat!« Der Schuster rief: Don Alonzo Onoreja, ich frage Euch auf Euer Gewissen, ist dieses Mädchen nicht Josepha Asteron? Da nun Don Alonzo, welcher Josephen sehr genau kannte, mit der Antwort zauderte, und mehrere Stimmen, dadurch von neuem zur Wut entflammt, riefen: sie ist's, sie ist's! und bringt sie zu Tode! so setzte Josepha den kleinen Philipp, den Jeronimo bisher getragen hatte, samt dem kleinen Juan, auf Don Fernandos Arm, und sprach: gehn Sie, Don Fernando, retten Sie Ihre beiden Kinder, und überlassen Sie uns unserm Schicksal! Don Fernando nahm die beiden Kinder und sagte: er wolle eher umkommen, als zugeben, dass seiner Gesellschaft etwas zuleide geschehe. Er bot Josephen, nachdem er sich den Degen des Marineoffiziers ausgebeten hatte, den Arm, und forderte das hintere Paar auf, ihm zu folgen. Sie kamen auch wirklich, indem man ihnen, bei solchen Anstalten, mit hinlänglicher Ehrerbietigkeit Platz machte, aus der Kirche heraus, und glaubten sich gerettet. Doch kaum waren sie auf den von Menschen gleichfalls erfüllten Vorplatz derselben getreten, als eine Stimme aus dem rasenden Haufen, der sie verfolgt hatte, rief: dies ist Jeronimo Rugera, ihr Bürger, denn ich bin sein eigner Vater! und ihn an Donna Constanzens Seite mit einem ungeheuren Keulenschlage zu Boden streckte. Jesus Maria! rief Donna Constanze, und floh zu ihrem Schwager; doch: Klostermetze! erscholl es schon, mit einem zweiten Keulenschlage, von einer andern Seite, der sie leblos neben Jeronimo niederwarf. Ungeheuer! rief ein Unbekannter: dies war Donna Constanze Xares! Warum belogen sie uns! antwortete der Schuster, sucht die rechte, und bringt sie um! Don Fernando, als er Constanzens Leichnam erblickte, glühte vor Zorn; er zog und schwang das Schwert, und hieb, dass er ihn gespalten hätte, den fanatischen Mordknecht, der diese Gräuel veranlasste, wenn derselbe nicht, durch eine Wendung, dem wütenden Schlag entwichen wäre. Doch da er die Menge, die auf ihn eindrang, nicht überwältigen konnte: leben Sie wohl, Don Fernando mit den Kindern! rief Josepha – und: hier mordet mich, ihr blutdürstenden Tiger! und stürzte sich freiwillig unter sie, um dem Kampf ein Ende zu machen. Meister Pedrillo schlug sie mit der Keule nieder. Darauf ganz mit ihrem Blute besprizt: schickt ihr den Bastard zur Hölle nach! rief er, und drang, mit noch ungesättigter Mordlust, von neuem vor. Don Fernando, dieser göttliche Held, stand jetzt, den Rücken an die Kirche gelehnt, in der Linken hielt er die Kinder, in der Rechten das Schwert. Mit jedem Hieb wetterstrahlte er einen zu Boden; ein Löwe wehrt sich nicht besser. Sieben Bluthunde lagen tot vor ihm, der Fürst der satanischen Rotte selbst war verwundet. Doch Meister Pedrillo ruhte nicht eher, als bis er der Kinder eines bei den Beinen von seiner Brust gerissen, und, hochher im Kreise geschwungen, an eines Kirchpfeilers Ecke zerschmettert hatte. Hierauf ward es still, und alles entfernte sich. Don Fernando, als er seinen kleinen Juan vor sich liegen sah, mit aus dem Hirne vorquellenden Mark, hob, voll namenlosen Schmerzes, seine Augen gen Himmel. Der Marineoffizier fand sich wieder bei ihm ein, suchte ihn zu trösten und versicherte ihm, dass seine Untätigkeit bei diesem Unglück, obschon durch mehrere Umstände gerechtfertigt, ihn reue; doch Don Fernando sagte, dass ihm nichts vorzuwerfen sei, und bat ihn nur, die Leichname jetzt fortschaffen zu helfen. Man trug sie alle, bei der Finsternis der einbrechenden Nacht, in Don Alonzos Wohnung, wohin Don Fernando ihnen, viel über das Antlitz des kleinen Philipp weinend, folgte. Er übernachtete auch bei Don Alonzo, und säumte lange, unter falschen Vorspiegelungen, seine Gemahlin vom ganzen Umfang des Unglücks zu unterrichten; einmal, weil sie krank war, und dann, weil er auch nicht wusste, wie sie sein Verhalten bei dieser Begebenheit beurteilen würde; doch kurze Zeit nachher, durch einen Besuch zufällig von allem, was geschehen war, benachrichtigt, weinte diese treffliche Dame im Stillen ihren mütterlichen Schmerz aus und fiel ihm mit dem Rest einer erglänzenden Träne eines Morgens um den Hals und küsste ihn. Don Fernando und Donna Elvira nahmen hierauf den kleinen Fremdling zum Pflegesohn an, und wenn Don Fernando Philippen mit Juan verglich, und wie er beide erworben hatte, so war es ihm fast, als müsst er sich freuen.

Die Verlobung in St. Domingo

Zu Port au Prince, auf dem französischen Anteil der Insel St. Domingo, lebte, zu Anfang dieses Jahrhunderts, als die Schwarzen die Weißen ermordeten, auf der Pflanzung des Herrn Guillaume von Villeneuve, ein fürchterlicher alter Neger, namens Congo Hoango. Dieser von der Goldküste von Afrika herstammende Mensch, der in seiner Jugend von treuer und rechtschaffener Gemütsart schien, war von seinem Herrn, weil er ihm einst auf einer Überfahrt nach Cuba das Leben gerettet hatte, mit unendlichen Wohltaten überhäuft worden. Nicht nur, dass Herr Guillaume ihm auf der Stelle seine Freiheit schenkte, und ihm, bei seiner Rückkehr nach St. Domingo, Haus und Hof anwies; er machte ihn sogar, einige Jahre darauf, gegen die Gewohnheit des Landes, zum Aufseher seiner beträchtlichen Besitzung, und legte ihm, weil er nicht wieder heiraten wollte, an Weibes Statt eine alte Mulattin, namens Babekan, aus seiner Pflanzung bei, mit welcher er über seine erste verstorbene Frau weitläufig verwandt war. Ja, als der Neger sein sechzigstes Jahr erreicht hatte, setzte er ihn mit einem ansehnlichen Gehalt in den Ruhestand und krönte seine Wohltaten noch damit, dass er ihm in seinem Vermächtnis sogar ein Legat aussetzte; und doch konnten all diese Beweise von Dankbarkeit Herrn Villeneuve vor der Wut dieses grimmigen Menschen nicht schützen. Congo Hoango war, bei dem allgemeinen Taumel der Rache, der auf die unbesonnenen Schritte des National-Konvents in diesen Pflanzungen aufloderte, einer der ersten, der die Büchse ergriff, und, eingedenk der Tyrannei, die ihn seinem Vaterland entrissen hatte, seinem Herrn eine Kugel durch den Kopf jagte. Er steckte das Haus, worein die Gemahlin desselben mit ihren drei Kindern und den übrigen Weißen der Niederlassung sich geflüchtet hatte, in Brand, verwüstete die ganze Pflanzung, worauf die Erben, die in Port au Prince wohnten, hätten Anspruch machen können, und zog, als sämtliche zur Besitzung gehörige Etablissements der Erde gleichgemacht waren, mit den Negern, die er versammelt und bewaffnet hatte, in der Nachbarschaft umher, um seinen Mitbrüdern in dem Kampf gegen die Weißen beizustehen. Bald lauerte er den Reisenden auf, die in bewaffneten Haufen das Land durchkreuzten, bald griff er am hellen Tage die in ihren Niederlassungen verschanzten Pflanzer selbst an, und ließ alles, was er darin vorfand, über die Klinge springen. Ja, er forderte, in seiner unmenschlichen Rachsucht, sogar die alte Babekan mit ihrer Tochter, einer jungen fünfzehnjährigen Mestizin, namens Toni, auf, an diesem grimmigen Kriege, bei dem er sich ganz verjüngte, Anteil zu nehmen, und weil das Hauptgebäude der Pflanzung, das er jetzt bewohnte, einsam an der Landstraße lag und sich häufig, während seiner Abwesenheit, weiße oder kreolische Flüchtlinge einfanden, welche darin Nahrung oder ein Unterkommen suchten, so unterrichtete er die Weiber, diese weißen Hunde, wie er sie nannte, mit Unterstützungen und Gefälligkeiten bis zu seiner Wiederkehr hinzuhalten. Babekan, welche in Folge einer grausamen Strafe, die sie in ihrer Jugend erhalten hatte, an der Schwindsucht litt, pflegte in solchen Fällen die junge Toni, die, wegen ihrer ins Gelbliche gehenden Gesichtsfarbe, zu dieser grässlichen List besonders brauchbar war, mit ihren besten Kleidern auszuputzen; sie ermunterte dieselbe, den Fremden keine Liebkosung zu versagen, bis auf die letzte, die ihr bei Todesstrafe verboten war: und wenn Congo Hoango mit seinem Negertrupp von den Streifereien, die er in der Gegend gemacht hatte, wiederkehrte, war unmittelbarer Tod das Los der Armen, die sich durch diese Künste hatten täuschen lassen.

Nun weiß jedermann, dass im Jahr 1803, als der General Dessalines mit 30 000 Negern gegen Port au Prince vorrückte, alles, was die weiße Farbe trug, sich in diesen Platz warf, um ihn zu verteidigen. Denn er war der letzte Stützpunkt der französischen Macht auf dieser Insel, und wenn er fiel, waren alle Weißen, die sich darauf befanden, sämtlich ohne Rettung verloren. Demnach traf es sich, dass gerade in der Abwesenheit des alten Hoango, der mit den Schwarzen, die er um sich hatte, aufgebrochen war, um dem General Dessalines mitten durch die französischen Posten einen Transport von Pulver und Blei zuzuführen, in der Finsternis einer stürmischen und regnerischen Nacht, jemand an die hintere Tür seines Hauses klopfte. Die alte Babekan, welche schon im Bette lag, erhob sich, öffnete, einen bloßen Rock um die Hüften geworfen, das Fenster, und fragte: wer da sei? »Bei Maria und allen Heiligen«, sagte der Fremde leise, indem er sich unter das Fenster stellte: »beantwortet mir, ehe ich Euch dies verrate, eine Frage!« Und damit streckte er, durch die Dunkelheit der Nacht, seine Hand aus, um die Hand der Alten zu ergreifen, und fragte: »seid Ihr eine Negerin?« Babekan sagte: nun, Ihr seid gewiss ein Weißer, dass Ihr dieser stockfinstern Nacht lieber ins Antlitz schaut, als einer Negerin! Kommt herein, setzte sie hinzu, und fürchtet nichts; hier wohnt eine Mulattin, und die einzige, die sich außer mir noch im Hause befindet, ist meine Tochter, eine Mestizin! Und damit machte sie das Fenster zu, als wollte sie hinabsteigen und ihm die Tür öffnen; schlich aber, unter dem Vorwand, dass sie den Schlüssel nicht sogleich finden könne, mit einigen Kleidern, die sie schnell aus dem Schrank zusammenraffte, in die Kammer hinauf und weckte ihre Tochter. »Toni!«, sprach sie: »Toni!« – Was gibt's, Mutter? – »Geschwind!« sprach sie. »Aufgestanden und dich angezogen! Hier sind Kleider, weiße Wäsche und Strümpfe! Ein Weißer, der verfolgt wird, ist vor der Tür und begehrt eingelassen zu werden!« – Toni fragte: ein Weißer?, während sie sich halb im Bett aufrichtete. Sie nahm die Kleider, welche die Alte in der Hand hielt, und sprach: ist er auch allein, Mutter? Und haben wir, wenn wir ihn einlassen, nichts zu befürchten? – »Nichts, nichts!« versetzte die Alte, indem sie Licht anmachte: »er ist ohne Waffen und allein, und Furcht, dass wir über ihn herfallen möchten, zittert in all seinen Gebeinen!« Und damit, während Toni aufstand und sich Rock und Strümpfe anzog, zündete sie die große Laterne an, die im Winkel des Zimmers stand, band dem Mädchen geschwind das Haar, nach der Landesart, über dem Kopf zusammen, bedeckte sie, nachdem sie ihr den Latz zugeschnürt hatte, mit einem Hut, gab ihr die Laterne in die Hand und befahl ihr, in den Hof hinabzugehen und den Fremden hereinzuholen.

Inzwischen war auf das Gebell einiger Hofhunde ein Knabe, namens Nanky, den Hoango auf unehelichem Wege mit einer Negerin gezeugt hatte, und der mit seinem Bruder Seppy in den Nebengebäuden schlief, erwacht, und da er beim Schein des Mondes einen einzelnen Mann auf der hinteren Treppe des Hauses stehen sah, so eilte er sogleich, wie er in solchen Fällen angewiesen war, zum Hoftor, durch welches derselbe hereingekommen war, um es zu verschließen. Der Fremde, der nicht begriff, was diese Anstalten zu bedeuten hatten, fragte den Knaben, den er mit Entsetzen, als er ihm nahe stand, als einen Negerknaben erkannte: wer in dieser Niederlassung wohne?, und schon war er auf die Antwort desselben: »dass die Besitzung, seit dem Tode Herrn Villeneuves dem Neger Hoango anheimgefallen«, im Begriff, den Jungen niederzuwerfen, ihm den Schlüssel der Hofpforte, den er in der Hand hielt, zu entreißen und das weite Feld zu suchen, als Toni, die Laterne in der Hand, vor das Haus hinaus trat. »Geschwind!« sprach sie, indem sie seine Hand ergriff und ihn zur Tür zog: »hier herein!« Sie trug Sorge, indem sie dies sagte, das Licht so zu stellen, dass der volle Strahl davon auf ihr Gesicht fiel. – Wer bist du?, rief der Fremde sich sträubend, indem er, um mehr als einer Ursache willen betroffen, ihre junge liebliche Gestalt betrachtete. Wer wohnt in diesem Haus, in welchem ich, wie du vorgibst, meine Rettung finden soll? – »Niemand, bei dem Licht der Sonne«, sprach das Mädchen, »als meine Mutter und ich!« und bestrebte und beeiferte sich, ihn mit sich fortzureißen. Was, niemand!, rief der Fremde, indem er, mit einem Schritt rückwärts, seine Hand losriss: hat mir dieser Knabe nicht eben gesagt, dass ein Neger, namens Hoango, darin befindlich sei? – »Ich sage, nein!« sprach das Mädchen, indem sie, mit einem Ausdruck von Unwillen, mit dem Fuß aufstampfte, »und wenn auch einem Wüterich, der diesen Namen führt, das Haus gehört: abwesend ist er in diesem Augenblick und zehn Meilen davon entfernt!« Und damit zog sie den Fremden mit ihren beiden Händen in das Haus hinein, befahl dem Knaben, keinem Menschen zu sagen, wer angekommen sei, ergriff, nachdem sie die Tür erreicht, des Fremden Hand und führte ihn die Treppe hinauf, zum Zimmer ihrer Mutter.

»Nun«, sagte die Alte, welche das ganze Gespräch, vom Fenster herab, mit angehört und beim Schein des Lichts bemerkt hatte, dass er ein Offizier war: »was bedeutet der Degen, den Ihr so schlagfertig unter Eurem Arm tragt? Wir haben Euch«, setzte sie hinzu, indem sie sich die Brille aufdrückte, »bei Gefahr unseres Lebens eine Zuflucht in unserm Hause gestattet; seid Ihr hereingekommen, um diese Wohltat, nach Sitte Eurer Landsleute, mit Verräterei zu vergelten?« – Behüt' der Himmel!, erwiderte der Fremde, der dicht vor ihren Sessel getreten war. Er ergriff die Hand der Alten, drückte sie an sein Herz, und indem er, nach einigen im Zimmer schüchtern umhergeworfenen Blicken, den Degen, den er an der Hüfte trug, abschnallte, sprach er: Ihr seht den elendesten der Menschen, aber keinen undankbaren und schlechten vor Euch! – »Wer seid Ihr?«, fragte die Alte, und damit schob sie ihm mit dem Fuß einen Stuhl hin und befahl dem Mädchen, in die Küche zu gehen, und ihm, so gut es sich in der Eile tun ließ, ein Abendbrot zu bereiten. Der Fremde erwiderte: ich bin ein Offizier von der französischen Macht, obschon, wie Ihr wohl selbst urteilt, kein Franzose; mein Vaterland ist die Schweiz und mein Name Gustav von der Ried. Ach, hätte ich es niemals verlassen und gegen dies unselige Eiland vertauscht! Ich komme von Fort Dauphin, wo, wie Ihr wisst, alle Weißen ermordet worden sind, und meine Absicht ist, Port au Prince zu erreichen, bevor es dem General Dessalines noch gelungen ist, es mit den Truppen, die er anführt, ein-

112

zuschließen und zu belagern. – »Von Fort Dauphin!« rief die Alte. »Und es ist Euch mit Eurer Gesichtsfarbe geglückt, diesen ungeheuren Weg, mitten durch ein in Empörung begriffenes Mohrenland, zurückzulegen?« Gott und alle Heiligen, erwiderte der Fremde, haben mich beschützt! – Und ich bin nicht allein, gutes Mütterchen; in meinem Gefolge, das ich zurückgelassen, befindet sich ein ehrwürdiger alter Greis, mein Oheim, mit seiner Gemahlin und fünf Kindern, mehrere Bediente und Mägde, die zur Familie gehören, nicht zu erwähnen, ein Tross von zwölf Menschen, den ich, mit Hilfe zweier elenden Maulesel, in unsäglich mühevollen Nachtwanderungen, da wir uns bei Tage auf der Heerstraße nicht zeigen dürfen, mit mir fortführen muss. »Ei, mein Himmel!« rief die Alte, indem sie, unter mitleidigem Kopfschütteln, eine Prise Tabak nahm. »Wo befindet sich denn in diesem Augenblick Eure Reisegesellschaft?« – Euch, versetzte der Fremde, nachdem er sich ein wenig besonnen hatte: Euch kann ich mich anvertrauen; aus der Farbe Eures Gesichts schimmert mir ein Strahl von der meinigen entgegen. Die Familie befindet sich, dass Ihr es wisst, eine Meile von hier, zunächst dem Möwenweiher, in der Wildnis der angrenzenden Gebirgswaldung: Hunger und Durst zwangen uns vorgestern, diese Zuflucht aufzusuchen. Vergebens schickten wir in der verflossenen Nacht unsere Bedienten aus, um ein wenig Brot und Wein bei den Einwohnern des Landes aufzutreiben; Furcht, ergriffen und getötet zu werden, hielt sie ab, die entscheidenden Schritte deshalb zu tun, dergestalt, dass ich mich selbst heute bei Gefahr meines Lebens habe aufmachen müssen, um mein Glück zu versuchen. Der Himmel, wenn mich nicht alles trügt, fuhr er fort, indem er die Hand der Alten drückte, hat mich mitleidigen Menschen zugeführt, die jene grausame und unerhörte Erbitterung, welche alle Einwohner dieser Insel ergriffen hat, nicht teilen. Habt die Gefälligkeit, mir für reichlichen Lohn einige Körbe mit Lebensmitteln und Erfrischungen zu füllen; wir haben nur noch fünf Tagereisen bis Port au Prince, und wenn ihr uns die Mittel verschafft, diese Stadt zu erreichen, so werden wir euch ewig als die Retter unseres Lebens ansehen. – »Ja, diese rasende Erbitterung«, heuchelte die Alte. »Ist es nicht, als ob die Hände eines Körpers, oder die Zähne eines Mundes gegeneinander wüten wollten, weil das eine Glied nicht geschaffen ist, wie das andere? Was kann ich, deren Vater aus St. Jago, von der Insel Cuba war, für den Schimmer von Licht, der auf meinem Antlitz, wenn es Tag wird, dämmert? Und was kann meine Tochter, die in Europa empfangen und geboren ist, dafür, dass der volle Tag jenes Weltteils von dem ihrigen widerscheint?« – Wie? rief der Fremde. Ihr, die Ihr nach Eurer ganzen Gesichtsbildung eine Mulattin, und mithin afrikanischen Ursprungs seid, Ihr wäret samt der lieblichen jungen Mestizin, die mir das Haus aufmachte, mit uns Europäern in einer Verdammnis? – »Beim Himmel!« erwiderte die Alte, indem sie die Brille von der Nase nahm: »Meint Ihr, dass das kleine Eigentum, das wir uns in mühseligen und jammervollen Jahren durch die Arbeit unserer Hände erworben haben, dies grimmige, aus der Hölle stammende Räubergesindel nicht reizt? Wenn wir uns nicht durch List und den ganzen Inbegriff jener Künste, die die Notwehr dem Schwachen in die Hände gibt, vor ihrer Verfolgung zu sichern wüssten: der Schatten von Verwandtschaft, der über unsere Gesichter ausgebreitet ist, der, könnt Ihr sicher glauben, tut es nicht!« – Es ist nicht möglich! rief der Fremde; und wer auf dieser Insel verfolgt euch? »Der Besitzer dieses Hauses«, antwortete die Alte: »der Neger Congo Hoango! Seit dem Tode Herrn Guillaumes, des vormaligen Eigentümers dieser Pflanzung, der durch seine grimmige Hand beim Ausbruch der Empörung fiel, sind wir, die wir ihm als Verwandte die Wirtschaft führen, seiner ganzen Willkür und Gewalttätigkeit preisgegeben. Jedes Stück Brot, jeden Labetrunk den wir aus Menschlichkeit einem oder dem andern der weißen Flüchtlinge, die hier zuweilen die Straße vorüberziehen, gewähren, rechnet er uns mit Schimpfwörtern und Misshandlungen an, und nichts wünscht er mehr, als die Rache der Schwarzen über uns weiße und kreolische Halbhunde, wie er uns nennt, hereinhetzen zu können, teils um unserer überhaupt, die wir seine Wildheit gegen die Weißen tadeln, loszuwerden, teils, um das kleine Eigentum, das wir hinterlassen würden, in Besitz zu nehmen.« – »Ihr Unglücklichen!« sagte der Fremde, »ihr Bejammernswürdigen! – Und wo befindet sich in diesem Augenblick dieser Wüterich?« »Beim Heer des Generals Dessalines«, antwortete die Alte, »dem er, mit den übrigen Schwarzen, die zu dieser Pflanzung gehören, einen Transport von Pulver und Blei zuführt, dessen der General bedürftig war. Wir erwarten ihn, falls er nicht auf neue Unternehmungen auszieht, in zehn oder zwölf Tagen zurück, und wenn er alsdann, was Gott verhüten wolle, erführe, dass wir einem Weißen, der nach Port au Prince wandert, Schutz und Obdach gegeben, während er aus allen Kräften an dem Geschäft teilnimmt, das ganze Geschlecht derselben von der Insel zu vertilgen, wir wären alle, das könnt Ihr glauben, Kinder des Todes.« »Der Himmel, der Menschlichkeit und Mitleiden liebt«, antwortete der Fremde, »wird Euch in dem, was Ihr einem Unglücklichen tut, beschützen! – Und weil Ihr Euch«, setzte er, indem er der Alten näher rückte, hinzu, »einmal in diesem Falle des Negers Unwillen zugezogen haben würdet, und der Gehorsam, wenn Ihr auch dazu zurückkehren wolltet, Euch fürderhin zu nichts helfen würde, könnt Ihr Euch wohl, für jede Belohnung, die Ihr nur verlangen mögt, entschließen, meinem Oheim und seiner Familie, die durch die Reise aufs äußerste angegriffen sind, auf einen oder zwei Tage in Eurem Hause Obdach zu geben, damit sie sich ein wenig erholten?« – »Junger Herr!«, sprach die Alte betroffen, »was verlangt Ihr da? Wie ist es, in einem Hause, das an der Landstraße liegt, möglich, einen Tross von solcher Größe, als der eurige ist, zu beherbergen, ohne dass er den Einwohnern des Landes verraten würde?« – »Warum nicht?«, versetzte der Fremde dringend: wenn ich sogleich selbst an den Möwenweiher hinausginge, und die Gesellschaft, noch vor Anbruch des Tages, in die Niederlassung einführte; wenn man alles, Herrschaft und Dienerschaft, in einem und demselben Gemach des Hauses unterbrächte, und, für den schlimmsten Fall, etwa noch die Vorsicht gebrauchte, Türen und Fenster desselben sorgfältig zu verschließen? – Die Alte erwiderte, nachdem sie den Vorschlag einige Zeit erwogen hatte: dass, wenn er, in der heutigen Nacht, unternehmen wollte, den Tross aus seiner Bergschlucht in die Niederlassung zu führen, er, bei der Rückkehr von dort, unfehlbar auf einen Trupp bewaffneter Neger stoßen würde, der, durch einige vorangeschickte Schützen, auf der Heerstraße angesagt worden wäre. – »Wohlan!«, versetzte der Fremde, »so begnügen wir uns, für diesen Augenblick, den Unglücklichen einen Korb mit Lebensmitteln zuzusenden, und sparen das Geschäft, sie in die Niederlassung zu führen, für die nächstfolgende Nacht auf. Wollt Ihr, gutes Mütterchen, das tun?« – »Nun«, sprach die Alte, unter vielfachen Küssen, die von den Lippen des Fremden auf ihre knöcherne Hand niederregneten: »um des Europäers, meiner Tochter Vater willen, will ich euch, seinen bedrängten Landsleuten, diese Gefälligkeit erweisen. Setzt Euch beim Anbruch des morgenden Tages hin, und ladet die Eurigen in einem Schreiben ein, sich zu mir in die Niederlassung zu verfügen; der Knabe, den Ihr im Hofe gesehen, mag ihnen das Schreiben mit einigem Mundvorrat überbringen, die Nacht über zu ihrer Sicherheit in den Bergen verweilen, und dem Trosse beim Anbrach des nächstfolgenden Tages, wenn die Einladung angenommen wird, auf seinem Weg hierher als Führer dienen.«

Inzwischen war Toni mit einem Mahl, das sie in der Küche zubereitet hatte, wiedergekehrt und fragte die Alte mit einem Blick auf den Fremden, schäkernd, während sie den Tisch deckte: Nun, Mutter, sagt an! Hat sich der Herr von dem Schreck, der ihn vor der Tür ergriff, erholt? Hat er sich überzeugt, dass weder Gift noch Dolch auf ihn warten, und dass der Neger Hoango nicht zu Hause ist? Die Mutter sagte mit einem Seufzer: »mein Kind, der Gebrannte scheut, nach dem Sprichwort, das Feuer. Der Herr würde töricht gehandelt haben, wenn er sich früher in das Haus hineingewagt hätte, als bis er sich von dem Volksstamm, zu welchem seine Bewohner gehören, überzeugt hatte.« Das Mädchen stellte sich vor die Mutter und erzählte ihr: wie sie die Laterne so gehalten, dass ihr der volle Strahl davon ins Gesicht gefallen wäre. Aber seine Einbildung, sprach sie, war ganz von Mohren und Negern erfüllt; und wenn ihm eine Dame von Paris oder Marseille die Türe geöffnet hätte, er würde sie für eine Negerin gehalten haben. Der Fremde, während er den Arm sanft um ihren Leib schlug, sagte verlegen: dass der Hut, den sie aufgehabt, ihn verhindert hätte, ihr ins Gesicht zu schaun. Hätte ich dir, fuhr er fort, indem er sie lebhaft an seine Brust drückte, ins Auge sehen können, so wie ich es jetzt kann, so hätte ich, auch wenn alles übrige an dir schwarz gewesen wäre, aus einem vergifteten Becher mit dir trinken wollen. Die Mutter nötigte ihn, der bei diesen Worten rot geworden war, sich zu setzen, worauf Toni sich neben ihm an der Tafel niederließ und mit aufgestützten Armen, während der Fremde aß, in sein Antlitz sah. Der Fremde fragte sie: wie alt sie wäre? und wie ihre Vaterstadt hieße? worauf die Mutter das Wort nahm und ihm sagte: »dass Toni vor fünfzehn Jahren auf einer Reise, welche sie mit der Frau des Herrn Villeneuve, ihres vormaligen Prinzipals, nach Europa gemacht hätte, in Paris von ihr empfangen und geboren worden wäre. Sie setzte hinzu, dass der Neger Komar, den sie nachher geheiratet, sie zwar an Kindes Statt angenommen hätte, dass ihr Vater aber eigentlich ein reicher Marseiller Kaufmann, namens Bertrand wäre, von dem sie auch Toni Bertrand hieße.« – Toni fragte ihn, ob er einen solchen Herrn in Frankreich kenne? Der Fremde erwiderte: nein! das Land wäre groß, und während des kurzen Aufenthalts, den er bei seiner Einschiffung nach Westindien darin genommen, sei ihm keine Person dieses Namens vorgekommen. Die Alte versetzte dass Herr Bertrand auch, nach ziemlich sicheren Nachrichten, die sie eingezogen, nicht mehr in Frankreich befindlich sei. Seinem ehrgeizigen und aufstrebenden Gemüt, sprach sie, gefiel es in dem Kreis bürgerlicher Tätigkeit nicht; er mischte sich beim Ausbruch der Revolution in die öffentlichen Geschäfte und ging im Jahr 1795 mit einer französischen Gesandt-schaft an den türkischen Hof, von wo er, meines Wissens, bis jetzt noch nicht zu-rückgekehrt ist. Der Fremde sagte lächelnd zu Toni, indem er ihre Hand fasste: dass sie ja in diesem Falle ein vornehmes und reiches Mädchen wäre. Er munterte sie auf, diese Vorteile geltend zu machen, und meinte, dass sie Hoffnung hätte, noch einmal an der Hand ihres Vaters in glänzendere Verhältnisse, als in denen sie jetzt lebte, eingeführt zu werden! »Schwerlich«, versetzte die Alte mit unterdrückter Empfindlichkeit. »Herr Bertrand leugnete mir, während meiner Schwangerschaft zu Paris, aus Scham vor einer jungen reichen Braut, die er heiraten wollte, die Vater-schaft zu diesem Kinde vor Gericht ab. Ich werde den Eidschwur, den er die Frech-heit hatte, mir ins Gesicht zu leisten, niemals vergessen, ein Gallenfieber war die Folge davon, und bald darauf noch sechzig Peitschenhiebe, die mir Herr Villeneuve geben ließ, und in deren Folge ich noch bis heute an der Schwindsucht leide.« – – Toni, welche den Kopf gedankenvoll auf ihre Hand gelegt hatte, fragte den Frem-den: wer er denn wäre? wo er herkäme und wo er hinginge? worauf dieser nach ei-ner kurzen Verlegenheit, worin ihn die erbitterte Rede der Alten versetzt hatte, er-widerte: dass er mit Herrn Strömlis, seines Oheims Familie, die er, unter dem Schutze zweier jungen Vettern, in der Bergwaldung am Möwenweiher zurückgelas-sen, vom Fort Dauphin käme. Er erzählte, auf des Mädchens Bitte, mehrere Züge der in dieser Stadt ausgebrochenen Empörung; wie zur Zeit der Mitternacht, da alles geschlafen, auf ein verräterisch gegebenes Zeichen, das Gemetzel der Schwarzen gegen die Weißen losgegangen wäre; wie der Chef der Neger, ein Sergeant bei dem französischen Pionierkorps, die Bosheit gehabt, sogleich alle Schiffe im Hafen in Brand zu stecken, um den Weißen die Flucht nach Europa abzuschneiden; wie die Familie kaum Zeit gehabt, sich mit einigen Habseligkeiten vor die Tore der Stadt zu retten, und wie ihr, bei dem gleichzeitigen Auflodern der Empörung in allen Küstenplätzen, nichts übriggeblieben wäre, als mit Hilfe zweier Maulesel, die sie aufgetrieben, den Weg quer durch das ganze Land nach Port au Prince einzuschla-gen, das allein noch, von einem starken französischen Heere beschützt, der über-handnehmenden Macht der Neger in diesem Augenblick Widerstand leiste. – Toni fragte: wodurch sich denn die Weißen daselbst so verhasst gemacht hätten? – Der Fremde erwiderte betroffen: durch das allgemeine Verhältnis, das sie, als Herren der Insel, zu den Schwarzen hatten, und das ich, die Wahrheit zu gestehen, mich nicht unterfangen will, in Schutz zu nehmen; das aber schon seit vielen Jahrhunder-ten auf diese Weise bestand! Der Wahnsinn der Freiheit, der alle diese Pflanzungen ergriffen hat, trieb die Neger und Kreolen, die Ketten, die sie drückten, zu brechen, und an den Weißen wegen vielfacher und tadelnswürdiger Misshandlungen, die sie von einigen schlechten Mitgliedern derselben erlitten, Rache zu nehmen. – Beson-ders, fuhr er nach einem kurzen Stillschweigen fort, war mir die Tat eines jungen Mädchens schauderhaft und merkwürdig. Dieses Mädchen, vom Stamm der Neger, lag gerade zur Zeit, da die Empörung auflodderte, an dem gelben Fieber krank, das zur Verdopplung des Elends in der Stadt ausgebrochen war. Sie hatte drei Jahre zu-vor einem Pflanzer vom Geschlecht der Weißen als Sklavin gedient, der sie aus Empfindlichkeit, weil sie sich seinen Wünschen nicht willfährig gezeigt hatte, hart

116

behandelt und nachher an einen kreolischen Pflanzer verkauft hatte. Da nun das Mädchen an dem Tage des allgemeinen Aufruhrs erfuhr, dass sich der Pflanzer, ihr ehemaliger Herr, vor der Wut der Neger, die ihn verfolgten, in einen nahegelegenen Holzstall geflüchtet hatte, so schickte sie, jener Misshandlungen eingedenk, beim Anbruch der Dämmerung, ihren Bruder zu ihm, mit der Einladung, bei ihr zu übernachten. Der Unglückliche, der weder wusste, dass das Mädchen unpässlich war, noch an welcher Krankheit sie litt, kam und schloss sie voll Dankbarkeit, da er sich gerettet glaubte, in seine Arme. Doch kaum hatte er eine halbe Stunde unter Liebkosungen und Zärtlichkeiten in ihrem Bette zugebracht, als sie sich plötzlich mit dem Ausdruck wilder und kalter Wut, darin erhob und sprach: eine Pestkranke, die den Tod in der Brust trägt, hast du geküsst, geh und gib das gelbe Fieber all denen, die dir gleichen! – Der Offizier, während die Alte mit lauten Worten ihren Abscheu hierüber zu erkennen gab, fragte Toni, ob sie wohl einer solchen Tat fähig wäre? »Nein!«, sagte Toni, indem sie verwirrt vor sich niedersah. Der Fremde, während er das Tuch auf dem Tisch legte, versetzte: dass, nach dem Gefühl seiner Seele, keine Tyrannei, die die Weißen je verübt, einen Verrat, so niederträchtig und abscheulich, rechtfertigen könnte. Die Rache des Himmels, meinte er, als er sich mit einem leidenschaftlichen Ausdruck erhob, würde dadurch entwaffnet, die Engel selbst, dadurch empört, stellten sich auf Seiten derer, die unrecht hätten, und nähmen, zur Aufrechthaltung menschlicher und göttlicher Ordnung, ihre Sache! Er trat bei diesen Worten auf einen Augenblick ans Fenster und sah in die Nacht hinaus, die mit stürmischen Wolken über den Mond und die Sterne vorüberzog, und da es ihm schien, als ob Mutter und Tochter einander ansähen, obschon er auf keine Weise merkte, dass sie sich Winke zugeworfen hätten, so überkam ihn ein widerwärtiges und verdrießliches Gefühl; er wandte sich ab und bat, dass man ihm das Zimmer zuweisen möchte, wo er schlafen könne.

Die Mutter bemerkte, als sie zur Wanduhr sah, dass es überdies fast Mitternacht sei, nahm ein Licht in die Hand und forderte den Fremden auf, ihr zu folgen. Sie führte ihn durch einen langen Gang in das für ihn bestimmte Zimmer; Toni trug den Überrock des Fremden und mehrere andere Sachen, die er abgelegt hatte; die Mutter zeigte ihm ein mit Polstern bequem aufgestapeltes Bett, worin er schlafen sollte, und nachdem sie Toni noch befohlen hatte, dem Herrn ein Fußbad zu bereiten, wünschte sie ihm eine gute Nacht und empfahl sich. Der Fremde stellte seinen Degen in den Winkel und legte ein Paar Pistolen, die er im Gürtel trug, auf den Tisch. Er sah sich, während Toni das Bett vorschob und ein weißes Tuch darüber breitete, im Zimmer um, und da er gar bald, aus der Pracht und dem Geschmack, die darin herrschten, schloss, dass es dem vormaligen Besitzer der Pflanzung gehört haben müsse, so legte sich ein Gefühl der Unruhe wie ein Geier um sein Herz, und er wünschte sich, hungrig und durstig, wie er gekommen war, wieder in die Waldung zu den Seinigen zurück. Das Mädchen hatte mittlerweile, aus der nah gelegenen Küche, ein Gefäß mit warmem Wasser, von wohlriechenden Kräutern duftend, hereingeholt und forderte den Offizier, der sich in das Fenster gelehnt hatte, auf, sich darin zu erquicken. Der Offizier ließ sich, während er sich schweigend von der Halsbinde und der Weste befreite, auf den Stuhl nieder; er schickte sich an, sich die

Füße zu entblößen, und während das Mädchen, auf ihre Knie vor ihm hingekauert, die kleinen Vorkehrungen zum Bade besorgte, betrachtete er ihre einnehmende Gestalt. Ihr Haar, in dunkeln Locken schwellend, war ihr, als sie niederkniete, auf ihre jungen Brüste herabgerollt; ein Zug von ausnehmender Anmut spielte um ihre Lippen und über ihre langen, über die gesenkten Augen hervorragenden Augenwimpern. Er hätte, bis auf die Farbe, die ihm anstößig war, schwören mögen, dass er nie etwas Schöneres gesehen. Dabei fiel ihm eine entfernte Ähnlichkeit, er wusste noch selbst nicht recht mit wem, auf, die er schon bei seinem Eintritt in das Haus bemerkt hatte, und die seine ganze Seele für sie einnahm. Er ergriff sie, als sie in den Geschäften, die sie betrieb, aufstand, bei der Hand, und da er gar richtig schloss, dass es nur ein Mittel gab, zu prüfen, ob das Mädchen ein Herz habe oder nicht, so zog er sie auf seinen Schoß und fragte sie: ob sie schon einem Bräutigam verlobt wäre? »Nein!«, lispelte das Mädchen, indem sie ihre großen schwarzen Augen in lieblicher Verschämtheit zur Erde schlug. Sie setzte, ohne sich auf seinem Schoß zu rühren, hinzu: Konelly, der junge Neger aus der Nachbarschaft, hätte zwar vor drei Monaten um sie angehalten, sie hätte ihn aber, weil sie noch zu jung wäre, ausgeschlagen. Der Fremde, der, mit seinen beiden Händen, ihren schlanken Leib umfasst hielt, sagte: in seinem Vaterlande wäre, nach einem daselbst herrschenden Sprichwort, ein Mädchen von vierzehn Jahren und sieben Wochen bejahrt genug, um zu heiraten. Er fragte, während sie ein kleines, goldenes Kreuz, das er auf der Brust trug, betrachtete: wie alt sie wäre? – »Fünfzehn Jahre«, erwiderte Toni. »Nun also!«, sprach der Fremde. – »Fehlt es ihm denn an Vermögen, um sich häuslich, wie du es wünschest, mit dir niederzulassen?« Toni, ohne die Augen zu ihm aufzuschlagen, erwiderte: »O nein!« – »Vielmehr«, sprach sie, indem sie das Kreuz, das sie in der Hand hielt, fahrenließ: »Konelly ist, seit der letzten Wendung der Dinge, ein reicher Mann geworden, seinem Vater ist die ganze Niederlassung, die sonst dem Pflanzer, seinem Herrn, gehörte, zugefallen.« – »Warum lehntest du dann seinen Antrag ab?«, fragte der Fremde. Er streichelte ihr freundlich das Haar von der Stirn und sprach: »gefiel er dir etwa nicht?« Das Mädchen, indem sie kurz den Kopf schüttelte, lachte; und auf die Frage des Fremden, ihr scherzend ins Ohr geflüstert: ob es vielleicht ein Weißer sein müsse, der ihre Gunst davontragen solle? legte sie sich plötzlich, nach einem flüchtigen, träumerischen Bedenken, unter einem überaus reizenden Erröten, das über ihr verbranntes Gesicht aufloderte, an seine Brust. Der Fremde, von ihrer Anmut und Lieblichkeit gerührt, nannte sie sein liebes Mädchen, und schloss sie, wie durch göttliche Hand von jeder Sorge erlöst, in seine Arme. Es war ihm unmöglich zu glauben, dass alle diese Bewegungen, die er an ihr wahrnahm, der bloße elende Ausdruck einer kalten und grässlichen Verräterei sein sollten. Die Gedanken, die ihn beunruhigt hatten, wichen, wie ein Heer schauerlicher Vögel, von ihm, er schalt sich, ihr Herz nur einen Augenblick verkannt zu haben, und während er sie auf seinen Knien schaukelte, und den süßen Atem einsog, den sie ihm heraufsandte, drückte er, gleichsam zum Zeichen der Aussöhnung und Vergebung, einen Kuss auf ihre Stirn. Inzwischen hatte sich das Mädchen, unter einem sonderbar plötzlichen Aufhorchen, als ob jemand vom Gange her der Tür nahte, emporgerichtet; sie rückte gedankenvoll und träumerisch das Tuch, das sich über ihrer Brust verschoben hatte, zurecht, und erst als sie sah, dass sie von einem Irrtum getäuscht worden war, wandte sie sich mit einigem Ausdruck von Heiterkeit wieder zu dem Fremden zurück und erinnerte ihn: dass sich das Wasser, wenn er nicht bald Gebrauch davon machte, abkühlen würde. – »Nun?«, sagte sie betreten, da der Fremde schwieg und sie gedankenvoll betrachtete: »was seht Ihr mich so aufmerksam an?« Sie suchte, indem sie sich mit ihrem Latz beschäftigte, die Verlegenheit, die sie ergriffen, zu verbergen, und rief lachend: »wunderlicher Herr, was fällt Euch bei meinem Anblick so auf?« Der Fremde, der sich mit der Hand über die Stirn gefahren war, sagte, einen Seufzer unterdrückend, indem er sie von seinem Schoß herunterhob: »eine wundersame Ähnlichkeit zwischen dir und einer Freundin!« – Toni, welche sichtbar bemerkte, dass sich seine Heiterkeit zerstreut hatte, nahm ihn freundlich und teilnehmend bei der Hand, und fragte: »mit welcher?«, worauf jener, nach einer kurzen Besinnung das Wort nahm und sprach: »Ihr Name war Mariane Congreve und ihre Vaterstadt Straßburg. Ich hatte sie in dieser Stadt, wo ihr Vater Kaufmann war, kurz vor dem Ausbruch der Revolution kennengelernt und war glücklich genug gewesen, ihr Jawort und vorläufig auch ihrer Mutter Zustimmung zu erhalten. Ach, es war die treueste Seele unter der Sonne, und die schrecklichen und rührenden Umstände, unter denen ich sie verlor, werden mir, wenn ich dich ansehe, so gegenwärtig, dass ich mich vor Wehmut der Tränen nicht enthalten kann.« »Wie?«, sagte Toni, indem sie sich herzlich und innig an ihn drückte: »sie lebt nicht mehr?« – »Sie starb«, antwortete der Fremde, »und ich lernte den Inbegriff aller Güte und Vortrefflichkeit erst mit ihrem Tode kennen. Gott weiß«, fuhr er fort, indem er sein Haupt schmerzlich an ihre Schulter lehnte, »wie ich die Unbesonnenheit so weit treiben konnte, mir eines Abends an einem öffentlichen Ort Äußerungen über das eben errichtete furchtbare Revolutionstribunal zu erlauben. Man verklagte, man suchte mich, ja, in Ermangelung meiner, der glücklich genug gewesen war, sich in die Vorstadt zu retten, lief die Rotte meiner rasenden Verfolger, die ein Opfer haben musste, zur Wohnung meiner Braut, und durch ihre wahrhaftige Versicherung, dass sie nicht wisse, wo ich sei, erbittert, schleppte man sie, unter dem Vorwand, dass sie mit mir im Einverständnis sei, mit unerhörter Leichtfertigkeit statt meiner auf den Richtplatz. Kaum war mir diese entsetzliche Nachricht hinterbracht worden, als ich sogleich aus dem Schlupfwinkel, in welchen ich mich geflüchtet hatte, hervortrat, und indem ich, die Menge durchbrechend, zum Richtplatz eilte, laut ausrief: »Hier, ihr Unmenschlichen, hier bin ich!« Doch sie, die schon auf dem Gerüst der Guillotine stand, antwortete auf die Frage einiger Richter, denen ich unglücklicherweise fremd sein musste, indem sie sich mit einem Blick, der mir unauslöschlich in die Seele geprägt ist, von mir abwandte: »diesen Menschen kenne ich nicht!« – worauf unter Trommeln und Lärmen, von den ungeduldigen Blutmenschen angezettelt, das Eisen, wenige Augenblicke danach, herabfiel, und ihr Haupt von seinem Rumpfe trennte. – Wie ich gerettet worden bin, das weiß ich nicht. Ich befand mich, eine Viertelstunde später, in der Wohnung eines Freundes, wo ich aus einer Ohnmacht in die andere fiel, und halbwahnsinnig gegen Abend auf einen Wagen geladen und über den Rhein geschafft wurde.« – Bei diesen Worten trat der Fremde, indem er das Mädchen losließ, ans Fenster, und da diese sah, dass er sein

Gesicht sehr gerührt in ein Tuch drückte, überkam sie, von manchen Seiten geweckt, ein menschliches Gefühl; sie folgte ihm mit einer plötzlichen Bewegung, fiel ihm um den Hals und mischte ihre Tränen mit den seinigen.

Was weiter folgte, brauchen wir nicht zu melden, weil es jeder, der an diese Stelle kommt, von selbst liest. Der Fremde, als er sich wieder gesammelt hatte, wusste nicht, wohin ihn die Tat, die er begangen, führen würde; inzwischen sah er soviel ein, dass er gerettet, und in dem Hause, in welchem er sich befand, für ihn nichts von dem Mädchen zu befürchten war. Er versuchte, da er sie mit verschränkten Armen auf dem Bett weinen sah, alles nur Mögliche, um sie zu beruhigen. Er nahm sich das kleine goldene Kreuz, ein Geschenk der treuen Mariane, seiner verschiedenen Braut, von der Brust, und, indem er sich unter unendlichen Liebkosungen über sie neigte, hing er es ihr als ein Brautgeschenk, wie er es nannte, um den Hals. Er setzte sich, da sie in Tränen zerfloss und auf seine Worte nicht hörte, auf den Rand des Bettes nieder und sagte ihr, indem er ihre Hand bald streichelte, bald küsste: dass er bei ihrer Mutter am Morgen des nächsten Tages um sie anhalten wolle. Er beschrieb ihr, welch ein kleines Eigentum, frei und unabhängig, er an den Ufern der Aar besitze, eine Wohnung, bequem und geräumig genug, sie und auch ihre Mutter, falls ihr Alter die Reise zulasse, darin aufzunehmen, Felder, Gärten, Wiesen und Weinberge und einen alten ehrwürdigen Vater, der sie dankbar und liebreich daselbst, weil sie seinen Sohn gerettet, empfangen würde. Er schloss sie, da ihre Tränen in unendlichen Ergießungen auf das Bettkissen niederflossen, in seine Arme, und fragte sie, von Rührung selber ergriffen: was er ihr zuleide getan und ob sie ihm nicht vergeben könne? Er schwor, dass die Liebe für sie nie aus seinem Herzen weichen würde, und dass nur, im Taumel wunderbar verwirrter Sinne, eine Mischung von Begierde und Angst, die sie ihm eingeflößt, ihn zu einer solchen Tat habe verführen können. Er erinnerte sie zuletzt, dass die Morgensterne funkelten, und dass, wenn sie länger im Bett verweilte, die Mutter kommen und sie darin überraschen würde; er forderte sie, ihrer Gesundheit wegen, auf, sich zu erheben und noch einige Stunden auf ihrem eignen Lager auszuruhen; er fragte sie, durch ihren Zustand in die entsetzlichsten Besorgnisse gestürzt, ob er sie vielleicht in seinen Armen aufheben und in ihre Kammer tragen solle, doch da sie auf alles, was er vorbrachte, nicht antwortete, und, ihr Haupt still jammernd, ohne sich zu rühren, in ihre Arme gedrückt, auf den verwirrten Kissen des Bettes lag, so blieb ihm zuletzt, hell wie der Tag schon durch beide Fenster schimmerte, nichts übrig, als sie, ohne weitere Rücksprache, aufzuheben. Er trug sie, die wie eine Leblose von seiner Schulter niederhing, die Treppe hinauf in ihre Kammer, und nachdem er sie auf ihr Bett gelegt, und ihr unter tausend Liebkosungen noch einmal alles, was er ihr schon gesagt, wiederholt hatte, nannte er sie noch einmal seine liebe Braut, drückte einen Kuss auf ihre Wangen und eilte in sein Zimmer zurück.

Sobald der Tag völlig angebrochen war, begab sich die alte Babekan zu ihrer Tochter hinauf und eröffnete ihr, indem sie sich auf ihr Bett niedersetzte, welchen Plan sie mit dem Fremden, als auch seiner Reisegesellschaft vorhabe. Sie meinte, weil der Neger Congo Hoango erst in zwei Tagen wiederkehre, alles darauf ankäme, den Fremden während dieser Zeit im Hause zu halten, ohne die Familie seiner

Angehörigen, deren Gegenwart, ihrer Zahl wegen, gefährlich werden könnte, darin zuzulassen. Zu diesem Zweck, sprach sie, habe sie erdacht, dem Fremden vorzuspiegeln, dass, einer soeben eingelaufenen Nachricht zufolge, der General Dessalines mit seinem Heer in diese Gegend marschieren werde, und dass man mithin, wegen allzu großer Gefahr, erst am dritten Tag, wenn er vorbei wäre, es würde möglich machen können, die Familie, seinem Wunsche gemäß, im Hause aufzunehmen. Die Gesellschaft selbst, schloss sie, müsse inzwischen, damit sie nicht weiterreise, mit Lebensmitteln versorgt, und gleichfalls, um sich ihrer späterhin zu bemächtigen, in dem Wahn, dass sie eine Zuflucht in dem Hause finden werde, hingehalten werden. Sie bemerkte, dass die Sache wichtig sei, weil die Familie wahrscheinlich beträchtliche Habseligkeiten mit sich führe, und forderte die Tochter auf, sie aus allen Kräften in dem Vorhaben, das sie ihr angegeben, zu unterstützen. Toni, halb im Bette aufgerichtet, während die Röte des Unwillens ihr Gesicht überflog, versetzte: dass es schändlich und niederträchtig wäre, das Gastrecht gegenüber Personen, die man in das Haus gelockt, so zu verletzen. Sie meinte, dass ein Verfolgter, der sich ihrem Schutz anvertraut, doppelt sicher bei ihnen sein sollte, und versicherte, dass, wenn sie den blutigen Anschlag, den sie ihr geäußert, nicht aufgäbe, sie auf der Stelle hingehen und dem Fremden anzeigen würde, welch eine Mördergrube das Haus sei, in welchem er geglaubt habe, seine Rettung zu finden. »Toni!«, sagte die Mutter, indem sie die Arme in die Seite stemmte und dieselbe mit großen Augen ansah. – »Gewiss!«, erwiderte Toni, indem sie die Stimme senkte. »Was hat uns dieser Jüngling, der von Geburt gar nicht einmal ein Franzose, sondern, wie wir gesehen haben, ein Schweizer ist, zuleide getan, dass wir, nach Art der Räuber, über ihn herfallen, ihn töten und ausplündern wollen? Gelten die Beschwerden, die man hier gegen die Pflanzer führt, auch in der Gegend der Insel, von welcher er kommt? Zeigt nicht vielmehr alles, dass er der edelste und vortrefflichste Mensch ist und gewiss das Unrecht, das die Schwarzen seiner Gattung vorwerfen mögen, in keiner Weise teilt?« – Die Alte, während sie den sonderbaren Ausdruck des Mädchens betrachtete, sagte bloß mit bebenden Lippen, dass sie erstaune. Sie fragte, was der junge Portugiese verschuldet, den man unter dem Torweg kürzlich mit Keulen zu Boden geworfen habe? Sie fragte, was die beiden Holländer verbrochen, die vor drei Wochen durch die Kugeln der Neger im Hofe gefallen wären? Sie wollte wissen, was man den drei Franzosen und so vielen andern einzelnen Flüchtlingen, vom Geschlecht der Weißen, zur Last gelegt habe, die mit Büchsen, Spießen und Dolchen, seit dem Ausbruch der Empörung, im Hause hingerichtet worden wären? »Beim Licht der Sonne«, sagte die Tochter, indem sie ungestüm aufstand, »du hast sehr unrecht, mich an diese Gräueltaten zu erinnern! Die Unmenschlichkeiten, an denen ihr mich teilzunehmen zwingt, empörten längst mein innerstes Gefühl, und um Gottes Rache wegen alles, was vorgefallen, zu besänftigen, schwöre ich, dass ich eher zehnfachen Todes sterben, als zugeben werde, dass diesem Jüngling, solange er sich in unserm Haus befindet, auch nur ein Haar gekrümmt werde.« – »Wohlan«, sagte die Alte, mit einem plötzlichen Ausdruck von Nachgiebigkeit, »so mag der Fremde reisen! Aber wenn Congo Hoango zurückkömmt«, setzte sie hinzu, indem sie um das Zimmer zu verlassen, aufstand, und erfährt, dass ein Weißer in unserm Hause übernachtet hat, »dann magst du das Mitleid, das dich bewog, ihn gegen das ausdrückliche Gebot wieder abziehen zu lassen, verantworten.«

Auf diese Äußerung, bei welcher, trotz aller scheinbaren Milde, der Ingrimm der Alten heimlich hervorbrach, blieb das Mädchen in nicht geringer Bestürzung im Zimmer zurück. Sie kannte den Hass der Alten gegen die Weißen zu gut, als dass sie hätte glauben können, sie werde eine solche Gelegenheit, ihn zu sättigen, ungenutzt vorübergehen lassen. Furcht, dass sie sogleich in die benachbarten Pflanzungen schicken und die Neger zur Überwältigung des Fremden herbeirufen möchte, bewog sie, sich anzukleiden und ihr unverzüglich in das untere Wohnzimmer zu folgen. Sie stellte sich, während diese verstört den Speiseschrank, bei welchem sie ein Geschäft zu haben schien, verließ, und sich an einen Spinnrocken niedersetzte, vor das an die Tür geschlagene Mandat, in welchem allen Schwarzen bei Todesstrafe verboten war, den Weißen Schutz und Obdach zu geben; und gleichsam als ob sie, von Schrecken ergriffen, das Unrecht, das sie begangen, einsähe, wandte sie sich plötzlich und fiel der Mutter, die sie, wie sie wohl wusste, von hinten beobachtet hatte, zu Füßen. Sie bat, die Knie derselben umklammernd, ihr die rasenden Äußerungen, die sie sich zugunsten des Fremden erlaubt, zu vergeben, entschuldigte sich mit dem Zustand, halb träumend, halb wachend, in welchem sie von ihr mit den Vorschlägen zu seiner Überlistung, da sie noch im Bette gelegen, überrascht worden sei, und meinte, dass sie ihn ganz und gar der Rache der bestehenden Landesgesetze, die seine Vernichtung einmal beschlossen, preisgäbe. Die Alte, nach einer Pause, in der sie das Mädchen unverwandt ansah, sagte: »Beim Himmel, diese Erklärung rettet ihm für heute das Leben! Denn die Speise, da du ihn in deinen Schutz zu nehmen drohtest, war schon vergiftet, die ihn der Gewalt Congo Hoangos, seinem Befehl gemäß, wenigstens tot überliefert haben würde.« Und damit stand sie auf und schüttete einen Topf mit Milch, der auf dem Tisch stand, aus dem Fenster. Toni, welche ihren Sinnen nicht traute, starrte, von Entsetzen ergriffen, die Mutter an. Die Alte, während sie sich wieder niedersetzte, und das Mädchen, das noch immer auf den Knien dalag, vom Boden aufhob, fragte: »was denn im Lauf einer einzigen Nacht ihre Gedanken so plötzlich umgewandelt hätte? Ob sie gestern, nachdem sie ihm das Bad bereitet, noch lange bei ihm gewesen wäre? Und ob sie viel mit dem Fremden gesprochen hätte?« Doch Toni, deren Brust flog, antwortete hierauf nicht oder nichts Bestimmtes; das Auge zu Boden geschlagen, stand sie, indem sie sich den Kopf hielt, und berief sich auf einen Traum; ein Blick jedoch auf die Brust ihrer unglücklichen Mutter, sprach sie, während sie sich rasch bückte und ihre Hand küsste, rufe ihr die ganze Unmenschlichkeit der Gattung, zu der dieser Fremde gehöre, wieder ins Gedächtnis, und beteuerte, indem sie sich umdrehte und das Gesicht in ihre Schürze drückte, dass, sobald der Neger Hoango eingetroffen wäre, sie sehen würde, was sie an ihr für eine Tochter habe.

Babekan saß noch in Gedanken versunken und erwog, woher wohl die sonderbare Leidenschaftlichkeit des Mädchens entspringe, als der Fremde mit einem in seinem Schlafgemach geschriebenen Zettel, worin er die Familie einlud, einige Tage in der Pflanzung des Negers Hoango zuzubringen, in das Zimmer trat. Er grüßte sehr heiter und freundlich Mutter und Tochter und bat, indem er der Alten den Zettel übergab, dass man sogleich in die Waldung schicken und für die Gesellschaft, dem ihm gegebenen Versprechen gemäß, Sorge tragen möchte. Babekan stand auf und sagte, mit einem Ausdruck von Unruhe, indem sie den Zettel in den Wandschrank legte: »Herr, wir müssen Euch bitten, Euch sogleich in Euer Schlafzimmer zurück zu verfügen. Die Straße ist voll von einzelnen Negertrupps, die vorüberziehen und uns melden, dass sich der General Dessalines mit seinem Heer in diese Gegend wenden werde. Dies Haus, das jedem offensteht, gewährt Euch keine Sicherheit, falls Ihr Euch nicht in Eurem, auf den Hof hinausgehenden, Schlafgemach verbergt, und die Türen sowohl, als auch die Fensterläden, auf das sorgfältigste verschließt.« – Wie? sagte der Fremde betroffen: der General Dessalines – »Fragt nicht!«, unterbrach ihn die Alte, indem sie mit einem Stock dreimal auf den Fußboden klopfte: »in Eurem Schlafgemach, wohin ich Euch folgen werde, will ich Euch alles erklären.« Der Fremde, von der Alten mit ängstlichen Gebärden aus dem Zimmer gedrängt, wandte sich noch einmal unter der Tür und rief: »aber wird man der Familie, die meiner harrt, nicht wenigstens einen Boten zusenden müssen, der sie – ?« »Es wird alles besorgt werden«, fiel ihm die Alte ins Wort, während, durch ihr Klopfen gerufen, der Bastardknabe, den wir schon kennen, hereinkam; und damit befahl sie Toni, die, dem Fremden den Rücken zukehrend, vor den Spiegel getreten war, einen Korb mit Lebensmitteln, der im Winkel stand, aufzunehmen, und Mutter, Tochter, der Fremde und der Knabe begaben sich ins Schlafzimmer hinauf.

Hier erzählte die Alte, indem sie sich auf gemächliche Weise auf den Sessel niederließ, wie man die ganze Nacht über auf den, den Horizont abschneidenden Bergen, die Feuer des Generals Dessalines schimmern gesehen: ein Umstand, der in der Tat begründet war, obschon sich bis zu diesem Augenblick noch kein einziger Neger von seinem Heer, das südwestlich gegen Port au Prince anrückte, in dieser Gegend gezeigt hatte. Es gelang ihr, den Fremden dadurch in einen Wirbel von Unruhe zu stürzen, den sie jedoch nachher wieder durch die Versicherung, dass sie alles Mögliche, selbst in dem schlimmen Fall, dass sie Einquartierung bekäme, zu seiner Rettung beitragen würde, zu stillen wusste. Sie nahm, auf die wiederholte inständige Erinnerung desselben, unter diesen Umständen seiner Familie wenigstens mit Lebensmitteln beizuspringen, der Tochter den Korb aus der Hand, und indem sie ihn dem Knaben gab, sagte sie ihm: er solle an den Möwenweiher, in die nahgelegnen Waldberge hinausgehen, und ihn der daselbst befindlichen Familie des fremden Offiziers überbringen. Der Offizier selbst, solle er hinzusetzen, befinde sich wohl, Freunde der Weißen, die selbst viel der Partei wegen, die sie ergriffen, von den Schwarzen leiden müssten, hätten ihn in ihrem Hause mitleidig aufgenommen. Sie schloss, dass sobald die Landstraße nur von den bewaffneten Negerhaufen, die man erwartete, befreit wäre, man sogleich Anstalten treffen würde, auch ihr, der Familie, ein Unterkommen in diesem Hause zu verschaffen. – »Hast du verstanden?«, fragte sie, da sie geendet hatte. Der Knabe, indem er den Korb auf seinen Kopf setzte, antwortete: dass er den ihm beschriebenen Möwenweiher, an dem er zuweilen mit seinen Kameraden zu fischen pflege, gar wohl kenne, und dass er alles, wie man es ihm aufgetragen, an die daselbst übernachtende Familie des fremden Herrn bestellen würde. Der Fremde zog, auf die Frage der Alten: ob er noch etwas hinzuzusetzen hätte? einen Ring vom Finger und händigte ihn dem Knaben aus, mit dem Auftrag, ihn zum Zeichen, dass es mit den überbrachten Meldungen seine Richtigkeit habe, dem Oberhaupt der Familie, Herrn Strömli, zu übergeben. Hierauf traf die Mutter mehrere, die Sicherheit des Fremden, wie sie sagte, bezweckende Veranstaltungen, befahl Toni, die Fensterläden zu verschließen, und zündete selbst, um die Nacht, die dadurch im Zimmer herrschend geworden war, zu zerstreuen, mit einem auf dem Kaminsims befindlichen Feuerzeug, nicht ohne Mühseligkeit, weil der Zunder nicht brennen wollte, ein Licht an. Der Fremde nutzte diesen Augenblick, um den Arm sanft um Tonis Leib zu legen und ihr ins Ohr zu flüstern: wie sie geschlafen? und: ob er die Mutter nicht von dem, was vorgefallen, unterrichten solle? Doch auf die erste Frage antwortete Toni nicht, und auf die andere versetzte sie, indem sie sich aus seinem Arm loswand: »nein, wenn Ihr mich liebt, kein Wort!« Sie unterdrückte die Angst, die all diese lügenhaften Anstalten in ihr weckten, und unter dem Vorwand, dem Fremden ein Frühstück zu bereiten, stürzte sie eilig in das untere Wohnzimmer hinab.

Sie nahm aus dem Schrank der Mutter den Brief, worin der Fremde in seiner Unschuld die Familie eingeladen hatte, dem Knaben in die Niederlassung zu folgen, und auf gut Glück, ob die Mutter ihn vermissen würde, entschlossen, im schlimmsten Fall den Tod mit ihm zu erleiden, flog sie damit dem schon auf der Landstraße wandernden Knaben nach. Denn sie sah den Jüngling, vor Gott und ihrem Herzen, nicht mehr als einen bloßen Gast, dem sie Schutz und Obdach gegeben, sondern als ihren Verlobten und Gemahl an und war willens, sobald nur seine Partei im Hause stark genug sein würde, dies der Mutter, auf deren Bestürzung sie unter diesen Umständen rechnete, ohne Rückhalt zu erklären. »Nanky«, sprach sie, da sie den Knaben atemlos und eilfertig auf der Landstraße erreicht hatte: »die Mutter hat ihren Plan, die Familie Herrn Strömlis betreffend, geändert. Nimm diesen Brief! Er ist gerichtet an Herrn Strömli, das alte Oberhaupt der Familie, und enthält die Einladung, einige Tage mit allem, was zu ihm gehört, in unserer Niederlassung zu verweilen. – Sei klug und trage selbst alles Mögliche dazu bei, diesen Entschluss zur Reife zu bringen. Congo Hoango, der Neger, wird, wenn er wiederkommt, es dir lohnen!« »Gut, gut, Base Toni«, antwortete der Knabe. Er fragte, indem er den Brief sorgsam eingewickelt in seine Tasche steckte: und ich soll dem Zug, auf seinem Wege hierher, als Führer dienen? »Allerdings«, versetzte Toni, »das versteht sich, weil sie die Gegend nicht kennen, von selbst. Doch wirst du, möglicher Truppenmärsche wegen, die auf der Landstraße stattfinden könnten, die Wanderung eher nicht, als um Mitternacht antreten; aber dann dieselbe auch so beschleunigen, dass du vor der Dämmerung des Tages hier eintriffst. – Kann man sich auf dich verlassen?«, fragte sie. »Verlasst euch auf Nanky!«, antwortete der Knabe. »Ich weiß, warum ihr diese weißen Flüchtlinge in die Pflanzung lockt, und der Neger Hoango soll mit mir zufrieden sein!«

Hierauf brachte Toni dem Fremden das Frühstück; und nachdem wieder abgeräumt war, begaben sich Mutter und Tochter, ihrer häuslichen Geschäfte wegen, in das vordere Wohnzimmer. Es konnte nicht fehlen, dass die Mutter einige Zeit darauf an den Schrank trat und, wie es natürlich war, den Brief vermisste. Sie legte die

Hand, ungläubig wegen ihres Gedächtnisses, einen Augenblick an den Kopf und fragte Toni: wo sie den Brief, den ihr der Fremde gegeben, wohl hingelegt haben könne? Toni antwortete nach einer kurzen Pause, in der sie auf den Boden niedersah: dass ihn der Fremde ja, ihres Wissens, wieder eingesteckt und oben im Zimmer, in ihrer beider Gegenwart, zerrissen habe! Die Mutter schaute das Mädchen mit großen Augen an; sie meinte, sich bestimmt zu erinnern, dass sie den Brief aus seiner Hand empfangen und in den Schrank gelegt habe; doch da sie ihn nach vielem vergeblichen Suchen darin nicht fand und ihrem Gedächtnis, mehrerer ähnlichen Vorfälle wegen, misstraute, blieb ihr zuletzt nichts anderes übrig, als der Meinung, die ihr die Tochter geäußert, Glauben zu schenken. Indessen konnte sie ihr lebhaftes Missvergnügen über diesen Umstand nicht unterdrücken und meinte, dass der Brief dem Neger Hoango, um die Familie in die Pflanzung hereinzubringen, von der größten. Wichtigkeit gewesen sein würde. Am Mittag und Abend, als Toni den Fremden mit Speisen bediente, nahm sie, zu seiner Unterhaltung an der Tischecke sitzend, mehrere Male Gelegenheit, ihn nach dem Brief zu fragen, doch Toni war geschickt genug, das Gespräch, sooft es auf diesen gefährlichen Punkt kam, abzulenken oder zu verwirren, dergestalt, dass die Mutter durch die Erklärungen des Fremden über das eigentliche Schicksal des Briefes auf keine Weise ins Reine kam. So verfloss der Tag; die Mutter verschloss nach dem Abendessen aus Vorsicht, wie sie sagte, des Fremden Zimmer, und nachdem sie noch mit Toni überlegt hatte, durch welche List sie sich von neuem, am folgenden Tag, in den Besitz eines solchen Briefes setzen könne, begab sie sich zur Ruhe und befahl dem Mädchen gleichfalls, zu Bette zu gehen.

Sobald Toni, die diesen Augenblick mit Sehnsucht erwartet hatte, ihre Schlafkammer erreicht und sich überzeugt hatte, dass die Mutter entschlummert war, stellte sie das Bildnis der heiligen Jungfrau, das neben ihrem Bette hing, auf einen Sessel und ließ sich mit verschränkten Händen auf Knien davor nieder. Sie flehte den Erlöser, ihren göttlichen Sohn, in einem Gebet voll unendlicher Inbrunst, um Mut und Standhaftigkeit an, dem Jüngling, dem sie sich zu eigen gegeben, das Geständnis der Verbrechen, die ihren jungen Busen beschwerten, abzulegen. Sie gelobte, diesem, was es ihrem Herzen auch kosten würde, nichts, auch nicht die Absicht, erbarmungslos und entsetzlich, in der sie ihn gestern in das Haus gelockt, zu verbergen; doch um der Schritte willen, die sie bereits zu seiner Rettung getan, wünschte sie, dass er ihr vergeben und sie als sein treues Weib mit sich nach Europa führen möchte. Durch dies Gebet wunderbar gestärkt, ergriff sie, indem sie aufstand, den Hauptschlüssel, der alle Gemächer des Hauses schloss, und schritt damit langsam, ohne Licht, über den schmalen Gang, der das Gebäude durchschnitt, dem Schlafgemach des Fremden zu. Sie öffnete das Zimmer leise und trat vor sein Bett, wo er in tiefen Schlaf versenkt ruhte. Der Mond beschien sein blühendes Antlitz, und der Nachtwind, der durch die geöffneten Fenster eindrang, spielte mit dem Haar auf seiner Stirn. Sie neigte sich sanft über ihn und rief ihn, seinen süßen Atem einsaugend, beim Namen; aber ein tiefer Traum, von dem sie der Gegenstand zu sein schien, beschäftigte ihn, wenigstens hörte sie, zu wiederholten Malen, von seinen glühenden, zitternden Lippen das geflüsterte Wort: »Toni!«. Wehmut, die nicht zu beschreiben ist, ergriff sie; sie konnte sich nicht entschließen, ihn aus den Himmeln lieblicher Einbildung in die Tiefe einer gemeinen und elenden Wirklichkeit herabzureißen, und in der Gewissheit, dass er ja früh oder spät von selbst erwachen müsse, kniete sie an seinem Bette nieder und bedeckte seine teure Hand mit Küssen.

Aber wer beschreibt das Entsetzen, das wenige Augenblicke darauf ihren Busen ergriff, als sie plötzlich, im Innern des Hofraums, ein Geräusch von Menschen, Pferden und Waffen hörte und darunter ganz deutlich die Stimme des Negers Congo Hoango erkannte, der unvermuteter Weise mit seinem ganzen Tross aus dem Lager des Generals Dessalines zurückgekehrt war. Sie stürzte, den Mondschein, der sie zu verraten drohte, sorgsam vermeidend, hinter die Vorhänge des Fensters und hörte auch schon die Mutter, welche dem Neger von allem, was währenddessen vorgefallen war, auch von der Anwesenheit des europäischen Flüchtlings im Hause, Nachricht gab. Der Neger befahl den Seinigen, mit gedämpfter Stimme, im Hofe still zu sein. Er fragte die Alte, wo der Fremde in diesem Augenblick befindlich sei?, worauf diese ihm das Zimmer bezeichnete und sogleich auch Gelegenheit nahm, ihn von dem sonderbaren und auffallenden Gespräch, das sie, den Flüchtling betreffend, mit der Tochter gehabt hatte, zu unterrichten. Sie versicherte dem Neger, dass das Mädchen eine Verräterin, und der ganze Anschlag, desselben habhaft zu werden, in Gefahr sei, zu scheitern. Wenigstens sei die Spitzbübin, wie sie bemerkt, heimlich beim Einbruch der Nacht in sein Bett geschlichen, wo sie noch bis zu diesem Augenblick in guter Ruhe befindlich sei; und wahrscheinlich, wenn der Fremde nicht schon entflohen sei, werde derselbe eben jetzt gewarnt, und die Mittel, wie seine Flucht zu bewerkstelligen sei, mit ihm verabredet. Der Neger, der die Treue des Mädchens schon in ähnlichen Fällen erprobt hatte, antwortete: es wäre wohl nicht möglich? Und: »Kelly!«, rief er wütend, und: »Omra! Nehmt eure Büchsen!« Und damit, ohne weiter ein Wort zu sagen, stieg er, im Gefolge all seiner Neger, die Treppe hinauf und begab sich in das Zimmer des Fremden.

Toni, vor deren Augen sich, während weniger Minuten, dieser ganze Auftritt abgespielt hatte, stand, gelähmt an allen Gliedern, als ob sie ein Wetterstrahl getroffen hätte, da. Sie dachte einen Augenblick daran, den Fremden zu wecken; doch teils war, wegen Besetzung des Hofraums, keine Flucht für ihn möglich, teils auch sah sie voraus, dass er zu den Waffen greifen, und somit, bei der Überlegenheit der Neger, Zubodenstreckung unmittelbar sein Los sein würde. Ja, die entsetzlichste Rücksicht, die sie zu nehmen genötigt war, war diese, dass der Unglückliche sie selbst, wenn er sie in dieser Stunde bei seinem Bette fände, für eine Verräterin halten und, statt auf ihren Rat zu hören, in der Raserei eines so heillosen Wahns, dem Neger Hoango völlig besinnungslos in die Arme laufen würde. In dieser unaussprechlichen Angst fiel ihr ein Strick in die Augen, welcher, der Himmel weiß durch welchen Zufall, an dem Riegel der Wand hing. Gott selbst, meinte sie, indem sie ihn herabriss, hätte ihn zu ihrer und des Freundes Rettung dahin gehängt. Sie umschlang den Jüngling, vielfache Knoten schürzend, an Händen und Füßen, und nachdem sie, ohne darauf zu achten, dass er sich rührte und sträubte, die Enden angezogen und an das Gestell des Bettes festgebunden hatte, drückte sie, froh, des

Augenblicks mächtig geworden zu sein, einen Kuss auf seine Lippen und eilte dem Neger Hoango, der schon auf der Treppe klirrte, entgegen.

Der Neger, der dem Bericht der Alten, Toni betreffend, immer noch keinen Glauben schenkte, stand, als er sie aus dem bezeichneten Zimmer hervortreten sah, bestürzt und verwirrt, im Korridor mit seinem Tross von Fackeln und Bewaffneten still. Er rief: »die Treulose! die Bundbrüchige!« und indem er sich zu Babekan wandte, welche einige Schritte vorwärts gegen die Tür des Fremden getan hatte, fragte er: »ist der Fremde entflohn?«; Babekan, welche die Tür, ohne hineinzusehen, offen gefunden hatte, rief, indem sie wütend zurückkehrte: »Die Gaunerin! Sie hat ihn entwischen lassen! Eilt, und besetzt die Ausgänge, ehe er das weite Feld erreicht!« »Was gibt's?«, fragte Toni, indem sie mit dem Ausdruck des Erstaunens den Alten und die Neger, die ihn umringten, ansah. »Was es gibt?«, erwiderte Hoango und ergriff sie bei der Brust und schleppte sie zum Zimmer. »Seid ihr rasend?«, rief Toni, indem sie den Alten, der bei dem sich ihm darbietenden Anblick erstarrte, von sich stieß: »da liegt der Fremde, von mir in seinem Bett festgebunden, und, beim Himmel, es ist nicht die schlechteste Tat, die ich in meinem Leben getan!« Mit diesen Worten kehrte sie ihm den Rücken zu und setzte sich, als ob sie weinte, an einen Tisch nieder. Der Alte wandte sich gegen die verwirrt zur Seite stehende Mutter und sprach: »o Babekan, mit welchem Märchen hast du mich getäuscht?« »Dem Himmel sei Dank«, antwortete die Mutter, indem sie die Stricke, mit welchen der Fremde gebunden war, verlegen untersuchte, »der Fremde ist da, obschon ich den Zusammenhang nicht begreife.« Der Neger trat, das Schwert in die Scheide steckend, ans Bett und fragte den Fremden: wer er sei? woher er komme und wohin er reise? Doch da dieser, unter krampfhaften Anstrengungen sich loszuwinden, nichts hervorbrachte, als, auf jämmerlich schmerzhafte Weise: »o Toni! o Toni!« – nahm die Mutter das Wort und bedeutete ihm, dass er ein Schweizer sei, namens Gustav von der Ried, und dass er mit einer ganzen Familie europäischer Hunde, welche in diesem Augenblick in den Berghöhlen am Möwenweiher versteckt sei, von dem Küstenplatz Fort Dauphin komme. Hoango, der das Mädchen, den Kopf schwermütig auf ihre Hände gestützt, dasitzen sah, trat zu ihr und nannte sie sein liebes Mädchen, klopfte ihr die Wangen und forderte sie auf, ihm den voreiligen Verdacht, den er geäußert, zu vergeben. Die Alte, die gleichfalls vor das Mädchen hingetreten war, stemmte die Arme kopfschüttelnd in die Seite und fragte: weshalb sie denn den Fremden, der doch von der Gefahr, in der er sich befunden, gar nichts gewusst, mit Stricken im Bett festgebunden habe? Toni, vor Schmerz und Wut weinend, antwortete, plötzlich zur Mutter gekehrt: »weil du keine Augen und Ohren hast! Weil er die Gefahr, in der er schwebte, gar wohl begriff! Weil er entfliehen wollte, weil er mich gebeten hatte, ihm zu seiner Flucht behilflich zu sein, weil er einen Anschlag auf dein eignes Leben gemacht hätte und sein Vorhaben bei Anbruch des Tages ohne Zweifel, wenn ich ihn nicht schlafend gebunden hätte, in Ausführung gebracht haben würde.« Der Alte liebkoste und beruhigte das Mädchen und befahl Babekan, von dieser Sache zu schweigen. Er rief ein paar Schützen mit Büchsen vor, um das Gesetz, dem der Fremdling verfallen war, augenblicklich an demselben zu vollstrecken, aber Babekan flüsterte ihm heimlich zu: »nein, um

Himmels willen, Hoango!« – Sie nahm ihn auf die Seite und bedeutete ihm: »Der Fremde müsse, bevor er hingerichtet werde, eine Einladung aufsetzen, um vermittelst derselben die Familie, deren Bekämpfung im Walde manchen Gefahren ausgesetzt sei, in die Pflanzung zu locken.« – Hoango, in Erwägung, dass die Familie wahrscheinlich nicht unbewaffnet sein werde, gab diesem Vorschlag seinen Beifall. Er stellte, weil es zu spät war, den Brief verabredetermaßen schreiben zu lassen, zwei Wachen bei dem weißen Flüchtling auf, und nachdem er noch, der Sicherheit wegen, die Stricke untersucht, auch, weil er sie zu locker fand, ein paar Leute herbeigerufen hatte, um sie noch enger zusammenzuschnüren, verließ er mit seinem ganzen Tross das Zimmer, und nach und nach begab sich alles zur Ruh.

Aber Toni, welche nur scheinbar dem Alten, der ihr noch einmal die Hand gereicht, gute Nacht gesagt und sich zu Bette gelegt hatte, stand, sobald sie alles im Hause still sah, wieder auf, schlich sich durch eine Hinterpforte des Hauses auf das freie Feld hinaus und lief, die wildeste Verzweiflung im Herzen, auf dem, die Landstraße durchkreuzenden, Wege der Gegend zu, von welcher die Familie Herrn Strömlis herankommen musste. Denn die Blicke voll Verachtung, die der Fremde von seinem Bett aus auf sie geworfen hatte, waren ihr empfindlich, wie Messerstiche, durchs Herz gegangen. Es mischte sich ein Gefühl heißer Bitterkeit in ihre Liebe zu ihm, und sie frohlockte bei dem Gedanken, in dieser zu seiner Rettung angeordneten Unternehmung zu sterben. Sie stellte sich, in der Besorgnis, die Familie zu verfehlen, an den Stamm einer Pinie, bei welcher, falls die Einladung angenommen worden war, die Gesellschaft vorüberziehen musste, und kaum war auch, der Verabredung gemäß, der erste Strahl der Dämmerung am Horizont angebrochen, als Nankys Stimme, der dem Trosse zum Führer diente, schon fernher unter den Bäumen des Waldes hörbar ward.

Der Zug bestand aus Herrn Strömli und seiner Gemahlin, welche letztere auf einem Maulesel ritt, fünf Kindern desselben, deren zwei, Adelbert und Gottfried, Jünglinge von 18 und 17 Jahren, neben dem Maulesel hergingen, drei Dienern und zwei Mägden, wovon die eine, einen Säugling an der Brust, auf dem andern Maulesel ritt; insgesamt aus zwölf Personen. Er bewegte sich langsam, über die den Weg durchflechtenden Kienwurzeln, dem Stamm der Pinie zu, wo Toni, so geräuschlos, als niemand zu erschrecken nötig war, aus dem Schatten des Baums hervortrat, und dem Zuge zurief: »Halt!« Der Knabe erkannte sie sogleich, und auf ihre Frage: wo Herr Strömli sei?, während Männer, Weiber und Kinder sie umringten, stellte dieser sie freudig dem alten Oberhaupt der Familie, Herrn Strömli, vor. »Edler Herr!«, sagte Toni, indem sie die Begrüßungen desselben mit fester Stimme unterbrach: »der Neger Hoango ist, auf überraschende Weise, mit seinem ganzen Tross in die Niederlassung zurückgekommen. Ihr könnt jetzt, ohne die größte Lebensgefahr, nicht darin einkehren, ja, euer Vetter, der zu seinem Unglück eine Aufnahme darin fand, ist verloren, wenn ihr nicht zu den Waffen greift und mir, zu seiner Befreiung aus der Haft, in welcher ihn der Neger Hoango gefangenhält, in die Pflanzung folgt!« »Gott im Himmel!«, riefen, von Schrecken erfasst, alle Mitglieder der Familie, und die Mutter, die krank und von der Reise erschöpft war, fiel von dem Maultier ohnmächtig auf den Boden. Toni, während, auf den Ruf Herrn Strömlis die

128

Mägde herbeieilten, um ihrer Gebieterin zu helfen, führte, von den Jünglingen mit Fragen bestürmt, Herrn Strömli und die übrigen Männer, aus Furcht vor dem Knaben Nanky, auf die Seite. Sie erzählte den Männern, ihre Tränen vor Scham und Reue nicht zurückhaltend, alles, was vorgefallen, wie die Verhältnisse, in dem Augenblick, da der Jüngling eingetroffen, im Hause bestanden, wie das Gespräch, das sie unter vier Augen mit ihm gehabt, dieselben auf ganz unbegreifliche Weise verändert, was sie bei der Ankunft des Negers, fast wahnsinnig vor Angst, getan, und wie sie nun Tod und Leben daran setzen wolle, ihn aus der Gefangenschaft, worin sie ihn selbst gestürzt, wieder zu befreien. Meine Waffen! rief Herr Strömli, indem er zum Maultier seiner Frau eilte und seine Büchse herabnahm. Er sagte, während auch Adelbert und Gottfried, seine rüstigen Söhne, und die drei wackern Diener sich bewaffneten: »Vetter Gustav hat mehr als einem von uns das Leben gerettet, jetzt ist es an uns, ihm den gleichen Dienst zu tun!«, und damit hob er seine Frau, welche sich erholt hatte, wieder auf das Maultier, ließ dem Knaben Nanky, aus Vorsicht, als eine Art von Geißel, die Hände binden, schickte den ganzen Tross, Weiber und Kinder, unter dem bloßen Schutz seines dreizehnjährigen, gleichfalls bewaffneten Sohnes, Ferdinand, an den Möwenweiher zurück, und nachdem er noch Toni, welche selbst einen Helm und einen Spieß genommen hatte, über die Stärke der Neger und ihre Verteilung im Hofraum ausgefragt und ihr versprochen hatte, Hoangos sowohl, als ihrer Mutter, soviel es sich tun ließ, bei dieser Unternehmung zu schonen, stellte er sich mutig und auf Gott vertrauend an die Spitze seines kleinen Haufens und brach, von Toni geführt, zur Niederlassung auf.

Toni, sobald der Haufen durch die hintere Pforte eingeschlichen war, zeigte Herrn Strömli das Zimmer, in welchem Hoango und Babekan ruhten, und während Herr Strömli geräuschlos mit seinen Leuten in das offne Haus eintrat, und sich sämtlicher zusammengesetzter Gewehre der Neger bemächtigte, schlich sie in den Stall, in welchem der fünfjährige Halbbruder des Nanky, Seppy, schlief. Denn Nanky und Seppy, Bastardkinder des alten Hoango, waren diesem, besonders der letzte, dessen Mutter kürzlich gestorben war, sehr teuer, und da, selbst in dem Fall, dass man den gefangenen Jüngling befreite, der Rückzug an den Möwenweiher und die Flucht von dort nach Port au Prince, der sie sich anzuschließen gedachte, noch mancherlei Schwierigkeiten ausgesetzt war, schloss sie nicht unrichtig, dass der Besitz beider Knaben, als einer Art von Unterpfand, dem Zuge, bei etwaiger Verfolgung der Neger, von großem Vorteil sein würde. Es gelang ihr, den Knaben ungesehen aus seinem Bette zu heben und in ihren Armen, halb schlafend, halb wachend, in das Hauptgebäude hinüberzutragen. Inzwischen war Herr Strömli, so heimlich, als es sich tun ließ, mit seinem Haufen in Hoangos Stubentür eingetreten, aber statt ihn und Babekan, wie er glaubte, im Bett zu finden, standen, vom Geräusch geweckt, beide, obschon halbnackt und hilflos, in der Mitte des Zimmers. Herr Strömli, indem er seine Büchse zur Hand nahm, rief: sie sollten sich ergeben, oder sie wären des Todes! Doch Hoango, statt aller Antwort, riss eine Pistole von der Wand und schoss, Herrn Strömli am Kopf streifend, auf die Menge. Herrn Strömlis Haufen, auf dies Signal, fiel wütend über ihn her, Hoango, nach einem zweiten Schuss, der einem Diener die Schulter durchbohrte, ward durch einen Säbelhieb an der Hand verwundet, und beide, Babekan und er, wurden niedergeworfen und mit Stricken am Gestell eines großen Tisches festgebunden. Mittlerweile waren, durch die Schüsse geweckt, die Neger des Hoango, zwanzig und mehr an der Zahl, aus ihren Ställen hervorgestürzt und drangen, da sie die alte Babekan im Hause schreien hörten, wütend gegen dasselbe vor, um ihre Waffen wieder zu erobern. Vergebens postierte Herr Strömli, dessen Wunde unbedeutend war, seine Leute an die Fenster des Hauses und ließ, um die Kerle im Zaum zu halten, auf sie feuern. Sie achteten zweier Toten nicht, die schon auf dem Hof umherlagen, und waren im Begriff, Äxte und Brechstangen zu holen, um die Haustür, welche Herr Strömli verriegelt hatte, aufzusprengen, als Toni, zitternd und bebend, den Knaben Seppy auf dem Arm, in Hoangos Zimmer trat. Herr Strömli, dem diese Erscheinung äußerst erwünscht war, riss ihr den Knaben vom Arm; er wandte sich, indem er seinen Hirschfänger zog, zu Hoango und schwor, dass er den Jungen augenblicklich töten würde, wenn er den Negern nicht zuriefe, von ihrem Vorhaben abzulassen. Hoango, dessen Kraft durch den Hieb über die drei Finger der Hand gebrochen war, und der sein eignes Leben, im Fall einer Weigerung, ausgehaucht haben würde, erwiderte nach einigem Bedenken, indem er sich vom Boden aufheben ließ: dass er dies tun wolle. Er stellte sich, von Herrn Strömli geführt, an das Fenster und mit einem Schnupftuch, das er in die linke Hand nahm, über den Hof hinauswinkend, rief er den Negern zu: dass sie die Tür, indem es, sein Leben zu retten, keiner Hilfe bedürfe, unberührt lassen sollten und in ihre Ställe zurückkehren möchten! Hierauf beruhigte sich der Kampf ein wenig. Hoango schickte, auf Verlangen Herrn Strömlis, einen im Hause gefangenen Neger, mit der Wiederholung dieses Befehls, zu dem im Hof noch verweilenden und sich beratschlagenden Haufen hinab, und da die Schwarzen, so wenig sie auch von der Sache begriffen, den Worten dieses förmlichen Botschafters Folge leisten mussten, gaben sie ihren Anschlag, zu dessen Ausführung schon alles in Bereitschaft war, auf und verfügten sich nach und nach, obschon murrend und schimpfend, in ihre Ställe zurück. Herr Strömli, indem er dem Knaben Seppy vor den Augen Hoangos die Hände binden ließ, sagte diesem: dass seine Absicht keine andere sei, als den Offizier, seinen Vetter, aus der in der Pflanzung über ihn verhängten Haft zu befreien, und dass, wenn seiner Flucht nach Port au Prince keine Hindernisse in den Weg gelegt würden, weder für sein, Hoangos, noch für das Leben seiner Kinder, die er ihm wiedergeben würde, etwas zu befürchten sein würde. Babekan, welcher Toni sich näherte und zum Abschied in einer Rührung, die sie nicht unterdrücken konnte, die Hand geben wollte, stieß diese heftig von sich. Sie nannte sie eine Niederträchtige und Verräterin und meinte, indem sie sich am Gestell des Tisches, an dem sie lag, umdrehte: die Rache Gottes würde sie, noch ehe sie ihrer Schandtat froh geworden, ereilen. Toni antwortete: »ich habe euch nicht verraten, ich bin eine Weiße und dem Jüngling, den ihr gefangen haltet, verlobt, ich gehöre zu dem Geschlecht derer, mit denen ihr im offenen Kriege liegt, und werde vor Gott, dass ich mich auf ihre Seite stellte, zu verantworten wissen.« Hierauf gab Herr Strömli dem Neger Hoango, den er zur Sicherheit wieder hatte fesseln und an die Pfosten der Tür festbinden lassen, eine Wache. Er ließ den Diener, der, mit zersplittertem Schulterknochen, ohnmächtig am Boden lag, aufheben und wegtragen, und nachdem er dem Hoango noch gesagt hatte, dass er beide Kinder, den Nanky sowohl als den Seppy, nach Verlauf einiger Tage, in Sainte Luce, wo die ersten französischen Vorposten stünden, abholen lassen könne, nahm er Toni, die, von mancherlei Gefühlen bestürmt, sich nicht enthalten konnte zu weinen, bei der Hand und führte sie, unter den Flüchen Babekans und des alten Hoango, aus dem Schlafzimmer fort.

Inzwischen waren Adelbert und Gottfried, Herrn Strömlis Söhne, schon nach Beendigung des ersten, an den Fenstern gefochtenen Hauptkampfs, auf Befehl des Vaters, in das Zimmer ihres Vetters Gustav geeilt und waren glücklich genug gewesen, die beiden Schwarzen, die diesen bewachten, nach einem hartnäckigen Widerstand zu überwältigen. Der eine lag tot im Zimmer, der andere hatte sich mit einer schweren Schusswunde auf den Korridor hinausgeschleppt. Die Brüder, deren einer, der Ältere, dabei selbst, obschon nur leicht, am Schenkel verwundet worden war, banden den teuren lieben Vetter los. Sie umarmten und küssten ihn und forderten ihn jauchzend, indem sie ihm Gewehr und Waffen gaben, auf, ihnen zum vorderen Zimmer, in welchem, da der Sieg entschieden, Herr Strömli wahrscheinlich alles schon zum Rückzug anordne, zu folgen. Aber Vetter Gustav, halb im Bett aufgerichtet, drückte ihnen freundlich die Hand, im übrigen war er still und zerstreut und statt die Pistolen, die sie ihm darreichten, zu ergreifen, hob er die Rechte und strich sich, mit einem unaussprechlichen Ausdruck von Gram, damit über die Stirn. Die Jünglinge, die sich bei ihm niedergesetzt hatten, fragten: was ihm fehle? und schon, als er sie mit seinem Arm umschloss und sich mit dem Kopf schweigend an die Schulter des Jüngern lehnte, wollte Adelbert sich erheben, um ihm im Falle, dass ihn eine Ohnmacht anwandle, einen Trunk Wasser herbeizuholen, als Toni, den Knaben Seppy auf dem Arm, an der Hand Herrn Strömlis, in das Zimmer trat. Gustav wechselte bei diesem Anblick die Farbe; er hielt sich, indem er aufstand, als ob er umsinken wollte, an den Leibern der Freunde fest, und ehe die Jünglinge noch ahnten, was er mit der Pistole, die er ihnen jetzt aus der Hand nahm, anfangen wollte, schoss er schon, knirschend vor Wut, auf Toni. Der Schuss war ihr mitten durch die Brust gegangen, und als sie, mit einem gebrochenen Laut des Schmerzes, noch einige Schritte zu ihm machte und sodann, indem sie den Knaben an Herrn Strömli gab, vor ihm niedersank, schleuderte er die Pistole auf sie, stieß sie mit dem Fuß von sich, und warf sich, indem er sie eine Hure nannte, wieder aufs Bett. »Du ungeheurer Mensch!« schrien Herr Strömli und seine beiden Söhne. Die Jünglinge warfen sich über das Mädchen und riefen, indem sie es aufhoben, einen der alten Diener herbei, der dem Zuge schon in manchen ähnlichen, verzweiflungsvollen Fällen die Hilfe eines Arztes geleistet hatte, aber das Mädchen, das sich mit der Hand krampfhaft die Wunde hielt, drückte die Freunde weg, und: »sagt ihm –!« stammelte sie röchelnd, auf ihn, der sie erschossen, hindeutend und wiederholte: »sagt ihm – –!« »Was sollen wir ihm sagen?«, fragte Herr Strömli, da der Tod ihr die Sprache raubte. Adelbert und Gottfried standen auf und riefen dem unbegreiflich grässlichen Mörder zu: ob er wisse, dass das Mädchen seine Retterin sei, dass sie ihn liebe, und dass es ihre Absicht gewesen sei, mit ihm, dem sie alles, Eltern und Eigentum, aufgeopfert, nach Port au Prince zu fliehen? – Sie donnerten ihm:

»Gustav!« in die Ohren und fragten ihn: ob er nichts höre? und schüttelten ihn und griffen ihm in die Haare, da er unempfindlich, und ohne auf sie zu achten, auf dem Bett lag. Gustav richtete sich auf. Er warf einen Blick auf das in seinem Blut sich wälzende Mädchen, und die Wut, die diese Tat veranlasst hatte, machte auf natürliche Weise einem Gefühl allgemeinen Mitleidens Platz. Herr Strömli, heiße Tränen auf sein Schnupftuch weinend, fragte: »warum, Elender, hast du das getan?« Vetter Gustav, der vom Bett aufgestanden war, und das Mädchen, indem er sich den Schweiß von der Stirn abwischte, betrachtete, antwortete: dass sie ihn schändlicher Weise zur Nachtzeit gebunden und dem Neger Hoango übergeben habe. »Ach!«, rief Toni und streckte, mit einem unbeschreiblichen Blick, ihre Hand nach ihm aus: »dich, liebsten Freund, band ich, weil – –!« Aber sie konnte nicht reden und ihn auch mit der Hand nicht erreichen; sie fiel, mit einer plötzlichen Erschlaffung ihrer Kraft, wieder auf den Schoß Herrn Strömlis zurück. Weshalb? fragte Gustav blass, indem er zu ihr niederkniete. Herr Strömli, nach einer langen, nur durch das Röcheln Tonis unterbrochenen Pause, in welcher man vergebens auf eine Antwort von ihr gehofft hatte, nahm das Wort und sprach: weil, nach der Ankunft Hoangos, dich, Unglücklichen, zu retten, kein anderes Mittel war, weil sie den Kampf, den du unfehlbar eingegangen wärest, vermeiden, weil sie Zeit gewinnen wollte, bis wir, die wir schon vermöge ihrer Veranstaltung herbeieilten, deine Befreiung mit den Waffen in der Hand erzwingen konnten. Gustav legte die Hände vor sein Gesicht. »Oh!« rief er, ohne aufzusehen, und meinte, die Erde versänke unter seinen Füßen: »ist das, was ihr mir sagt, wahr?« Er legte seine Arme um ihren Leib und sah ihr mit jammervoll zerrissenem Herzen ins Gesicht. »Ach«, rief Toni, und dies waren ihre letzten Worte: »du hättest mir nicht misstrauen sollen!« Und damit hauchte sie ihre schöne Seele aus. Gustav raufte sich die Haare. »Gewiss!«, sagte er, da ihn die Vettern von der Leiche wegrissen: »ich hätte dir nicht misstrauen dürfen, denn du warst mir durch einen Eidschwur verlobt, obschon wir keine Worte darüber gewechselt hatten!« Herr Strömli drückte jammernd den Latz, der des Mädchens Brust umschloss, nieder. Er ermunterte den Diener, der mit einigen unvollkommenen Rettungswerkzeugen neben ihm stand, die Kugel, die, wie er meinte, in dem Brustknochen stecken müsse, auszuziehen, aber alle Bemühung, wie gesagt, war vergebens, sie war von dem Blei ganz durchbohrt, und ihre Seele schon zu besseren Sternen entflohn. – Inzwischen war Gustav ans Fenster getreten, und während Herr Strömli und seine Söhne unter stillen Tränen beratschlagten, was mit der Leiche anzufangen sei, und ob man nicht die Mutter herbeirufen solle, jagte Gustav sich die Kugel, womit die andere Pistole geladen war, durchs Hirn. Diese neue Schreckenstat raubte den Verwandten völlig alle Besinnung. Die Hilfe wandte sich jetzt ihm zu, aber des Ärmsten Schädel war ganz zerschmettert und hing, da er sich die Pistole in den Mund gesetzt hatte, zum Teil an den Wänden herum. Herr Strömli war der erste, der sich wieder fasste. Denn da der Tag schon ganz hell durch die Fenster schien, und auch Nachrichten einliefen, dass die Neger sich schon wieder auf dem Hofe zeigten, blieb nichts übrig, als ungesäumt an den Rückzug zu denken. Man legte die beiden Leichen, die man nicht der mutwilligen Gewalt der Neger überlassen wollte, auf ein Brett, und nachdem die Büchsen von neuem geladen waren, brach der traurige Zug zum Möwenweiher auf. Herr Strömli, den Knaben Seppy auf dem Arm, ging voran, ihm folgten die beiden stärksten Diener, welche auf ihren Schultern die Leichen trugen, der Verwundete schwankte an einem Stabe hinterher, und Adelbert und Gottfried gingen mit gespannten Büchsen dem langsam fortschreitenden Leichenzug zur Seite. Die Neger, als sie den Haufen so schwach erblickten, traten mit Spießen und Gabeln aus ihren Wohnungen hervor und schienen Miene zu machen, angreifen zu wollen, aber Hoango, den man vorsorglich losgebunden hatte, trat auf die Treppe des Hauses hinaus, und winkte den Negern, stillzuhalten. »In Sainte Luce!« rief er Herrn Strömli zu, der schon mit den Leichen unter dem Torweg war. »In Sainte Lüze!« antwortete dieser, worauf der Zug, ohne verfolgt zu werden, auf das Feld hinauskam und die Waldung erreichte. Am Möwenweiher, wo man die Familie fand, grub man, unter vielen Tränen, den Leichen ein Grab, und nachdem man noch die Ringe, die sie an der Hand trugen, gewechselt hatte, senkte man sie unter stillen Gebeten in die Wohnungen des ewigen Friedens ein. Herr Strömli war glücklich genug, mit seiner Frau und seinen Kindern, fünf Tage später, Sainte Luce zu erreichen, wo er die beiden Negerknaben, seinem Versprechen gemäß, zurückließ. Er traf kurz vor Beginn der Belagerung in Port au Prince ein, wo er noch auf den Wällen für die Sache der Weißen focht, und als die Stadt nach einer hartnäckigen Gegenwehr an den General Dessalines überging, rettete er sich mit dem französischen Heer zur englischen Flotte, von wo die Familie nach Europa überschiffte und ohne weitere Zwischenfälle ihr Vaterland, die Schweiz, erreichte. Herr Strömli kaufte sich daselbst mit dem Rest seines kleinen Vermögens in der Gegend des Rigi ein, und noch im Jahr 1807 war unter den Büschen seines Gartens das Denkmal zu sehen, das er Gustav, seinem Vetter, und der Verlobten desselben, der treuen Toni, hatte setzen lassen.

Das Bettelweib von Locarno

Am Fuße der Alpen, bei Locarno im oberen Italien, befand sich ein altes, einem Marchese gehöriges Schloss, das man jetzt, wenn man vom St. Gotthard kommt, in Schutt und Trümmern liegen sieht: ein Schloss mit hohen und weitläufigen Zimmern, in deren einem einst, auf Stroh, das man ihr unterschüttete, eine alte kranke Frau, die sich bettelnd vor der Tür eingefunden hatte, von der Hausfrau aus Mitleiden gebettet worden war. Der Marchese, der, bei der Rückkehr von der Jagd, zufällig in das Zimmer trat, wo er seine Büchse abzusetzen pflegte, befahl der Frau unwillig, aus dem Winkel, in welchem sie lag, aufzustehen, und sich hinter den Ofen zu verfügen. Die Frau, da sie sich erhob, glitschte mit der Krücke auf dem glatten Boden aus, und beschädigte sich, auf eine gefährliche Weise, das Kreuz; dergestalt, dass sie zwar noch mit unsäglicher Mühe aufstand und quer, wie es vorgeschrieben war, über das Zimmer ging, hinter den Ofen aber, unter Stöhnen und Ächzen, niedersank und verschied.

Mehrere Jahre nachher, da der Marchese, durch Krieg und Misswachstum, in bedenkliche Vermögensumstände geraten war, fand sich ein florentinischer Ritter bei ihm ein, der das Schloss, seiner schönen Lage wegen, von ihm kaufen wollte. Der Marchese, dem viel an dem Handel gelegen war, gab seiner Frau auf, den Fremden in dem obenerwähnten, leerstehenden Zimmer, das sehr schön und prächtig eingerichtet war, unterzubringen. Aber wie betreten war das Ehepaar, als der Ritter mitten in der Nacht, verstört und bleich, zu ihnen herunterkam, hoch und teuer versichernd, dass es in dem Zimmer spuke, indem etwas, das dem Blick unsichtbar gewesen, mit einem Geräusch, als ob es auf Stroh gelegen, im Zimmerwinkel aufgestanden, mit vernehmlichen Schritten, langsam und gebrechlich, quer über das Zimmer gegangen, und hinter dem Ofen, unter Stöhnen und Ächzen, niedergesunken sei.

Der Marchese erschrocken, er wusste selbst nicht recht warum, lachte den Ritter mit erkünstelter Heiterkeit aus, und sagte, er wolle sogleich aufstehen, und die Nacht zu seiner Beruhigung, mit ihm in dem Zimmer zubringen. Doch der Ritter bat um die Gefälligkeit, ihm zu erlauben, dass er auf einem Lehnstuhl, in seinem Schlafzimmer übernachte, und als der Morgen kam, ließ er anspannen, empfahl sich und reiste ab.

Dieser Vorfall, der außerordentliches Aufsehen machte, schreckte auf eine dem Marchese höchst unangenehme Weise, mehrere Käufer ab; dergestalt, dass, da sich unter seinem eigenen Hausgesinde, befremdend und unbegreiflich, das Gerücht erhob, dass es in dem Zimmer, zur Mitternachtsstunde, umgehe, er, um es mit einem entscheidenden Verfahren niederzuschlagen, beschloss, die Sache in der nächsten Nacht selbst zu untersuchen. Demnach ließ er, beim Einbruch der Dämmerung, sein Bett in dem besagten Zimmer aufschlagen, und erharrte, ohne zu schlafen, die Mitternacht. Aber wie erschüttert war er, als er in der Tat, mit dem Schlage der Geisterstunde, das unbegreifliche Geräusch wahrnahm; es war, als ob ein Mensch sich von Stroh, das unter ihm knisterte, erhob, quer über das Zimmer ging, und hinter dem Ofen, unter Geseufz und Geröchel niedersank. Die Marquise, am andern Morgen, da er herunterkam, fragte ihn, wie die Untersuchung abgelaufen; und da er sich, mit scheuen und ungewissen Blicken, umsah, und, nachdem er die Tür verriegelt, versicherte, dass es mit dem Spuk seine Richtigkeit habe: so erschrak sie, wie sie in ihrem Leben nicht getan, und bat ihn, bevor er die Sache verlauten ließe, sie noch einmal, in ihrer Gesellschaft, einer kaltblütigen Prüfung zu unterwerfen. Sie hörten aber samt einem treuen Bedienten, den sie mitgenommen hatten, in der Tat, in der nächsten Nacht dasselbe unbegreifliche, gespensterartige Geräusch; und nur der dringende Wunsch, das Schloss, es koste was es wolle, loszuwerden, vermochte sie, das Entsetzen, das sie ergriff, in Gegenwart ihres Dieners zu unterdrücken, und dem Vorfall irgendeine gleichgültige und zufällige Ursache, die sich entdecken lassen müsse, unterzuschieben. Am Abend des dritten Tages, da beide, um der Sache auf den Grund zu kommen, mit Herzklopfen wieder die Treppe zu dem Fremdenzimmer bestiegen, fand sich zufällig der Haushund, den man von der Kette losgelassen hatte, vor der Tür desselben ein; dergestalt, dass beide, ohne sich bestimmt zu erklären, vielleicht in der unwillkürlichen Absicht, außer sich selbst noch etwas Drittes, Lebendiges, bei sich zu haben, den Hund mit sich in das Zimmer nahmen. Das Ehepaar, zwei Lichter auf dem Tisch, die Marquise unausgezogen, der Marchese Degen und Pistolen, die er aus dem Schrank genommen, neben sich, setzen sich, gegen elf Uhr, jeder auf sein Bett; und während sie sich mit Gesprächen, so gut sie vermögen, zu unterhalten suchen, legt sich der Hund, Kopf und Beine zusammengekauert, in der Mitte des Zimmers nieder und schläft ein. Drauf, im Augenblick der Mitternacht, lässt sich das entsetzliche Geräusch wieder hören; jemand, den kein Mensch mit Augen sehen kann, hebt sich, auf Krücken, im Zimmerwinkel empor; man hört das Stroh, das unter ihm rauscht; und mit dem ersten Schritt: tapp! tapp! erwacht der Hund, hebt sich plötzlich, die Ohren spitzend, vom Boden empor, und knurrend und bellend, grad als ob ein Mensch auf ihn zugeschritten käme, rückwärts gegen den Ofen weicht er aus. Bei diesem Anblick stürzt die Marquise mit sich sträubenden Haaren aus dem Zimmer; und während der Marquis, der den Degen ergriffen: wer da? ruft, und da ihm niemand antwortet, gleich einem Rasenden, nach allen Richtungen die Luft durchhaut, lässt sie anspannen, entschlossen, augenblicklich, in der Stadt abzufahren. Aber ehe sie noch einige Sachen zusammengepackt und aus dem Tore herausgerasselt, sieht sie schon das Schloss ringsum in Flammen aufgehen. Der Marchese, von Entsetzen überreizt, hatte eine Kerze genommen, und dasselbe, überall mit Holz getäfelt wie es war, an allen vier Ecken, müde seines Lebens, angesteckt. Vergebens schickte sie Leute hinein, den Unglücklichen zu retten; er war auf die elendiglichste Weise bereits umgekommen, und noch jetzt liegen, von den Landleuten zusammengetragen, seine weißen Gebeine in dem Winkel des Zimmers, von welchem er das Bettelweib von Locarno hatte aufstehen heißen.

Der Findling

Antonio Piachi, ein wohlhabender Güterhändler in Rom, war genötigt, in seinen Handelsgeschäften zuweilen große Reisen zu machen. Er pflegte dann gewöhnlich Elvira, seine junge Frau, unter dem Schutz ihrer Verwandten, daselbst zurückzulassen. Eine dieser Reisen führte ihn mit seinem Sohn Paolo, einem elfjährigen Knaben, den ihm seine erste Frau geboren hatte, nach Ragusa. Es traf sich, dass hier eben eine pestartige Krankheit ausgebrochen war, welche die Stadt und Gegend umher in großen Schrecken versetzte. Piachi, dem die Nachricht davon erst auf der Reise zu Ohren gekommen war, hielt in der Vorstadt an, um sich nach der Natur derselben zu erkundigen. Doch da er hörte, dass das Übel von Tag zu Tag bedenklicher werde, und dass man damit umgehe, die Tore zu sperren; so überwand die Sorge für seinen Sohn alle kaufmännischen Interessen. Er nahm Pferde und reiste wieder ab.

Er bemerkte, da er im Freien war, einen Knaben neben seinem Wagen, der, nach Art der Flehenden, die Hände zu ihm ausstreckte und in großer Gemütsbewegung zu sein schien. Piachi ließ halten; und auf die Frage: was er wolle? antwortete der Knabe in seiner Unschuld, er sei angesteckt; die Häscher verfolgten ihn, um ihn ins Krankenhaus zu bringen, wo sein Vater und seine Mutter schon gestorben wären, er bitte um aller Heiligen willen, ihn mitzunehmen, und nicht in der Stadt umkommen zu lassen. Dabei fasste er des Alten Hand, drückte und küsste sie und weinte darauf nieder. Piachi wollte in der ersten Regung des Entsetzens, den Jungen weit von sich schleudern, doch da dieser, in ebendiesem Augenblick, seine Farbe veränderte und ohnmächtig zu Boden sank, regte sich des guten Alten Mitleid, er stieg mit seinem Sohn aus, legte den Jungen in den Wagen und fuhr mit ihm fort, obschon er auf der Welt nicht wusste, was er mit demselben anfangen sollte.

Er unterhandelte noch, in der ersten Station, mit den Wirtsleuten, über die Art und Weise, wie er seiner wieder loswerden könne, als er schon auf Befehl der Polizei, welche davon Wind bekommen hatte, arretiert und unter einer Bedeckung, er, sein Sohn und Nicolo, so hieß der kranke Knabe, wieder nach Ragusa zurücktransportiert ward. Alle Vorstellungen von Seiten Piachis, über die Grausamkeit dieser Maßregel, halfen nichts; in Ragusa angekommen, wurden nunmehr alle drei, unter Aufsicht eines Häschers, zum Krankenhaus abgeführt, wo er zwar, Piachi, gesund blieb, und Nicolo, der Knabe, sich von dem Übel wieder erholte, sein Sohn aber, der elfjährige Paolo, von demselben angesteckt ward, und in drei Tagen starb.

Die Tore wurden nun wieder geöffnet, und Piachi, nachdem er seinen Sohn begraben hatte, erhielt von der Polizei Erlaubnis, zu reisen. Er bestieg eben, sehr von Schmerz bewegt, den Wagen und nahm, bei dem Anblick des Platzes, der neben ihm leer blieb, sein Schnupftuch heraus, um seine Tränen fließen zu lassen, als Nicolo, mit der Mütze in der Hand, an seinen Wagen trat und ihm eine glückliche Reise wünschte. Piachi beugte sich aus dem Schlag heraus und fragte ihn, mit einer von heftigem Schluchzen unterbrochenen Stimme, ob er mit ihm reisen wollte? Der Junge, sobald er den Alten nur verstanden hatte, nickte und sprach: »o ja! sehr gern«, und da die Vorsteher des Krankenhauses, auf die Frage des Güterhändlers: ob es dem Jungen wohl erlaubt wäre, einzusteigen?, lächelten und versicherten, dass er Gottes Sohn wäre und niemand ihn vermissen würde, hob ihn Piachi, in einer großen Bewegung, in den Wagen und nahm ihn, an seines Sohnes Statt, mit sich nach Rom.

Auf der Straße, vor den Toren der Stadt, sah sich der Landmäkler den Jungen erst recht an. Er war von einer besondern, etwas starren Schönheit, seine schwarzen Haare hingen ihm, in schlichten Spitzen, von der Stirn herab, ein Gesicht beschattend, das, ernst und klug, seine Mienen niemals veränderte. Der Alte stellte ihm mehrere Fragen, worauf jener aber nur kurz antwortete. Ungesprächig und in sich gekehrt saß er, die Hände in die Hosen gesteckt, im Winkel da, und sah sich, mit gedankenvoll scheuen Blicken, die Gegenstände an, die am Wagen vorüberflogen. Von Zeit zu Zeit holte er sich, mit stillen und geräuschlosen Bewegungen, eine Handvoll Nüsse aus der Tasche, die er bei sich trug, und während Piachi sich die Tränen aus den Augen wischte, nahm er die Nüsse zwischen die Zähne und knackte sie auf.

In Rom stellte ihn Piachi, unter einer kurzen Erzählung des Vorfalls, Elviren, seiner jungen trefflichen Gemahlin vor, welche sich zwar nicht enthalten konnte, bei dem Gedanken an Paolo, ihren kleinen Stiefsohn, den sie sehr geliebt hatte, herzlich zu weinen, gleichwohl aber den Nicolo, so fremd und steif er auch vor ihr stand, an ihre Brust drückte, ihm das Bett, worin jener geschlafen hatte, als Lager anwies, und sämtliche Kleider desselben zum Geschenk machte. Piachi schickte ihn in die

136

Schule, wo er Schreiben, Lesen und Rechnen lernte, und da er, auf eine leicht begreifliche Weise, den Jungen in dem Maße liebgewonnen, als er ihm teuer zu stehen gekommen war, so adoptierte er ihn, mit Einwilligung der guten Elvira, welche von dem Alten keine Kinder mehr zu erhalten hoffen konnte, schon nach wenigen Wochen, als seinen Sohn. Er entließ später einen Kommis, mit dem er, aus mancherlei Gründen, unzufrieden war, und hatte, da er den Nicolo, statt seiner, im Comptoir anstellte, die Freude zu sehn, dass derselbe die weitläufigen Geschäfte, in welche er verwickelt war, auf das tätigste und vorteilhafteste verwaltete. Nichts hatte der Vater, der ein geschworner Feind aller Bigotterie war, an ihm auszusetzen, als den Umgang mit den Mönchen des Karmeliterklosters, die dem jungen Mann, wegen des beträchtlichen Vermögens das ihm einst, aus der Hinterlassenschaft des Alten, zufallen sollte, mit großer Gunst zugetan waren, und nichts ihrerseits die Mutter, als einen früh, wie es ihr schien, in der Brust desselben sich regenden Hang für das weibliche Geschlecht. Denn schon in seinem fünfzehnten Jahr, war er, bei Gelegenheit dieser Mönchsbesuche, die Beute der Verführung einer gewissen Xaviera Tartini, Beischläferin ihres Bischofs, geworden, und ob er gleich, durch die strenge Forderung des Alten genötigt, diese Verbindung zerriss, so hatte Elvira doch mancherlei Gründe zu glauben, dass seine Enthaltsamkeit auf diesem gefährlichen Felde nicht eben groß war. Doch da Nicolo sich, in seinem zwanzigsten Jahr, mit Constanza Parquet, einer jungen liebenswürdigen Genueserin, Elvirens Nichte, die unter ihrer Aufsicht in Rom erzogen wurde, vermählte, so schien wenigstens das letzte Übel an der Quelle verstopft. Beide Eltern vereinigten sich in der Zufriedenheit mit ihm, und um ihm davon einen Beweis zu geben, ward ihm eine glänzende Ausstattung zuteil, wobei sie ihm einen beträchtlichen Teil ihres schönen und weitläufigen Wohnhauses einräumten. Kurz, als Piachi sein sechzigstes Jahr erreicht hatte, tat er das Letzte und Äußerste, was er für ihn tun konnte: er überließ ihm, auf gerichtliche Weise, mit Ausnahme eines kleinen Kapitals, das er sich vorbehielt, das ganze Vermögen, das seinem Güterhandel zu Grunde lag, und zog sich, mit seiner treuen, trefflichen Elvira, die wenige Wünsche in der Welt hatte, in den Ruhestand zurück.

Elvira hatte einen stillen Zug von Traurigkeit im Gemüt, der ihr aus einem rührenden Vorfall, aus der Geschichte ihrer Kindheit, zurückgeblieben war. Philippo Parquet, ihr Vater, ein wohlhabender Tuchfärber in Genua, bewohnte ein Haus, das, wie es sein Handwerk erforderte, mit der hinteren Seite hart an den, mit Quadersteinen eingefassten, Rand des Meeres stieß; große, am Giebel eingefugte Balken, an welchen die gefärbten Tücher aufgehängt wurden, liefen, mehrere Ellen weit, über die See hinaus. Einst, in einer unglücklichen Nacht, da Feuer das Haus ergriff und gleich, als ob es von Pech und Schwefel erbaut wäre, zu gleicher Zeit in allen Gemächern, aus welchen es zusammengesetzt war, emporknitterte, flüchtete sich, überall von Flammen geschreckt, die dreizehnjährige Elvira von Treppe zu Treppe und befand sich, sie wusste selbst nicht wie, auf einem dieser Balken. Das arme Kind wusste, zwischen Himmel und Erde schwebend, gar nicht, wie es sich retten sollte; hinter ihr der brennende Giebel, dessen Glut, vom Winde gepeitscht, schon den Balken angefressen hatte, und unter ihr die weite, öde, entsetzliche See. Schon wollte sie sich allen Heiligen empfehlen und unter zwei Übeln das kleinere wählend, in die Fluten hinabspringen, als plötzlich ein junger Genueser, vom Geschlecht der Patrizier, am Eingang erschien, seinen Mantel über den Balken warf, sie umfasste und sich, mit ebensoviel Mut als Gewandtheit, an einem der feuchten Tücher, die von dem Balken niederhingen, in die See mit ihr herabließ. Hier griffen Gondeln, die im Hafen schwammen, sie auf und brachten sie, unter vielem Jauchzen des Volks, ans Ufer; doch es fand sich, dass der junge Held, schon beim Durchgang durch das Haus, durch einen vom Gesims desselben herabfallenden Stein, eine schwere Wunde am Kopf empfangen hatte, die ihn auch bald, seiner Sinne nicht mächtig, zu Boden streckte. Der Marquis, sein Vater, in dessen Hotel er gebracht ward, rief, da seine Wiederherstellung sich in die Länge zog, Ärzte aus allen Gegenden Italiens herbei, die ihn zu verschiedenen Malen trepanierten und ihm mehrere Knochen aus dem Gehirn nahmen; doch alle Kunst war, durch eine unbegreifliche Schickung des Himmels, vergeblich. Er stand nur selten an der Hand Elvirens, die seine Mutter zu seiner Pflege herbeigerufen hatte, auf, und nach einem dreijährigen höchst schmerzenvollen Krankenlager, während dessen das Mädchen nicht von seiner Seite wich, reichte er ihr noch einmal freundlich die Hand und verschied.

Piachi, der mit dem Hause dieses Herrn in Handelsverbindungen stand und Elviren ebendort, da sie ihn pflegte, kennengelernt und zwei Jahre darauf geheiratet hatte, hütete sich sehr, seinen Namen vor ihr zu nennen oder sie sonst an ihn zu erinnern, weil er wusste, dass es ihr schönes und empfindsames Gemüt auf das heftigste bewegte. Die mindeste Veranlassung, die sie auch nur von fern an die Zeit erinnerte, da der Jüngling für sie litt und starb, rührte sie immer zu Tränen, und alsdann gab es keinen Trost und keine Beruhigung für sie; sie brach, wo sie auch sein mochte, auf, und keiner folgte ihr, weil man schon erprobt hatte, dass jedes andere Mittel vergeblich war, als sie still für sich, in der Einsamkeit, ihren Schmerz ausweinen zu lassen. Niemand, außer Piachi, kannte die Ursache dieser sonderbaren und häufigen Erschütterungen, denn niemals, solange sie lebte, war ein Wort, jene Begebenheit betreffend, über ihre Lippen gekommen. Man war gewohnt, sie auf Rechnung eines überreizten Nervensystems zu setzen, das ihr aus einem hitzigen Fieber, in welches sie gleich nach ihrer Verheiratung verfiel, zurückgeblieben war, und somit allen Nachforschungen über die Veranlassung derselben ein Ende zu machen.

Einstmals war Nicolo, mit jener Xaviera Tartini, mit welcher er, trotz des Verbots des Vaters, die Verbindung nie ganz aufgegeben hatte, heimlich, und ohne Vorwissen seiner Gemahlin, unter der Vorspiegelung, dass er bei einem Freund eingeladen sei, auf dem Karneval gewesen und kam, in der Maske eines genuesischen Ritters, die er zufällig gewählt hatte, spät in der Nacht, da schon alles schlief, in sein Haus zurück. Es traf sich, dass dem Alten plötzlich eine Unpässlichkeit zugestoßen war, und Elvira, um ihm zu helfen, in Ermangelung von Mägden, aufgestanden und in den Speisesaal gegangen war, um ihm eine Flasche mit Essig zu holen. Eben hatte sie einen Schrank, der im Winkel stand, geöffnet und suchte, auf der Kante eines Stuhles stehend, unter den Gläsern und Caravinen umher, als Nicolo die Tür sacht öffnete und mit einem Licht, das er sich im Flur angesteckt hatte, mit Federhut, Mantel und Degen, durch den Saal ging. Harmlos, ohne Elviren zu sehen, trat er an die Tür, die in sein Schlafgemach führte, und bemerkte eben mit Bestürzung, dass

138

sie verschlossen war, als Elvira hinter ihm, mit Flaschen und Gläsern, die sie in der Hand hielt, wie durch einen unsichtbaren Blitz getroffen, bei seinem Anblick von dem Schemel, auf welchem sie stand, auf das Getäfel des Bodens niederfiel. Nicolo, von Schrecken bleich, wandte sich um und wollte der Unglücklichen beispringen, doch da das Geräusch, das sie gemacht hatte, notwendig den Alten herbeiziehen musste, so unterdrückte die Besorgnis, einen Verweis von ihm zu erhalten, alle anderen Rücksichten. Er riss ihr, mit verstörtem Eifer, einen Bund Schlüssel von der Hüfte, den sie bei sich trug, und einen gefunden, der passte, warf er den Bund in den Saal zurück und verschwand. Bald darauf, da Piachi, krank wie er war, aus dem Bette gesprungen war und sie aufgehoben hatte, und auch Bediente und Mägde, von ihm zusammengeklingelt, mit Licht erschienen waren, kam auch Nicolo in seinem Schlafrock und fragte, was vorgefallen sei, doch da Elvira, starr vor Entsetzen, wie ihre Zunge war, nicht sprechen konnte, und außer ihr nur er selbst noch Auskunft auf diese Frage geben konnte, blieb der Zusammenhang der Sache in ein ewiges Geheimnis gehüllt. Man trug Elviren, die an allen Gliedern zitterte, zu Bett, wo sie mehrere Tage lang an einem heftigen Fieber darniederlag, gleichwohl aber durch die natürliche Kraft ihrer Gesundheit den Unfall überwand und bis auf eine sonderbare Schwermut, die ihr zurückblieb, sich ziemlich wieder erholte.

So verfloss ein Jahr, als Constanze, Nicolos Gemahlin, niederkam, und samt dem Kinde, das sie geboren hatte, in den Wochen starb. Dieser Vorfall, bedauernswürdig an sich, weil ein tugendhaftes und wohlerzogenes Wesen verlorenging, war es doppelt, weil er den beiden Leidenschaften Nicolos, seiner Bigotterie und seinem Hange zu den Weibern, wieder Tor und Tür öffnete. Ganze Tage lang trieb er sich wieder, unter dem Vorwand, sich zu trösten, in den Zellen der Karmelitermönche umher, und gleichwohl wusste man, dass er während der Lebzeiten seiner Frau, nur mit geringer Liebe und Treue an ihr gehangen hatte. Ja, Constanze war noch nicht unter der Erde, als Elvira schon zur Abendzeit, in Geschäften des bevorstehenden Begräbnisses in sein Zimmer tretend, ein Mädchen bei ihm fand, das, geschürzt und geschminkt, ihr als die Zofe der Xaviera Tartini nur zu wohl bekannt war. Elvira schlug bei diesem Anblick die Augen nieder, drehte sich, ohne ein Wort zu sagen, um und verließ das Zimmer; weder Piachi, noch sonst jemand, erfuhr ein Wort davon, sie begnügte sich, mit betrübtem Herzen bei der Leiche Constanzens, die den Nicolo sehr geliebt hatte, niederzuknien und zu weinen. Zufällig aber traf es sich, dass Piachi, der in der Stadt gewesen war, beim Eintritt in sein Haus dem Mädchen begegnete, und da er wohl merkte, was sie hier zu schaffen gehabt hatte, sie heftig anging und ihr halb mit List, halb mit Gewalt, den Brief, den sie bei sich trug, abgewann. Er ging auf sein Zimmer, um ihn zu lesen, und fand, was er geahnt hatte, eine dringende Bitte Nicolos an Xaviera, ihm, behufs einer Zusammenkunft, nach der er sich sehne, gefälligst Ort und Stunde zu bestimmen. Piachi setzte sich nieder und antwortete, mit verstellter Schrift, im Namen Xavieras: »gleich, noch vor Nacht, in der Magdalenenkirche.« – siegelte diesen Zettel mit einem fremden Wappen und ließ ihn, gleich als ob er von der Dame käme, in Nicolos Zimmer abgeben. Die List glückte vollkommen. Nicolo nahm augenblicklich seinen Mantel und begab sich, in Vergessenheit Constanzens, die im Sarg ausgestellt war, aus dem Haus. Hierauf bestellte Piachi, tief entwürdigt, das feierliche, für den kommenden Tag festgesetzte Leichenbegängnis ab, ließ die Leiche, so wie sie ausgesetzt war, von einigen Trägern aufheben, und bloß von Elviren, ihm und einigen Verwandten begleitet, ganz in der Stille im Gewölbe der Magdalenenkirche, das für sie bereitet war, beisetzen. Nicolo, der in seinen Mantel gehüllt, unter den Hallen der Kirche stand, und zu seinem Erstaunen einen ihm wohlbekannten Leichenzug herannahen sah, fragte den Alten, der dem Sarg folgte: was dies bedeute? und wen man herantrüge? Doch dieser, das Gebetbuch in der Hand, ohne das Haupt zu erheben, antwortete bloß: »Xaviera Tartini« – worauf die Leiche, als ob Nicolo gar nicht gegenwärtig wäre, noch einmal entdeckelt, durch die Anwesenden gesegnet und alsdann versenkt und im Gewölbe verschlossen ward.

Dieser Vorfall, der ihn tief beschämte, erweckte in der Brust des Unglücklichen einen brennenden Hass gegen Elviren, denn ihr glaubte er den Schimpf, den ihm der Alte vor allem Volk angetan hatte, zu verdanken zu haben. Mehrere Tage lang sprach Piachi kein Wort mit ihm, und da er gleichwohl, wegen der Hinterlassenschaft Constanzens, seiner Geneigtheit und Gefälligkeit bedurfte, so sah er sich genötigt, an einem Abend des Alten Hand zu ergreifen und ihm mit der Miene der Reue, unverzüglich und auf immerdar, die Verabschiedung der Xaviera zu geloben. Aber dies Versprechen war er wenig gesonnen zu halten, vielmehr schärfte der Widerstand, den man ihm entgegensetzte, nur seinen Trotz und übte ihn in der Kunst, die Aufmerksamkeit des redlichen Alten zu umgehen. Zugleich war ihm Elvira niemals schöner vorgekommen, als in dem Augenblick, da sie, zu seiner Vernichtung, das Zimmer, in welchem sich das Mädchen befand, öffnete und wieder schloss. Der Unwille, der sich mit sanfter Glut auf ihren Wangen entzündete, goss einen unendlichen Reiz über ihr mildes, von Affekten nur selten bewegtes Antlitz. Es schien ihm unglaublich, dass sie, bei soviel Lockungen dazu, nicht selbst zuweilen auf dem Wege wandeln sollte, dessen Blumen zu brechen er eben so schmählich von ihr gestraft worden war. Er glühte vor Begierde, ihr, falls dies der Fall sein sollte, bei dem Alten denselben Dienst zu erweisen als sie ihm, und bedurfte und suchte nichts, als die Gelegenheit, diesen Vorsatz ins Werk zu setzen.

Einst ging er, zu einer Zeit, da gerade Piachi außer dem Hause war, an Elvirens Zimmer vorbei und hörte, zu seinem Befremden, dass man darin sprach. Von raschen, heimtückischen Hoffnungen durchzuckt, beugte er sich mit Augen und Ohren zum Schloss nieder, und – Himmel! was erblickte er? Da lag sie, in der Stellung der Verzückung, zu jemandes Füßen, und ob er gleich die Person nicht erkennen konnte, so vernahm er doch ganz deutlich, recht mit dem Akzent der Liebe ausgesprochen, das geflüsterte Wort: »Colino«. Er legte sich mit klopfendem Herzen in das Fenster des Korridors, von wo aus er, ohne seine Absicht zu verraten, den Eingang des Zimmers beobachten konnte; und schon glaubte er, bei einem Geräusch, das sich ganz leise am Riegel erhob, den unschätzbaren Augenblick, da er die Scheinheilige entlarven könne, gekommen, als, statt des Unbekannten, den er erwartete, Elvira selbst, ohne irgendeine Begleitung, mit einem ganz gleichgültigen und ruhigen Blick, den sie aus der Ferne auf ihn warf, aus dem Zimmer hervortrat. Sie hatte ein Stück selbstgewebter Leinwand unter dem Arm, und nachdem sie das

Gemach, mit einem Schlüssel, den sie sich von der Hüfte nahm, verschlossen hatte, stieg sie ganz ruhig, die Hand ans Geländer gelehnt, die Treppe hinab. Diese Verstellung, diese scheinbare Gleichgültigkeit, schien ihm der Gipfel der Frechheit und Arglist, und kaum war sie ihm aus dem Gesicht, als er schon lief, einen Hauptschlüssel herbeizuholen, und nachdem er die Umgebung, mit scheuen Blicken, ein wenig geprüft hatte, heimlich die Tür des Gemachs öffnete. Aber wie erstaunte er, als er alles leer fand, und in allen vier Winkeln, die er durchspähte, nichts, das einem Menschen auch nur ähnlich war, entdeckte: außer dem Bild eines jungen Ritters in Lebensgröße, das in einer Nische der Wand, hinter einem rotseidenen Vorhang, von einem besondern Lichte bestrahlt, aufgestellt war. Nicolo erschrak, er wusste selbst nicht warum, und eine Menge von Gedanken fuhren ihm, den großen Augen des Bildes, das ihn starr ansah, gegenüber, durch die Brust, doch ehe er sie noch gesammelt und geordnet hatte, ergriff ihn schon Furcht, von Elviren entdeckt und gestraft zu werden. Er schloss, in nicht geringer Verwirrung, die Tür wieder zu, und entfernte sich.

Je mehr er über diesen sonderbaren Vorfall nachdachte, je wichtiger ward ihm das Bild, das er entdeckt hatte, und je peinlicher und brennender ward die Neugier-de in ihm, zu wissen, wer damit gemeint sei. Denn er hatte sie, im ganzen Umriss ihrer Stellung auf Knien liegen gesehen, und es war nur zu gewiss, dass derjenige, vor dem dies geschehen war, die Gestalt des jungen Ritters auf der Leinwand war. In der Unruhe des Gemüts, die sich seiner bemächtigte, ging er zu Xaviera Tartini und erzählte ihr die wunderbare Begebenheit, die er erlebt hatte. Diese, die im Interesse, Elviren zu stürzen, mit ihm zusammentraf, indem alle Schwierigkeiten, die sie in ihrem Umgang fanden, von ihr herrührten, äußerte den Wunsch, das Bild, das in dem Zimmer derselben aufgestellt war, einmal zu sehen. Denn einer ausgebreiteten Bekanntschaft unter den Edelleuten Italiens konnte sie sich rühmen, und falls derjenige, der hier in Rede stand, nur irgend einmal in Rom gewesen und von einiger Bedeutung war, so durfte sie hoffen, ihn zu kennen. Es fügte sich auch bald, dass die beiden Eheleute Piachi, da sie einen Verwandten besuchen wollten, an einem Sonntag aufs Land reisten, und kaum wusste Nicolo auf diese Weise das Feld rein, als er schon zu Xavieren eilte, und diese mit einer kleinen Tochter, die sie von dem Kardinal hatte, unter dem Vorwand, Gemälde und Stickereien zu besehen, als eine fremde Dame in Elvirens Zimmer führte. Doch wie betroffen war Nicolo, als die kleine Klara (so hieß die Tochter), sobald er nur den Vorhang gehoben hatte, ausrief: »Gott, mein Vater! Signor Nicolo, wer ist das anders, als Sie?« – Xaviera verstummte. Das Bild, in der Tat, je länger sie es ansah, hatte eine auffallende Ähnlichkeit mit ihm, besonders wenn sie sich ihn, wie ihrem Gedächtnis gar wohl möglich war, in dem ritterlichen Aufzug dachte, in welchem er, vor wenigen Monaten, heimlich mit ihr auf dem Karneval gewesen war. Nicolo versuchte ein plötzliches Erröten, das sich über seine Wangen ergoss, wegzuspotten. Er sagte, indem er die Kleine küsste: »wahrhaftig, liebste Klara, das Bild gleicht mir, wie du demjenigen, der sich deinen Vater glaubt!« – Doch Xaviera, in deren Brust das bittere Gefühl der Eifersucht rege geworden war, warf einen Blick auf ihn, und sie sagte, indem sie vor den Spiegel trat, zuletzt sei es gleichgültig, wer die Person sei, empfahl sich ihm ziemlich kalt und verließ das Zimmer.

Nicolo verfiel, sobald Xaviera sich entfernt hatte, in die lebhafteste Bewegung über diesen Auftritt. Er erinnerte sich, mit viel Freude, der sonderbaren und lebhaften Erschütterung, in welche er, durch die phantastische Erscheinung jener Nacht, Elviren versetzt hatte. Der Gedanke, die Leidenschaft dieser, als ein Muster der Tugend umherwandelnden Frau geweckt zu haben, schmeichelte ihm fast ebenso sehr, als die Begierde, sich an ihr zu rächen, und da sich ihm die Aussicht eröffnete, mit einem und demselben Schlag beide, das eine Gelüst, wie das andere, zu befriedigen, erwartete er mit großer Ungeduld Elvirens Wiederkunft, und die Stunde, da ein Blick in ihr Auge seine schwankende Überzeugung krönen würde. Nichts störte ihn in dem Taumel, der ihn ergriffen hatte, als die bestimmte Erinnerung, dass Elvira das Bild, vor dem sie auf Knien lag, damals, als er sie durch das Schlüsselloch belauschte, »Colino« genannt hatte. Doch auch im Klang dieses, im Lande nicht eben gebräuchlichen Namens, lag mancherlei, das sein Herz, er wusste nicht warum, in süße Träume wiegte, und in der Alternative, einem von beiden Sinnen, seinem Auge oder seinem Ohr zu misstrauen, neigte er sich, wie natürlich, zu demjenigen hinüber, der seiner Begierde am lebhaftesten schmeichelte.

Inzwischen kam Elvira erst nach Verlauf mehrerer Tage von dem Lande zurück, und da sie aus dem Haus des Vetters, den sie besucht hatte, eine junge Verwandte mitbrachte, die sich in Rom umzusehen wünschte, so warf sie, mit Artigkeiten gegen diese beschäftigt, auf Nicolo, der sie sehr freundlich aus dem Wagen hob, nur einen flüchtigen nichts bedeutenden Blick. Mehrere Wochen, der Gastfreundin, die man bewirtete, aufgeopfert, vergingen in einer dem Haus ungewöhnlichen Unruhe. Man besuchte, in- und außerhalb der Stadt, was einem Mädchen, jung und lebensfroh, wie sie war, attraktiv sein mochte, und Nicolo, seiner Geschäfte im Comptoir halber, zu allen diesen kleinen Fahrten nicht eingeladen, fiel, in Bezug auf Elviren, in die übelste Laune zurück. Er begann wieder, mit den bittersten und quälendsten Gefühlen, an den Unbekannten zurückzudenken, den sie in heimlicher Ergebung vergötterte, und dies Gefühl zerriss besonders am Abend der längst mit Sehnsucht erharrten Abreise jener jungen Verwandten sein verwildertes Herz, da Elvira, statt nun mit ihm zu sprechen, schweigend, während einer ganzen Stunde, mit einer kleinen, weiblichen Arbeit beschäftigt, am Speisetisch saß. Es traf sich, dass Piachi, wenige Tage zuvor nach einer Schachtel mit kleinen, elfenbeinernen Buchstaben gefragt hatte, vermittelst welcher Nicolo in seiner Kindheit unterrichtet worden, und die dem Alten nun, weil sie niemand mehr brauchte, in den Sinn gekommen war, an ein kleines Kind in der Nachbarschaft zu verschenken. Die Magd, der man aufgegeben hatte, sie, unter vielen anderen, alten Sachen, zu suchen, hatte inzwischen nicht mehr gefunden, als die sechs, die den Namen »Nicolo« ausmachen, wahrscheinlich weil die andern, ihrer geringeren Beziehung zu dem Knaben wegen, minder in Acht genommen und, bei welcher Gelegenheit auch immer, verschleudert worden waren. Da nun Nicolo die Lettern, welche seit mehreren Tagen auf dem Tisch lagen, in die Hand nahm, und während er, mit dem Arm auf die Platte gestützt, in trüben Gedanken brütete, damit spielte, fand er – zufällig, in der Tat, selbst, denn er staunte darüber, wie er noch in seinem Leben nicht getan – die Verbindung heraus, welche den Namen »Colino« bildet. Nicolo, dem die logogryphische Eigenschaft seines Namens fremd war, warf, von rasenden Hoffnungen von neuem getroffen, einen ungewissen und scheuen Blick auf die ihm zur Seite sitzende Elvira. Die Übereinstimmung, die sich zwischen beiden Wörtern angeordnet fand, schien ihm mehr als ein bloßer Zufall, er erwog, in unterdrückter Freude, den Umfang dieser sonderbaren Entdeckung und harrte, die Hände vom Tisch genommen, mit klopfendem Herzen des Augenblicks, da Elvira aufsehen und den Namen, der offen dalag, erblicken würde. Die Erwartung, in der er stand, täuschte ihn auch keineswegs, denn kaum hatte Elvira, in einem müßigen Moment, die Aufstellung der Buchstaben bemerkt und harmlos und gedankenlos, weil sie ein wenig kurzsichtig war, sich näher darüber hingebeugt, um sie zu lesen, als sie schon Nicolos Antlitz, der in scheinbarer Gleichgültigkeit darauf niedersah, mit einem sonderbar beklommenen Blick überflog, ihre Arbeit, mit einer Wehmut, die man nicht beschreiben kann, wieder aufnahm und, unbemerkt wie sie sich glaubte, eine Träne nach der anderen, unter sanftem Erröten, auf ihren Schoß fallen ließ. Nicolo, der alle diese innerlichen Bewegungen, ohne sie anzusehen, beobachtete, zweifelte gar nicht mehr, dass sie unter dieser Versetzung der Buchstaben nur seinen eignen Namen verberge. Er sah sie die Buchstaben mit einem Mal sanft übereinander schieben, und seine wilden Hoffnungen erreichten den Gipfel der Zuversicht, als sie aufstand, ihre Handarbeit weglegte und in ihr Schlafzimmer verschwand. Schon wollte er aufstehen und ihr dahin folgen, als Piachi eintrat, und von einer Hausmagd, auf die Frage, wo Elvira sei? zur Antwort erhielt: dass sie sich nicht wohl befinde und sich aufs Bett gelegt habe. Piachi, ohne eben große Bestürzung zu zeigen, wandte sich um und ging, um zu sehen, was sie mache, und da er nach einer Viertelstunde, mit der Nachricht, dass sie nicht zu Tische kommen würde, wiederkehrte und weiter kein Wort darüber verlor, glaubte Nicolo den Schlüssel zu allen rätselhaften Auftritten dieser Art, die er erlebt hatte, gefunden zu haben.

Am andern Morgen, als er, in seiner schändlichen Freude, beschäftigt war, den Nutzen, den er aus dieser Entdeckung zu ziehen hoffte, zu überlegen, erhielt er ein Billet von Xavieren, worin sie ihn bat, zu ihr zu kommen, indem sie ihm, Elviren betreffend, etwas, das ihm interessant sein würde, zu eröffnen hätte. Xaviera stand, durch den Bischof, der sie unterhielt, in der engsten Verbindung mit den Mönchen des Karmeliterklosters, und da seine Mutter in diesem Kloster zur Beichte ging, so zweifelte er nicht, dass es jener möglich gewesen wäre, über die geheime Geschichte ihrer Empfindungen, Nachrichten, die seine unnatürlichen Hoffnungen bestätigen könnten, einzuziehen. Aber wie unangenehm, nach einer sonderbar schalkhaften Begrüßung Xavierens, ward er aus der Wiege genommen, als sie ihn lächelnd auf den Diwan, auf welchem sie saß, niederzog, und ihm sagte: sie müsse ihm nur eröffnen, dass der Gegenstand von Elvirens Liebe ein, schon seit zwölf Jahren, im Grabe schlummernder Toter sei. – Aloysius, Marquis von Montferrat, dem ein Oheim zu Paris, bei dem er erzogen worden war, den Zunamen Collin, späterhin in Italien scherzhafterweise in Colino umgewandelt, gegeben hatte, war das Original des Bildes, das er in der Nische, hinter dem rotseidenen Vorhang, in Elvirens Zimmer entdeckt hatte, der junge, genuesische Ritter, der sie, in ihrer Kindheit, auf so edelmütige Weise aus dem Feuer gerettet und an den Wunden, die er dabei empfangen hatte, gestorben war. – Sie setzte hinzu, dass sie ihn nur bitte, von diesem Geheimnis weiter keinen Gebrauch zu machen, indem es ihr, unter dem Siegel der äußersten Verschwiegenheit, von einer Person, die selbst kein eigentliches Recht darüber habe, im Karmeliterkloster anvertraut worden sei.

Nicolo versicherte, indem Blässe und Röte auf seinem Gesicht wechselten, dass sie nichts zu befürchten habe; und gänzlich außerstand, wie er war, Xavierens schelmischen Blicken gegenüber, die Verlegenheit, in welche ihn diese Eröffnung gestürzt hatte, zu verbergen, schützte er ein Geschäft vor, das ihn abrufe, nahm, unter einem hässlichen Zucken seiner Oberlippe, seinen Hut, empfahl sich und ging ab.

Beschämung, Wollust und Rache vereinigten sich jetzt, um die abscheulichste Tat, die je verübt worden ist, auszubrüten. Er fühlte wohl, dass Elvirens reiner Seele nur durch einen Betrug beizukommen sei; und kaum hatte ihm Piachi, der auf einige Tage aufs Land fuhr, das Feld geräumt, als er auch schon Anstalten traf, den satanischen Plan, den er sich ausgedacht hatte, zu bewerkstelligen. Er besorgte sich genau denselben Anzug wieder, in welchem er, vor wenig Monaten, da er zur Nachtzeit heimlich vom Karneval zurückkehrte, Elviren erschienen war, und Mantel, Collet und Federhut, genuesischen Zuschnitts, genau so, wie sie das Bild trug, umgeworfen, schlich er sich, kurz vor dem Schlafengehen, in Elvirens Zimmer, hing ein schwarzes Tuch über das in der Nische stehende Bild, und wartete, einen Stab in der Hand, ganz in der Stellung des gemalten jungen Patriziers, Elvirens Vergötterung ab. Er hatte auch, im Scharfsinn seiner schändlichen Leidenschaft, ganz richtig gerechnet, denn kaum hatte Elvira, die bald darauf eintrat, nach einer stillen und ruhigen Entkleidung, wie sie gewöhnlich zu tun pflegte, den seidnen Vorhang, der die Nische bedeckte, geöffnet und ihn erblickt, als sie schon: »Colino! Mein Geliebter!« rief und ohnmächtig auf das Getäfel des Bodens niedersank. Nicolo trat aus der Nische hervor. Er stand einen Augenblick, im Anschauen ihrer Reize versunken, und betrachtete ihre zarte, unter dem Kuss des Todes plötzlich erblassende Gestalt, hob sie aber bald, da keine Zeit zu verlieren war, in seinen Armen auf und trug sie, indem er das schwarze Tuch von dem Bild herabriss, auf das im Winkel des Zimmers stehende Bett. Dies getan, ging er, die Tür zu verriegeln, fand aber, dass sie schon verschlossen war, und sicher, dass sie auch nach Wiederkehr ihrer verstörten Sinne, seiner phantastischen, dem Ansehen nach überirdischen Erscheinung keinen Widerstand leisten würde, kehrte er jetzt zu dem Lager zurück, bemüht, sie mit heißen Küssen auf Brust und Lippen aufzuwecken. Aber die Nemesis, die dem Frevel auf dem Fuße folgt, wollte, dass Piachi, den der Elende noch auf mehrere Tage entfernt glaubte, unvermutet, in ebendieser Stunde, in seine Wohnung zurückkehren musste. Leise, da er Elviren schon schlafen glaubte, schlich er durch den Korridor heran, und da er immer den Schlüssel bei sich trug, so gelang es ihm, plötzlich, ohne dass irgendein Geräusch ihn angekündigt hätte, ins Zimmer einzutreten. Nicolo stand wie vom Donner gerührt. Er warf sich, da seine Büberei auf keine Weise zu bemänteln war, dem Alten zu Füßen und bat ihn, unter der Beteuerung, den Blick nie wieder zu seiner Frau zu erheben, um Vergebung. Und in der

Tat war der Alte auch geneigt, die Sache still abzumachen. Sprachlos, wie ihn einige Worte Elvirens gemacht hatten, die sich von seinen Armen umfasst, mit einem entsetzlichen Blick, den sie auf den Elenden warf, erholt hatte, nahm er bloß, indem er die Vorhänge des Bettes, auf welchem sie ruhte, zuzog, die Peitsche von der Wand, öffnete ihm die Tür und zeigte ihm den Weg, den er unmittelbar wandern sollte. Doch dieser, eines Tartüffe völlig würdig, sah nicht so bald, dass auf diesem Wege nichts auszurichten war, als er plötzlich vom Fußboden aufstand und erklärte: an ihm, dem Alten, sei es, das Haus zu räumen, denn er durch vollgültige Dokumente eingesetzt, sei der Besitzer und werde sein Recht, gegen wen immer auf der Welt es sei, zu behaupten wissen! – Piachi traute seinen Sinnen nicht; durch diese unerhörte Frechheit wie entwaffnet, legte er die Peitsche weg, nahm Hut und Stock, lief augenblicklich zu seinem alten Rechtsfreund, dem Doktor Valerio, klingelte eine Magd heraus, die ihm öffnete, und fiel, da er sein Zimmer erreicht hatte, bewusstlos, noch ehe er ein Wort vorgebracht hatte, an seinem Bett nieder. Der Doktor, der ihn und später auch Elviren in seinem Hause aufnahm, eilte gleich am andern Morgen, die Festsetzung des höllischen Bösewichts, der mancherlei Vorteile für sich hatte, auszuwirken. Doch während Piachi seine machtlosen Hebel ansetzte, ihn aus den Besitzungen, die ihm einmal zugeschrieben waren, wieder zu verdrängen, floh jener schon mit einer Verschreibung über den ganzen Inbegriff derselben, zu den Karmelitermönchen, seinen Freunden, und forderte sie auf, ihn gegen den alten Narren, der ihn daraus vertreiben wolle, zu beschützen. Kurz, da er Xavieren, welche der Bischof los zu sein wünschte, zu heiraten willigte, siegte die Bosheit, und die Regierung erließ, auf Vermittelung dieses geistlichen Herrn, ein Dekret, in welchem Nicolo im Besitz bestätigt und dem Piachi aufgegeben ward, ihn nicht weiter zu belästigen.

Piachi hatte gerade tags zuvor die unglückliche Elvira begraben, die an den Folgen eines hitzigen Fiebers, das ihr jener Vorfall zugezogen hatte, gestorben war. Durch diesen doppelten Schmerz gereizt, ging er, das Dekret in der Tasche, in das Haus, und stark, wie die Wut ihn machte, warf er den von Natur schwächeren Nicolo nieder und drückte ihm das Gehirn an der Wand ein. Die Leute, die im Hause waren, bemerkten ihn nicht eher, als bis die Tat geschehen war. Sie fanden ihn noch, wie er den Nicolo zwischen den Knien hielt und ihm das Dekret in den Mund stopfte. Dies abgemacht, stand er, indem er alle seine Waffen abgab, auf, ward ins Gefängnis geworfen, verhört und verurteilt, mit dem Strange vom Leben zum Tode gebracht zu werden.

In dem Kirchenstaat herrscht ein Gesetz, nach welchem kein Verbrecher zum Tode geführt werden kann, bevor er die Absolution empfangen. Piachi, als ihm der Stab gebrochen war, verweigerte sich hartnäckig der Absolution. Nachdem man vergebens alles, was die Religion an die Hand gab, versucht hatte, ihm die Strafwürdigkeit seiner Handlung fühlbar zu machen, hoffte man, ihn durch den Anblick des Todes, der seiner wartete, in das Gefühl der Reue hineinzuschrecken und führte ihn zum Galgen hinaus. Hier stand ein Priester und schilderte ihm, mit der Lunge der letzten Posaune, alle Schrecknisse der Hölle, in die seine Seele hinabzufahren im Begriff war, dort ein anderer, den Leib des Herrn, das heilige Entsühnungsmittel in der Hand, und pries ihm die Wohnungen des ewigen Friedens. – »Willst du der Wohltat der Erlösung teilhaftig werden?« fragten ihn beide. »Willst du das Abendmahl empfangen?« – »Nein«, antwortete Piachi. – »Warum nicht?« – »Ich will nicht selig sein. Ich will in den untersten Grund der Hölle hinabfahren. Ich will den Nicolo, der nicht im Himmel sein wird, wiederfinden, und meine Rache, die ich hier nur unvollständig befriedigen konnte, wieder aufnehmen!« – Und damit bestieg er die Leiter und forderte den Henker auf, sein Amt zu tun. Kurz, man sah sich genötigt, mit der Hinrichtung einzuhalten, und den Unglücklichen, den das Gesetz in Schutz nahm, wieder in das Gefängnis zurückzuführen. Drei hintereinander folgende Tage machte man dieselben Versuche und immer mit demselben Erfolg. Als er am dritten Tage wieder, ohne an den Galgen geknüpft zu werden, die Leiter herabsteigen musste, hob er, mit einer grimmigen Gebärde, die Hände empor, das unmenschliche Gesetz verfluchend, das ihn nicht zur Hölle fahren lassen wolle. Er rief die ganze Schar der Teufel herbei, ihn zu holen, verschwor sich, sein einziger Wunsch sei, gerichtet und verdammt zu werden, und versicherte, er würde noch dem ersten, besten Priester an den Hals kommen, um des Nicolo in der Hölle wieder habhaft zu werden! – Als man dem Papst dies meldete, befahl er, ihn ohne Absolution hinzurichten; kein Priester begleitete ihn, man knüpfte ihn, ganz in der Stille, auf dem Platz del popolo auf.

Die heilige Cäcilie
oder
Die Gewalt der Musik
Eine Legende

Um das Ende des sechzehnten Jahrhunderts, als die Bilderstürmerei in den Niederlanden wütete, trafen drei Brüder, junge in Wittenberg studierende Leute, mit einem vierten, der in Antwerpen als Prädikant angestellt war, in der Stadt Aachen zusammen. Sie wollten daselbst eine Erbschaft erheben, die ihnen von Seiten eines alten, ihnen allen unbekannten Oheims zugefallen war, und kehrten, weil niemand im Ort war, an den sie sich hätten wenden können, in einem Gasthof ein. Nach einigen Tagen, die sie damit zugebracht hatten, dem Prädikanten über die merkwürdigen Auftritte, die in den Niederlanden vorgefallen waren, zuzuhören, traf es sich, dass von den Nonnen im Kloster der heiligen Cäcilie, das damals vor den Toren dieser Stadt lag, der Fronleichnamstag festlich begangen werden sollte, dergestalt, dass die vier Brüder, von Schwärmerei, Jugend und dem Beispiel der Niederländer erhitzt, beschlossen, auch der Stadt Aachen das Schauspiel einer Bilderstürmerei zu geben. Der Prädikant, der dergleichen Unternehmungen mehr als einmal schon geleitet hatte, versammelte, am Abend zuvor eine Anzahl junger, der neuen Lehre ergebener Kaufmannssöhne und Studenten, welche, in dem Gasthof, bei Wein und Speisen, unter Verwünschungen des Papsttums, die Nacht zubrachten; und, als der Tag über den Zinnen der Stadt aufgegangen, versahen sie sich mit Äxten und Zerstörungswerkzeugen aller Art, um ihr ausgelassenes Geschäft zu beginnen. Sie verabredeten frohlockend ein Zeichen, auf welches sie damit anfangen wollten, die Fensterscheiben, mit biblischen Geschichten bemalt, einzuwerfen, und eines großen Anhangs, den sie unter dem Volk finden würden, gewiss, verfügten sie sich, entschlossen keinen Stein auf dem andern zu lassen, in der Stunde, da die Glocken läuteten, in den Dom. Die Äbtissin, die, schon beim Anbruch des Tages, durch einen Freund von der Gefahr, in welcher das Kloster schwebte, benachrichtigt worden war, schickte vergebens, zu wiederholten Malen, zu dem kaiserlichen Offizier, der in der Stadt kommandierte, und bat sich, zum Schutz des Klosters, eine Wache aus. Der Offizier, der selbst ein Feind des Papsttums, und als solcher, wenigstens unter der Hand, der neuen Lehre zugetan war, wusste ihr unter dem staatsklugen Vorgeben, dass sie Geister sähe, und für ihr Kloster auch nicht der Schatten einer Gefahr vorhanden sei, die Wache zu verweigern. Inzwischen brach die Stunde an, da die Feierlichkeiten beginnen sollten, und die Nonnen schickten sich, unter Angst und Beten und jammervoller Erwartung der Dinge, die da kommen sollten, zur Messe an. Niemand beschützte sie, als ein alter, siebzigjähriger Klostervogt, der sich, mit einigen bewaffneten Trossknechten, am Eingang der Kirche aufstellte. In den Nonnenklöstern führen, auf das Spiel jeder Art von Instrumenten geübt, die Nonnen, wie bekannt, ihre Musiken selber auf, oft mit einer Präzision, einem Verstand und einer Empfindung, die man in männlichen Orchestern (vielleicht wegen der weiblichen Geschlechtsart dieser geheimnisvollen Kunst) vermisst. Nun fügte es sich, zur Verdoppelung der Bedrängnis, dass die Kapellmeisterin, Schwester Antonia, welche die Musik des Orchesters zu dirigieren pflegte, wenige Tage zuvor, an einem Nervenfieber heftig erkrankte, dergestalt, dass abgesehen von den vier gotteslästerlichen Brüdern, die man bereits, in Mänteln gehüllt, unter den Pfeilern der Kirche erblickte, das Kloster auch, wegen Aufführung eines schicklichen Musikwerks, in der lebhaftesten Verlegenheit war. Die Äbtissin, die am Abend des vorhergehenden Tages befohlen hatte, dass eine uralte, von einem unbekannten Meister herrührende, italienische Messe aufgeführt werden sollte, mit welcher die Kapelle mehrmals schon, einer besondern Heiligkeit und Herrlichkeit wegen, mit welcher sie gedichtet war, die größesten Wirkungen hervorgebracht hatte, schickte, mehr als je zuvor auf ihren Willen beharrend, noch einmal zur Schwester Antonia, um zu hören, wie sich dieselbe befinde; die Nonne aber, die dies Geschäft übernahm, kam mit der Nachricht zurück, dass die Schwester in gänzlich bewusstlosem Zustande darniederliege, und dass an ihre Direktionsführung, bei der vorhabenden Musik, auf keine Weise zu denken sei. Inzwischen waren in dem Dom, in welchem sich nach und nach mehr als hundert, mit Beilen und Brechstangen versehene Frevler, von allen Ständen und Altern, eingefunden hatten, bereits die bedenklichsten Szenen vorgefallen. Man hatte einige Trossknechte, die an den Portalen standen, auf die unanständigste Weise geneckt und sich die frechsten und unverschämtesten Äußerungen gegen die Nonnen erlaubt, die sich hin und wieder, in frommen Geschäften, einzeln in den Hallen blicken ließen, dergestalt, dass der Klostervogt sich in die Sakristei verfügte und die Äbtissin auf Knien beschwor, das Fest einzustellen und sich in die Stadt unter den Schutz des Kommandanten zu begeben. Aber die Äbtissin bestand unerschütterlich darauf, dass das zur Ehre des höchsten Gottes angeordnete Fest begangen werden müsse. Sie erinnerte den Klostervogt an seine Pflicht, die Messe und den feierlichen Umgang, der in dem Dom gehalten werden würde, mit Leib und Leben zu beschirmen, und befahl, weil eben die Glocke schlug, den Nonnen, die sie, unter Zittern und Beben umringten, ein Oratorium, gleichviel welches und von welchem Wert es sei, zu nehmen und mit dessen Aufführung sofort zu beginnen.

Eben schickten sich die Nonnen auf dem Altan der Orgel dazu an. Die Partitur eines Musikwerks, das man schon häufig gegeben hatte, ward verteilt, Geigen, Oboen und Bässe geprüft und gestimmt, als Schwester Antonia plötzlich, frisch und gesund, ein wenig bleich im Gesicht, auf der Treppe erschien. Sie trug die Partitur der uralten, italienischen Messe, auf deren Aufführung die Äbtissin so dringend bestanden hatte, unter dem Arm. Auf die erstaunte Frage der Nonnen: wo sie herkomme? und wie sie sich plötzlich so erholt habe?, antwortete sie: »gleichviel, Freundinnen, gleichviel!«, verteilte die Partitur, die sie bei sich trug, und setzte sich selbst, vor Begeisterung glühend, an die Orgel, um die Direktion des vortrefflichen Musikstücks zu übernehmen. Danach kam es, wie ein wunderbarer, himmlischer Trost, in die Herzen der frommen Frauen. Sie stellten sich augenblicklich mit ihren Instrumenten an die Pulte. Die Beklemmung selbst, in der sie sich befanden, kam hinzu, um ihre Seelen, wie auf Schwingen, durch alle Himmel des Wohlklangs zu führen. Das Oratorium ward mit der höchsten und herrlichsten musikalischen Pracht ausgeführt. Es regte sich, während der ganzen Darstellung, kein Odem in den Hallen und Bänken, besonders beim Salve Regina und noch mehr beim Gloria in excelsis war es, als ob die ganze Bevölkerung der Kirche tot sei, dergestalt, dass den vier gottverdammten Brüdern und ihrem Anhang zum Trotz auch der Staub auf dem Estrich nicht verweht ward, und das Kloster noch bis zum Schluss des Dreißigjährigen Krieges bestanden hat, wo man es, vermöge eines Artikels im Westfälischen Frieden, gleichwohl säkularisierte.

Sechs Jahre darauf, da diese Begebenheit längst vergessen war, kam die Mutter dieser vier Jünglinge aus Den Haag und strengte, unter der trübseligen Anzeige, dass dieselben gänzlich verschollen wären, beim Magistrat zu Aachen, wegen der Straße, die sie von hier aus genommen haben mochten, gerichtliche Untersuchungen an. Die letzte Nachricht, die man von ihnen in den Niederlanden, wo sie eigentlich hingehörten, gehabt hatte, war, wie sie meldete, ein vor dem angegebenen Zeitraum, am Vorabend eines Fronleichnamsfestes, geschriebener Brief des Prädikanten an seinen Freund, einen Schullehrer in Antwerpen, worin er demselben, mit großer Heiterkeit oder vielmehr Ausgelassenheit, von einer gegen das Kloster der heiligen Cäcilie entworfenen Unternehmung, über welche sich die Mutter jedoch nicht näher auslassen wollte, auf vier dichtgedrängten Seiten berichtete. Nach mancherlei vergeblichen Bemühungen, die Personen, welche diese bekümmerte Frau suchte, zu ermitteln, erinnerte man sich endlich, dass sich schon seit einer Reihe von Jahren, welche ungefähr zur Anzeige passte, vier junge Leute, deren Vaterland und Herkunft unbekannt sei, in dem durch des Kaisers Vorsorge unlängst gestifteten Irrenhaus der Stadt befanden. Da dieselben jedoch an der Ausschweifung einer religiösen Idee krank lagen, und ihre Aufführung, wie das Gericht dunkel gehört zu haben

148

meinte, äußerst trübselig und melancholisch war, passte dies kaum zum, der Mutter nur leider zu wohl bekannten Gemüt ihrer Söhne, als dass sie auf diese Eröffnung, besonders weil es fast so schien, als ob die Leute katholisch wären, viel hätte geben sollen. Gleichwohl, durch mancherlei Kennzeichen, mit denen man sie beschrieb, seltsam betroffen, begab sie sich eines Tages, in Begleitung eines Gerichtsboten, in das Irrenhaus und bat die Vorsteher um die Gefälligkeit, ihr zu den vier unglücklichen, sinnverwirrten Männern, die man daselbst aufbewahre, einen prüfenden Zutritt zu gestatten. Aber wer beschreibt das Entsetzen der armen Frau, als sie gleich auf den ersten Blick, sobald sie in die Tür trat, ihre Söhne erkannte: sie saßen, in langen, schwarzen Talaren, um einen Tisch, auf welchem ein Kruzifix stand, und schienen, mit gefalteten Händen schweigend auf die Platte gestützt, dasselbe anzubeten. Auf die Frage der Frau, die ihrer Kräfte beraubt, auf einen Stuhl niedergesunken war: was sie daselbst machten? antworteten ihr die Vorsteher: dass sie bloß in der Verherrlichung des Heilands begriffen wären, von dem sie, nach ihren Angaben, besser als andre, einzusehen glaubten, dass er der wahrhaftige Sohn des alleinigen Gottes sei. Sie setzten hinzu: dass die Jünglinge, seit nun schon sechs Jahren, dies geisterartige Leben führten, dass sie wenig schliefen und wenig genössen, dass kein Laut über ihre Lippen käme, dass sie sich bloß in der Stunde der Mitternacht einmal von ihren Sitzen erhöben, und dass sie alsdann, mit einer Stimme, welche die Fenster des Hauses bersten machte, das Gloria in excelsis intonierten. Die Vorsteher schlossen mit der Versicherung, dass die jungen Männer dabei körperlich vollkommen gesund wären, dass man ihnen sogar eine gewisse, obschon sehr ernste und feierliche, Heiterkeit nicht absprechen könnte, dass sie, wenn man sie für verrückt erklärte, mitleidig die Achseln zuckten, und dass sie schon mehr als einmal geäußert hätten: wenn die gute Stadt Aachen wüsste, was sie, so würde dieselbe ihre Geschäfte beiseite legen und sich gleichfalls, zur Absingung des Gloria, um das Kruzifix des Herrn niederlassen.

Die Frau, die den schauderhaften Anblick dieser Unglücklichen nicht ertragen konnte und sich bald darauf, auf wankenden Knien, wieder hatte nach Hause führen lassen, begab sich, um über die Veranlassung dieser ungeheuren Begebenheit Auskunft zu erhalten, am Morgen des folgenden Tages, zu Herrn Veit Gotthelf, dem berühmten Tuchhändler der Stadt, denn diesen Mann erwähnte der von dem Prädikanten geschriebene Brief, und es ging daraus hervor, dass derselbe am Projekt, das Kloster der heiligen Cäcilie am Tage des Fronleichnamsfestes zu zerstören, eifrigen Anteil genommen habe. Veit Gotthelf, der Tuchhändler, der sich inzwischen verheiratet, mehrere Kinder gezeugt und das blühende Geschäft seines Vaters übernommen hatte, empfing die Fremde sehr liebreich, und als er erfuhr, welch ein Anliegen sie zu ihm führe, verriegelte er die Tür und ließ sich, nachdem er sie auf einen Stuhl niedergenötigt hatte, folgendermaßen vernehmen: »Meine liebe Frau! Wenn Ihr mich, der mit Euren Söhnen vor sechs Jahren in strikter Verbindung gestanden, in keine Untersuchung deshalb verwickeln wollt, so will ich Euch offenherzig und ohne Rückhalt gestehen: ja, wir haben den Vorsatz gehabt, dessen der Brief erwähnt! Wodurch diese Tat, zu deren Ausführung alles, aufs genaueste, mit wahrhaft gottlosem Scharfsinn, geplant war, gescheitert ist, ist mir unbegreiflich; der Himmel selbst scheint das Kloster der frommen Frauen in seinen heiligen Schutz genommen zu haben. Denn wisst, dass sich Eure Söhne bereits, zur Einleitung entscheidenderer Auftritte, mehrere mutwillige, den Gottesdienst störende Possen erlaubt hatten: über dreihundert, mit Beilen und Pechkränzen versehene Bösewichter, aus den Mauern unserer damals irregeleiteten Stadt, erwarteten nichts als das Zeichen, das der Prädikant geben sollte, um den Dom der Erde gleich zu machen. Dagegen, bei Anhebung der Musik, nehmen Eure Söhne plötzlich, in gleichzeitiger Bewegung und auf eine uns auffallende Weise, die Hüte ab; sie legen, nach und nach, wie in tiefer unaussprechlicher Rührung, die Hände vor ihre herabgebeugten Gesichter, und der Prädikant, indem er sich, nach einer erschütternden Pause, plötzlich umdreht, ruft uns allen mit lauter fürchterlicher Stimme zu, gleichfalls unsere Häupter zu entblößen! Vergebens fordern ihn einige Genossen flüsternd, indem sie ihn mit ihren Armen leichtfertig anstoßen, auf, das zur Bilderstürmerei verabredete Zeichen zu geben. Der Prädikant, statt zu antworten, lässt sich, mit kreuzweis auf die Brust gelegten Händen, auf die Knie nieder und murmelt, samt den Brüdern, die Stirn inbrünstig in den Staub gedrückt, die ganze Reihe noch kurz vorher von ihm verspotteter Gebete. Durch diesen Anblick tief im Innersten verwirrt, steht der Haufen der jämmerlichen Schwärmer, seiner Anführer beraubt, in Unschlüssigkeit und Untätigkeit, bis zum Schluss des vom Altan wunderbar herabrauschenden Oratoriums da, und weil, auf Befehl des Kommandanten, in ebendiesem Augenblick mehrere Arretierungen verfügt, und einige Frevler, die sich Disziplinlosigkeiten erlaubt hatten, von einer Wache aufgegriffen und abgeführt wurden, bleibt der elenden Schar nichts übrig, als sich schleunigst, unter dem Schutz der gedrängt aufbrechenden Volksmenge, aus dem Gotteshause zu entfernen. Am Abend, nachdem ich im Gasthof vergebens mehrere Male nach Euren Söhnen, welche nicht wiedergekehrt waren, gefragt hatte, gehe ich, in der entsetzlichsten Unruhe, mit einigen Freunden wieder zum Kloster hinaus, um mich bei den Türstehern, welche der kaiserlichen Wache hilfreich zur Hand gegangen waren, nach ihnen zu erkundigen. Aber wie schildere ich Euch nur mein Entsetzen, edle Frau, wie ich diese vier Männer nach wie vor, mit gefalteten Händen, den Boden mit Brust und Scheitel küssend, als ob sie zu Stein erstarrt wären, heißer Inbrunst voll vor dem Altar der Kirche daniedergestreckt liegen sehe! Umsonst forderte sie der Klostervogt, der in ebendiesem Augenblick herbeikommt, indem er sie am Mantel zupft und an den Armen rüttelt, auf, den Dom, in welchem es schon ganz finster werde, und kein Mensch mehr gegenwärtig sei, zu verlassen. Sie hören, auf träumerische Weise halb aufstehend, nicht eher auf ihn, als bis er sie durch seine Knechte am Arm nehmen und hinausführen lässt, wo sie uns endlich, obschon unter Seufzern und häufigem herzzerreißenden Umsehen nach der Kathedrale, die hinter uns im Glanz der Sonne prächtig funkelte, in die Stadt folgen. Die Freunde und ich, wir fragen sie, zu wiederholten Malen, zärtlich und liebreich auf dem Rückweg, was ihnen in aller Welt Schreckliches, fähig, ihr innerstes Gemüt dergestalt verwirrend, zugestoßen sei? Sie drücken uns, während sie uns freundlich ansehen, die Hände, schauen gedankenvoll auf den Boden nieder und wischen sich – ach! von Zeit zu Zeit, mit einem Ausdruck, der mir noch jetzt das Herz spaltet, die Tränen aus den Augen. Drauf, in ihrer Wohnung angekommen, binden sie sich ein

Kreuz, sinnreich und zierlich, aus Birkenreisern zusammen und setzen es, einem kleinen Hügel von Wachs eingedrückt, zwischen zwei Lichter, womit die Magd erscheint, auf den großen Tisch in des Zimmers Mitte, und während die Freunde, deren Schar sich von Stunde zu Stunde vergrößert, händeringend dabeistehen und in zerstreuten Gruppen, sprachlos vor Jammer, ihrem stillen, gespensterartigen Treiben zusehen, lassen sie sich, als ob ihre Sinne vor jeder andern Erscheinung verschlossen wären, um den Tisch nieder und schicken sich still, mit gefalteten Händen, zur Anbetung an. Weder des Essens begehren sie, das ihnen, zur Bewirtung der Genossen, ihrem am Morgen gegebenen Befehl gemäß, die Magd bringt, noch späterhin, als die Nacht sinkt, des Lagers, das sie ihnen, weil sie müde scheinen, im Nebengemach aufgestapelt hat. Die Freunde, um die Entrüstung des Wirts, den diese Aufführung befremdet, nicht zu reizen, müssen sich an einem, zur Seite üppig gedeckten Tisch niederlassen und die für eine zahlreiche Gesellschaft zubereiteten Speisen, mit dem Salz ihrer bitterlichen Tränen gebeizt, verzehren. Jetzt plötzlich schlägt die Stunde der Mitternacht. Eure vier Söhne, nachdem sie einen Augenblick beim dumpfen Klang der Glocke aufgehorcht, erheben sich plötzlich in gleichzeitiger Bewegung von ihren Sitzen, und während wir zu ihnen hinüberschauen, ängstlicher Erwartung voll, was auf so seltsames und befremdendes Beginnen erfolgen werde, fangen sie, mit einer entsetzlichen und grässlichen Stimme, das Gloria in excelsis zu intonieren an. So mögen sich Leoparden und Wölfe anhören lassen, wenn sie zur eisigen Winterzeit, das Firmament anbrüllen: die Pfeiler des Hauses, versichere ich Euch, zitterten, und die Fenster, von ihrer Lungen sichtbarem Atem getroffen, drohten klirrend, als ob man Hände voll schweren Sandes gegen ihre Flächen würfe, zusammenzubrechen. Bei dieser grauenhaften Szene stürzen wir besinnungslos, mit sich sträubenden Haaren auseinander. Wir zerstreuen uns, Mäntel und Hüte zurücklassend, in den umliegenden Straßen, welche in kurzer Zeit, statt unsrer, von mehr als hundert aus dem Schlaf geschreckter Menschen angefüllt waren. Das Volk drängt sich, die Haustüre sprengend, über die Stiege dem Saale zu, um die Quelle dieses schauderhaften und empörenden Gebrülls, das, wie von den Lippen ewig verdammter Sünder, aus dem tiefsten Grund der flammenvollen Hölle, jammervoll um Erbarmen zu Gottes Ohren heraufdrang, aufzusuchen. Endlich, mit dem Schlage der Glocke Eins, ohne auf das Zürnen des Wirts, noch auf die erschütterten Ausrufe des sie umringenden Volks gehört zu haben, schließen sie den Mund. Sie wischen sich mit einem Tuch den Schweiß von der Stirn, der ihnen in großen Tropfen auf Kinn und Brust niederträuft, und breiten ihre Mäntel aus und legen sich, um eine Stunde von so qualvollen Geschäften auszuruhen, auf das Getäfel des Bodens. Der Wirt, der sie gewähren lässt, schlägt, sobald er sie schlummern sieht, ein Kreuz über sie und froh, des Elends für den Augenblick ledig zu sein, bewegt er, unter der Versicherung, der Morgen werde eine heilsame Veränderung herbeiführen, den Männerhaufen, der gegenwärtig ist, und der geheimnisvoll miteinander murmelt, das Zimmer zu verlassen. Aber leider! Schon mit dem ersten Schrei des Hahns, stehen die Unglücklichen wieder auf, um dem auf dem Tisch befindlichen Kreuz gegenüber dasselbe öde, gespensterartige Klosterleben, das nur Erschöpfung sie auf einen Augenblick auszusetzen zwang, wieder anzufangen. Sie nehmen von dem

Wirt, dessen Herz bei ihrem jammervollen Anblick schmilzt, keine Ermahnung, keine Hilfe an. Sie bitten ihn, die Freunde liebreich abzuweisen, die sich sonst regelmäßig am Morgen jedes Tages bei ihnen zu versammeln pflegten. Sie begehren nichts von ihm, als Wasser und Brot und eine Streu, wenn es sein kann, für die Nacht, dergestalt, dass dieser Mann, der sonst viel Geld von ihrer Heiterkeit zog, sich genötigt sah, den ganzen Vorfall den Gerichten anzuzeigen und sie zu bitten, ihm diese vier Menschen, in welchen ohne Zweifel der böse Geist walten müsse, aus dem Haus zu schaffen. Worauf sie, auf Befehl des Magistrats, in ärztliche Untersuchung genommen, und, da man sie verrückt befand, wie Ihr wisst, in Gemächern des Irrenhauses untergebracht wurden, das die Milde des letztverstorbenen Kaisers, zum Besten der Unglücklichen dieser Art, innerhalb der Mauern unserer Stadt gegründet hat.« Dies und noch viel mehr sagte Veit Gotthelf, der Tuchhändler, das wir hier, weil wir zur Einsicht in den inneren Zusammenhang der Sache genug gesagt zu haben meinen, unterdrücken, und forderte die Frau nochmals auf, ihn auf keine Weise, falls es zu gerichtlichen Nachforschungen über diese Begebenheit kommen sollte, darin zu verstricken.

Drei Tage darauf, als die Frau, durch diesen Bericht tief im Innersten aufgewühlt, am Arm einer Freundin zum Kloster hinausgegangen war, in der wehmütigen Absicht, auf einem Spaziergang, weil eben das Wetter schön war, den entsetzlichen Schauplatz in Augenschein zu nehmen, auf welchem Gott ihre Söhne wie durch unsichtbare Blitze zugrunde gerichtet hatte, fanden die Weiber den Dom, weil eben gebaut wurde, am Eingang durch Planken versperrt, und konnten, wenn sie sich mühsam reckten, durch die Öffnungen der Bretter hindurch vom Inneren nichts, als die prächtig funkelnde Rose im Hintergrund der Kirche wahrnehmen. Viele hundert Arbeiter, welche fröhliche Lieder sangen, waren auf schlanken, vielfach verschlungenen Gerüsten beschäftigt, die Türme noch um ein gutes Dritteil zu erhöhen und die Dächer und Zinnen derselben, welche bis jetzt nur mit Schiefer bedeckt gewesen waren, mit starkem, hellen, im Strahl der Sonne glänzenden Kupfer zu belegen. Dabei stand ein Gewitter, dunkelschwarz, mit vergoldeten Rändern, im Hintergrunde des Baus; dasselbe hatte schon über die Gegend von Aachen ausgedonnert, und nachdem es noch einige kraftlose Blitze, in die Richtung, wo der Dom stand, geschleudert hatte, sank es, zu Dünsten aufgelöst, missvergnügt murmelnd im Osten herab. Es traf sich, als die Frauen von der Treppe des weitläufigen klösterlichen Wohngebäudes herab, in mancherlei Gedanken vertieft, dies doppelte Schauspiel betrachteten, eine Klosterschwester, welche vorüberging, zufällig erfuhr, wer die unter dem Portal stehende Frau sei, dergestalt, dass die Äbtissin, die von einem, den Fronleichnamstag betreffenden Brief, den dieselbe bei sich trüge, gehört hatte, unmittelbar darauf die Schwester zu ihr herabschickte und die niederländische Frau ersuchen ließ, zu ihr heraufzukommen. Die Niederländerin, obschon einen Augenblick dadurch irritiert, schickte sich nichtsdestoweniger ehrfurchtsvoll an, dem Befehl, den man ihr gesandt hatte, zu gehorchen, und während die Freundin, auf die Einladung der Nonne, in ein nah am Eingang befindliches Nebenzimmer abtrat, öffnete man der Fremden, welche die Treppe hinaufsteigen musste, die Flügeltüren des schön gebildeten Söllers. Daselbst fand sie die Äbtissin, welches eine edle Frau, von stillem königlichen Ansehn war, auf einem Sessel sitzen, den Fuß auf einen Schemel gestützt, der auf Drachenklauen ruhte; ihr zur Seite, auf einem Pult, lag die Partitur einer Musik. Die Äbtissin, nachdem sie befohlen hatte, der Fremden einen Stuhl hinzusetzen, entdeckte ihr, dass sie bereits durch den Bürgermeister von ihrer Ankunft in der Stadt gehört; und nachdem sie sich, auf menschenfreundliche Weise, nach dem Befinden ihrer unglücklichen Söhne erkundigt, auch sie ermuntert hatte, sich über das Schicksal, das dieselben getroffen, weil es einmal nicht zu ändern sei, möglichst zu fassen, eröffnete sie ihr den Wunsch, den Brief zu sehen, den der Prädikant an seinen Freund, den Schullehrer in Antwerpen geschrieben hatte. Die Frau, welche Erfahrung genug besaß, einzusehen, von welchen Folgen dieser Schritt sein konnte, fühlte sich dadurch in Verlegenheit gestürzt, weil ihr jedoch das ehrwürdige Antlitz der Dame unbedingtes Vertrauen gebot, und es auf keine Weise schicklich war, zu glauben, dass ihre Absicht sein könne, von dem Inhalt desselben einen öffentlichen Gebrauch zu machen, nahm sie, nach kurzer Besinnung, den Brief aus ihrem Busen und reichte ihn, unter einem heißen Kuss auf ihre Hand, der fürstlichen Dame dar. Die Frau, während die Äbtissin den Brief las, warf nunmehr einen Blick auf die nachlässig über dem Pult aufgeschlagene Partitur, und weil sie durch den Bericht des Tuchhändlers auf den Gedanken gekommen war, es könne wohl die Gewalt der Töne gewesen sein, die, an jenem schauerlichen Tage, das Gemüt ihrer armen Söhne zerstört und verwirrt habe, fragte sie die Klosterschwester, die hinter ihrem Stuhl stand, indem sie sich zu ihr umdrehte, schüchtern: ob dies das Musikwerk wäre, das vor sechs Jahren, am Morgen jenes merkwürdigen Fronleichnamsfestes, in der Kathedrale aufgeführt worden sei? Auf die Antwort der jungen Klosterschwester, ja! sie erinnere sich davon gehört zu haben, und es pflege seitdem, wenn man es nicht brauche, im Zimmer der hochwürdigsten Frau zu liegen, stand, lebhaft erschüttert, die Frau auf und stellte sich, von mancherlei Gedanken bewegt, vor den Pult. Sie betrachtete die unbekannten zauberischen Zeichen, womit sich ein fürchterlicher Geist geheimnisvoll den Kreis abzustecken schien, und meinte, in die Erde zu versinken, da sie gerade das Gloria in excelsis aufgeschlagen fand. Es war ihr, als ob der ganze Schrecken der Tonkunst, welcher ihre Söhne verderbt hatte, über ihrem Haupt rauschend daherzöge. Sie glaubte, bei dem bloßen Anblick ihre Sinne zu verlieren, und nachdem sie schnell, mit einer unendlichen Regung von Demut und Unterwerfung unter die göttliche Allmacht, das Blatt an ihre Lippen gedrückt hatte, setzte sie sich wieder auf ihren Stuhl zurück. Inzwischen hatte die Äbtissin den Brief ausgelesen und sagte, während sie ihn zusammenfaltete: »Gott selbst hat das Kloster an jenem wunderbaren Tag gegen den Übermut Eurer schwer verirrten Söhne beschirmt. Welcher Mittel er sich dabei bedient, kann Euch, die Ihr eine Protestantin seid, gleichgültig sein: Ihr würdet auch das, was ich Euch darüber sagen könnte, schwerlich begreifen. Denn vernehmt, dass schlechterdings niemand weiß, wer eigentlich das Werk, das Ihr dort aufgeschlagen findet, im Drang der schreckenvollen Stunde, da die Bilderstürmerei über uns hereinbrechen sollte, ruhig auf dem Sitz der Orgel dirigiert hat. Durch ein Zeugnis, das am Morgen des folgenden Tages in Gegenwart des Klostervogts und mehrerer anderen Männer aufgenommen und im Archiv niedergelegt ward, ist erwiesen, dass Schwester Antonia, die einzige, die das Werk dirigieren konnte, während des ganzen Zeitraums seiner Aufführung, krank, bewusstlos, ihrer Glieder schlechthin unmächtig, im Winkel ihrer Klosterzelle darniedergelegen habe; eine Klosterschwester, die ihr als leibliche Verwandte zur Pflege ihres Körpers beigesellt war, ist während des ganzen Vormittags, als das Fronleichnamsfest in der Kathedrale gefeiert worden, nicht von ihrem Bette gewichen. Ja, Schwester Antonia würde unfehlbar selbst den Umstand, dass sie es nicht gewesen sei, die, auf so seltsame und befremdende Weise, auf dem Altan der Orgel erschien, bestätigt und bewahrheitet haben, wenn ihr gänzlich sinnberaubter Zustand erlaubt hätte, sie darum zu befragen, und die Kranke nicht noch am Abend desselben Tages an dem Nervenfieber, wegen dem sie daniederlag, und welches früherhin gar nicht lebensgefährlich schien, verschieden wäre. Auch hat der Erzbischof von Trier, dem dieser Vorfall berichtet ward, bereits das Wort ausgesprochen, das ihn allein erklärt, nämlich, dass die heilige Cäcilie selbst dieses zu gleicher Zeit schreckliche und herrliche Wunder vollbracht habe, und vom Papst habe ich soeben ein Breve erhalten, wodurch er dies bestätigt.« Und damit gab sie der Frau den Brief, den sie sich bloß von ihr erbeten hatte, um über das, was sie schon wusste, nähere Auskunft zu erhalten, unter dem Versprechen, dass sie davon keinen Gebrauch machen würde, zurück; und nachdem sie dieselbe noch gefragt hatte, ob zur Wiederherstellung ihrer Söhne Hoffnung sei, und ob sie ihr vielleicht mit irgend etwas, Geld oder eine andere Unterstützung, zu diesem Zweck dienen könne, welches die Frau, während sie ihr den Rock küsste, weinend verneinte, grüßte sie dieselbe freundlich mit der Hand und entließ sie.

Hier endet diese Legende. Die Frau, deren Anwesenheit in Aachen gänzlich nutzlos war, ging unter Zurücklassung eines kleinen Kapitals, das sie zum Besten ihrer armen Söhne bei den Gerichten hinterlegte, nach Den Haag zurück, wo sie ein Jahr später, von den Geschehnissen tief bewegt, in den Schoß der katholischen Kirche zurückkehrte. Die Söhne aber starben im späten Alter eines heitern und vergnügten Todes, nachdem sie noch einmal, ihrer Gewohnheit gemäß, das Gloria in excelsis gesungen hatten.

Der Zweikampf

Herzog Wilhelm von Breysach, der, seit seiner heimlichen Verbindung mit einer Gräfin, namens Katharina von Heersbruck, aus dem Hause Alt-Hüningen, die unter seinem Range zu sein schien, mit seinem Halbbruder, dem Grafen Jakob dem Rotbart, in Feindschaft lebte, kam gegen das Ende des vierzehnten Jahrhunderts, als die Nacht des heiligen Remigius zu dämmern begann, von einer in Worms mit dem deutschen Kaiser abgehaltenen Zusammenkunft zurück, worin er sich von diesem Herrn, in Ermangelung ehelicher Kinder, die ihm gestorben waren, die Legitimation eines, mit seiner Gemahlin vor der Ehe erzeugten, natürlichen Sohnes, des Grafen Philipp von Hüningen, ausgewirkt hatte. Freudiger, als während des ganzen Laufs seiner Regierung in die Zukunft blickend, hatte er schon den Park, der hinter seinem Schlosse lag, erreicht, als plötzlich ein Pfeilschuss aus dem Dunkel der Gebüsche hervorbrach, und ihm, dicht unter dem Brustknochen, den Leib durchbohrte. Herr Friedrich von Trota, sein Kämmerer, brachte ihn, über diesen Vorfall äußerst betroffen, mit Hilfe einiger Ritter ins Schloss, wo er nur noch, in den Armen seiner bestürzten Gemahlin, die Kraft hatte, einer Versammlung von Reichsvasallen, die schleunigst, auf Veranlassung der letztern, zusammenberufen worden war, die kaiserliche Legitimationsakte vorzulesen, und nachdem, nicht ohne lebhaften Widerstand, indem, in Folge des Gesetzes, die Krone an seinen Halbbruder den Grafen Jakob den Rotbart, fiel, die Vasallen seinen letzten bestimmten Willen erfüllt und unter dem Vorbehalt, die Genehmigung des Kaisers einzuholen, den Grafen Philipp als Thronerben, die Mutter aber, wegen Minderjährigkeit desselben, als Vormundin und Regentin anerkannt hatten, legte er sich nieder und starb.

Die Herzogin bestieg nun, ohne weiteres, unter einer bloßen Anzeige, die sie, durch einige Abgeordnete, ihrem Schwager, dem Grafen Jakob dem Rotbart, zukommen ließ, den Thron; und was mehrere Ritter des Hofes, welche die verschlossene Gemütsart des letzteren zu durchschauen meinten, vorausgesagt hatten, das traf, wenigstens dem äußeren Anschein nach, ein. Jakob der Rotbart verschmerzte, in kluger Erwägung der obwaltenden Umstände, das Unrecht, das ihm sein Bruder zugefügt hatte; zum mindesten enthielt er sich aller und jeder Schritte, den letzten Willen des Herzogs umzustoßen, und wünschte seinem jungen Neffen zu dem Thron, den er erlangt hatte, von Herzen Glück. Er beschrieb den Abgeordneten, die er sehr heiter und freundlich an seine Tafel zog, wie er seit dem Tode seiner Gemahlin, die ihm ein königliches Vermögen hinterlassen, frei und unabhängig auf seiner Burg lebe, wie er die Weiber der angrenzenden Edelleute, seinen eignen Wein und, in Gesellschaft munterer Freunde, die Jagd liebe, und wie ein Kreuzzug nach Palästina, auf welchem er die Sünden einer raschen Jugend, auch leider, wie er zugab, im Alter noch wachsend, abzubüßen dachte, die ganze Unternehmung sei, auf die er noch, am Schluss seines Lebens, hinaussehe. Vergebens machten ihm seine beiden Söhne, welche in der bestimmten Hoffnung der Thronfolge erzogen worden waren, wegen der Unempfindlichkeit und Gleichgültigkeit mit welcher er, auf ganz unerwartete Weise, in diese unheilbare Kränkung ihrer Ansprüche willigte, die bittersten Vorwürfe. Er wies sie, die noch unbärtig waren, mit kurzen und spöttischen Machtworten zur Ruhe, nötigte sie, ihm am Tage des feierlichen Leichenbegängnisses, in die Stadt zu folgen und daselbst, an seiner Seite, den alten Herzog, ihren Oheim, wie es sich gebühre, in der Gruft zu bestatten; und nachdem er im Thronsaal des herzoglichen Palastes, dem jungen Prinzen, seinem Neffen, in Gegenwart der Regentin Mutter gleich allen andern Großen des Hofes, die Huldigung geleistet hatte, kehrte er unter Ablehnung aller Ämter und Würden, welche die letztere ihm antrug, begleitet von den Segnungen des ihn wegen seiner Großmut und Mäßigung doppelt verehrenden Volkes, wieder auf seine Burg zurück.

Die Herzogin schritt nun, nach dieser unverhofft glücklichen Beseitigung der ersten Interessen, zur Erfüllung ihrer zweiten Regentenpflicht, nämlich, wegen der Mörder ihres Gemahls, deren man im Park eine ganze Schar wahrgenommen haben wollte, Untersuchungen anzustellen, und prüfte zu diesem Zweck selbst, mit Herrn Godwin von Herrthal, ihrem Kanzler, den Pfeil, der seinem Leben ein Ende gemacht hatte. Indessen fand man an demselben nichts, das den Eigentümer hätte verraten können, außer etwa, dass er, auf befremdende Weise, zierlich und prächtig gearbeitet war. Starke, krause und glänzende Federn steckten in einem Stiel, der, schlank und kräftig, von dunkelm Nussbaumholz, gedrechselt war; die Bekleidung des vorderen Endes war von glänzendem Messing, und nur die äußerste Spitze selbst, scharf wie die Gräte eines Fisches, war aus Stahl. Der Pfeil schien für die Rüstkammer eines vornehmen und reichen Mannes verfertigt zu sein, der entweder in Fehden verwickelt oder ein großer Liebhaber der Jagd war, und da man aus einer, dem Knopf eingegrabenen, Jahreszahl ersah, dass dies erst vor kurzem geschehen sein konnte, schickte die Herzogin, auf Anraten des Kanzlers, den Pfeil, mit dem Kronsiegel versehen, in alle Werkstätten von Deutschland umher, um den Meister, der ihn gedrechselt hatte, aufzufinden und, falls dies gelang, von demselben den Namen dessen zu erfahren, auf dessen Bestellung er gedrechselt worden war.

Fünf Monate später lief bei Herrn Godwin, dem Kanzler, dem die Herzogin die Untersuchung der Sache übergeben hatte, die Erklärung eines Pfeilmachers aus Straßburg ein, dass er ein Schock solcher Pfeile, samt dem dazu gehörigen Köcher, vor drei Jahren für den Grafen Jakob den Rotbart verfertigt habe. Der Kanzler, über diese Erklärung äußerst betroffen, hielt dieselbe mehrere Wochen lang in seinem Geheimschrank zurück. Zum Teil kannte er, wie er meinte, trotz der freien und ausschweifenden Lebensweise des Grafen, den Edelmut desselben zu gut, als dass er ihn einer solch abscheulichen Tat, wie es die Ermordung eines Bruders war, hätte für fähig halten können, zum Teil auch, trotz vieler andern guten Eigenschaften, die Gerechtigkeit der Regentin zu wenig, als dass er, in einer Sache, die das Leben ihres schlimmsten Feindes galt, nicht mit der größten Vorsicht hätte verfahren sollen. Inzwischen stellte er, unter der Hand, in Richtung dieser sonderbaren Anzeige, Untersuchungen an, und da er durch die Beamten der Stadtvogtei zufällig ausmittelte, dass der Graf, der seine Burg sonst nie oder nur höchst selten zu verlassen pflegte, in der Nacht der Ermordung des Herzogs abwesend gewesen war, hielt er es für seine Pflicht, das Geheimnis zu enthüllen und die Herzogin, in einer der nächsten Sitzungen des Staatsrats, von dem befremdenden und seltsamen Verdacht, der durch diese beiden Klagpunkte auf ihren Schwager, den Grafen Jakob den Rotbart fiel, ausführlich zu unterrichten.

Die Herzogin, die sich glücklich pries, mit dem Grafen, ihrem Schwager, auf einem so freundschaftlichen Fuß zu stehen, und nichts mehr fürchtete, als seine Empfindlichkeit durch unüberlegte Schritte zu reizen, gab inzwischen, zum Befremden des Kanzlers, bei dieser zweideutigen Eröffnung nicht das mindeste Zeichen der Freude von sich, vielmehr, als sie die Papiere zweimal mit Aufmerksamkeit gelesen hatte, äußerte sie lebhaft ihr Missfallen, dass man eine Sache, die so ungewiss und bedenklich sei, öffentlich im Staatsrat zur Sprache bringe. Sie war der Meinung, dass ein Irrtum oder eine Verleumdung dabei stattfinden müsse, und befahl, von der Anzeige schlechthin bei den Gerichten keinen Gebrauch zu machen. Ja, bei der außerordentlichen, fast schwärmerischen Volksverehrung, deren der Graf, nach einer natürlichen Wendung der Dinge, seit seiner Ausschließung vom Throne genoss, schien ihr auch schon dieser bloße Vortrag im Staatsrat äußerst gefährlich, und da sie voraussah, dass ein Stadtgeschwätz darüber zu seinen Ohren kommen würde, schickte sie, von einem wahrhaft edelmütigen Schreiben begleitet, die beiden Klagpunkte, die sie das Spiel eines sonderbaren Missverständnisses nannte, samt dem, worauf sie sich stützen sollten, zu ihm hinaus, mit der bestimmten Bitte, sie, die im voraus von seiner Unschuld überzeugt sei, mit aller Widerlegung derselben zu verschonen.

Der Graf, der eben mit einer Gesellschaft von Freunden bei der Tafel saß, stand, als der Ritter mit der Botschaft der Herzogin zu ihm eintrat, verbindlich von seinem Sessel auf, aber kaum, während die Freunde den feierlichen Mann, der sich nicht niederlassen wollte, betrachteten, hatte er in der Wölbung des Fensters den Brief überflogen, als er die Farbe wechselte und die Papiere mit den Worten den Freunden übergab: »Brüder, seht! welch eine schändliche Anklage, auf den Mord meines Bruders hin, wider mich zusammengeschmiedet worden ist!« Er nahm dem Ritter, mit einem funkelnden Blick, den Pfeil aus der Hand und setzte, die Vernichtung seiner Seele verbergend, während die Freunde sich unruhig um ihn versammelten, hinzu: dass in der Tat das Geschoss ihm gehöre und auch der Umstand, dass er in der Nacht des heiligen Remigius aus seinem Schloss abwesend gewesen, richtig sei! Die Freunde fluchten über diese hämische und niederträchtige Arglistigkeit. Sie schoben den Verdacht des Mordes auf die verruchten Ankläger selbst zurück, und schon waren sie im Begriff, gegen den Abgeordneten, der die Herzogin in Schutz nahm, beleidigend zu werden, als der Graf, der die Papiere noch einmal überlesen hatte, während er plötzlich unter sie trat, ausrief: »ruhig, meine Freunde!« – und damit nahm er sein Schwert, das im Winkel stand und übergab es dem Ritter mit den Worten: dass er sein Gefangener sei! Auf die betroffene Frage des Ritters: ob er recht gehört, und ob er in der Tat die beiden Klagpunkte, die der Kanzler aufgesetzt, anerkenne? antwortete der Graf: »ja! ja! ja!« – Unterdessen hoffe er der Notwendigkeit überhoben zu sein, den Beweis seiner Unschuld anders, als vor den Schranken eines förmlich von der Herzogin eingesetzten Gerichts zu führen. Vergebens bewiesen die Ritter, mit dieser Äußerung höchst unzufrieden, dass er in diesem Fall wenigstens keinem andern, als dem Kaiser, von dem Zusammenhang der Sache Rechenschaft zu geben brauche. Der Graf, der sich, in einer sonderbar plötzlichen Wendung der Gesinnung, auf die Gerechtigkeit der Regentin berief, bestand darauf, sich vor dem Landestribunal zu stellen, und schon während er sich aus ihren Armen losriss, rief er, aus dem Fenster hinaus, nach seinen Pferden, willens, wie er sagte, dem Abgeordneten unmittelbar in die Ritterhaft zu folgen, als die Waffengefährten ihm gewaltsam mit einem Vorschlag, den er endlich annehmen musste, in den Weg traten. Sie setzten in ihrer Gesamtzahl ein Schreiben an die Herzogin auf, forderten als ein Recht, das jedem Ritter in solchem Fall zustehe, freies Geleit für ihn und boten ihr zur Sicherheit, dass er sich dem von ihr errichteten Tribunal stellen, auch allem, was dasselbe über ihn verhängen möchte, unterwerfen würde, eine Bürgschaft von 20000 Mark Silbers an.

Die Herzogin, auf diese unerwartete und ihr unbegreifliche Erklärung, hielt es, bei den abscheulichen Gerüchten, die bereits über die Veranlassung der Klage im Volk herrschten, für das Ratsamste, mit gänzlichem Zurücktreten ihrer eignen Person, dem Kaiser die ganze Streitsache vorzulegen. Sie schickte ihm, auf den Rat des Kanzlers, sämtliche über den Vorfall vorhandenen Aktenstücke zu, und bat, in seiner Eigenschaft als Reichsoberhaupt ihr die Untersuchung in einer Sache abzunehmen, in der sie selber als Partei befangen sei. Der Kaiser, der sich wegen Verhandlungen mit der Eidgenossenschaft gerade damals in Basel aufhielt, willigte in diesen Wunsch. Er setzte daselbst ein Gericht von drei Grafen, zwölf Rittern und zwei Gerichtsassessoren ein, und nachdem er dem Grafen Jakob dem Rotbart, dem Antrag seiner Freunde gemäß, gegen die angebotene Bürgschaft von 20000 Mark Silbers freies Geleit zugestanden hatte, forderte er ihn auf, sich dem erwähnten Gericht zu stellen und demselben über die beiden Punkte, wie der Pfeil, der, nach seinem eignen Geständnis ihm gehöre, in die Hände des Mörders gekommen? auch an welchem dritten Ort er sich in der Nacht des heiligen Remigius aufgehalten habe, Rede und Antwort zu stehen.

Es war am Montag nach Trinitatis, als der Graf Jakob der Rotbart, mit einem glänzenden Gefolge von Rittern, der an ihn ergangenen Aufforderung gemäß in Basel vor den Schranken des Gerichts erschien und sich daselbst, mit Übergehung der ersten, ihm, wie er vorgab, gänzlich unauflöslichen Frage, in Bezug auf die zweite, welche für den Streitpunkt entscheidend war, folgendermaßen einließ: »Edle Herren!« und damit stützte er seine Hände aufs Geländer und schaute aus seinen kleinen blitzenden Augen, von rötlichen Augenwimpern überschattet, die Versammlung an. »Ihr beschuldigt mich, der von seiner Gleichgültigkeit gegen Krone und Zepter Proben genug gegeben hat, der abscheulichsten Handlung, die begangen werden kann, der Ermordung meines, mir in der Tat wenig geneigten, aber darum nicht minder teuren Bruders, und als einen der Gründe, worauf ihr eure Anklage stützt, führt ihr an, dass ich in der Nacht des heiligen Remigius, als jener Frevel verübt ward, gegen eine durch viele Jahre beobachtete Gewohnheit, aus meinem Schlosse abwesend war. Nun ist mir gar wohl bekannt, was ein Ritter der Ehre solcher Damen, deren Gunst ihm heimlich zuteil wird, schuldig ist; und wahrlich! hätte der Himmel nicht, aus heiterer Luft, dies sonderbare Verhängnis über mein Haupt zusammengeführt, würde das Geheimnis, das in meiner Brust schläft, mit mir gestorben, zu Staub verwest und erst auf den Posaunenruf des Engels, der die Gräber sprengt, vor Gott mit mir erstanden sein. Die Frage aber, die kaiserliche Majestät durch euren Mund an mein Gewissen richtet, macht, wie ihr wohl selbst einseht, alle Rücksichten und alle Bedenklichkeiten zuschanden, und weil ihr denn wissen wollt, warum es weder wahrscheinlich, noch auch selbst möglich sei, dass ich an dem Mord meines Bruders, es sei nun persönlich oder mittelbar, teilgenommen, so vernehmt, dass ich in der Nacht des heiligen Remigius, also zur Zeit, als er verübt worden, heimlich bei der schönen, in Liebe mir ergebenen Tochter des Landdrosts Winfried von Breda, Frau Wittib Littegarde von Auerstein war.«

Nun muss man wissen, dass Frau Wittib Littegarde von Auerstein, so wie die schönste, so auch, bis auf den Augenblick dieser schmählichen Anklage, die unbescholtenste und makelloseste Frau des Landes war. Sie lebte, seit dem Tode des Schlosshauptmanns von Auerstein, ihres Gemahls, den sie wenige Monate nach ihrer Vermählung wegen eines ansteckenden Fiebers verloren hatte, still und zurückgezogen auf der Burg ihres Vaters; und nur auf den Wunsch dieses alten Herrn, der sie gern wieder vermählt zu sehen wünschte, ergab sie sich darin, dann und wann bei Jagdfesten und Banketten zu erscheinen, welche von der Ritterschaft der umliegenden Gegend, und hauptsächlich von Herrn Jakob dem Rotbart, veranstaltet wurden. Viele Grafen und Herren, aus den edelsten und begütertsten Geschlechtern des Landes, fanden sich mit ihren Werbungen um sie bei solchen Gelegenheiten ein, und unter diesen war ihr Herr Friedrich von Trota, der Kämmerer, der ihr einst auf der Jagd gegen den Anlauf eines verwundeten Ebers tüchtiger Weise das Leben gerettet hatte, der Teuerste und Liebste; indessen hatte sie sich aus Besorgnis, ihren beiden, auf die Hinterlassenschaft ihres Vermögens rechnenden Brüdern dadurch zu missfallen, aller Ermahnungen ihres Vaters ungeachtet, noch nicht entschließen können, ihm ihre Hand zu reichen. Ja, als Rudolph, der Ältere von beiden sich mit einem reichen Fräulein aus der Nachbarschaft vermählte, und ihm, nach einer dreijährigen kinderlosen Ehe, zur großen Freude der Familie, ein Stammhalter geboren ward, nahm sie, durch manche deutliche und undeutliche Erklärung bewogen, von Herrn Friedrich, ihrem Freunde, in einem unter vielen Tränen abgefassten Schreiben, förmlich Abschied und willigte, um die Einigkeit des Hauses zu erhalten, in den Vorschlag ihres Bruders, den Platz der Äbtissin in einem Frauenstift einzunehmen, das unfern ihrer väterlichen Burg an den Ufern des Rheins lag.

Gerade um die Zeit, da beim Erzbischof von Straßburg dieser Plan betrieben ward, und die Sache im Begriff war zur Ausführung zu kommen, war es, als der Landdrost, Herr Winfried von Breda, durch das von dem Kaiser eingesetzte Gericht, die Anzeige von der Schande seiner Tochter Littegarde und die Aufforderung erhielt, dieselbe zur Verantwortung gegen die von dem Grafen Jakob wider sie angebrachte Beschuldigung nach Basel zu befördern. Man bezeichnete ihm, im Verlauf des Schreibens, genau die Stunde und den Ort, in welchem der Graf, seinen Angaben gemäß, bei Frau Littegarde seinen Besuch heimlich abgestattet haben wollte, und schickte ihm sogar einen, von ihrem verstorbenen Gemahl herrührenden Ring mit, den er beim Abschied, zum Andenken an die verflossene Nacht, aus ihrer Hand empfangen zu haben versicherte. Nun litt Herr Winfried eben, am Tage der Ankunft dieses Schreibens an einer schweren und schmerzvollen Unpässlichkeit des Alters. Er wankte, in einem äußerst gereizten Zustand, an der Hand seiner Tochter im Zimmer umher, das Ziel schon ins Auge fassend, das allem, was Leben atmet, gesteckt ist, dergestalt, dass ihn, beim Lesen dieser fürchterlichen Mitteilung, der Schlag augenblicklich rührte, und er, indes er das Blatt fallen ließ, mit gelähmten Gliedern auf den Fußboden niederschlug. Die Brüder, die gegenwärtig waren, hoben ihn bestürzt vom Boden auf und riefen einen Arzt herbei, der zu seiner Pflege in den Nebengebäuden wohnte, aber alle Mühe, ihn wieder ins Leben zurückzubringen, war umsonst. Er gab, während Frau Littegarde besinnungslos im Schoß ihrer Frauen lag, seinen Geist auf, und diese, als sie erwachte, hatte auch nicht den letzten bittersüßen Trost, ihm ein Wort zur Verteidigung ihrer Ehre in die Ewigkeit mitgegeben zu haben. Der Schrecken der beiden Brüder über diesen heillosen Vorfall und ihre Wut über die der Schwester nachgesagte und leider nur zu wahrscheinliche Schandtat, die ihn veranlasst hatte, war unbeschreiblich. Denn sie wussten nur zu wohl, dass Graf Jakob der Rotbart ihr in der Tat, während des ganzen vergangenen Sommers, angelegentlich den Hof gemacht hatte. Mehrere Turniere und Bankette waren bloß ihr zu Ehren von ihm angestellt, und sie, auf eine schon damals sehr anstößige Weise, vor allen andern Frauen, die er zur Gesellschaft zog, von ihm ausgezeichnet worden. Ja, sie erinnerten sich, dass Littegarde, grade um die Zeit des besagten Remigiustages, ebendiesen von ihrem Gemahl herstammenden Ring, der sich jetzt, auf sonderbare Weise in den Händen des Grafen Jakob wiederfand, auf einem Spaziergang verloren zu haben angegeben hatte, dergestalt, dass sie nicht einen Augenblick an der Wahrhaftigkeit der Aussage, die der Graf vor Gericht gegen sie abgeleistet hatte, zweifelten. Vergebens – während unter den Klagen des Hofgesindes die väterliche Leiche weggetragen ward – umklammerte sie, nur um einen Augenblick Gehör bittend, die Knie ihrer Brüder. Rudolph, vor Entrüstung flammend, fragte sie, indem er sich zu ihr wandte: ob sie einen Zeugen für die Nichtigkeit der Beschuldigung für sich aufstellen könne? und da sie unter Zittern und Beben erwiderte: dass sie sich leider auf nichts, als die Unsträflichkeit ihres Lebenswandels berufen könne, weil ihre Zofe gerade wegen eines Besuchs, den sie in der bewussten Nacht ihren Eltern abgestattet, aus ihrem Schlafzimmer weg gewesen sei, stieß Rudolph sie mit Füßen von sich, riss ein Schwert das an der Wand hing, aus der Scheide und befahl ihr, in missgeschaffner Leidenschaft tobend, während er Hunde und Knechte herbeirief, augenblicklich das Haus und die Burg zu verlassen. Littegarde stand bleich wie Kreide vom Boden auf. Sie bat, während sie seinen Misshandlungen stumm auswich, ihr wenigstens zur Anordnung der geforderten Abreise die nötige Zeit zu lassen, doch Rudolph antwortete weiter nichts, als, vor Wut schäumend: »hinaus, aus dem Schloss!«, dergestalt dass, da er auf seine eigne Frau, die ihm mit der Bitte um Schonung und Menschlichkeit, in den Weg trat, nicht hörte, und sie, durch einen Stoß mit dem Griff des Schwerts, der ihr das Blut fließen machte, rasend auf die Seite warf, die unglückliche Littegarde, mehr tot als lebendig, das Zimmer verließ. Sie wankte, von Blicken der gemeinen Menge umstellt, über den Hofraum der Schlosspforte zu, wo Rudolph ihr ein Bündel mit Wäsche, wozu er einiges Geld legte, hinausreichen ließ und selbst hinter ihr, unter Flüchen und Verwünschungen, die Torflügel verschloss.

Dieser plötzliche Sturz, von der Höhe eines heiteren und fast ungetrübten Glücks, in die Tiefe eines unabsehbaren und gänzlich hilflosen Elends, war mehr als das arme Weib ertragen konnte. Nicht wissend, wohin sie sich wenden solle, wankte sie, gestützt am Geländer, den Felsenpfad hinab, um sich wenigstens für die hereinbrechende Nacht ein Unterkommen zu verschaffen; doch ehe sie noch den Eingang des Dörfchens, das verstreut im Tal lag, erreicht hatte, sank sie schon ihrer Kräfte beraubt zu Boden. Sie mochte, allen Erdenleiden entrückt, wohl eine Stunde so gelegen haben, und völlige Finsternis deckte schon die Gegend, als sie, umringt von mehreren mitleidigen Einwohnern des Orts, erwachte. Denn ein Knabe, der am Felsenabhang spielte, hatte sie daselbst bemerkt und im Hause seiner Eltern von einer so sonderbaren und auffallenden Erscheinung Bericht abgestattet, worauf diese, die von Littegarden mancherlei Wohltaten empfangen hatten, äußerst bestürzt sie in einer so trostlosen Lage zu wissen, sogleich aufbrachen, um ihr mit Hilfe, so gut es in ihren Kräften stand, beizuspringen. Sie erholte sich durch die Bemühungen dieser Leute gar bald und gewann auch, bei dem Anblick der Burg, die hinter ihr verschlossen war, ihre Besinnung wieder. Sie weigerte sich aber das Anerbieten zweier Weiber, sie wieder aufs Schloss hinauf zu führen, anzunehmen und bat nur um die Gefälligkeit, ihr sogleich einen Führer herbeizuschaffen, um ihre Wanderung fortzusetzen. Vergebens stellten ihr die Leute vor, dass sie in ihrem Zustand keine Reise antreten könne. Littegarde bestand unter dem Vorwand, dass ihr Leben in Gefahr sei, darauf, augenblicklich die Grenzen des Burggebiets zu verlassen, ja, sie machte, da sich der Haufen um sie, ohne ihr zu helfen, immer vergrößerte, Anstalten, sich mit Gewalt loszureißen und sich allein, trotz der Dunkelheit der hereinbrechenden Nacht, auf den Weg zu begeben, sodass die Leute notgedrungen, aus Furcht, von der Herrschaft, falls ihr ein Unglück zustieße, dafür in Anspruch genommen zu werden, in ihren Wunsch willigten und ihr ein Fuhrwerk herbeischafften, das mit ihr, auf die wiederholt an sie gerichtete Frage, wohin sie sich denn eigentlich wenden wolle, nach Basel abfuhr.

Aber schon vor dem Dorf änderte sie, nach einer aufmerksamen Erwägung der Umstände, ihren Entschluss und befahl ihrem Führer umzukehren und sie zu der, nur wenige Meilen entfernten Trotenburg zu fahren. Denn sie fühlte wohl, dass sie ohne Beistand gegen einen solchen Gegner, wie es der Graf Jakob der Rotbart war, vor dem Gericht zu Basel nichts ausrichten würde, und niemand schien ihr des Vertrauens, zur Verteidigung ihrer Ehre aufgerufen zu werden, würdiger, als ihr wackerer, ihr in Liebe, wie sie wohl wusste, immer noch ergebener Freund, der treffliche Kämmerer Herr Friedrich von Trota. Es mochte ungefähr Mitternacht sein, und die Lichter im Schloss schimmerten noch, als sie äußerst ermüdet von der Reise mit ihrem Fuhrwerk daselbst ankam. Sie schickte einen Diener des Hauses, der ihr entgegenkam, hinauf, um der Familie ihre Ankunft melden zu lassen, doch ehe dieser noch seinen Auftrag vollführt hatte, traten auch schon Fräulein Bertha und Kunigunde, Herrn Friedrichs Schwestern, die zufällig in Geschäften des Haushalts im untern Vorsaal waren, vor die Tür hinaus. Die Freundinnen hoben Littegarden, die ihnen gar wohl bekannt war, unter freudigen Begrüßungen vom Wagen, und führten sie, obschon nicht ohne einige Beklemmung, zu ihrem Bruder hinauf, der in Akten, womit ihn ein Prozess überschüttete, versenkt, an einem Tische saß. Aber wer beschreibt das Erstaunen Herrn Friedrichs, als er auf das Geräusch, das er hinter sich hörte, sein Antlitz wandte und Frau Littegarden, bleich und entstellt, ein wahres Bild der Verzweiflung, vor ihm auf die Knie niedersinken sah. »Meine teuerste Littegarde!« rief er, während er aufstand und sie vom Fußboden aufhob: »was ist Euch widerfahren?« Littegarde, nachdem sie sich auf einen Sessel niedergelassen hatte, erzählte, was vorgefallen, welch verruchte Verleumdung Graf Jakob der Rotbart, um sich vom Verdacht der Ermordung des Herzogs zu entlasten, vor dem Gericht zu Basel in Bezug auf sie vorgebracht habe, wie die Nachricht davon ihrem alten, eben an einer Unpässlichkeit leidenden Vater augenblicklich den Nervenschlag zugezogen, an welchem er auch, wenige Minuten darauf, in den Armen seiner Söhne verschieden sei, und wie diese in Entrüstung darüber rasend, ohne auf das, was sie zu ihrer Verteidigung vorbringen könne, zu hören, sie mit den entsetzlichsten Misshandlungen überhäuft und zuletzt, wie eine Verbrecherin, aus dem Hause gejagt hatten. Sie bat Herrn Friedrich, sie unter einer schicklichen Begleitung nach Basel zu befördern und ihr daselbst einen Rechtsgehilfen anzuweisen, der ihr bei ihrem Auftritt vor dem vom Kaiser eingesetzten Gericht mit klugem und besonnenen Rat gegen jene schändliche Beschuldigung zur Seite stehen könne. Sie versicherte, dass ihr aus dem Mund eines Parthers oder Persers, den sie nie gesehen, eine solche Behauptung nicht hätte unerwarteter kommen können, als aus dem Munde des Grafen Jakobs des Rotbarts, indem ihr derselbe, seines schlechten Rufs sowohl, als auch seiner äußeren Bildung wegen, immer in tiefster Seele verhasst gewesen sei, und sie die Artigkeiten, die er sich, bei den Festgelagen des vergangenen Sommers, zuweilen die Freiheit genommen, ihr zu sagen, stets mit der größten Kälte und Verachtung abgewiesen habe. »Genug, meine teuerste Littegarde!« rief Herr Friedrich, indem er mit edlem Eifer ihre Hand nahm und an seine Lippen drückte: »verliert kein Wort zur Verteidigung und Rechtfertigung Eurer Unschuld! In meiner Brust spricht eine Stimme für Euch, weit lebhafter und überzeugender, als alle Versicherungen, ja selbst als alle Rechtsgründe und Beweise, die Ihr vielleicht aus der Verbindung der Umstände und Begebenheiten vor dem Gericht zu Basel für Euch anzubringen vermögt. Nehmt mich, weil Eure ungerechten und ungroßmütigen Brüder Euch verlassen, als Euren Freund und Bruder an und gönnt mir den Ruhm, Euer Anwalt in dieser Sache zu sein. Ich will den Glanz Eurer Ehre vor dem Gericht zu Basel und vor dem Urteil der ganzen Welt wiederherstellen!« Damit führte er Littegarden, deren Tränen vor Dankbarkeit und Rührung, bei so edelmütigen Äußerungen heftig flossen, zu Frau Helenen, seiner Mutter hinauf, die sich bereits in ihr Schlafzimmer zurückgezogen hatte. Er stellte sie dieser würdigen alten Dame, die ihr mit besonderer Liebe zugetan war, als eine Gastfreundin vor, die sich, wegen eines Zwistes, der in ihrer Familie ausgebrochen, entschlossen habe, ihren Aufenthalt während einiger Zeit auf seiner Burg zu nehmen. Man räumte ihr noch in derselben Nacht einen ganzen Flügel des weitläufigen Schlosses ein, füllte, aus dem Vorrat der Schwestern, die Schränke, die sich darin befanden, reichlich mit Kleidern und Wäsche für sie, wies ihr auch, ganz Ihrem Range gemäß, eine anständige ja prächtige Dienerschaft an, und schon am dritten Tage befand sich Herr Friedrich von Trota, ohne sich über die Art und Weise, wie er seinen Beweis vor Gericht zu führen gedachte, auszulassen, mit einem zahlreichen Gefolge von Reisigen und Knappen auf der Straße nach Basel.

Inzwischen war, von den Herren von Breda, Littegardens Brüdern, ein Schreiben, den auf der Burg stattgehabten Vorfall betreffend, beim Gericht zu Basel eingelaufen, worin sie das arme Weib, sei es nun, dass sie dieselbe wirklich für schuldig hielten, oder dass sie sonst Gründe haben mochten, sie zu verderben, ganz und gar, als überführte Verbrecherin der Verfolgung der Gesetze preisgaben. Wenigstens nannten sie die Verstoßung derselben aus der Burg, unedelmütiger und unwahrhaftiger Weise, eine freiwillige Entweichung; sie beschrieben, wie sie sogleich, ohne irgend etwas zur Verteidigung ihrer Unschuld vorbringen zu können, auf einige entrüstete Äußerungen, die ihnen entfahren wären, das Schloss verlassen habe, und waren, bei der Vergeblichkeit aller Nachforschungen, die sie beteuerten, ihrethalb angestellt zu haben, der Meinung, dass sie jetzt wahrscheinlich an der Seite eines dritten Abenteurers in der Welt umherirre, um das Maß ihrer Schande noch zu erhöhen. Dabei trugen sie, zur Ehrenrettung der durch sie beleidigten Familie, darauf an, ihren Namen aus der Geschlechtstafel des Bredaschen Hauses auszustreichen und begehrten, unter weitläufigen Rechtsdeduktionen, sie, zur Strafe wegen so unerhörter Vergehen, aller Ansprüche auf die Hinterlassenschaft des edlen Vaters, den ihre Schande ins Grab gestürzt, für verlustig zu erklären. Nun waren die Richter zu Basel zwar weit entfernt, diesem Antrag, der ohnehin gar nicht vor ihr Forum gehörte, zu willfahren, da aber inzwischen Graf Jakob beim Empfang dieser Nachricht von seiner Teilnahme am Schicksal Littegardens die unzweideutigsten und entschiedendsten Beweise gab und heimlich, wie man erfuhr, Reiter ausschickte, um sie aufzuspüren und ihr einen Aufenthalt auf seiner Burg anzubieten, setzte das Gericht in die Wahrhaftigkeit seiner Aussage keinen Zweifel mehr und beschloss, die Klage, die wegen Ermordung des Herzogs über ihm schwebte, sofort abzuweisen. Ja, diese Teilnahme, die er der Unglücklichen in diesem Augenblick ihrer Not schenkte, wirkte selbst höchst vorteilhaft auf die Meinung des in seinem Wohlwollen für ihn sehr wankenden Volks. Man entschuldigte jetzt, was man früherhin schwer gemissbilligt hatte, die Preisgebung einer ihm in Liebe ergebenen Frau, vor der Verachtung aller Welt, und fand, dass ihm unter so außerordentlichen und ungeheuren Umständen, da es ihm nichts Geringeres, als Leben und Ehre galt, nichts übriggeblieben sei, als rücksichtslose Aufdeckung des Abenteuers, das sich in der Nacht des heiligen Remigius zugetragen hatte. Demnach ward, auf ausdrücklichen Befehl des Kaisers, Graf Jakob der Rotbart von neuem vor Gericht geladen, um feierlich, bei offnen Türen, vom Verdacht, an der Ermordung des Herzogs mitgewirkt zu haben, freigesprochen zu werden. Eben hatte der Herold unter den Hallen des weitläufigen Gerichtssaals das Schreiben der Herren von Breda verlesen, und das Gericht machte sich bereit, dem Beschluss des Kaisers gemäß, in Bezug auf den ihm zur Seite stehenden Angeklagten, zu einer förmlichen Ehrenerklärung zu schreiten, als Herr Friedrich von Trota vor die Schranken trat und sich, auf das allgemeine Recht jedes unparteiischen Zuschauers gestützt, den Brief auf einen Augenblick zur Durchsicht ausbat. Man bewilligte, während die Augen alles Volks auf ihn gerichtet waren, seinen Wunsch, aber kaum hatte Herr Friedrich aus den Händen des Herolds das Schreiben erhalten, als er es, nach einem flüchtig hineingeworfenen Blick, von oben bis unten zerriss und die Stücke, die er zusammenwickelte, samt seinem Handschuh, mit der Erklärung dem Grafen Jakob dem Rotbart ins Gesicht warf, dass er ein schändlicher und niederträchtiger Verleumder, und er entschlossen sei, die Schuldlosigkeit Frau Littegardens an dem Frevel, den er ihr vorgeworfen, auf Tod und Leben, vor aller Welt, im Gottesurteil zu beweisen! – Graf Jakob der Rotbart, nachdem er, blass im Gesicht, den Handschuh aufgenommen, sagte: »so gewiss als Gott gerecht, im Urteil der Waffen, entscheidet, so gewiss werde ich dir die Wahrhaftigkeit dessen, was ich, Frau Littegarden betreffend, notgedrungen verlautbart, im ehrlichen ritterlichen Zweikampf beweisen! Erstattet, edle Herren«, sprach er, indem er sich zu den Richtern wandte, »der kaiserlichen Majestät Bericht von dem Einspruch, welchen Herr Friedrich getan, und ersucht sie, uns Stunde und Ort zu bestimmen, wo wir uns, mit dem Schwert in der Hand, zur Entscheidung dieser Streitsache begegnen können!« Demgemäß schickten die Richter, unter Aufhebung der Session, eine Deputation, mit dem Bericht über diesen Vorfall an den Kaiser, und da dieser durch das Auftreten Herrn Friedrichs, als Verteidiger Littegardens, nicht wenig in seinem Glauben an die Unschuld des Grafen irregeworden war, rief er, wie es die Ehrengesetze erforderten, Frau Littegarden zur Beiwohnung des Zweikampfs nach Basel und setzte zur Aufklärung des sonderbaren Geheimnisses, das über dieser Sache schwebte, den Tag der heiligen Margarete als die Zeit und den Schlossplatz zu Basel als den Ort an, wo beide, Herr Friedrich von Trota und der Graf Jakob, in Gegenwart Frau Littegardens einander treffen sollten.

Eben ging, diesem Schluss gemäß, die Mittagssonne des Margaretentages über die Türme der Stadt Basel, und eine unermessliche Menschenmenge, für welche man Bänke und Gerüste zusammengezimmert hatte, war auf dem Schlossplatz versammelt, als auf den dreifachen Ruf des vor dem Altan der Kampfrichter stehenden Herolds, beide, von Kopf bis Fuß in schimmerndes Erz gerüstet, Herr Friedrich und Graf Jakob, zur Ausfechtung ihrer Sache, in die Schranken traten. Fast die ganze Ritterschaft Schwabens und der Schweiz war auf der Rampe des im Hintergrund befindlichen Schlosses anwesend, und auf dem Balkon desselben saß, von seinem Hofgesinde umgeben, der Kaiser selbst, nebst seiner Gemahlin und den Prinzen und Prinzessinnen, seinen Söhnen und Töchtern. Kurz vor Beginn des Kampfes, während die Richter Licht und Schatten zwischen den Kämpfern teilten, traten Frau Helena und ihre beiden Töchter Bertha und Kunigunde, welche Littegarden nach Basel begleitet hatten, noch einmal an die Pforten des Platzes und baten die Wächter, die daselbst standen, um die Erlaubnis, eintreten und mit Frau Littegarden, welche, einem uralten Gebrauch gemäß, auf einem Gerüst innerhalb der Schranken saß, ein Wort sprechen zu dürfen. Denn obschon der Lebenswandel dieser Dame die vollkommenste Achtung und ein ganz uneingeschränktes Vertrauen in die Wahrhaftigkeit ihrer Versicherungen zu verlangen schien, stürzte doch der Ring, den Graf Jakob aufzuweisen hatte, und noch mehr der Umstand, dass Littegarde ihre Kammerzofe, die einzige, die ihr hätte als Zeugin dienen können, in der Nacht des heiligen Remigius beurlaubt hatte, ihre Gemüter in die lebhafteste Besorgnis. Sie beschlossen die Sicherheit des Bewusstseins, das der Angeklagten innewohnte, im Drang dieses entscheidenden Augenblicks, noch einmal zu prüfen, und ihr die Vergeblichkeit, ja Gotteslästerlichkeit des Unternehmens, falls wirklich eine Schuld ihre Seele drückte, auseinanderzusetzen, sich durch den heiligen Ausspruch der Waffen, der die Wahrheit unfehlbar ans Licht bringen würde, davon reinigen zu wollen. Und in der Tat hatte Littegarde alle Ursache, den Schritt, den Herr Friedrich jetzt für sie tat, wohl zu überlegen; der Scheiterhaufen wartete ihrer sowohl, als auch ihres Freundes, des Ritters von Trota, falls Gott sich im eisernen Urteil nicht für ihn, sondern für den Grafen Jakob den Rotbart und die Wahrheit der Aussage entschied, die derselbe vor Gericht gegen sie bekundet hatte. Frau Littegarde, als sie Herrn Friedrichs Mutter und Schwestern eintreten sah, stand, mit dem ihr eigenen Ausdruck von Würde, der durch den Schmerz, welcher über ihr Wesen verbreitet war, noch rührender ward, von ihrem Sessel auf und fragte sie, während sie ihnen entgegenging: was sie in einem so verhängnisvollen Augenblick zu ihr führe? »Mein liebes Töchterchen«, sprach Frau Helena, indem sie dieselbe auf die Seite führte: »wollt Ihr einer Mutter, die keinen Trost im öden Alter, als den Besitz ihres Sohnes hat, den Kummer ersparen, ihn an seinem Grabe beweinen zu müssen, Euch, ehe noch der Zweikampf beginnt, reichlich beschenkt und ausgestattet, auf einen Wagen setzen und eins von unsern Gütern, das jenseits des Rheins liegt und Euch anständig und freundlich empfangen wird, von uns als Geschenk annehmen?« Littegarde, nachdem sie ihr, mit einer Blässe, die ihr über das Antlitz flog, einen Augenblick starr ins Gesicht gesehen hatte, bog, sobald sie die Bedeutung dieser Worte in ihrem ganzen Umfang verstanden hatte, ein Knie vor ihr. »Verehrungswürdigste und vortreffliche Frau!« sprach sie, »kommt die Besorgnis, dass Gott sich, in dieser entscheidenden Stunde, gegen die Unschuld meiner Brust erklären werde, aus dem Herzen Eures edlen Sohnes?« – »Weshalb?« fragte Frau Helena. – »Weil ich ihn in diesem Falle beschwöre, das Schwert, das keine vertrauensvolle Hand führt, lieber nicht zu zücken und die Schranken, unter welchem schicklichen Vorwand es sei, seinem Gegner zu räumen, mich aber, ohne dem Gefühl des Mitleids, von dem ich nichts annehmen kann, ein unzeitiges Gehör zu geben, meinem Schicksal, das ich in Gottes Hand lege, zu überlassen!« – »Nein!« sagte Frau Helena verwirrt, »mein Sohn weiß von nichts! Es würde ihm, der vor Gericht sein Wort gegeben hat, Eure Sache zu verfechten, wenig anstehen, Euch jetzt, da die Stunde der Entscheidung schlägt, einen solchen Antrag zu machen. Im festen Glauben an Eure Unschuld steht er, wie Ihr seht, bereits zum Kampf gerüstet, dem Grafen, Eurem Gegner, gegenüber; es war ein Vorschlag, den wir uns, meine Töchter und ich, in der Bedrängnis des Augenblicks, unter Berücksichtigung aller Vorteile und Vermeidung alles Unglücks ausgedacht haben.« – »Nun«, sagte Frau Littegarde, indem sie die Hand der alten Dame unter einem heißen Kuss mit ihren Tränen befeuchtete: »so lasst ihn sein Wort einlösen! Keine Schuld befleckt mein Gewissen, und ginge er ohne Helm und Harnisch in den Kampf, Gott und alle seine Engel beschirmten ihn! Und damit stand sie auf und führte Frau Helena und ihre Töchter zu einigen, innerhalb des Gerüstes befindlichen Sitzen, die hinter dem, mit roten Tuch beschlagenen Sessel, auf dem sie sich selbst niederließ, aufgestellt waren.

Hierauf blies der Herold, auf den Wink des Kaisers, zum Kampf, und beide Ritter, Schild und Schwert in der Hand, gingen aufeinander los. Herr Friedrich verwundete gleich mit dem ersten Hieb den Grafen. Er verletzte ihn mit der Spitze seines, nicht eben langen Schwertes da, wo zwischen Arm und Hand die Gelenke der Rüstung ineinander griffen, aber der Graf, der, durch den Schmerz geschreckt, zurücksprang und die Wunde untersuchte, fand, dass, obschon das Blut heftig floss, doch nur die Haut obenhin geritzt war, dergestalt, dass er auf das Murren der auf der Rampe befindlichen Ritter, über die Unschicklichkeit dieser Aufführung, wieder vordrang und den Kampf, mit erneuerten Kräften, einem völlig Gesunden gleich, wieder fortsetzte. Jetzt wogte zwischen beiden Kämpfern der Streit, wie zwei Sturmwinde einander begegnen, wie zwei Gewitterwolken, ihre Blitze einander zusendend, sich treffen und, ohne sich zu vermischen, unter dem Gekrach häufigen

Donners, getürmt umeinander herumschweben. Herr Friedrich stand, Schild und Schwert vorstreckend, auf dem Boden, als ob er darin Wurzel fassen wollte, da. Bis an die Sporen grub er sich, bis an die Knöchel und Waden, in dem, von seinem Pflaster befreiten, absichtlich aufgelockerten, Erdreich ein, die tückischen Stöße des Grafen, der, klein und behänd, gleichsam von allen Seiten zugleich angriff, von seiner Brust und seinem Haupte abwehrend. Schon hatte der Kampf, die Augenblicke der Ruhe, zu welcher Atemnot beide Parteien zwang, mitgerechnet, fast eine Stunde gedauert, als sich von neuem ein Murren unter den auf dem Gerüst befindlichen Zuschauern erhob. Es schien, es galt diesmal nicht dem Grafen Jakob, der es an Eifer, den Kampf zu Ende zu bringen, nicht fehlen ließ, sondern Friedrichs Einpfählung auf einem und demselben Fleck und seiner seltsamen, dem Anschein nach fast eingeschüchterten, wenigstens starrsinnigen Enthaltung alles eignen Angriffs. Herr Friedrich, obschon sein Verfahren auf guten Gründen beruhen mochte, fühlte dennoch zu sehr seine Zurückhaltung, als dass er sie nicht sogleich auf die Forderung derer, die in diesem Augenblick über seine Ehre entschieden, hätte aufopfern sollen. Er trat mit einem mutigen Schritt aus dem von Anfang an gewählten Standpunkt und der Art natürlicher Verschanzung, die sich um seinen Fußtritt gebildet hatte, hervor, auf das Haupt seines Gegners, dessen Kräfte schon zu sinken anfingen, mehrere derbe und ungeschwächte Streiche, die derselbe jedoch unter geschickten Seitenbewegungen mit seinem Schild aufzufangen wusste, hernieder schmetternd. Aber schon in den ersten Momenten dieses dergestalt veränderten Kampfs hatte Herr Friedrich ein Unglück, das die Anwesenheit höherer, über den Kampf waltender Mächte nicht eben anzudeuten schien. Er stürzte, den Fußtritt in seinen Sporen verwickelnd, stolpernd, und während er, unter der Last von Helm und Harnisch, die seine oberen Teile beschwerten, mit in dem Staub vorgestützter Hand in die Knie sank, stieß ihm Graf Jakob der Rotbart, nicht eben auf die edelmütigste und ritterlichste Weise, das Schwert in die dadurch bloßgegebene Seite. Herr Friedrich sprang, mit einem Laut des augenblicklichen Schmerzes, von der Erde empor. Er drückte sich zwar den Helm in die Augen und machte, das Antlitz rasch seinem Gegner wieder zuwendend, Anstalten, den Kampf fortzusetzen, aber während er sich, mit vor Schmerz krumm gebeugtem Leibe auf seinen Degen stützte, und Dunkelheit seine Augen umfloss, stieß ihm der Graf seinen Flamberg noch zweimal, dicht unter dem Herzen, in die Brust, worauf er, von seiner Rüstung umrasselt, zu Boden schmetterte und Schwert und Schild neben sich niederfallen ließ. Der Graf setzte ihm, nachdem er die Waffen zur Seite geschleudert, unter einem dreifachen Tusch der Trompeten, den Fuß auf die Brust, und indes alle Zuschauer, der Kaiser selbst an der Spitze, unter dumpfen Ausrufungen des Schreckens und Mitleidens, von ihren Sitzen aufstanden, stürzte sich Frau Helena, im Gefolge ihrer beiden Töchter, über ihren teuern, sich in Staub und Blut wälzenden Sohn. »O mein Friedrich!« rief sie, bei seinem Haupt jammernd niederkniend, während Frau Littegarde, ohnmächtig und besinnungslos, durch zwei Häscher, vom Boden des Gerüstes, auf welchen sie herabgesunken war, aufgehoben und in ein Gefängnis getragen ward. »Und o die Verruchte«, setzte sie hinzu, »die Verworfene, die, das Bewusstsein der Schuld im Busen, hierher zu treten und den Arm des treusten und edelmütigsten

Freundes zu bewaffnen wagt, um ihr ein Gottesurteil in einem ungerechten Zweikampf zu erstreiten!« Und damit hob sie den geliebten Sohn, indes die Töchter ihn von seinem Harnisch befreiten, wehklagend vom Boden auf und suchte, ihm das Blut, das aus seiner edlen Brust drang, zu stillen. Aber Häscher traten auf Befehl des Kaisers hinzu, die auch ihn, als einen dem Gesetz Verfallenen, in Gewahrsam nahmen. Man legte ihn, unter Beihilfe einiger Ärzte, auf eine Bahre und trug ihn, unter Begleitung einer großen Volksmenge gleichfalls in ein Gefängnis, wohin Frau Helena jedoch und ihre Töchter die Erlaubnis bekamen, ihm, bis zu seinem Tod, an dem niemand zweifelte, folgen zu dürfen.

Es zeigte sich aber gar bald, dass Herrn Friedrichs Wunden, so lebensgefährliche und zarte Teile sie auch berührten, durch eine besondere Fügung des Himmels nicht tödlich waren, vielmehr konnten die Ärzte, die man ihm zugeordnet hatte, schon wenige Tage darauf die bestimmte Versicherung der Familie geben, dass er am Leben erhalten werden würde, ja, dass er, bei der Stärke seiner Natur, binnen wenigen Wochen, ohne irgendeine Verstümmlung an seinem Körper zu erleiden, wiederhergestellt sein würde. Sobald ihm seine Besinnung, deren ihn der Schmerz während langer Zeit beraubte, wiederkehrte, war seine an die Mutter gerichtete Frage unaufhörlich: was Frau Littegarde mache? Er konnte sich der Tränen nicht enthalten, wenn er sich dieselbe in der Öde des Gefängnisses, der entsetzlichsten Verzweiflung zum Raube hingegeben dachte, und forderte die Schwestern, indem er ihnen liebkosend das Kinn streichelte, auf, sie zu besuchen und zu trösten. Frau Helena, über diese Äußerung betroffen, bat ihn, diese Schändliche und Niederträchtige zu vergessen. Sie meinte, dass das Verbrechen, dessen Graf Jakob vor Gericht Erwähnung getan, und das nun durch den Ausgang des Zweikampfs ans Tageslicht gekommen, verziehen werden könne, nicht aber die Schamlosigkeit und Frechheit, mit dem Bewusstsein dieser Schuld, ohne Rücksicht auf den edelsten Freund, den sie dadurch ins Verderben stürze, das geheiligte Urteil Gottes, gleich einer Unschuldigen, für sich aufzurufen. »Ach, meine Mutter«, sprach der Kämmerer, »wo ist der Sterbliche, und wäre die Weisheit aller Zeiten sein, der es wagen dürfte, den geheimnisvollen Spruch, den Gott in diesem Zweikampf getan hat, auszulegen?« – »Wie?« rief Frau Helena: »blieb der Sinn dieses göttlichen Spruchs dir dunkel? Bist du nicht, auf eine nur leider zu bestimmte und unzweideutige Weise, dem Schwert deines Gegners im Kampf unterlegen?!« – »Sei es!« versetzte Herr Friedrich, »auf einen Augenblick unterlag ich ihm. Aber ward ich durch den Grafen überwunden? Leb ich nicht? Blühe ich nicht, wie unter dem Hauch des Himmels, wunderbar wieder empor, vielleicht in wenig Tagen schon mit der Kraft doppelt und dreifach ausgerüstet, den Kampf, in dem ich durch einen nichtigen Zufall gestört ward, von neuem wieder aufzunehmen?« – »Törichter Mensch!« rief die Mutter. »Und weißt du nicht, dass ein Gesetz besteht, nach welchem ein Kampf, der einmal nach dem Ausspruch der Kampfrichter abgeschlossen ist, nicht wieder zur Ausfechtung derselben Sache vor den Schranken des göttlichen Gerichts aufgenommen werden darf?« – »Gleichviel!« versetzte der Kämmerer unwillig. Was kümmern mich diese willkürlichen Gesetze der Menschen? Kann ein Kampf, der nicht bis zum Tod eines der beiden Kämpfer fortgeführt worden ist, nach jeder vernünftigen Schätzung der

Verhältnisse für abgeschlossen gehalten werden? Und dürfte ich nicht, falls mir ihn wieder aufzunehmen gestattet wäre, hoffen, den Unfall, der mich betroffen, zu beheben und mir mit dem Schwert einen ganz andern Spruch Gottes zu erkämpfen, als den, der jetzt beschränkter und kurzsichtiger Weise dafür angenommen wird?« »Allerdings«, entgegnete die Mutter besorgt, »sind diese Gesetze, um welche du dich nicht zu kümmern vorgibst, die waltenden und herrschenden, sie üben, verständig oder nicht, die Kraft göttlicher Satzungen aus und überliefern dich und sie, wie ein verabscheuungswürdiges Frevelpaar, der ganzen Strenge der peinlichen Gerichtsbarkeit.« – »Ach«, rief Herr Friedrich, »das eben ist es, was mich Jammervollen in Verzweiflung stürzt! Der Stab ist, einer Verurteilung gleich, über sie gebrochen, und ich, der ihre Tugend und Unschuld vor der Welt erweisen wollte, bin es, der dies Elend über sie gebracht; ein heilloser Fehltritt in die Riemen meiner Sporen, durch den Gott mich vielleicht, ganz unabhängig von ihrer Sache, der Sünden meiner eignen Brust wegen, strafen wollte, gibt ihre blühenden Glieder der Flamme und ihr Andenken ewiger Schande preis!« – Bei diesen Worten stieg ihm die Träne heißen männlichen Schmerzes ins Auge; er kehrte sich, indem er sein Tuch ergriff, der Wand zu, und Frau Helena und ihre Töchter knieten in stiller Rührung an seinem Bett nieder und mischten, indem sie seine Hand küssten, ihre Tränen mit den seinigen. Inzwischen war der Turmwächter, mit Speisen für ihn und die Seinigen, ins Zimmer getreten, und da Herr Friedrich ihn fragte, wie sich Frau Littegarde befinde, vernahm er in abgerissenen und nachlässigen Worten desselben, dass sie auf einem Bündel Stroh liege und noch seit dem Tage, da sie eingekerkert worden, kein Wort von sich gegeben habe. Herr Friedrich ward durch diese Nachricht in die äußerste Besorgnis gestürzt. Er trug ihm auf, der Dame, zu ihrer Beruhigung zu sagen, dass er, durch eine sonderbare Schickung des Himmels, in seiner völligen Besserung begriffen sei, und bat sich von ihr die Erlaubnis aus, sie nach Wiederherstellung seiner Gesundheit, mit Genehmigung des Schlossvogts, einmal in ihrem Gefängnis besuchen zu dürfen. Doch die Antwort, die der Turmwächter von ihr, nach mehrmaligem Rütteln derselben am Arm, da sie wie eine Wahnsinnige, ohne zu hören und zu sehen, auf dem Stroh lag, empfangen zu haben, vorgab, war: nein, sie wolle, solange sie auf Erden sei, keinen Menschen mehr sehen; – ja, man erfuhr, dass sie noch an demselben Tag dem Schlossvogt, in einer eigenhändigen Zuschrift, befohlen hatte, niemanden, wer es auch sei, den Kämmerer von Trota aber am allerwenigsten, zu ihr zu lassen, dergestalt, dass Herr Friedrich, von der heftigsten Bekümmernis über ihren Zustand getrieben, an einem Tage, an welchem er seine Kraft besonders lebhaft wiederkehren fühlte, mit Erlaubnis des Schlossvogts aufbrach und sich, ihrer Verzeihung gewiss, ohne bei ihr angemeldet worden zu sein, in Begleitung seiner Mutter und beider Schwestern, zu ihrem Zimmer verfügte.

Aber wer beschreibt das Entsetzen der unglücklichen Littegarde, als sie sich, bei dem an der Tür entstehenden Geräusch, mit halb offner Brust und aufgelöstem Haar, vom Stroh, das ihr untergeschüttet war, erhob und statt des Turmwächters, den sie erwartete, den Kämmerer, ihren edlen und vortrefflichen Freund, mit manchen Spuren der ausgestandenen Leiden, eine wehmütige und rührende Erscheinung, an Berthas und Kunigundens Arm bei sich eintreten sah. »Hinweg!« rief sie, indem sie sich mit dem Ausdruck der Verzweiflung rückwärts auf die Decken ihres Lagers zurückwarf und die Hände vor ihr Antlitz drückte: »wenn dir ein Funken von Mitleid im Busen glimmt, hinweg!« – »Wie, meine teuerste Littegarde?« versetzte Friedrich. Er stellte sich ihr, gestützt auf seine Mutter, zur Seite und neigte sich in unaussprechlicher Rührung über sie, um ihre Hand zu ergreifen. »Hinweg!« rief sie, mehrere Schritt weit auf Knien vor ihm auf dem Stroh zurückbebend: »wenn ich nicht wahnsinnig werden soll, berühre mich nicht! Du bist mir ein Gräuel, loderndes Feuer ist mir minder schrecklich, als du!« – »Ich dir ein Gräuel?« versetzte Friedrich betroffen. »Womit, meine edelmütige Littegarde, hat dein Friedrich diesen Empfang verdient?« – Bei diesen Worten setzte ihm Kunigunde, auf den Wink der Mutter, einen Stuhl hin und lud ihn, schwach wie er war, ein, sich darauf zu setzen. »O Jesus!« rief jene, indem sie sich, in der entsetzlichsten Angst, das Antlitz ganz auf den Boden gestreckt, vor ihm niederwarf: »räume das Zimmer, mein Geliebter, und verlass mich! Ich umfasse in heißer Inbrunst deine Knie, ich wasche deine Füße mit meinen Tränen, ich flehe dich, wie ein Wurm vor dir im Staube gekrümmt, um die einzige Erbarmung an: räume, mein Herr und Gebieter, räume mir das Zimmer, räume es augenblicklich und verlass mich!« – Herr Friedrich stand durch und durch erschüttert vor ihr da. »Ist dir mein Anblick so unerfreulich, Littegarde?« fragte er, indem er ernst auf sie niederschaute. »Entsetzlich, unerträglich, vernichtend!« antwortete Littegarde, ihr Gesicht mit verzweiflungsvoll vorgestützten Händen, ganz zwischen die Sohlen seiner Füße bergend. »Die Hölle, mit allen Schauern und Schrecknissen, ist süßer mir und anzuschauen lieblicher, als der Frühling deines mir in Huld und Liebe zugekehrten Angesichts!« – »Gott im Himmel!« rief der Kämmerer, »was soll ich von dieser Zerknirschung deiner Seele denken?« Sprach das Gottesurteil, Unglückliche, die Wahrheit, und bist du des Verbrechens, dessen dich der Graf vor Gericht geziehen hat, bist du dessen schuldig? – »Schuldig, überwiesen, verworfen, in Zeitlichkeit und Ewigkeit verdammt und verurteilt!« rief Littegarde, indem sie sich den Busen, wie eine Rasende zerschlug: »Gott ist wahrhaftig und untrüglich; geh, meine Sinne reißen, und meine Kraft bricht. Lass mich mit meinem Jammer und meiner Verzweiflung allein!« – Bei diesen Worten fiel Herr Friedrich in Ohnmacht, und während Littegarde sich mit einem Schleier das Haupt verhüllte und sich, wie in gänzlicher Verabschiedung von der Welt, auf ihr Lager zurücklegte, stürzten Bertha und Kunigunde jammernd über ihren entseelten Bruder, um ihn wieder ins Leben zurückzurufen. »O sei verflucht!« rief Frau Helena, da der Kämmerer wieder die Augen aufschlug: »verflucht zu ewiger Reue diesseits des Grabes und jenseits desselben zu ewiger Verdammnis: nicht wegen der Schuld, die du jetzt eingestehst, sondern wegen der Unbarmherzigkeit und Unmenschlichkeit, sie eher nicht, als bis du meinen schuldlosen Sohn mit dir ins Verderben gerissen, einzugestehn! Ich Törin!« fuhr sie fort, indes sie sich verachtungsvoll von ihr abwandte, »hätte ich doch einem Wort, das mir, noch kurz vor Eröffnung des Gottesgerichts, der Prior des hiesigen Augustinerklosters anvertraut, bei dem der Graf, in frommer Vorbereitung zu der entscheidenden Stunde, die ihm bevorstand, zur Beichte gewesen, Glauben geschenkt! Ihm hat er, auf die heilige Hostie, die Wahrhaftigkeit der Angabe, die er vor Gericht in Bezug auf die Elende, niedergelegt, beschworen. Die Gartenpforte hat er ihm bezeichnet, an welcher sie ihn, der Verabredung gemäß, beim Einbruch der Nacht erwartet und empfangen, das Zimmer ihm, ein Seitengemach des unbewohnten Schlossturms, beschrieben, worin sie ihn, von den Wächtern unbemerkt, eingeführt, das Lager, von Polstern bequem und prächtig unter einem Thronhimmel aufgestapelt, worauf sie sich, in schamloser Schwelgerei, heimlich mit ihm gebettet! Ein Eidschwur, in einer solchen Stunde getan, enthält keine Lüge, und hätte ich, Verblendete, meinem Sohn, auch nur noch im Augenblick des ausbrechenden Zweikampfs, eine Anzeige davon gemacht, so würde ich ihm die Augen geöffnet haben, und er vor dem Abgrund an welchem er stand, zurückgebebt sein. – Aber komm!« rief Frau Helena, indem sie Herrn Friedrich sanft umarmte und ihm einen Kuss auf die Stirne drückte: »Entrüstung, die sie der Worte würdigt, ehrt sie; unsern Rücken mag sie schaun und vernichtet durch die Vorwürfe, womit wir sie verschonen, verzweifeln!« – »Der Elende!« versetzte Littegarde, während sie sich gereizt durch diese Worte aufrichtete. Sie stützte ihr Haupt schmerzvoll auf ihre Knie, und indem sie heiße Tränen auf ihr Tuch niederweinte, sprach sie: »Ich erinnere mich, dass meine Brüder und ich, drei Tage vor jener Nacht des heiligen Remigius, auf seinem Schloss waren. Er hatte, wie er oft zu tun pflegte, ein Fest mir zu Ehren veranstaltet, und mein Vater, der den Reiz meiner aufblühenden Jugend gern gefeiert sah, mich bewogen, die Einladung, in Begleitung meiner Brüder, anzunehmen. Spät, nach Beendigung des Tanzes, als ich mein Schlafzimmer betrete, finde ich einen Zettel auf meinem Tisch liegen, der, von unbekannter Hand geschrieben und ohne Namensunterschrift, eine förmliche Liebeserklärung enthielt. Es traf sich, dass meine beiden Brüder gerade wegen Verabredung unserer Abreise, die auf den kommenden Tag festgesetzt war, im Zimmer gegenwärtig waren, und weil ich keine Art des Geheimnisses vor ihnen zu haben gewohnt war, so zeigte ich ihnen, von sprachlosem Erstaunen ergriffen, den sonderbaren Fund, den ich soeben gemacht hatte. Diese, welche sogleich des Grafen Hand erkannten, schäumten vor Wut, und der ältere war willens, sich augenblicks mit dem Papier in sein Gemach zu verfügen, doch der jüngere stellte ihm vor, wie bedenklich dieser Schritt sei, da der Graf die Klugheit gehabt, den Zettel nicht zu unterschreiben, worauf beide in der tiefsten Entwürdigung über eine so beleidigende Aufführung, sich noch in derselben Nacht mit mir in den Wagen setzten und mit dem Entschluss, seine Burg nie wieder mit ihrer Gegenwart zu beehren, auf das Schloss ihres Vaters zurückkehrten. – Dies ist die einzige Gemeinschaft, setzte sie hinzu, die ich jemals mit diesem Nichtswürdigen und Niederträchtigen gehabt!« – »Wie?« sagte der Kämmerer, indem er ihr sein tränenvolles Gesicht zukehrte: »Diese Worte waren Musik in meinem Ohr! – Wiederhole sie mir!« sprach er nach einer Pause, indem er sich auf Knien vor ihr niederließ und seine Hände faltete: »Hast du mich, um jenes Elenden willen, nicht verraten, und bist du rein von der Schuld, deren er dich vor Gericht geziehen?« »Lieber!« flüsterte Littegarde, indem sie seine Hand an ihre Lippen drückte. – »Bist du's?« rief der Kämmerer: »bist du's?« – »Wie die Brust eines neugebornen Kindes, wie das Gewissen eines aus der Beichte kommenden Menschen, wie die Leiche einer, in der Sakristei, unter der Einkleidung, verschiedenen Nonne!« – »O Gott, der Allmächtige!« rief Herr Friedrich, ihre Knie umfassend: »habe Dank! Deine Worte geben mir das Leben wieder, der Tod schreckt mich nicht mehr, und die Ewigkeit, soeben noch wie ein Meer unabsehbaren Elends vor mir ausgebreitet, geht wieder, wie ein Reich voll tausend glänzender Sonnen, vor mir auf!« – »Du Unglücklicher, sagte Littegarde, indem sie sich zurückzog: »wie kannst du dem, was dir mein Mund sagt, Glauben schenken?« – »Warum nicht?« fragte Herr Friedrich glühend. – »Wahnsinniger! Rasender!« rief Littegarde; »hat das geheiligte Urteil Gottes nicht gegen mich entschieden? Bist du dem Grafen nicht in jenem verhängnisvollen Zweikampf unterlegen, und er nicht die Wahrhaftigkeit dessen, was er bei Gericht gegen mich vorgebracht?« – »O meine teuerste Littegarde«, rief der Kämmerer: »Bewahre deine Sinne vor Verzweiflung! Türme das Gefühl, das in deiner Brust lebt, wie einen Felsen empor, halte dich daran und wanke nicht, und wenn Erd und Himmel unter dir und über dir zugrunde gingen! Lass uns, von zwei Gedanken, die die Sinne verwirren, den verständlicheren und begreiflicheren denken, und ehe du dich schuldig glaubst, lieber glauben, dass ich in dem Zweikampf, den ich für dich gefochten, siegte! – Gott, Herr meines Lebens«, setzte er in diesem Augenblick hinzu, indem er seine Hände vor sein Antlitz legte, »bewahre meine Seele selbst vor Verwirrung! Ich meine, so wahr ich selig werden will, vom Schwert meines Gegners nicht überwunden worden zu sein, da ich, schon unter den Staub seines Fußtritts hingeworfen, wieder ins Dasein erstanden bin. Wo liegt die Verpflichtung der höchsten göttlichen Weisheit, die Wahrheit, im Augenblick der glaubensvollen Anrufung selbst, anzuzeigen und auszusprechen? O Littegarde«, schloss er, indem er ihre Hand zwischen die seinigen drückte: »im Leben lass uns auf den Tod und im Tode auf die Ewigkeit hinaus sehen und des festen, unerschütterlichen Glaubens sein: deine Unschuld wird und wird durch den Zweikampf, den ich für dich gefochten, zum heitern, hellen Licht der Sonne gebracht werden!« – Bei diesen Worten trat der Schlossvogt ein, und da er Frau Helena, welche weinend an einem Tisch saß, erinnerte, dass so viele Gemütsbewegungen ihrem Sohne schädlich werden könnten, kehrte Herr Friedrich, auf das Zureden der Seinigen, nicht ohne das Bewusstsein, einigen Trost gegeben und empfangen zu haben, wieder in sein Gefängnis zurück.

Inzwischen war, vor dem zu Basel vom Kaiser eingesetzten Tribunal, gegen Herrn Friedrich von Trota sowohl, als auch seine Freundin, Frau Littegarde von Auerstein, die Klage wegen sündhaft angerufenen göttlichen Schiedsurteils erhoben, und beide, dem bestehenden Gesetz gemäß, verurteilt worden, auf dem Platz des Zweikampfs selbst, den schmählichen Tod in den Flammen zu erleiden. Man schickte eine Deputation von Räten ab, um es den Gefangenen zu verkünden, und das Urteil würde auch, gleich nach Wiederherstellung des Kämmerers an ihnen vollstreckt worden sein, wenn es des Kaisers geheime Absicht nicht gewesen wäre, den Grafen Jakob den Rotbart, gegen den er eine Art von Misstrauen nicht unterdrücken konnte, dabei anwesend zu sehen. Aber dieser lag, auf eine in der Tat sonderbare und merkwürdige Weise, an der kleinen, dem Anschein nach unbedeutenden Wunde, die er, zu Anfang des Zweikampfs von Herrn Friedrich erhalten hatte, noch immer krank; ein äußerst verderbter Zustand seiner Säfte verhinderte, von Tag zu Tag und von Woche zu Woche, die Heilung derselben, und die ganze Kunst der

Ärzte, die man nach und nach aus Schwaben und der Schweiz herbeirief, vermochte nicht, sie zu schließen. Ja, ein ätzender der ganzen damaligen Heilkunst unbekannter Eiter fraß auf eine krebsartige Weise, bis auf den Knochen herab im ganzen System seiner Hand um sich, dergestalt, dass man zum Entsetzen aller seiner Freunde genötigt gewesen war, ihm die ganze schadhafte Hand und späterhin, da auch hierdurch dem Eiterfraß kein Ziel gesetzt ward, den Arm selbst abzunehmen. Aber auch dies, als eine Radikalkur gepriesene Heilmittel, vergrößerte nur, wie man heutzutage leicht eingesehen haben würde, statt ihm abzuhelfen, das Übel, und die Ärzte, da sich sein ganzer Körper nach und nach in Eiterung und Fäulnis auflöste, erklärten, dass keine Rettung für ihn sei, und er noch, vor Abschluss der laufenden Woche, sterben müsse. Vergebens forderte ihn der Prior des Augustinerklosters, der in dieser unerwarteten Wendung der Dinge die furchtbare Hand Gottes zu erblicken glaubte, auf, bezüglich des zwischen ihm und der Herzogin Regentin bestehenden Streits, die Wahrheit einzugestehen. Der Graf nahm, durch und durch erschüttert, noch einmal das heilige Sakrament auf die Wahrhaftigkeit seiner Aussage und gab, unter allen Zeichen der entsetzlichsten Angst, falls er Frau Littegarden verleumderischer Weise angeklagt hätte, seine Seele der ewigen Verdammnis preis. Nun hatte man, trotz der Sittenlosigkeit seines Lebenswandels, doppelte Gründe, an die innerliche Redlichkeit dieser Versicherung zu glauben: einmal, weil der Kranke in der Tat von einer gewissen Frömmigkeit war, die einen falschen Eidschwur, in solchem Augenblick getan, nicht zu gestatten schien, und dann, weil sich aus einem Verhör, das über den Turmwächter des Schlosses derer von Breda angestellt worden war, welchen er, behufs eines heimlichen Eintritts in die Burg, bestochen zu haben vorgegeben hatte, bestimmt ergab, dass dieser Umstand gegründet, und der Graf wirklich in der Nacht des heiligen Remigius, im Innern des Bredaschen Schlosses gewesen war. Demnach blieb dem Prior fast nichts übrig, als an eine Täuschung des Grafen selbst, durch eine dritte ihm unbekannte Person zu glauben; und noch hatte der Unglückliche, der, bei der Nachricht von der wunderbaren Wiederherstellung des Kämmerers, selbst auf diesen schrecklichen Gedanken geriet, das Ende seines Lebens nicht erreicht, als sich dieser Glaube schon zu seiner Verzweiflung vollkommen bestätigte. Man muss nämlich wissen, dass der Graf schon lange, ehe seine Begierde sich auf Frau Littegarden richtete, mit Rosalien, ihrer Kammerzofe, auf einem nichtswürdigen Fuß lebte. Fast bei jedem Besuch, den ihre Herrschaft auf seinem Schloss abstattete, pflegte er dies Mädchen, welches ein leichtfertiges und sittenloses Geschöpf war, zur Nachtzeit auf sein Zimmer zu ziehen. Da nun Littegarde, bei dem letzten Aufenthalt, den sie mit ihren Brüdern auf seiner Burg nahm, jenen zärtlichen Brief, worin er ihr seine Leidenschaft erklärte, von ihm empfing, erweckte dies die Empfindlichkeit und Eifersucht dieses seit mehreren Monden schon von ihm vernachlässigten Mädchens. Sie ließ, bei der bald darauf erfolgten Abreise Littegardens, welche sie begleiten musste, im Namen derselben einen Zettel an den Grafen zurück, worin sie ihm meldete, dass die Entrüstung ihrer Brüder über den Schritt, den er getan, ihr zwar keine unmittelbare Zusammenkunft gestattete, ihn aber einlud, sie zu diesem Zweck, in der Nacht des heiligen Remigius, in den Gemächern ihrer väterlichen Burg zu besuchen. Jener, voll Freude über das Glück seiner Unternehmung, fertigte sogleich einen zweiten Brief an Littegarden ab, worin er ihr seine bestimmte Ankunft in der besagten Nacht meldete und sie nur bat, ihm, zur Vermeidung aller Irrung, einen treuen Führer, der ihn zu ihren Zimmern geleiten könne, entgegenzuschicken, und da die Zofe, in jeder Art von Ränken geübt, auf eine solche Anzeige rechnete, glückte es ihr, dies Schreiben abzufangen und ihm in einer zweiten falschen Antwort zu sagen, dass sie ihn selbst an der Gartenpforte erwarten würde. Darauf, am Abend vor der verabredeten Nacht, bat sie sich unter dem Vorwand, dass ihre Schwester krank sei und dass sie dieselbe besuchen wolle, von Littegarden einen Urlaub aufs Land aus. Sie verließ auch, da sie denselben erhielt, wirklich, spät am Nachmittag, mit einem Bündel Wäsche, das sie unter dem Arm trug, das Schloss und begab sich, vor aller Augen nach der Gegend, wo jene Frau wohnte, auf den Weg. Statt aber diese Reise zu vollenden, fand sie sich bei Einbruch der Nacht, unter dem Vorgeben, dass ein Gewitter heranziehe, wieder auf der Burg ein, und erbat sich, um ihre Herrschaft, wie sie sagte, nicht zu stören, indem es ihre Absicht sei, in der Frühe des kommenden Morgens ihre Wanderung anzutreten, ein Nachtlager in einem der leerstehenden Zimmer des veröden und wenig besuchten Schlossturms. Der Graf, der sich bei dem Turmwächter mit Geld den Eingang in die Burg zu verschaffen wusste, und in der Stunde der Mitternacht, der Verabredung gemäß, von einer verschleierten Person an der Gartenpforte empfangen ward, ahnte, wie man leicht begreift, nichts von dem ihm gespielten Betrug. Das Mädchen drückte ihm flüchtig einen Kuss auf den Mund und führte ihn, über mehrere Treppen und Gänge des veröden Seitenflügels, in eines der prächtigsten Gemächer des Schlosses selbst, dessen Fenster vorher sorgsam von ihr verschlossen worden waren. Hier, nachdem sie seine Hand haltend, auf geheimnisvolle Weise an den Türen umhergehorcht, und ihm, mit flüsternder Stimme, unter dem Vorgeben, dass das Schlafzimmer des Bruders ganz in der Nähe sei, Schweigen geboten hatte, ließ sie sich mit ihm auf dem zur Seite stehenden Ruhebette nieder. Der Graf, durch ihre Gestalt und Bildung getäuscht, schwamm im Taumel des Vergnügens, in seinem Alter noch eine solche Eroberung gemacht zu haben, und als sie ihn beim ersten Dämmerlicht des Morgens entließ und ihm zum Andenken an die verflossene Nacht einen Ring, den Littegarde von ihrem Gemahl empfangen, und den sie ihr am Abend zuvor zu diesem Zweck entwendet hatte, an den Finger steckte, versprach er ihr, sobald er zu Hause angelangt sein würde, als Gegengeschenk einen anderen, der ihm am Hochzeitstag von seiner verstorbenen Gemahlin verehrt worden war. Drei Tage darauf hielt er auch Wort und schickte diesen Ring, den Rosalie wieder geschickt genug war abzufangen, heimlich auf die Burg, ließ aber, wahrscheinlich aus Furcht, dass dies Abenteuer ihn zu weit führen könne, weiter nichts von sich hören und wich, unter mancherlei Vorwänden, einer zweiten Zusammenkunft aus. Späterhin war das Mädchen eines Diebstahls wegen, wovon der Verdacht mit ziemlicher Gewissheit auf ihr ruhte, verabschiedet und in das Haus ihrer Eltern, welche am Rhein wohnten, zurückgeschickt worden, und da, nach Verlauf von neun Monaten, die Folgen ihres ausschweifenden Lebens sichtbar wurden, und die Mutter sie mit großer Strenge verhörte, gab sie den Grafen Jakob, unter Entdeckung der ganzen geheimen Geschichte, die sie mit ihm gespielt hatte, als den Vater ihres Kindes an.

Glücklicherweise hatte sie den Ring, der ihr vom Grafen übersandt worden war, aus Furcht, für eine Diebin gehalten zu werden, nur sehr schüchtern zum Verkauf anbieten können, auch in der Tat, seines großen Werts wegen, niemanden gefunden, der ihn zu erstehen Lust gezeigt hätte, dergestalt, dass die Wahrhaftigkeit ihrer Aussage nicht in Zweifel gezogen werden konnte, und die Eltern, auf dies augenscheinliche Zeugnis gestützt, klagbar, wegen Unterhalts des Kindes, bei den Gerichten gegen den Grafen Jakob einkamen.

Die Gerichte, welche von dem sonderbaren Rechtsstreit, der in Basel anhängig gemacht worden war, schon gehört hatten, beeilten sich, diese Entdeckung, die für den Ausgang desselben von der größten Wichtigkeit war, zur Kenntnis des Tribunals zu bringen, und da eben ein Ratsherr in öffentlichen Geschäften nach dieser Stadt abging, gaben sie ihm, zur Auflösung des fürchterlichen Rätsels, das ganz Schwaben und die Schweiz beschäftigte, einen Brief mit der gerichtlichen Aussage des Mädchens, dem sie den Ring beifügten, für den Grafen Jakob den Rotbart mit.

Es war eben an dem zur Hinrichtung Friedrichs und Littegardens bestimmten Tage, welche der Kaiser, unbekannt mit den Zweifeln, die sich in der Brust des Grafen selbst erhoben hatten, nicht mehr aufschieben zu dürfen glaubte, als der Ratsherr zu dem Kranken, der sich in jammervoller Verzweiflung auf seinem Lager wälzte, mit diesem Schreiben ins Zimmer trat. »Es ist genug!« rief dieser, als er den Brief gelesen und den Ring empfangen hatte: »ich bin, das Licht der Sonne zu schauen, müde! Verschafft mir«, wandte er sich zum Prior, »eine Bahre und führt mich Elenden, dessen Kraft in den Staub sinkt, auf den Richtplatz hinaus. Ich will nicht, ohne eine Tat der Gerechtigkeit verübt zu haben, sterben!« Der Prior, durch diesen Vorfall tief erschüttert, ließ ihn sogleich, wie er begehrte, durch vier Knechte auf ein Traggestell heben, und zugleich mit einer unermesslichen Menschenmenge, welche das Glockengeläut um den Scheiterhaufen, auf welchen Friedrich und Littegarde bereits festgebunden waren, versammelte, kam er, mit dem Unglücklichen, der ein Kruzifix in der Hand hielt, daselbst an. »Halt!« rief der Prior, indem er die Bahre, dem Altan des Kaisers gegenüber, niedersetzen ließ: »Bevor ihr Feuer an jenen Scheiterhaufen legt, vernehmt ein Wort, das euch der Mund dieses Sünders zu eröffnen hat!« – »Wie?« rief der Kaiser, indem er sich leichenblass von seinem Sitz erhob, »hat das geheiligte Urteil Gottes nicht für die Gerechtigkeit seiner Sache entschieden, und ist es, nach dem was vorgefallen, auch nur zu denken erlaubt, dass Littegarde an dem Frevel, dessen er sie geziehen, unschuldig sei?« – Bei diesen Worten stieg er betroffen vom Altan herab, und mehr denn tausend Ritter, denen alles Volk, über Bänke und Schranken herab, folgte, drängten sich um das Lager des Kranken zusammen. »Unschuldig«, versetzte dieser, während er sich gestützt auf den Prior, halb darauf emporrichtete: »wie es der Spruch des höchsten Gottes an jenem verhängnisvollen Tage vor den Augen aller versammelten Bürger von Basel entschieden hat! Denn er, von drei Wunden, jede tödlich, getroffen, blüht, wie ihr seht, in Kraft und Lebensfülle, indessen ein Hieb von seiner Hand, der kaum die äußerste Hülle meines Lebens zu berühren schien, in langsam fürchterlicher Fortwirkung den Kern desselben selbst getroffen und meine Kraft, wie der Sturmwind eine Eiche, gefällt hat. Aber hier, falls ein Ungläubiger noch Zweifel nähren sollte, sind die Beweise: Ro-

174

salie, ihre Kammerzofe, war es, die mich in jener Nacht des heiligen Remigius empfing, während ich Elender in der Verblendung meiner Sinne, sie selbst, die meine Anträge stets mit Verachtung zurückgewiesen hat, in meinen Armen zu halten meinte!« Der Kaiser stand starr wie Stein bei diesen Worten da. Er schickte, indem er sich nach dem Scheiterhaufen umdrehte, einen Ritter, mit dem Befehl, selbst die Leiter zu besteigen und den Kämmerer sowohl, als auch die Dame, welche letztere bereits in den Armen ihrer Mutter in Ohnmacht lag, loszubinden und zu ihm zu führen. »Nun, jedes Haar auf eurem Haupt bewacht ein Engel!« rief er, als Littegarde, mit halb offner Brust und entfesselten Haaren, an der Hand Herrn Friedrichs, ihres Freundes, dessen Knie selbst, unter dem Gefühl dieser wunderbaren Rettung, wankten, durch den Kreis des in Ehrfurcht und Erstaunen ausweichenden Volks, zu ihm herantrat. Er küsste beiden, die vor ihm niederknieten, die Stirn, und nachdem er sich den Hermelin, den seine Gemahlin trug, erbeten und ihn Littegarden um die Schultern gehängt hatte, nahm er, vor den Augen aller versammelten Ritter, ihren Arm, in der Absicht, sie selbst in die Gemächer seines kaiserlichen Schlosses zu führen. Er wandte sich, während der Kämmerer gleichfalls statt des Sünderkleids, das ihn deckte, mit Federhut und ritterlichem Mantel geschmückt ward, zum auf der Bahre jammervoll sich wälzenden Grafen, und von einem Gefühl des Mitleidens bewegt, da derselbe sich doch in den Zweikampf, der ihn zugrunde gerichtet, nicht eben auf frevelhafte und gotteslästerliche Weise eingelassen hatte, fragte er den ihm zur Seite stehenden Arzt: ob keine Rettung für den Unglücklichen sei? – »Vergebens!« antwortete Jakob der Rotbart, indem er sich, unter schrecklichen Zuckungen, auf den Schoß seines Arztes stützte: »und ich habe den Tod, den ich erleide, verdient. Denn wisst, weil mich doch der Arm der weltlichen Gerechtigkeit nicht mehr ereilen wird, ich bin der Mörder meines Bruders, des edeln Herzogs Wilhelm von Breysach: der Bösewicht, der ihn mit dem Pfeil aus meiner Rüstkammer niederwarf, ward sechs Wochen vorher, zu dieser Tat, die mir die Krone verschaffen sollte, von mir gedungen!« – Bei dieser Erklärung sank er auf die Bahre zurück und hauchte seine schwarze Seele aus. »Ha, die Ahnung meines Gemahls, des Herzogs, selbst!« rief die an der Seite des Kaisers stehende Regentin, die sich ebenfalls vom Altan des Schlosses herab, im Gefolge der Kaiserin, auf den Schlossplatz begeben hatte, »mir noch im Augenblick des Todes, mit gebrochenen Worten, die ich allerdings damals nur unvollkommen verstand, kundgetan!« – Der Kaiser versetzte in Entrüstung: »so soll der Arm der Gerechtigkeit noch deine Leiche ereilen! nehmt ihn«, rief er, indem er sich umdrehte, den Häschern zu, »und übergebt ihn gleich, gerichtet wie er ist, den Henkern, er möge, zur Brandmarkung seines Andenkens, auf jenem Scheiterhaufen verderben, auf welchem wir eben, um seinetwillen, im Begriff waren, zwei Unschuldige zu opfern!« Und damit, während die Leiche des Elenden in rötlichen Flammen aufprasselnd, vom Hauche des Nordwindes in alle Lüfte verstreut und verweht ward, führte er Frau Littegarden, im Gefolge aller seiner Ritter, auf das Schloss. Er setzte sie, durch einen kaiserlichen Beschluss, wieder in ihr väterliches Erbe ein, von welchem die Brüder in ihrer unedelmütigen Habsucht schon Besitz genommen hatten, und schon nach drei Wochen ward auf dem Schlosse zu Breysach, die Hochzeit der beiden trefflichen Brautleute gefeiert, bei welcher die Herzogin Regentin, über die ganze Wendung, die die Sache genommen hatte, sehr erfreut, Littegarden einen großen Teil der Besitzungen des Grafen, die dem Gesetz verfielen, zum Brautgeschenk machte. Der Kaiser aber hing Herrn Friedrich nach der Trauung eine Gnadenkette um den Hals, und sobald er, nach Vollendung seiner Geschäfte mit der Schweiz, wieder in Worms angekommen war, ließ er in die Statuten des geheiligten göttlichen Zweikampfs, überall wo vorausgesetzt wird, dass die Schuld dadurch unmittelbar ans Tageslicht komme, die Worte einrücken: »wenn es Gottes Wille ist«.

Anekdoten, Kurzgeschichten, Fabeln

Entstanden zwischen 1808 und 1811.
Erstdruck der beiden Fabeln in: Phöbus (Dresden) 1. Jahrgang 1808, 3. Stück.
Erstdruck aller anderen Anekdoten und Kurzgeschichten in: Berliner Abendblätter (Berlin), 1./2. Jg., 1810/11.

Tagesbegebenheit

Dem Capitain v. Bürger, vom ehemaligen Regiment Tauentzien, sagte der, auf der neuen Promenade erschlagene Arbeitsmann Brietz: der Baum, unter dem sie beide ständen, wäre auch wohl zu klein für zwei, und er könnte sich wohl unter einen andern stellen. Der Capitain Bürger, der ein stiller und bescheidener Mann ist, stellte sich wirklich unter einen andern, worauf der etc. Brietz unmittelbar darauf vom Blitz getroffen und getötet ward.

Franzosen-Billigkeit

(wert in Erz gegraben zu werden)

Zu dem französischen General Hulin kam, während des Kriegs, ein ... Bürger, und gab, behufs einer kriegsrechtlichen Beschlagnahmung, zu des Feindes Besten, eine Anzahl, im Pontonhof liegender, Stämme an. Der General, der sich eben anzog, sagte: »Nein, mein Freund; diese Stämme können wir nicht nehmen.« – »Warum nicht?« fragte der Bürger. »Es ist königliches Eigentum.« – Eben darum, sprach der General, indem er ihn flüchtig ansah. Der König von Preußen braucht dergleichen Stämme, um solche Schurken daran hängen zu lassen, wie er. –

Der verlegene Magistrat

Eine Anekdote

Ein H...r Stadtsoldat hatte vor nicht gar langer Zeit, ohne Erlaubnis seines Offiziers, die Stadtwache verlassen. Nach einem uralten Gesetz steht auf ein Verbrechen dieser Art, das sonst der Streifereien des Adels wegen, von großer Wichtigkeit war, eigentlich der Tod. Gleichwohl, ohne das Gesetz, mit bestimmten Worten aufzuheben, ist davon seit vielen hundert Jahren kein Gebrauch mehr gemacht worden, dergestalt, dass statt auf die Todesstrafe zu erkennen, derjenige, der sich dessen schuldig macht, nach einem feststehenden Brauch, zu einer bloßen Geldstrafe, die er an die Stadtkasse zu erlegen hat, verurteilt wird. Der besagte Kerl aber, der keine Lust haben mochte, das Geld zu entrichten, erklärte, zur großen Bestürzung des Magistrats: dass er, weil es ihm einmal zukomme, dem Gesetz gemäß, sterben wolle. Der Magistrat, der ein Missverständnis vermutete, schickte einen Deputierten zu dem Kerl und ließ ihm bedeuten, um wie viel vorteilhafter es für ihn wäre, einige Gulden Geld zu erlegen, als arkebusiert zu werden. Doch der Kerl blieb dabei, dass er seines Lebens müde sei, und dass er sterben wolle, dergestalt, dass dem Magistrat, der kein Blut vergießen wollte, nichts übrigblieb, als dem Schelm die Geldstrafe zu erlassen, und noch froh war, als er erklärte, dass er, bei so bewandten Umständen am Leben bleiben wolle.

Der Griffel Gottes

In Polen war eine Gräfin von P..., eine bejahrte Dame, die ein sehr bösartiges Leben führte, und besonders ihre Untergebenen, durch ihren Geiz und ihre Grausamkeit, bis aufs Blut quälte. Diese Dame, als sie starb, vermachte einem Kloster, das ihr die Absolution erteilt hatte, ihr Vermögen; wofür ihr das Kloster, auf dem Gottesacker, einen kostbaren, aus Erz gegossenen, Leichenstein setzen ließ, auf welchem dieses Umstandes, mit vielem Gepränge, Erwähnung geschehen war. Tags darauf schlug der Blitz, das Erz schmelzend, über den Leichenstein ein, und ließ nichts, als eine Anzahl von Buchstaben stehen, die, zusammen gelesen, also lauteten: sie ist gerichtet! – Der Vorfall (die Schriftgelehrten mögen ihn erklären) ist gegründet; der Leichenstein existiert noch, und es leben Männer in dieser Stadt, die ihn samt der besagten Inschrift gesehen.

Anekdote
aus dem letzten preußischen Kriege

In einem bei Jena liegenden Dorf, erzählte mir, auf einer Reise nach Frankfurt, der Gastwirt, dass sich mehrere Stunden nach der Schlacht, um die Zeit, da das Dorf schon ganz von der Armee des Prinzen von Hohenlohe verlassen und von Franzosen, die es für besetzt gehalten, umringt gewesen wäre, ein einzelner preußischer Reiter sich darin gezeigt hätte, und versicherte mir, dass wenn alle Soldaten, die an diesem Tage mitgefochten, so tapfer gewesen wären, wie dieser, die Franzosen hätten geschlagen werden müssen, wären sie auch noch dreimal stärker gewesen, als sie in der Tat waren. Dieser Kerl, sprach der Wirt, sprengte, ganz von Staub bedeckt, vor meinen Gasthof und rief: »Herr Wirt!«, und als ich frage: »was gibt's?« »ein Glas Branntwein!« antwortet er, während er sein Schwert in die Scheide steckt: »mich dürstet.« »Gott im Himmel!« sag ich: »will er machen, Freund, dass er wegkömmt? Die Franzosen sind ja dicht vor dem Dorf!« »Ei, was!« spricht er, indem er dem Pferde den Zügel über den Hals legt. »Ich habe den ganzen Tag nichts genossen!« Nun er ist, glaub ich, vom Satan besessen –! »He! Liese!« rief ich, »schaff ihm eine Flasche Danziger herbei«, und sage: »da!« und will ihm die ganze Flasche in die Hand drücken, damit er nur reite. »Ach, was!« spricht er, indem er die Flasche wegstößt und sich den Hut abnimmt: »wo soll ich mit dem Quark hin?« Und: »schenk er ein!« spricht er, während er sich den Schweiß von der Stirn abtrocknet: »denn ich habe keine Zeit!« »Nun er ist ein Kind des Todes«, sag ich. »Da!« sag ich und schenk ihm ein, »da! Trink er und reit er! Wohl mag's ihm bekommen.« »Noch eins!« spricht der Kerl, während die Schüsse schon von allen Seiten ins Dorf prasseln. Ich sage: »noch eins? Plagt ihn –!« »Noch eins!« spricht er und streckt mir das Glas hin – »Und gut gemessen«, spricht er, indes er sich den Bart wischt und sich vom Pferde herab schnäuzt: »denn es wird bar bezahlt!« »Ei, mein Seel, so wollt ich doch, dass ihn –! Da!« sag ich und schenk ihm noch, wie er verlangt, ein zweites und schenk ihm, da er getrunken, noch ein drittes ein und frage: »ist er nun zufrieden?« »Ach!« – schüttelt sich der Kerl. »Der Schnaps ist gut! – Na!« spricht er und setzt sich den Hut auf: »was bin ich schuldig?« »Nichts! nichts!« versetz ich. Pack er sich, ins Teufelsnamen; die Franzosen ziehen augenblicklich ins Dorf! »Na!« sagt er, indem er in seinen Stiefel greift: »so soll's ihm Gott lohnen«, und holt, aus dem Stiefel, einen Pfeifenstummel hervor und spricht, nachdem er den Kopf ausgeblasen: »schaff er mir Feuer!« »Feuer?« sag ich, »plagt ihn –?« »Feuer, ja!« spricht er, »denn ich will mir eine Pfeife Tabak anmachen.« Ei, den Kerl reiten Legionen –! »He, Liese«, ruf ich das Mädchen! Und während der Kerl sich die Pfeife stopft, schafft das Mensch ihm Feuer. »Na!« sagt der Kerl, die Pfeife, die er sich angeschmaucht, im Maul: »nun sollen doch die Franzosen die Schwerenot kriegen!« Und damit, indem er sich den Hut auf die Augen drückt und zum Zügel greift, wendet er das Pferd und zieht vom Leder. »Ein Mordskerl!« sag ich, »ein verfluchter, verwetterter Galgenstrick! Will er sich in Henkers Namen scheren, wo er hingehört? Drei Chasseurs – sieht er sie nicht? halten ja schon vor dem Tor?« »Ei was!« spricht er, indem er ausspuckt, und fasst die drei blitzend ins Auge. »Wenn ihrer zehn wären, ich fürcht mich nicht« Und in dem Augenblick reiten auch die drei Franzosen schon ins Dorf. »Bassa Manelka!« ruft der Kerl, und gibt seinem Pferd die Sporen und sprengt auf sie ein, sprengt, so wahr Gott lebt, auf sie ein und greift sie, als ob er das ganze Hohenlohische Corps hinter sich hätte, an, dergestalt, dass, da die Chasseurs, ungewiss, ob nicht noch mehr Deutsche im Dorf sein mögen, einen Augenblick, wider ihre Gewohnheit, stutzen, er, mein Seel, ehe man noch eine Hand umdreht, alle drei vom Sattel haut, die Pferde, die auf dem Platz herumlaufen, aufgreift, damit bei mir vorbeisprengt, und: »Bassa Teremtetem!« ruft und: »Sieht er wohl, Herr Wirt?« und »Adies!« und »auf Wiedersehn!« und: »hoho! hoho! hoho!« – So einen Kerl, sprach der Wirt, habe ich zeit meines Lebens nicht gesehen.

Mutwille des Himmels

Eine Anekdote

Der in Frankfurt an der Oder, wo er ein Infanterieregiment besaß, verstorbene General Dieringshofen, ein Mann von strengem und rechtschaffenem Charakter, aber dabei von manchen Eigentümlichkeiten und Wunderlichkeiten, äußerte, als er, in spätem Alter, an einer langwierigen Krankheit, auf den Tod darniederlag, seinen Widerwillen, unter die Hände der Leichenwäscherinnen zu fallen. Er befahl bestimmt, dass niemand, ohne Ausnahme, seinen Leib berühren solle, dass er ganz und gar in dem Zustand, in welchem er sterben würde, mit Nachtmütze, Hosen und Schlafrock, wie er sie trage, in den Sarg gelegt und begraben sein wolle, und bat den damaligen Feldprediger seines Regiments, Herrn P..., welcher der Freund seines Hauses war, die Sorge für die Vollstreckung dieses seines letzten Willens zu übernehmen. Der Feldprediger P... versprach es ihm: er verpflichtete sich, um jedem Zufall vorzubeugen, bis zu seiner Bestattung, von dem Augenblick an, da er verschieden sein würde, nicht von seiner Seite zu weichen. Darauf nach Verlauf mehrerer Wochen kommt, bei der ersten Frühe des Tages, der Kammerdiener in das Haus des Feldpredigers, der noch schläft, und meldet ihm, dass der General um die Stunde der Mitternacht schon, sanft und ruhig, wie es vorauszusehen war, gestorben sei. Der Feldprediger P... zieht sich, seinem Versprechen getreu, sogleich an und begibt sich in die Wohnung des Generals. Was aber findet er? – Die Leiche des Generals schon eingeseift auf einem Schemel sitzen. Der Kammerdiener, der von dem Befehl nichts gewusst, hatte einen Barbier herbeigerufen, um ihm vorläufig zum Behuf einer schicklichen Ausstellung, den Bart abzunehmen. Was sollte der Feldprediger unter so wunderlichen Umständen machen? Er schalt den Kammerdiener aus, dass er ihn nicht früher herbeigerufen hatte, schickte den Barbier, der den Herrn bei der Nase gefasst hielt, fort, und ließ ihn, weil doch nichts anders übrigblieb, eingeseift und mit halbem Bart, wie er ihn vorfand, in den Sarg legen und begraben.

Charité-Vorfall

Der von einem Kutscher kürzlich überfahrene Mann, namens Beyer, hat bereits dreimal in seinem Leben ein ähnliches Schicksal gehabt, dergestalt, dass bei der Untersuchung, die der Geheimrat Herr K., in der Charité bei ihm vornahm, die lächerlichsten Missverständnisse vorfielen. Der Geheimrat, der zuvörderst seine beiden Beine, welche krumm und schief und mit Blut bedeckt waren, bemerkte, fragte ihn: ob er an diesen Gliedern verletzt wäre? worauf der Mann jedoch erwiderte: »nein!« die Beine wären ihm schon vor fünf Jahren, durch einen andern Doktor, abgefahren worden. Hierauf bemerkte ein Arzt, der dem Geheimrat zur Seite stand, dass sein linkes Auge geplatzt war, als man ihn jedoch fragte, ob ihn das Rad hier getroffen hätte? antwortete er: »nein!« das Auge hätte ihm ein Doktor bereits vor 14 Jahren ausgefahren. Endlich, zum Erstaunen aller Anwesenden, fand sich, dass ihm die linke Rippenhälfte, in jämmerlicher Verstümmelung, ganz auf den Rücken gedreht war, als aber der Geheimrat ihn fragte, ob ihn des Doktors Wagen hier beschädigt hätte? antwortete er: »nein!« die Rippen wären ihm schon vor 7 Jahren durch einen Doktorwagen zusammengefahren worden. – Bis sich endlich zeigte, dass ihm durch die letztere Überfahrung der linke Ohrknorpel ins Gehörorgan hineingefahren war. – Der Berichterstatter hat den Mann selbst über diesen Vorfall vernommen, und selbst die Todkranken, die in dem Saale auf den Betten herumlagen, mussten, über die spaßhafte und indolente Weise, wie er dies vorbrachte, lachen. – Übrigens bessert er sich, und falls er sich vor den Doktoren, wenn er auf der Straße geht, in acht nimmt, kann er noch lange leben.

Der Branntweinsäufer und die Berliner Glocken (Eine Anekdote)

Ein Soldat vom ehemaligen Regiment Lichnowsky, ein heilloser und unverbesserlicher Säufer, versprach nach unendlichen Schlägen, die er deshalb bekam, damit er seine Aufführung bessern und sich des Branntweins enthalten wolle. Er hielt auch, in der Tat, Wort, während drei Tagen, ward aber am vierten wieder besoffen in einem Rinnstein gefunden und, von einem Unteroffizier, in Arrest gebracht. Im Verhör befragte man ihn, warum er, seines Vorsatzes uneingedenk, sich von neuem dem Laster des Trunks ergeben habe? »Herr Hauptmann!« antwortete er, »es ist nicht meine Schuld. Ich ging in Geschäften eines Kaufmanns, mit einer Kiste Färbholz, über den Lustgarten, da läuteten vom Dom herab die Glocken: ›Pommeranzen! Pommeranzen! Pommeranzen!‹ Läut, Teufel, läut! sprach ich und gedachte meines Vorsatzes und trank nichts. In der Königsstraße, wo ich die Kiste abgeben sollte, steh ich einen Augenblick, um mich auszuruhen, vor dem Rathaus still: da bimmelt es vom Turm herab: ›Kümmel! Kümmel! Kümmel! – Kümmel! Kümmel! Kümmel!‹ Ich sage zum Turm: bimmle du, dass die Wolken reißen – und gedenke, mein Seel, gedenke meines Vorsatzes, ob ich gleich durstig war, und trinke nichts. Drauf führt mich der Teufel, auf dem Rückweg, über den Spittelmarkt, und da ich eben vor einer Kneipe, wo mehr als dreißig Gäste beisammen waren, stehe, geht es, vom Spittelturm herab: ›Anisette! Anisette! Anisette!‹ Was kostet das Glas, frag ich? Der Wirt spricht: ›Sechs Pfennige.‹ Geb er her, sag ich – und was weiter aus mir geworden ist, das weiß ich nicht.«

Anekdote aus dem letzten Kriege

Den ungeheuersten Witz, der vielleicht, solange die Erde steht, über Menschenlippen gekommen ist, hat, im Lauf des letztverflossenen Krieges, ein Tambour gemacht, ein Tambour meines Wissens von dem damaligen Regiment von Puttkamer; ein Mensch, zu dem, wie man gleich hören wird, weder die griechische noch die römische Geschichte ein Gegenstück liefert. Dieser hatte, nach Zersprengung der preußischen Armee bei Jena, ein Gewehr aufgetrieben, mit welchem er, auf eigene Faust, den Krieg fortsetzte, dergestalt, dass, da er, auf der Landstraße, alles, was ihm an Franzosen vor die Flinte kam, niederstreckte und ausplünderte, er von einem Haufen französischer Gendarmen, die ihn aufspürten, ergriffen, in die Stadt geschleppt, und, wie es ihm zukam, verurteilt ward, erschossen zu werden. Als er den Platz, wo die Exekution vor sich gehen sollte, betreten hatte und wohl sah, dass alles, was er zu seiner Rechtfertigung vorbrachte, vergebens war, bat er sich von dem Obristen, der das Detachement kommandierte, eine Gnade aus, und als der Obrist, während die Offiziere, die ihn umringten, in gespannter Erwartung zusammentraten, ihn fragte: was er wolle? zog er sich die Hosen herunter und sprach: sie möchten ihn in den ... schießen, damit das F... kein L ... bekäme. – Wobei man noch die Shakespearesche Eigenschaft bemerken muss, dass der Tambour mit seinem Witz, aus seiner Sphäre als Trommelschläger nicht herausging.

Anekdote

Bach, als seine Frau starb, sollte zum Begräbnis Anstalten machen. Der arme Mann war aber gewohnt, alles durch seine Frau besorgen zu lassen, dergestalt, dass, als ein alter Bedienter kam und ihm für Trauerflor, den er einkaufen wollte, Geld abforderte, er unter stillen Tränen, den Kopf auf einen Tisch gestützt, antwortete: »sagt's meiner Frau.« –

Französisches Exerzitium

das man nachmachen sollte

Ein französischer Artilleriecapitain, der, beim Beginn einer Schlacht, eine Batterie, bestimmt, das feindliche Geschütz in Respekt zu halten oder zugrund zu richten, placieren will, stellt sich zuvorderst in der Mitte des ausgewählten Platzes, es sei nun ein Kirchhof, ein sanfter Hügel oder die Spitze eines Gehölzes, auf. Er drückt sich, während er den Degen zieht, den Hut auf die Augen, und indes die Karren, im Regen der feindlichen Kanonenkugeln, von allen Seiten rasselnd, um ihr Werk zu beginnen, abprotzen, fasst er mit der geballten Linken die Führer der verschiedenen Geschütze (die Feuerwerker) bei der Brust, und mit der Spitze des Degens auf einen Punkt des Erdbodens hinzeigend spricht er: »hier stirbst du!« wobei er ihn ansieht – und zu einem anderen: »hier du!« – und zu einem dritten und vierten und allen folgenden: »hier du! hier du! hier du!« – und zu dem letzten: »hier du!« – Diese Instruktion an die Artilleristen, bestimmt und unverklausuliert, an dem Ort, wo die Batterie aufgefahren wird, zu sterben, soll, wie man sagt, in der Schlacht, wenn sie gut ausgeführt wird, die außerordentlichste Wirkung tun.

Rätsel

Ein junger Doktor der Rechte und eine Stiftsdame, von denen kein Mensch wusste, dass sie miteinander ein Verhältnis hatten, befanden sich einst beim Kommandanten der Stadt in einer zahlreichen und ansehnlichen Gesellschaft. Die Dame, jung und schön, trug, wie es zu derselben Zeit Mode war, ein kleines schwarzes Schönheitspflästerchen im Gesicht, und zwar dicht über der Lippe, auf der rechten Seite des Mundes. Irgendein Zufall veranlasste, dass die Gesellschaft sich auf einen Augenblick aus dem Zimmer entfernte, dergestalt, dass nur der Doktor und die besagte Dame darin zurückblieben. Als die Gesellschaft zurückkehrte, fand sich, zum allgemeinen Befremden derselben, dass der Doktor das Schönheitspflästerchen im Gesicht trug; und zwar gleichfalls über der Lippe, aber auf der linken Seite des Mundes. –

Tagesereignis

Das Verbrechen des Ulanen Hahn, der heute hingerichtet ward, bestand darin, dass er dem Wachtmeister Pape, der ihn, eines kleinen Dienstversehens wegen, auf höheren Befehl, arretieren wollte, und deshalb, von der Straße her, zurief, ihm in die Wache zu folgen, während er das Fenster, an dem er stand, zuwarf, antwortete: von einem solchen Laffen ließe er sich nicht in Arrest bringen. Hierauf verfügte Pape, um ihn mit Gewalt fortzuschaffen, sich in das Zimmer desselben, stürzte aber, von einer Pistolenkugel des Rasenden getroffen, sogleich tot zu Boden nieder. Ja, als auf den Schuss, mehrere Soldaten seines Regiments herbeieilten, schien er sie, mit der Waffe in der Hand, in Respekt halten zu wollen, und jagte noch eine Kugel durch das Hirn des in seinem Blute schwimmenden Wachtmeisters, ward aber gleichwohl von einigen beherzten Kameraden entwaffnet und ins Gefängnis gebracht. Se. Maj. der König haben, wegen der Unzweideutigkeit des Rechtsfalls, befohlen, ungesäumt mit der Vollstreckung des von den Militärgerichten gefällten Rechtsspruchs, der ihm das Rad zuerkannte, vorzugehen.

Korrespondenznachricht

Herr Unzelmann, der, seit einiger Zeit, in Königsberg Gastrollen gibt, soll zwar, welches das Entscheidende ist, dem Publico daselbst sehr gefallen, mit den Kritikern aber (wie man auch aus der Königsberger Zeitung ersieht) und mit der Direktion viel zu schaffen haben. Man erzählt, dass ihm die Direktion verboten, zu improvisieren. Herr Unzelmann, der jede Widerspenstigkeit hasst, fügte sich diesem Befehl, als aber ein Pferd, das man, bei der Darstellung eines Stücks, auf die Bühne gebracht hatte, inmitten der Bretter, zur großen Bestürzung des Publikums, Mist fallen ließ, wandte er sich plötzlich, indem er die Rede unterbrach, zum Pferd und sprach: »Hat dir die Direktion nicht verboten, zu improvisieren?« – Worüber selbst die Direktion, wie man versichert, gelacht haben soll.

Anekdote

In einem Werk, betitelt: Reise mit der Armee im Jahr 1809, Hofbuchhdl., Rudolstadt 1810, erzählt ein Franzose folgende Anekdote vom Kaiser Napoleon, die von seiner Fähigkeit, lebhafte Regungen des Mitleids zu empfinden, ein merkwürdiges Beispiel gibt. Es ist bekannt, dass derselbe, in der Schlacht bei Aspern, den verwundeten Marschall Lannes lange mit großer Bewegung in den Armen hielt. Am Abend eben dieser Schlacht beobachtete er, mitten im Kartätschenfeuer, den Angriff seiner Kavallerie; eine Menge Blessierter lagen um ihn herum – schweigend, wie der Augenzeuge dieses Vorfalls sagt, um dem Kaiser mit ihren Klagen nicht zur Last zu fallen. Drauf setzt ein ganzes fr. Kürassierregiment, der feindlichen Übermacht ausweichend, über die Unglücklichen hinweg; es erhebt sich ein lautes Geschrei des Jammers, mit dem untermischten Ausruf (gleichsam um es zu übertäuben): »Vive l'Empereur! Vive l'Empereur!« Der Kaiser wendet sich ab; während er die Hand vors Gesicht hält, stürzen ihm die Tränen aus den Augen, und nur mit Mühe behält er seine Fassung.

Uralte Reichstagsfeierlichkeit, oder Kampf der Blinden mit dem Schweine

Als Kaiser Maximilian der Erste zu Augsburg, um die Stände zu einem Türkenkriege zu bewegen, einen Reichstag hielt, ergötzten sich Fürsten und Adel mit mancherlei ritterlichen Spielen. Aber eine eigene Belustigung für den Kaiser hatte sich Kunz von der Rosen, Maximilians Hofnarr als auch Obrist, ausgedacht. Auf dem Weinmarkt nämlich, in der Mitte eines von starken Schranken eingeschlossenen Platzes, ward ein Pfahl befestigt; an dem Pfahl aber, vermittelst eines langen Stricks, ein fettes Schwein gebunden. Zwölf Blinde, arme Leute, mit einem Prügel bewaffnet, eine Pickelhaube auf und von Kopf bis Fuß in altes rostiges Eisen gesteckt, traten nun in die Schranken, um gegen das Schwein zu kämpfen, denn Kunz von der Rosen hatte versprochen, dass demjenigen das Schwein gehören solle, der es erlegen würde. Drauf, nachdem die Blinden sich in einen Kreis gestellt, geht, auf einen Trompetenstoß, der Angriff los. Die Blinden tappten auf den Punkt zu, wo die Sau auf etwas Stroh lag und grunzte. Jetzt empfing diese einen Streich und fing zu schreien an und fuhr dabei einem oder zwei Blinden zwischen die Füße und warf die Blinden um. Die übrigen, auf der Seite stehenden, welche die Sau grunzen und schreien hörten, eilten auch hinzu, schlugen tapfer drauf los und trafen ebenso oft einen Mitkämpfer, als die Sau. Der Mitkämpfer schlug auf den Angreifer, dem er nichts getan hatte, ärgerlich zurück, und endlich schlug gar ein dritter, der von ihrem Hader nichts wusste, indem er meinte, sie schlügen auf das Schwein, auf beide los. Zuweilen waren die Blinden alle mit ihren Prügeln aneinander und arbeiteten so grimmig auf die Pickelhauben der Mitkämpfer los, dass es klang, als wären Kesselschmiede und Pfannenflicker in Eisenhütten und Werkstätten geschäftig. Die Sau, welche den Vorteil hatte, gut zu sehen und den Streichen ausweichen zu können, fing indessen an, zu grölen. Auf dies Gegröle spitzen die Blinden die Ohren; sie verlassen einander und gehen, mit ihren Prügeln, auf das Schwein zu. Aber dies hat sich indessen schon wieder einen andern Platz gesucht, und die Blinden stoßen aneinander, sie fallen über das Seil, woran das Schwein festgebunden ist, sie berühren die Schranke und führen, weil sie glauben, das Schwein getroffen zu haben, einen ungeheuren Schlag darauf. Endlich, nach vielen Stunden vergeblichen Suchens, gelingt es einem, er trifft das Schwein mit dem Prügel auf die Schnauze, es fällt – und ein unendliches Jubelgeschrei erhebt sich. Er wird zum Sieger ausgerufen, das Schwein ihm vom Kampfherold zuerkannt, und blutrünstig und unterlaufen, wie sie sein mögen, setzen sie sich, samt und sonders, zu einem herrlichen Gastmahl nieder, das die Feierlichkeit beschließt. –

Anekdote

Zwei berühmte englische Boxer, der eine aus Portsmouth gebürtig, der andere aus Plymouth, die seit vielen Jahren voneinander gehört hatten, ohne sich zu sehen, beschlossen, als sie in London zusammentrafen, zur Entscheidung der Frage, wem von ihnen der Siegerruhm gebühre, einen öffentlichen Wettkampf abzuhalten. Demnach stellten sich beide, im Angesicht des Volkes, mit geballten Fäusten, im Garten einer Kneipe, gegeneinander, und als der Plymouther den Portsmouther, in wenigen Augenblicken, dergestalt auf die Brust traf, dass er Blut spie, rief dieser, indem er sich den Mund abwischte: »brav!« – Als aber bald darauf, da sie sich wieder gestellt hatten, der Portsmouther den Plymouther, mit der Faust der geballten Rechten, dergestalt auf den Leib traf, dass dieser, während er die Augen verdrehte, umfiel, rief der letztere: »das ist auch nicht übel –!«, worauf das Volk, das im Kreise herumstand, laut aufjauchzte und, während der Plymouther, der an den Gedärmen verletzt worden war, tot weggetragen ward, dem Portsmouther den Siegesruhm zuerkannte. – Der Portsmouther soll aber auch tags darauf am Blutsturz gestorben sein.

Anekdote

Der Zar Iwan Basilowitz, mit dem Beinamen der Tyrann, ließ einem fremden Gesandten, der, nach der damaligen europäischen Etikette, mit bedecktem Haupt vor ihm erschien, den Hut auf den Kopf nageln. Diese Grausamkeit vermochte nicht den Botschafter der Königin Elisabeth von England, Sir Jeremias Bowes, abzuschrecken. Er hatte die Kühnheit, den Hut auf dem Kopfe, vor dem Zar zu erscheinen. Dieser fragte ihn, ob er nicht von der Strafe gehört hätte, die einem andern Gesandten widerfahren wäre, welcher sich eine solche Freiheit herausgenommen? »Ja, Herr«, erwiderte Bowes, »aber ich bin der Botschafter der Königin von England, die nie, vor irgendeinem Fürsten in der Welt, anders, als mit bedecktem Haupte, erschienen ist. Ich bin ihr Repräsentant, und wenn mir die geringste Beleidigung widerfährt, so wird sie mich zu rächen wissen.« – »Das ist ein braver Mann«, sagte der Zar, indem er sich zu seinen Hofleuten wandte, »der für die Ehre seiner Monarchin zu handeln und zu reden versteht; wer von euch hätte das nämliche für mich getan?«

Hierauf wurde der Botschafter der Favorit des Zars. Diese Gunst zog ihm den Neid des Adels zu. Einer der Großen, der zuweilen den vertrauten Ton mit dem Monarchen annehmen durfte, beredete ihn, die Geschicklichkeit des Botschafters auf die Probe zu stellen. Man sagte nämlich, dass er ein sehr geschickter Reiter wäre. Nun wurde ihm, um den Beweis davon zu führen, ein ungebändigtes sehr wildes Pferd, vor dem Zar zu reiten, gegeben, und man hoffte, dass Bowes zum wenigsten mit einer derben Lähmung das Kunststück bezahlen müsste. Indessen widerfuhr der neidischen Eifersucht der Verdruss, sich betrogen zu sehen. Der brave Engländer bändigte nicht nur das Pferd, sondern jagte es dermaßen zusammen, dass es kraftlos wieder heimgeführt wurde und wenige Tage später krepierte. Dieses Abenteuer vermehrte den Kredit des Botschafters beim Zar, der ihm jederzeit nachher die ausgezeichnetsten Beweise seiner Huld widerfahren ließ.

Anekdote

Ein Kapuziner begleitete einen Schwaben bei sehr regnichtem Wetter zum Galgen. Der Verurteilte klagte unterwegs mehrmals zu Gott, dass er, bei so schlechtem und unfreundlichem Wetter, einen so sauren Gang tun müsse. Der Kapuziner wollte ihn christlich trösten und sagte:»du Lump, was klagst du so, du brauchst doch bloß hinzugehen, ich aber muss, bei diesem Wetter, wieder zurück, denselben Weg. – «Wer es empfunden hat, wie öde einem, auch selbst an einem schönen Tage, der Rückweg vom Richtplatz wird, der wird den Ausspruch des Kapuziners nicht so dumm finden.

Anekdote

Als man den Diogenes fragte: wo er nach seinem Tode begraben sein wolle? antwortete er: »mitten auf das Feld.« »Was«, versetzte jemand, »willst du von den Vögeln und wilden Tieren gefressen werden?« »So lege man meinen Stab neben mich«, antwortete er, »damit ich sie wegjagen könne.« »Wegjagen!« rief der andere, »wenn du tot bist, hast du ja keine Empfindung!« »Nun denn, was liegt mir daran«, erwiderte er, »ob mich die Vögel fressen oder nicht?« –

Helgoländisches Gottesgericht

Die Helgoländer haben eine sonderbare Art, ihre Streitigkeiten in zweifelhaften Fällen zu entscheiden, und wie die Parteien, bei anderen Völkerschaften, zu den Waffen greifen und das Blut entscheiden lassen, werfen sie ihre Lotsenzeichen (Medaillen von Messing, mit einer Nummer, die einem jeden von ihnen zugehört) in einen Hut und lassen von einen Schiedsrichter eines derselben herausziehn. Der Eigentümer der Nummer bekommt alsdann recht.

Anekdote

Ein mecklenburgischer Landmann, namens Jonas, war seiner Leibesstärke wegen, im ganzen Lande bekannt.

Ein Thüringer, der in die Gegend geriet, und von jenem mit Ruhm sprechen hörte, nahm sich's vor, sich mit ihm zu versuchen.

Als der Thüringer vor das Haus kam, sah er vom Pferd über die Mauer hinweg auf dem Hofe einen Mann Holz spalten und fragte diesen: ob hier der starke Jonas wohne? erhielt aber keine Antwort.

So stieg er vom Pferd, öffnete die Pforte, führte das Pferd herein und band es an die Mauer.

Hier eröffnete der Thüringer seine Absicht, sich mit dem starken Jonas zu messen.

Jonas ergriff den Thüringer, warf ihn sofort über die Mauer zurück und nahm seine Arbeit wieder auf.

Nach einer halben Stunde rief der Thüringer jenseits der Mauer: »Jonas!« – »Nun was gibt's?« antwortete dieser.

»Lieber Jonas«, sagte der Thüringer: »sei so gut und schmeiß mir auch mein Pferd wieder herüber!«

Sonderbare Geschichte,
die sich, zu meiner Zeit, in Italien zutrug

Am Hofe der Prinzessin von St. C... zu Neapel, befand sich, im Jahr 1788, als Gesellschafterin oder eigentlich als Sängerin, eine junge Römerin, namens Francesca N..., Tochter eines armen invaliden Seeoffiziers, ein schönes und geistreiches Mädchen, das die Prinzessin von St. C..., wegen eines Dienstes, den ihr der Vater geleistet, von früher Jugend an, zu sich genommen und in ihrem Hause erzogen hatte. Auf einer Reise, welche die Prinzessin in die Bäder zu Messina und von hier aus, vom Klima und dem Gefühl einer erneuerten Gesundheit aufgemuntert, auf den Gipfel des Ätna machte, hatte das junge, unerfahrene Mädchen das Unglück, von einem Kavalier, dem Vicomte von P..., einem alten Bekannten aus Paris, der sich dem Zuge anschloss, auf das abscheulichste und unverantwortlichste betrogen zu werden, dergestalt, dass ihr, wenige Monate darauf, bei ihrer Rückkehr nach Neapel, nichts übrigblieb, als sich der Prinzessin, ihrer zweiten Mutter, zu Füßen zu werfen und ihr unter Tränen den Zustand, in dem sie sich befand, zu entdecken. Die Prinzessin, welche die junge Sünderin sehr liebte, machte ihr zwar wegen der Schande, die sie über ihren Hof gebracht hatte, die heftigsten Vorwürfe, doch da sie ewige Besserung und klösterliche Zurückgezogenheit und Enthaltsamkeit, für ihr ganzes künftiges Leben, gelobte, und der Gedanke, das Haus ihrer Gönnerin und Wohltäterin verlassen zu müssen, ihr gänzlich unerträglich war, so wandelte sich das menschenfreundliche, zur Verzeihung ohnehin in solchen Fällen geneigte Gemüt der Prinzessin. Sie hob die Unglückliche vom Boden auf, und die Frage war nur, wie man der Schmach, die über sie hereinzubrechen drohte, vorbeugen könne? In Fällen dieser Art fehlt es den Frauen, wie bekannt, niemals an Witz und der notwendigen Erfindung, und wenige Tage verflossen, ersann die Prinzessin selbst zur Ehrenrettung ihrer Freundin folgenden kleinen Roman.

Zuvörderst erhielt sie abends in ihrem Hotel, da sie beim Spiele saß, vor den Augen mehrerer, zu einem Souper eingeladener Gäste, einen Brief. Sie erbricht und liest ihn, und indem sie sich zur Signora Francesca wendet: »Signora«, spricht sie, »Graf Scharfeneck, der junge Deutsche, der Sie vor zwei Jahren in Rom gesehen, hält aus Venedig, wo er den Winter zubringt, um Ihre Hand an. – Da!« setzt sie hinzu, während sie wieder zu den Karten greift, »lesen Sie selbst, es ist ein edler und würdiger Kavalier, für dessen Antrag Sie sich nicht zu schämen brauchen.« Signora Francesca steht errötend auf, sie empfängt den Brief, überfliegt ihn und, indem sie die Hand der Prinzessin küsst: »Gnädigste«, spricht sie: »da der Graf in diesem Schreiben erklärt, dass er Italien zu seinem Vaterlande machen kann, so nehme ich ihn, von Ihrer Hand, als meinen Gatten an!« – Hierauf geht das Schreiben unter Glückwünschen von Hand zu Hand, jedermann erkundigt sich nach der Person des Freiers, den niemand kennt, und Signora Francesca gilt von diesem Augenblick an als Braut des Grafen Scharfeneck. Drauf, an dem zur Ankunft des Bräutigams bestimmten Tage, an welchem nach seinem Wunsch auch sogleich die Hochzeit sein soll, fährt ein Reisewagen mit vier Pferden vor: es ist der Graf Scharfeneck! Die ganze Gesellschaft, die, zur Feier dieses Tages, im Zimmer der Prinzessin versammelt war, eilt voll Neugierde an die Fenster, man sieht ihn, jung und schön wie ein junger Gott, aussteigen – indes verbreitet sich sogleich, durch einen vorangeschickten Kammerdiener, das Gerücht, dass der Graf krank sei und in ein Nebenzimmer habe abtreten müssen. Auf diese unangenehme Meldung wendet sich die Prinzessin betreten zur Braut, und beide begeben sich nach einem kurzen Gespräch in das Zimmer des Grafen, wohin ihnen nach Verlauf von etwa einer Stunde der Priester folgt. Inzwischen wird die Gesellschaft durch den Hauskavalier der Prinzessin zur Tafel geladen; es verbreitet sich, während sie auf das kostbarste und ausgesuchteste bewirtet wird, durch diesen die Nachricht, dass der junge Graf, als ein echter, deutscher Herr, weniger krank, als vielmehr nur ein Sonderling sei, der die Gesellschaft bei Festlichkeiten dieser Art nicht liebe, bis spät, um 11 Uhr in der Nacht, die Prinzessin, Signora Francesca an der Hand, auftritt, und den versammelten Gästen mit der Äußerung, dass die Trauung bereits vollzogen sei, die Frau Gräfin von Scharfeneck vorstellt. Man erhebt sich, man staunt und freut sich, man jubelt und fragt. Doch alles, was man von der Prinzessin und der Gräfin erfährt, ist, dass der Graf wohlauf sei, dass er sich auch bald sämtlichen Herrschaften, die hier die Güte gehabt, sich zu versammeln, zeigen würde, dass dringende Geschäfte jedoch ihn nötigten, mit der Frühe des nächsten Morgens nach Venedig, wo ihm ein Onkel gestorben sei, und er eine Erbschaft anzutreten habe, zurückzukehren. Hierauf, unter wiederholten Glückwünschen und Umarmungen der Braut, entfernt sich die Gesellschaft, und bei Anbruch des Tages fährt, im Angesicht der ganzen Dienerschaft, der Graf in seinem Reisewagen mit vier Pferden wieder ab. – Sechs Wochen danach erhalten die Prinzessin und die Gräfin, in einem schwarz versiegelten Brief, die Nachricht, dass Graf Scharfeneck im Hafen von Venedig ertrunken sei. Es heißt, dass er, nach einem scharfen Ritt, die Unbesonnenheit begangen, zu baden; dass ihn der Schlag auf der Stelle gerührt, und sein Körper bis jetzt noch nicht im Meere gefunden sei. – Alles, was zu dem Hause der Prinzessin gehört, versammelt sich, auf diese schreckliche Post, zur Teilnahme und Kondolation. Die Prinzessin zeigt den unseligen Brief, die Gräfin, die ohne Bewusstsein in ihren Armen liegt, jammert und ist untröstlich –, hat jedoch nach einigen Tagen Kraft genug, nach Venedig abzureisen, um die ihr dort zugefallene Erbschaft in Besitz zu nehmen. – Kurz, nach Ablauf von ungefähr neun Monaten (denn so lange dauerte der Prozess) kehrt sie zurück und zeigt einen allerliebsten kleinen Grafen Scharfeneck, mit welchem sie der Himmel daselbst gesegnet hatte.

Ein Deutscher, der eine große genealogische Kenntnis seines Vaterlands hatte, entdeckte das Geheimnis, das dieser Intrige zu Grunde lag, und schickte dem jungen Grafen, in einer zierlichen Handzeichnung, sein Wappen zu, welches die Ecke einer Bank darstellte, unter welcher ein Kind lag. Die Dame hielt sich gleichwohl, unter dem Namen einer Gräfin Scharfeneck, noch mehrere Jahre in Neapel auf, bis der Vicomte von P...., im Jahr 1793, zum zweiten Male nach Italien kam und sich, auf Veranlassung der Prinzessin, entschloss, sie zu heiraten. – Im Jahr 1802 kehrten beide nach Frankreich zurück.

Neujahrswunsch eines Feuerwerkers an seinen Hauptmann, aus dem siebenjährigen Kriege

Hochwohlgeborner Herr,
Hochzuehrender, Hochgebietender, Fester und
Strenger Herr Hauptmann!

Sintemal und alldieweil und gleichwie, wenn die ungestüme Wasserflut und deren schäumende Wellen einer ganzen Stadt Untergang und Verwüstung drohen, und dann der zitternde Bürger mit Rettungswerkzeugen herzueilet und rennt, um womöglich den rauschenden, brausenden und erzürnten Fluten Einhalt zu tun, so und nicht anders eile ich, Ew. Hochwohlgeboren bei dem jetzigen Jahreswechsel von der Unverbesserlichkeit meiner Ihnen gewidmeten Ergebenheit bereitwilligst und dienstbeflissentlichst zu versichern und zu überzeugen und dabei meinem Hochgeehrten Herrn Hauptmann ein ganzes Arsenal voll aller zur Glückseligkeit des menschlichen Lebens erforderlichen Bedürfnisse anzuwünschen. – Es möge meinem Hochgeehrtesten Herrn Hauptmann weder an Pulver der edlen Gesundheit, noch an den Kugeln eines immerwährenden Vergnügens, weder an Bomben der Zufriedenheit, weder an Karkassen der Gemütsruhe, noch an der Lunte eines langen Lebens mangeln. Es mögen die Feinde unsrer Ruhe, die pandurenmäßigen Sorgen, sich nimmer der Zitadelle Ihres Herzens nähern, ja, es möge Ihnen gelingen, die Trancheen ihrer Kränkungen vor der Redoute Ihrer Lustempfindungen zu öffnen. Das Glacis Ihres Wohlergehns sei bis ins späteste Alter mit den Palisaden des Segens verwahrt, und die Sturmleitern des Kummers müssen vergebens an das Ravelin Ihrer Freude gelegt werden. Es sollen Ew. Hochwohlgeboren alle, bei dem beschwerlichen Marsch dieses Lebens vorkommenden Defiléen ohne Verlust und Schaden passieren, und fehle es zu keiner Zeit, weder der Kavallerie Ihrer Wünsche, noch der Infanterie Ihrer Hoffnungen, noch der reitenden Artillerie Ihrer Projekte an dem Proviant und den Munitionen eines glücklichen Erfolgs. Übrigens ermangle ich auch nicht, das Gewehr meiner mit scharfen Patronen geladenen Dankbarkeit zur Salve Ihres gütigen Wohlwollens loszuschießen, und mit ganzen Pelotons der Erkenntlichkeit durch zu chargieren. Ich verabscheue die Handgriffe der Falschheit, ich mache den Pfanndeckel der Verstellung ab und dringe mit aufgepflanztem Bajonett meiner ergebensten Bitte in das Bataillon Quarré Ihrer Freundschaft ein, um dieselbe zu forcieren, dass sie mir den Wahlplatz Ihrer Gewogenheit überlassen müsse, wo ich mich zu maintenieren suchen werde, bis die unvermeidliche Mine des Todes ihren Effekt tut und mich, nicht in die Luft sprengen, wohl aber in die dunkle Kasematte des Grabes einquartieren wird. Bis dahin verharre ich meines

Hochzuehrenden Herrn Hauptmanns
respektmäßiger Diener N.N.

Der Neuere (glücklichere) Werther

Zu L... e in Frankreich war ein junger Kaufmannsdiener, Charles C..., der die Frau seines Prinzipals, eines reichen aber bejahrten Kaufmanns, namens D..., heimlich liebte. Tugendhaft und rechtschaffen, wie er die Frau kannte, machte er nicht den mindesten Versuch, ihre Gegenliebe zu erhalten: um so weniger, da er durch manche Bande der Dankbarkeit und Ehrfurcht an seinen Prinzipal geknüpft war. Die Frau, welche mit seinem Zustand, der seiner Gesundheit nachteilig zu werden drohte, Mitleid hatte, forderte ihren Mann, unter mancherlei Vorwand auf, ihn aus dem Hause zu entfernen. Der Mann schob eine Reise, zu welcher er ihn bestimmt hatte, von Tag zu Tag auf und erklärte endlich ganz und gar, dass er ihn in seinem Comptoir nicht entbehren könne. Einst machte Herr D..., mit seiner Frau, eine Reise zu einem Freunde, aufs Land; er ließ den jungen C..., um die Geschäfte der Handlung zu führen, im Hause zurück. Abends, als schon alles schläft, macht sich der junge Mann, von welchen Empfindungen getrieben, weiß ich nicht, auf, um noch einen Spaziergang durch den Garten zu machen. Er kommt bei dem Schlafzimmer der teuern Frau vorbei, er steht still, er legt die Hand an die Klinke, er öffnet das Zimmer, das Herz schwillt ihm beim Anblick des Bettes, in welchem sie zu ruhen pflegt, und kurz, er begeht, nach manchen Kämpfen mit sich selbst, die Torheit, weil es doch niemand sieht, und zieht sich aus und legt sich hinein. Nachts, da er schon mehrere Stunden, sanft und ruhig, geschlafen, kommt, aus irgendeinem besonderen Grunde, der, hier anzugeben, gleichgültig ist, das Ehepaar unerwartet nach Hause zurück, und als der alte Herr mit seiner Frau ins Schlafzimmer tritt, finden sie den jungen C..., der sich, von dem Geräusch, das sie verursachen, aufgeschreckt, halb im Bette, erhebt. Scham und Verwirrung, bei diesem Anblick, ergreifen ihn, und während das Ehepaar betroffen umkehrt und wieder im Nebenzimmer, aus dem sie gekommen waren, verschwindet, steht er auf und zieht sich an. Er schleicht, seines Lebens müde, in sein Zimmer, schreibt einen kurzen Brief, in welchem er den Vorfall erklärt, an die Frau und schießt sich mit einer Pistole, die an der Wand hängt, in die Brust.

Hier scheint die Geschichte seines Lebens aus, und gleichwohl (sonderbar genug) fängt sie hier erst an. Denn statt ihn, den Jüngling, auf den er gemünzt war, zu töten, zog der Schuss dem alten Herrn, der im Nebenzimmer befindlich war, den Schlagfluss zu: Herr D... verschied wenige Stunden darauf, ohne dass die Kunst aller Ärzte, die man herbeigerufen, imstande gewesen wäre, ihn zu retten. Fünf Tage nachher, da Herr D... schon längst begraben war, erwachte der junge C..., dem der Schuss, aber nicht lebensgefährlich, durch die Lunge gegangen war, und wer beschreibt wohl – wie soll ich sagen, seinen Schmerz oder seine Freude? als er erfuhr, was vorgefallen war, und sich in den Armen der lieben Frau befand, um derentwillen er sich den Tod hatte geben wollen! Nach Verlauf eines Jahres heiratete ihn die Frau, und beide lebten noch im Jahr 1801, wo ihre Familie bereits, wie ein Bekannter erzählt, aus 15 Kindern bestand.

Beispiel einer unerhörten Mordbrennerei

Als vor einiger Zeit die Gegend von Berlin von jener berüchtigten Mordbrenner-bande heimgesucht ward, war jedem Gemüte, das Ehrfurcht vor göttlicher und menschlicher Ordnung hat, die entsetzliche Barbarei dieser Gräuel unbegreiflich; und doch war es wenigstens nur, um zu stehlen. Was wird man nun zu einem Rechtsfall sagen, der im Jahr 1808 beim Kriminalgericht zu Rouen stattfand? Daselbst ward die Todesstrafe, der Mordbrennerei wegen, über einen Mann verhängt, der bis in sein 60. Jahr als rechtschaffener Mann gegolten und die Achtung all seiner Mitbürger genossen hatte. Johann Mauconduit, Bauer zu Hattenville, war sein Name. Von bloßem Vergnügen an Mordbrennerei geleitet, hatte er, seit längerer Zeit, hie und da Gebäude in Brand gesteckt, ohne dass es jemand einfiel, ihn deshalb als den Täter anzusehn. Er hatte eine eigene Maschine erfunden, die sich vermittelst einer Batterie entzündete, und warf sie auf die Häuser, denen er den Brand zugedacht hatte. Innerhalb von 8 Monaten hatte er nicht weniger als zehnmal dieses Verbrechen begangen und zuletzt seine eigene Wohnung in Brand gesteckt. Er wusste wohl, dass der Besitzer des Grundstücks verpflichtet war, ihm eine neue zu bauen. Aber da fand man in einem seiner Schränke dergleichen Zündmaschinen, wie man sie schon öfters, in Fällen, wo sie nicht losgebrannt waren, auf den Dächern der Häuser gefunden hatte, und so klärten sich eine Menge anderer Zeugnisse gegen ihn auf, sodass er sich endlich zu all diesen Feuersbrünsten als Urheber bekennen musste, welche in seiner Nachbarschaft vorgefallen waren.

Merkwürdige Prophezeiung

In dem Werk: Paris, Versailles et les Provinces au 18me siècle, par un ancien officier aux gardes françaises, 2 Vol. in 8., 1809, wird die Erzählung einer sonderbar eingetroffenen Vorhersage mit zuviel historischen Angaben belegt, als dass sie nicht einiger Erwägung wert wäre. Herr von Apchon war in seiner früheren Jugend Malteserritter und von seiner Familie zum Seedienst bestimmt. Als er in dem Kollegium zu Lyon war, wurde er einem spanischen Jesuiten vorgestellt, der, unter seinen Mitbrüdern, als Wahrsager galt. Dieser, als er ihn ins Auge fasste, sagte ihm, auf eine sonderbare Weise, dass er einst eine Stütze der Kirche und der dritte Bischof von Dijon werden würde. Man verstand den Jesuiten um so weniger, als es damals in Dijon keinen Bischof gab, und Herr von Apchon ward, von diesem Augenblick an, von seinen Mitschülern spottweise der Bischof genannt, einen Spitznamen, den er auch nachher als Seekadett beibehielt. Zehn Jahre darauf ward Herr von Apchon Bischof von Dijon und nachheriger Erzbischof von Auch. – Diese Begebenheit bestätigen alle Zeitgenossen, und der ehrwürdige Prälat selbst hat sie sein ganzes Leben lang erzählt.

Mutterliebe

Zu St. Omer im nördlichen Frankreich ereignete sich im Jahr 1803 ein merkwürdiger Vorfall. Daselbst fiel ein großer toller Hund, der schon mehrere Menschen verletzt hatte, über zwei, unter einer Haustür spielende, Kinder her. Eben zerreißt er das jüngste, das sich, unter seinen Klauen, im Blute wälzt, da erscheint, aus einer Nebenstraße, mit einem Eimer Wasser, den sie auf dem Kopf trägt, die Mutter. Diese, während der Hund die Kinder loslässt und auf sie zuspringt, setzt den Eimer neben sich nieder und außerstande zu fliehen, entschlossen, das Untier mindestens mit sich zu verderben, umklammert sie, mit Gliedern, gestählt von Wut und Rache, den Hund. Sie erdrosselt ihn und fällt, von grimmigen Bissen zerfleischt, ohnmächtig neben ihm nieder. Die Frau begrub noch ihre Kinder und ward, nach wenigen Tagen, als sie an der Tollwut starb, selbst zu ihnen ins Grab gelegt.

Beitrag zur Naturgeschichte des Menschen

Im Jahre 1809 zeigten sich in Europa zwei sonderbare entgegengesetzte menschliche Naturphänomene: das eine, eine sogenannte Unverbrennliche, namens Karoline Kopini, das andere, eine ungeheure Wassertrinkerin, namens Chartret aus Courlon in Frankreich. Jene, die Unverbrennliche, trank siedend heißes Öl, wusch sich mit Scheidewasser, ja sogar mit zerschmolzenem Blei, Gesicht und Hände, ging mit nackten Füßen auf einer dicken glühenden Eisenplatte umher, alles ohne irgendeine Empfindung von Schmerz. Die andere trinkt, seit ihrem 8. Jahr, täglich 20 Kannen laues Wasser, wenn sie weniger trinkt, ist sie krank, fühlt Stiche in der Seite und fällt in eine Art von Betäubung. – Übrigens ist sie körperlich und geistig gesund und war vor zwei Jahren 52 Jahre alt.

Unwahrscheinliche Wahrhaftigkeiten

»Drei Geschichten«, sagte ein alter Offizier in einer Gesellschaft, »sind von der Art, dass ich ihnen zwar selbst vollkommenen Glauben beimesse, gleichwohl aber Gefahr liefe, für einen Windbeutel gehalten zu werden, wenn ich sie erzählen wollte. Denn die Leute fordern, als erste Bedingung, von der Wahrheit, dass sie wahrscheinlich sei, und doch ist die Wahrscheinlichkeit, wie die Erfahrung lehrt, nicht immer auf Seiten der Wahrheit.«

»Erzählen Sie«, riefen einige Mitglieder, »erzählen Sie!« – denn man kannte den Offizier als einen heitern und schätzenswürdigen Mann, der sich der Lüge niemals schuldig machte.

Der Offizier sagte lachend, er wolle der Gesellschaft den Gefallen tun; erklärte aber noch einmal im voraus, dass er auf den Glauben derselben, in diesem besonderen Fall, keinen Anspruch mache.

Die Gesellschaft dagegen sagte ihm denselben im voraus zu; sie forderte ihn nur auf, zu reden, und horchte.

»Auf einem Marsch 1792 in der Rheincampagne«, begann der Offizier, »bemerkte ich, nach einem Gefecht, das wir mit dem Feinde gehabt hatten, einen Soldaten, der stramm, mit Gewehr und Gepäck, in Reih und Glied ging, obschon er einen Schuss mitten durch die Brust hatte; wenigstens sah man das Loch vorn im Riemen der Patronentasche, wo die Kugel eingeschlagen, und hinten ein anderes im Rock, wo sie wieder ausgetreten war. Die Offiziere, die ihren Augen bei diesem seltsamen Anblick nicht trauten, forderten ihn zu wiederholten Malen auf, hinter die Front zu gehen und sich verbinden zu lassen, aber der Mensch versicherte, dass er gar keine Schmerzen habe, und bat, ihn, um dieses Prellschusses willen, wie er es nannte, nicht vom Regiment zu entfernen. Abends, als wir ins Lager gerückt waren, untersuchte der herbeigerufene Chirurg seine Wunde und fand, dass die Kugel vom Brustknochen, den sie nicht Kraft genug gehabt, zu durchschlagen, zurückgeprellt, zwischen der Rippe und der Haut, welche auf elastische Weise nachgegeben, um den ganzen Leib herumgeglitscht und hinten, da sie sich am Ende des Rückgrats gestoßen, zu ihrer ersten senkrechten Richtung zurückgekehrt und aus der Haut wieder hervorgebrochen war. Auch zog diese kleine Fleischwunde dem Kranken nichts als ein Wundfieber zu, und wenige Tage verflossen, stand er wieder in Reih und Glied.«

»Wie?« fragten einige Mitglieder der Gesellschaft betroffen und glaubten, sie hätten nicht recht gehört.

»Die Kugel? Um den ganzen Leib herum? Im Kreise?« – Die Gesellschaft hatte Mühe, ein Gelächter zu unterdrücken.

»Das war die erste Geschichte«, sagte der Offizier, während er eine Prise Tabak nahm, und schwieg.

»Beim Himmel!« platzte ein Landedelmann los, »da haben Sie recht; diese Geschichte ist von der Art, dass man sie nicht glaubt!«

»Elf Jahre darauf«, sprach der Offizier, »im Jahre 1803, befand ich mich, mit einem Freunde, in dem Flecken Königstein in Sachsen, in dessen Nähe, wie bekannt, etwa auf eine halbe Stunde, am Rande des äußerst steilen, vielleicht dreihundert Fuß hohen, Elbufers, ein beträchtlicher Steinbruch ist. Die Arbeiter pflegen, bei großen Blöcken, wenn sie mit Werkzeugen nicht mehr hinzukommen können, feste Körper, besonders Pfeifenstiele, in den Riss zu werfen, und überlassen der, keilförmig wirkenden, Gewalt dieser kleinen Körper das Geschäft, den Block völlig vom Felsen abzulösen. Es traf sich, dass, eben um diese Zeit, ein ungeheurer, mehrere tausend Kubikfuß messender Block zum Fall auf die Fläche des Elbufers, in dem Steinbruch, bereit war, und da dieser Augenblick, wegen des sonderbar im Gebirge widerhallenden Donners und mancher andern, aus der Erschütterung des Erdreichs hervorgehender, Erscheinungen, die man nicht berechnen kann, merkwürdig ist, so begaben, unter vielen andern Einwohnern der Stadt, auch wir, mein Freund und ich, uns täglich abends zum Steinbruch hinaus, um den Moment, da der Block fallen würde, zu erhaschen. Der Block fiel aber in der Mittagsstunde, da wir eben, im

Gasthof zu Königstein, an der Tafel saßen, und erst um 5 Uhr gegen Abend hatten wir Zeit, hinaus zu spazieren und uns nach den Umständen, unter denen er gefallen war, zu erkundigen. Was aber war die Wirkung dieses seines Falls gewesen? Zuvörderst muss man wissen, dass, zwischen der Felswand des Steinbruchs und dem Bette der Elbe, noch ein beträchtlicher, etwa 50 Fuß in der Breite haltender Erdstrich befindlich war; dergestalt, dass der Block (welches hier wichtig ist) nicht unmittelbar ins Wasser der Elbe, sondern auf die sandige Fläche dieses Erdstrichs gefallen war. Ein Elbkahn, meine Herren, das war die Wirkung dieses Falls gewesen, war, durch den Druck der Luft, der dadurch verursacht worden, aufs Trockne gesetzt worden; ein Kahn, der, etwa 60 Fuß lang und 30 breit, schwer mit Holz beladen, am andern, entgegengesetzten, Ufer der Elbe lag: diese Augen haben ihn im Sande – was sag ich? sie haben, am anderen Tage, noch die Arbeiter gesehen, welche, mit Hebeln und Walzen, bemüht waren, ihn wieder flottzumachen, und ihn, vom Ufer herab, wieder ins Wasser zu schaffen. Es ist wahrscheinlich, dass die ganze Elbe (die Oberfläche derselben) einen Augenblick ausgetreten, auf das andere flache Ufer übergeschwappt und den Kahn, als einen festen Körper, daselbst zurückgelassen; etwa wie, auf dem Rande eines flachen Gefäßes, ein Stück Holz zurückbleibt, wenn das Wasser, auf welchem es schwimmt, erschüttert wird.«

»Und der Block«, fragte die Gesellschaft, »fiel nicht ins Wasser der Elbe?«

Der Offizier wiederholte: »nein!«

»Seltsam!« rief die Gesellschaft.

Der Landedelmann meinte, dass er die Geschichten, die seinen Satz belegen sollten, gut zu wählen wüsste.

»Die dritte Geschichte«, fuhr der Offizier fort, »trug sich zu, im Freiheitskriege der Niederländer, bei der Belagerung von Antwerpen durch den Herzog von Parma. Der Herzog hatte die Schelde, vermittelst einer Schiffsbrücke, gesperrt, und die Antwerpner arbeiteten ihrerseits, unter Anleitung eines geschickten Italieners, daran, dieselbe durch Brander, die sie gegen die Brücke losließen, in die Luft zu sprengen. In dem Augenblick, meine Herren, da die Fahrzeuge die Schelde herab, gegen die Brücke, anschwimmen, steht, das merken Sie wohl, ein Fahnenjunker, auf dem linken Ufer der Schelde, dicht neben dem Herzog von Parma; jetzt, verstehen Sie, jetzt geschieht die Explosion, und der Junker, Haut und Haar, samt Fahne und Gepäck und ohne dass ihm das mindeste auf dieser Reise zugestoßen, steht auf dem rechten. Und die Scheide ist hier, wie Sie wissen werden, einen kleinen Kanonenschuss breit.«

»Haben Sie verstanden?«

»Himmel, Tod und Teufel!« rief der Landedelmann.

»Dixi!« sprach der Offizier, nahm Stock und Hut und ging weg.

»Herr Hauptmann!« riefen die andern lachend, »Herr Hauptmann!« – Sie wollten wenigstens die Quelle dieser abenteuerlichen Geschichte, die er für wahr ausgab, wissen.

»Lassen Sie ihn«, sprach ein Mitglied der Gesellschaft; »die Geschichte steht im Anhang zu Schillers Geschichte vom Abfall der vereinigten Niederlande, und der

Verfasser bemerkt ausdrücklich, dass ein Dichter von diesem Faktum keinen Gebrauch machen könne, der Geschichtsschreiber aber, wegen der Unverwerflichkeit der Quellen und der Übereinstimmung der Zeugnisse, genötigt sei, dasselbe aufzunehmen.«

Wassermänner und Sirenen

In der Wiener Zeitung vom 30. Juli 1803 wird erzählt, dass die Fischereipächter des Königssees in Ungarn mehrmals schon, bei ihrem Geschäft, eine Art nackten, wie sie sagten, vierfüßigen Geschöpfs bemerkt hatten, ohne dass sie unterscheiden konnten, von welcher Gattung es sei, indem es schnell, sobald jemand sich zeigte, vom Ufer ins Wasser lief und verschwand. Die Fischer lauerten endlich so lange, bis sie das vermeintliche Tier, im Frühling des Jahres 1776, mit ihren ausgesetzten Netzen fingen. Als sie nun desselben habhaft waren, sahen sie mit Erstaunen, dass es ein Mensch war. Sie schafften ihn sogleich nach Kapuvar zu dem fürstlichen Verwalter. Dieser machte eine Anzeige davon an die fürstliche Direktion, von welcher der Befehl erging, den Wassermann gut zu verwahren und ihn einem Trabanten zur Aufsicht zu übergeben. Derselbe mochte damals etwa 17 Jahr alt sein, seine Bildung war kräftig und wohlgestaltet, bloß die Hände und Füße waren krumm, weil er kroch; zwischen den Zehen und Fingern befand sich ein zartes, entenartiges Häutchen, er konnte, wie jedes Wassertier, schwimmen, und der größte Teil des Körpers war mit Schuppen bedeckt.

Man lehrte ihn gehen und gab ihm anfangs nur rohe Fische und Krebse zur Nahrung, die er mit dem größten Appetit verzehrte. Auch füllte man einen großen Bottich mit Wasser an, in dem er sich mit großen Freudenbezeugungen badete. Die Kleider wurden ihm öfters zur Last, und er warf sie weg, bis er sich nach und nach daran gewöhnte. An gekochte, grüne, Mehl- und Fleischspeisen hat man ihn nie recht gewöhnen können, denn sein Magen vertrug sie nicht. Er lernte auch reden und sprach schon viele Worte aus, arbeitete fleißig, war gehorsam und zahm. Allein nach einer Zeit von drei Vierteljahren, als man ihn nicht mehr so streng beobachtete, ging er aus dem Schlosse über die Brücke, sah den mit Wasser gefüllten Schlossgraben, sprang in seinen Kleidern hinein und verschwand.

Man traf sogleich alle Anstalten, um ihn wieder zu fangen, allein alles Nachsuchen war vergebens, und ob man ihn schon nach der Zeit, besonders beim Bau des Kanals durch den Königssee, im Jahre 1803, wiedergesehen hat, so hat man seiner doch nie wieder habhaft werden können.

Dieser Vorfall wirft Licht auf manche, bisher für fabelhaft gehaltene, See-Erscheinungen, die man Sirenen nannte. So sah der Entdecker Grönlands, Hudson, auf seiner zweiten Reise, am 15. Juni 1608 eine solche Sirene und die ganze Schiffsmannschaft sah sie mit ihm. Sie schwamm zur Seite des Schiffs und sah die Schiffsleute starr an. Vom Kopf bis zum Unterleib glich sie vollkommen einem Weibe von gewöhnlicher Statur. Ihre Haut war weiß, sie hatte lange, schwarze, um die Schultern flatternde Haare. Wenn die Sirene sich umkehrte, sahen die Schiffsleute ihren

Fischschwanz, der mit dem eines Meerschweins viel Ähnlichkeit hatte und wie ein Makrelenschwanz gefleckt war. – Nach einem wütenden Sturm im Jahre 1740, der die holländischen Dämme von Westfriesland durchbrochen hatte, fand man auf den Wiesen eine sogenannte Sirene im Wasser. Man brachte sie nach Haarlem, kleidete sie und lehrte sie spinnen. Sie nahm gewöhnliche Speise zu sich und lebte einige Jahre. Sprechen lernte sie nicht, ihre Töne glichen dem Ächzen eines Sterbenden. Immer zeigte sie den stärksten Trieb zum Wasser. – Im Jahr 1560 fingen Fischer von der Insel Ceylon mehrere solcher Ungeheuer auf einmal im Netze. Dimas Bosquez von Valence, der sie untersuchte und einige, die gestorben waren, in Gegenwart mehrerer Missionare anatomierte, fand alle inneren Teile mit dem menschlichen Körper sehr übereinstimmend. Sie hatten einen runden Kopf, große Augen, ein volles Gesicht, platte Wangen, eine aufgeworfene Nase, sehr weiße Zähne, gräuliche, manchmal bläuliche Haare und einen langen grauen bis auf den Magen herabhängenden Bart. – Hierher gehört auch noch der sogenannte neapolitanische Fischnickel, von welchem man in Gehlers physikalischem Lexikon eine authentische Beschreibung findet.

Sonderbarer Rechtsfall in England

Man weiß, dass in England jeder Beklagte zwölf Geschworne von seinem Stande zu Richtern hat, deren Ausspruch einstimmig sein muss, und die, damit die Entscheidung sich nicht zu sehr in die Länge ziehe, ohne Essen und Trinken so lange eingeschlossen bleiben, bis sie eines Sinnes sind. Zwei Gentlemen, die einige Meilen von London lebten, hatten in Gegenwart von Zeugen einen sehr lebhaften Streit miteinander; der eine drohte dem andern und setzte hinzu, dass ehe vierundzwanzig Stunden vergingen, ihn sein Betragen reuen solle. Gegen Abend wurde dieser Edelmann erschossen aufgefunden. Der Verdacht fiel natürlich auf den, der die Drohungen gegen ihn ausgestoßen hatte. Man brachte ihn zur Haft, Gericht wurde gehalten, es fanden sich etliche Beweise, und 11 Beisitzer verdammten ihn zum Tode; allein der zwölfte bestand hartnäckig darauf, nicht einzuwilligen, weil er ihn für unschuldig hielte.

Seine Kollegen baten ihn, Gründe anzuführen, warum er dies glaubte; allein er ließ sich nicht darauf ein und beharrte auf seiner Meinung. Es war schon spät in der Nacht, und der Hunger plagte die Geschworenen heftig; einer stand endlich auf und meinte, dass es besser sei, einen Schuldigen loszusprechen, als 11 Unschuldige verhungern zu lassen. Man fertigte also den Freispruch aus, führte aber auch zugleich die Umstände an, die das Gericht dazu gezwungen hätten. Das ganze Publikum war wider den einzigen Starrkopf. Die Sache kam sogar vor den König, der ihn zu sprechen verlangte. Der Edelmann erschien, und nachdem er sich vom König das Wort hat geben lassen, dass seine Aufrichtigkeit nicht von nachteiligen Folgen für ihn sein sollte, erzählte er dem Monarchen, dass, als er im Dunkeln von der Jagd gekommen und sein Gewehr losgeschossen, es unglücklicherweise diesen Edelmann, der hinter einem Busche gestanden, getötet habe. Da ich, fuhr er fort, weder Zeugen meiner Tat, noch meiner Unschuld hatte, beschloss ich, Stillschweigen zu wahren, aber als ich hörte, dass man einen Unschuldigen anklagte, wandte ich alles an, um einer von den Geschworenen zu werden, fest entschlossen, eher zu verhungern, als den Beklagten umkommen zu lassen. Der König hielt sein Wort, und der Edelmann bekam seine Begnadigung.

Geschichte eines merkwürdigen Zweikampfs

Der Ritter Hans Carouge, Vasall des Grafen von Alenson, musste in häuslichen Angelegenheiten eine Reise übers Meer tun. Seine junge und schöne Gemahlin ließ er auf seiner Burg. Ein anderer Vasall des Grafen, Jakob der Graue genannt, verliebte sich in diese Dame auf das heftigste. Die Zeugen sagten vor Gericht aus, dass er zu der und der Stunde, des und des Tages, in dem und dem Monat sich auf das Pferd des Grafen gesetzt und diese Dame zu Argenteuil, wo sie sich aufhielt, besucht habe. Sie empfing ihn als den Gefährten ihres Mannes und als seinen Freund und zeigte ihm das ganze Schloss. Er wollte auch die Warte oder den Wachturm der Burg sehen, und die Dame führte ihn selbst dahin, ohne sich von einem Bedienten begleiten zu lassen.

Sobald sie im Turm waren, verschloss Jakob, der sehr stark war, die Tür, nahm die Dame in seine Arme und überließ sich ganz seiner Leidenschaft. Jakob, Jakob, sagte die Dame weinend, du hast mich beschimpft, aber die Schmach wird auf dich zurückfallen, sobald mein Mann wiederkommt. Jakob achtete nicht viel auf diese Drohung, setzte sich auf sein Pferd und kehrte in vollem Jagen zurück. Um vier Uhr des Morgens war er in der Burg gewesen, und um neun Uhr desselben Morgens erschien er auch beim Lever des Grafen. – Dieser Umstand muss wohl bemerkt werden. Hans Carouge kam endlich von seiner Reise zurück, und seine Frau empfing ihn mit den lebhaftesten Beweisen der Zärtlichkeit. Aber des Abends, als Carouge sich in ihr Schlafgemach und zu Bette begeben hatte, ging sie lange im Zimmer auf und ab, machte von Zeit zu Zeit das Zeichen des Kreuzes vor sich, fiel zuletzt vor seinem Bette auf die Knie und erzählte ihrem Manne, unter Tränen, was ihr begegnet war. Dieser wollte es anfangs nicht glauben, doch endlich musste er den Schwüren und wiederholten Beteurungen seiner Gemahlin trauen; und nun beschäftigte ihn bloß der Gedanke an Rache. Er versammelte seine und seiner Frau Verwandte, und die Meinung aller ging dahinaus, die Sache bei dem Grafen anzubringen und ihm ihre Entscheidung zu überlassen.

Der Graf ließ die Parteien zu sich kommen, hörte ihre Gründe an, und nach vielem Hin- und Herstreiten fällte er das Urteil, dass der Dame die ganze Geschichte geträumt haben müsse, weil es unmöglich sei, dass ein Mensch 23 Meilen zurücklegen und auch die Tat, deren er beschuldigt wurde, mit all den Nebenumständen, in dem kurzen Zeitraum von fünfeinhalb Stunden, begehen könne, welches die einzige Zwischenzeit war, wo man den Jakob nicht im Schloss gesehen hatte. Der Graf von Alenson befahl also, dass man nicht weiter von der Sache sprechen sollte. Aber der

Ritter Carouge, der ein Mann von Herz und sehr empfindlich im Punkt der Ehre war, ließ es nicht bei dieser Entscheidung bewenden, sondern machte die Sache vor dem Parlament zu Paris anhängig. Dies Tribunal erkannte auf einen Zweikampf. Der König, der damals zu Sluys in Flandern war, sandte einen Kurier mit dem Befehl ab, den Tag des Zweikampfs bis zu seiner Zurückkunft zu verschieben, weil er selbst dabei zugegen sein wollte. Die Herzoge von Berry, Burgund und Bourbon kamen ebenfalls nach Paris, um dies Schauspiel mitanzusehen. Man hatte zum Kampfplatz den St. Katharinenplatz gewählt und Gerüste für die Zuschauer aufgebaut. Die Kämpfer erschienen vom Kopf bis zu den Füßen gewaffnet. Die Dame saß auf einem Wagen und war ganz schwarz gekleidet. Ihr Mann näherte sich ihr und sagte: »Madame, in Eurer Fehde und auf Eure Versicherung schlage ich jetzt mein Leben in die Schanze und fechte mit Jakob dem Grauen; niemand weiß besser als Ihr, ob meine Sache gut und gerecht ist.« – »Ritter«, antwortete die Dame, »Ihr könnt Euch auf die Gerechtigkeit Eurer Sache verlassen und mit Zuversicht in den Kampf gehen.« Hierauf ergriff Carouge ihre Hand, küsste sie, machte das Zeichen des Kreuzes und begab sich in die Schranken. Die Dame blieb während des Gefechts im Gebet. Ihre Lage war kritisch; wurde Hans Carouge überwunden, wurde er gehängt, und sie ohne Barmherzigkeit verbrannt. Als das Feld und die Sonne gehörig zwischen beiden Kämpfern verteilt war, sprengten sie los und gingen mit der Lanze aufeinander los. Aber sie waren beide zu geschickt, als dass sie sich hätten was anhaben können. Sie stiegen also von ihren Pferden und griffen zum Schwert. Carouge wurde am Schenkel verwundet; seine Freunde zitterten um ihn, und seine Frau war mehr tot als lebendig. Aber er drang auf seinen Gegner mit so vieler Wut und Geschicklichkeit ein, dass er ihn zu Boden warf und ihm das Schwert in die Brust stieß. Hierauf wandte er sich zu den Zuschauern und fragte sie mit lauter Stimme: Ob er seine Schuldigkeit getan habe? Alle antworteten einstimmig, »Ja!« Sogleich bemächtigte sich der Scharfrichter des Leichnams des Jakobs und hing ihn an den Galgen. Ritter Carouge warf sich dem König zu Füßen, der seine Tapferkeit lobte, ihm auf der Stelle 1000 Livres auszahlen ließ, ein lebenslängliches Gehalt von 200 Livres aussetzte und seinen Sohn zum Kammerherrn ernannte. Carouge eilte nunmehr zu seiner Frau, umarmte sie öffentlich und begab sich mit ihr in die Kirche, um Gott zu danken und auf dem Altar zu opfern. Froissart erzählt diese Geschichte, und sie ist Tatsache.

Geistererscheinung

Im Anfang des Herbstes 1809 verbreitete sich in der Gegend von Schlan (einem Städtchen 4 Meilen von Prag auf der Straße nach Sachsen) das Gerücht einer Geistererscheinung, die ein Bauernbub aus Stredokluk (einem Dorf auf dem halben Wege von Schlan nach Prag) gehabt habe. Dies Gerücht ward endlich so allgemein und so laut, dass endlich ein hochlöbl. Kreisamt zu Schlan eine gerichtliche Untersuchung der ganzen Sache beschloss, und demzufolge eine eigene Kommission ernannte, aus deren Akten zum Teil, und zum Teil aus mündlichen Berichten an Ort und Stelle, nachstehende Geschichte gezogen ist.

Ein Bauernbub von ungefähr 11 Jahren aus Stredokluk, mit Namen Joseph, bekannt bei seiner Familie sowohl, als auch im ganzen Dorfe als ein erzdummer Junge, schlief für gewöhnlich mit einem alten Onkel und einigen seiner Geschwister, von seinen Eltern getrennt, in einer besonderen Kammer. Eines Nachts wird er durch Schütteln geweckt, und wie er aus dem Schlaf aufschreckt, sieht er eine Gestalt sich langsam vom Fuße seines Bettes fortbewegen und im Dunkel verschwinden. Joseph, dem Schlafen über alles geht, nimmt es gewaltig übel, so mutwillig gestört zu werden, und in der Meinung, die Gestalt sei der Onkel gewesen, der ihn habe necken wollen, fängt er an, sich laut zu beklagen und sich dergleichen Scherze scheltend zu verbitten. Der Onkel, ein alter Invalide, wacht über den Lärm ebenfalls auf, fragt ziemlich barsch nach der Ursache, und da Joseph ihn zur Rede stellt, warum er ihn necke und nicht schlafen lasse, ergrimmt der alte Soldat, und nach einigen Beteurungen und Flüchen, dass er von nichts wisse, die aber unserm Joseph nicht einleuchten wollen, steht er auf und, um seinen Gründen Gewicht zu geben, nimmt er den Stock und verprügelt den ungläubigen Herrn Neffen. Joseph schreit fürchterlich, alle seine Geschwister werden wach und schreien mit, die Eltern eilen voll Angst herbei, sie besorgen Feuer oder Mord, beruhigen sich aber bald, da sie sehen, dass nur der dumme Joseph etwas geprügelt wird. Sie fragen nach dem Anlass des Tumults. Joseph erzählt schluchzend seine Geschichte. Der Onkel flucht laut über den Lügner. Den Eltern ist der Fall zu spitzig; zum Untersuchen ist nicht Zeit, und da Joseph von seiner Behauptung nicht abgeht, so vereinigen sie sich der Kürze halber mit dem Onkel, prügeln gemeinschaftlich den Ärmsten und schicken ihn zu Bett. In der folgenden Nacht geht derselbe Spaß von neuem an, Joseph wird wieder geweckt, sieht eine Gestalt, hält sie wieder für den Onkel, und da er diesmal seiner Sache noch gewisser zu sein glaubt, als das erste Mal, beklagt er sich noch ungestümer. Der alte Onkel erwacht, prügelt, die Eltern kommen herbei, prügeln auch, und Joseph flüchtet sich, ein gutes Teil mürber als die vergangene Nacht, in sein Bett. In der dritten Nacht dieselbe Erscheinung, aber nicht dieselben Prügel. In Kopfe des dummen Josephs entwickelt sich allmählich die Idee vom ewigen Unrecht des Schwächern, er schweigt demnach und versucht, mit einem äußerst verdrießlichen Gesicht, sobald wie möglich wieder einzuschlafen, was ihm denn auch gelingt. Tags darauf kommt Joseph abends vom Feld nach Hause und erzählt der Mutter, wie um die Mittagsstunde ein fremder Herr zu ihm gekommen sei, in einem weißen Mantel und mit sehr bleichem Angesicht, wie dieser, als er sich anfangs vor ihm gefürchtet und davonlaufen wollte, ihm freundlich zugeredet habe, er solle sich nicht fürchten, er meine es gut mit ihm und wolle ihn belohnen, wenn er hübsch folgsam wäre. Als er sich hierauf beruhigt, habe der fremde Herr mit tiefbetrübter Miene gesagt, dass er schon sehr lange, lange auf ihn gewartet habe, dass er ihm die drei vergangenen Nächte erschienen sei und jetzt komme, um von ihm einen Dienst zu begehren, dessen Gewährleistung er nicht zu bereuen Ursach haben würde. Morgen nämlich bei Sonnenaufgang solle er, mit einem Spaten versehen, aufs Feld hinausgehn und an einem Orte, den er ihm zeigen würde, nachgraben. Er werde dort Menschenknochen finden, an denen fünf eiserne Ringe befestigt wären; dies wären seine Gebeine, über die sein Geist nun schon seit 500 Jahren ohne Ruhe und ohne Rast herumirre. Habe er die Gebeine gefunden und herausgenommen, so solle er noch tiefer graben, wo er sodann auf fünf verschlossene irdene Truhen stoßen werde; was damit zu tun, würde er ihm später entdecken. Nachdem er ihm dies alles gesagt, sei der Herr plötzlich weggekommen, er wisse nicht wohin.

Die Mutter hatte mit offenem Munde zugehört und voller Verwunderung ihren Joseph betrachtet, welcher, da er sonst in dummer Unbehilflichkeit kaum ein halbes Dutzend Worte aneinanderzureihen wusste, jetzt mit fließender Rede, im reinsten Böhmisch seine Geschichte vortrug. So unheimlich ihr auch bei der Erzählung zumute sein mochte, so witterte sie doch als eine kluge Frau in den verheißenen Truhen so etwas wie einen Schatz, und um des Schatzes willen beschloss sie, mit ihrem Joseph gemeinschaftlich das Abenteuer zu bestehn.

Am nächsten Morgen in aller Früh machten Mutter und Sohn gehörig zum Graben gerüstet sich auf und gingen dem Feld zu, wo der Geist sich hatte sehn lassen. Kaum waren sie vor das Dorf gekommen, als Joseph sagte: »ei seht doch Mutter, da ist der Herr schon.« »Wo?« rief die Mutter erblassend und schlug ein Kreuz über ihren ganzen Leib. »Hier dicht vor uns«, antwortete Joseph, »er hat mir aber gesagt, er komme, uns zu führen.« Die Mutter sah nichts. Der Geist, nur dem auserwählten Joseph sichtbar, zog still vor ihnen her. Die Reise ging querfeldein, einer Heide zu, die an einem Feldwege hinlief. Dort steht Joseph still und sagt zur Mutter: »hier Mutter, hier sollen wir graben, spricht der Herr.« Die Mutter, den Angstschweiß auf der Stirn, setzt den Spaten an und gräbt hastig darauf los. Sie mochte ungefähr 2 Schuh tief gegraben haben, als sie auf Totengebeine stößt. Der Herr sehe dem Dinge sehr freundlich zu, versichert Joseph der Mutter, die für die Freundlichkeit des 5oo-jährigen Herrn wenig Sinn hat und geistliche Lieder und Aves und Beschwörungsformeln bunt durcheinander sich immer lauter in Gedanken zuschreit. Der Gebeine wurden immer mehr, sie waren mit einem gewöhnlichen Schimmel überzogen und zerfielen an der Luft zu Asche. Um beide Arm- und Beinröhren, dicht über den Hand- und Fußgelenken, lagen starke eiserne Bänder. Auf einmal ruft Joseph in die Mutter hinein: »Mutter, der Herr will, dass ihr dort mehr rechts grabet«, dort, wo er mit dem Degen hinzeigt, da liege sein Kopf, spricht er.« Die Mutter gehorcht und nach einigen Spatenstichen hebt sie einen Totenkopf heraus, dessen Stirn ein großer eiserner Ring umgibt. Nun war's mit der Mutter zu Ende; mit jedem Knochen, den sie herausgegraben, hatte die Angst und der innere Lärm sich gemehrt; halb in Verzweiflung hatte sie nach dem Schädel gesucht, sein Anblick gab ihr den Rest, sie warf den Spaten hin und floh laut schreiend dem Dorfe zu. Joseph begriff die Mutter nicht, ihm war nie so wohl in seiner Haut gewesen. Als er den fremden Herrn fragen wollte, was denn das bedeute, war dieser verschwunden. Kopfschüttelnd nahm Joseph seine fünf Ringe um den Spaten, spielte noch ein wenig mit der Knochenasche und ging dann jubelnd dem Dorfe zu. Die fünf Ringe wurden später bei Gericht deponiert, wo sie noch jetzt zu sehen sind.

Als die Kommission die Untersuchung dieser Geschichte beendet hatte, ohne die Sache selbst ins reine gebracht zu haben, entschloss sich eine hohe Amtsobrigkeit, durch die fünf Ringe ermuntert, den verheißenen fünf Truhen nachzuspüren; es ward von Amts wegen weiter nachgegraben. Im November 1809, als der Erzähler die Grube selbst gesehn, war man schon in eine beträchtliche Tiefe gelangt. Da die weitere Fortsetzung der Arbeit die Kräfte gewöhnlicher Tagelöhner überstieg, ließ man, um nicht den Vorwurf halber Maßregeln auf sich zu laden, endlich gar Bergleute kommen. Diese erweiterten den Bau und trieben Gänge rechts und links; nicht lange, so wollte man es haben hohl klingen hören, man grub und grub; umsonst, die Truhen zeigten sich nicht; man kam auf Schutt, die Hoffnung wuchs; der Schutt ward durchwühlt, er verlor sich, die Hoffnung sank. In der Verlegenheit, worin man sich befand, fiel es einem gescheiten Kopfe ein, dass Schätze ihre Capricen haben, die respektiert sein wollen, dass sie nicht jeder rohen Faust in die Hände laufen, sondern sich nur von sympathetischen Fingern berühren lassen, und tat daher den Vorschlag, den Joseph kommen zu lassen, um künftig bei der Arbeit gegenwärtig zu sein.

Da man schon im Dezember ziemlich weit vorgerückt war, packte man den armen Jungen warm ein, gab ihm einen kleinen Spaten in die Hand und hieß ihn, hin und her ein Schäufelchen Erde herauszuheben. Man versprach sich sehr viel von dieser List, doch es schien, als wäre es dem Geist mehr um seine Knochen als um die Truhen zu tun gewesen, denn auch die Gegenwart unseres Josephs verfing nicht. Der zunehmende Frost machte endlich dem Suchen ein Ende; im Frühjahr, beschloss man, sollte die Arbeit fortgesetzt werden, hat es jedoch unterlassen. Nebenbei hat der Geist gegen Joseph nicht ganz so undankbar gehandelt, als es auf den ersten Anblick scheinen möchte, denn, wenn er ihm auch den erhofften Schatz, den er ihm übrigens nie versprach, entrückte, hatte er doch wahrscheinlich dafür gesorgt, dass die Leute von nah und fern herbeiströmten, um den kleinen Geisterseher zu sehn und reichlich zu beschenken.

Fabeln

1. Die Hunde und der Vogel

Zwei ehrliche Hühnerhunde, die, in der Schule des Hungers zu Schlauköpfen gemacht, alles griffen, was sich auf der Erde blicken ließ, stießen auf einen Vogel.
Der Vogel, verlegen, weil er sich nicht in seinem Element befand, wich hüpfend
bald hier-, bald dorthin aus, und seine Gegner triumphierten schon; doch bald darauf, zu hitzig gedrängt, regte er die Flügel und schwang sich in die Luft: da standen
sie, wie Austern, die Helden der Triften, und klemmten den Schwanz ein und gaff-
ten ihm nach.

Witz, wenn du dich in die Luft erhebst: wie stehen die Weisen und blicken dir nach!

2. Die Fabel ohne Moral

Wenn ich dich nur hätte, sagte der Mensch zu einem Pferde, das mit Sattel und
Gebiss vor ihm stand und ihn nicht aufsitzen lassen wollte; wenn ich dich nur hätte,
wie du zuerst, das unerzogene Kind der Natur, aus den Wäldern kamst! Ich wollte
dich schon führen, leicht, wie ein Vogel, dahin, über Berg und Tal, wie es mich gut
dünkte; und dir und mir sollte dabei wohl sein. Aber da haben sie dich Künste ge-
lehrt, Künste, von welchen ich, nackt, wie ich vor dir stehe, nichts weiß; und ich
müsste zu dir in die Reitbahn hinein (wovor mich doch Gott bewahre), wenn wir
uns verständigen wollten.

Essays

Aufsatz, den sichern Weg des Glücks zu finden;
Entstanden um 1799, Erstdruck in: Sämtliche Werke, hg. v. Theophil
Zolling, Stuttgart 1885.

Über die allmähliche Verfertigung der Gedanken beim Reden;
Entstanden 1805/06, Erstdruck in: Nord und Süd (Berlin), Bd. 4, 1878

Gebet des Zoroaster;
Erstdruck in: Berliner Abendblätter (Berlin), 1. Jg., 1.10.1810

Betrachtungen über den Weltlauf;
Erstdruck in: Berliner Abendblätter (Berlin), 1. Jg., 9.10.1810

Von der Überlegung;
Erstdruck in: Berliner Abendblätter (Berlin), 1. Jg., 7.12.1810

Fragmente;
Erstdruck in: Berliner Abendblätter (Berlin), 1. Jg., 10.12.1810

Über das Marionettentheater;
Erstdruck in: Berliner Abendblätter (Berlin), 1. Jg., 12. - 15.12.1810

Miszellen;
Erstdruck in: Berliner Abendblätter (Berlin), 1. Jg., 31.12.1810

Ein Satz aus der höheren Kritik;
Erstdruck in: Berliner Abendblätter (Berlin), 2. Jg., 2.1.1811

Aufsatz, den sichern Weg des Glücks zu finden, und ungestört, auch unter den größten Drangsalen des Lebens, ihn zu genießen!

An Rühle

Wir sehen die Großen dieser Erde im Besitze der Güter dieser Welt. Sie leben in Herrlichkeit und Überfluss, die Schätze der Kunst und der Natur scheinen sich um sie und für sie zu versammeln, und darum nennt man sie Günstlinge des Glücks. Aber der Unmut trübt ihre Blicke, der Schmerz bleicht ihre Wangen, der Kummer spricht aus allen ihren Zügen.

Dagegen sehen wir einen armen Tagelöhner, der im Schweiße seines Angesichts sein Brot erwirbt; Mangel und Armut umgeben ihn, sein ganzes Leben scheint ein ewiges Sorgen und Schaffen und Darben. Aber die Zufriedenheit blickt aus seinen Augen, die Freude lächelt auf seinem Antlitz, Frohsinn und Vergessenheit umschweben die ganze Gestalt.

Was die Menschen also Glück und Unglück nennen, das sehn Sie wohl, mein Freund, ist es nicht immer, denn bei allen Begünstigungen des äußern Glückes haben wir Tränen in den Augen des erstern, und bei allen Vernachlässigungen desselben, ein Lächeln auf dem Antlitz des andern gesehen.

Wenn also die Regel des Glückes sich nur so unsicher auf äußere Dinge gründet, wo wird es sich denn sicher und unwandelbar gründen? Ich glaube da, mein Freund, wo es auch nur einzig genossen und entbehrt wird, im Innern.

Irgendwo in der Schöpfung muss es sich gründen, der Inbegriff aller Dinge muss die Ursachen und die Bestandteile des Glückes enthalten, mein Freund, denn die Gottheit wird die Sehnsucht nach Glück nicht täuschen, die sie selbst unauslöschlich in unsrer Seele erweckt hat, wird die Hoffnung nicht betrügen, durch welche sie unverkennbar auf ein für uns mögliches Glück hindeutet. Denn glücklich zu sein, das ist ja der erste aller unsrer Wünsche, der laut und lebendig aus jeder Ader und jedem Nerv unsers Wesens spricht, der uns durch den ganzen Lauf unsres Lebens begleitet, der schon dunkel in dem ersten kindischen Gedanken unsrer Seele lag und den wir endlich als Greise mit in die Gruft nehmen werden. Und wo, mein Freund, kann dieser Wunsch erfüllt werden, wo kann das Gluck besser sich gründen, als da, wo auch die Werkzeuge seines Genusses, unsre Sinne liegen, worauf die ganze Schöpfung sich bezieht, wo die Welt mit ihren unermesslichen Reizungen im kleinen sich wiederholt?

Da ist es ja auch allein nur unser Eigentum, es hangt von keinen äußeren Verhältnissen ab, kein Tyrann kann es uns rauben, kein Bösewicht kann es stören, wir tragen es mit in alle Weltteile umher.

Wenn das Glück nur allein von äußeren Umständen, wenn es also vom Zufall abhinge, mein Freund, und wenn Sie mir auch davon tausend Beispiele anführten; was mit der Güte und Weisheit Gottes streitet, kann nicht wahr sein. Der Gottheit liegen die Menschen alle gleich nahe am Herzen, nur der bei weiten kleinste Teil ist indes der vom Schicksal begünstigte, für den größten wären also die Genüsse des Glücks auf immer verloren. Nein, mein Freund, so ungerecht kann Gott nicht sein, es muss ein Glück geben, das sich von den äußeren Umständen trennen lässt, alle Menschen haben ja gleiche Ansprüche darauf, für alle muss es also in gleichem Grade möglich sein.

Lassen Sie uns also das Glück nicht an äußere Umstände knüpfen, wo es immer nur wandelbar sein würde, wie die Stütze, auf welcher es ruht; lassen Sie es uns lieber als Belohnung und Ermunterung an die Tugend knüpfen, dann erscheint es in schönerer Gestalt und auf sicherem Boden. Diese Vorstellung scheint Ihnen in einzelnen Fällen und unter gewissen Umständen wahr, mein Freund, sie ist es in allen, und es freut mich in voraus, dass ich Sie davon überzeugen werde.

Wenn ich Ihnen so das Glück als Belohnung der Tugend aufstelle, so erscheint zunächst freilich das erste als Zweck und das andere nur als Mittel. Dabei fühle ich, dass in diesem Sinne die Tugend auch nicht in ihrem höchsten und erhabensten Beruf erscheint, ohne darum angeben zu können, wie dieses Verhältnis zu ändern sei. Es ist möglich dass es das Eigentum einiger wenigen schönern Seelen ist, die Tugend allein um der Tugend selbst willen zu lieben und zu üben. Aber mein Herz sagt mir, dass die Erwartung und Hoffnung auf ein menschliches Glück und die Aussicht auf tugendhafte, wenn freilich nicht mehr ganz so reine Freuden, dennoch nicht strafbar und verbrecherisch sei. Wenn ein Eigennutz dabei zu Grunde liegt, so ist es der edelste, der sich denken lässt, denn es ist der Eigennutz der Tugend selbst.

Und dann, mein Freund, dienen und unterstützen sich doch diese beiden Gottheiten so wechselseitig, das Glück als Aufmunterung zur Tugend, die Tugend als Weg zum Glück, dass es dem Menschen wohl erlaubt sein kann, sie nebeneinander und ineinander zu denken. Es ist kein bessrer Ansporn zur Tugend möglich, als die Aussicht auf ein nahes Glück, und kein schönerer und edlerer Weg zum Glück denkbar, als der Weg der Tugend.

Aber, mein Freund, er ist nicht allein der schönste und edelste, – wir vergessen ja, was wir erweisen wollten, dass er der einzige ist. Scheuen Sie sich also um so weniger die Tugend dafür zu halten, was sie ist, für die Führerin der Menschen auf dem Weg zum Glück. Ja, mein Freund, die Tugend macht nur allein glücklich. Das, was die Toren Glück nennen, ist kein Glück, es betäubt ihnen nur die Sehnsucht nach wahrem Glück, es lehrt sie eigentlich nur, ihres Unglücks zu vergessen. Folgen Sie dem Reichen und Geehrten nur in sein Kämmerlein, wenn er Orden und Band an sein Bette hängt und sich einmal als Mensch erblickt. Folgen Sie ihm nur in die Einsamkeit; das ist der Prüfstein des Glückes. Da werden Sie Tränen über bleiche Wangen rollen sehen, da werden Sie Seufzer sich aus der bewegten Brust emporheben hören. Nein, nein, mein Freund, die Tugend, und einzig allein nur die Tugend ist die Mutter des Glücks, und der Beste ist der Glücklichste.

Sie hören mich so viel und so lebhaft von der Tugend sprechen, und doch weiß ich, dass Sie mit diesem Wort nur einen dunkeln Sinn verknüpfen. Lieber, es geht mir wie Ihnen, wenn ich so viel davon rede. Es erscheint mir nur wie ein Hohes, Erhabenes, Unnennbares, für das ich vergebens ein Wort suche, um es durch die Sprache, vergebens eine Gestalt, um es durch ein Bild auszudrücken. Und dennoch strebe ich ihm mit der innigsten Innigkeit entgegen, als stünde es klar und deutlich vor meiner Seele. Alles was ich davon weiß, ist, dass es die unvollkommenen Vorstellungen, deren ich jetzt nur fähig bin, gewiss auch enthalten wird; aber ich ahne noch mehr, noch etwas Höheres, noch etwas Erhabeneres, und das ist recht eigentlich, was ich nicht ausdrücken und formen kann.

Mich tröstet indes die Rückerinnerung dessen, um wie viel noch dunkler, noch verworrener, als jetzt, in früheren Zeiten der Begriff der Tugend in meiner Seele lag, und wie nach und nach, seitdem ich denke und an meiner Bildung arbeite, auch das Bild der Tugend für mich an Gestalt und Bildung gewonnen hat; daher hoffe und glaube ich, dass so wie es sich in meiner Seele nach und nach mehr aufklärt, auch dieses Bild sich in immer deutlicheren Umrissen mir darstellen, und je mehr es an Wahrheit gewinnt, meine Kräfte stärken und meinen Willen begeistern wird.

Wenn ich Ihnen mit einigen Zügen die undeutliche Vorstellung bezeichnen soll, die mich als Ideal der Tugend im Bilde eines Weisen umschwebt, so würde ich nur die Eigenschaften, die ich hin und wieder bei einzelnen Menschen zerstreut finde und deren Anblick mich besonders rührt, z. B. Edelmut, Menschenliebe, Standhaftigkeit, Bescheidenheit, Genügsamkeit etc. zusammentragen können; aber, Lieber, ein Gemälde würde das immer nicht werden, ein Rätsel würde es Ihnen, wie mir, bleiben, dem immer das bedeutungsvolle Wort der Auflösung fehlt. Aber, es sei mit diesen wenigen Zügen genug, ich getraue mich, schon jetzt zu behaupten, dass wenn wir, bei der möglichst vollkommnen Ausbildung aller unserer geistigen Kräfte, auch diese benannten Eigenschaften einst fest in unser Innerstes gründen, ich sage, wenn wir bei der Bildung unsers Urteils, bei der Erhöhung unseres Scharfsinns durch Erfahrungen und Studien aller Art, mit der Zeit die Grundsätze des Edelmuts, der Gerechtigkeit, der Menschenliebe, der Standhaftigkeit, der Bescheidenheit, der Duldung, der Mäßigkeit, der Genügsamkeit usw. unerschütterlich und unauslöschlich in unseren Herzen verflochten, unter diesen Umständen behaupte ich, dass wir nie unglücklich sein werden.

Ich nenne nämlich Glück nur die vollen und überschwänglichen Genüsse, die – um es mit einem Zuge Ihnen darzustellen – in dem erfreulichen Anschaun der moralischen Schönheit unseres eigenen Wesens liegen. Diese Genüsse, die Zufriedenheit unser selbst, das Bewusstsein guter Handlungen, das Gefühl unsrer, durch alle Augenblicke unsers Lebens, vielleicht gegen tausend Anfechtungen und Verführungen, standhaft behaupteten Würde, sind fähig, unter allen äußern Umständen des Lebens, selbst unter den scheinbar traurigsten, ein sicheres tief gefühltes und unzerstörbares Glück zu gründen.

Ich weiß es, Sie halten, diese Art zu denken, für ein künstliches aber wohl glückliches Hilfsmittel, sich die trüben Wolken des Schicksals hinweg zu philosophieren, und mitten unter Sturm und Donner sich Sonnenschein zu erträumen. Das ist nun freilich doppelt übel, dass Sie so schlecht von dieser himmlischen Kraft der Seele denken, einmal, weil Sie unendlich viel dadurch entbehren, und zweitens, weil es schwer, ja unmöglich ist, Sie besser davon denken zu machen. Aber ich wünsche zu Ihrem Glücke und hoffe, dass die Zeit und Ihr Herz Ihnen die Empfindung dessen, ganz so wahr und innig schenken möge, wie sie mich im Augenblick jener Äußerung belebte.

Die höchste nützlichste Wirkung, die Sie dieser Denkungsart oder vielmehr (denn das ist sie eigentlich) Empfindungsweise, zuschreiben, ist, dass sie vielleicht dazu diene, den Menschen unter der Last niederdrückender Schicksale vor der Verzweiflung zu retten, und Sie glauben, dass wenn auch wirklich Vernunft und Herz einen Menschen dahin bringen könnte, dass er selbst unter äußerlich unvorteilhaften Umständen sich glücklich fühlte, er doch immer in äußerlich vorteilhaften Verhältnissen glücklicher sein müsste.

Dagegen, mein Freund, kann ich nichts anführen, weil es ein vergeblicher missverstandner Streit sein würde. Das Glück, wovon ich sprach, hängt von keinen äußeren Umständen ab, es begleitet den, der es besitzt, mit gleicher Stärke in alle Verhältnisse seines Lebens, und die Gelegenheit, es in Genüssen zu entwickeln, findet sich in Kerkern so gut, wie auf Thronen.

Ja, mein Freund, selbst in Ketten und Banden, in die Nacht des finstersten Kerkers gewiesen, – glauben und fühlen Sie nicht, dass es auch da überschwänglich entzückende Gefühle für den tugendhaften Weisen gibt? Ach, es liegt in der Tugend eine geheime göttliche Kraft, die den Menschen über sein Schicksal erhebt, in ihren Tränen reifen höhere Freuden, in ihrem Kummer selbst liegt ein neues Glück. Sie ist der Sonne gleich, die nie so göttlich schön den Horizont mit Flammenröte malt, als wenn die Nächte des Ungewitters sie umlagern.

Ach, mein Freund, ich suche und spähe umher nach Worten und Bildern, um Sie von dieser herrlichen beglückenden Wahrheit zu überzeugen. Lassen Sie uns bei dem Bilde des unschuldig Gefesselten verweilen, – oder besser noch, blicken Sie einmal zweitausend Jahre in die Vergangenheit zurück, auf jenen besten und edelsten der Menschen, der den Tod am Kreuz für die Menschheit starb, auf Christus. Er schlummerte unter seinen Mördern, er reichte seine Hände freiwillig zum Binden dar, die teuern Hände, deren Geschäft nur Wohltun war, er fühlte sich ja doch frei, mehr als die Unmenschen, die ihn fesselten, seine Seele war so voll des Trostes, dass er dessen noch seinen Freunden mitteilen konnte, er vergab sterbend seinen Feinden, er lächelte liebreich seine Henker an, er sah dem furchtbar schrecklichen Tode ruhig und freudig entgegen, – ach die Unschuld wandelt ja heiter über sinkende Welten. In seiner Brust muss ein ganzer Himmel von Empfindungen gewohnet haben, denn »Unrecht leiden schmeichelt großen Seelen«.

Ich bin nun erschöpft, mein Freund, und was ich auch sagen könnte, würde matt und kraftlos neben diesem Bilde stehen. Daher will ich nun, mein lieber Freund, glauben, Sie überzeugt zu haben, dass die Tugend den Tugendhaften selbst im Unglück glücklich macht; und wenn ich über diesen Gegenstand noch etwas sagen soll, so wollen wir einmal jenes äußere Glück mit der Fackel der Wahrheit beleuchten, für dessen Reibungen Sie einen so lebhaften Sinn zu haben scheinen.

Nach dem Bilde des wahren innern Glückes zu urteilen, dessen Anblick uns soeben so lebhaft entzückt hat: verdienen nun wohl Reichtum, Güter, Würden und all die zerbrechlichen Geschenke des Zufalls den Namen Glück? So arm an Nuancen ist doch unsre deutsche Sprache nicht, vielmehr finde ich leicht ein paar Wörter, die das, was diese Güter bewirken, sehr passend und richtig ausdrücken: Vergnügen und Wohlbehagen. Um diese sehr angenehmen Genüsse sind Fortunens Günstlinge freilich reicher als ihre Stiefkinder, obgleich ihre vorzüglichsten Bestandteile in der Neuheit und Abwechselung liegen, und daher der Arme und Verlassene auch nicht ganz davon ausgeschlossen ist.

Ja ich bin sogar geneigt zu glauben, dass in dieser Rücksicht für ihn ein Vorteil über den Reichen und Geehrten möglich ist, indem dieser bei der zu häufigen Abwechselung leicht den Sinn zu genießen abstumpft oder wohl gar mit der Abwechslung endlich ans Ende kommt und dann auf Leere und Lücken stößt, indes der andere mit mäßigen Genüssen haushält, selten, aber desto inniger den Reiz der Neuheit schmeckt, und mit seinen Abwechslungen nie ans Ende kommt, weil selbst in ihnen eine gewisse Einförmigkeit liegt.

Aber es sei, die Großen dieser Erde mögen den Vorzug vor den Geringen haben, zu schwelgen und zu prassen, alle Güter der Welt mögen sich ihren nach Vergnügen lechzenden Sinnen darbieten, und sie mögen ihrer vorzugsweise genießen; nur, mein Freund, das Vorrecht glücklich zu sein, wollen wir ihnen nicht einräumen, mit Gold sollen sie den Kummer, wenn sie ihn verdienen, nicht aufwiegen können. Da waltet ein großes unerbittliches Gesetz über die ganze Menschheit, dem der Fürst wie der Bettler unterworfen ist. Der Tugend folgt die Belohnung, dem Laster die Strafe. Kein Gold besticht ein empörtes Gewissen, und wenn der lasterhafte Fürst auch alle Blicke und Mienen und Reden besticht, wenn er auch alle Künste des Leichtsinns herbeiruft, wie Medea alle Wohlgerüche Arabiens, um den hässlichen Mordgeruch von ihren Händen zu vertreiben – und wenn er auch Mahoms Paradies um sich versammelte, um sich zu zerstreuen oder zu betäuben – umsonst! Ihn quält und ängstigt sein Gewissen, wie den Geringsten seiner Untertanen.

Gegen dieses größte der Übel wollen wir uns schützen, mein Freund, dadurch schützen wir uns zugleich vor allen übrigen, und wenn wir bei der Sinnlichkeit unsrer Jugend uns nicht versagen können, neben den Genüssen des ersten und höchsten innern Glücks, uns auch die Genüsse des äußern zu wünschen, so lassen Sie uns wenigstens so bescheiden und genügsam in diesen Wünschen sein, wie es Schülern für die Weisheit ansteht.

Und nun, mein Freund, will ich Ihnen eine Lehre geben, von deren Wahrheit mein Geist zwar überzeugt ist, obgleich mein Herz ihr unaufhörlich widerspricht. Diese Lehre ist: von den Wegen, die zwischen dem höchsten äußern Glück und Unglück liegen, grade nur auf der Mittelstraße zu wandern, und unsre Wünsche nie auf die schwindlichen Höhen zu richten. Sosehr ich jetzt noch die Mittelstraßen aller Art hasse, weil ein natürlich heftiger Trieb im Innern mich verführt, so ahne ich dennoch, dass Zeit und Erfahrung mich einst davon überzeugen werden, dass sie dennoch die besten seien. Eine besonders wichtige Ursache uns nur ein mäßiges äußeres Glück zu wünschen, ist, dass dieses sich wirklich am häufigsten in der Welt findet, und wir daher am wenigsten fürchten dürfen, getäuscht zu werden.

Wie wenig beglückend der Standpunkt auf großen außerordentlichen Höhen ist, habe ich recht innig auf dem Brocken empfunden. Lächeln Sie nicht, mein Freund, es waltet ein gleiches Gesetz über die moralische wie über die physische Welt. Die Temperatur auf der Höhe des Thrones ist so rau, so empfindlich und der Natur des Menschen so wenig angemessen, wie der Gipfel des Blocksbergs, und die Aussicht von dem einen so wenig beglückend wie von dem andern, weil der Standpunkt auf beidem zu hoch, und das Schöne und Reizende um beides zu tief liegt.

Mit weit größerem Vergnügen gedenke ich dagegen der Aussicht auf der mittleren und mäßigen Höhe des Regensteins, wo kein trüber Schleier die Landschaft verdeckte, und der schöne Teppich im ganzen, wie das unendlich Mannigfaltige desselben im einzelnen klar vor meinen Augen lag. Die Luft war mäßig, nicht warm und nicht kalt, grade so wie sie nötig ist, um frei und leicht zu atmen. Ich werde Ihnen doch die bildliche Vorstellung Homers aufschreiben, die er sich von Glück und Unglück machte, obgleich ich Ihnen schon einmal davon erzählt habe.

Im Vorhof des Olymp, erzählt er, stünden zwei große Behältnisse, das eine mit Genuss, das andere mit Entbehrung gefüllt. Wem die Götter, so spricht Homer, aus beiden Fässern mit gleichem Maße messen, der ist der Glücklichste; wem sie ungleich messen, der ist unglücklich, doch am unglücklichsten der, dem sie nur allein aus einem Fasse zumessen.

Also entbehren und genießen, das wäre die Regel des äußeren Glücks, und der Weg, gleich weit entfernt von Reichtum und Armut, von Überfluss und Mangel, von Schimmer und Dunkelheit, die beglückende Mittelstraße, die wir wandern wollen.

Jetzt freilich wanken wir noch auf regellosen Bahnen umher, aber, mein Freund, das ist uns als Jünglinge zu verzeihen. Die innere Gärung ineinander wirkender Kräfte, die uns in diesem Alter erfüllt, lässt keine Ruhe im Denken und Handeln zu. Wir kennen die Beschwörungsformel noch nicht, die Zeit allein führt sie mit sich, um die wunderbar ungleichartigen Gestalten, die in unserm Innern wühlen und durcheinander treiben, zu besänftigen und zu beruhigen. Und alle Jünglinge, die wir um und neben uns sehen, teilen ja mit uns dieses Schicksal. Alle ihre Schritte und Bewegungen scheinen nur die Wirkung eines unfühlbaren aber gewaltigen Stoßes zu sein, der sie unwiderstehlich mit sich fortreißt. Sie erscheinen mir wie Kometen, die in regellosen Kreisen das Weltall durchschweifen, bis sie endlich eine Bahn und ein Gesetz der Bewegung finden.

Bis dahin, mein Freund, wollen wir uns also aufs Warten und Hoffen verlegen und uns nur wenigstens das zu erhalten streben, was schon jetzt in unsrer Seele Gutes und Schönes liegt. Besonders und aus mehr als dieser Rücksicht wird es gut für uns, und besonders für Sie sein, wenn wir die Hoffnung zu unsrer Göttin wählen, weil es scheint, als ob uns der Genuss flieht.

Denn eine von beiden Göttinnen, Lieber, lächelt dem Menschen doch immer zu, dem Frohen der Genuss, dem Traurigen die Hoffnung. Auch scheint es, als ob die Summe der glücklichen und der unglücklichen Zufälle im ganzen für jeden Menschen gleich bleibe; wer denkt bei dieser Betrachtung nicht an jenen Tyrann von Syrakus, Polykrates, den das Glück bei allen seinen Bewegungen begleitete, den nie ein Wunsch, nie eine Hoffnung betrog, dem der Zufall sogar den Ring wiedergab, den er, um dem Unglück ein freiwilliges Opfer zu bringen, ins Meer geworfen hatte. So hatte die Schale seines Glücks sich tief gesenkt; aber das Schicksal setzte es dafür auch mit einem Schlag wieder ins Gleichgewicht und ließ ihn am Galgen sterben. – Oft verprasst indes ein Jüngling in ein paar Jugendjahren den Glücksvorrat seines ganzen Lebens und darbt dann im Alter; und da Ihre Jugendjahre, mehr noch als die meinigen, so freudenleer verflossen sind, ob Sie gleich eine tief gefühlte Sehnsucht nach Freude in sich tragen, so nähren und stärken Sie die Hoffnung auf schönere Zeiten, denn ich getraue mich, mit einiger, ja, mit großer Gewissheit Ihnen eine frohe und freudenreiche Zukunft vorauszusagen. Denken Sie nur, mein Freund, an unsre schönen und herrlichen Pläne, an unsere Reisen. Welch großen Genuss bieten sie uns dar, selbst den reichsten in den scheinbar ungünstigsten Zufällen, wenigstens doch nach ihnen, durch die Erinnerung. Oder blicken Sie über die Vollendung unsrer Reisen hin, und sehen Sie sich an, den an Kenntnissen bereicherten, an Herz und Geist durch Erfahrung und Tätigkeit gebildeten Mann. Denn Bildung muss der Zweck unsrer Reise sein, und wir müssen ihn erreichen, oder der Entwurf ist so unsinnig, wie die Ausführung ungeschickt.

Dann, mein Freund, wird die Erde unser Vaterland, und alle Menschen werden unsere Landsleute sein. Wir werden uns stellen und wenden können, wohin wir wollen, und immer glücklich sein. Ja, wir werden unser Glück zum Teil in der Gründung des Glücks anderer finden und andere bilden, wie wir bisher selbst gebildet worden sind.

Wie viele Freuden gewährt nicht schon allein die wahre und richtige Wertschätzung der Dinge. Wie oft gründet das Unglück eines Menschen bloß darin, dass er den Dingen unmögliche Wirkungen zuschrieb oder aus Verhältnissen falsche Resultate zog und sich darinnen in seinen Erwartungen betrog. Wir werden uns seltner irren, mein Freund, wir durchschauen dann die Geheimnisse der physischen wie der moralischen Welt, bis dahin, versteht sich, wo der ewige Schleier über sie waltet, und was wir bei dem Scharfblick unsres Geistes von der Natur erwarten, das leistet sie gewiss. Ja, es ist im richtigen Sinne sogar möglich, das Schicksal selbst zu leiten, und wenn uns dann auch das große allgewaltige Rad einmal mit sich fortreißt, so verlieren wir doch nie das Gefühl unsrer selbst, nie das Bewusstsein unseres Wertes.

Selbst auf diesem Weg kann der Weise, wie jener Dichter sagt, Honig aus jeder Blume saugen. Er kennt den großen Kreislauf der Dinge und freut sich daher der Vernichtung wie des Segens, weil er weiß, dass in ihnen wieder der Keim zu neuen und schöneren Bildungen liegt.

Und nun, mein Freund, noch ein paar Worte über ein Übel, welches ich mit Missvergnügen als Keim in Ihrer Seele zu entdecken glaube. Ohne, wie es scheint, begründete, vielleicht Ihnen selbst unerklärbare Ursachen, ohne besonders üble Erfahrungen, ja vielleicht selbst ohne die Bekanntschaft eines einzigen durchaus bösen Menschen, scheint es, als ob Sie die Menschen hassen und scheuen.

Lieber, in Ihrem Alter ist das besonders übel, weil es die Verknüpfung mit Menschen und die Unterstützung derselben noch so sehr nötig macht. Ich glaube nicht, mein Freund, dass diese Empfindung als Grundzug in Ihrer Seele liegt, weil sie die Hoffnung zu Ihrer vollkommenen Ausbildung, zu welcher Ihre übrigen Anlagen doch berechtigen, zerstören und Ihren Charakter unfehlbar entstellen würde. Daher glaube ich eher und lieber, worauf auch besonders Ihre Äußerungen hinzudeuten scheinen, dass es eine von jenen fremdartigen Empfindungen ist, die eigentlich keiner menschlichen Seele und besonders der Ihrigen nicht, eigentümlich sein sollte, und die Sie, von irgendeinem Geiste der Sonderbarkeit und des Widerspruchs getrieben, und von einem an Ihnen unverkennbaren Trieb der Auszeichnung verführt, nur durch Kunst und Bemühung in Ihrer Seele verpflanzt haben.

Verpflanzungen, mein Freund, sind schon im allgemeinen Sinne nicht gut, weil sie immer die Schönheit des Einzelnen und die Ordnung des Ganzen stören. Südfrüchte in Nordländern zu verpflanzen, – das mag noch hingehen, der unfruchtbare Himmelsstrich mag die unglücklichen Bewohner und ihren Eingriff in die Ordnung der Dinge rechtfertigen; aber die kraft- und saftlosen verkrüppelten Erzeugnisse des Nordens in den üppigsten südlichen Himmelsstrich zu verpflanzen, – Lieber, es drängt sich nur gleich die Frage auf, wozu? Also der mögliche Nutzen kann es nur rechtfertigen.

Was ich aber auch denke und sinne, mein Freund, nicht ein einziger Nutzen tritt vor meine Seele, wohl aber Heere von Übeln.

Ich weiß es, und Sie haben es mir ja oft mitgeteilt, Sie fühlen in sich einen lebhaften Tätigkeitstrieb, Sie wünschen, einst viel und im großen zu wirken. Das ist schön, mein Freund, und Ihres Geistes würdig, auch Ihr Wirkungskreis wird sich finden, und die relativen Begriffe von groß und klein wird die Zeit feststellen.

Aber ich stoße hier gleich auf einen gewaltigen Widerspruch, den ich nicht anders zu Ihrer Ehre auflösen kann, als wenn ich die Empfindung des Menschenhasses geradezu aus Ihrer Seele wegstreiche. Denn wenn Sie wirken und schaffen wollen, wenn Sie Ihre Existenz für die Existenz anderer aufopfern und so Ihr Dasein gleichsam vertausendfachen wollen, Lieber, wenn Sie nur für andre sammeln, wenn Sie Kräfte, Zeit und Leben, nur für andere aufopfern wollen, – wem können Sie wohl dieses kostbare Opfer bringen, als dem, was Ihrem Herzen am teuersten ist und am nächsten liegt?

Ja, mein Freund, Tätigkeit verlangt ein Opfer, ein Opfer verlangt Liebe, und so muss sich die Tätigkeit auf wahre innige Menschenliebe gründen, sie müsste denn eigennützig sein und nur für sich selbst schaffen wollen.

Ich möchte hier schließen, mein Freund, denn das, was ich Ihnen zur Bekämpfung des Menschenhasses, wenn Sie wirklich so unglücklich wären, ihn in Ihrer Brust zu verschließen, sagen könnte, wird mir durch die Vorstellung dieser hässlichen abscheulichen Empfindung, so widrig, dass es mein ganzes Wesen empört. Menschenhass! Ein Hass auf ein ganzes Menschengeschlecht! O Gott! Ist es möglich, dass ein Menschenherz weit genug für so viel Hass ist!

Und gibt es denn nichts Liebenswürdiges unter den Menschen mehr? Und gibt es keine Tugenden mehr unter ihnen, keine Gerechtigkeit, keine Wohltätigkeit, keine Bescheidenheit im Glück, keine Größe und Standhaftigkeit im Unglück? Gibt es denn keine redlichen Väter, keine zärtlichen Mütter, keine frommen Töchter mehr? Rührt Sie denn der Anblick eines frommen Dulders, eines geheimen Wohltäters nicht? Nicht der Anblick einer schönen leidenden Unschuld? Nicht der Anblick einer triumphierenden Unschuld? Ach, und wenn sich auch im ganzen Umkreis der Erde nur ein einziger Tugendhafter fände, dieser einzige wiegt ja eine ganze Hölle von Bösewichtern auf, um dieses einzigen willen – kann man ja die ganze Menschheit nicht hassen. Nein, lieber Freund, es stellt sich in unsrer gemeinen Lebensweise nur die Außenseite der Dinge dar, nur starke und heftige Wirkungen fesseln unsern Blick, die mäßigen entschlüpfen ihm in dem Tumult der Dinge. Wie mancher Vater darbt und sorgt für den Wohlstand seiner Kinder, wie manche Tochter betet und arbeitet für die armen und kranken Eltern, wie manches Opfer erzeugt und vollendet sich im Stillen, wie manche wohltätige Hand waltet im Dunkeln. Aber das Gute und Edle gibt nur sanfte Eindrücke, und doch liebt der Mensch die heftigen, er gefällt sich in der Bewunderung und Entzückung, und das Große und Ungeheure ist es eben, worin die Menschen nicht stark sind. Und wenn es doch nur gerade das Große und Ungeheure ist, nach dessen Eindrücken Sie sich am meisten sehnen, nun, mein Freund, auch für diese Genüsse lässt sich sorgen, auch dazu findet sich Stoff in dem Umkreis der Dinge. Ich rate Ihnen daher nochmals die Geschichte an, nicht als Studium, sondern als Lektüre. Vielleicht ist die große Überschwemmung von Romanen, die, nach Ihrer eigenen Mitteilung, auch Ihre Phantasie einst unter Wasser gesetzt hat (verzeihn Sie mir diesen unedlen Ausdruck), aber vielleicht ist diese zu häufige Lektüre an der Empfindung des Menschenhasses schuld, die so ungleichartig und fremd neben Ihren andern Empfindungen steht. Ein gutes leichtsinniges Herz hebt sich so gern in diese erdichteten Welten empor, der Anblick so vollkommener Ideale entzückt es, und fliegt dann einmal ein Blick über das Buch hinweg, so verschwindet die Zauberin, die magere Wirklichkeit umgibt es, und statt seiner Ideale grinset ihn ein Alltagsgesicht an. Wir beschäftigen uns dann mit Plänen zur Realisierung dieser Träumereien, und oft um so inniger, je weniger wir durch Handel und Wandel selbst dazu beitragen, wir finden dann die Menschen zu ungeschickt für unsern Sinn, und so erzeugt sich die erste Empfindung der Gleichgültigkeit und Verachtung gegen sie.

Aber wie ganz anders ist es mit der Geschichte, mein Freund! Sie ist die getreue Darstellung dessen, was sich zu allen Zeiten unter den Menschen zugetragen hat. Da hat keiner etwas hinzugesetzt, keiner etwas weggelassen, es finden sich keine phantastische Ideale, keine Dichtung, nichts als wahre trockene Geschichte. Und dennoch, mein Freund, finden sich darin schöne herrliche Charaktergemälde großer erhabner Menschen, Menschen wie Sokrates und Christus, deren ganzer Lebenslauf Tugend war, Taten, wie des Leonidas, des Regulus, und alle die unzähligen griechischen und römischen, die alles, was die Phantasie möglicherweise nur erdichten kann, erreichen und übertreffen. Und da, mein Freund, können wir wahrhaft sehen, auf welche Höhe der Mensch sich stellen, wie nah er an die Gottheit treten kann! Das darf und soll Sie mit Bewunderung und Entzücken erfüllen, aber, mein Freund, es soll Sie aber auch mit Liebe für das Geschlecht erfüllen, dessen Stolz sie waren, mit Liebe zu der großen Gattung, zu der sie gehören, und deren Wert sie durch ihre Erscheinung so unendlich erhöht und veredelt haben.

Vielleicht sehen Sie sich in diesem Augenblick um unter den Völkern der Erde und suchen und vermissen einen Sokrates, Christus, Leonidas, Regulus et cetera. Irren Sie sich nicht, mein Freund! Alle diese Männer waren große, seltene Menschen, aber dass wir das wissen, dass sie so berühmt geworden sind, haben sie dem Zufall zu danken, der ihre Verhältnisse so glücklich stellte, dass die Schönheit ihres Wesens wie eine Sonne daraus hervorstieg.

Ohne den Melitus und ohne den Herodes wären Sokrates und Christus uns vielleicht unbekannt geblieben und doch nicht minder groß und erhaben gewesen sein. Wenn sich Ihnen also in diesem Zeitpunkt kein so bewunderungswürdiges Wesen ankündigt, – mein Freund, ich wünsche nur, dass Sie nicht etwa denken mögen, die Menschen seien von ihrer Höhe herabgesunken, vielmehr es scheint ein Gesetz über die Menschheit zu walten, dass sie sich im allgemeinen zu allen Zeiten gleichbleibt, wie oft auch immer die Völker in Gestalt und Form wechseln mögen.

Aus allen diesen Gründen, mein teurer Freund, verscheuchen Sie, wenn er wirklich in Ihrem Busen wohnt, den hässlich unglückseligen und, wie ich Sie überzeugt habe, selbst unbegründeten Hass auf Menschen. Liebe und Wohlwollen müssen nur den Platz darin einnehmen. Ach, es ist ja so öde und traurig zu hassen und zu fürchten, und es ist so süß und so freudig zu lieben und zu trauen. Ja, wahrlich, mein Freund, es ist ohne Menschenliebe gewiss kein Glück möglich, und ein so liebloses Wesen wie ein Menschenfeind ist auch keines wahren Glückes wert.

Und dann noch eines, Lieber, ist denn auch ohne Menschenliebe jene Bildung möglich, der wir mit allen unsern Kräften entgegenstreben? Alle Tugenden beziehn sich ja auf die Menschen, und sie sind nur Tugenden insofern sie ihnen nützlich sind. Großmut, Bescheidenheit, Wohltätigkeit, bei allen diesen Tugenden fragt es sich, gegen wen? und für wen? und wozu? Und immer drängt sich die Antwort auf, für die Menschen und zu ihrem Nutzen.

Besonders dienlich wird unsere entworfene Reise sein, um Ihnen die Menschen gewiss von einer recht liebenswürdigen Seite zu zeigen. Tausend wohltätige Einflüsse erwarte und erhoffe ich von ihr, aber besonders nur für Sie den eben benannten. Die Art unserer Reise verschafft uns ein glückliches Verhältnis mit den Menschen. Sie erfüllen nur nicht gern, was man laut von ihnen verlangt, aber leisten desto lieber, was man schweigend von ihnen erhofft.

Schon auf unsrer kleinen Harzwanderung haben wir häufig diese frohe Erfahrung gemacht. Wie oft, wenn wir ermüdet und erschöpft von der Reise in ein Haus traten und den Nächsten um einen Trunk Wasser baten, wie oft reichten die ehrlichen Leute uns Bier oder Milch und weigerten sich Bezahlung anzunehmen. Oder sie ließen freiwillig Arbeit und Geschäft im Stich, um uns Verirrte oft auf entfernte rechte Wege zu führen. Solche stillen Wünsche werden oft empfunden und ohne Geräusch und Anspruch erfüllt und mit Händedrücken bezahlt, weil die geselligen Tugenden gerade diejenigen sind, deren jeder in Zeiten der Not bedarf. Aber freilich, große Opfer darf und soll man auch nicht verlangen.

Über die allmähliche Verfertigung
der Gedanken beim Reden

An R[ühle] v. L[ilienstern]

Wenn du etwas wissen willst und es durch Meditation nicht finden kannst, so rate ich dir, mein lieber, sinnreicher Freund, mit dem nächsten Bekannten, der dir aufstößt, darüber zu sprechen. Es braucht nicht eben ein scharfdenkender Kopf zu sein, auch meine ich es nicht so, als ob du ihn darum befragen solltest: nein! Vielmehr sollst du es ihm selber allererst erzählen. Ich sehe dich zwar große Augen machen und mir antworten, man habe dir in frühern Jahren den Rat gegeben, von nichts zu sprechen, als nur von Dingen, die du bereits verstehst. Damals aber sprachst du wahrscheinlich mit dem Vorwitz, *andere*, ich will, dass du aus der verständigen Absicht sprechest, *dich* zu belehren, und so könnten, für verschiedene Fälle verschieden, beide Klugheitsregeln vielleicht gut nebeneinander bestehen. Der Franzose sagt, l'appétit vient en mangeant, und dieser Erfahrungssatz bleibt wahr, wenn man ihn parodiert und sagt, l'idée vient en parlant. Oft sitze ich an meinem Geschäftstisch über den Akten und erforsche, in einer verwickelten Streitsache, den Gesichtspunkt, aus welchem sie wohl zu beurteilen sein möchte. Ich pflege dann gewöhnlich ins Licht zu sehen, als in den hellsten Punkt, bei dem Bestreben, in welchem mein innerstes Wesen begriffen ist, sich aufzuklären. Oder ich suche, wenn mir eine algebraische Aufgabe vorkommt, den ersten Ansatz, die Gleichung, die die gegebenen Verhältnisse ausdrückt und aus welcher sich die Auflösung nachher durch Rechnung leicht ergibt. Und siehe da, wenn ich mit meiner Schwester davon rede, welche hinter mir sitzt und arbeitet, so erfahre ich, was ich durch ein vielleicht stundenlanges Brüten nicht herausgebracht haben würde. Nicht, als ob sie es mir, im eigentlichen Sinne *sagte*, denn sie kennt weder das Gesetzbuch, noch hat sie den Euler, oder den Kästner studiert. Auch nicht, als ob sie mich durch geschickte Fragen auf den Punkt hinführte, auf welchen es ankommt, wenn schon dies letzte häufig der Fall sein mag. Aber weil ich doch irgendeine dunkle Vorstellung habe, die mit dem, was ich suche, von fern her in einiger Verbindung steht, so prägt, wenn ich nur dreist damit den Anfang mache, das Gemüt, während die Rede fortschreitet, in der Notwendigkeit, dem Anfang nun auch ein Ende zu finden, jene verworrene Vorstellung zur völligen Deutlichkeit aus, dergestalt, dass die Erkenntnis, zu meinem Erstaunen, mit der Periode fertig ist. Ich mische unartikulierte Töne ein, ziehe die Verbindungswörter in die Länge, gebrauche auch wohl eine Apposition, wo sie nicht nötig wäre, und bediene mich anderer, die Rede ausdehnender, Kunstgriffe, zur Fabrikation meiner Idee auf der Werkstätte der Vernunft, die gehörige Zeit zu gewinnen. Dabei ist mir nichts heilsamer, als eine Bewegung meiner Schwester, als ob sie mich unterbrechen wollte; denn mein ohnehin schon angestrengtes Gemüt wird durch diesen Versuch von außen, ihm die Rede, in deren Besitz es sich befindet, zu entreißen, nur noch mehr erregt und in seiner Fähigkeit, wie ein großer General, wenn die Umstände drängen, noch um einen Grad höher gespannt. In diesem Sinne begreife ich, von welchem Nutzen Molière seine Magd sein konnte; denn wenn er derselben, wie er vorgibt, ein Urteil zutraute, das das seinige berichtigen konnte, so ist dies eine Bescheidenheit, an deren Dasein in seiner Brust ich nicht glaube. Es liegt ein sonderbarer Quell der Begeisterung für denjenigen, der spricht, in einem menschlichen Antlitz, das ihm gegenübersteht; und ein Blick, der uns einen halbausgedrückten Gedanken schon als begriffen ankündigt, schenkt uns oft den Ausdruck für die ganze andere Hälfte desselben. Ich glaube, dass mancher große Redner, in dem Augenblick, da er den Mund aufmachte, noch nicht wusste, was er sagen würde. Aber die Überzeugung, dass er die ihm nötige Gedankenfülle schon aus den Umständen und der daraus resultierenden Erregung seines Gemüts schöpfen würde, machte ihn dreist genug, den Anfang, auf gutes Glück hin, zu setzen. Mir fällt jener »Donnerkeil« des Mirabeau ein, mit welchem er den Zeremonienmeister abfertigte, der nach Aufhebung der letzten monarchischen Sitzung des Königs am 23. Juni, in welcher dieser den Ständen auseinanderzugehen befohlen hatte, in den Sitzungssaal, in welchem die Stände noch verweilten, zurückkehrte, und sie fragte, ob sie den Befehl des Königs vernommen hätten? »Ja«, antwortete Mirabeau, »wir haben des Königs Befehl vernommen« – ich bin gewiss, dass er bei diesem humanen Anfang, noch nicht an die Bajonette dachte, mit welchen er schloss: »ja, mein Herr«, wiederholte er, »wir haben ihn vernommen« – man sieht, dass er noch gar nicht recht weiß, was er will. »Doch was berechtigt Sie« – fuhr er fort, und nun plötzlich geht ihm ein Quell ungeheurer Vorstellungen auf – »uns hier Befehle anzudeuten? Wir sind die Repräsentanten der Nation.« – Das war es, was er brauchte! »Die Nation gibt Befehle und empfängt keine« – um sich gleich auf den Gipfel der Vermessenheit zu schwingen. »Und damit ich mich Ihnen ganz deutlich erkläre« – und erst jetzt findet er, was den ganzen Widerstand, zu welchem seine Seele gerüstet dasteht, ausdrückt: »so sagen Sie Ihrem König, dass wir unsere Plätze anders nicht, als auf die Gewalt der Bajonette verlassen werden.« – Worauf er sich, selbstzufrieden, auf einen Stuhl niedersetzte. – Wenn man an den Zeremonienmeister denkt, so kann man sich ihn bei diesem Auftritt nicht anders, als in einem völligen Geistesbankrott vorstellen; nach einem ähnlichen Gesetz, nach welchem in einem Körper, der von dem elektrischen Zustand Null ist, wenn er in eines elektrisierten Körpers Atmosphäre kommt, plötzlich die entgegengesetzte Elektrizität erweckt wird. Und wie in dem elektrisierten dadurch, nach einer Wechselwirkung, der ihm inwohnende Elektrizitätsgrad wieder verstärkt wird, so ging unseres Redners Mut, bei der Vernichtung seines Gegners, zur verwegensten Begeisterung über. Vielleicht, dass es auf diese Art zuletzt das Zucken einer Oberlippe war oder ein zweideutiges Spiel an der Manschette, was in Frankreich den Umsturz der Ordnung der Dinge bewirkte. Man liest, dass Mirabeau, sobald der Zeremonienmeister sich entfernt hatte, aufstand und vorschlug: 1) sich sogleich als Nationalversammlung, und 2) als unverletzlich, zu konstituieren. Denn dadurch, dass er sich, einer Kleistischen Flasche gleich, entladen hatte, war er nun wieder neutral geworden und gab, von der Verwegenheit zurückgekehrt, plötzlich der Furcht vor dem Chatelet und der Vorsicht Raum. – Dies ist eine merkwürdige Übereinstimmung zwischen den Erscheinungen der physischen und moralischen Welt, welche sich, wenn man sie verfolgen wollte, auch noch in den Nebenumständen bewähren würde. Doch ich verlasse mein Gleichnis und kehre zur Sache zurück. Auch Lafontaine gibt, in seiner Fabel: Les animaux malades de la peste, wo der Fuchs dem Löwen eine Apologie zu halten gezwungen ist, ohne zu wissen, wo er den Stoff dazu hernehmen soll, ein merkwürdiges Beispiel von einer allmählichen Verfertigung des Gedankens aus einem in der Not hingesetzten Anfang. Man kennt diese Fabel. Die Pest herrscht im Tierreich, der Löwe versammelt die Großen desselben und eröffnet ihnen, dass dem Himmel, wenn er besänftigt werden solle, ein Opfer fallen müsse. Viele Sünder seien im Volk, der Tod des größten müsse die übrigen vorm Untergang retten. Sie möchten ihm daher ihre Vergehen aufrichtig bekennen. Er, für seinen Teil, gestehe, dass er, im Drang des Hungers, manchem Schaf den Garaus gemacht; auch dem Hunde, wenn er ihm zu nahe gekommen; ja, es sei ihm in leckerhaften Augenblicken zugestoßen, dass er den Schäfer gefressen. Wenn niemand sich größerer Schwachheiten schuldig gemacht habe, so sei er bereit zu sterben. »Sire«, sagt der Fuchs, der das Ungewitter von sich ableiten will, »Sie sind zu großmütig. Ihr edler Eifer führt Sie zu weit. Was ist es, ein Schaf erwürgen? Oder einen Hund, diese nichtswürdige Bestie?« Und: »quant au berger«, fährt er fort, denn dies ist der Hauptpunkt: »on peut dire«, obschon er noch nicht weiß was? »qu'il méritoit tout mal«, auf gut Glück, und somit ist er verwickelt; »étant«, eine schlechte Phrase, die ihm aber Zeit verschafft: »de ces gens là«, und nun erst findet er den Gedanken, der ihn aus der Not reißt: »qui sur les animaux se font un chimérique empire.« – Und jetzt beweist er, dass der Esel, der blutdürstige! (der alle Kräuter auffrisst) das zweckmäßigste Opfer sei, worauf alle über ihn herfallen und ihn zerreißen. – Ein solches Reden ist ein wahrhaftes lautes Denken. Die Reihen der Vorstellungen und ihrer Bezeichnungen gehen nebeneinander fort, und die Gemütsakte, für eins und das andere, kongruieren. Die Sprache ist alsdann keine Fessel, etwa wie ein Hemmschuh am Rade des Geistes, sondern wie ein zweites, mit ihm parallel fortlaufendes, Rad an seiner Achse. Etwas ganz anderes ist es, wenn der Geist schon, vor aller Rede, mit dem Gedanken fertig ist. Denn dann muss er bei seiner bloßen Ausdrückung zurückbleiben, und dies Geschäft, weit entfernt ihn zu erregen, hat vielmehr keine andere Wirkung, als ihn von seiner Erregung abzuspannen. Wenn daher eine Vorstellung verworren ausgedrückt wird, so folgt daraus noch gar nicht, dass sie auch verworren gedacht worden sei, vielmehr könnte es leicht sein, dass die verworrenst ausgedrückten gerade am deutlichsten gedacht werden. Man sieht oft in einer Gesellschaft, wo durch ein lebhaftes Gespräch eine kontinuierliche Befruchtung der Gemüter mit Ideen im Werk ist, Leute, die sich, weil sie sich der Sprache nicht mächtig fühlen, sonst in der Regel zurückgezogen halten, plötzlich mit einer zuckenden Bewegung aufflammen, die Sprache an sich reißen und etwas Unverständliches zur Welt bringen. Ja, sie scheinen, wenn sie nun die Aufmerksamkeit aller auf sich gezogen haben, durch ein verlegnes Gebärdenspiel anzudeuten, dass sie selbst nicht mehr recht wissen, was sie haben sagen wollen. Es ist wahrscheinlich, dass diese Leute etwas recht Treffendes und sehr deutlich gedacht haben. Aber der plötzliche Geschäftswechsel, der Übergang ihres Geistes vom Denken zum Ausdrücken, schlug die ganze Erregung desselben, die zur Festhaltung des Gedankens notwendig, wie zum Hervorbringen erforderlich war, wieder nieder. In solchen Fällen ist es um so unerlässlicher, dass uns die Sprache mit Leichtigkeit zur Hand sei, um dasjenige, was wir gleichzeitig gedacht haben und doch nicht gleichzeitig von uns geben können, wenigstens so schnell, als möglich, aufeinander folgen zu lassen. Und überhaupt wird jeder, der, bei gleicher Deutlichkeit, geschwinder als sein Gegner spricht, einen Vorteil gegenüber ihm haben, weil er gleichsam mehr Truppen als er ins Feld führt. Wie notwendig eine gewisse Erregung des Gemüts ist, auch selbst nur, um Vorstellungen, die wir schon gehabt haben, wieder zu erzeugen, sieht man oft, wenn offene und unterrichtete Köpfe examiniert werden, und man ihnen ohne vorhergegangene Einleitung, Fragen vorlegt, wie diese: was ist der Staat? Oder: was ist das Eigentum? Oder dergleichen. Wenn diese jungen Leute sich in einer Gesellschaft befunden hätten, wo man sich über den Staat oder das Eigentum schon eine Zeitlang unterhalten hätte, so würden sie vielleicht mit Leichtigkeit durch Vergleichung, Absonderung und Zusammenfassung der Begriffe die Definition gefunden haben. Hier aber, wo diese Vorbereitung des Gemüts gänzlich fehlt, sieht man sie stocken, und nur ein unverständiger Examinator wird daraus schließen, dass sie nicht wissen. Denn nicht wir wissen, es ist allererst ein gewisser Zustand unsrer, welcher weiß. Nur ganz gemeine Geister, Leute, die, was der Staat sei, gestern auswendig gelernt und morgen schon wieder vergessen haben, werden hier mit der Antwort bei der Hand sein. Vielleicht gibt es überhaupt keine schlechtere Gelegenheit, sich von einer vorteilhaften Seite zu zeigen, als grade ein öffentliches Examen. Abgerechnet, dass es schon widerwärtig und das Zartgefühl verletzend ist, und dass es reizt, sich stetig zu zeigen, wenn solch ein gelehrter Rosskamm uns nach den Kenntnissen sieht, um uns, je nachdem es fünf oder sechs sind, zu kaufen oder wieder abtreten zu lassen: es ist so schwer, auf einem menschlichen Gemüt zu spielen und ihm seinen eigentümlichen Laut abzulocken, es verstimmt sich so leicht unter ungeschickten Händen, dass selbst der geübteste Menschenkenner, der in der Hebammenkunst der Gedanken, wie Kant sie nennt, auf das meisterhafteste bewandert wäre, hier noch, wegen der Unbekanntschaft mit seinem Sechswöchner, Missgriffe tun könnte. Was übrigens solchen jungen Leuten, auch selbst den unwissendsten noch, in den meisten Fällen ein gutes Zeugnis verschafft, ist der Umstand, dass die Gemüter der Examinatoren, wenn die Prüfung öffentlich geschieht, selbst zu sehr befangen sind, um ein freies Urteil fällen zu können. Denn nicht nur fühlen sie häufig die Unanständigkeit dieses ganzen Verfahrens: man würde sich schon schämen, von jemandem, dass er seine Geldbörse vor uns ausschütte, zu fordern, viel weniger, seine Seele: sondern ihr eigener Verstand muss hier eine gefährliche Musterung passieren, und sie mögen oft ihrem Gott danken, wenn sie selbst aus dem Examen gehen können, ohne sich Blößen, schmachvoller vielleicht, als der, eben von der Universität kommende, Jüngling, gegeben zu haben, den sie examinierten.

Gebet des Zoroaster

(Aus einer indischen Handschrift, von einem Reisenden in den Ruinen von Palmyra gefunden)

Gott, mein Vater im Himmel! Du hast dem Menschen ein so freies, herrliches und üppiges Leben bestimmt. Kräfte unendlicher Art, göttliche und tierische, spielen in seiner Brust zusammen, um ihn zum König der Erde zu machen. Gleichwohl, von unsichtbaren Geistern überwältigt, liegt er, auf verwundernswürdige und unbegreifliche Weise, in Ketten und Banden; das Höchste, von Irrtum geblendet, lässt er zur Seite liegen und wandelt, wie mit Blindheit geschlagen, unter Jämmerlichkeiten und Nichtigkeiten umher. Ja, er gefällt sich in seinem Zustand; und wenn die Vorwelt nicht wäre und die göttlichen Lieder, die von ihr Kunde geben, so würden wir gar nicht mehr ahnen, von welchen Gipfeln, o Herr! der Mensch um sich schauen kann. Nun lässt du es, von Zeit zu Zeit, niederfallen, wie Schuppen von dem Auge eines deiner Knechte, den du dir erwählt, dass er die Torheiten und Irrtümer seiner Gattung überschaue; ihn rüstest du mit dem Köcher der Rede, dass er, furchtlos und liebreich, mitten unter sie trete und sie mit Pfeilen, bald schärfer, bald leiser, aus der wunderlichen Schlafsucht, in welcher sie befangen liegen, wecke. Auch mich, o Herr, hast du, in deiner Weisheit, mich wenig Würdigen, zu diesem Geschäft erkoren, und ich schicke mich zu meinem Beruf an. Durchdringe mich ganz, vom Scheitel zur Sohle, mit dem Gefühl des Elends, in welchem dies Zeitalter darniederliegt, und mit der Einsicht in alle Erbärmlichkeiten, Halbheiten, Unwahrhaftigkeiten und Gleisnereien, von denen es die Folge ist. Stähle mich mit Kraft, den Bogen des Urteils rüstig zu spannen und, in der Wahl der Geschosse, mit Besonnenheit und Klugheit, auf dass ich jedem, wie es ihm zukommt, begegne: den Verderblichen und Unheilbaren, dir zum Ruhm, niederwerfe, den Lasterhaften schrecke, den Irrenden warne, den Toren, mit dem bloßen Geräusch der Spitze über sein Haupt hin, necke. Und einen Kranz auch lehre mich winden, womit ich, auf meine Weise, den, der dir wohlgefällig ist, kröne! Über alles aber, o Herr, möge Liebe wachen zu dir, ohne welche nichts, auch das Geringfügigste nicht, gelingt: auf dass dein Reich verherrlicht und erweitert werde, durch alle Räume und alle Zeiten, Amen!

Betrachtungen über den Weltlauf

Es gibt Leute, die sich die Epochen, in welchen die Bildung einer Nation fortschreitet, in einer gar wunderlichen Ordnung vorstellen. Sie bilden sich ein, dass ein Volk zuerst in tierischer *Roheit* und *Wildheit* daniederläge, dass man nach Verlauf einiger Zeit das Bedürfnis einer Sittenverbesserung empfinden und somit die *Wissenschaft von der Tugend* aufstellen müsse; dass man, um den Lehren derselben Eingang zu verschaffen, daran denken würde, sie in schönen Beispielen zu versinnlichen, und dass somit die *Ästhetik* erfunden werden würde: dass man nunmehr, nach den Vorschriften derselben, schöne Versinnlichungen verfertigen, und somit die Kunst selbst ihren Ursprung nehmen würde: und dass vermittelst der Kunst endlich das Volk auf die höchste Stufe menschlicher Kultur hinaufgeführt werden würde.

Diesen Leuten dient zur Nachricht, dass alles, wenigstens bei den Griechen und Römern, in ganz umgekehrter Ordnung erfolgt ist. Diese Völker machten mit der *heroischen* Epoche, welches ohne Zweifel die höchste ist, die erschwungen werden kann, den Anfang; als sie in keiner menschlichen und bürgerlichen Tugend mehr Helden hatten, *dichteten* sie welche; als sie keine mehr dichten konnten, erfanden sie dafür die Regeln; als sie sich in den *Regeln* verwirrten, abstrahierten sie die *Weltweisheit* selbst; und als sie damit fertig waren, wurden sie *schlecht*.

Von der Überlegung

Eine Paradoxie

Man rühmt den Nutzen der Überlegung in alle Himmel; besonders der kaltblütigen und langwierigen, vor der Tat. Wenn ich ein Spanier, ein Italiener oder ein Franzose wäre, so möchte es damit sein Bewenden haben. Da ich aber ein Deutscher bin, so denke ich meinem Sohn einst, besonders wenn er sich zum Soldaten bestimmen sollte, folgende Rede zu halten:

»Die Überlegung, wisse, findet ihren Zeitpunkt weit schicklicher nach, als vor der Tat. Wenn sie vorher oder im Augenblick der Entscheidung selbst ins Spiel tritt, so scheint sie nur die zum Handeln nötige Kraft, die aus dem herrlichen Gefühl quillt, zu verwirren, zu hemmen und zu unterdrücken; dagegen sich nachher, wenn die Handlung getan ist, der Gebrauch von ihr machen lässt, zu welchem sie dem Menschen eigentlich gegeben ist, nämlich sich dessen, was im Verfahren fehlerhaft und gebrechlich war, bewusst zu werden, und das Gefühl für andere künftige Fälle zu regulieren. Das Leben selbst ist ein Kampf mit dem Schicksal, und es verhält sich so auch mit dem Handeln wie mit dem Ringen. Der Athlet kann, im Augenblick, da er seinen Gegner umfasst hält, schlechthin nach keiner anderen Rücksicht, als nach bloßen momentanen Eingebungen verfahren, und derjenige, der berechnen wollte, welche Muskeln er anstrengen und welche Glieder er in Bewegung setzen soll, um zu überwinden, würde unfehlbar den kürzeren ziehen und unterliegen. Aber nachher, wenn er gesiegt hat oder am Boden liegt, mag es zweckmäßig und an seinem Ort sein, zu überlegen, durch welchen Druck er seinen Gegner niederwarf, oder welch ein Bein er ihm hätte stellen sollen, um sich aufrecht zu halten. Wer das Leben nicht, wie ein solcher Ringer, umfasst hält, und tausendgliedrig, nach allen Windungen des Kampfs, nach allen Widerständen, Drücken, Ausweichungen und Reaktionen, empfindet und spürt, der wird, was er will, in keinem Gespräch, durchsetzen, viel weniger in einer Schlacht.«

Fragmente

Es gibt gewisse Irrtümer, die mehr Aufwand an Geist kosten, als die Wahrheit selbst. Tycho hat, und mit Recht, seinen ganzen Ruhm einem Irrtum zu verdanken, und wenn Kepler uns nicht das Weltgebäude erklärt hätte, er würde berühmt geworden sein, bloß wegen des Wahns, in dem er stand, und wegen der scharfsinnigen

Gründe, womit er ihn unterstützte, nämlich, dass sich der Mond nicht um seine Achse drehe.

Man könnte die Menschen in zwei Klassen einteilen: in solche, die sich auf eine Metapher und in solche, die sich auf eine Formel verstehn. Deren, die sich auf beides verstehen, sind zu wenige, sie machen keine Klasse aus.

Über das Marionettentheater

Als ich den Winter 1801 in M... zubrachte, traf ich daselbst eines Abends, in einem öffentlichen Garten, den Hrn. C., der seit kurzem, in dieser Stadt, als erster Tänzer der Oper, angestellt war und bei dem Publico außerordentliches Glück hatte.

Ich sagte ihm, dass ich erstaunt gewesen wäre, ihn schon mehrere Male in einem Marionettentheater zu finden, das auf dem Markt zusammengezimmert worden war, und den Pöbel, durch kleine dramatische Burlesken, mit Gesang und Tanz durchwebt, belustigte.

Er versicherte mir, dass ihm die Pantomimik dieser Puppen viel Vergnügen machte, und ließ nicht undeutlich merken, dass ein Tänzer, der sich ausbilden wolle, mancherlei von ihnen lernen könne.

Da diese Äußerung mir, durch die Art, wie er sie vorbrachte, mehr, als ein bloßer Einfall schien, so ließ ich mich bei ihm nieder, um ihn über die Gründe, auf die er eine so sonderbare Behauptung stützen könne, näher zu vernehmen.

Er fragte mich, ob ich nicht, in der Tat, einige Bewegungen der Puppen, besonders der kleineren, im Tanz sehr graziös gefunden hätte.

Diesen Umstand konnte ich nicht leugnen. Eine Gruppe von vier Bauern, die nach einem raschen Takt die Ronde tanzte, hätte von Teniers nicht hübscher gemalt werden können.

Ich erkundigte mich nach dem Mechanismus dieser Figuren, und wie es möglich wäre, die einzelnen Glieder derselben und ihre Punkte, ohne Myriaden von Fäden an den Fingern zu haben, so zu regieren, als es der Rhythmus der Bewegungen, oder der Tanz, erfordere?

Er antwortete, dass ich mir nicht vorstellen müsse, als ob jedes Glied einzeln, während der verschiedenen Momente des Tanzes, von dem Maschinisten gestellt und gezogen würde.

Jede Bewegung, sagte er, hätte einen Schwerpunkt; es wäre genug, diesen, in dem Innern der Figur, zu regieren; die Glieder, welche nichts als Pendel wären, folgten, ohne irgendein Zutun, auf eine mechanische Weise von selbst.

Er setzte hinzu, dass diese Bewegung sehr einfach wäre, dass jedes Mal, wenn der Schwerpunkt in einer geraden Linie bewegt wird, die Glieder schon Kurven beschrieben, und dass oft, auf eine bloß zufällige Weise erschüttert, das Ganze schon in eine Art von rhythmische Bewegung käme, die dem Tanz ähnlich wäre.

Diese Bemerkung schien mir zuerst einiges Licht auf das Vergnügen zu werfen, das er in dem Theater der Marionetten zu finden vorgegeben hatte. Indes ahnte ich bei weitem die Folgerungen noch nicht, die er späterhin daraus ziehen würde.

Ich fragte ihn, ob er glaubte, dass der Maschinist, der diese Puppen regierte, selbst ein Tänzer sein oder wenigstens einen Begriff vom Schönen im Tanz haben müsse?

Er erwiderte, dass wenn ein Geschäft, von seiner mechanischen Seite, leicht sei, daraus noch nicht folge, dass es ganz ohne Empfindung betrieben werden könne.

Die Linie, die der Schwerpunkt zu beschreiben hat, wäre zwar sehr einfach und, wie er glaube, in den meisten Fällen, gerade. In Fällen, wo sie krumm sei, scheine das Gesetz ihrer Krümmung wenigstens von der ersten oder höchstens zweiten Ordnung; und auch in diesem letzten Fall nur elliptisch, welche Form der Bewegung den Spitzen des menschlichen Körpers (wegen der Gelenke) überhaupt die natürliche sei, und also dem Maschinisten keine große Kunst koste, zu verzeichnen.

Dagegen wäre diese Linie wieder, von einer andern Seite, etwas sehr Geheimnisvolles. Denn sie wäre nichts anderes, als der Weg der Seele des Tänzers, und er zweifle, dass sie anders gefunden werden könne, als dadurch, dass sich der Maschinist in den Schwerpunkt der Marionette versetze, d. h. mit anderen Worten, tanze.

Ich erwiderte, dass man mir das Geschäft desselben als etwas ziemlich Geistloses vorgestellt hätte: etwa, was das Drehen einer Kurbel sei, die eine Leier spielt.

»Keineswegs«, antwortete er. »Vielmehr verhalten sich die Bewegungen seiner Finger zur Bewegung der daran befestigten Puppen ziemlich künstlich, etwa wie Zahlen zu ihren Logarithmen oder die Asymptote zur Hyperbel.«

Inzwischen glaube er, dass auch dieser letzte Bruch von Geist, von dem er gesprochen, aus den Marionetten entfernt werden, dass ihr Tanz gänzlich ins Reich mechanischer Kräfte hinübergespielt und vermittelst einer Kurbel, so wie ich es mir gedacht, hervorgebracht werden könne.

Ich äußerte meine Verwunderung, zu sehen, welcher Aufmerksamkeit er diese, für den Haufen erfundene, Spielart einer schönen Kunst würdige. Nicht bloß, dass er sie einer höheren Entwicklung für fähig halte: er scheine sich sogar selbst damit zu beschäftigen.

Er lächelte und sagte, er getraue sich zu behaupten, dass wenn ihm ein Mechanikus, nach den Forderungen, die er an ihn zu machen dächte, eine Marionette bauen wollte, er vermittelst derselben einen Tanz darstellen würde, den weder er, noch irgendein anderer geschickter Tänzer seiner Zeit, Vestris selbst nicht ausgenommen, zu erreichen imstande wäre.

»Haben Sie«, fragte er, da ich den Blick schweigend zur Erde schlug, »haben Sie von jenen mechanischen Beinen gehört, welche englische Künstler für Unglückliche verfertigen, die ihre Schenkel verloren haben?«

Ich sagte, »nein«, dergleichen wäre mir nie vor Augen gekommen.

»Es tut mir leid«, erwiderte er, »denn wenn ich Ihnen sage, dass diese Unglücklichen damit tanzen, so fürchte ich fast, Sie werden es mir nicht glauben. – Was sag' ich, tanzen? Der Kreis ihrer Bewegungen ist zwar beschränkt, doch diejenigen, die ihnen zu Gebote stehen, vollziehen sich mit einer Ruhe, Leichtigkeit und Anmut, die jedes denkende Gemüt in Erstaunen setzen.«

Ich äußerte, scherzend, dass er ., auf diese Weise, seinen Mann gefunden habe. Denn derjenige Künstler, der einen so merkwürdigen Schenkel zu bauen imstande sei, würde ihm unzweifelhaft auch eine ganze Marionette, seinen Forderungen gemäß, zusammensetzen können.

Wie, fragte ich, da er seinerseits ein wenig betreten zur Erde sah: »wie sind denn diese Forderungen, die Sie an die Kunstfertigkeit desselben zu machen gedenken, bestellt?«

»Nichts«, antwortete er, »was sich nicht auch schon hier fände; Ebenmaß, Beweglichkeit, Leichtigkeit – nur alles in einem höheren Grade; und besonders eine naturgemäßere Anordnung der Schwerpunkte.«

Und der Vorteil, den diese Puppe vor lebendigen Tänzern voraushaben würde?

»Der Vorteil? Zuvörderst ein negativer, mein vortrefflicher Freund, nämlich dieser, dass sie sich niemals zierte. – Denn Ziererei erscheint, wie Sie wissen, wenn sich die Seele (vis motrix) in irgendeinem anderen Punkte befindet, als in dem Schwerpunkt der Bewegung. Da der Maschinist nun schlechthin, vermittelst des Drahtes oder Fadens, keinen andern Punkt in seiner Gewalt hat, als diesen, so sind alle übrigen Glieder, was sie sein sollen, tot, reine Pendel und folgen dem bloßen Gesetz der Schwere; eine vortreffliche Eigenschaft, die man vergebens bei dem größten Teil unsrer Tänzer sucht.«

»Sehen Sie nur die P... an«, fuhr er fort, »wenn sie die Daphne spielt und sich, verfolgt vom Apoll, nach ihm umsieht; die Seele sitzt ihr in den Wirbeln des Kreuzes, sie beugt sich, als ob sie brechen wollte, wie eine Najade aus der Schule Bernins. Sehen Sie den jungen F... an, wenn er, als Paris, unter den drei Göttinnen steht und der Venus den Apfel überreicht: die Seele sitzt ihm gar (es ist ein Schrecken, es zu sehen) im Ellenbogen.«

»Solche Missgriffe«, setzte er abbrechend hinzu, »sind unvermeidlich, seitdem wir vom Baum der Erkenntnis gegessen haben. Doch das Paradies ist verriegelt und der Cherub hinter uns; wir müssen die Reise um die Welt machen und sehen, ob es vielleicht von hinten irgendwo wieder offen ist.«

Ich lachte. – Allerdings, dachte ich, kann der Geist nicht irren, da, wo keiner vorhanden ist. Doch ich bemerkte, dass er noch mehr auf dem Herzen hatte, und bat ihn, fortzufahren.

»Zudem«, sprach er, »haben diese Puppen den Vorteil, dass sie antigrav sind. Von der Trägheit der Materie, dieser dem Tanze entgegenstrebendsten aller Eigenschaften, wissen sie nichts, weil die Kraft, die sie in die Lüfte erhebt, größer ist, als jene, die sie an die Erde fesselt. Was würde unsre gute G... darum geben, wenn sie sechzig Pfund leichter wäre, oder ein Gewicht von dieser Größe ihr bei ihren Entrechats und Pirouetten, zu Hilfe käme? Die Puppen brauchen den Boden nur, wie die Elfen, um ihn zu streifen und den Schwung der Glieder, durch die augenblickliche

Hemmung neu zu beleben; wir brauchen ihn, um darauf zu ruhen und uns von der Anstrengung des Tanzes zu erholen: ein Moment, der offenbar selber kein Tanz ist und mit dem sich weiter nichts anfangen lässt, als ihn möglichst verschwinden zu machen.«

Ich sagte, dass, so geschickt er auch die Sache seiner Paradoxe führe, er mich doch nimmermehr glauben machen würde, dass in einem mechanischen Gliedermann mehr Anmut enthalten sein könne, als in dem Bau des menschlichen Körpers.

Er versetzte, dass es dem Menschen schlechthin unmöglich wäre, den Gliedermann darin auch nur zu erreichen. Nur ein Gott könne sich, auf diesem Felde, mit der Materie messen; und hier sei der Punkt, wo die beiden Enden der ringförmigen Welt ineinander griffen.

Ich erstaunte immer mehr, und wusste nicht, was ich zu so sonderbaren Behauptungen sagen sollte.

Es scheine, versetzte er, indem er eine Prise Tabak nahm, dass ich das dritte Kapitel vom ersten Buch Moses nicht mit Aufmerksamkeit gelesen; und wer diese erste Periode aller menschlichen Bildung nicht kennt, mit dem könne man nicht füglich über die folgenden, um wie viel weniger über die letzte, sprechen.

Ich sagte, dass ich gar wohl wüsste, welche Unordnungen, in der natürlichen Grazie des Menschen, das Bewusstsein anrichte. Ein junger Mann von meiner Bekanntschaft hätte, durch eine bloße Bemerkung, gleichsam vor meinen Augen, seine Unschuld verloren und das Paradies derselben, trotz aller ersinnlichen Bemühungen, nachher niemals wiedergefunden. – Doch, welche Folgerungen, setzte ich hinzu, können Sie daraus ziehen?

Er fragte mich, was für einen Vorfall ich meine?

»Ich badete«, erzählte ich, »vor etwa drei Jahren, mit einem jungen Mann, über dessen Bildung damals eine wunderbare Anmut verbreitet war. Er mochte ungefähr in seinem sechzehnten Jahre stehn, und nur ganz von fern ließen sich, von der Gunst der Frauen herbeigerufen, die ersten Spuren von Eitelkeit erblicken. Es traf sich, dass wir grade kurz zuvor in Paris den Jüngling gesehen hatten, der sich einen Splitter aus dem Fuße zieht; der Abguss der Statue ist bekannt und befindet sich in den meisten deutschen Sammlungen. Ein Blick, den er in dem Augenblick, da er den Fuß auf den Schemel setzte, um ihn abzutrocknen, in einen großen Spiegel warf, erinnerte ihn daran; er lächelte und sagte mir, welch eine Entdeckung er gemacht habe. In der Tat hatte ich, in eben diesem Augenblick, dieselbe gemacht; doch sei es, um die Sicherheit der Grazie, die ihm beiwohnte, zu prüfen, sei es, um seiner Eitelkeit ein wenig heilsam zu begegnen, lachte ich und erwiderte – er sähe wohl Geister! Er errötete und hob den Fuß zum zweiten Mal, um es mir zu zeigen; doch der Versuch, wie sich leicht hätte voraussehen lassen, missglückte. Er hob verwirrt den Fuß zum dritten und vierten Male, er hob ihn wohl noch zehnmal: umsonst! Er war außerstand, dieselbe Bewegung wieder hervorzubringen – was sag ich? Die Bewegungen, die er machte, hatten ein so komisches Element, dass ich Mühe hatte, das Gelächter zurückzuhalten. – Von diesem Tage, gleichsam von diesem Augenblick an, ging eine unbegreifliche Veränderung mit dem jungen Menschen vor. Er fing an, tagelang vor dem Spiegel zu stehen, und immer ein Reiz nach dem anderen verließ ihn. Eine unsichtbare und unbegreifliche Gewalt schien sich, wie ein eisernes Netz, um das freie Spiel seiner Gebärden zu legen, und als ein Jahr verflossen war, war keine Spur mehr von der Lieblichkeit an ihm zu entdecken, die die Augen der Menschen, die ihn umringten, sonst ergötzt hatte. Noch jetzt lebt jemand, der ein Zeuge jenes sonderbaren und unglücklichen Vorfalls war, und ihn, Wort für Wort, wie ich ihn erzählt, bestätigen könnte.«

»Bei dieser Gelegenheit«, sagte Herr C... freundlich, »muss ich Ihnen eine andere Geschichte erzählen, von der Sie leicht begreifen werden, wie sie hierher gehört.

Ich befand mich, auf meiner Reise nach Russland, auf einem Landgut des Hrn. v. G..., eines livländischen Edelmanns, dessen Söhne sich eben damals sehr im Fechten übten. Besonders der ältere, der eben von der Universität zurückgekommen war, machte den Virtuosen und bot mir, da ich eines Morgens auf seinem Zimmer war, ein Rapier an. Wir fochten, doch es traf sich, dass ich ihm überlegen war. Leidenschaft kam dazu, ihn zu verwirren; fast jeder Stoß, den ich führte, traf, und sein Rapier flog zuletzt in den Winkel. Halb scherzend, halb empfindlich, sagte er, als er das Rapier aufhob, dass er seinen Meister gefunden habe, doch alles auf der Welt finde den seinen, und fortan wolle er mich zu dem meinigen führen. Die Brüder lachten laut auf und riefen: Fort! fort! In den Holzstall herab! und damit nahmen sie mich bei der Hand und führten mich zu einem Bären, den Hr. v. G..., ihr Vater, auf dem Hofe aufziehen ließ.

Der Bär stand, als ich erstaunt vor ihn trat, auf den Hinterfüßen, mit dem Rücken an einem Pfahl gelehnt, an welchem er angeschlossen war, die rechte Tatze schlagfertig erhoben, und sah mir ins Auge: das war seine Fechterpositur. Ich wusste nicht, ob ich träumte, da ich mich einem solchen Gegner gegenübersah; doch: stoßen Sie! stoßen Sie! sagte Hr. v. G..., und versuchen Sie, ob Sie ihm eins beibringen können! Ich fiel, da ich mich ein wenig von meinem Staunen erholt hatte, mit dem Rapier auf ihn aus. Der Bär machte eine ganz kurze Bewegung mit der Tatze und parierte den Stoß. Ich versuchte ihn durch Finten zu verführen; der Bär rührte sich nicht. Ich fiel wieder, mit einer augenblicklichen Gewandtheit, auf ihn aus, eines Menschen Brust würde ich unfehlbar getroffen haben: der Bär machte eine ganz kurze Bewegung mit der Tatze und parierte den Stoß. Jetzt war ich fast in dem Fall des jungen Hr. von G... Der Ernst des Bären kam hinzu, mir die Fassung zu rauben, Stöße und Finten wechselten, mir triefte der Schweiß: umsonst! Nicht bloß, dass der Bär, wie der beste Fechter der Welt, alle meine Stöße parierte; auf Finten (was ihm kein Fechter der Welt nachmacht) ging er gar nicht mal ein: Aug in Aug, als ob er meine Seele darin lesen könnte, stand er, die Tatze schlagfertig erhoben, und wenn meine Stöße nicht ernst gemeint waren, rührte er sich nicht.

Glauben Sie diese Geschichte?«

»Vollkommen!« rief ich, mit freudigem Beifall; »jedwedem Fremden, so wahrscheinlich ist sie, um wie viel mehr Ihnen!«

»Nun«, mein vortrefflicher Freund, sagte Herr C..., »so sind Sie im Besitz von allem, was nötig ist, um mich zu begreifen. Wir sehen, dass in dem Maße, als, in der orga-nischen Welt, die Reflexion dunkler und schwächer wird, die Grazie darin immer strahlender und herrschender hervortritt. – Doch so, wie sich der Durchschnitt zweier Linien, auf der einen Seite eines Punkts, nach dem Durchgang durch das Unendliche, plötzlich wieder auf der andern Seite einfindet, oder das Bild des Hohlspiegels, nachdem es sich in das Unendliche entfernt hat, plötzlich wieder dicht vor uns tritt, so findet sich auch, wenn die Erkenntnis gleichsam durch ein Unendliches gegangen ist, die Grazie wieder ein; so, dass sie, zu gleicher Zeit, in demjenigen menschlichen Körperbau am reinsten erscheint, der entweder gar keins oder ein unendliches Bewusstsein hat, d. h. in dem Gliedermann oder in Gott.«

»Mithin«, sagte ich ein wenig zerstreut, »müssten wir wieder vom Baum der Erkenntnis essen, um in den Stand der Unschuld zurückzufallen?«

»Allerdings«, antwortete er; »das ist das letzte Kapitel von der Geschichte der Welt.«

Miszellen

[1. Falstaff]

Falstaff bemerkt, in der Schenke von Eastcheap, dass er nicht bloß selbst witzig, sondern auch schuld sei, dass andere Leute (auf seine Kosten) witzig wären. Mancher Gimpel, den ich hier nicht nennen mag, stellt diesen Satz auf den Kopf. Denn er ist nicht bloß selbst albern, sondern auch schuld daran, dass andere Leute (seinem Gesicht und seinen Reden gegenüber) albern werden.

[2. Montesquieu]

Zu Montesquieus Zeiten waren die Frisuren so hoch, dass es, wie er witzig bemerkt, aussah, als ob die Gesichter in der Mitte der menschlichen Gestalt ständen; bald nachher wurden die Hacken so hoch, dass es aussah, als ob die Füße diesen sonderbaren Platz einnähmen. Auf eine ähnliche Art waren, mit Montesquieu zu reden, vor einer Handvoll Jahren, die Taillen so dünn, dass es aussah, als ob die Frauen gar keine Leiber hätten; jetzt im Gegenteil sind die Arme so dick, dass es aussieht, als ob sie deren drei hätten.

Ein Satz aus der höheren Kritik

An ***

Es gehört mehr Genie dazu, ein mittelmäßiges Kunstwerk zu würdigen, als ein vortreffliches. Schönheit und Wahrheit leuchten der menschlichen Natur in der allerersten Instanz ein; und so wie die erhabensten Sätze am leichtesten zu verstehen sind (nur das Minutiöse ist schwer zu begreifen), so gefällt das Schöne leicht; nur das Mangelhafte und Manierierte genießt sich mit Mühe. In einem trefflichen Kunstwerk ist das Schöne so rein enthalten, dass es jedem gesunden Auffassungsvermögen, als solchem, in die Sinne springt; im Mittelmäßigen hingegen ist es mit so viel Zufälligem oder wohl gar Widersprechendem vermischt, dass ein weit schärferes Urteil, eine zartere Empfindung und eine geübtere und lebhaftere Imagination, kurz mehr Genie, dazu gehört, um es davon zu säubern. Daher sind auch über vorzügliche Werke die Meinungen niemals geteilt (die Trennung, die die Leidenschaft hineinbringt, erwäge ich hier nicht); nur über solche, die es nicht ganz sind, streitet und zankt man sich. Wie rührend ist die Erfindung in manchem Gedicht: nur durch Sprache, Bilder und Wendungen so entstellt, dass man oft unfehlbares Sensorium haben muss, um es zu entdecken. Alles dies ist so wahr, dass der Gedanke zu unseren vollkommensten Kunstwerken (z.B. eines großen Teils der Shakespeareschen) bei der Lektüre schlechter, der Vergessenheit ganz übergebener Broschüren und Scharteken entstanden ist. Wer also Schiller und Goethe lobt, der gibt mir dadurch noch gar nicht, wie er glaubt, den Beweis eines vorzüglichen und außerordentlichen Schönheitssinnes; wer aber mit Gellert und Cronegk hie und da zufrieden ist, der lässt mich, wenn er nur sonst in einer Rede recht hat, vermuten, dass er Verstand und Empfindungen, und zwar beide in einem seltenen Grade besitzt.

Biographischer Abriss Heinrich von Kleists

Heinrich von Kleist wird am 18. Oktober 1777 in Frankfurt (Oder) als Sohn des preußischen Offiziers Joachim Friedrich von Kleist und seiner zweiten Frau Juliane Ulrike, geb. von Pannwitz, geboren. Im Juni 1788 stirbt der Vater. Bis 1792 Erziehung in der Berliner Pension des reformierten Predigers Samuel Heinrich Catel. Gefreiter-Korporal im Garderegiment Potsdam. Im Februar 1793 Tod der Mutter. Teilnahme am Rheinfeldzug gegen die französische Republik. Nach dem Baseler Sonderfrieden zwischen Preußen und Frankreich Rückkehr im Juni 1795 nach Potsdam. 1797 wird er Leutnant. Mit Otto August Rühle von Lilienstern in den Harz. Autodidaktische Studien in Mathematik, Philosophie, Musik; Christoph Martin Wielands Werke. Freundschaft mit seiner Kusine Marie von Kleist und der zum Hofadel gehörenden Adolphine von Werdeck. Schwärmerische Liebe zu Luise von Linckersdorf. 1799 Abschied vom Militär; Jura Studium an der Universität in Frankfurt (Oder); Vorlesungen in Philosophie, Mathematik, Physik. Verlobung mit Wilhelmine von Zenge, Tochter des Ortskommandanten. August 1800 Studienabbruch, Rückkehr nach Berlin. Würzburger Reise mit Freund Brockes. Entwurf der *Familie Ghonorez* (*Familie Schroffenstein*), Plan der *Penthesilea*. Lektüre von Jean-Jacques Rousseaus *Emile oder über die Erziehung* sowie Schillers *Don Carlos* und *Wallenstein*. Im November Anstellung als Volontär im preußischen Wirtschaftsministerium in Berlin. 1801 Beschäftigung mit Kants *Kritik der reinen Vernunft* und *Kritik der Urteilskraft*; Krise! Mit Schwester Ulrike über Dresden, Halberstadt (zu Johann Wilhelm Ludwig Gleim), Göttingen, Mainz, Straßburg nach Paris, wo er bis November bleibt. *Die Verlobung in San Domingo* entsteht. Nach Frankfurt am Main und in die Schweiz. Umgang mit Heinrich Zschokke, Johann Daniel Falk, Heinrich Geßner und Ludwig Wieland, dem Sohn Christoph Martin Wielands. 1802 auf einer Aare-Insel bei Thun. Er arbeitet an *Der zerbrochene Krug* und *Robert Guiskard, Herzog der Nordmänner*. *Familie Schroffenstein* wird fertig. Bruch mit Wilhelmine von Zenge. In Bern. Schwere Erkrankung im Sommer. Reise nach Weimar mit seiner Schwester Ulrike und Ludwig Wieland im Herbst. 1803 bei Christoph Martin Wieland auf dem Gut Oßmannstedt in der Nähe von Weimar. Luise, die dreizehnjährige Tochter Wielands, verliebt sich in ihn. Wieland lobt *Robert Guiskard. Die Familie Schroffenstein* erscheint. Reise nach Leipzig und Dresden, wo er Umgang mit Henriette von Schlieben pflegt. Selbstmordgedanken. Im Juli Reise nach Bern, Mailand, Genf, Paris. Plan, in die französische Armee einzutreten, um gegen England zu kämpfen und *„den Tod in der Schlacht zu sterben"*. Körperlicher und seelischer Zusammenbruch in Paris. Im November wieder nach Deutschland. 1804 Behandlung durch den Arzt und Schriftsteller Georg Wedekind in Mainz. Uraufführung von *Die Familie Schroffenstein* am Nationaltheater in Graz. Wieder in Berlin bemüht er sich um eine staatliche Anstellung; im September Wiedereintritt in den preußischen Staatsdienst. Er arbeitet im preußischen Finanzministerium, beendet

Der zerbrochene Krug. 1805 Diätar der Domänenkammer in Königsberg. Studium der Kameralwissenschaft. Wiedersehen mit Wilhelmine von Zenge. Arbeit an *Michael Kohlhaas, Die Marquise von O..., Penthesilea, Amphitryon.* August 1806 Krankenurlaub, fünf Wochen Kur in Pillau; Aufgabe der Beamtenlaufbahn. 1807 mehrmonatige Internierung im französischen Kriegsgefangenenlager Châlons-sur-Marne. *Amphitryon* erscheint. Goethe lehnt die Verquickung des Christlich-Mystischen mit dem Antiken und Komischen ab. Nach kurzem Aufenthalt in Berlin kommt Kleist nach Dresden. Eine Szene aus *Das Erdbeben in Chili* erscheint im *Morgenblatt für gebildete Stände.* Umgang mit Christian Gottfried Körner, Adam Müller, Sophie von Haza, Gotthilf Friedrich Schubert, Baron von Buol und Ludwig Tieck im literarischen Salon von Rahel und Karl August Varnhagen. Kurze Liaison mit Julie Kunze. Beendigung der *Penthesilea* und des *Käthchens von Heilbronn.* Mit Adam Müller, 1808, Herausgabe der Monatsschrift *Phöbus.* Goethe lehnt *Penthesilea* wegen ihrer theaterwidrigen Form ab. Misserfolg der Uraufführung von *Der zerbrochene Krug* am Hoftheater in Weimar. *Penthesilea* erscheint. *Phöbus* geht ein. *Die Hermannsschlacht* wird fertig. Begeistert liest Kleist, 1809, den patriotischen Schriftsteller Ernst Moritz Arndt. Mit Friedrich Christoph Dahlmann nach Österreich und Prag. Scheiternder Plan, *Germania*, eine politische Wochenzeitschrift mit nationaler Tendenz herauszugeben. Schlimme Erkrankung. Im November nach Frankfurt (Oder). 1810 wieder in Berlin. Umgang mit Adam Müller, Achim von Arnim, Clemens Brentano, Bernhard Anselm Weber, Friedrich de la Motte Fouqué, Rahel und Karl August Varnhagen in der Christlich-Deutschen Tischgesellschaft. Geburtstagsgedicht für Königin Luise. *Das Käthchen von Heilbronn* wird in Wien uraufgeführt. Bekanntschaft mit Verleger Georg Andreas Reimer. Der erste Band *Erzählungen* erscheint. Herausgabe der Tageszeitung *Berliner Abendblätter. Das Käthchen von Heilbronn* wird veröffentlicht. 1811 erscheint *Der zerbrochene Krug.* Vollendung von *Prinz Friedrich von Homburg.* Der zweite Band *Erzählungen* kommt heraus. Umgang mit Marie von Kleist, August Graf Neithart von Gneisenau und Henriette Vogel. Kleist wird die Wiedereinstellung als Offizier in Aussicht gestellt. Am 21. November 1811 Freitod, gemeinsam mit Henriette Vogel, am Kleinen Wannsee bei Berlin.

Joerg K. Sommermeyer, im März 2018

Heinrich von Kleist nach einer Miniatur Peter Friedels, 1801